Alois Lacher

Der Plan. Eine Jugendliebe

Alois Lacher **Der Plan**

Eine Jugendliebe

Roman

Die Bibliografische Information der Deutschen Bibliothek

Die Deutsche Bibliothek verzeichnet diese Publikation in der Deutschen Nationalbibliografie; detaillierte bibliografische Daten sind im Internet über http://dnb.ddb.de abrufbar.

Umschlagillustration: © shangarey, Fotolia
Herstellung und Verlag: BoD - Books on Demand, Norderstedt; www.bod.de
© 2017 Alle Rechte beim Autor
ISBN 978-3-7431-7656-0

Zwischen schneebedeckten Almen schlängelt sich der Bus langsam die Serpentinen hinauf. Achtundzwanzig Kinder und zwei Lehrer warten mit Spannung auf das Ziel: eine Berghütte als Pensionsunterkunft für zehn Tage Skilager. Es sind die beiden zehnten Klassen der Alfred-Huber-Realschule aus Regensburg in Bayern. Die meisten Schüler sind das erste Mal im Ausland und ein großer Teil von ihnen sieht sogar zum ersten Mal die Alpen aus der Nähe. Neugierig kleben die Gesichter an den Scheiben, jeder möchte möglichst als Erster die Unterkunft für die nächsten Tage erspähen. Für Schüler im Alter von rund fünfzehn Jahren ist die Unterbringung von Mädchen und Jungen zusammen in einem Haus schon sehr interessant. Vor allem für diejenigen, die noch nie allein von zuhause fort waren, und das sind die meisten. Ein Abenteuer sicherlich nicht nur für die Schüler. Die beiden Betreuer, Herr Sebastian Merkl und Frau Antonia Meyr, haben jedenfalls keine leichte Aufgabe vor sich und denken jetzt schon mit Sorge an die langen Abende, wo es aufzupassen gilt, dass es keine Übergriffe gibt, sich aber auch keine Pärchen absondern. Lehrer und Lehramtsanwärterin kennen sich erst seit Beginn der neuen Schulsaison und haben sich für diese heikle Mission freiwillig gemeldet, zum einen, weil sie beide gerne Skisport betreiben, aber auch, weil beide während des Studiums auch eine Ausbildung als Skilehrer absolviert haben. Während Herr Merkl bereits die vierzig überschritten hat, zählt die Lehramtsanwärterin gerade sechsundzwanzig Lenze. Die beiden verstehen sich aber nicht nur als Kollegen recht gut, sondern haben auch im privaten Bereich einige Gemeinsamkeiten, wozu eben auch der Skisport zählt.

Bereits kurz nach der Abfahrt in Regensburg wurde eine allgemeine Belehrung über das Verhalten in der Unterkunft abgehalten. Selbstverständlich herrscht absolutes Rauchverbot, denn es handelt sich bei der Unterkunft um ein Gebäude, das komplett aus Holz gebaut ist.

»Da vorne ist schon ein Lift«, ruft ein Schüler, »dann wird's ja wohl nicht mehr weit sein.« Tatsächlich taucht nach der nächsten Kehre ein größeres Holzgebäude auf. Ein kleiner, eingezäunter Platz davor bietet Parkmöglichkeiten für Pkw, und für den Bus ist ein extra Seitenstreifen an der Straße vorhanden. GRIMMER ALM steht in großen Buchstaben über dem Eingang des Gebäudes.

»Wir haben es geschafft«, sagt Herr Merkl durch das Bordmikrofon. »Alle bleiben erst mal sitzen, bis ich die Einzelheiten geklärt habe.« Er steigt aus und geht auf das Gebäude zu, aus dem gerade eine Frau kommt und winkt. Herr Merkl gibt ihr die Hand. Daraufhin sprechen sie miteinander. Während Herr Merkl eine Jeans und einen grauen Pullover trägt, ist die Frau mit einem rot-schwarzen Dirndl bekleidet. Für die Schüler, die die Szene aus dem Bus beobachten, macht sie auf den ersten Blick einen guten Eindruck. Da wird's uns sicherlich nicht schlecht gehen, denkt so mancher.

Der Lehrer kommt zum Bus zurück und nimmt das Mikrofon in die Hand. »Jetzt steigen alle der Reihe nach aus, bitte kein Gedrängel! Vergesst euer Gepäck nicht und dann wartet ihr alle vor dem Bus auf eure Koffer oder Taschen. Die Skier holen wir dann später, denn der Bus bleibt erst einmal hier. Anschließend kommt ihr mit dem Gepäck zum Haus und werdet von mir und Frau Meyr auf die Zimmer verteilt. Sonderwünsche gibt es nicht! Jeder nimmt das Zimmer, das ihm zugeteilt wird. Also, auf geht's.«

Nachdem alle ihre Koffer und Taschen geholt haben, sammeln sich die Schüler am Eingang der Berghütte. Dort hat sich neben der Frau noch ein Mädchen eingefunden, das noch etwas jünger als die Schüler zu sein scheint. Auch sie ist mit einem Dirndl bekleidet, aber in Rot-Weiß mit kleinen Blümchen in der Schürze.

»Meine lieben Gäste, ich begrüße euch alle recht herzlich auf der *Grimmer Alm*. Ich bin die Frau Grimmer und betreibe diese Almhütte als Pension. Neben mir steht meine Tochter Zita, die mir bei der Arbeit ein wenig zur Hand geht, wenn sie nicht gerade in der Schule ist. Wenn ihr auf die Zimmer verteilt seid, kommt bitte noch mal hier an den Eingang, damit ich euch noch den Speiseraum und die Waschräume zeigen kann. Außerdem möchte ich euch noch ein paar Hinweise geben. Ansonsten wünsche ich einen angenehmen Aufenthalt.«

Dann wird die Eingangstür geöffnet und die Schüler drängen hinein. Während die meisten der Schüler den Holzbau eher skeptisch betrachten, hat einer der Jungen, Wolfgang Fellner, nur einen Blick für das Mädchen. Er hatte einen richtigen Stich ins Herz bekommen, als sie kurz mal in seine Richtung schaute. Doch jetzt ist sie schon wieder verschwunden, ohne dass er so richtig mitbekommen hat, wohin. Herr Merkl und Frau Mayr verteilen die Kinder auf die einzelnen Zimmer. Wolfgang hat Glück. Mit weiteren fünf Kameraden, die er alle zu seinen Freunden zählen kann, landet er in einem Sechser-Zimmer im ersten Stock mit der Nr. 1, direkt über dem Eingang. Von hier aus hat man einen guten Blick auf den Eingangsbereich und kann beobachten, wer kommt und geht. Sofort wirft

Wolfgang wie zufällig einen Blick hinaus, in der Hoffnung, das Mädchen noch mal zu erblicken. In seinem Schock hatte er ihren Namen gar nicht gehört. Einen Kameraden fragen will er aber auch nicht.

»Hey, Wolfgang, was ist denn los, wir sollen doch runtergehn«, ruft Peter, einer seiner Zimmergenossen. Leicht verlegen antwortet er: »Komme ja schon!«

Unten wartet schon Frau Grimmer. Der Speiseraum und die Küche befinden sich in einem an der Rückseite des Hauptgebäudes angebauten Trakt, der direkt von der Eingangshalle geradeaus zu erreichen ist. Links vom Eingang befindet sich der private Bereich der Familie Grimmer. Die Tür daneben führt zum Wasch- und Duschraum für die Jungen. Die sanitären Einrichtungen für die Mädchen sind auf der gegenüberliegenden Gangseite unterhalb der Gästezimmer. »Frühstück von halb acht bis halb neun. Mittagessen gibt es gegen zwölf Uhr. Ein paar Minuten hin oder her spielen da keine Rolle, denn ihr müsst ja erst mal vom Skifahren zurück sein. Abendessen gegen achtzehn Uhr«, erklärt die Hauswirtin.

Im Speiseraum werden sie wieder von Herrn Merkl so eingeteilt, dass jeweils acht Schüler sich einen Tisch teilen. Allerdings heißt es, dass es keine feste Sitzordnung gibt. Im Bereich einer großen Durchreiche zur Küche hin, die jetzt mit einem Rollo verschlossen ist, wird das Essen ausgegeben. Jeder muss es sich selbst holen und das leere Geschirr wieder zurückbringen.

Nachdem Frau Grimmer alles gezeigt und erklärt hat, werden die Skier vom Bus geholt und in einem speziellen Raum neben der Eingangshalle untergebracht.

Anschließend gibt es ein etwas verspätetes Mittagessen. Alle Schüler stellen sich an der Essensausgabe in einer Reihe an. Als Wolfgang an der Reihe ist, wird ihm unter dem hochgezogenen Rollo hindurch ein Teller mit Gulasch gereicht. Die Person kann er nur von der Brust abwärts sehen, weil das Rollo den oberen Teil verdeckt. Aber es ist wohl Frau Grimmer. Eine Station weiter werden Nudeln auf den Teller gelegt. Ob hier vielleicht das Mädchen bedient? Wolfgang bückt sich, um unter dem Rollo in die Küche zu sehen. Tatsächlich steht sie hier.

»He, geh doch weiter, wir wollen auch was«, moniert ein Mädchen, das hinter ihm in der Schlange steht.

»Möchtest mehr?«, kommt die Frage aus der Küche. Wolfgang ist jetzt völlig verwirrt, schüttelt bloß den Kopf und geht ein wenig linkisch weiter. Er setzt sich zu Peter an einen Tisch.

»Willst du keinen Salat und keine Nachspeis'?« Peter ist erstaunt, dass Wolfgang nur sein Gulasch mit Nudeln hat. »Steht gleich neben der Nudeltante.« Verlegen bringt Wolfgang nur ein kurzes »Nein« heraus. Während er sein Gulasch isst, kommt ihm der Gedanke, dass er ja vielleicht doch noch mal hingehen könnte – das wäre doch eine Gelegenheit für einen zweiten Blick! Während er so überlegt, wird das Rollo heruntergelassen und die Küche ist geschlossen. Enttäuscht steht Wolfgang auf, um den Teller zur Ablage zurückzubringen.

»Du, sag mal«, meint Peter, der dicht hinter ihm geht, »was ist denn mit dir los? Kein Wort während des Essens und auch vorher schon so still! Ist dir nicht gut oder was?«

»Ich glaub, ich vertrag das Busfahren nicht so recht«, antwortet er. »Ich geh mal ein paar Minuten an die frische Luft.«

Er will gerade aufstehen, als Herr Merkl in die Mitte des Speiseraums tritt und um Ruhe bittet.

»Alle mal kurz herhören. Das Programm für heute! Nachdem wir doch etwas verspätet angekommen sind, lohnt sich heute das Skifahren nicht mehr. Stattdessen werden wir ein wenig die Umgebung erkunden. Mir wurde gesagt, dass es auch noch einen kürzeren Weg zum Dorf hinunter gibt als die Straße, die der Bus nehmen musste. Diesen Weg, die Piste, auf der wir dann morgen fahren wollen, und den Ort Oberdorf wollen wir anschließend erkunden. Nach dem Abendessen werden die drei Leistungsgruppen für morgen eingeteilt. Es kommt dann noch ein einheimischer Skilehrer dazu, der sich um die ›Profis‹ kümmert. Die Anfängergruppe übernimmt Frau Meyr und die Fortgeschrittenen werden von mir betreut. Überlegt euch schon mal, in welche Gruppe ihr passt. Alles Nähere dazu am Abend. Wir teilen für jeden Tag zwei Zimmer zum Saubermachen ein. Ein Jungen- und ein Mädchenzimmer. Heute beginnt Zimmer Nr. 1 und Nr. 3. Dies bedeutet, die Tische müssen nach jedem Essen gewischt und die Stühle sauber hingestellt werden. Vorne am Rollo steht ein Eimer mit Wasser und drei Wischlappen. Außerdem sind morgens vor dem Frühstück der Gang im ersten Stock zu kehren und die beiden Waschräume und Toiletten zu reinigen. Mädchenwaschraum und Toilette werden ausschließlich von Mädchen gereinigt. Ich möchte niemals einen Jungen dort entdecken.« Allgemeines Kichern und Feixen folgt auf diese Worte. »So, und jetzt ab auf die Zimmer, anziehen und in zwanzig Minuten vor dem Eingang! Vorher aber bitte noch die Tische wischen!«

Während der größte Teil der Kinder den Raum Richtung Zimmer verlässt, erklärt Frau Meyr den eingeteilten Jungs und Mädchen das Reinigen der Tische. Schnell ist die Sache zur Zufriedenheit der Lehrkraft erledigt und die Kinder verlassen den Raum. Wolfgang geht langsam hinter den anderen her. Kurz vor der Treppe zum ersten Stock hinauf wirft er schnell noch einen Blick zurück zur Küchentür. Geschirrgeklapper und andere Arbeitsgeräusche sind zu hören. Schade, er hatte gehofft, dass das Mädchen zufällig aus der Küche kommen würde. Er wollte sie doch so dringend noch mal sehen und vielleicht auch etwas zu ihr sagen. Obwohl er keine Ahnung hat, was er ihr dann tatsächlich sagen könnte. Wahrscheinlich würde ihm gerade dann wieder einmal nichts einfallen. Aber zumindest sehen, einen kurzen Blick auf sie werfen, das hätte er schon gern getan.

Nachdem er noch mal kurz stehen geblieben ist, die Tür sich aber nicht öffnet, geht er seufzend in sein Zimmer.

»So, kannst du auch schon kommen«, meint sein Freund Peter grinsend. »Dahinten ist noch das obere Bett frei. Unten liege ich. Deine Tasche solltest vielleicht auch ausräumen. In dem Schrank daneben ist noch Platz. Ich hoffe, es ist dir recht so. Hab extra das obere Bett frei gelassen, weil du da besser aus dem Fenster schauen kannst.«

»Was meinst du damit?« Wolfgang hat ein leicht mulmiges Gefühl. Haben sie ihn schon durchschaut?

»Na hör mal, das sieht doch ein Blinder, was mit dir los ist, seit wir hier sind«, antwortet Peter und die anderen grinsen dabei. »Aber schlecht sieht diese Zita wirklich nicht aus.«

Allgemeines Gekichere folgt und Wolfgang wird rot im Gesicht. Verlegen geht er zu seiner Tasche, um auszupacken.

Zita heißt sie also. Kein besonders geläufiger Name, zumindest nicht in seinem Bekanntenkreis. Aber das spielt auch überhaupt keine Rolle.

Beim Hinuntergehen zum Treffpunkt blickt Wolfgang nur ganz kurz aus den Augenwinkeln Richtung Küchentür, denn seine Kameraden sollen nichts davon mitbekommen. Aber die Tür ist geschlossen. Direkt neben der Eingangstür geht eine weitere Tür zur linken Seite weg, auf der *Privat* steht. Wahrscheinlich wohnt sie hier. Wolfgang will sich zukünftig auch um diese Tür kümmern und bleibt gleich mal innen an der Eingangstür stehen, bis Herr Merkl erscheint und sie alle sich draußen zum Abmarsch sammeln. Zita taucht aber nicht mehr auf.

Der Fußweg zum Dorf erweist sich als schmaler Fahrweg, der zunächst neben der Straße verläuft und nach etwa fünfhundert Metern nach links in engen Kehren direkt zum Dorf führt, ohne wie die Straße über andere Hütten und Weiler zu führen. Man kann das Dorf schon von weit oben erkennen und bald zeichnet sich auf einigen Gesichtern ein wenig Enttäuschung darüber ab, dass es sich doch nur um einen recht kleinen Ort handelt. Dort ist bestimmt überhaupt nichts los! Na ja, die paar Tage werden zu überstehen sein.

Nach etwa dreißig Minuten im Dorf angekommen, löst sich die Gruppe auf. Nun haben die Schüler eineinhalb Stunden zur freien Verfügung. Um siebzehn Uhr ist wieder Treffpunkt am bergseitigen Ortseingang. Sofort schwärmen einzelne Gruppen aus, um das Dorf zu erkunden. Wolfgang ist zusammen mit Peter und Josef, der auch mit ihm im Zimmer wohnt, und den er auch recht gut leiden kann, losmarschiert. Eine Dreiergruppe Mädchen schließt sich ihnen an und versucht mit ihnen ein wenig rumzualbern. Man kennt sich zwar von der Schule her, aber so direkten Kontakt hatte es bisher noch nicht gegeben, sodass zumindest die Jungs zunächst etwas verlegen sind. Aber nach ersten Schäkereien löst sich die Verlegenheit. Die Mädchen haken sich einfach bei den Buben ein und gehen mit ihnen los. Während Peter und Josef hell begeistert sind ob der überraschenden Zuneigung der Mädchen, ist es Wolfgang zwar nicht unangenehm, aber doch irgendwie ein wenig zuwider. Er hat doch eigentlich eine andere im Kopf. Um aber kein Spaßverderber zu sein, macht er einfach mit und denkt bei sich, dass es ja nichts Besonderes ist. Eigentlich freut er sich doch, denn noch nie hat sich ein Mädchen bei ihm eingehakt, so wie es Renate, so heißt das Mädchen, das ihn auserkoren hat, jetzt macht. Wie Peter und Josef weiß auch Wolfgang gar nicht so recht, was da mit ihm geschieht. Aber es ist einfach schön und das Kribbeln im Bauch ein ganz neues Gefühl!

Im Andenken- und Postkartengeschäft treffen sie andere Pärchen, aber auch auf einzelne Buben- oder Mädchengruppen. Das Geschäft ist voll mit Kindern, die alle zumindest ein paar Postkarten mit Briefmarken kaufen wollen, um den Eltern und Freunden einen Gruß schicken zu können.

Neben ein paar Bauernhöfen gibt es dann noch den *Oberdorfer Hof*, ein Hotel mit Gastwirtschaft, und statt einer Disko ist der zentrale Treffpunkt eine Milchbar. Hier gibt es Milch, Buttermilch und Shakes in vielen Variationen sowie Eis und auch andere Getränke wie Cola und Limonade. Außerdem spielt im Hintergrund immer gute Musik. Die aktuellsten Songs kann man sich sogar wünschen, dann legt die Bedienung die entsprechende Platte auf. Ansonsten läuft ein Tonband mit der aktuellen Popmusik.

Da trifft sich natürlich das ganze Dorf. Zumindest die Jugend. Hier sind auch Jugendliche von anderen Unterkünften, die schon länger hier sind und sich auskennen. Sie erzählen fleißig, was so alles geboten wird.

Wolfgang und seine Gruppe setzen sich an einen runden Fenstertisch und bestellen sich Milchshakes. Josef lädt seine neue »Freundin« natürlich ein. Er hat reiche Eltern und entsprechend viel Taschengeld mitbekommen. Etwas betreten sehen Peter und Wolfgang dabei zu. Aber sie haben nur sehr wenig Geld dabei und wollen ja nicht schon am dritten Tag pleite sein. Die beiden Mädchen nehmen das aber nicht krumm und bezahlen ganz selbstverständlich selbst. Renate merkt wohl, dass es Wolfgang trotzdem peinlich ist. Deshalb sagt sie, nachdem sie wieder Richtung Treffpunkt gehen und ein paar Meter hinter den anderen sind, zu ihm, dass sie es durchaus versteht, weil sie auch nur über wenig Geld verfügt. Da wird er ganz verlegen und bekommt ein rotes Gesicht. Er hatte doch gar nichts dergleichen gesagt! Obwohl es ihm gefällt, sie mittlerweile an der Hand zu halten, wird das schlechte Gewissen immer stärker. Was, wenn Zita das sehen würde? Auf jeden Fall muss er eine Möglichkeit finden, sobald die *Grimmer Alm* in Sicht kommt, die Hand loszuwerden, ohne Renate zu kränken.

Während er noch überlegt und nebenbei die Smalltalk-Unterhaltung weiterführt, sind sie wieder zu den anderen aufgeschlossen. Die Schüler befinden sich in recht losen Gruppen auf dem Heimweg. Frau Meyr und Herr Merkl bilden die Nachhut ganz am Ende der Kolonne, damit niemand verloren geht. Nach wenigen Minuten ist bereits das Dach der *Grimmer Alm* zu sehen und Wolfgang kommt die rettende Idee.

»Du, entschuldige, aber ich muss ganz dringend aufs Klo. Ich lauf schon mal voraus und warte dann oben auf euch«, dabei lässt er Renates Hand los und beschleunigt seinen Schritt. Etwas verdutzt überlegt Renate zunächst, ihm nachzulaufen, lässt es dann aber lieber sein. Sie will ja das Gespött der anderen nicht auch noch provozieren.

»Der hat's aber mächtig eilig«, meint sie stattdessen mit Blick auf die anderen.

»Ja, ja, nicht jeder verträgt die Milch«, lächelt Peter verschmitzt vor sich hin. Was er damit genau meint, bleibt offen.

Mittlerweile hat Wolfgang die Spitze der Gruppe erreicht und antwortet zum wiederholten Mal auf die Fragen seiner Mitschüler mit dem Standardsatz: »Mir pressiert's«.

Er zieht an ihnen vorbei und beeilt sich noch mehr. Jetzt hat er nicht nur die Flucht vor Renate im Auge, sondern vielleicht ergibt sich ja ein Blick auf Zita. Die müsste doch bereits mit dem Herrichten des Abendessens beschäftigt sein, wenn dies nicht gar andere Angestellte oder Frau Grimmer allein machen. Vielleicht muss sie noch Hausaufgaben machen oder so? Egal, einen Versuch ist's allemal wert.

Er beschleunigt nochmals, um seinen Vorsprung auszubauen. Dies gelingt ihm umso leichter, als der Rest der Gruppe immer langsamer vorangeht und zwischendurch wieder mal eine Pause einlegt.

Wolfgang sieht das Haus jetzt in voller Größe vor sich, als ein Auto, genauer gesagt, ein grüner Geländewagen, die Hauptstraße heraufklettert und in den Hof der *Grimmer Alm* einbiegt. Wolfgangs Herz beginnt zu rasen. Er hat nur noch etwa vierhundert Meter bis zum Haus. Der Geländewagen fährt bis zum Eingang vor und hält an. Eine Frau steigt aus, die er unschwer als Frau Grimmer erkennt, und geht nach hinten, um den Kofferraum zu öffnen. Aus der Beifahrerseite steigt auch eine Person in Jeans und einem dicken Anorak und Wollmütze auf dem Kopf. Darunter lugen ein paar blonde Haare heraus und Wolfgang ist sich sicher, dass es sich nur um Zita handeln kann. Während das Mädchen eine Einkaufstasche zum Eingang schleppt, holt Frau Grimmer eine Kiste mit Obst aus dem Kofferraum. Wolfgang beginnt die letzten paar Meter zu laufen und kommt gerade in dem Moment beim Auto an, als das Mädchen wieder an der Eingangstür erscheint, um weitere Sachen aus dem Auto zu holen. Es ist tatsächlich Zita! Wolfgang steht zunächst stumm vor dem Kofferraum und starrt nur zu ihr hin.

»Grüß dich, seid's schon da?«, fragt Zita, ohne eigentlich eine Antwort zu erwarten. Sie greift in den Kofferraum, um eine weitere Plastikkiste herauszuholen.

Wolfgang hat den ersten Verlegenheitsschock überstanden und meint eifrig: »Kann ich dir helfen?«

»Wenn du magst, kannst die Kiste in die Küche tragen. Ich zeig dir gleich, wo du sie hinstellen kannst.« Eine weitere Einkaufstasche in der einen Hand und einen Packen Toilettenpapierrollen unter dem anderen Arm, geht sie hinter Wolfgang her, der an der offenen Eingangstür auf sie wartet, sodass sie vorgehen kann. Dabei betrachtet er sie von hinten genau und sein Herz beginnt immer schneller zu klopfen. In der Küche angekommen, sieht Wolfgang schon eine Kiste auf einem Arbeitstisch stehen und stellt seine Kiste dazu.

»Ja, genau da g'hört's hin«, sagt Zita und legt ihre Sachen gleich daneben. Dabei kommt sie Wolfgang so nahe, dass er überzeugt ist, sie müsse sein Herzklopfen hören.

»Du, Zita, wir sind schon spät dran, schick dich und hilf mir dann, das Abendessen herzurichten«, ist Frau Grimmer aus der an die Küche angrenzenden Speisekammer zu hören.

»Ich zieh mich bloß schnell um, dann bin ich schon da.«

Wolfgang hat dabeigestanden und Zita förmlich mit seinem Blick aufgesaugt. Wie hübsch sie doch ist!

Als Zita sich umdreht, um zur Tür zu gehen, ist Wolfgang aus seiner Trance aufgewacht und geht schnell vor ihr her. Draußen auf dem Gang fasst er sich noch mal so richtig ein Herz.

»Du, warte doch mal, ich wollte dir noch was sagen«, flüstert er, als er neben ihr die paar Schritte Richtung ihrer Wohnung herläuft.

»Ja, danke fürs Helfen. Ich hab aber jetzt keine Zeit, hast ja die Mama g'hört. Aber kurz, was wolltest denn sagen?«

Wolfgang läuft knallrot an und ein Kloß im Hals sorgt dafür, dass er nichts herausbringt.

»Na, komm schon, ich hab's eilig«, drängt sie.

»Du bist wunderhübsch!«, stottert Wolfganga, aber bevor er weiterreden kann, kommt ihm prompt schon die Antwort entgegen: »Ja freilich, meinst, weil du mir eine Kiste hereingetragen hast, kannst dich schon an mich ranmachen, und nächste Woche hast mich schon wieder vergessen! Solches Geschmarre kannst dir spar'n, das höre ich jeden Tag fünfmal. So, und jetzt muss ich arbeiten.« Recht aufgeregt und laut hat sie die Antwort vorgebracht. Jetzt dreht sie sich um und verschwindet in der Tür mit der Aufschrift *Privat*.

Wolfgang weiß gar nicht, wie ihm geschehen ist. Ziemlich belämmert steht er noch da, als er seine Kameraden gerade auf den Hof kommen sieht. Schnell geht er ins Zimmer hoch und legt sich auf sein Bett. Es soll gerade so aussehen, als würde er schon eine ganze Weile auf sie warten. Heimlich wischt er sich ein paar Tränen aus den Augen und bemüht sich, einen möglichst normalen Eindruck zu machen.

»So, seid ihr auch schon da?«

»Schad', dass du schon so schnell weg bist, war noch ganz lustig mit den Weibern. Renate hat, glaub ich, schon einen anderen Stern entdeckt. Na ja, was soll's, oder?«, sagt Peter und zieht seine Schuhe und seinen Anorak aus. »Es ist zwar noch etwas Zeit zum Essen, aber ich geh schon mal runter. Übrigens, macht es dir was aus, wenn du dich heute mal woanders hinsetzen könntest, weißt, wegen der Weiber?«

»He, ihr seid aber rasant! Aber mein Bett geb' ich nicht her«, witzelt Wolfgang, auch um seine eigene Verlegenheit zu überspielen. »Geht nur, ich such mir schon einen Platz.«

Froh, den ersten Ansturm glücklich überstanden zu haben, dreht er sich auf den Rücken und starrt zur Decke. ›Was hab ich falsch gemacht? Wahrscheinlich mag sie mich tatsächlich nicht. Wird wohl so sein, schließlich bin ich ja auch nichts und sie kann sich ja jeden Tag einen anderen aussuchen. Wie konnte ich auch nur so blöd sein, gleich mit der Tür ins Haus zu fallen! Siehst doch, dass die anderen nur Stuss reden und Erfolg damit haben. Und du weißt dann, wenn's drauf ankommt, nicht, was du sagen sollst. Idiot!‹

Um nicht ganz zu verzweifeln, rafft er sich auf und geht ebenfalls hinunter in den Speiseraum. Er hat sich fest entschlossen, sich einen Platz zu suchen, auf dem er mit dem Rücken zur Essensausgabe sitzen kann. Er will um jeden Preis vermeiden, dass er Zita in die Augen schauen muss. Einerseits wäre es schön gewesen, wenn er sich jetzt mit Renate hätte zeigen können, um klar zu machen, dass er nicht auf Zita angewiesen ist. Aber das hat er auch vergeigt. Gleich zwei Niederlagen am ersten Tag! Das kann ja etwas werden!

Zita zieht sich schnell um und kommt, mit immer noch leicht rotem Kopf, zu ihrer Mutter in die Küche, wo sie sich gleich über die Einkäufe hermacht, um sie zu verstauen.

»Was war denn los da draußen? Hast Ärger g'habt, weil'st gar so laut und hektisch warst?«

»Ach, der Depp hat nur g'meint, dass er sich an mich ranmachen kann, bloß weil er mir eine Kiste reing'schleppt hat«, antwortet sie und verstaut weiter die eingekauften Sachen in verschiedene Schränke und Schubladen.

Die Mutter steht am Herd, kocht Sauerkraut und macht die Würstel für das Abendessen warm. »Aber so bös' hättest wirklich nicht sein müssen! Der arme Bub, der muss ja fix und fertig sein. Also, das hättest schon ein wenig freundlicher auch sagen können!«

»Aber gerade du sagst doch immer, ich soll ja nichts mit den Gästen anfangen, weil die ja bald wieder wegfahren und ich dann blöd da hock'. Du musst ihm nicht auch noch beistehen!« Zita redet sich langsam in Rage.

Ihre Mutter lächelt und weiß, dass es ihre Tochter erstmals so richtig erwischt hat. Na ja, das wird jetzt ein heißes Alter werden. ›Da darf ich ganz schön aufpassen!‹, denkt sie für sich.

Als Wolfgang den Speiseraum betritt, sind die meisten Plätze schon belegt. Bei einer Gruppe Mädchen sind noch vier Plätze frei und er geht zu ihnen und fragt, ob er sich zu ihnen setzen darf. Nachdem sie nicken, während sie sich weiter unterhalten und kaum Notiz von ihm nehmen, setzt er sich auf einen Stuhl, der mit dem Rücken zur Theke zeigt. Während er weitergrübelt, wird das Rollo hochgezogen und die Kinder stürmen an die Theke, um sich das Abendessen abzuholen. Wolfgang wartet, bis sich der Andrang gelegt hat, und stellt sich dann an. Es gibt Sauerkraut mit Würstel. Jeder kann sich selbst nehmen. Hinter der Theke steht niemand, aber man hört Geschirrklappern aus der Küche. Die Mädchen beachten ihn kaum. Er holt sich noch eine Tasse Tee, den er aus einem großen Kessel abzapfen kann. Es wird ihm immer unangenehmer, bei den Mädchen zu sitzen, ohne dass sich jemand mit ihm unterhält. Er überlegt angestrengt, was er sagen könnte. Skifahren morgen! Das müsste ein unverbindliches Thema sein.

»Freut ihr euch eigentlich schon auf morgen zum Skifahren?«, fragt er einfach mal über den Tisch.

»Keine Ahnung, von uns ist noch keine gefahren. Irgendwie sind wir schon gespannt, wie wir uns anstellen werden«, antwortet Marianne für die anderen. »In welcher Gruppe bist du denn? Kannst du schon Skifahren?« Marianne kennt er vom Sehen, sie wohnt in seiner Nachbarschaft und sie begegnen sich gelegentlich.

»Ich bin zwar schon mal auf Skiern gestanden und auch ein wenig gefahren, oder besser gerutscht. Einen Kurs habe ich auch noch keinen gehabt. Deshalb habe ich mich auch für die Anfänger gemeldet. Dann sind wir wohl in der gleichen Chaotengruppe. Super! Übrigens, ich bin der Wolfgang, falls mich eine von euch nicht kennen sollte.«

»Mich kennst du ja«, antwortet Marianne. »Das sind Sabine, Miriam und Karin. Die sind alle in meinem Zimmer. Wir wollen nachher noch ein paar Spiele machen. Hast du Lust mitzumachen?«

Die Mädchen sehen ihn erwartungsvoll an und Sabine und Karin nicken ihm aufmunternd zu.

»Okay, gerne, ich zieh mir dann bloß schnell einen Trainingsanzug an. Ist bequemer.«

Sie unterhalten sich noch allgemein weiter und Wolfgang ist froh, hier ganz ungezwungen reden zu können, und die Mädchen sind auch recht nett.

Nach dem Essen stellen die Kinder ihre Teller wieder auf die Theke zurück und gehen erst mal auf ihre Zimmer. Nachdem der Raum beinahe leer ist, nehmen sich Wolfgang und Josef jeder einen feuchten Lappen und wischen die Tische sauber. Mit den Mädchen hat er ausgemacht, dass sie sich in etwa einer halben Stunde wieder treffen. Während sie die letzten Tische säubern, wird von der Hüttenwirtin aus der Küche heraus das abgestellte Geschirr abgeräumt, die Theke gewischt und das Rollo herabgelassen. Der Teekessel und die Tassen bleiben stehen, damit sich jeder etwas nehmen kann. Wolfgang hat zwar die Abräumgeräusche gehört, sich aber bewusst so gedreht, dass er nicht hinsehen muss. Kaum ist das Rollo geschlossen, ärgert er sich schon wieder wegen seines blöden Verhaltens. Vielleicht hatte sie es auch gar nicht so gemeint. Er merkt, dass er schon wieder in das alte Gedankenfahrwasser gelangt, und geht schnell auf sein Zimmer. Josef kommt hinter ihm her.

»Du scheinst uns tatsächlich nicht böse zu sein, dass wir dich vom Tisch verdrängt haben. Finde ich wirklich super von dir! Offensichtlich hast du dich ja dort gleich wieder gut eingelebt. Ich hab schon gesehen, dass ihr euch ganz nett unterhalten habt.«

»Und jetzt spielen wir noch ein paar Spiele miteinander!«, antwortete Wolfgang stolz und mit einem gewissen Trotz in der Stimme.

»Glückspilz! Hast es wohl doch am besten getroffen. Unsere Weiber schwafeln nur über Mode, Ausgehen und Einkaufen. Meinst du, dass ich mich euch noch anschließen könnte?«

»Gehst halt einfach mal mit, dann sehn wir's schon. Gehn kannst ja immer noch. Aber ich glaub, die Mädchen haben nichts dagegen«.

Beide ziehen ihre Trainingsanzüge an und Josef drängt schon darauf, hinunterzugehen.

Natürlich haben die vier Mädchen nichts gegen Josef, der gut aussieht und sich auch gleich mit einer Cola bei jeder bedankt.

Es wird ein recht lustiger und unterhaltsamer Abend. Wolfgang tut die Ablenkung richtig gut. Trotzdem wirft er immer wieder heimlich einen kurzen Blick zur Tür, ob sie vielleicht hereinkommen würde, um etwas zu holen oder zu bringen. Aber von Zita ist den ganzen Abend nichts zu sehen.

Ein Teil der Kinder ist auf den Zimmern geblieben. Lärm und Gepolter dringt nach unten. Aus einem Zimmer hört man Musik von einem Kassettenrecorder.

In der Küche wird schweigend weitergearbeitet. Jeder kennt seine Arbeit und jeder Handgriff sitzt. Während Frau Grimmer das Essen bereitstellt und an der Theke aufpasst, dass alles in Ordnung ist, hat Zita bereits heißes Wasser vom Ofen in das große Spülbecken an der Außenwand der Küche geschüttet und mit dem Abwasch des Kochgeschirrs begonnen. Sie wollten eigentlich schon lange eine Spülmaschine kaufen, haben aber bisher nicht das nötige Geld auf die Seite bringen können. Müde verlassen Mutter und Tochter die Küche, nachdem alles Geschirr gewaschen und die Küche wieder sauber gemacht ist.

»So, jetzt machen wir uns noch einen schönen Tee, bevor wir zu Bett gehn«, meint die Mutter, während sie von der Küche in die Privaträume gehen. In der Stube macht sie mit einem Elektrokocher Wasser für einen Kräutertee heiß und stellt dann die Teekanne und zwei Tassen auf den Tisch. »Wie war's denn in der Schul', hast die Hausaufgaben schon gemacht?«

»Wie jeden Tag halt und die Hausi, die hab ich schon im Bus gemacht«, antwortet Zita lustlos und leicht genervt. Sie ahnt, dass die Sache mit dem Bub noch nicht ausgestanden ist. Seit ihr Vater vor sechs Jahren tödlich verunglückt ist, haben Mutter und Tochter sich versprochen, immer offen zueinander zu sein und über alles miteinander zu reden.

»Ich hab den Eindruck, dass dich das mit dem Buben heut' immer noch beschäftigt, oder täusch' ich mich?«, fragt die Mutter vorsichtig, während sie die beiden Tassen mit dem frischen Tee füllt. Sie setzt sich zu Zita auf das Sofa, das neben dem Tisch steht und auf dem ihre Tochter zusammengekauert auf der Seite liegt. »Komm und trink mal einen Schluck, dann geht's gleich wieder besser.«

Zita setzt sich auf und lehnt sich gegen ihre Mutter. Die warme Tasse in der Hand und das Kuscheln mit der Mama tun Zita richtig gut.

»Ja, irgendwie hast' schon recht, ich hätt' nicht unbedingt so kratzbürstig sein müssen. Aber jetzt ist es halt mal so. Eigentlich hat's mir schon gefallen, was er so g'sagt hat, aber ich war einfach irgendwie geschockt oder so. Ich weiß auch nicht. Aber jetzt schaut er mich sicherlich nicht mehr an!« Bekümmert trinkt sie vom Tee und stellt die Tasse wieder zurück auf den Tisch. Sie nimmt mit beiden Händen Mamas Arm und zieht ihn ganz fest an sich heran.

»Na ja, vielleicht könntest dich ja bei dem Bub entschuldigen und sagen, dass du halt einfach zu überrascht warst und deshalb ein wenig verstört geantwortet hast. Und dass du es halt nicht so gemeint hast. Ich bin sicher, dass er heilfroh darüber wäre und du ganz bestimmt auch! Weißt du, so etwas befreit und stellt alles wieder auf Anfang.«

»Aber wie soll das gehen, ich kann doch nicht einfach in den Speiseraum gehn und mich dort vor allen anderen da entschuldigen. Also, das kann ich bestimmt nicht! Und in sein Zimmer hochgehn schon gleich gar nicht!«

»Natürlich nicht, musst ihn halt mal abpassen. Hast ja noch ein paar Tag' Zeit.«

»Gut, ich werd's mal probieren. Jetzt geh ich aber ins Bett, bin eh schon ganz müd'.«

Zita trinkt noch ihren Tee aus, gibt der Mutter einen Kuss, der heute etwas intensiver und länger ausfällt als sonst, und geht in ihr Zimmer.

Die Mutter sitzt noch eine Zeitlang versonnen am Tisch und träumt von ihrer eigenen Jugendzeit.

Während aus zwei Betten bereits aktive Schlafgeräusche zu hören sind, liegt Wolfgang mit offenen Augen da und starrt zur Decke. Da sind sie wieder, diese Gedanken, die keine Ruhe geben wollen. Kaum sieht er Zitas Gesicht ganz nahe und scharf vor sich, verschwimmt es schon wieder. Widersprüchliche Stimmen arbeiten in seinem Kopf gegeneinander: ›Hast dich sauber zum Deppen gemacht! Wie konntest du nur so blöd sein? Wir haben doch genug Mädchen dabei, dass sich auch für dich eine findet. Hak' sie einfach ab und vergiss sie! – Aber sie ist so hübsch und ich mag sie doch so gerne! Vielleicht war sie einfach nur im Stress. Natürlich hat sie die Auswahl, schließlich kommen ja dauernd neue Jungs zu ihr. Da sind sicher genügend dabei, die sich an sie ranmachen wollen und ihr das eine oder andere nette Wort sagen. Sie wird wohl recht verwöhnt sein von den Jungs und sie allein trifft die Wahl! Ich gehöre halt nicht dazu!‹

Nachdem er fest beschlossen hat, Zita zu vergessen, schläft er tatsächlich ein. Es dauert aber nicht lange, bis er vom Herzrasen wach wird. Im Traum war Zita wieder ganz nah bei ihm gewesen. Sie streckte ihm gerade ihre Arme entgegen, als er aufwacht. Er rollt sein Kopfkissen zusammen und zieht es ganz fest an sein Gesicht. Unbedingt will er den Traum weiterträumen und stellt sich vor, dass das Kopfkissen Zita wäre. So döst er eine Zeit lang dahin und sein Herz beruhigt sich wieder. Auf jeden Fall will er noch einen Versuch bei ihr starten. Gleich morgen!

Kurz nach sechs Uhr wacht er ziemlich gerädert auf. Er will jetzt kein Gedankenmartyrium haben, deshalb steht er leise auf, nimmt seine Waschsachen und schleicht aus dem Zimmer. In den anderen Zimmern herrscht überall noch Ruhe. An der Treppe macht er Licht und geht vorsichtig und langsam hinunter. Er will schließlich niemanden wecken.

Unter der Tür zu den Privaträumen schimmert Licht durch einen kleinen Spalt. Sofort schießt ihm der Gedanke in den Kopf, dass sicherlich Zita dahinter schon beim Frühstück ist. Sie musste ja wahrscheinlich bald zur Schule. Unten im Dorf hat er keine Schule gesehen, sodass sie wohl noch ein Stück fahren muss.

Er geht weiter zur Toilette und dann in den Waschraum für die Jungs. Zwar schließt er die Tür, aber er nimmt gleich das erste Waschbecken direkt am Ausgang. Vielleicht kann er ja hören, wenn die Tür aufgeht, und er könnte dann wie zufällig aus dem Waschraum kommen. Aber im Schlafanzug? ›Das gibt die nächste Pleite! Lass es lieber!‹, sagt ihm sein Kopf. Dennoch lässt er sich viel Zeit beim Waschen und putzt die Zähne so lange wie noch nie.

»Guten Morgen, ah, ein Frühaufsteher ist schon da.« Herr Merkl ist zur Tür hereingekommen und geht nach hinten zu den Duschen.

»Guten Morgen, Herr Merkl, ich steh immer so früh auf«, antwortet Wolfgang, nachdem er sich schnell den Mund ausgespült hat.

Herr Merkl verschwindet in der Duschkabine. Wolfgang packt seine Sachen und geht wieder auf sein Zimmer. Mittlerweile sind schon mehr Geräusche aus den Zimmern zu hören und zwei Mädchen kommen auch bereits die Treppe herunter. Mit einem kurzen »Morgen« geht er an ihnen vorbei.

Peter ist auch schon aufgestanden und sucht gerade im Schrank nach seinem Waschzeug. »Morgen, Wolfgang, bist du etwa schon fertig?«, fragt er, als er Wolfgang ins Zimmer kommen sieht. Die anderen Kameraden dösen noch in ihren Betten.

»Ja, ich bin schon eine ganze Weile wach und dann eben aufgestanden. Jetzt ist unten noch alles frei!«

Er sucht sich frische Unterwäsche und zieht dann wieder seinen Trainingsanzug darüber. Zum Skifahren müssen sie sich sowieso umziehen. Verschlafen kommen langsam auch die anderen aus den Betten und murmeln ein »Morgen«. Wolfgang schüttelt sein zerknülltes Kopfkissen auf und legt seine Zudecke sauber auf die Matratze. Dann hangelt er sich wieder hoch und legt sich auf das Bett. Zum Frühstücken ist es noch zu früh und allein unten rumhängen will er auch nicht. Jetzt ist das Zimmer bis auf ihn leer und er kann wieder seinen Gedanken und Gefühlen nachhängen. Dabei sieht er verträumt aus dem Fenster und bemerkt einen Pkw, der im Hof anhält. Eine ältere Frau steigt aus, geht auf das Haus zu und verschwindet im Eingang. Sie hat einen großen Stoffbeutel dabei, in dem er Brot oder Semmeln vermutet. Kurz darauf hält ein Geländewagen draußen auf der Straße. Wolfgang hört die Eingangstür gehen und sieht, wie Zita mit ihrem Schulranzen auf dem Rücken zu dem Wagen läuft. Sie öffnet die hintere Wagentür und bevor sie einsteigt, wirft sie noch einen kurzen Blick zur Hütte zurück. Oder ist es nur eine Täuschung gewesen?

Kurz darauf springt er wieder von seinem Bett herunter, richtet das Kissen und die Zudecke wieder sauber hin und geht mit Peter und Josef hinunter in den Speiseraum. Das Rollo ist zwar noch zu, aber der Teekessel fühlt sich schon heiß an und Tassen stehen auch bereit. So schenken sich die drei schon mal Tee ein und setzen sich an einen Tisch. Dann wird noch kurz über den Vorabend gesprochen. Josef ist ganz begeistert von den Mädchen, mit denen er gerne noch länger Karten gespielt hätte. Aber heute ist auch noch ein Tag! Jetzt geht es dann erst mal zum Skifahren.

Bei der Essensausgabe zeigt sich, dass in der Küche noch eine zweite Frau ist, die dort herumhantiert. Wohl die, die mit dem Auto gekommen ist.

Nach dem Frühstück wird die Skibekleidung angezogen und jeder holt sich seine Skier aus dem Verschlag neben der Eingangstür.

Der Bus fährt heute wieder heim und wird erst wieder nächsten Sonntag kommen, um dann am Montag alle wieder heimzubringen.

Die Pisten sind alle zu Fuß zu erreichen. Wer noch keine eigenen Skier hatte, ist auf der Herfahrt im Ort bei einem Skiverleih damit ausgestattet worden. Zum Trocknen der nassen Skistiefel gibt es im Haus einen eigenen Raum unter der Treppe.

Zita steigt zu ihrer Freundin Uschi, die in einer Hütte circa achthundert Meter weiter bergauf wohnt, ins Auto. Vorne sitzt Veronika, deren Mutter diese Woche an der Reihe ist, die Kinder zum Schulbus ins Tal zu bringen und mittags wieder abzuholen. Die Mütter wechseln sich wöchentlich ab oder bitten einen Nachbarn darum, wenn es wegen zu vieler Arbeiten mal nicht möglich ist. Wenn Zitas Mutter an der Reihe ist, müssen sie immer schon fünfzehn Minuten früher fahren, weil die Mutter bis zum Frühstück wieder da sein muss. Veronika ist schon sechzehn und eine Klasse höher. Sie wird heuer mit der Schule fertig sein.

Uschi ist mit Zita in einer Klasse und sie sitzen auch beieinander. Sie sind sehr eng befreundet und es gab bisher keinerlei Geheimnisse zwischen ihnen. Im Gegenteil, wenn eine etwas Neues weiß, drängt es förmlich heraus, damit die andere es auch erfährt. Unbedingt muss Zita von gestern erzählen, will aber wegen Veronika und deren Mutter nicht schon im Auto damit anfangen. Unten an der Bushaltestelle und im Bus wird sich sicher eine Gelegenheit ergeben. Wenn man nur schon dort wäre!

Endlich, nach langen fünfzehn Minuten, ist die Haltestelle erreicht. Der Bus kommt erst in ca. acht Minuten und es sind schon mehrere Schüler da. So fällt es nicht auf, als sich die beiden ein wenig absondern.

»Uschi, ich muss dir unbedingt was sagen! Du wirst es nicht glauben, aber ich hab einen Riesenscheiß gemacht! So blöd wie ich kann man eigentlich gar nicht sein.« Für Zita gibt es kein Halten mehr. Doch Uschi dauert es schon zu lange bis Zita endlich zur Hauptsache kommt.

»Nun mach schon, der Bus kommt gleich. Erzähl schon, was passiert ist, den Rest kannst ja auch im Bus erzählen.«

»Ich brauch' unbedingt deine Hilfe. Es ist ganz wichtig«, sagt Zita aufgeregt. »Wir müssen einen Plan machen, hörst du?«

»Jetzt reiß dich doch zusammen und erzähl mal, was eigentlich passiert ist.« Uschi platzt fast schon vor Neugierde. Das muss ja etwas Weltbewegendes sein! So aufgeregt kannte sie ihre Freundin noch gar nicht.

»Stell dir vor, ein Bub, einer von unseren Gästen, hat mir gestern einfach so beim Ausladen von unseren Einkäufen g'holfen und dann, wie wir fertig waren, wollt' er mir noch was sagen. Mir hat's aber schon pressiert und ich hätt' beinah' vergessen, mich zu bedanken. Dann ist er bei mir stehn blieben und hat mich einfach ang'schaut. Ich war schon ganz nervös und dann hab ich mir dacht, er will wohl ein Dankschön hör'n. Also hab ich's halt g'sagt und dass ich keine Zeit hätt'. Da ist er knallrot worden und hat g'sagt, dass ich wunderhübsch sei! Stell dir vor, so ein Depp! Ich hab ihm dann gleich g'sagt, er braucht sich wegen der Kisten, die er rein'tragen hat, nichts einbilden und glauben, dass er sich deshalb an mich ranmachen könnt'. Scheiße, nachdem es raus war, hat's mir auch schon leidgetan. Aber ich bin dann schnell in der Wohnung verschwunden. Als ich dann wieder zur Tür naus g'schaut hab, war der Bub weg. Ich weiß nicht einmal, wie er heißt. Aber er sieht wirklich gut aus.« Während des Redens ist sie ganz rot im Gesicht geworden.

Der Bus ist vorgefahren und sie steigen ein. Auf der rechten Seite sind noch drei Reihen frei. Schnell setzen sie sich in die mittlere davon, damit ein wenig Abstand zu den anderen ist.

»Ist ja heiß! Hast aber anständig vergeigt und was soll ich jetzt machen?« Begeistert hat Uschi die Geschichte angehört.

»Meine Mama hat das Ganze mitbekommen und am Abend dann g'meint, dass ich mich halt entschuldigen sollt'. Dann wär' alles wieder auf Anfang! Aber ich hab doch keine Ahnung, wie ich das machen soll. Ich wenn ihn seh, dann sterb' ich doch eher, als dass ich was sagen könnt'. Außerdem hab ich keine Ahnung, wann ich ihn mal allein antreffen könnt'. Vor Zeugen geht sowieso überhaupt nichts. Darum brauche ich einen Plan und du musst mir dabei helfen.«

Nachdem die Plätze vor und hinter ihnen auch belegt sind, unterhalten sie sich nur noch leise und Uschi verspricht, sich bis zur Pause einen Plan zu überlegen. Sie freut sich schon riesig darauf, ihrer Freundin bei dieser Sache helfen zu können. Deshalb muss der Plan auch super sein!

Nach der zweiten Ermahnung durch den Mathelehrer, endlich das Flüstern einzustellen, beteiligen sich die beiden wieder ernsthaft am Unterricht. Nächste Stunde ist Englisch dran. Beide sind in diesem Fach eher Durchschnitt und sollten deshalb gut mitmachen. Doch in den Köpfen sind einfach andere Gedanken, die sich immer wieder in den Vordergrund drängen.

Plötzlich lacht Uschi laut auf und hält sich sofort die Hand vor den Mund.

Miss Drange sieht sofort zu den beiden hin und will wissen, was denn so lustig sei.

»Ach, nichts Besonderes, ich hab halt bloß an was Lustiges denken müssen. Ist aber schon wieder vorbei«, entschuldigt sich Uschi. Tatsächlich ist sie aber fürchterlich aufgeregt.

»Wir sind hier aber in der Englischstunde! Deshalb das Ganze noch einmal in Englisch, bitte!« Erbarmungslos besteht Miss Drange darauf, dass Uschi, unter dem Gelächter der anderen, ihre vorgebrachte Entschuldigung Wort für Wort übersetzt. Dann muss sie auch noch die ganze neue Lektion vorlesen, die erst nächste Stunde besprochen werden soll. Glücklicherweise ist dann gleich Pause.

»Was hast'n g'habt?«, will Zita gleich wissen.

»Die Lösung! Ich hab die Lösung!« Uschi schreit es fast hinaus und umarmt dabei Zita. Einige Schüler schauen zu ihnen hin und schütteln nur den Kopf.

»Ich hab's, ich hab's!«

Zita schaut einerseits erfreut, andererseits hat sie Zweifel, dass die Lösung so schnell und einfach sein sollte, wie Uschi den Anschein erweckt.

»Komm mit raus, dann erklär' ich's dir.«

Zwanzig Minuten haben sie Zeit, um den Plan durchzusprechen.

»Also, pass mal auf.« Aufgeregt zieht Uschi ihre Freundin in eine Ecke des Pausenhofs. »Ganz kurz: Ich besuch' dich heut' Nachmittag und bleib bis zum Abendessen. Wenn die Schüler dann in den Speiseraum gehn, zeigst du mir denjenigen, den du meinst. Ich geh dann raus auf den Gang und schnapp' mir einfach einen, dem ich dann sag, er soll denjenigen für einen Moment mal auf den Gang heraus vor die Küchentür schicken. Und er soll ihn allein herausschicken. Glaub mir, das krieg' ich hin, dass der Bub herauskommt. Ich bleib dann an der Tür stehen und verwickle ihn so lange in ein Gespräch, bis die Luft rein ist. Dann sag ich ihm, dass er noch einen Moment warten soll. Ich geh schnell rein und du gehst raus. Ich übernehm' dann in der Küche einstweilen deine Arbeit. Ja, und reden musst aber dann schon selber! Was meinst? Ist doch super!«

»Und wenn er nicht rausgeht?« Zita zittert fast vor Aufregung.

Zuversichtlich und ganz energisch antwortet Uschi: »Der geht raus! Sonst geh ich rein und hol' ihn persönlich! Überleg du dir mal lieber schon, was du dann sagst.«

»Mein Gott, Uschi, danke! Ich glaub, das könnt' funktionieren. Aber was soll ich dann bloß sagen? Wahrscheinlich bring ich sowieso überhaupt nichts raus!«

»Das ist mir dann aber egal. Ich lass euch einfach stehen und verschwinde, dann wird schon einem von euch etwas einfallen. Aber dich hat's vielleicht erwischt, meine Güte, aber ich vergönn's dir!«

Die Anfänger- und Fortgeschrittenengruppen schnallen ihre Skier gleich im Hof an, wobei Herr Merkl bei jedem Einzelnen die Bindungen kontrolliert. Anschließend überqueren sie die Straße und nach ca. zweihundert Metern wird bereits der Anfängerhügel erreicht. Eine Pistenraupe hat den kleinen Hang schon vorbereitet. Die Fortgeschrittenen müssen noch ein gutes Stück weiter nach oben gehen, wo das Gelände erheblich steiler wird und der Hang in die andere Richtung abwärts geht. Er ist auch wesentlich länger als der Anfängerhügel.

Gleich hinter dem Gebäude geht die Abfahrt zur Liftstation für die Könner hinab. Der Skilehrer fährt, nach einer kurzen Begrüßung, durch den Tiefschnee voraus. Alles Weitere will er dann unten am Lift erklären.

Wolfgang und seine Anfängergruppe haben Frau Meyr als Übungsleiterin. Sie hat mit den dreizehn Kindern, von denen viele noch nie auf Ski gestanden haben, die meiste Arbeit.

Also, erst mal ohne Stöcke hinstellen und versuchen, winzige Hügel irgendwie hinunterzukommen, damit sie sehen kann, wer am meisten Unterstützung braucht. Wolfgang ist ja kein reiner Anfänger mehr. Deshalb meldet er sich auch als Erster zur Probefahrt.

»Ja, das geht ja schon ganz gut, ein bisschen mehr Vorlage, dann klappt es schon«, lobt Frau Meyr. »Ich mach's mal vor. Passt bitte genau auf!«

Sie fährt etwa zehn Meter einen kleinen Hügel hinunter, wobei sie während der Fahrt auch noch laut die Haltung erklärt. Dann kommen die Schüler dran. Einer nach dem anderen gleiten sie hinunter. Einige sind aber schon bei der Aufstellung ausgerutscht und gestürzt. Sie haben zudem Probleme mit dem Aufstehen. Frau Meyr legt sich auf den Boden und zeigt, wie man vorgeht, wenn man gestürzt ist und wieder aufstehen will. Die Schüler müssen es nachmachen. Es ist für alle ein Riesenspaß. Jeder schlittert noch ein paarmal den Hang hinunter und schon ist es Zeit, wieder heimzufahren, zum Mittagessen. Um halb zwei geht es dann wieder weiter. Bis vier Uhr haben sie vor, auf den Pisten zu bleiben.

Stemmbögen fahren ist am Nachmittag angesagt. Zunächst wieder nur auf der kurzen »Rutschbahn«, auf der nur jeweils ein Links- und ein Rechtsbogen möglich sind. Nachdem aber jeder die Bögen zumindest vom Prinzip her beherrscht, wird zum nächsten Hügel gleich nebenan gewechselt. Immerhin kann man da schon sieben bis acht Bögen schaffen und vor allem, es geht auch schon wesentlich schneller. Dieser Hang ist von der Pistenraupe mit einem großen Schneehaufen unten abgesichert, sodass ein jeder, der nicht mehr rechtzeitig bremsen kann, dort landet, statt bis ins Tal zu rasen oder hinunterzukollern. Die Kinder haben sehr viel Spaß miteinander. Frau Meyr, die bis dahin ja kaum einer von den Schülern näher kannte, wird schnell beliebt, denn sie hat eine sehr offene und freundliche Art, mit den Kindern umzugehen. Kurz nach vier Uhr trudeln wieder alle zusammen bei der *Grimmer Alm* ein und poltern in das Gebäude. Die Profis erzählen von dem tollen Lifterlebnis und dass der Skilehrer ein ganz pfundiger Kerl sei. In dem allgemeinen Geplapper und Gepolter schaut sich Wolfgang um, ob er Zita entdecken kann. Aber sie ist nirgendwo zu sehen. Tagsüber hatte er immer wieder an sie denken müssen und sich vorgenommen, am Abend einen neuen Versuch zu starten.

Beim Verstauen der Skier in der vorgesehenen Hütte gibt es ein Gerangel um die besten Plätze. Die Skistiefel werden unter der Treppe zum Trocknen aufgestellt. Der Großteil der Schüler verschwindet erst einmal auf die Zimmer, während einige noch unten am Eingang herumstehen und sich lautstark unterhalten. Frau Grimmer, Zita und Uschi sind in der Küche mit der Vorbereitung des Abendessens beschäftigt. Nachdem es heute kalte Platte auf vorbereiteten Tellern gibt, kann sich jeder einen Teller selber nehmen und die Verteilarbeit an der Ausgabe ist nicht erforderlich. Außerdem kommt es Frau Grimmer seltsam vor, dass die Uschi so überraschend zu Besuch gekommen ist, sodass sie den Verdacht auf ein besonderes Unterfangen der beiden Mädchen nicht unterdrücken kann. Auch Zitas extreme Hilfsbereitschaft wie: »Mama, lass nur, ich mach das schon«, deutet darauf hin. Und sie hat auch einen konkreten Verdacht, worum es gehen könnte. Normalerweise muss Uschi zuhause genauso helfen wie Zita und kommt nur gelegentlich am Wochenende während des Tages vorbei. Aber heute hat sie offensichtlich frei bekommen, also muss es sehr dringlich sein.

»Ich müsste wegen des Einkaufens morgen noch telefonieren.« Ihre Mutter will den beiden Gelegenheit für ihr Vorhaben geben. »Könntet ihr vielleicht ohne mich weitermachen? Es ist ja schon fast alles so weit fertig. Ich bin dann drüben im Büro.«

Zita schickt schnell einen verschmitzten Blick zu Uschi hinüber. Eine Hürde weniger!

Langsam füllt sich der Speiseraum mit den Kindern. Durch einen kleinen Spalt zwischen den Rolladenpanelen späht Zita immer wieder mal in den Raum hinüber. Wolfgang kommt erst spät, als die meisten anderen schon Platz genommen haben. Er setzt sich wieder so wie gestern mit dem Rücken zur Küche zu den vier Mädchen. Als Zita ihn erblickt, plumpst ihr das Herz in die Hosentasche und ganz aufgeregt winkt sie Uschi heran: »Der da am rechten Tisch, mit dem Rücken zu uns. Einen roten Pulli hat er an und sitzt bei vier Mädchen. Siehst du ihn?«

»Okay, wir gehn jetzt raus und ich schau, dass ich einen Übermittler auftreib'. Wenn du siehst, dass ich jemanden habe, läufst du schnell zum Rollo und ziehst es hoch. Dann gehen nämlich alle zum Essen holen und es fällt überhaupt nicht auf, dass einer noch mal nach draußen geht. Kapiert?«

Sie gehen schnell zur Küchentür und öffnen sie einen Spalt, um die Lage zu überprüfen. Der Gang ist leer. Verflixt, niemand mehr da! Uschi geht leise Richtung Treppe, als sie von oben jemanden kommen hört. Es ist ein Mädchen, das gerade noch eine Strickjacke überzieht und die Treppe schon fast herunten ist. Sonst ist weit und breit niemand.

»Hey, du, warte doch bitte mal kurz.« Das Mädchen bleibt erstaunt stehen. »Was ist los?«

Uschi sieht sich kurz um, ob sie noch alleine sind. »Ich hab eine ganz große Bitte an dich. Da in dem Raum ist ein Bub, gleich vor der Theke auf der rechten Seite, mit dem Rücken zur Küche, den könntest mir bitte mal rausschicken. Einen roten Pullover hat er an. Aber bitte vorsichtig und ohne großes Trara. Du verstehst schon, sonst wär's bloß peinlich! Sag ihm einfach, dass jemand auf ihn warten würde. Machst du das, bitte?«

»Klar, ist ja toll. Wer bist denn du eigentlich?«

»Gibt's alles später. Jetzt bitte schnell, bevor er aufsteht!«

»Gut, mich brauchst du dann aber nicht mehr, oder?«

»Nein, du kannst in Ruhe essen. Und danke, ist wirklich lieb von dir!«

»Kein Problem.« Das Mädchen geht los und Uschi gibt schnell Zita das Zeichen, um das Rollo zu öffnen. Uschi bleibt vor der Küchentür stehen und wartet mit klopfendem Herzen, was jetzt wohl passieren wird. Sie hört das Rollo und gleich danach auch schon das Stuhlrücken der Kinder. Das Essen ist so vorbereitet, dass niemand an der Theke stehen muss. Jeder kann sich selbst bedienen.

Mittlerweile steht auch Zita schon an der Küchentür und spitzt durch einen schmalen Spalt auf den Gang hinaus. Da hört sie, wie sich die Tür zum Speiseraum öffnet und jemand Richtung Küchentür schlürft. Ihr Herz rast und sie dreht sich um, um nicht hinsehen zu müssen.

Uschi sieht den Buben kommen und geht auf ihn zu. Sie hat sich dazu gezwungen, etwas ruhig zu wirken, obwohl sie zum Zerreißen angespannt ist.

»Hallo, Servus«, sagt sie und sieht den Jungen an. Dieser wirkt überrascht. Er hat wohl jemand anderen erwartet.

»Servus, was gibt's?«

»Komm doch bitte schnell mal mit, da bei der Tür möcht' jemand mit dir reden. Komm schon, bevor noch jemand daherkommt.«

Verwirrt geht Wolfgang mit. Gerade will er fragen, wer sie denn überhaupt sei, als sie schon an der Tür stehen.

Uschi wechselt ganz schnell auf die Küchenseite der Tür und schiebt Zita kurzerhand einfach hinaus. Dann lehnt sie die Tür aber nur an und lauscht mit klopfendem Herzen. Bisher ist ja alles gut gegangen. Jetzt kommt Zitas Teil. Aber sie hört nichts!

Zita landet einfach vor der Tür und sieht Wolfgang dort stehen. Vor lauter Aufregung hat sie die Küchenschürze noch in der Hand und kann kein Wort sagen. Die beiden sehen sich nur an.

»Ah, du! Du wolltest mit mir reden?«, bringt er endlich stotternd heraus.

»Ja, wegen gestern«, würgt sie geradezu hervor. Ihr Mund ist trocken wie Staub und keine weitere Silbe ist ihm mehr zu entlocken.

»Ist schon gut, hast sicher nicht so gemeint gehabt. Passt schon.« Voller Stolz, dass er wenigstens ein paar Worte stammeln kann, ohne ohnmächtig zu werden, zeigt er sich gleich recht großherzig.

Jetzt hat Zita ein Stichwort bekommen. »Genau, ich hab das nicht so gemeint. Weißt, ich war halt im Stress und überhaupt nicht drauf g'fasst. Und außerdem hat mir meine Mama immer g'sagt, dass ich ja nichts mit die Gäste anfang'.« Plötzlich sprudelt es nur so aus ihr heraus. »Dabei stimmt das gar nicht, dass ich jeden Tag fünfmal von Buben angesprochen werd'. Ehrlich g'sagt, hat so was überhaupt noch keiner zu mir g'sagt. Und ich hab mich dann auch närrisch drüber g'freut und mich geärgert, dass ich so blöd zu dir gewesen bin. Meine Mama hat g'sagt, wenn ich mich bei dir entschuldigen tät, wär' alles wieder auf Anfang! Ist es so? Es tut mir nämlich wirklich wahnsinnig leid, dass ich so grob war.«

»Ja, na ja«, er stottert herum und weiß überhaupt nicht, wie ihm geschieht. Sein Herz ist kurz vor der Explosion. Das ist doch genau das, was er erhofft hatte. Und jetzt ...

»Ja, natürlich, deine Mama hat schon recht und das andere kannst einfach vergessen!« Na, wenigstens ein paar Worte, aber was soll er weiter sagen?

Fieberhaft überlegt er, wie er die Situation in die Länge ziehen könnte. Aber es fällt ihm einfach nichts ein.

»Danke, ich bin ja so froh, das kannst du dir gar nicht vorstellen. Ach, ich könnt' plötzlich so spinnen«, meint Zita dann und dreht sich einmal vor Freude im Kreis.

Diese Freude lockert auch Wolfgangs Verlegenheit.

»Ich bin auch froh, ich hab die ganze Zeit bloß daran gedacht, wie ich dich trotzdem noch einmal sehen könnt'. Ja und jetzt steh ich da vor dir und bring fast nichts raus. Hoffentlich mach ich damit jetzt nichts kaputt.«

»Aber nein, mir geht's doch auch nicht besser. Ich muss aber wieder in die Küche, meine Mama wird gleich wieder kommen, und du musst was essen, sonst gibt's nichts mehr.«

»Hm, können wir uns wieder mal treffen?«, fragt er schüchtern und sieht zu Boden, damit sie seine Verlegenheit nicht sieht.

»Du, Zita, ich müsste dann wieder heim, könntest du mich begleiten? Es ist ja schon dunkel! Oder ihr geht beide mit, dann brauchst du nicht allein heimgehen. Aber vorher helf ich dir schnell, die Küche sauber zu machen«, schlägt Uschi vor und lächelt leicht Richtung Zita. Die erkennt natürlich sofort Uschis Gedanken, und die Aussicht, mit Wolfgang allein heimzugehen, raubt ihr schier die Luft. Knallrot im Gesicht steht sie da und sieht nur Wolfgang an. Der fasst sich als Erster und meint: »Das wäre super, aber ich müsste bis halb sieben wieder da sein, weil dann kontrolliert wird.« Ihm wird ganz warm und er merkt, wie er am liebsten den beiden Mädchen um den Hals fallen würde. Aber er will nicht wieder etwas überstürzen und alles kaputt machen. Deshalb macht er auf cool, obwohl in ihm alles kocht und pocht.

Nachdem Zita noch immer nichts sagen kann, ihre Augen und ihr ganzes Gesicht aber klar zu erkennen geben, was ihr Wunsch ist, übernimmt Uschi schnell wieder.

»Wie heißt denn du eigentlich?«, hilft sie Wolfgang auf die Sprünge und plötzlich wird den beiden bewusst, dass sie sich ja nicht einmal vorgestellt haben.

»Wolfgang, Wolfgang Fellner heiße ich und komme aus Regensburg«, erklärt er völlig überfahren.

»Ich bin die Zita und wohn' hier und das ist die Uschi, meine beste Freundin, die wohnt gleich oberhalb von uns in der nächsten Hütte«, antwortet Zita fast automatisch.

»Gut, Wolfgang«, übernimmt Uschi wieder die Unterhaltung, »dann in fünfundzwanzig Minuten, um dreiviertel sechs am Ausgang. In dreißig Minuten seid ihr wieder da. Also kein Problem für dich. Und wir gehen jetzt ganz schnell in die Küche. Komm schon!«, dabei nimmt sie Zita an der Hand, zieht sie in die Küche und schließt die Tür.

Zita lehnt sich erst mal an die geschlossene Tür und zittert am ganzen Körper.

»Also, so schlimm war das doch gar nicht! Und ist doch super gelaufen! Das mit dem Heimgehen ist mir gerade noch rechtzeitig eingefallen. Toll, oder?« Uschi sieht sich als Managerin in Sachen Verbindungen knüpfen und ist ganz stolz auf ihre Einfälle.

»Danke, Uschi« stammelt Zita, immer noch ganz aufgeregt. »Ich kenn' mich noch überhaupt nicht aus und kann's einfach nicht glauben. Was red' ich denn mit dem Wolfgang beim Heimgehn. Da fällt mir bestimmt wieder nichts ein.«

»Na und, dann red'st halt nichts. Aber jetzt komm schon, sonst werden wir nicht fertig und du willst doch bestimmt pünktlich sein.«

Die beiden Mädchen machen sich an die Arbeit, räumen das Geschirr ab und füllen Wasser in den Bottich. Da kommt Frau Grimmer in die Küche und übernimmt wieder das Kommando. »Ah ja, ihr fangt's ja schon mit dem Abwasch an. Hat alles gut geklappt?«, fragt sie und Zita überlegt kurz, was die Mutter damit wohl meint.

»Ja, es alles gut gelaufen, keine Probleme. Du, Mama, ich begleit' die Uschi dann noch heim. Aber ich bleib nicht bei ihr, sondern komm gleich wieder. Ist das okay?«

»Natürlich, nimm dir eine Taschenlampe mit. Es ist ja schon dunkel. Ihr könnt schon losgehen, den Abwasch mach ich schon. Ihr seid eh so fleißig gewesen.«

»Uns pressiert's aber gar nicht, weil wir gehen eh erst um dreiviertel. Hast du was dagegen, wenn ein Bub mitgeht?« Fast ängstlich stellt sie die Frage, in der Hoffnung, dass die Mutter versteht.

»Aha, habt's das also auch noch g'schafft. Ja, dann nehmt ihn halt mit. Aber gleich wieder heimkommen!«

»Ganz bestimmt. Danke, Mama, und du hast recht g'habt!« Voller Glück drückt sie ihrer Mutter einen Kuss auf die Wange.

»Vielleicht möcht'st dich ja noch umziehen oder so. Also jetzt raus und richt's euch zusammen. Du hast's aber schon faustdick hinter den Ohren, Uschi. Schön, dass du da warst.«

Die Mädchen laufen aus der Küche und verschwinden hinter der *Privat*-Tür.

Wolfgang geht noch immer ganz benommen zurück in den Speiseraum. Die meisten Schüler sind schon fertig mit dem Essen und der Reinigungstrupp fängt bereits an, die Tische zu säubern. Wolfgangs Teller steht noch an der Theke. Schnell nimmt er zwei Scheiben Brot, packt die Wurst dazwischen und will damit gerade Richtung Zimmer verschwinden, als Marianne an ihn herantritt und leise fragt: »Und, alles klar bei dir? Du siehst irgendwie verändert aus. Warst ja auch ganz schön lang draußen.« Dabei schaut sie recht schelmisch drein, sagt aber nichts weiter. Wolfgang ärgert sich, dass Marianne so neugierig ist, aber er ist auch dankbar, dass sie so leise spricht und nichts gleich an die große Glocke hängt.

»Doch, alles klar. Ich komm dann später auch zum Spielen runter, aber jetzt geh ich erst noch ein wenig nach draußen.« Damit dreht er sich um und geht auf sein Zimmer. Keiner von den Jungs spricht ihn besonders an, sodass sie wahrscheinlich gar nichts mitbekommen haben. Er ist ganz zufrieden damit, dann braucht er auch nichts zu erzählen.

Als er seine Stiefel und den Anorak anzieht, fragt ihn Peter, der auf seinem Bett liegt und ein Buch in der Hand hat: »Gehst noch raus?«

»Ja, aber nur kurz, komm gleich wieder.«

Als er die Treppe unten ist, geht er schnell noch mal in den Speiseraum, um die letzten paar Minuten dort zu warten.

»Da, der Wolfgang ist ein Frühaufsteher, der macht bestimmt mit!« Die beiden Betreuer und Frau Grimmer sitzen beieinander. »Der war heut' schon früher auf als ich«, sagt Herr Merkl zu den beiden Frauen. »Wolfgang, komm doch mal her.«

»Heute Nacht soll es Sturm geben, der auch noch morgen anhält. Wir werden morgen vermutlich nicht Skifahren können, sondern hier bleiben müssen. Auch Frau Grimmer hat ein Problem, weil dann ihre Küchenhilfe nicht kommen kann. Deshalb hat sie angefragt, ob nicht jemand von euch, freiwillig natürlich, Lust hätte, ihr in der Küche ein wenig zu helfen. Wir treffen uns alle noch mal um neunzehn Uhr hier und dann werden alle davon unterrichtet. Aber für das Frühstück wärst doch du geeignet. Oder, was meinst?«

»Natürlich, gerne. Ich helfe meiner Mutter zuhause auch oft beim Kochen und einige Gericht kann ich sogar selber machen. Wann soll ich denn da sein?« Wolfgang kann sein Glück gar nicht fassen. Was ist denn heute los? Natürlich würde auch Zita in der Küche sein!

»Es reicht, wenn du gegen halb sieben in die Küche kämst. Ich freu mich schon«, antwortet Frau Grimmer. »Gehst noch ein wenig raus? Noch geht's, aber später kommt ein starker Wind auf und Schnee wird's auch geben. Wo gehst denn noch hin?«

»Na ja, so ein wenig rum halt. Ja, und die Uschi hat g'fragt, ob ich sie zusammen mit ihrer Freundin heimbegleiten möchte. Die wohnt ja nicht weit weg.«

»Irgendwie hab ich mir schon so was gedacht. Kommt's aber gleich wieder heim. Bist ein lieber Bub!«

Wolfgang wird schon wieder knallrot und stammelt: »Gut, ich geh dann«, und geht auf den Gang hinaus Richtung Ausgang. Uschi und Zita sind gerade aus den Privaträumen gekommen und gehen mit ihm hinaus ins Freie. Einige Schüler sind noch draußen und werfen Schneebälle oder unterhalten sich einfach bloß. Wolfgang geht langsam hinter den beiden Mädchen her, so als würde er rein zufällig in die gleiche Richtung wie die beiden gehen. An der Straße aber warten die beiden auf ihn und ein paar Schneebälle fliegen hinter ihnen her. Wolfgang tut völlig unbeteiligt. Ein Junge, der vorne an der Straße mit dem Schnee gespielt hat, nimmt eine große Handvoll und wirft ihn Uschi direkt ins Gesicht. Uschi reagiert aber sofort, springt den Bub an und schubst ihn zu Boden. Sie kniet sich sofort auf ihn und reibt ihm das Gesicht mit Schnee ein. »Mit mir nicht!«, ruft sie und alle lachen. Ein paar klatschen sogar. Bevor der Junge aufstehen kann, sind die drei schon auf der Straße und rennen ein paar Meter bergwärts.

»Du bist ja direkt gefährlich«, neckt Wolfgang und freut sich über die jetzt doch sehr lockere Atmosphäre. »Da muss man ja vorsichtig sein!«

»Gut, dann weißt du ja Bescheid! Zita ist meine beste Freundin!«, lacht sie Richtung Wolfgang. Sie albern locker und gelöst herum, während sie bergan Richtung Uschis Elternhaus gehen.

Unterwegs erwähnt Wolfgang, dass er von dem Sturm erfahren hat, der in der Nacht kommen soll, und würde gerne wissen, ob Gewitter und Stürme in den Bergen wirklich so schlimm sind, wie es immer heißt.

»Ja, es soll ja auch ein Gewitter mit viel Schnee geben. Da kracht's ganz schön! Und die Schulen sind für morgen vorsorglich geschlossen, weil der Bus sicher nicht durchkommen wird. Bis vierzig Zentimeter Neuschnee sollen in der Nacht fallen«, berichtet Zita, froh darüber, auch mal einen größeren Beitrag zur Unterhaltung leisten zu können.

Schlagartig wird Wolfgang klar, dass er ja noch mehr Glück hat, als er erwartet hatte. Ihm ist nämlich mittlerweile eingefallen, dass ja Zita normalerweise schon kurz nach halb sieben morgens zur Schule muss und somit wohl kaum in der Küche sein wird. Aber jetzt sieht das ja ganz anders aus. Deshalb will er natürlich auch gleich Näheres wissen.

»Dann bist du ja morgen auch zuhause und wirst bestimmt in der Küche deiner Mutter helfen?«

»Klar, die Frau Moser, unsere Küchenhilfe, wird ganz bestimmt nicht kommen können und ich bin ja da. Ich bin froh, wenn ich meiner Mama helfen kann.«

»Ja super! Dann sind wir morgen früh ja miteinander in der Küche! Ich habe mich nämlich zum Küchendienst gemeldet, aber befürchtet, dass du ja in der Schule sein würdest. Da schaust du aber, was ich schon alles gemacht habe!«, berichtet Wolfgang stolz und voller Freude, als er sieht, dass Zita ungläubig den Kopf schüttelt.

»Ich glaub es nicht! Das gibt es doch gar nicht! Du spinnst doch! Ich hab fast das Gefühl, dass ich dich gar nicht mehr los werd'«, lästert Zita, kann aber ihre Freude kaum verbergen.

Nachdem das Gespräch zwischen den beiden endlich in Fahrt gekommen ist, hält sich Uschi vornehm zurück und lächelt in sich hinein. Fast wäre ein bisschen Eifersucht aufgekommen. Aber jetzt ist die »Lüftl-Alm«, wie Uschis Zuhause heißt, erreicht und sie verabschiedet sich von den beiden.

»Nochmals danke, Uschi, Teufelsweib«, bemerkt Wolfgang liebevoll zu ihr. Zita umarmt ihre Freundin und flüstert ihr noch ihren ganz besonderen Dank ins Ohr.

»Schon gut, kommt's gut heim und verlauft's euch nicht!«, meint sie noch recht schelmisch und verschwindet in der Haustür.

Nun, so allein, gilt es zunächst, den Gesprächsfaden wieder aufzunehmen.

»Das könnte morgen ein richtig schöner Tag werden«, meint Wolfgang, »vor allem wenn wir die Nacht überstehen!«

»Da müssen wir aber erst abwarten, wie's tatsächlich wird«, bremst Zita ihn ein wenig ein. »Aber wegen der Nacht brauchst keine Angst zu haben. Es wird wohl ziemlich laut werden, denn die Blitze schlagen immer weiter oben ein. Nur über das Echo und den starken Wind dazu wird es ganz schön gruselig. Glaubst wirklich, dass es morgen schöner werden könnt' wie heut'? Das kann ich mir nicht vorstellen. Ich bin heute so froh und ich weiß gar nicht, wie ich es sagen soll, einfach richtig happy. Besser kann's gar nicht werden. Und das alles nur wegen dir!« Ihr steigen langsam Tränen in die Augen und sie sieht schnell zur Seite.

»Also, was mich betrifft, ich freu mich schon riesig auf das Frühstück. Ich könnt' sogar gleich anfangen. Aber auch für mich war das heut' der schönste Tag, den ich bisher erlebt hab!« Wie zufällig findet Wolfgang die behandschuhte Hand von Zita und sie weicht nicht aus. Beiden klopft das Herz bis zum Hals und gleichzeitig ist das Gespräch unterbrochen, sodass sie einfach still weitergehen. Jeder ist mit seinen eigenen Gefühlen beschäftigt.

»Du hast ja gar keine Handschuh' an«, stellt Zita plötzlich fest. »Kriegst ja ganz kalte Händ'. Komm, steck deine Hand bei mir in die Parkatasche, da ist's schön warm.« Zita lässt Wolfgangs Hand los, zieht ihren Handschuh aus und verstaut ihn in ihrem Parka. Dann nimmt sie Wolfgangs Hand und steckt sie zusammen mit ihrer in die Tasche ihres Anoraks. Wolfgangs Gefühle rauschen wieder nach oben, als sie eng beieinander langsam bergab gehen. Die Finger streicheln einander und verhaken sich wieder. Alles einfach so, ohne etwas zu sagen. Glück pur!

Wolfgang ist so mit Emotionen geladen, dass er ihr unbedingt sagen will, wie gern er sie hat. Aber er hat Angst davor, dass es für sie wieder zu früh sein könnte. Also wartet er lieber. Es wird sich die nächsten Tage sicher eine Gelegenheit ergeben.

Viel zu schnell sind sie wieder zuhause. Die Schüler sind mittlerweile alle im Haus und so können sie noch kurz unbehelligt vor der Haustür stehen bleiben. Jetzt halten sie sich an beiden Händen und schauen sich einfach nur an. Sie versuchen gegenseitig in den Augen des anderen zu lesen, bis beide zu lachen anfangen. »Weißt du, ich muss dir noch so viel sagen, aber jetzt müssen wir reingehen. Morgen haben wir ja auch noch. Nur eines: Du bist für mich die Allerschönste und Liebste«, bringt Wolfgang gerade noch heraus, bevor ihm der Mund wieder ganz trocken wird. Etwas gebrochen und ganz leise hängt er noch ein »und wirst es immer bleiben!« an.

Jetzt weint Zita tatsächlich. »Ach du, du bist so lieb und ich kann bloß heul'n. Schlaf gut! Bis in der Früh. Ich muss jetzt rein, sonst passiert was!« Schnell dreht sie sich um und geht durch die Eingangstür gleich in ihre Wohnung.

Wolfgang steht noch einen kurzen Moment da und meint, sie könnte ja noch mal rausschauen, aber dann geht er innerlich zufrieden und mit frohem Herzen hinauf in sein Zimmer.

»Wir sollen um sieben Uhr alle unten sein, hat der Herr Merkl gesagt. Es gibt wohl ein Gewitter oder so, da will er Näheres dazu erzählen«, berichtet Peter von seinem Bett aus. Die anderen Kameraden liegen ebenfalls auf ihren Betten und dösen oder lesen etwas.

Noch eine halbe Stunde Zeit, denkt Wolfgang und legt sich auf sein Bett. Wieder einmal starrt er die Decke an. Aber diesmal drücken ihn keine dunklen Gedanken, sondern er träumt mit offenen Augen und durchlebt noch einmal jeden Augenblick. Dabei pocht sein Herz immer wieder so stark, dass er befürchtet, Peter müsste es klopfen hören.

»Einen ausgewachsenen Sturm soll es geben, hab ich erfahren. Mit Gewitter und reichlich Schnee, sodass wir morgen nicht Skifahren können«, sagt Wolfgang verträumt in die Stille hinein.

»Aha, hast eine besondere Info-Quelle«, lässt sich jetzt auch Josef vom oberen Bett gegenüber hören. »Aber so dramatisch wird's sicher nicht werden. Machen halt ein wenig Dampf wegen der Touristen, damit sie von Erlebnissen in den Bergen erzählen können.«

Anschließend gehen alle hinunter, um die Anweisungen von Herrn Merkl zu hören.

»Liebe Mädchen und Buben, schön, dass ihr alle pünktlich gekommen seid. Es wird heute nach einen Sturm mit Gewitter und Schnee geben, der auch morgen noch anhalten soll. Dies bedeutet, dass wir morgen nicht Skifahren können. Was wir morgen machen werden, entscheiden wir dann beim Frühstück, wenn wir Genaueres wissen. Ihr könnt auf alle Fälle länger schlafen, denn Frühstück gibt es erst um acht Uhr. Nachdem die Küchenhilfe sehr wahrscheinlich morgen auch nicht kommen kann, werden Helfer für die Küche gesucht. Für Kartoffelschälen und -reiben, sowie für andere Tätigkeiten in der Küche, würden so etwa ab zehn Uhr drei Helfer gesucht. Frühstück ist schon besetzt und für das Abendessen werden wir dann mittags noch mal fragen. Meldet sich schon jemand?« Herr Merkl blickt in die Runde, sieht Wolfgang den Arm heben, zögerlich kommt dann auch noch eine Hand von einem Mädchen und noch ein weiteres Mädchen hebt den Arm.

»Gut, ihr drei meldet euch dann morgen um zehn Uhr bei Frau Grimmer in der Küche. Und nun zu heute Nacht. Es soll ein sehr starker Sturm werden. Dies bedeutet, dass mancher von euch so etwas noch nicht erlebt hat. Es kann der Strom ausfallen, deshalb Taschenlampen bereitlegen! An Schlaf wird dann kaum zu denken sein. Aber es braucht niemand Angst zu haben, wir sind hier sicher. Diese Hütte hat schon viele solche Stürme überstanden. Aber wer, statt wach im Bett zu liegen, lieber Gesellschaft hat, kann hier herunter kommen. Ein Betreuer wird die ganze Zeit über hier sein und sich um euch kümmern. Niemand braucht sich deshalb zu schämen! Frau Grimmer stellt auch noch frischen Tee heraus und ein wenig Gebäck, sodass ihr euch versorgen könnt. Noch irgendwelche Fragen?«

Die Jungs sehen die Sache eher von der lockeren Seite und geben den Helden. Die Mädchen dagegen sind ein wenig skeptischer und Marianne fragt: »Werden wir eingeschneit werden oder kann hier ein Blitz einschlagen?«

»Es kann durchaus sein, dass wir morgen zumindest dreißig bis vierzig Zentimeter Neuschnee haben, aber eingeschneit werden wir sicher nicht. Die Blitze, wie ihr ja wisst, suchen sich immer hohe Einschlagstellen. Dank der Berge rundherum werden wir davon bestimmt verschont. Allerdings, das Echo kann gewaltig sein, sodass einem von dem Krach schon angst und bange werden kann. Ihr braucht aber keine Angst zu haben! Jetzt wünsche ich noch einen schönen Abend und trotz des Sturms eine gute Nacht!«

Damit geht er zur Tür hinaus. Frau Meyr, die die ganze Zeit stumm daneben gesessen hat, steht ebenfalls auf und geht hinter ihm her.

»Habt's die Meyr gesehn? Ich glaub, die hat jetzt schon Schiss, so still, wie die war«, lacht ein Bub. Einige Schüler lachen ebenfalls, andere halten sich lieber bedeckt und warten ab, wie es kommen wird. Wolfgang und ein Teil der Schüler gehen wieder auf ihre Zimmer, während sich andere zum Spielen und Unterhalten an die Tische setzen.

Heute ist Wolfgang nicht nach Spielen zumute. Er zieht seinen Schafanzug an und legt sich in sein Bett. »Bitte lasst mich einfach schlafen«, wendet er sich an seine Mitbewohner, »ich hab morgen Frühdienst in der Küche und wer weiß, wie lange wir schlafen können.«

Allgemeines Gemurmel ist die Antwort und die Jungs holen ihre Taschenlampen und gehen wieder hinunter. Schließlich erwartet sie ein Abenteuer!

Natürlich kann Wolfgang noch nicht schlafen. Viel zu viele Eindrücke wollen erst verarbeitet sein. So liegt er mit offenen Augen auf die rechte Seite gedreht da und beobachtet durch das Fenster den Eingangsbereich. Erst vor gut einer Stunde hat er dort zusammen mit Zita die glücklichsten Momente seines bisherigen Lebens erlebt. Immer wieder erscheint ihm Zitas Gesicht ganz nahe und er sieht ihre kleine Stupsnase, die Sommersprossen darauf und die lieben, von der Kälte geröteten Backen. Die braunen Augen leuchten ihn an und er zieht instinktiv sein Kopfkissen noch näher an sein Gesicht. Draußen wird der Wind stärker, Schneeflocken werden vor dem Fenster herumgewirbelt und die Böen sind mittlerweile auch zu hören. Doch Wolfgang stört das alles nicht. Immer wieder umarmt er sein Kissen und zieht es zu sich heran, als wenn es seine Zita wäre. ›Morgen früh, in wenigen Stunden schon, seh ich dich wieder und nicht nur für ein paar Minuten. Von mir aus könnte der Sturm Tage dauern! Ich freu mich ja schon so!‹ In Gedanken umarmt er sie schon vor der Küchentür und hält ihre Hand.

Irgendwann ist er wohl doch eingeschlafen, denn ein fürchterlicher Knall wirft ihn förmlich aus dem Bett. Und gleich noch einer. Das Gewitter hat angefangen. Seine Freunde liegen auch schon im Bett und haben ihn tatsächlich beim Zubettgehen nicht geweckt! Jetzt sitzen sie aufrecht und erschrocken in ihren Betten. Doch bevor einer was sagen kann, leuchtet ein Blitz zum Fenster herein und ein weiterer Knall folgt unmittelbar danach. Es fällt auf, dass ein langes Grollen hinterher zieht, was wohl auf das Echo zurückzuführen ist.

»Wow, das war aber ein Knaller, wenn das so weitergeht ... «, meint Peter von unten herauf.

Jetzt geht es aber erst so richtig los. Blitz auf Blitz folgt und der Donnerkrach wird immer lauter und länger. Trotz Kissen auf den Ohren ist an Schlaf überhaupt nicht zu denken. Der Wind heult jämmerlich und Wolfgang glaubt vom Fenster her sogar den Winddruck zu spüren.

»Ich glaub, ich schau mal runter, was dort los ist, schlafen kann man ja eh nicht«, meldet sich Hubert, der Jüngste im Zimmer. Wie auf ein Signal stimmen alle mit ein und stehen auf. Es hat bloß keiner der Erste sein wollen! Draußen auf dem Gang ist auch schon Geflüster und Getrampel zu hören. Wolfgang zieht sich schnell seinen Trainingsanzug über, nimmt seine Taschenlampe und schließt sich den anderen an. Das Ganglicht brennt noch, also ist noch Strom da! Während sie die Treppe hinuntergehen, gibt es wieder einen fürchterlichen Schlag und es scheint, dass das ganze Gebäude erzittert. Jetzt ist es auch mit den letzten tapferen Helden vorbei. Schnell suchen sie Unterschlupf im Speiseraum. Der Rest der Kinder ist bereits da und Frau Meyr und Herr Merkl teilen die Kinder, die teilweise nur Schlafanzug oder Nachthemd tragen, in Mädchen und Jungs auf. Die Mädchen rücken schnell eng mit ihren Stühlen zusammen und halten sich zum Teil an Händen oder umarmen sich. Ein solches Verhalten ist für die Jungs natürlich nicht akzeptabel. Einige holen sich Tee und ein paar Kekse, die Frau Grimmer bereitgelegt hat. Andere versuchen Karten zu spielen oder sitzen einfach nur stumm auf ihrem Stuhl und hängen ihren Gedanken nach. Zwar zucken sie bei jedem lauten Donner zusammen, aber hier in der Gruppe ist der Sturm tatsächlich leichter zu ertragen.

Wolfgang hat sich mit seinem Stuhl an die Wand gesetzt und seine Beine auf einen zweiten freien Stuhl hochgelegt. Seinen Kopf hat er leicht nach vorne hängend, sodass es aussieht, als würde er schlafen. Zwar hat er die Augen geschlossen, aber er schläft nicht, sondern träumt davon, wie schön es jetzt bei Zita wäre. Er könnte sie fest im Arm halten, damit sei keine Angst haben müsste. Was wird sie jetzt machen? Kann sie auch nicht schlafen? Er macht sich Sorgen um sie. Aber sicherlich ist sie bei ihrer Mutter und braucht keine Angst zu haben.

Das Gewitter dauert über zwei Stunden und es ist schon drei Uhr früh, als die Kinder wieder in ihre Betten gehen.

Wolfgang legt sich hin und träumt einfach dort weiter, wo er vorher aufgehört hat. Dabei schläft er schnell wieder ein, obwohl der Wind immer noch wie eine Meute Wölfe um das Haus heult. Hin und wieder gibt es auch noch einen kräftigen Donner, woraufhin die Kinder kurz aufwachen, aber auch bald wieder weiterschlafen können.

In der Stube angekommen zieht Zita eilig ihre Stiefel aus und hängt ihren Parka auf den Kleiderbügel neben der Tür. Mit einem Taschentuch wischt sie sich schnell über die Augen und legt sich bäuchlings auf das Sofa. Ihr Gesicht vergräbt sie in ein Kissen und versucht sich zu beruhigen. Die Mutter ist noch in der Küche beschäftigt, sodass noch ein wenig Zeit bleibt, ihre Gefühle wieder in den Griff zu bekommen. Doch es will einfach nicht gelingen. Warum ist sie jetzt einfach davongelaufen? Sie könnte sich wieder einmal über ihr Verhalten ärgern! So wühlt sie mit dem Kopf im Kissen herum, als ihre Mutter in die Stube kommt.

»Na, ihr seid ja schon da«, sagt sie mit Blick auf das sich herumwälzende Kind. Sofort erkennt die Mutter, dass Zita geweint hat. Sie setzt sich zu ihr und nimmt sie in den Arm. Zita schmiegt sich an sie wie schon lange nicht mehr.

»Weißt was, ich mach jetzt schnell einen Tee und dann reden wir drüber.« Damit läutet die Mutter die allabendliche und lieb gewonnene Zeremonie des Feierabends zwischen den beiden ein. Mit zwei dampfenden Tassen kommt sie zurück und Zita hat sich inzwischen wieder gefangen. Sie lehnt sich gegen die Mutter und nippt an ihrem Tee.

»So, jetzt erzähl doch mal, was passiert ist«, sagt die Mutter sanft. »Vielleicht ist's ja auch gar nicht so schlimm.«

»Ach, passiert ist eigentlich gar nichts. Wir sind halt nach der Uschi heimgegangen, ja, und haben uns an den Händen g'halten. Er war so lieb, und vor der Haustür dann hat er noch so liebe Sachen g'sagt, dass ich hab weinen müssen. Ja, und dann bin ich einfach schnell reing'angen, bevor …«

»Da warst aber gescheit! Ich seh schon, du hast ihn wirklich sehr gern, hast dich selber aber auch unter Kontrolle. Das ist gut! Ich hab dir immer g'sagt, dass man mit einem Gast nichts anfangen soll, und das sag ich immer noch. Du weißt ja selber, wie viele junge Mädchen bei uns mit ledigen Kindern da sind, die von irgendeinem Gast stammen, der nur einmal kurz da war! Davor möcht' ich dich um jeden Preis bewahren. Die einheimischen Buben schauen diese Mädchen dann nimmer an und sie können dann ihre Kinder selber, meistens sogar ohne jede Unterstützung, aufziehen. Für die ist das Leben oft mit achtzehn Jahren schon gelaufen und auch das Geld langt hint' und vorn' nicht!«

»Aber Mama, wir denken doch nicht so weit! Wir halten doch bloß Händ' und davon ist sicher noch kein Kind 'kommen. Es ist eben einfach schön. Du kannst dir das ja gar nicht vorstellen!«

»Oh doch, das kann ich sehr wohl. Glaubst du etwa, ich war nicht auch mal jung? Aber grad deshalb weiß ich auch, dass so etwas immer mit großen Schmerzen verbunden ist. Siehst du, wenn der Wolfgang nächste Woche wieder heimfährt, sitzt du ganz allein da und weinst ins Kissen. Aber das bringt ihn dir auch nicht zurück! Hast' schon mal daran gedacht?«

»Natürlich, aber ich hab's halt gleich wieder verdrängt, weil ich es einfach nicht denken will. Wir lernen uns ja auch erst kennen. Und es ist einfach ein so schönes Gefühl, dass ich das jetzt auch gar nicht wissen will«, antwortet sie trotzig.

»Oh je, das ist ja schlimmer, als ich gedacht hab. Da kommen wir wohl so einfach nicht raus. Gut, dann tu mir bitte wenigstens den Gefallen, dass ihr nicht zu weit geht. Den Rest sehn wir dann schon. In Gott's Nam' freut's euch noch die Woche, die ihr habt, ich will euch nichts in den Weg legen. Aber ich verlass mich auf dich!«

»Mama, danke, du kannst dich ganz sicher auf mich verlassen. Ich werd' ihn schon zurückhalten, falls er mir so kommen sollte.«

»Weißt, manchmal machen die Buben dann Druck, wenn's ans Heimfahren geht. Lass dich nicht erweichen. Wenn's einer wirklich ehrlich meint, dann wartet er gerne und wenn er nicht warten will, taugt er nichts. Noch mal, bitte bleibt's sauber. Es ist nicht nur in deinem Interesse, sondern auch in seinem! Stell dir vor ...«

»Mama, wir machen so was nicht. Wir sind doch viel zu jung und ganz blöd sind wir doch auch nicht!«, schimpft Zita jetzt. »Wir möchten uns doch bloß näher kennen lernen und ein bisschen rumschmusen«, bringt sie gerade noch mit hochrotem Kopf heraus.

»Dann muss es wohl so sein. Denk dran: Ich hab dich auch ganz lieb! Du bist mein Ein und Alles und ich will dich auf keinen Fall verlieren oder unglücklich sehn.«

»Ich hab dich doch auch gern, Mama.« Zita schmiegt sich an ihre Mutter und ist glücklich, dass sie mit ihr über alles so offen reden kann. »Darf ich heute bei dir schlafen?«

»Sicher, mein Schatz.« Froh darüber, dass diese enge Vertrautheit zu ihrer Tochter immer noch da ist, gibt sie ihr einen Gute-Nacht-Kuss und schickt sie ins Bett.

Eine Zeitlang ist Zita noch wach, träumt und sinniert über den vergangenen Tag, der so viele Gefühlswallungen gebracht hat. Aber der Gedanke an einen Abschied von Wolfgang macht sich im Hintergrund immer breiter und zu den Glücksgefühlen kommen auch bereits erste leichte Stiche ins Herz dazu.

Beim ersten Donnerschlag wacht sie erschreckt auf und sieht im nächsten Blitzlicht ihre Mutter neben sich. Sie rückt etwas näher an sie heran und döst während des Gewitters ganz nah an die Mutter geschmiegt dahin. In Gedanken ist sie immer bei Wolfgang. Wie schön, wenn er jetzt hier neben ihr liegen könnte! Ob er wohl Angst hat? Er hat doch so ein Gewitter sicher noch gar nicht erlebt. Am liebsten würde sie aufstehen und nach ihm sehen. Aber dann hört sie von der Rückseite her leichtes Getrampel und Stühlerücken und weiß, dass wohl alle Kinder im Speiseraum sind und betreut werden. Dann döst sie beruhigt weiter, bis sie endgültig einschläft.

Der Sturm tobt fast unvermindert und Schneeflocken wirbeln um das Fenster, als Wolfgang aufwacht. Es ist erst halb sechs, noch eine halbe Stunde Zeit bis zum Aufstehen. Schlagartig hat er wieder das Bild von Zita vor sich, wie sie sein Gesicht an seines drückt und er ihren Atem spüren kann. Glücklich dreht er sich noch mal auf die andere Seite und freut sich schon darauf, sie hernach in der Küche wieder zu treffen. Zum Glück hält der Sturm tatsächlich an, sodass die Schule auch sicher ausfällt und sie einen ganzen Tag zusammen sein können! Vielleicht wartet sie ja auch schon unten. Kurz entschlossen steht er auf. Die anderen schlafen alle noch tief. Wie gut, dass er zuhause immer schon früh aufgestanden ist, sodass er nicht einmal einen Wecker gebraucht hat, der bloß die anderen auch noch geweckt hätte.

Er geht ans Fenster und versucht in der Dunkelheit, die nur von einer kleinen Laterne vorne an der Straße schwach erhellt wird, etwas zu erkennen. Der gesamte Eingangsbereich ist von Neuschnee zugeweht worden. Vor dem Haus hat sich eine Schneewehe mit bestimmt einem Meter Höhe gebildet. Den Rest kann er gar nicht abschätzen, weil kaum Konturen aus dem Schnee herausragen.

Leise holt er sein Waschzeug aus dem Schrank und schleicht in der leichten Dämmerung aus dem Zimmer. Aus den Privaträumen scheint noch kein Licht unter der Tür durch. Er geht in den Waschraum und dort nach hinten zu den Duschen. Nachdem er sich abgetrocknet und frisiert hat, zieht er auch gleich die mitgebrachte frische Unterwäsche an und geht wieder genauso leise nach oben. Im ganzen Haus herrscht außer den Windgeräuschen noch absolute Ruhe. Er zieht seinen Trainingsanzug an und stellt sich ans Fenster, um dem Sturm zuzusehen. Für die Küche ist es noch zu früh. Leise legt er sich wieder auf sein Bett. Peter unter ihm schnarcht leise vor sich hin und merkt nichts von Wolfgangs Bettkletterei.

Endlich ist's kurz vor halb sieben und Wolfgang schleicht erneut nach unten. Jetzt brennt auch Licht in den Privaträumen und Wolfgang geht zur Küchentür. Diese ist aber verschlossen, weshalb er kurz entschlossen in den Speiseraum geht und die Stühle, die von der Nacht her noch recht durcheinander stehen, wieder ordentlich hinstellt. Zwei Wolldecken, die er jetzt sauber zusammenlegt, sind wohl vergessen worden. Er legt sie auf einen Stuhl gleich neben dem Eingang, als er Schritte auf dem Gang hört.

»Ja, Wolfgang, was machst denn du schon da? Hast etwa schon aufg'räumt? Ja, so was! Hast nicht schlafen können?« Frau Grimmer steht an der Tür und kommt jetzt herein.

»Guten Morgen, Frau Grimmer, es war doch halb sieben ausg'macht und nachdem die Küch' aber noch zu war, hab ich halt hier schon ein wenig aufg'räumt.«

»Guten Morgen auch, Wolfgang. Da haben wir wohl vergessen, dir Bescheid zu sagen. Sieben Uhr hätt' ja auch g'reicht. Aber das macht jetzt nichts. Ich wollt' eh mit dir ein bisschen reden, bevor die Zita kommt. Komm, setz dich doch her zu mir.« Nachdem sie die Tür geschlossen hat, setzt sie sich an einen Tisch gleich neben dem Eingang. Wolfgang setzt sich verlegen zu ihr. Er fürchtet, dass das Gespräch nicht sehr positiv ausfallen könnte.

Aber Frau Grimmer beruhigt ihn gleich: »Brauchst keine Angst zu haben und verlegen brauchst auch nicht sein. Du bist doch ein braver und lieber Bub.« Dabei greift sie über den Tisch und fährt ihm fast zärtlich durch die Haare. Wolfgang fühlt sich wohl dabei und verliert seine Angst.

»Also, du magst die Zita recht gern, oder?« Leise und liebevoll hat sie dabei gesprochen, sodass Wolfgang ganz spontan richtige Zuneigung entwickelt.

»Ja, freilich mag ich sie, ich hab's ihr aber noch nicht gesagt«, schiebt er gleich sicherheitshalber nach.

»Weißt du, Wolfgang, es ist sehr schwierig für eine Mutter, wenn sich die einzige Tochter das erste Mal so richtig verliebt, ohne zu verstehn, was das alles bedeutet. Ihr seid ja noch Kinder! Der Zita hab ich immer gepredigt, dass sie mir ja nichts mit einem Gast anfangen soll. Siehst du, es gibt in unserem Tal einige Mädchen, die Kinder von Gästen bekommen haben und den Erzeuger nie wieder gesehen haben. Da gibt es viel Schmerz und Leid. Die Gäste sind fort und die Mädchen mit ihren Kindern sitzen hier ganz allein und wissen nicht, wovon sie leben sollen.«

Wolfgang sitzt mit rotem Kopf und wieder ganz verlegen am Tisch. Er blickt auf die Tischplatte, um Frau Grimmer nicht in die Augen sehen zu müssen. Der Gesprächsverlauf ist ihm jetzt äußerst peinlich. Er hat doch selber keine Ahnung davon und er will doch so etwas auch gar nicht.

»Frau Grimmer, bitte glauben Sie mir, wir haben bisher maximal Hände gehalten und viel mehr wollen wir auch gar nicht. Sie sagen doch selber, dass wir noch Kinder sind. Ich möchte die Zita bloß näher kennen lernen und ein wenig mit ihr zusammen sein. Natürlich nur so und nicht … « Den Rest lässt er unausgesprochen. »Wissen Sie«, fährt er nach einer kurzen Pause fort, »wir haben uns beide recht gern und ich zumindest möchte auch nach unserer Abreise mit der Zita in Verbindung bleiben. Wie, das wird sich bestimmt finden. Bitte, ich will ihr doch nichts Böses!« Er ist ganz überrascht von sich, dass er so frei reden kann, ohne einen Kloß im Hals zu haben.

Frau Grimmer gefällt das Gehörte sehr. Sie fährt ihm nochmals durch die Haare. Ehrlich gesagt hat sie ihn auch schon ganz lieb gewonnen. »Na gut, ich hab's der Zita auch g'sagt, dass ich euch nichts in den Weg legen will. Genießt die paar Tage noch und habt's Freude miteinander. Aber denkt dran, es wird schmerzlich und schwierig werden, wenn du wieder zu Haus' bist. Und jetzt komm, gehn wir in die Küch'. Die Zita wird auch bald kommen.«

In der Küche macht Frau Grimmer zunächst Feuer in dem großen Herd. »Damit's wieder warm wird«, sagt sie und geht an einen Schrank, aus dem sie eine Schürze herausnimmt. »Hier, Herr Küchenchef«, lacht sie und reicht Wolfgang die Schürze. »Damit du sauber bleibst!«

Wolfgang fühlt sich plötzlich richtig wohl in der Nähe von der Frau Grimmer und legt auch gleich die Schürze um. »Magst vielleicht gleich noch Holz holen? Schau, da ist ein Korb und das Holz ist da hinten. Einfach an der Treppe vorbei und dann ganz hinter. Auf der linken Seite ist dann eine Tür, da ist das Holz drinnen.«

Wolfgang springt sofort auf und nimmt den Korb in die Hand. Zielsicher findet er den Raum, in dem das Holz trocken und sicher vor Regen und Sturm gelagert ist. Er macht den Korb ganz voll und legt noch ein paar Scheite oben drauf, sodass er ihn gerade noch schleppen kann. Als er wieder an der Treppe angelangt, kommt auch Zita auf den Gang heraus.

»Guten Morgen, Wolfgang«, haucht sie, »bist schon ganz schön eing'spannt. Komm, ich helf dir.« Mit der rechten Hand greift sie an den Korb, wo ihn Wolfgangs linke eigentlich fest im Griff hat. Dabei berührt sie seine Hand leicht und schon funkt und knistert es wieder zwischen ihnen. Eigentlich könnte Wolfgang ja jetzt loslassen, aber er will den Handkontakt nicht aufgeben, sodass der Korb eben doppelt gehalten wird.

»Guten Morgen, Zita«, bringt er gerade noch mit einem Kloß im Hals heraus. »Hast die Nacht gut überstanden?«

»Ja, ich hab bei der Mama g'schlafen und dabei ganz schön geträumt.« Sie sieht ihn verliebt an und dabei wird ihm ganz warm ums Herz. Sicher hat er wieder mal einen roten Kopf!

»Wart', ich mach dir die Tür auf.« Sie lässt den Korb los und geht schnell voraus, um die Küchentür zu öffnen.

»Guten Morgen, Mama«, ruft sie fröhlich in die Küche und hält die Tür für Wolfgang auf.

»Guten Morgen, mein Schatz«, antwortet die Mutter und bekommt einen Schmatz auf die Wange.

»Schau, des Holz g'hört jetzt da rein g'schlicht«, erklärt Zita und zeigt Wolfgang die Holzkiste, die unter dem Herd hervorgezogen werden kann.

»Ah, der Wolfgang ist schon mit dem Holz da. Dann ist das heutige Küchenteam ja komplett«, lacht die Mama. »Zita, zeig doch unserem Helfer, wo das Brot ist und wie man es aufschneidet. Dann kannst du gleich die Eier holen und aufschlagen für die Rühreier«, verteilt die Mutter die Arbeit.

Der Wolfgang, der jetzt so richtig gut drauf und kein bisschen verlegen mehr ist, meint so ganz nebenbei: »Vorhin haben's mich aber noch als Küchenchef bezeichnet, ich will's ja bloß gesagt haben!«

Zita und ihre Mutter brechen in lautes Lachen aus. »Ja, wenn das so ist«, meint Zita, »dann, Herr Küchenmeister, nehmen's bitte das Brot und schneiden es hier mittels dieser komplizierten Maschine in gleichmäßige Scheiben.« Alle lachen und haben den Sturm ganz vergessen.

Erst Wolfgang bringt ihn, nachdem er schon einen ganzen Laib Brot aufgeschnitten hat, wieder in Erinnerung. »Hat mächtig g'schneit heut' Nacht, da wird man ganz schön räumen dürfen!«

»Das stimmt, aber es hat Zeit bis Mittag, weil die Straße auch nicht eher frei sein wird, wenn überhaupt. Es schneit ja immer noch. Aber vielleicht finden sich ein paar starke Buben, die dabei helfen können. Ich werde beim Frühstück mal mit Herrn Merkl reden«, antwortet Frau Grimmer und kümmert sich weiter um den Tee und den Kakao für die Kinder. Herr Merkl und Frau Meyr haben Kaffee bestellt.

Nachdem ausreichend Brot geschnitten ist, hilft Wolfgang beim Verrühren der Eier. Zita schlägt inzwischen die restlichen noch auf und füllt sie in die Schüssel. Dabei streckt sie bei jedem einzelnen Ei ihre Hand immer so weit in die Schüssel, dass sie unweigerlich Wolfgangs Hand berühren muss. Auf jede Berührung gibt es als Dank einen liebevollen Blick zurück.

Frau Grimmer beobachtet heimlich das Spiel und lächelt still in sich hinein. Eigentlich viel zu schön, als dass es wahr sein könnte. Schade, dass der Bub bald wieder fort ist. Sie merkt, dass sie ihn immer mehr in ihr Herz schließt, wobei der Verstand sich dagegen zu wehren versucht und sagt, dass es ja doch keine Zukunft geben kann und der Abschied nur Leid und Schmerz hinterlassen wird.

Die ersten Kinder kommen schon nach unten, um zu frühstücken. Pünktlich um acht Uhr ist alles hergerichtet. Frau Grimmer brät die Rühreier ganz frisch, sodass sie noch richtig heiß sind, wenn sie auf die Teller kommen. Zita zieht das Rollo hoch und sieht, wie die Kinder sofort angestürmt kommen, um Essen zu fassen. In der Küche ist jetzt Pause, bis das Geschirr zurückkommt und wieder gewaschen und alles weggeräumt werden muss.

»Die Köche essen grundsätzlich in der Küche«, sagt Frau Grimmer und deckt den Arbeitstisch für drei Personen ein. Wolfgang ist sich nicht sicher, ob er nicht besser nach vorne zu den anderen gehen soll, oder ob er tatsächlich hier bleiben darf. Schließlich ist es doch eine Sache zwischen Mutter und Tochter, denkt er. Aber Frau Grimmer hat ihm schon eine Tasse Kakao und einen großen Teller mit Rühreiern hingestellt. »Fleißig warst, deshalb lass es dir schmecken. Ich geh dann mal schnell zum Herrn Merkl vor und red' mit ihm wegen des Schneeräumens, und darüber, was heute sonst noch alles ansteht.« Sie steht auf und geht zur Tür.

Wolfgang glaubt ein kleines Zwinkern in ihren Augen gesehen zu haben. Aber wahrscheinlich war es bloß eine Täuschung.

Kaum ist die Tür wieder geschlossen, ergreift Zita, die rechts neben Wolfgang sitzt, mit beiden Händen seine rechte Hand und hält sie fest. »Wie schön das ist, wenn du so bei mir sitzt. Hab gar nicht geglaubt, dass du so geschickt beim Arbeiten bist. Ja, man kann dich schon gebrauchen! Aber nicht nur zum Arbeiten«, setzt sie spitzbübisch hinzu, wobei sie ihn voller Zuneigung anblickt. Im Licht der über dem Tisch angebrachten Lampe leuchtet ihr Haar noch goldener und ihre Wangen sind leicht gerötet. Ihre Augen scheinen Funken zu sprühen. Sie führt seine Hand an ihre rechte Wange und drückt sie fest an sich. Wolfgang wird fast ohnmächtig dabei, sein Herz klopft zum Zerreißen und er kann sie nur ansehen, unfähig, zu denken oder zu handeln.

»G'fällt dir das?«, fragt sie, um ihn aus seiner Starre aufzuwecken.

Statt einer Antwort dreht er sich zu ihr hin und legt seine andere Hand an die linke Wange, sodass er jetzt ihr Gesicht in den Händen hält. Er sieht sie immer noch völlig abgehoben an. »Du bist so schön«, stammelt er mit trockenem Mund und zieht ihren Kopf zu seinem, sodass sie Wange an Wange stumm dasitzen.

Plötzlich hören sie, dass die Küchentür geöffnet wird. Hastig trennen sie sich wieder und Zita steht geistesgegenwärtig auf. Schnell nimmt sie ihren Teller in die Hand, um ihn zur Spüle zu tragen. Frau Grimmer öffnet die Tür absichtlich zunächst nur einen Spalt und dies auch noch recht geräuschvoll. Erst nach einer kurzen Pause öffnet sie ganz und tritt ein. Sie erkennt die Situation natürlich sofort. Schmunzelnd meint sie: »Na, seid ihr schon beim Abwasch? Da seid ihr ja wirklich fleißig g'wesen.«

Daraufhin geht sie an den Herd und holt den großen Wasserbottich, um das heiße Wasser in die Spüle zu gießen. »Das Schneeräumen ist geklärt. Es haben sich mehr Freiwillige gemeldet, als wir Schaufeln und Schippen haben. Das Verkehrsamt hat angerufen, dass die Straße wohl erst gegen Mittag befahren werden kann. Wir müssen dann am Nachmittag runter ins Dorf, um Vorräte zu holen. Aber auch dafür hab ich schon zwei Buben und ein Mädchen, die mitfahren und aufladen helfen wollen. Sind wirklich brave Kinder diesmal. Keiner schimpft, dass er nicht Skifahren kann. Sie sehen das alles mehr von der abenteuerlichen Seite her.«

»Aber zum Einkaufen bin doch ich immer dabei«, meint Zita fast beleidigt.

»Ihr zwei seid ab zehn Uhr wieder hier zum Helfen und ab ein Uhr habt ihr dann frei. Ihr könnt ja zu Fuß ins Dorf runtergehn, aber halt auf der Straße, weil der Weg wird noch nicht geräumt sein.«

»Oh, danke, Mama«, sagt Zita überrascht und schickt der Mutter einen lieben Blick hinüber.

Rasch räumen sie die Theke ab, die Edelstahlbehälter und das ganze Geschirr wäscht die Mutter ab, während die beiden Kinder abtrocknen und das Geschirr gleich wieder für Mittag bereitstellen. »Danke, Wolfgang, fürs Helfen«, sagt Frau Grimmer, als das Geschirr gespült ist. »Den Rest schaffen wir allein. Kannst dich ja noch ein bisschen hinlegen, warst ja schließlich schon früh auf. Um zehn Uhr treffen wir uns dann wieder.«

Eigentlich wäre Wolfgang noch ganz gerne geblieben, aber er hat ein leichtes Drängen in der Stimme von Frau Grimmer gespürt. Vielleicht will sie noch mit Zita allein sein?

Als er die Küche verlassen hat, kann er bereits das Gejohle derjenigen, die sich an der Eingangstür drängeln, um an die Schneeschippen zu kommen, vernehmen. Herr Merkl hat zu tun, um kleine Trupps einzuteilen und ein sinnvolles Vorgehen beim Wegräumen des Schnees zu gewährleisten. Wohin bloß mit dem vielen Schnee?

Wolfgang gelingt ein kurzer Blick durch die Tür nach draußen und er sieht, dass es immer noch schneit und auch der Wind noch recht kräftig bläst. Die »Schneeräumer« haben sich dick eingepackt und Herr Merkl verteilt die Schaufeln und Schippen. Zunächst wird versucht, eine Gasse zur Straße hin frei zu bekommen. Dazu wird der Schnee erst einmal einfach zur Seite geworfen. Der zweite Trupp verbreitet die Gasse dann und für den Nachmittag hat sich ein Nachbar angekündigt, der mit einer Schneefräse den angehäuften Schnee noch weiter zur Seite blasen wird. Dadurch werden zwar die Schneehaufen links und rechts des Eingangsbereichs noch höher werden, aber man kann dann wieder mit einem Auto in den Hof fahren. Die Kinder sind mit Begeisterung dabei. Bald bilden sich auch kleine Gruppen von Kindern, die die Arbeiter anfeuern oder sich gegenseitig mit Schneebällen bewerfen.

Wolfgang geht lieber aufs Zimmer, legt sich auf sein Bett und durchlebt den heutigen Morgen noch mal. Es war einfach zu schön gewesen. Gott sei Dank ist Frau Grimmer im rechten Moment in die Küche gekommen. Er hätte sich sicher bloß wieder blamiert und nicht gewusst, was er tun oder reden sollte! Als er die Situation vor seinem geistigen Auge nochmals durchlebt, beginnt sein Herz wieder zu rasen. Vielleicht hätte er doch ein bisschen mutiger sein sollen? Aber in einer Stunde sieht er Zita ja schon wieder und dann den ganzen Nachmittag! Allein mit ihr! Verliebt und verträumt schläft er ein.

»Weißt Zita, ich hab mir gedacht, morgen bist wieder in der Schul', dann die Hausaufgaben, zum Abendessen hilfst mir auch schon wieder. Dann seht ihr euch ja wirklich nur für ein paar kurze Momente und dann verzehrt ihr euch in Gedanken aneinander. Du kannst dich dann weder in der Schule noch daheim konzentrieren. Glaub mir, ich weiß das, und so versuch ich halt, es euch ein wenig leichter zu machen. Genießt's den Nachmittag. Geht's spazieren oder geht' ins Dorf. Oder besucht's die Uschi. Fürs Abendessen haben sich auch zwei Mädchen gemeldet, sodass ihr erst gegen sechs wieder da sein müsst.«

»Ach Mama, was soll ich bloß sagen, du bist so lieb und verständnisvoll.« Zita drückt die Mama ganz fest an sich.

»Ich seh doch eh, dass ihr zwei so einfach nicht auseinanderzubringen seid und bevor dann heimlich irgendetwas abläuft, helf ich euch lieber ein bisschen und weiß dafür Bescheid!«

Zita könnte vor Dankbarkeit zerfließen!

Nachdem die Küche aufgeräumt und für Mittag so weit hergerichtet ist, geht Zita in ihr Zimmer und legt sich müde auf ihr Bett. Das Verständnis ihrer Mutter hat ihre Gefühle derart aufgewühlt, dass sie momentan gar nicht mehr weiß, woran sie eigentlich ist. Bisher hatte sie immer geglaubt, dass die Mutter gegen die Verbindung sei, und jetzt unterstützt sie die beiden sogar! Sie wird ihr ewig dafür dankbar sein.

Die Gedanken wechseln aber schnell wieder zurück zu Wolfgang. Was hatte er wohl vorgehabt, als er ihren Kopf in seinen Händen hielt und leider dann die Mutter hereinkam? Wollte er ihr nur nahe sein oder sie gar küssen? Sie wagt den Gedanken kaum zu denken, ihr Herz klopft eh schon viel zu stark. So ergibt sie sich einfach in die gedankliche Wiederholung dieses Augenblicks und träumt so dahin, bis es Zeit für die Mittagessensvorbereitung ist. Sie will ja nicht zu spät kommen, vielleicht gibt's ja auch noch einen Moment mit ihm allein!

Doch als sie zur Küchentür kommt, um aufzusperren, steht dort schon der andere eingeteilte Bub und wartet, während von Wolfgang noch nichts zu sehen ist.

»Komm mit rein«, spricht sie den Jungen an. »Wie heißt du denn?«

»Ich bin der Alexander und der Wolfgang ist auch schon unterwegs.« Dieser kommt gerade zur Tür herein. »Ah, ihr seid's schon da«, sagt er, ein wenig enttäuscht, dass er mit Zita nicht noch ein Weilchen allein sein kann. Er nimmt seine Schürze vom Haken und gibt auch Alexander eine.

»Die Mama kommt gleich«, erklärt Zita, »ihr könnt schon mal die Kartoffeln hier waschen. Tut ein wenig warmes Wasser vom Ofen mit rein, damit ihr keine so kalten Hände davon bekommt. Die sauberen legt ihr einfach in die andere Hälfte der Spüle.« Dabei zeigt sie auf eine Kiste voller Kartoffel, die sie in der Frühe noch hergerichtet und neben die Spüle gestellt haben. Auch Marianne, die sich soeben zu den dreien gesellt hat, bekommt eine Schürze und Zita führt einstweilen Regie.

»Marianne, du nimmst dir diesen Eimer für die Schalen und die Plastikschüssel hier für die Kartoffeln. Hier ist der Schäler. Du schälst einfach mal so viel du kannst und wir können ja auch mal durchwechseln. Die Buben reiben dann. Dafür sind diese großen Schüsseln da. Hier kommt jeweils ein großes Tuch hinein, damit wir den Brei dann herausnehmen und abseihen können.« Dabei nimmt sie zwei Tücher und zeigt den Jungs, was sie damit gemeint hat. Es gibt eine Handreibe und eine Reibemaschine mit Kurbel. Zita zeigt den beiden, wie damit umzugehen ist, und sagt zu Wolfgang, der sich zunächst für die Handreibe entschieden hat: »Pass auf, reib die Kartoffel nicht ganz klein, sondern lass ein Stück übrig, damit du dir nicht die Fingerspitzen aufreibst! Das kleine Stück legst hierher und der Alexander kann's dann in der Maschine nebenbei mit zerreiben.«

Nachdem alles erklärt ist, fangen die Jungs mit dem Waschen der Kartoffeln an und Marianne nimmt gleich die erste saubere, um sie zu schälen. Für Zärtlichkeiten ist jetzt keine Gelegenheit, lediglich kurze Blicke mit einem wissenden und verliebten Lächeln werden ausgetauscht.

Während sich die drei Schüler um die Kartoffeln kümmern, holt Zita Gemüse für die Suppe und Apfelmus für die Puffer aus der Vorratskammer.

»Ja, da werd' ich ja gar nicht mehr gebraucht«, meint Frau Grimmer lachend, als sie in die Küche kommt.

Zwischendurch macht Marianne eine Pause. Ihr tun die Arme und Hände schon weh vom vielen Schälen. Immerhin sind Kartoffeln für über dreißig Personen zu schälen! Zita hat sich ebenfalls einen Schäler geholt und hilft jetzt mit. Die beiden Buben reiben mit einem Eifer, dass es eine Freude ist, ihnen zuzusehen. Frau Grimmer schaut immer wieder kurz hinüber, während sie sich um die Suppe kümmert. Dabei lächelt sie in sich hinein ob der Begeisterung, mit der die Kinder bei der Sache sind.

Der geriebene Kartoffelbrei wird, sobald die Schüsseln voll sind, von Frau Grimmer mittels des Tuchs herausgehoben und in der Spüle ausgedrückt, sodass der größte Teil des Wassers entfernt wird und der Brei eine festere Konsistenz bekommt. Dann kommt er wieder in eine weitere Schüssel, die auf einer Anrichte neben dem Ofen steht.

»Die Puffer werden erst kurz vor dem Verzehr gebraten, damit sie frisch und heiß sind«, erklärt Frau Grimmer dazu.

Doch nachdem alle Kartoffeln gerieben sind, nimmt sie schon mal etwas Teig und brät einige Puffer für die Helfer.

»Zita, magst schnell ein paar Teller holen, dann essen wir schon, bevor wir dann, wenn die Kinder kommen, nur noch am Ofen stehen müssen. Dann darf nämlich jeder von euch selber braten!«

Bevor Zita reagieren kann, ist Wolfgang schon aufgesprungen, um die Teller zu holen. Er kennt sich ja schließlich schon aus in der Küche. Zita holt einen kleinen Topf mit Suppe und die vier Kinder löffeln ihre Teller schnell leer, denn Frau Grimmer hat mittlerweile auch die heißen und duftenden Kartoffelpuffer vor sie hingestellt. Dazu eine Schüssel mit Apfelmus. Jetzt setzt sie sich auch zu den Kindern, die mächtig stolz auf ihre Arbeit sind.

»Esst nur, ihr wart schließlich auch fleißig und fertig seid's ja auch noch nicht. Müsst's schon bei Kräften bleiben«, erklärt Frau Grimmer schmunzelnd. »Mit euch, da bräucht' ich ja überhaupt keine Küchenhilfe mehr, so geschickt, wie ihr seid's. Helft's daheim auch oft der Mutter?«

»Eher selten, meist ist das Essen schon fertig, wenn ich von der Schule heimkomm. Aber dass Kartoffelschälen so anstrengend sein kann, hab ich mir nicht vorstellen können. Da sieht man wenigstens mal, was in so einer Küche tatsächlich geleistet wird«, antwortet Marianne für alle. Die anderen haben nämlich den Mund voll und schieben immer noch kräftig nach. Schließlich sind das ja ihre Puffer! Und das Apfelmus schmeckt auch so richtig gut. Alles schmeckt viel besser als daheim!

Nachdem sie satt und es nur noch zwanzig Minuten bis zwölf Uhr sind, stehen alle am Herd und braten Kartoffelpuffer. Eine kurze Anleitung durch Frau Grimmer und die Kinder sind sofort mit Feuereifer dabei. Sie wollen gute Arbeit leisten, damit es den anderen genauso gut schmecken wird wie ihnen selber.

Als um zwölf das Rollo geöffnet wird, stehen die Kinder, angelockt von dem Duft aus der Küche, bereits an und holen die ersten Portionen ab. Schnell sind die vorbereiteten Puffer weg und die Kinder müssen warten, bis wieder welche fertig sind. In der Zwischenzeit holen sie sich Suppe oder warten einfach.

Das Mittagessen wird ein voller Erfolg und die Küchenhelfer werden von allen Seiten gelobt. Herr Merkl hält nach dem Essen sogar eine kurze Ansprache, wozu er das Küchenpersonal eigens in den Speiseraum herübergebeten hat.

»Werte Frau Grimmer, liebe Kinder! Nachdem uns das Wetter einen Streich spielt, hat sich doch alles zum Besten gewandelt. Zwar können wir heute nicht skifahren, aber sowohl das Schneeräumen als auch das Helfen in der Küche hat sich gelohnt. Ihr habt alle etwas gelernt, das so gar nicht vorgesehen war. Jetzt wisst ihr, wie das Leben in den Bergen tatsächlich ist. Nicht nur Sonnenschein und Urlaubsidylle, sondern für die Einheimischen wirklich harte Arbeit! Dass ihr heute so fleißig wart und ohne Meckern geholfen habt, dafür möchte ich euch ganz besonders danken. Ihr seht dabei auch, dass alles möglich ist, wenn alle zusammen helfen, und hier in den Bergen ist das sehr oft lebensnotwendig. Damit ihr noch einen besseren Einblick in das Leben der Einheimischen bekommt, hat sich Frau Grimmer bereit erklärt, euch heute nach dem Abendessen noch ein wenig davon zu erzählen, und sie hat auch einige Bilder, die sie euch zeigen möchte. Danke, Frau Grimmer, schon mal im Voraus. Zum Schluss möchte ich noch sagen, ich bin stolz auf euch alle! Wer übrigens am Nachmittag ins Dorf gehen möchte, muss unbedingt warten, bis die Straße zumindest halbseitig geräumt ist, und darf nur auf der Straße gehen. Auf keinen Fall den ungeräumten Weg benutzen! Der Schneepflug soll in etwa zehn Minuten hier vorbeikommen.«

Alle klatschen und johlen Beifall. In dem Trubel findet Wolfgang ganz unauffällig Zitas Hand und drückt sie. Stolz blicken sie sich an und nicken sich zu.

Anschließend helfen Alexander und Marianne sowie Wolfgang, der sich fast schon zum Kücheninventar zählt, noch dabei, die Küche wieder fit zu machen und gleich für das Abendessen vorzubereiten.

Fünfzehn Minuten später treffen sich Zita und Wolfgang an der Eingangstür und beratschlagen kurz, was sie machen könnten. Draußen hat es aufgehört zu schneien und die Sonne lugt hin und wieder zwischen den Wolken hervor. Der Wind dagegen bläst nach wie vor ziemlich stark. Die meisten der Kinder machen sich auf, um ins Dorf hinunterzugehen. Zita dagegen schlägt vor, lieber bergauf zu gehen und bei Uschi vorbeizuschauen. Außerdem möchte sie noch ein Stück weiter oben Wolfgang ihren Lieblingsplatz zeigen, wo sie zusammen mit Uschi gerne ihre Zeit verbringt. Wolfgang ist sofort einverstanden, denn er will den anderen auch lieber aus dem Weg gehen.

Gerade ist der Nachbar mit der Schneefräse gekommen und bläst den Schnee, der zu Haufen geschippt worden ist, unter dem Gejohle einiger Kinder zur Seite. Er hat auch schon auf der Straße eine Spur gefräst, sodass man bergauf schon ganz gut gehen kann.

Kaum auf der Straße und außer Sichtweite der anderen, finden sich Zitas linke und Wolfgangs rechte Hand wie selbstverständlich in Zitas Parkatasche wieder. Beide können sich ein Lachen nicht verkneifen und Zita meint schelmisch: »Sie, Herr Küchenmeister, was machen Sie denn da? Hab ich das erlaubt?« Wolfgang weiß gleich gar nichts zu antworten und drückt statt dessen ihre Hand ganz fest, lässt wieder los und fährt mit dem Daumen streichelnd über ihren Handrücken.

»Ich dachte, du … «, stammelt er dann ganz nervös.

»Ist schon gut, war doch bloß ein Scherz«, gibt sie zurück und lacht wieder. So blödeln sie dahin, bis sie vor Uschis Haus stehen. »Warte hier, ich geh mal rein und schau, ob sie da ist. Ich komm gleich wieder.«

Wolfgang wartet draußen vor der Eingangstür und beobachtet die Kinder, die hier untergebracht sind und gerade einen Schneemann bauen. Sie sind noch kleiner, vielleicht zwölf Jahre alt.

Gleich nachdem Zita die Eingangstür hinter sich geschlossen hat, kommt Uschi schon aus den Privaträumen geschossen und die beiden umarmen sich.

»Hab euch schon kommen sehen. Komm, erzähl schon, wie läuft's? Ich muss alles wissen!«, platzt Uschi heraus.

»Super, alles bestens. Ich hab ihn draußen gelassen, dass wir kurz ungestört reden können. Aber zu lange will ich ihn nicht warten lassen. Also, es ist wirklich sooo schön, und stell dir vor, sogar die Mama unterstützt uns! Sie hat mir bis sechs Uhr frei gegeben, damit ich mit ihm zusammen was unternehmen kann.«

»Klasse, deine Mama, und wie weit seid ihr schon gekommen? Komm, lass dir doch nicht alles aus der Nase ziehn. Habt ihr euch schon geküsst? Erzähl doch!«

Zita wird wieder mal knallrot im Gesicht. Doch schnell fasst sie sich.

»Liebe Uschi, du kannst von mir und Wolfgang viel erfahren, aber alles werde ich dir nicht sagen! Ich käme mir wie ein Verräter vor. Bitte versteh' mich!«

»Schon gut, ich seh's dir ja an, wie's um euch bestellt ist. Außerdem kannst du's mir ja auch ein anderes Mal erzählen. Jetzt lass ihn nicht länger warten und geh schon raus zu ihm.«

»Ich wollte dich eigentlich fragen, ob du mit nauf zum Schober gehn möchtest. Ich will ihm nämlich unseren Platz zeigen.«

»Zita! Du willst du doch nicht wirklich, dass ich mitkomme! Oder hast du etwa Schiss?«

»Du hast ja recht, ich wollte ja bloß der Form halber fragen. Servus, bis morgen früh!«

Damit geht Zita wieder zu Wolfgang ins Freie. »Sie kann nicht mitgehn, sie muss was arbeiten«, erklärt Zita und schiebt Wolfgangs Hand wieder mit in ihre Tasche. »Dann gehn wir halt allein! Ist eh schöner! Oder, was meinst du?«

Wolfgang ist erstaunt, wie gelöst und selbstsicher Zita plötzlich reden kann. Er dagegen hat immer noch ein paar Hemmungen. »Hast recht«, sagt er. »Wie weit ist es denn, bis wir dort sind?«

»So eine halbe Stund' werden wir heut' schon brauchen. Es kommt ganz auf dich an und was du unterwegs noch alles vorhast.«

Wolfgang wird schon wieder rot, kontert aber: »Wenn's nach mir geht, kommen wir gar nicht oben an, weil ich dich schon vorher aufgefressen hab!« Er erschrickt selbst über seine Worte, freut sich aber gleichzeitig, dass er endlich den Mut aufgebracht hat zu sagen, was er gerne tun würde.

Doch Zita scheint nichts aus der Ruhe zu bringen. »Ich bin aber ganz schön viel, da wirst bald anfangen müssen, wenn du mich auffressen willst!«

Sie bleibt stehen und dreht sich zu Wolfgang hin. Beide sehen sich wieder mal tief in die Augen. Wolfgang nimmt seine Hand aus Zitas Tasche und schlingt sie um ihre Hüfte. Dabei zieht er sie ganz fest an sich heran und drückt ihr einen schüchternen Kuss auf die Lippen. Sofort setzt sie nach und schlingt ebenfalls ihre Arme um ihn. Erst als sie den Schneepflug, der vom Tal heraufkommt, hören, lösen sie sich wieder und gehen, die Hände in Zitas Tasche, weiter. Beide strahlen vor Glück und keiner sagt etwas. Immer wieder sehen sie sich an und lächeln sich zu. Nachdem der Schneepflug sie überholt hat, küssen sie sich noch mal und setzen dann ihren Weg freudig und aufgeregt fort.

»Schau, dort ist der Schober. Das ist eine Hütte mit Ausschank und kleine Speisen kann man da auch kaufen. Am schönsten ist's aber im Sommer draußen auf der Terrasse, und im Winter gleich nach der Tür rechts an dem großen Fenster. Dazu einen schönen Glühwein! Da sitz ich mit der Uschi oft und dann schau'n wir auf die Berge und träumen von unserer Zukunft. Komm, da gehn wir jetzt rein!«

Die Hütte ist ähnlich wie die *Grimmer Alm* gebaut, nur dass im Untergeschoss große Fenster eingebaut wurden und sich dort neben der Küche ein großer Gastraum befindet.

»Hallo, Grüß Gott«, ruft Zita der Frau zu, die gerade aus der Küche schlurft. »Bitte zwei Glühwein ohne, Frau Schober.«

»Das heißt ohne Schnaps. Alkohol ist aber schon ein wenig drin«, erklärt Zita und schiebt Wolfgang an einen Platz direkt am Fenster. Sie ziehen ihre Jacken aus und setzen sich nebeneinander auf die Eckbank, die um den Tisch herum gebaut ist. »Da schau, der Berg dahinten, das ist der *Wilde Kaiser*, da war ich schon mit der Schule. Sonst komm ich ja kaum weg hier, weil immer was zu tun ist«, klagt Zita ein bisschen.

»Ich hab vorher noch nie so große Berge gesehn wie sie hier rumstehn! Und dann auch noch so hoch!«

Wolfgang ist von der Aussicht begeistert, vor allem, weil auch die Sonne immer mehr herauskommt und beim Erklären der einzelnen Berge Zita ganz nah an ihn herankuschelt.

Auf der linken Gastraumseite, vor dem Kachelofen, sitzen vier ältere Männer und spielen Karten. Ansonsten ist der Raum leer und die beiden fühlen sich dabei sehr wohl.

»Na Zita, hast heut' einen Freund mit'bracht«, neckt die Wirtin, eine Frau wohl um die sechzig Jahre, als sie den Glühwein bringt.

Wolfgang läuft schon wieder rot an und die Situation ist ihm extrem peinlich. Zita dagegen erwidert ganz frech: »Ja, man muss schon schau'n, wo man bleibt.« Alle drei lachen und die Wirtin wünscht noch viel Spaß zusammen und setzt sich wieder zu den Männern.

Der Glühwein schmeckt wirklich gut und er wärmt so schön von innen her, dass Wolfgang ganz wohlig wird. Er nimmt wieder Zitas Hand und hält sie fest. Während er sie ansieht, nimmt er allen Mut zusammen und fragt leise und fast ängstlich: »Dann bist du also wirklich meine Freundin, oder treibst du bloß einen Spaß mit mir?«

Als ob ein Schalter umgelegt worden wäre, ist es mit Zitats Selbstsicherheit und Lustigkeit auf einmal vorbei. Plötzlich sieht sie ihn beinahe traurig an.

»Bitte, denke nie so was von mir! Letzte Woch' hab ich noch keine Ahnung davon g'habt, dass es so was dich überhaupt gibt, und jetzt hab ich dich. Ich möcht dich auf gar keinen Fall verlieren und spiel'n tät ich mich mit dir ja nie trauen. Bitte glaub mir, ich werd' keinen anderen mehr anschau'n! Ganz bestimmt nicht!« Fast panisch ist sie bei den letzten Worten geworden. »Aber nächste Woch' hab ich dich schon wieder verloren! Ich weiß nicht, wie ich dann weitermachen soll, wenn du nicht mehr da bist. Weißt, dieses Thema verfolgt mich schon eine ganze Weil'.«

Nachdem das Problem, das auch Wolfgang schon die ganze Zeit im Kopf umgeht, ausgesprochen ist, wird Wolfgang nüchterner und selbstbewusster.

»Keine Sorge, ich will dich auch nicht verlier'n und ich werde dich auch nie vergessen.« Ein leichtes Zittern und Vibrieren schwingt in seiner Stimme mit. »Wir müssen bloß schauen, dass wir weiter in Verbindung bleiben. Meinst, dass ich dir schreiben darf?«, fragt er, jetzt wieder mit festerer Stimme.

Er trinkt seinen Glühwein aus und möchte noch einen bestellen. Doch Zita ruft nach Frau Schober und möchte bezahlen. Frau Schober kommt her und sagt: »Zita, wer bei dem Wetter zu mir hochsteigt, um sein Herz zu beschweren, der braucht nichts zu zahlen. Macht's gut, ihr zwei, und einen Gruß daheim!« Sie setzt sich wieder zu den Kartenspielern. Offenbar hat sie die beiden beobachtet und ihren Stimmungsumschwung mitbekommen.

»Danke, und bis zum nächsten Mal, Frau Schober«, sagt Zita an der Tür und geht hinter Wolfgang her ins Freie.

Die Zeit ist wie im Fluge vergangen und es geht schon auf fünf Uhr zu. Leichte Dämmerung hat bereits eingesetzt. Die Straße ist jetzt auch beidseitig geräumt und der Wind hat sich etwas beruhigt. Aber kalt ist es geworden. Die beiden Hände in Zitas Tasche haben zu tun, um sich warm zu halten.

»Lass uns langsam heimgehen«, meint Zita, wobei die Betonung sehr stark auf *langsam* liegt. »Natürlich darfst du mir schreiben! Meine Mama hat auch g'meint, dass wir uns halt schreiben sollen, aber sie glaubt, dass nach drei oder vier Briefen alles einfach einschläft. Jeder hat sein eigenes Umfeld mit eigenen Freunden. Vielleicht hast auch im Bus beim Heimfahren schon wieder eine neue Freundin! Du bist doch gefragt und ich sitz dann da wie eine dumme Kuh!« Zita verliert die Fassung und beginnt zu weinen.

Wolfgang zieht sie ganz eng zu sich heran und küsst sie leidenschaftlich. Sie will ihn am liebsten überhaupt nicht mehr loslassen. Als beide kaum noch Luft bekommen, lassen sie los. »Also, das müssen wir noch verbessern«, meint Wolfgang mit einem Lachen im Gesicht. »Das muss noch geübt werden!«

Zita verzieht nur leicht den Mund und wischt sich die Tränen vom Gesicht. »Aber wie, wenn du nicht mehr da bist?«

Ganz plötzlich gibt es kein anderes Thema mehr als den drohenden Abschied.

»Dann müssen wir eben vorher noch üben. Aber noch etwas: Du brauchst überhaupt keine Angst zu haben, dass ich mir eine andere Freundin suchen könnte, bloß weil ich dich nicht direkt bei mir hab. Glaub mir, ich hab dich immer bei mir. Meine ganzen Gedanken dreh'n sich doch nur um dich und ich werd' alles tun, damit das auch so bleibt. Ein solches Glück wie mit dir hab ich noch nie g'habt und werde es auch mit niemand anderem mehr haben können. Ich hab dich so gern wie nichts anderes auf der Welt!« Jetzt ist es raus und Wolfgang ist so froh, dass er das, was ihn schon den ganzen gestrigen Tag herumgetrieben hat, endlich ausgesprochen hat.

Nun ist Zita knallrot geworden und japst schier nach Luft. »Wolfgang, bitte lüg mich nicht an. Stimmt das wirklich? Bitte sei ganz ehrlich!«

»Aber Schatz, ich mein's wirklich ehrlich. Ich könnt' dich doch nicht anlügen. Nicht in so einer Sach'! Außerdem hab ich's doch eh kaum raus'bracht«, hängt er mit einem kleinen Grinsen noch an.

»Schau, dort ist ein Bankerl.« Zita deutet auf eine eingeschneite Bank am Rand der Straße. »Komm, wir räumen den Schnee runter und setzen uns kurz. Ich brauch' eine Pause. Ich kenn' mich fast nicht mehr aus. Das ist mir auf einmal alles zu viel!«

Wolfgang befürchtet schon, wieder zu weit gegangen zu sein, und nimmt sie fest in die Arme.

»Schön ruhig bleiben«, sagt er lächelnd. »Wir setzen uns gleich.« Zuerst gibt er ihr aber noch einen ganz zärtlichen Kuss mit so viel Gefühl, dass er glaubt, seine

Liebe würde direkt von ihm zu ihr in ihren Körper strömen.

Nachdem sie den Schnee notdürftig abgeräumt haben, setzen sie sich eng umschlungen auf die Bank.

»Wolfgang, weißt, ich bin heimlich doch immer ein bisschen verunsichert g'wesen und hab befürchtet, dass du mich doch bald vergessen wirst. Und jetzt sagst du so etwas! Das ist für mein kleines Herz fast zu viel. Ich kann's einfach nicht glauben, dass ausgerechnet ich Dummerl so ein Glück haben soll. Meine Mama hat immer g'sagt, dass es schmerzhaft werden wird. Aber so schlimm hab ich mir das nicht vorg'stellt.«

»Aber Zita, bitte mach doch nicht so ein Drama daraus. Es liegt doch an uns beiden allein, wie es weitergehen wird. Wenn wir zusammenhalten, kann doch nichts passieren. Ich schreib dir einen Brief pro Woche und ihr habt ja auch Telefon. Da kann ich zwischendurch anrufen und dann schau'n wir eben mal einfach immer nach vorne. Wir finden schon einen Weg, dass wir beinander bleiben können.«

»Bist du sicher? Ich werd' auf jeden Fall jeden deiner Briefe sofort beantworten. Ein Bild, ein Foto von dir, hast du eins dabei? Ich hätt so gern eins. Weißt, dann könnt ich dich immer anschau'n und gernhaben.« Sie hat sich wieder etwas beruhigt und sie gehen langsam weiter. »Was hast du g'sagt, du hätt'st mich gern!? Du kannst dir gar nicht vorstellen, wie gern ich dich erst hab! Da kannst du gar nicht hinkommen! Glaub mir!«

Lange schon sind die Hände nicht mehr in Zitas Parkatasche, sondern eng um den anderen geschlungen, sodass sie beim Gehen immer wieder über sich selber stolpern und dann lachen müssen.

»Da hab ich noch eine Idee«, ruft Zita voller Freude, »ich hab einen Fotoapparat daheim, da machen wir morgen Bilder von uns und ich kann sie dir dann schicken! Gleich morgen Nachmittag, wenn ihr vom Skifahren kommt. Da kommst runter in den Hof, dann machen wir es. Ach, ich freu mich ja schon wieder so!«

»Genau, das machen wir. Sicher kann uns der Peter, mein Freund, zusammen fotografieren. Super, eine tolle Idee von dir. Siehst du, man muss nur zusammenhalten und nach vorne schau'n, dann kommen einem immer wieder Lösungen in den Sinn.«

Fröhlich laufend und hopsend, mit immer wiederkehrenden Kusspausen, kommen sie kurz vor sechs und bei Dunkelheit zuhause an. Vor der Haustür sehen sie sich noch mal zum Abschied verliebt in die Augen und küssen sich. »Schlaf gut«, haucht Wolfgang ihr ins Ohr, »und denk dran, ich hab dich ganz, ganz gern! Bis morgen dann, mein Schatz.«

Zita laufen Tränen über die Wangen und leise, fast gebrochen bringt sie ein »Ich hab dich auch gern! Bis morgen« heraus, dreht sich um und geht hinein. Wolfgang geht hinter ihr her und als Zita die Privattür öffnet, dreht sie sich noch einmal um und lächelt ihm zu. Er geht gleich zu den anderen in den Speiseraum. Er möchte möglichst schnell mit dem Essen fertig werden, um dann ein wenig mit seinen Gedanken auf dem Bett liegen zu können, bevor er zum Vortrag von Zitas Mutter wieder heruntergehen will. Da kommt ihm in den Sinn, dass ja Zita wahrscheinlich auch dabei sein wird!

Unruhig wälzt er sich auf seinem Bett von einer Seite zur anderen, das Kopfkissen immer ganz fest an sein Gesicht gepresst. Was für ein Tag! Er kann kaum klar denken, immer sieht er sie vor sich oder hat sie gedanklich in seinen Armen. Sie ist so deutlich bei ihm, dass er sogar ihren Atem spürt. Vor Glück zieht er das Kissen noch enger an sich. Sie mag ihn und sie will, dass ihre Verbindung auch weiterhin bestehen bleibt!

Die anderen Zimmerkameraden gehen langsam nach unten. »Kommst nicht mit?«, fragt Peter. »Sie wird doch sicher auch da sein«, fügt er neckend hinzu.

Wolfgang löst sich von seinen Träumen und springt von seinem Bett herab.

Die Jungs verteilen sich im Speiseraum auf die noch freien Plätze. Wolfgang holt sich eine Tasse Tee und setzt sich gleich an den ersten Tisch, an dem bisher nur zwei Mädchen sitzen. Er will einen Platz neben sich frei halten, falls Zita auch kommen sollte. Herr Merkl sitzt zusammen mit Frau Meyr an einem Vierertisch seitlich von der Eingangstür. Es sind jetzt nur noch bei den Betreuern und an Wolfgangs Tisch Plätze frei. Er ist schon sehr gespannt, als Frau Grimmer den Raum betritt. Hinter ihr kommt tatsächlich auch Zita, die zwei Fotoalben in ihren Händen hält. Herr Merkl ist gleich aufgesprungen, um die beiden an seinen Tisch zu holen. Aber Frau Grimmer meint stattdessen: »Ich glaub, wir setzen uns am besten zu den Kindern. Hier ist ja auch noch Platz.« Dabei deutet sie auf Wolfgangs Tisch. Wolfgang kann sein Glück kaum fassen. Schnell rückt er einen Stuhl weiter, sodass links von ihm zwei Plätze mit Blick in den Raum frei werden. Zita legt die Fotoalben auf den Tisch und setzt sich neben Wolfgang. Die beiden Mädchen sitzen ihnen gegenüber

Herr Merkl spricht ein paar einführende Worte und dann übernimmt Zitas Mutter.

»Nun, liebe Kinder, ihr habt ja letzte Nacht und den heutigen Tag erlebt. Ihr seht, hier in den Bergen kann sich der geplante Ablauf schnell ändern. Sicherlich haben die meisten von euch noch keinen so starken Sturm wie diesen erlebt, wir hier dagegen kennen so etwas sehr gut. Da könnt ihr euch bestimmt auch vorstellen, was hier an Arbeit anfällt, die in der Stadt einfach von anderen gemacht wird. Denkt bloß an den Schnee heute Morgen. Wenn ihr uns nicht geholfen hättet, wären Zita und ich allein bestimmt bis Mittag damit beschäftigt gewesen! Dann muss ja auch gekocht werden. Bei so viel Schnee und dem starken Wind können auch die Küchenhilfen nicht kommen, sodass die Leute in den Hütten auf sich selber angewiesen sind. Das ist nicht bloß bei uns so, sondern bei den anderen Hütten ebenfalls. Die Männer gehen meist unten im Tal oder gar in Innsbruck ihrer Arbeit nach und kommen dann, wenn so ein Sturm angesagt ist, erst gar nicht heim, sondern übernachten bei Bekannten im Tal, damit sie am nächsten Tag wieder zur Arbeit können. Die Arbeit hier oben bleibt dann wieder an den Frauen und den größeren Kindern hängen. Ihr seht's ja auch bei meiner Tochter. Nach der Schule und den Hausaufgaben hilft sie mir schon wieder in der Küche oder beim Wäschewaschen und so fort. Es gibt immer etwas zu tun. Ihr habt nach der Schule wahrscheinlich frei und könnt tun und lassen, was ihr wollt. Zita dagegen hat kaum Freizeit. Wenn im Frühjahr Tauwetter einsetzt und hier alles matschig ist, sind vorübergehend nur wenige oder gar keine Gäste hier. Dann haben wir ein immer etwas Zeit für uns. Aber dann geht es gleich wieder weiter.«

Frau Grimmer erzählt auch noch von Unwettern, die im Sommer die Ernten der Bauern ruinieren, wie das Vieh auf die Bergweiden gebracht und im Herbst wieder ins Tal getrieben wird. Sie erzählt auch von Unglücken, die bei der schweren Arbeit in den Bergen passieren und manche Familien so verzweifeln lassen, dass sie einfach wegziehen. Aber auch von schönen Bergfesten und Trachtenveranstaltungen kann sie sehr impulsiv berichten.

»Schaut euch ruhig mal die Fotoalben an, da seht ihr Bilder von den Festen, aber auch von Unglücken und Schneemassen, aus denen unser Haus kaum noch herausschaut. Meine Tochter kann gerne auch Erklärungen dazu geben. Ansonsten könnt ihr natürlich auch mich fragen.« Damit nimmt sie ein Album und gibt es an den nächsten Tisch weiter. Zita hat bereits das andere Album aufgeschlagen.

Während sich Frau Grimmer jetzt zu den beiden Betreuern gesellt, fordert Zita die beiden mit am Tisch sitzenden Mädchen auf, zu ihr herüberzurücken, damit sie die Bilder besser sehen könnten. Dann erklärt sie die einzelnen Situationen und es wird viel gelacht.

Wolfgang ist schon zu Beginn nah an Zita herangerückt und ihre Oberschenkel berühren sich. Jetzt beim Bilderanschauen darf er sich immer wieder etwas weiter zu ihr hinlehnen, um das eine oder andere Bild etwas näher betrachten zu können.

Es sind auch viele persönliche Bilder dabei. Zita als kleines Kind im ersten Dirndl, im Sommer in einem Badezuber im Garten, ihr erster Schultag. Auch ein Bild von der Schneekatastrophe, von der Frau Grimmer erzählt hat, ist dabei. Das Bild ist vom Dachfenster des oberen Nachbarn aufgenommen worden und zeigt nur einen Dachfirst mit Kamin. Eine riesige Schneewehe hat die *Grimmer Alm* regelrecht zugeweht. Die Menschen darin konnten zwei Tage lang das Haus nicht verlassen. Von einer Dachluke aus hatte Zitas Vater erst mal das Dach von der Schneelast befreit. Die Schneehöhe im Eingangsbereich maß gute fünf Meter und war natürlich nicht einfach wegzuschippen. Im hinteren Bereich des Hauses dagegen hatte der Wind den Schnee mehr weggeblasen als angehäuft und dort konnte man zumindest zum Fenster hinaussteigen. Zwar standen ihr Vater und ein Lehrer, der mit seinen Schülern auch gefangen war, dann bis zur Brust im Schnee, konnten aber langsam einen schmalen Weg um das Haus herum bis zu den höheren Schneelagen schaufeln. Dabei wussten sie kaum, wohin mit dem Schnee, der ja bereits höher als sie selber war. Eimerweise wurde der Schnee nach hinten auf eine frei geräumte Fläche gebracht, um vorne wieder Platz zum Schaufeln zu haben. Zita kann sich nur noch schwach daran erinnern, aber Frau Grimmer hat erzählt, dass damals auch Kinder die Eimer ausleeren geholfen haben. »Man sieht immer wieder, dass der Zusammenhalt hier in den Bergen überlebenswichtig ist«, hat sie dann noch angefügt.

Nachdem das Album durchgesehen ist, wirft Zita Wolfgang einen bedauernden Blick zu und trägt es zum nächsten Tisch. Sie zieht sich einen Stuhl heran und erklärt den Kindern dort die Bilder. Wolfgang unterhält sich mit den beiden Mädchen über das Gehörte und sie sind alle voller Respekt und Hochachtung den beiden Frauen gegenüber.

»Da haben wir's ja schön! Wir wissen doch oft mit unserer Freizeit gar nichts

Rechtes anzufangen und die hier kennen nur Arbeit«, meint Regina. Sie stammt aus einer größeren Familie mit noch drei Geschwistern. Sie ist das Nesthäkchen und braucht deshalb auch kaum im Haushalt zu helfen.

Hin und wieder wechseln Zita und Wolfgang kurze Blicke und lächeln sich zu. Zita ist offensichtlich in ihrem Element. Sie erzählt und erzählt. Bald schon sind die anderen Schüler auch an ihren Tisch herangerückt, hören zu und schauen die zu den Geschichten gehörigen Bilder an. Oft wird auch laut gelacht, wenn Zita eine lustige Geschichte erzählt. Wolfgang und die beiden Mädchen wollen nicht mehr länger allein sein und gesellen sich zu dem Pulk rund um Zita. Ihre vollen Wangen sind rot vom temperamentvollen Erzählen. Ihre glatten blonden Haare hat sie mittig gescheitelt und seitlich einfach hinter die Ohren verbannt. Die braunen Augen leuchten vor Begeisterung und scheinen Funken zu sprühen, wenn sie Wolfgangs Blick streifen. Zur Feier des Tages hat sie wieder ihr Dirndl angezogen und sieht einfach umwerfend darin aus. Ihre kleine Stupsnase, die ihm schon früher aufgefallen ist, lugt recht frech aus dem mit Sommersprossen übersäten Gesicht. Es ist eine Freude, ihr zuzuhören und ihre vollen Lippen dabei zu beobachten. Gerne hätte er sie jetzt geküsst!

Um halb zehn meint Herr Merkl, dass es langsam Zeit zum Schlafen sei. Schließlich soll ja morgen endlich wieder die Piste unsicher gemacht werden. Zudem sei man ja noch ein paar Tage da und man könne so einen Abend ja jederzeit wiederholen.

Langsam stehen die Kinder auf, räumen ihre Stühle wieder ordentlich hin, bedanken sich bei Zita und gehen auf ihre Zimmer. Wolfgang ist bis zuletzt geblieben, damit er mit Zita noch ein paar Augenblicke allein sein kann. »Die Fotos müssen wir mal allein in Ruhe anschauen«, meint er. »Du bist ja eine richtig gute Geschichtenerzählerin, alle waren begeistert von dir«, lobt er weiter.

»Ich hab doch bloß über mich erzählt, das ist doch ganz einfach!« Während Zita die beiden Alben und einige lose Fotos wieder zusammenpackt, nimmt Wolfgang sie bei der Hand und zieht sie zu sich heran. »War schön heut' Abend, auch wenn du nicht die ganze Zeit bei mir da warst. Dafür hab ich dich in Ruhe bewundern können!«

»Ich hab's schon g'merkt, dass du mich immer ang'schaut hast. Na ja, morgen sehn wir uns dann erst am Nachmittag. Wenn's nur schon wieder so weit wär'!«

Ein tiefer Blick in die Augen und ihre Lippen finden sich von selbst. Ganz sanft reiben sie dabei ihre Nasen aneinander, bis Wolfgang plötzlich niesen muss. Kichernd gehen sie auseinander.

»Gut, dann machen wir halt auch Schluss! Gute Nacht und denk an mich«, flüstert er ihr noch ins Ohr.

»Nichts anderes hab ich vor«, gibt sie lächelnd zurück und verschwindet in ihrer Wohnung.

Wolfgang ist wieder der Erste im Waschraum. Es ist kurz nach sechs und in der Küche ist es noch dunkel, aber in den Privaträumen brennt bereits Licht. Ob Zita vor der Schule noch in der Küche vorbeischaut? Er hätte sie aber auch fragen können! Jetzt steht er wieder vor dem Waschbecken unmittelbar an der Tür. Diese hat er einen winzigen Spalt offen gelassen, um mitzubekommen, wenn sich auf dem Gang etwas tun sollte. Er hört die Haustür gehen und späht durch den Türschlitz. Es ist die Frau, die in der Küche aushilft.

Wolfgang ist an sich schon fertig und könnte jederzeit wieder den Waschraum verlassen. Aber solange er noch allein ist, will er hier warten! Frau Grimmer kommt den Gang entlang und sieht, dass die Waschraumtür offen ist, aber Licht brennt. Im Vorbeigehen drückt sie die Tür leise zu. Wolfgang wartet kurz und geht dann auf den Gang hinaus. Zita muss doch bald herauskommen! Doch statt Zita kommt wieder Herr Merkl die Treppe herunter. »Ja, guten Morgen, Wolfgang, auch schon wieder auf den Beinen?«, grüßt er und geht in den Waschraum.

»Guten Morgen, Herr Merkl«, sagt Wolfgang ein bisschen verlegen und überlegt, was er tun könnte. Herr Merkl wird bestimmt die nächsten zehn Minuten in der Dusche sein und wenn von seinen Kameraden niemand kommt, könnte er ja einstweilen auf der Treppe warten. Das macht er dann auch, immer bereit, sofort nach oben zu gehen, wenn jemand kommen sollte. Gebannt schaut er auf den Lichtspalt unter der Privatraumtür. Dahinter muss Zita sein.

Da, ein Schatten hat sich in dem Spalt bewegt und schon geht die Tür auf und dick eingepackt kommt Zita mit ihrem Schulranzen in der Hand heraus.

Überrascht und erschrocken schaut sie zu Wolfgang hin. Dann erkennt sie ihn und lächelt. »Was machst denn du schon hier? Hast nicht schlafen können?«

»Doch, doch, alles bestens. Ich wollte dich bloß kurz sehen.« Schnell ist er bei ihr und will ihr einen Kuss geben. Sie wehrt aber ab und sagt: »Du, ich muss naus, die warten schon auf mich! Bis Nachmittag.« Sie haucht ihm noch ein Küsschen an die Wange und ist fort.

»Morgen ziehst dir aber erst was an!« Herr Merkl steht hinter ihm und lächelt verschmitzt. »Im Schlafanzug sieht das nicht so besonders toll aus.«

»Ich wollt' … «, stammelt er erschrocken.

»Schon gut, ich sag auch nichts weiter.« Herr Merkl legt zwinkernd den Zeigefinger an den Mund.

Nach dem Frühstück holen alle ihre Skier aus dem Verschlag und brechen zu ihren Pisten auf. Sie kennen mittlerweile den Weg und fahren einfach schon mal los. Die Profis preschen in den von den Pistenraupen erzeugten Spuren hinunter zum Lift, wo sie von ihrem Skilehrer bereits erwartet werden. Die anderen gehen zunächst zum Anfängerhügel und die Fortgeschrittenen weiter zu ihrem Hang. Während die ersten schon mal eine Probefahrt machen, bis die Betreuer nachkommen, spitzt auch schon die Sonne hinter ein paar kleinen Wolken hervor. Heute soll ein schöner sonniger Tag werden.

Erst steht die Wiederholung der vorgestrigen Übungen an. Anschließend die Verbesserung der Haltung und des Stemmbogens. Zum Mittag hin geht es mit der Schrägfahrt weiter. Die Piste wird dabei stetig verlängert, indem einfach den Hang weiter hinaufgegangen wird. Die Geschwindigkeit nimmt dabei immer mehr zu, vor allem wenn ein Bogen nicht funktioniert und die Skier einfach im Schuss hinuntersausen. Wer nicht stürzt, muss versuchen, unten vor dem aufgehäuften Schneehaufen zum Stehen zu kommen, oder einfach den Schneehaufen hinauffahren. Alle haben richtig Spaß und das Gejohle, wenn jemand stürzt oder eine besondere Akrobatik vollführt, bevor er dann doch in den Schnee fällt, ist groß. Wolfgang kommt ganz gut zurecht, obwohl er auch schon mehrmals im Schnee gelegen hat.

Die Kinder kommen ganz schön ins Schwitzen, denn sie müssen den Hang natürlich immer wieder zu Fuß hochstapfen, bevor sie wieder abfahren können. Am Sonntag sollen aber auch die Anfänger mal am Lift fahren dürfen!

Nach einer kurzen Begrüßung im Auto, fahren sie schweigend bis zur Bushaltestelle. Zwar blickt Uschi, die neben Zita auf der Rückbank sitzt, immer wieder verschmitzt lächelnd zu ihrer Freundin hinüber, verkneift es sich dann aber doch, ihr die Neuigkeiten bereits im Auto aus der Nase zu kitzeln. Dass es viel zu berichten geben muss, zeigt bereits Zitas Gesichtsausdruck. Sie sind heute tatsächlich etwas spät dran und der Bus wartet bereits auf sie. Die beiden suchen nach einem günstigen freien Platz und finden ihn auf der hintersten Sitzbank, die komplett frei ist.

»Jetzt erzähl schon! Mich zerreißt es ja fast vor Neugierde! Wie war's beim Schober?«, fordert Uschi mit gespannter Miene die Freundin auf.

»Ach Uschi, ich kann's gar nicht sagen, wie schön das ist. Wir haben uns auch schon geküsst! Stell dir vor, die Frau Schober hat uns wohl ein wenig beobachtet, als wir uns unterhalten haben, weil sie uns dann den Glühwein sogar geschenkt hat. Sie hat dabei gemeint, wenn bei dem Wetter jemand zu ihr hochkommt und ein schweres Herz hat, dann würde die Zeche auf das Haus gehen. Weißt, der Wolfgang und ich haben uns so ein wenig über die Zukunft unterhalten. Wie es weitergehen soll, wenn er wieder weg ist, und das war halt auch ein bisschen traurig.«

»Wie, ihr plant für die Zukunft? Was soll das denn, du weißt doch, wie es ist, wenn die Gäste wieder fort sind! Ihr spinnt doch, das klappt doch nie! Weiß das deine Mama, was sagt denn die dazu?«

Schon sind bei Zita die alten Zweifel wieder da. »Ach Uschi, jetzt hast mir aber die ganze Stimmung verdorben. Ich weiß selber, wie so was meistens läuft. Aber es gibt auch andere Beispiele und bei uns ist es etwas ganz Besonderes! Wir haben auch schon so Gedanken, wie es weitergehen kann«, verteidigt sie sich. Trotzdem will bei ihr keine rechte Freude mehr aufkommen und es ist ihr ganz recht, dass die Schule bereits auftaucht und sie die Unterhaltung nicht mehr ausweiten muss.

Allerdings drängt sie die Uschi in der Pause gleich wieder in eine Ecke, um Näheres zu erfahren. »Okay, ich seh, dass du total verknallt bist, da brauch' ich auch gar nicht weiter zu fragen, was ihr so macht und so weiter. Aber sei bitte vorsichtig und geh nicht zu weit!«

»Keine Sorge, so weit sind wir noch lange nicht, wie du meinst. Wir wollen uns einfach schreiben und der Wolfgang wird zwischendurch auch anrufen. Aber er hat halt auch nur wenig Geld und das Telefonieren ist teuer. Jede Woche, hat er g'sagt, will er mir schreiben«, erklärt Zita und ihre Stimmung hebt sich langsam wieder.

»Und du glaubst das einfach so?«

»Bitte, Uschi, bring mich jetzt nicht ganz durcheinander. Der Wolfgang ist kein solcher, der was verspricht und dann nicht hält! Der ist viel zu ehrlich und lieb!

Die Mama findet ihn übrigens auch ganz nett. Komm, die Pause ist um.« Froh darüber, dass sie wieder ins Klassenzimmer gehen kann, dreht Zita sich um und geht voraus.

Uschi läuft ihr hinterher. »Sei mir bitte nicht bös, aber ich mach mir halt einfach Sorgen um dich. Schließlich bist du meine beste Freundin und ich möchte auf keinen Fall, dass du dich unglücklich machst!«

»Ist schon gut, Uschi.« Zita umarmt die Freundin, wohl wissend, dass Uschi es auch wirklich so meint und sie sich auf sie verlassen kann.

Doch die Worte wirken nach und sie kann sich kaum auf den Unterricht konzentrieren.

Leicht deprimiert sitzt sie später im Bus und Uschi, die natürlich merkt, wie es um Zitas Gedankenwelt bestellt ist, versucht sie aufzumuntern. »Was hältst du davon, wenn ich auf eine Stunde zu dir runterkomm, damit wir in Ruhe ein bisschen tratschen können?«

Zita hat eine andere Idee und ist gleich wieder besserer Stimmung. »Nein, Uschi, wir kommen zu dir hoch! Wir wollen nämlich ein paar Fotos von uns machen, damit jeder den anderen zumindest als Bild bei sich haben kann. Wir hatten vor, einen Freund von Wolfgang zu bitten, dass er die Bilder macht, aber das könntest du ja auch. Außerdem müssten's dann nicht alle mitbekommen! Was meinst? Ich bring unseren Apparat mit.«

»Super Idee. Aber ich hab selber eine Kamera. Ich freu mich schon drauf! Wir machen da ganz super Aufnahmen, da werd's schau'n!«

Gegen sechzehn Uhr kommen die Skifahrer wieder zurück und stellen unter viel Gejohle ihre Skier wieder in der Hütte ab, bevor sie ins Haus kommen. Zita steht am Fenster der Stube und hält nach Wolfgang Ausschau. Als sie im Ort unten aus dem Bus gestiegen waren, war Zita schnell noch in den Andenkenladen gelaufen und hat einen 24er-Kodakfilm erstanden. Der müsste schon reichen und soll qualitativ der beste sein!

Als Wolfgang zur Eingangstür kommt, geht ihm Zita entgegen. Was die anderen dabei denken oder sagen, interessiert sie nicht mehr. Es wissen eh alle Bescheid, also braucht man auch nicht mehr groß heimlich zu tun. »Wenn du dann fertig bist, gehen wir zur Uschi. Die macht dann Fotos von uns. Was meinst? «

»Schön, dass du da bist!«, sagt er erfreut und lächelt sie an. Auch ihn stören plötzlich die neckischen Kommentare seiner vorbeigehenden Kameraden nicht mehr. Ist ja eh nur Neid! »Super! Klar komm ich mit. Weiß die Uschi schon Bescheid?«

»Die wart' schon auf uns. Ich freu mich ja schon so drauf!«

»Ich auch! Ich zieh mich dann schnell um und komm runter.«

Zita hat den Film eingesteckt und mit ihrer Mutter hat sie auch darüber gesprochen. Schmunzelnd hat sie ihnen viel Glück und Spaß bei den Aufnahmen gewünscht.

Hand in Hand verlassen die beiden das Haus und Frau Grimmer sieht ihnen vom Fenster aus wehmütig nach.

»Wie war dein Schultag heute?«, fragt Wolfgang Zita, als sie die Straße erreicht haben.

»Hm«, brummelt sie vor sich hin, »nicht so besonders. Die Uschi hat mich im Bus schon fertig gemacht, weil sie mir nicht glauben will, dass es zwischen uns beiden doch eine ernste Sache ist. Ist es doch, oder?«, schiebt sie leicht verunsichert nach.

»Mir ist nichts ernster als unsere Verbindung, das darfst du mir glauben. Ob die Uschi das glaubt, ist mir, ehrlich gesagt, ziemlich egal«, versichert Wolfgang.

Zufrieden mit seiner Antwort schiebt sie ihren Kopf in den Nacken und schüttelt ihn hin und her, als wollte sie die dunklen Gedanken einfach abwerfen. Ihre Stupsnase reckt sie dabei so lustig in den Himmel, dass Wolfgang lachen muss. »Du siehst so hübsch aus, wenn du den Kopf so in die Höh' reckst«, neckt er sie. Daraufhin verschwindet seine Hand wieder in ihrer Tasche, wo sich seine Finger gleich wieder mit Zitas verschlingen.

»Ja, weißt du, die Uschi ist meine beste Freundin und macht sich einfach Sorgen um mich«, greift sie den Faden wieder auf. »Aber jetzt bin ich glücklich und weiß, dass ich mich auf dich voll verlassen kann. Mir ist zukünftig vollkommen egal, was andere sagen oder denken. Ach, ich hab dich so gern!«

Mitten auf der Straße bleiben sie stehen und küssen sich ganz eng umschlungen. Mit geschlossenen Augen und voller Hingabe hören sie nicht, dass ihnen ein Auto von oben entgegenkommt und vor ihnen stehen bleibt. Der Fahrer lächelt versonnen und wartet einen Moment. Dann hupt er doch ganz vorsichtig und erschrocken springen die beiden auseinander, um Platz für das Auto zu machen.

Es ist Uschis Vater. »Hallo Zita, grüß dich«, ruft er aus dem wieder anfahrenden Auto und schmunzelt dabei. Die beiden lachen und hüpfen lustig die Straße weiter bergan, bis sie bei Uschis Haus ankommen.

Diese erwartet sie schon vor dem Haus. »Hallo, ihr zwei, kommt mit, hinter dem Haus ist ein schöner Platz zum Fotografieren und die Sonne kann man auch noch beim Untergehen mit draufbringen!« Ganz Fotografin, lotst sie die beiden zu dem auserwählten Platz. »Schaut euch an, mit dem *Wilden Kaiser* im Hintergrund, und auf der anderen Seite dann den Sonnenuntergang mit euch zwei im Vordergrund. Wird super, glaubt mir!«

Nachdem die beiden sich aufgestellt haben, kommandiert Uschi: »Nicht so einfach nebeneinander stehen. Dreht's euch g'fälligst zueinander und schaut's euch einfach lieb an.« Beim Einnehmen der angeordneten Posen müssen sie immer wieder losprusten und können kaum ernst bei der Sache bleiben. Jeden einzeln, von vorne, von der Seite, nur Kopf, Brust und stehend ganz. Uschi ist in ihrem Element! Anschließend beide zusammen, Köpfe aneinander, Blick nach vorne, sich küssen und mit Wolfgangs Hand an Zitas Wange. Jetzt ist der Zeitpunkt für die Sonnenuntergangsaufnahme gekommen. »Hier stellt's euch hin, zueinander, einen halben Meter auseinander und an beiden Händen haltend. So und jetzt ganz lieb schauen und fertig!« Die vierundzwanzig Aufnahmen, die der Film maximal hergibt, sind gemacht.

Sie bedanken sich bei Uschi und gehen vergnügt wieder Richtung *Grimmer Alm*. Uschi winkt ihnen noch nach und ist ganz stolz, dass sie so viele verschiedene Posen gefunden hat. Sie ist überzeugt, dass die Bilder ausgezeichnet sein werden. Ein bisschen wehmütig und nachdenklich ob des Glücks, das sie während des Fotografierens erleben durfte, geht sie ins Haus.

Wieder auf der Straße unterhalten sich die beiden noch eine Weile über das Fotografieren und das Engagement von Uschi. »Ja, wenn sie was macht, dann aber immer überlegt!« Dabei denkt Zita auch an den »Plan« in Sachen Wolfgang und schmunzelt in sich hinein.

»Ist aber auch ein nettes Mädchen, kannst stolz auf deine Freundin sein! Ein richtig guter Kumpel!«, meint Wolfgang mit in Zitas Ohren etwas zu viel Begeisterung.

»Du, du gehörst aber schon mir und ich geb' dich einfach nicht her! Brauchst dir gar keine Hoffnungen machen«, kontert sie.

Wolfgang zieht sie zu sich heran und legt seine Wange an ihre. Er hört und spürt ihren Atem an seinem Ohr entlangstreichen. »Ich will doch auch gar niemand anderen«, flüstert er ihr ins Ohr. Ein tiefer, verliebter Blick in seine Augen ist die Belohnung. »Weißt du, ich kann mir wirklich nicht mehr vorstellen, wie es ohne dich gehen sollt'. Ich kann nicht mehr zurück in das Leben von letzter Woche! Es ist zu viel mit mir passiert. Mein ganzes Innenleben hat sich umgedreht. Innerhalb von ein paar Tagen haben sich meine ganzen Lebensziele verändert, plötzlich hab ich bloß noch das Ziel, bei dir zu sein. Wie und wo, ist mir dabei völlig egal.« Sie musste das jetzt einfach alles mal loswerden. Nachdenklich gehen sie ein paar Schritte weiter.

»Bei mir ist es genauso. Ich kenn mich auch kaum noch aus! Aber wir müssen jetzt vernünftig bleiben und einfach zusammenhalten. Dann gibt es schon eine Lösung! Ich hab mir nämlich überlegt, dass ich dich ja vielleicht mal besuchen kommen könnt'. In den Ferien für ein paar Tage. Meinst, dass deine Mutter das erlauben würde? Ich müsst' halt versuchen, ein bisschen Geld aufzutreiben für die Fahrkarte und die Unterkunft. Aber irgendwie krieg ich das schon hin! Es sind ja doch bloß rund dreihundert Kilometer.«

Als Zita das hört, beginnt ihr Herz zu rasen. »Du willst mich besuchen kommen? Mein Gott, du machst mich ja so glücklich. Meine Mama hat sicher nichts dagegen. Ich werd' hernach gleich mit ihr reden. Glaub mir, das ist eigentlich schon erledigt! Und für Unterkunft zahlen, das kannst du getrost vergessen, schließlich besuchst du mich und machst keinen Urlaub hier! Das krieg ich schon hin! Brauchst also bloß noch kommen! Womit hab ich dieses Glück nur verdient?«

»Ganz einfach, weil du so lieb bist und ein riesiges Herz hast! Aber in den Osterferien wird's wahrscheinlich noch nicht gehn. Wir fangen da nämlich mit den Prüfungen an. Dann möchte ich auch noch ein oder zwei mögliche Lehrstellen anschauen und eventuell dort auch einen Tag mitarbeiten. Aber in den Sommerferien müsste es auf alle Fälle klappen. Vielleicht sogar schon an Pfingsten. Ich freu mich jetzt schon drauf.«

Glücklich sehen sich die beiden in die Augen und die Gedanken an die Trennung in ein paar Tagen sind vergessen.

»Und ich erst, das kannst du dir gar nicht vorstellen. Aber wir sind jetzt gleich daheim, komm lieber noch mal her!« Dabei zieht sie ihn zu sich heran und küsst ihn lange und intensiv. Sie schickt ihre ganze Liebe vom Herzen her über die Lippen in ihn hinein und vergisst dabei alles um sich herum.

Wolfgang löst sich sanft von ihr. »Du nimmst mir ja die ganze Luft und saugst mich auf! Außerdem woll'n wir ja nicht gleich wieder den Verkehr aufhalten«, lacht er. »Aber komm, es wird Zeit, dass wir heimkommen.«

»Ich geh dann gleich zur Mama in die Küch' und helf ihr noch ein wenig. So um halb acht rum komm ich dann rüber zu euch in den Speiseraum. War doch gestern auch recht lustig. Dann sehn wir uns auch noch mal!«

Es ist schon kurz vor sechs, als sie an der *Grimmer Alm* ankommen. Während Zita sich zum Umziehen in die Privaträume zurückzieht, geht Wolfgang auf sein Zimmer, zieht seinen Anorak und die Schuhe aus und legt sich auf sein Bett.

»Na, warst noch mit ihr unterwegs?«, fragt Peter von unten herauf. Er hat sein Buch zur Seite gelegt und sich auf die Bettkante gesetzt. Die anderen Zimmerkollegen sind entweder noch draußen oder schon im Speiseraum unten.

»Ja, bei der Uschi war'n wir und haben dort ein paar Fotos von uns machen lassen. War recht lustig! Und, was hast du noch g'macht?« Plötzlich macht es Wolfgang überhaupt nichts mehr aus, ganz offen mit Peter über Zita zu reden. Er weiß aber auch, dass Peter nichts weitersagen wird und sich auch nicht über ihn lustig macht.

»Ach, ich hab mich hergelegt und hab gelesen. Das alberne Gekicher und Gegacker da unten geht mir bloß auf den Geist. Ich wollt' halt meine Ruhe haben. Aber jetzt ist Zeit zum Runtergehn.«

Die beiden steigen aus ihren Betten und gehen in den Speiseraum hinunter, wo die anderen schon an den Tischen sitzen.

Als Wolfgang am Rollo steht, bückt er sich kurz, um einen Blick auf Zita werfen zu können. Doch sie ist im hinteren Küchenbereich und dreht ihm gerade den Rücken zu. ›Macht auch nichts. Wir sehen uns ja dann später auch noch‹, denkt er sich und geht an seinen Tisch.

»Hallo Mama«, ruft Zita fröhlich, als sie in die Küche kommt. »Bist ohne mich zurechtkommen? Es war einfach super! Du, die Uschi hat sich ganz schön was einfallen lassen für unsere Fotos. Ich bring den Film gleich morgen zum Briefkasten. Ach, ich bin ja schon gespannt auf die Bilder!«

»Du bist ja ganz aus dem Häuschen«, antwortet die Mutter schmunzelnd. Sie zieht das Rollo hoch und die Schüler kommen angestürmt. Heute gibt es Würstel mit Kraut und jeder kann sich wieder selber bedienen. Zita hat sich auch gleich eine Wurst in die Hand genommen. Während sie davon abbeißt, holt sie zwei Teller an den Tisch und Frau Grimmer bringt einen kleinen Topf mit weiteren heißen Würsteln und einen mit Sauerkraut.

»Dann lass es dir schmecken, du scheinst ja schon ganz schön Hunger zu haben! Aber pass ja auf, dass du nicht zu dick wirst«, neckt die Mutter. Ihr fällt auf, dass Zita richtig fröhlich ist.

»Und, habt ihr auch was geredet?«, bohrt sie neugierig weiter.

»Stell dir vor, der Wolfgang will mich auch besuchen kommen. In den Sommerferien! Vielleicht aber auch schon Pfingsten. Das hängt davon ab, wie weit sie mit den Abschlussprüfungen sind und wann er das Geld zusammen g'spart hat. Er wollte auch für die Unterkunft bei uns Geld sparen. Das hab ich ihm aber ausgeredet. Schließlich ist er auf Besuch und nicht in Urlaub, hab ich g'sagt! Ist doch so, oder?« Ein wenig verunsichert schaut Zita zu ihrer Mama hinüber. Die lacht über das ganze Gesicht und sagt: »Wenn der Bub tatsächlich kommt, um dich zu besuchen, dann braucht er ganz sicher nichts bezahlen. Das versprech ich euch! Und schlafen kann er in deiner Kammer und in deinem Bett. Aber du schläfst bei mir, klar?!« So ganz sicher ist sich die Mutter allerdings nicht, ob das Verhältnis so lange andauern wird. Deshalb kann sie auch locker so ein großzügiges Versprechen abgeben.

»Das muss ich ihm dann gleich noch sagen. Aber wo ich schlaf, das lass ich einfach mal weg. Möcht' ja bloß sehn, wie er reagiert. Ach, das wird eine Gaudi werden, wenn ich ihm das erzähl!«

Fröhlich herumalbernd unterhalten sich die beiden noch eine Weile, bis sie dann anfangen, die Küche wieder aufzuräumen.

Wolfgang und Peter sitzen an einem Tisch, trinken Tee und unterhalten sich noch über das Skifahren. Der Speiseraum ist heute nicht besonders stark besucht. Offensichtlich sind schon einige zu Bett gegangen oder unterhalten sich in den Zimmern. Nur zwei weitere Tische sind noch belegt. Vier Jungs spielen in der rechten hinteren Ecke Karten und einige Mädchen sitzen links an der Wand an einem Tisch und unterhalten sich angeregt.

»Da kommt sie ja«, sagt Peter, der mit Blick zur Tür sitzt und Zita hereinkommen sieht. »Soll ich lieber gehn«, fragt er und macht Anstalten aufzustehen.

»Nein, bleib ruhig da«, antwortet Wolfgang, während sich Zita zu ihnen setzt.

»Du, Wolfgang, ich hab leider keine Zeit. Ich muss noch der Mama helfen. Morgen müssen wir einen Großeinkauf machen und da wollen wir heut' noch schauen, was wir alles brauchen und dann noch telefonisch unten Bescheid geben, damit dann schon alles hergerichtet ist. Tut mir echt leid!«

Da meldet sich Peter noch schnell zu Wort, bevor Zita aufstehen kann: »Was meinst denn du, Zita, wäre die Uschi eventuell noch zu haben?« Er ist knallrot dabei geworden und man merkt ihm seine Nervosität an. Wolfgang ist ganz überrascht. Mit keinem Wort hat sein Freund bisher nach Uschi gefragt!

»Oh Peter, da bist du leider zu spät dran. Die ist schon vergeben. Schon seit fast einem halben Jahr. Schade, ich hätte gern vermittelt«, bedauert Zita und steht auf.

»Warte, ich komm noch mit hinaus«, meint Wolfgang und steht auch auf. »Bin gleich wieder da«, nickt er zu Peter hin.

Auf dem Gang sind sie momentan allein, weshalb Wolfgang sie ganz schnell in die Arme nimmt und ihr einen Kuss auf den Mund drückt. »Schlaf gut und träum von mir!«, flüstert er ihr ins Ohr. »Dann bis morgen!«

»Schlaf du auch gut und morgen muss ich dir was sagen! Von meiner Mama! Da wirst schauen! Ich freu mich ja schon so drauf, dein Gesicht zu sehen«, sagt sie lachend und verschwindet in den Privaträumen.

Wolfgang geht zu Peter zurück. »Sag mal, wo hast denn du die Uschi gesehen?«

»Gestern halt, als du mit den beiden Mädels fortgangen bist. Wie die auf den Günther losgangen ist, als der g'meint hat, dass er sie mit Schnee beschmeißen könnt'. War echt super! Die könnt' mir schon g'fallen, aber leider ist's ja schon weg.«

Sie reden noch eine Zeit lang über Mädchen und Probleme mit ihnen, als hätten sie schon jahrelange Erfahrungen auf diesem Gebiet. Als sie gegen neun in ihr Zimmer kommen, schlafen die anderen schon und so geben sie sich große Mühe, möglichst leise auch in ihre Betten zu kommen.

Wie üblich erwacht Wolfgang kurz vor sechs. Diese Nacht hat er fast traumlos verbracht. Lediglich vor dem Einschlafen hat er noch ganz fest an Zita gedacht und das Kopfkissen an sich gedrückt. Anscheinend war er doch so müde gewesen, dass sein Geist keinen Platz mehr für einen schönen Traum gehabt hat.

Aber jetzt kann er noch in Ruhe an sie denken, denn vor halb sieben kommt sie bestimmt nicht aus ihrer Wohnung. So döst er noch dahin und träumt von ihr, als läge sie neben ihm. Von einem Lichtkegel, der plötzlich in den Hof leuchtet und das Fenster streift, wird er geweckt und schreckt hoch. Es ist schon halb sieben und die Frau Gruber, die Küchenhilfe, ist schon gekommen! Schnell wirft er die Decke zurück, um aus dem Bett zu springen, als er auch schon ein weiteres Auto vorne an der Straße halten sieht. Zita läuft mit ihrem Schulranzen bereits darauf zu. Beim Einsteigen blickt sie noch mal kurz zurück.

Verärgert über sich selbst, weil er verschlafen hat, geht er nach unten in den Waschraum, wo er auf Herrn Merkl trifft, der vor einem Waschbecken mit Spiegel steht und sich rasiert. »Guten Morgen, Herr Merkl«, grüßt Wolfgang anständig.

»Guten Morgen, Wolfgang. Heute war ich mal der Schnellere, aber von den Schülern bist du immer noch der Erste.«

Nach dem Frühstück geht es wieder auf die Pisten. Schrägfahrt, Stemmbogen und Bremsen werden in der ersten Stunde wiederholt und verbessert. Anschließend wird ein kleiner Slalomparcours ausgesteckt. Am Nachmittag soll dann der erste Slalomlauf stattfinden. Mit Zeitmessung, versteht sich!

Beim ersten Laufversuch werden einfach zu viele Stangen umgefahren, sodass Frau Meyr die Stöcke weiter auseinander in den Schnee steckt, damit die Schüler besser um sie herumfahren können. Nachdem jeder mehrere Versuche gestartet hat, kommen fast alle ohne Fehler durch die Stangen. Dann geht es aber erst richtig los. Unter Wettkampfbedingungen! Frau Meyr steht am Ziel und drückt die Stoppuhr. Nach mehreren Durchgängen zeigt sich, dass beinahe jeder einmal weit vorne, weit hinten oder gar ausgeschieden ist, weil er vor Übereifer den Bogen überdreht oder eine Stange einfach ausgelassen hat. Dennoch macht es den Schülern echten Spaß und sie sind sich einig, dass dies der beste Tag bisher war. Morgen soll es dann am Vormittag noch mal mit Slalom und der Technik für das Abfahren weitergehen. Am Nachmittag ist Zeit zur freien Verfügung vorgesehen. Die Betreuer wollen damit, so meint Herr Merkl, einer Überanstrengung der Kinder zuvorkommen.

Das Slalomfahren hat die Schüler derart begeistert, dass sie gar nicht aufhören wollen. So kommen sie erst gegen halb fünf nach Hause. Die Fortgeschrittenen-Gruppe kommt gar erst nach ihnen und die Profis kommen sowieso immer erst gegen halb sechs.

Frau Grimmers Geländewagen ist kurz vor ihnen in den Hof eingebogen und steht jetzt vor der Eingangstür. Schnell zieht Wolfgang seine Skier aus und stellt sie in den Schuppen. Er will beim Ausladen und Hineintragen helfen! Da kommt Frau Grimmer schon aus der Tür. »Hallo Buben, ich könnte jemanden zum Sachenreintragen gebrauchen.«

Wolfgang steht schon am Auto bereit und öffnet den Kofferraum. »Hätte ich mir doch denken können, der Wolfgang!«, sagt sie lächelnd. »Einfach die Kisten in die Küche tragen. Zita zeigt euch dann schon, wohin.«

Hinter Wolfgang haben sich zwei weitere Buben angestellt, um zu helfen. Sie tragen die Kisten hinein und Zita dirigiert sie in die Speisekammer, wo sie ihnen den genauen Abstellplatz zeigt. Nachdem alles ausgeladen ist, steht nur noch Wolfgang mit Zita in der Küche. »Hast du heute noch ein wenig Zeit?«, fragt er sie und sieht sie voller Bewunderung an. »Heut' früh hab ich leider verschlafen.«

»Ich hab's mir schon gedacht! Es ist schade, aber viel Zeit hab ich heute nicht. Ich muss noch Hausaufgaben machen und beim Abendessen helfen. Heute gibt's Pfannkuchen und die müssen wieder frisch sein. Jetzt gleich, vielleicht eine Viertelstund'.«

Frau Grimmer kommt in die Küche und sieht Wolfgang. Sie lächelt ihm zu. »Bist eine richtig treue Seele. Setz dich doch mal kurz mit an den Tisch«, fordert sie ihn auf. Schon wird er wieder verlegen. Er spürt so richtig, wie ihm das Blut in den Kopf strömt.

»Musst nicht verlegen sein, Bub. Ich wollte dir bloß was sagen. Einmal sollst wissen, dass alles, was die Zita weiß, auch ich weiß. Wir haben keine Geheimnisse voreinander und sie hat mir g'sagt, dass du ihr fleißig schreiben und sie sogar in den Ferien besuchen willst. Und zum anderen sollst wissen: Wenn du es schaffst, uns zu besuchen, dann bist du selbstverständlich herzlich willkommen und unser Gast. Da brauchst du dir wegen Geld keine Gedanken machen! Aber es wird nicht leicht werden, die Zeit bis zu den Sommerferien ist lang und da kann viel passier'n. Wir würden uns aber auf jeden Fall riesig freuen. Ganz ehrlich! So, und den Rest darf dir die Zita jetzt gleich erzählen, weil ich sie heut' leider nicht entbehren kann. Es tut mir leid, aber wir haben noch viel zu tun und lernen muss sie ja auch noch. Ich hoffe, dass du das verstehst!« Frau Grimmer sieht ihn beinahe mitleidig an und sie bedauert wirklich, dass sie Zita heute nicht freigeben kann.

Wolfgang spürt die Wärme, die von den Worten ausgeht, und weiß gar nicht, wohin mit seiner Freude. »Danke, Frau Grimmer, ich komm ganz bestimmt und ich versteh schon, dass die Zita heut' keine Zeit hat. Macht ja nichts. Morgen Nachmittag haben wir ganz frei, vielleicht können wir uns ja da wieder ein bisschen treffen?«

»Ich denke schon«, meint Frau Grimmer lächelnd und steht auf. »Bin gleich wieder da«, sagt sie noch an die beiden gewandt und geht hinaus. Zita schmunzelt, weil sie weiß, dass ihre Mutter ihr nur Zeit geben möchte, mit Wolfgang ein paar Minuten allein zu sein.

»Was ich dir noch sagen muss, die Mama hat g'sagt, wenn du einmal kommst, darfst in meiner Kammer und in meinem Bett schlafen! Was sagst dazu?« Mit einem gespannten Ausdruck im Gesicht sieht sie ihn an.

»Und du, wo schläfst du?«, fragt er zurück.

»Ach du, du machst mir wieder den ganzen Spaß kaputt! Ich schlaf natürlich bei meiner Mama! Aber ich hab gedacht, du könntest ja vielleicht denken, dass ich dann auch in diesem Bett sein könnt'. Aber so hast du mich gleich wieder durchschaut! Macht nichts, Hauptsach', du kommst.«

»Na ja, also das hätt' ich ja erst geglaubt, wenn dich deine Mutter an ihrer Hand zu mir in dein Bett gebracht hätt'. Du hast vielleicht Ideen! Außerdem brauche ich meinen Schönheitsschlaf. Mit dir würde ich bestimmt nicht zum Schlafen kommen!« Ungläubig schüttelt er den Kopf.

»Ganz bestimmt nicht! Aber wenn du deinen Schönheitsschlaf so dringend benötigst, dann wirst du auf mich lange warten müssen!«, droht sie mit spitzbübisch erhobenem Zeigefinger. »Aber ich muss jetzt leider weitermachen. Komm her, bevor die Mama zurückkommt.«

Sie umarmen sich und drücken sich ganz fest aneinander. Während sie sich so festhalten, küssen sie sich und ihre Wangen färben sich vor Leidenschaft. Abschließend sehen sich noch mal ganz fest in die Augen, bevor Wolfgang sich umdreht und geht.

Frau Grimmer hat vor der Tür gewartet. »Ich hab schon gedacht, dass ich gar nicht mehr rein darf«, lacht sie und fährt Wolfgang mit den Fingern durch die Haare.

Wolfgang geht nach oben. Die anderen Kameraden liegen ebenfalls auf ihren Betten und lesen oder schlafen. Skifahren kann ganz schön müde machen!

»Morgen Nachmittag haben wir frei, was habt ihr vor?«, fragt Peter.

»Bisher noch gar nichts. Aber wenn Zita Zeit hat, gehn wir vielleicht zum Schober hinauf. Das ist eine bewirtete Hütte bergaufwärts. Ist recht schön dort. Vielleicht geht auch die Uschi mit. Könntest ja auch mitkommen, was meinst? Die anderen regen dich doch eh bloß auf.«

»Ja, wenn's euch nicht stören würd', ging ich gerne mit und mit der Uschi wär's bestimmt nicht langweilig.« Vielleicht, so hofft er insgeheim, geht ja doch etwas mit der Uschi!

»Ich werd' mal mit der Zita reden und geb' dir dann Bescheid«, meint Wolfgang und beschließt damit die Unterhaltung. Er möchte noch seine Gedanken sortieren. Noch haben sie ja ein paar Tage vor sich, aber an so einem Tag wie dem heutigen, an dem er Zita nur für ein paar Minuten sehen konnte, kommen einfach die Gedanken an den Abschied wieder durch. Wie wird es sein, zuhause, wo er Zita überhaupt nicht sieht? Wird er durchhalten können? Auf jeden Fall wird er alles versuchen! Hoffentlich schafft Zita es auch! Schwere Gedanken gehen ihm durch den Kopf und sein Herz verkrampft sich dabei, sodass er den Trennungsschmerz jetzt bereits spüren kann. Er ist richtig froh, als die anderen aus ihren Betten steigen und zum Abendessen hinuntergehen.

»Komm, gehn wir auch«, sagt Peter, während er sich aus dem Bett wälzt. Wolfgang hat gar nicht bemerkt, dass Peter auch noch hier ist.

»Pfannkuchen mit Marmelade gibt es heute, ganz frisch gemacht, hat mir die Zita g'sagt«, antwortet Wolfgang.

Peter druckst noch ein wenig herum, bevor er zu Wolfgang sagt: »Also, das mit morgen, wenn das klappen würde, wäre das echt toll. Auch wenn's keinen Sinn hat mit der Uschi, aber ich würd' sie schon ganz gern ein bisschen näher kennen lernen. Sie ist mir einfach sympathisch. Ganz ohne weitere Absichten natürlich!«

»Ich werd' mal schau'n«, antwortet Wolfgang und lächelt still in sich hinein.

Im Speiseraum riecht es schon nach Pfannkuchen und die meisten Kinder sind bereits am Essen. Peter und Wolfgang stellen sich an der Ausgabe an und müssen etwas warten, bis wieder frischer Nachschub kommt. Als Wolfgang dann an der Reihe ist, blickt er wieder unter dem Rollo durch. Er sieht Zita am Herd stehen, wie sie gerade Teig in die Pfanne schöpft. Sie sieht den neugierigen Kopf unter dem Rollo und lächelt ihm mit einem warmen Blick zu. Glücklich nimmt er noch etwas Apfelgelee und geht zu Peter an den Tisch. Peter hat sich heute an den Tisch zu den vier Mädchen gesetzt, an dem Wolfgang auch immer sitzt.

Nachdem jeder zwei Portionen verdrückt hat und die Tische wieder abgeräumt und sauber gemacht sind, erklärt Herr Merkl noch einmal, wie es morgen weitergeht.

»Vormittag wird Ski gefahren. Ab Mittag habt ihr dann frei und könnt machen, was ihr wollt. Der Fußweg hinunter ins Tal ist wieder offen und so weit geräumt, dass ihr bitte nicht auf der Straße geht! Zum Abendessen müssen aber alle wieder da sein. Wer mag, kann natürlich auch skifahren, aber nicht übertreiben. Jetzt wünsch' ich euch noch eine gute Nacht. Bis morgen!« Damit ist die Abendessenrunde aufgelöst und die Schüler gehen auf ihre Zimmer. Ein paar gehen noch mal kurz vor die Haustür, um noch frische Luft zu schnappen und sich zu unterhalten.

Die meisten Schüler sind aber so müde, dass sie bald zu Bett gehen. Lediglich ein paar Kartenspieler bleiben im Speiseraum sitzen.

Auch in Wolfgangs Zimmer ist schon um neun Uhr Schluss mit der Unterhaltung und alle liegen im Bett. Wolfgang dreht sich auf seine Lieblingsseite mit Blick zum Fenster. Er ist Peter wirklich dankbar, dass er ihm diesen Platz aufgehoben hat. Er drückt sein Kopfkissen ganz fest an sich und spürt Zitas Atem. Er denkt noch mal an das Gespräch mit Zitas Mutter. Da beginnt sein Herz wieder stärker zu klopfen und er freut sich immer wieder aufs Neue über Frau Grimmers Worte. Anscheinend mag sie ihn! Er verspricht in Gedanken, dass er sie nie enttäuschen wird und Zita natürlich auch nicht. Beinahe hätte er vor lauter Zuneigung zu ihrer Mutter die Hauptperson vergessen! Aber die beiden gibt's sowieso nur zusammen, denkt er. Also ist es eigentlich egal, wem von ihnen man etwas verspricht! Er fühlt sich glücklich und fast wie daheim. Die Abschiedsgedanken sind wieder verschwunden und er träumt diese Nacht nur von Zita. Er geht mit ihr spazieren. Sie küssen sich und halten sich ganz fest. Zitas Mutter ist auch dabei und fährt Wolfgang immer wieder liebevoll durchs Haar. Glücklich lächelnd wird er wach, als einer der Schüler aufsteht, um zur Toilette zu gehen. Er zieht sein Kissen wieder ganz fest heran und träumt selig weiter.

Wolfgang erwacht schon gegen halb sechs und heute hat er vor, auf keinen Fall wieder einzuschlafen. Nachdem er sich eine halbe Stunde lang zwar verliebt dösend, aber sich gleichzeitig auch wach haltend, im Bett umhergewälzt hat, steigt er vorsichtig von seinem Bett herunter, holt sein Waschzeug aus dem Schrank und schleicht sich aus dem Zimmer. Außer in den Privaträumen brennt noch kein

Licht. Im Waschraum nimmt er gleich wieder seinen Stammplatz an der Tür ein. Auch heute lehnt er sie wieder nur an, damit er alles, was auf dem Gang vor sich geht, mitbekommen kann. Er ist schnell fertig und wartet hinter der angelehnten Tür. Eigentlich wäre es schon Zeit, dass Herr Merkl in den Waschraum käme, aber anscheinend schläft der heute auch etwas länger. Als er hört, dass die Privattür geöffnet wird, tritt er schnell auf den Gang hinaus. »Guten Morgen, Wolfgang, bist aber schon früh dran«, grüßt Frau Grimmer, die Richtung Küche unterwegs ist.

»Guten Morgen, Frau Grimmer, ich bin immer so früh auf, auch zuhause«, grüßt Wolfgang zurück.

»Die Zita wird gleich rauskommen, wart'st halt ein wenig«, zwinkert sie ihm zu.

Schon läuft Wolfgang wieder knallrot an, während Frau Grimmer in der Küche verschwindet. Doch während Wolfgang darüber nachdenkt, dass er durchschaut worden ist, kommt Zita schon aus der Tür. Noch wird sie nicht abgeholt, aber sie hat ihre Mutter mit Wolfgang auf dem Gang reden hören und will ihn unbedingt sehen, bevor sie weg muss.

»Guten Morgen, Wolfgang, bist heute schon wach?«, spielt sie auf den gestrigen Morgen an.

»Guten Morgen, Zita, schön, dass ich dich noch sehen kann!« Schnell gehen sie aufeinander zu, küssen sich aber nur kurz, denn von oben sind Schritte zu hören. Wie auf Kommando laufen die beiden unter die Treppe, wo die Skischuhe abgestellt sind. Dort sind sie vom Gang aus nicht zu sehen.

Herr Merkl kommt die Treppe herunter und verschwindet im Waschraum. Jetzt halten sich die beiden wieder ganz fest und küssen sich noch mal. »Wie sieht es heute Nachmittag aus, hast du da Zeit?«, fragt Wolfgang leise.

»Ja, die Mama hat auch g'sagt, dass ich beim Abendessenherrichten nicht helfen brauch'. Dann haben wir ja sogar ein paar Stunden!«

»Du, der Peter würde gern mit zum Schober gehen. Mit der Uschi! Einfach, weil ihn die anderen Mädchen immer aufregen. Was meinst? Wir finden schon für uns auch eine Gelegenheit.«

»Aber ich hab doch g'sagt, dass die Uschi vergeben ist! Wenn er unbedingt eine Abreibung von ihr braucht, soll er halt mitgehn. Ich frag' die Uschi einfach. Aber ich muss weg, das Auto ist schon herg'fahr'n.«

Noch ein kurzes Küsschen und sie ist auch schon fort. Glücklich lächelnd geht

Wolfgang die Treppe hinauf. Die ersten Buben und auch einige Mädchen kommen ihm entgegen und grüßen mit einem verschlafenen »Morgen«.

Peter steht noch vor seinem Schrank und holt sein Waschzeug heraus, als Wolfgang den Raum betritt. »Die Zita redet mal mit ihr, hat's g'sagt. Aber sie hat auch g'meint, dass du dir bloß eine Abreibung bei ihr holst! Aber einfach probier'n.« Wolfgang geht schmunzelnd zu seinem Schrank und zieht sich an. Er schaut zum Fenster hinaus und sieht, dass es etwas geschneit hat und stark bewölkt ist, sodass sie die Sonne heute vermutlich nicht zu sehen bekommen werden. Er richtet sein Bett ordentlich, setzt sich auf das breite Fensterbrett und schaut verträumt in die graue Landschaft hinaus.

Nach dem Frühstück geht's wieder auf die Piste. Erst alles wiederholen, dann geht es heute an die Abfahrt! Alle freuen sich schon darauf. Endlich wird es mal schneller gehen! Frau Meyr erklärt zunächst, dass Abfahrt nicht Schussfahrt bedeutet, sondern dass hier auch Schwünge gefahren werden. Dazu hat sie zunächst lediglich zwei Stöcke in die Piste gesteckt, um die herumgefahren werden soll. Die Anfängerpiste ist durch das stete weiter nach oben Gehen mittlerweile auf gut fünfhundert Meter angewachsen. Frau Meyr erklärt die zu fahrende Strecke und zeigt den Kindern, wie sie die Abfahrtshocke einnehmen sollen. Dann fährt sie die Strecke vor. Erst kommt ein kurzes, aber recht steiles Stück in Richtung erste Stange. Diese gilt es rechts zu umfahren und gleich die Richtung nach links zu ändern, um die zweite Stange anzufahren. Diese Strecke verläuft etwas quer zum Hang und erst auf der Anfahrt zur zweiten Stange geht es noch mal steiler bergab. Hier soll links herum gefahren werden, um sich dann gleich wieder stark nach rechts zu orientieren und so das Ziel unten, vor dem großen Schneehaufen, zu erreichen.

Als Frau Meyr unten ist, winkt sie nach oben, um den ersten Abfahrer auf die Strecke zu schicken. Wolfgang hat den Mut, als Erster zu fahren. Unter dem Gejohle der anderen fährt er los. Während er auf die erste Stange zurast, feuern ihn die anderen an. Er ist aber so konzentriert und aufgeregt, dass er davon nichts mitbekommt.

Schwer atmend kommt er unten an. »Super, Wolfgang, war eine schöne Fahrt. Hast du gut gemacht!«, lobt Frau Meyr, die natürlich auch stolz darauf ist, dass sie den Kindern das alles beigebracht hat.

Nicht bei allen läuft es so gut! Ein Bub stürzt bei der zweiten Stange, weil er zu weit an der Stange vorbeigefahren ist und die Kurve nicht mehr zustande brachte. Einem Mädchen gehen kurz vor dem Ziel einfach die Kräfte aus und sie setzt sich auf den Hintern und rutscht so ins Ziel. Mit jeder Fahrt geht es aber besser und der Spaß wird immer größer. Jetzt geht es schon wieder darum, möglichst schnell hinunterzukommen. Teilweise wird sogar mit Stöcken versucht noch anzuschieben, um zu beschleunigen. Allerdings kostet der Aufstieg zum Start jedes Mal mindestens genauso viel Kraft wie die Abfahrt. Frau Meyr verspricht den Kindern, dass sie morgen Nachmittag und am Sonntagvormittag am Anfängerlift fahren dürfen. Dann wird der Aufstieg leichter und sie sollten ja am Ende des Skikurses allein Lift fahren können! Frau Meyr ist zuversichtlich, dass alle Anfänger dieses Ziel erreichen werden.

Müde, aber fröhlich kommen die Kinder zum Mittagessen nach Hause.

Nachdem Zita üblicherweise erst gegen zwei Uhr von der Schule nach Hause kommt, legt sich Wolfgang nach dem Essen noch auf sein Bett. Außer Peter, der ja noch auf eine Antwort in Sachen Uschi wartet, haben es die anderen eilig, hinaus und ins Dorf hinunter zu kommen. Wolfgang erscheint es, als sei er gerade erst eingenickt, als Peter ihn vorsichtig am Arm schüttelt. »Du, die sind schon da, schau, grad sind's her g'fahrn«. Wolfgang blickt zum Fenster und sieht Zita gerade noch auf das Haus zugehen, während das Auto auf der Straße vorne wieder anfährt. Erst viertel nach eins! Er springt sofort aus dem Bett und saust in Strümpfen die Treppe hinunter. Zita will gerade die Wohnungstür öffnen, als sie ihn anschnaufen hört. Sie dreht sich noch mal um und voller Freude sagt sie: »Ein Lehrer ist krank, so haben wir heute schon früher aus g'habt. Hallo Wolfgang, dann haben wir noch ein wenig mehr Zeit für uns.« Es gibt nur einen kurzen Kuss, da noch einige Kinder in der Nähe sind, aber die Blicke reichen auch! »Du, sag dem Peter, die Uschi will nicht mitgehen. Sie hat Angst, dass dann ihr Freund Ärger machen könnte. Weißt, die einheimischen Burschen können bei so was ganz schön gemein sein! Außerdem bin ich auch lieber mit dir allein.«

»Gut, ich richt's ihm aus. Bis wann könnten wir denn los?«

»Ich ess' jetzt schnell was und zieh mich um. Ob die Mama was von mir braucht, weiß ich noch nicht. Auf jeden Fall treffen wir uns um zwei wieder hier. Dann sehn wir weiter. Kannst dich ja noch ein bisschen hinlegen, Faulpelz!«, lästert sie mit einem Augenzwinkern.

»Gut, dann bis zwei!«, gibt er zur Antwort und wirft ihr noch einen Kuss zu.

Peter wartet schon aufgeregt im Zimmer, als Wolfgang zurückkommt. »Leider schlechte Nachrichten für dich«, berichtet Wolfgang. »Die Uschi möchte lieber nicht. Sie hat Angst, dass ihr Freund dann Ärger machen könnte. Ich kann's verstehn, ich wäre auch nicht gerade begeistert, wenn Zita einfach mit einem anderen spazier'n gehen tät.«

»Ich kann's ja auch verstehn«, sagt Peter etwas betrübt. »Dann geh ich halt auch ins Dorf runter. Werd' schon irgendwas finden!« Er zieht seinen Anorak an und geht zur Tür. »Trotzdem, danke für den Versuch«, nickt er Wolfgang noch zu und geht hinaus.

Wolfgang setzt sich auf sein Bett, lehnt sich an das hochgestellte Kopfkissen und zieht die Beine an. Versonnen blickt er vor sich hin und denkt daran, dass sie nur noch morgen und übermorgen Zeit miteinander verbringen können. Am Montag fahren sie ja nach dem Frühstück schon wieder heim. Dabei hätte er doch noch so viel zu sagen! Im entscheidenden Moment versagen ihm dann immer die Gedanken und er weiß nicht mehr, was er zu sagen vorhatte! Wieder einmal sinniert er darüber, wie es wohl sein wird so allein zuhause. Vermutlich wird er Tag und Nacht nur an Zita denken! ›Aber‹, so ermahnt er sich, ›jetzt sind erst die Prüfungen dran! Ich will doch nicht durchfallen und ein Jahr verlieren! Also werde ich mich dazu zwingen müssen, vorrangig zu lernen, und nur in lernfreien Zeiten an sie denken können. Ich muss es einfach schaffen, die Schule hat jetzt einfach mal Vorrang!‹ So grübelt er, bis es kurz vor zwei Uhr ist. Schnell zieht er sich an und geht hinunter. Sollte Zita noch keine Zeit haben, kann er sich ja wieder ausziehen, denkt er und setzt sich einstweilen auf die unterste Stufe der Treppe. Von den anderen Schülern ist niemand mehr da und es ist ungewöhnlich still im Haus. Ein kurzes Geschirrklappern in der Küche unterbricht die Stille und gleich darauf kommt Zita aus der Küchentür. »Ach, du wartest schon. Ich hol' mir bloß meinen Parka und dann gehn wir los!« Im nächsten Augenblick kommt sie auch schon wieder heraus, während sie ihren Parka noch fertig anzieht.

»Grad hab ich dich bewundert, wie du so an mir vorbeigegangen bist, und hab mir gedacht, was ich doch für ein Glück hab! Ein so ein schönes und liebes Mädel für mich! Ich bin ganz weg«, schwärmt Wolfgang, als hätte er sie soeben zum ersten Mal gesehen.

»Ach Wolfgang, das ist lieb von dir, dass du das sagst. Aber was soll ich denn erst sagen, dass du dich mit mir Dorfmädel abgibst? Ich bin noch vielmehr als bloß *weg*, ich bin richtig glücklich, und das nur wegen dir!«

Mittlerweile haben sie die Straße erreicht und gehen wieder bergauf Richtung Schober.

Als sie bei Uschi vorbeikommen, steht sie vor der Tür und winkt ihnen, dass sie herankommen sollen. »Du, Wolfgang, es tut mir echt leid wegen deinem Freund, aber ich will keinen Ärger haben und ich kenn ihn ja nicht einmal.«

»Der hat's schon auch verstanden, als ich es ihm so erklärt hab. Er wollt's halt versucht haben«, antwortet Wolfgang.

»Was hast du jetzt noch vor?«, fragt Zita, obwohl sie hofft, dass Uschi nicht mitkommen will.

»Wir müssen jetzt dann fürs Wochenende einkaufen, da hab ich leider keine Zeit, um mitzukommen.« Ehrlicherweise möchte sie die beiden auch nur ungern stören und käme sich wahrscheinlich auch etwas überflüssig dabei vor.

»Mach's gut, Uschi, wir gehen dann wieder weiter«, meint Zita zu ihrer besten Freundin und nimmt Wolfgang an der Hand.

Während sie mit den Händen in Zitas Parkatasche weiter bergan marschieren, ist Wolfgang etwas schweigsam geworden.

»Ist irgendwas, hab ich was Verkehrtes g'sagt?«, will Zita besorgt wissen.

»Mir geht bloß das, was die Uschi über die Burschen g'sagt hat, im Kopf rum. Meinst, dass du da auch mal Probleme bekommen könntest? Dass dich wegen mir niemand mehr anschaut oder gar beschimpft? Ich krieg' da fast ein bisschen Angst um dich. So etwas möchte ich auf gar keinen Fall!«

»Meine Mama hat so was auch schon mal angedeutet, hat aber auch g'meint, solange ich nichts mit einem anderen anfang', wird's auch keinen Ärger geben. Ja, und das hab ich nicht vor! Ich brauch' niemanden, schließlich hab ich dich!« Stolz schaut sie ihn an und drückt seine Hand ganz fest.

»Hoffentlich ist das so und du nimmst die Sache nicht zu leicht. Ich jedenfalls habe keine rechte Ruh' dabei und hoffe nur, dass du wirklich recht behältst«, meint Wolfgang besorgt

»Komm, lass uns über was anderes reden«, meint Zita und zieht ihn über die Straße zu der Bank, auf der sie das letzte Mal auch gesessen hatten. Auch diesmal müssen sie erst wieder den Neuschnee abräumen, bevor sie sich hinsetzen können. »Hast dir schon überlegt, dass wir bloß noch zwei Tag' haben? Am dritten kommt dann der Abschied! Da treffen wir uns dann aber schon um sechs in der Früh', sonst werden wir nicht fertig«, sagt sie lächelnd und doch ist die Traurigkeit nicht zu überhören.

»Ich werde da sein! Aber glaubst wirklich, dass dies ein so viel besseres Thema ist?«, lacht er, um die Stimmung nicht ganz absinken zu lassen.

Zita ist ganz nah an ihn herangerückt und ein paar Tränen rollen ihr die Wangen herunter. Sanft wischt Wolfgang sie mit den Fingern weg. Gerne hätte er ihr, wie es sich für einen Kavalier gehört, ein Taschentuch gereicht. Aber er hat nur sein verschneutztes Stofftaschentuch dabei! Als die Tränen aber nicht nachlassen wollen, nimmt er sie in seine Arme, um sie zu trösten, und saugt mit seinen Lippen die Tränen auf, bis sie zu lachen anfängt: »Spinner, was machst du denn da? Das kitzelt so!«

»So ist's schon wieder besser«, freut sich Wolfgang. »Komm, lass uns weitergehn, unter mir schmilzt der Schnee schon und meine Hose wird ganz nass.«

Jetzt lacht auch sie und bemerkt, dass auch ihr Hintern schon ganz nass geworden ist. Kichernd und albernd gehen sie weiter.

Vor dem Schober sind einige Skier abgestellt und auch an den Fenstern ist zu erkennen, dass heute mehr Betrieb ist. Auf Zitas Lieblingsplatz sitzen bereits, zu ihrer beider Überraschung, Herr Merkl und Frau Meyr. Als Herr Merkl die beiden erblickt, winkt er sie zu sich heran. »Ein Tipp von deiner Mutter«, sagt er zu Zita, »ein wunderbarer Platz, auch wenn heute das Wetter keinen so besonderen Ausblick zulässt. Ihr könnt euch gerne hierher setzen, wir sind eh' schon beim Aufbrechen. Wir wollen nämlich noch ein Stückchen höher hinaufgehen!« Dabei stehen die beiden auf und nehmen ihre Jacken, die sie gleich neben dem Tisch an einem Wandhaken aufgehängt hatten. »Dann noch viel Spaß, ihr beiden«, meint Herr Merkl, während Frau Meyr ihnen nur zunickt und zum Ausgang geht.

»Ob die beiden etwas miteinander haben?«, frotzelt Zita lachend.

»Du mit deinen Gedanken! Was sollen die beiden denn sonst tun? Jeder für sich allein rumlaufen oder sich Schülern anschließen? Die wären sicher auch nicht begeistert! Außerdem kann uns das doch egal sein«, antwortet Wolfgang.

»Ist ja gut, war doch bloß so eine Idee. Ich geh mal vor und hol' einen Glühwein.« Damit steht Zita auf und geht zur Theke, hinter der Frau Schober mit Gläsern hantiert. »Hallo Frau Schober, ich hätte gerne zwei *Glühwein ohne*. Ich wart' gleich drauf!«

»Ich hab euch schon reingehn sehn. Schön, dass ihr wieder'kommen seid! Gleich ist der Glühwein fertig.« Frau Schober geht in die angrenzende Küche und schöpft aus einem großen Bottich zwei Gläser voll. »So, zwei *Glühwein ohne*«, sagt sie und stellt die Gläser vor Zita ab. Diese bezahlt auch gleich und bringt die Gläser an ihren Tisch.

»Lass ihn dir schmecken! Wirst sehen, der hebt auch die Stimmung wieder«, neckt sie Wolfgang, in der Hoffnung, dass dies auch tatsächlich eintritt.

»Setz dich bitte gegenüber, ich möchte dich anschau'n können«, bittet Wolfgang. So sieht der Tisch auch voller aus und Wolfgang möchte damit verhindern, dass sich noch jemand dazugesellt. Während sich Zita ihren Stuhl zurechtrückt, schiebt Wolfgang seine Füße unter dem Tisch schon mal in ihre Richtung. Sie lächelt, als sie seine Schuhe an ihren Stiefeln spürt, und zieht behände ihren rechten Stiefel aus. Dann streckt sie ihr Bein knapp unterhalb der Tischplatte in seine Richtung. Wolfgang lächelt und legt ihren Fuß sanft auf seinen Oberschenkel. Seine Finger beginnen den Fuß leicht zu kneten und zu streicheln, um dann ganz plötzlich ihre Fußsohle zu kitzeln. Reflexartig zieht Zita ihr Bein zurück und stößt dabei mit dem Knie gegen den Tisch. Die Glühweingläser wackeln und aus Wolfgangs Glas schwappt etwas Glühwein auf die Tischplatte. Einige Tischnachbarn blicken neugierig zu ihnen herüber und schütteln den Kopf. Die beiden dagegen lachen laut und Zita streckt ihr Bein gleich wieder hinüber. Wolfgang wischt mit seinem Taschentuch den verschütteten Glühwein auf und nimmt einen großen Schluck aus seinem Glas.

»Der Glühwein ist wirklich gut und bei dir wirkt er wohl schon, bevor du ihn getrunken hast«, neckt Wolfgang. »Du blamierst uns hier ganz schön, da werden wir uns nicht mehr blicken lassen können, wenn du weiterhin so randalierst!«

»Ach, da hab ich aber keine Sorge. Die Frau Schober macht bei uns sicher eine Ausnahme. Du hast nämlich noch gar keine Ahnung, wie es ist, wenn ich erst meinen Charme spielen lasse!« Beide kichern wieder und Wolfgang ist sehr froh, dass er Zita zum Lachen bringen kann, obwohl bei ihr sicher die gleichen Gedanken wie bei ihm immer mehr nach vorne drängen. So kann er es einfach nicht lassen, wieder ernst zu werden. »Ich hab heut' Mittag wieder darüber nachgedacht, wie's weitergehen wird, und möcht' gern auf dem Heimweg mit dir darüber reden. Nicht hier drinnen, wo's so viel' Zuschauer gibt. Was meinst, gehn wir?«

»Wart', ich trink bloß noch aus«, stimmt sie zu, »es eilt aber doch noch gar nicht?«

»Ich möcht' aber gern was loswerden und bin grad jetzt in der passenden Stimmung. Komm, gehn wir!« Dabei schiebt er sanft ihren Fuß zurück und blickt sie liebevoll an.

»Na gut, da bin ich aber gespannt, was du mir da erzählen wirst. Ich kann mir eh' kaum noch eine Steigerung vorstellen.«

Kaum wieder auf der Straße fängt sie gleich an zu bohren: »Jetzt komm, sag schon, was los ist!«

»Ach weißt, Zita, es ist nicht so einfach«, sagt er unter tiefem Luftholen und mit offensichtlich schwerem Herzen. »Ich hab halt so darüber nachgedacht, wie es sein wird, wenn ich wieder daheim bin, ohne dich. Jetzt bin ich hier, wo ich dich ja jeden Tag sehen kann, schon den ganzen Tag in Gedanken nur bei dir. Alles dreht sich nur um dich!« Beinahe vorwurfsvoll sagt er die letzten Worte, wobei die Vorwürfe ihm selber oder besser seinem Kopf gelten, weil dort momentan nichts anderes mehr Platz hat.

»Daheim, wo ich dich dann nicht mehr hab, wird's sicher noch schlimmer. Ich muss aber lernen! Schließlich will ich die Abschlussprüfung bestehen und nicht noch ein weiteres Jahr zur Schule gehen. Da werd' ich eine Möglichkeit finden müssen, dich aus meinem Kopf zu verbannen. Zumindest zeitweise muss ich den Kopf frei haben. Das heißt ja nicht, dass ich dich dabei vergessen tät', sondern da muss ich halt einfach an etwas anderes denken. Wird sicher nicht einfach werden, muss aber sein. Also bitte nicht traurig sein, wenn du mal das Gefühl hast, ich würde gerade nicht an dich denken! Es mag sich ja kindisch anhören, aber ich glaub schon dran, dass man's mitbekommt, wenn jemand sehr intensiv an einen denkt.«

Still und mit schwerem Herzen hat Zita zugehört. Es ist so schön, was er sagt, aber gleichzeitig ist sie traurig, weil er dann nicht mehr da sein wird.

»Aber Wolfgang, das ist doch klar, dass dein Leben auch weitergehen muss, dass du die Schule hinter dich bringen willst, das ist doch ganz normal. Dass du dabei natürlich nicht nur an mich denken kannst, ist mir auch klar. Ich werd' ja in der Prüfung bestimmt nicht abg'fragt! Umso größer ist für mich dann die Freud', wenn ich merk', dass du wieder auf Empfang bist. Was hast du denn eigentlich nach der Schul' vor?«

»Ich werd' eine Lehre machen. Und zwar möcht' ich ein Handwerk lernen, weil ich lieber arbeite, als nur zu schreiben und zu rechnen. Aber bis gestern hab ich mir darüber noch keine großen Gedanken gemacht. Ich hätt' mich halt beworben und bei dem angefangen, der mich genommen hätt'. Wir bekommen im Februar unsere Zwischenzeugnisse und damit können wir uns dann bei den Firmen bewerben. Jetzt hab ich aber umdisponiert. Ich möcht' unbedingt vorher in den Ferien ein paar Tage die Betriebe anschauen, die mich nehmen würden.« Er macht eine kleine Pause und bleibt stehen, um Zita in den Arm zu nehmen. Sie schauen sich ganz fest in die Augen und eine gewisse Wehmut ist darin zu erkennen.

»Ja, und gestern ist mir die Idee gekommen, dass ich nicht einfach den nächstbesten Handwerksberuf lernen will, sondern dass ich nach einem Beruf Ausschau halt', der mir Spaß macht und bei euch da auch gefragt ist! Weißt du, die Lehrzeit im Handwerk dauert bei uns dreieinhalb Jahre. Mit dem halben Jahr Schul' sind es mindestens vier Jahre, die ich noch in der Ausbildung bin.«

»Aber wieso willst du einen Beruf lernen, der hier bei uns gebraucht wird?«, fragt sie mit zitternder Stimme. Obwohl sie die Antwort schon zu kennen glaubt, will sie sie von Wolfgang selber hören.

»Ich glaub nicht, dass ich dich von deiner Mama wegbringen werd'!« Sein Herz klopft ihm bis zum Hals und dort steckt ein Kloß, der ihn am Weitersprechen hindert. Tränen tauchen in Zitas Augen auf und bahnen sich ihren Weg über die Wangen Richtung Hals.

»Wolfgang, soll das heißen, dass du nach deiner Lehr' … « Sie bricht ab und weint einfach drauflos. Wolfgang zieht sie ganz fest an sich und drückt seine Wange an die ihre. Eng umschlungen stehen sie eine Weile am Straßenrand und vergessen die Welt.

»Freilich, Zita«, flüstert er ihr ins Ohr, »wenn du mich dann in vier Jahr immer noch magst, komm ich natürlich zu dir. Du kannst doch hier nicht weg!« Langsam löst sich der Kloß wieder auf und er wird ruhiger.

Zitas Herz steht kurz vor dem Zerspringen. Sie bringt kein Wort mehr heraus und schaut ihn nur an. Dabei schüttelt sie immer wieder langsam den Kopf, als könnte sie irgendetwas nicht begreifen.

Irgendwann ist sie wieder so weit gefasst, dass sie zumindest einige Worte zusammenhängend herausbringen kann.

»Wolfgang, dir ist schon klar, was du g'sagt hast?« Sie bricht wieder ab und beginnt von Neuem zu weinen. Zwar erscheint Wolfgang Zitas Freude darüber, dass er zu ihr kommen wird, durchaus natürlich, aber so ganz verstehen will er den Zusammenhang mit dieser überschwänglichen Freude doch nicht.

»Ja klar weiß ich das, aber ich versteh jetzt nicht so ganz ... «, lässt er den Satz unvollendet stehen.

»Aber das bedeutet doch, wenn du bei uns arbeiten willst, dass du dann auch bei mir bist und dass wir zusammen wär'n. Oder etwa nicht?« Alle Kraft hat sie für diese Frage zusammengesucht und wartet ganz gespannt auf die Antwort.

»Genau so hab ich mir das gedacht! Natürlich nur, wenn du mich dann tatsächlich noch willst. Sonst müsst ich halt woanders hin.« Er hat noch immer nicht kapiert, was er damit bei Zita angestellt hat.

»Also, das ... das ist ja fast ... ein Heiratsantrag!«, stammelt sie und sieht ihm ganz fest in die Augen. Erst jetzt versteht er, der alles bisher recht sachlich betrachtet hatte, welche Gefühle er bei Zita damit geweckt hat! Erschrocken und doch froh drückt er ihr schnell einen Kuss auf die nassen Wangen.

»Ich glaub, dafür ist's noch ein bisschen zu früh!«, meint er mit belegter Stimme. »Aber eins kann ich dir auch heute schon fest versprechen: Wenn du mich dann immer noch haben willst, werde ich dich heiraten. Aber bedenk', dass vier Jahre eine lange Zeit sind!«

»Ganz bestimmt werd' ich das wollen, ganz bestimmt!« Zita klammert sich an ihn und zieht seinen Kopf zu sich heran, um ihn zu küssen. Auch bei Wolfgang laufen jetzt die Tränen und er schämt sich überhaupt nicht! Als sie sich wieder etwas beruhigt haben, gehen sie eng umschlungen weiter bergab.

Beide hängen ihren Gedanken nach und hin und wieder sehen sie sich kurz in die Augen und lächeln sich verliebt zu.

»Auch wenn vier Jahre lang sind, aber wenn du mich immer wieder besuchen kommst, dann wird's schon zum Aushalten sein! Du weißt schon, dass wir jetzt so was wie verlobt sind?« Beinahe hätte sie die letzten Worte nicht mehr herausgebracht. Erwartungsvoll blickt sie ihn an.

»Wahnsinn, was in den paar Tagen passiert ist. Ich kann's noch gar nicht kapier'n. Verlobt! Meine Zita g'hört mir! Komm her!« Mit überschwänglicher Freude nimmt er sie zum wiederholten Male in die Arme und küsst sie.

Wie im Flug ist die Zeit vergangen. Sie müssen sich beeilen, um rechtzeitig zum Abendessen zurück zu sein. Notdürftig wischen sie sich die Gesichter trocken und versuchen einen ungezwungenen Eindruck zu machen, als sie die Unterkunft betreten. Die meisten Schüler sitzen schon im Speiseraum. Die anderen kommen die Treppe herab, während Wolfgang schnell hinaufläuft, um Jacke und Schuhe auszuziehen.

Sie haben noch vereinbart, dass sie sich erst morgen wieder sehen, da Zita nach dem Abendessen noch ihrer Mutter helfen und ihr dann unbedingt noch berichten will. Wolfgang ist zwar nicht so begeistert davon, vor allem von dem Erzählen, aber er will Zita auch nicht drängen, von ihren liebgewordenen Gewohnheiten abzuweichen. Auch er muss erst noch seine Gedanken ordnen und seine Gefühle wieder herunterfahren. Dazu ist das Dösen im Bett die beste Medizin!

»Sag mal, was ist denn heut' passiert?« Forsch fordert ihre Mutter Auskunft, kurz nachdem Zita die Küche betreten hat. Ein kurzer Blick zu ihrer Tochter hat gereicht, um zu erkennen, dass etwas Besonderes geschehen ist. Zita hat sich zwar das Gesicht gewaschen und sich umgezogen, aber diesen besonderen Gesichtsausdruck hat sie nicht wegwaschen können. Außerdem ist ihr ganzes Verhalten heute irgendwie anders.

»Eine lange G'schicht«, antwortet Zita leichthin, »aber die muss ich dir hernach in Ruhe erzählen, sonst werden wir hier mit der Arbeit heut' nicht mehr fertig!«

»Aber ihr habt's keinen Blödsinn gemacht?« Ängstlich stellt die Mutter diese Frage. Was sollte denn sonst schon so Besonderes passieren können, dass das Kind wie ausgewechselt ist?

»Mama, wir haben's dir doch versprochen und wir halten uns auch dran! Glaub's halt einfach, dann musst du dir nicht so viele dumme Gedanken machen!«

»Du, werd' bloß nicht frech! Mir reicht's nämlich langsam. Kaum meint man, es könnte keine Steigerung mehr geben, muss man sehen, dass man keine Ahnung g'habt hat. Es wird höchste Zeit, dass der Bub wieder weiterkommt!«

»Jetzt bist aber gemein! Der kann doch nichts dafür, dass du dir immer Sorgen machst, obwohl es doch gar nicht notwendig wär'!«, verteidigt Zita ihren Wolfgang.

»Ob das notwendig ist oder nicht, das, glaube ich, kann ich besser beurteilen. Du bist doch noch ein Kind und hast vom Leben keine Ahnung!« Verärgert darüber, dass sie fast schon in Streit geraten sind, beginnt ihre Mutter mit dem

Abwasch. »Komm, tun wir lieber was, damit wir fertig werden. Sonst fangen wir auch noch zu streiten an wegen dem Bub!« ›Er ist ja eh nimmer lang da und dann ist der Spuk ja wohl wieder vorbei‹, denkt sie für sich und beruhigt sich wieder langsam. ›Das Schlimmste ist ja wohl nicht passiert, dann kann's ja nicht so tragisch sein, dass wir zwei uns wegen dem Lausbub zerkrieg'n! Wär' doch wirklich noch schöner!‹

Während des Abwaschs und der anschließenden Vorbereitungen für das Frühstück wird kaum gesprochen. Nur das Allernotwendigste, was nicht viel ist, da jeder seine Arbeit kennt.

»Aber heut' bleibst in der Stuben und gehst nimmer raus!«, ordnet ihre Mutter an.

Sofort kontert Zita schnippisch mit einem Lachen: »Hab ich auch gar nicht vor. Ich hab dir nämlich wirklich viel zu erzählen! Du darfst bloß nicht bös werden, bis ich alles erzählt hab! Versprochen?«

»Du red'st dich leicht. Ich hab doch keine Ahnung, was ihr alles angestellt habt's. Ich werd's versuchen. Gut, versprochen«, schiebt sie noch nach, als sie Zitas Miene sieht.

Etwas früher als sonst sind sie fertig und gehen rüber in ihre Wohnung. Zita hat es sich schon auf dem Sofa bequem gemacht, während ihre Mutter den allabendlichen Tee zubereitet.

»So, jetzt erzähl mal, du bist ja ganz aus dem Häuschen!« Dabei stellt sie die Teetassen auf den Tisch und setzt sie sich zu ihrer Tochter auf das Sofa.

»Also, wir sind da losg'angen und wollten zum Schober nauf. Da haben wir halt einfach so rumgeblödelt und g'redet.«

»Bitte komm zur Hauptsach', das andere kannst mir hernach erzähl'n!«

»Gut, aber jetzt musst mich zu Ende reden lassen, weil sonst verstehst du's wieder falsch!«

Diesmal erzählt Zita, ohne unterbrochen zu werden, auch wenn sie sieht, dass es ihrer Mutter schwerfällt. Als sie dann aber berichtet, dass Wolfgang eine Lehre in einem Handwerksberuf machen will, der auch hier bei ihnen gefragt ist, platzt Frau Grimmer heraus:

»Ihr spinnt doch alle zwei! Der Bub kann doch nicht wegen uns seinen Beruf aussuchen. Der soll was lernen, das im g'fällt und das er brauchen kann! Da spielen wir doch keine Rolle! Aber ich denk, dass ihm seine Eltern den Kopf schon wieder geraderichten werden. Der spinnt doch!« Zutiefst erregt über Wolfgangs Ansinnen überlegt sie, ob sie vielleicht auch Herrn Merkl einschalten sollte. Allerdings kann sie eine gewisse Anerkennung ob des gezielten Vorgehens des Buben nicht ganz unterdrücken. Doch Zita macht schon wieder weiter. »Dreieinhalb Jahr dauert bei denen die Lehrzeit und noch ein halbes Jahr Schul', dann könnt er in vier Jahr'n kommen, hat er g'sagt!« Ihre Mutter sagt gar nichts mehr. Aber sie hat so eine Ahnung.

»Wie ich ihn dann g'fragt hab, warum er zu uns kommen will zum Arbeiten, in Deutschland gäb's doch auch Arbeit, weißt, was er da g'sagt hat?« Mit pochendem Herzen sitzt die Mutter still neben ihrer Tochter. Sie fühlt sich auch gerade fünfzehn Jahre alt und wie sie auf ihre erste Liebeserklärung wartet!

»Dich werd' ich ja wohl nicht von deiner Mama wegbringen, also muss eben ich zu euch kommen, hat er g'sagt. Ob das heißen soll, dass er mich dann heiraten tät, habe ich ihn g'fragt und da hat er g'meint, wenn ich ihn in vier Jahren noch will, dann wird er mich heiraten. Was ich dazu g'sagt hab, kannst dir ja denken! Dann haben wir wie kleine Kinder g'weint!«

Die Mutter schnauft erst mal richtig fest durch.

»Ihr zwei Kindsköpf habt doch den größten Schlag überhaupt! Vierzehn Jahr alt und schon die Hochzeit planen. Geht's vielleicht morgen schon zum Pfarrer? Gut, die zwei Tag' werden wir noch überstehn, aber dann werden andere Saiten aufgezogen! Ich glaub, ich war zu gutmütig und hab dich recht verzogen. Damit ist jetzt Schluss, das darfst du glauben!« Sie redet sich richtig in Rage, bis Zita zu schluchzen anfängt und ihr Tränen die Wangen herablaufen. Das kann ihre Mutter nun doch nicht sehen und schließt die Tochter in die Arme.

»Armes Mädel, ich meins doch bloß gut. Schau, so ein Heiratsversprechen, das ist ja so wie eine Verlobung! Du bist aber noch ein Kind. Du kannst dich doch nicht mit vierzehn Jahren schon für dein ganzes Leben binden wollen. Du kennst doch das Leben noch gar nicht! Andererseits kann ich dich schon verstehn. Ich bin hin und her gerissen und könnt euch einmal einfach rauswerfen und dann wieder in die Arm' nehmen, weil ihr doch irgendwie so lieb seid's! Alle zwei!« Sie ist so ergriffen, dass sie nur mit Mühe die Tränen unterdrücken kann.

»Mama, schau, es ist doch nichts passiert! Aber ich bin momentan einfach so glücklich! Dass es nicht leicht werden wird, wissen wir beide ja auch. Aber wir wollen's einfach probier'n!«

Nachdem jetzt das Wichtigste gesagt ist, bleiben die beiden noch einige Zeit eng umschlungen sitzen und jede hängt ihren eigenen Gedanken nach.

»Mein Gott, meinetwegen macht's, was ihr wollt. Ihr spinnt ja sowieso! Aber wenn ihr das so tatsächlich vier Jahr' durchhalt's, dann sollt ihr auch meinen Segen haben. Aber bitte erzähl's niemandem, hörst du, auch der Uschi nicht. Du weißt doch, wie die Leut' reden!« Die Mutter gibt sich geschlagen, nachdem sie kurz überlegt hat, dass Zita dann ja schon volljährig sein wird und ihre Zustimmung gar nicht mehr bräuchte. Außerdem ist sie auch davon überzeugt, dass der Wirbel in ein paar Wochen sowieso vorbei sein wird. Der Schreck legt sich langsam wieder und macht mehr dem Mitleid und der Liebe zu ihrer Tochter Platz.

»Aber mit dem Bub red' ich noch mal wegen seiner Lehr'. Der soll auf keinen Fall wegen uns einen Fehler machen!«

»Gut, Mama, mach das. Sind wir wieder gut?«, fragt Zita ein wenig schelmisch und kuschelt sich ganz eng an die Mutter, sodass diese gar nicht anders kann.

»Natürlich, wie könnt' ich dir bloß bös' sein. Bist doch mein Ein und Alles! Auch wenn du manchmal ein bisschen verrückt bist! Nein, nein, diese Kinder heutzutage!« Sie schüttelt den Kopf, als wolle sie die Gedanken wieder in die richtige Reihenfolge bringen.

»Danke, Mama, wenn ich dich nicht hätt'! In Zukunft werd' ich dich wahrscheinlich noch viel mehr brauchen, aber dafür will ich dir auch noch mehr bei der Arbeit helfen. Versprochen!«

Lange sitzen sie wieder schweigend da. Zita hat sich ganz eng an die Mutter geschmiegt und ist in Gedanken nur bei Wolfgang, der sie heute zum glücklichsten Mädchen der ganzen Welt gemacht hat.

»Du wirst ja nächstes Jahr auch mit der Schule fertig. Hast du gar auch schon eine Vorstellung, was du einmal machen willst?«, fragt ihre Mutter, froh, wieder ein anderes Thema anschneiden zu können.

»Ich würde gerne unten im *Oberdorfer Hof* eine Lehre für Hotel- und Beherbergungsbetriebe machen. Das würd' mir Spaß machen und brauchen könnt' ich's ja auch! Außerdem bräucht' ich nicht fortgehn, um eine Arbeit zu haben, und könnt' dir weiter helfen!«

»Wenigstens noch nicht ganz verrückt, mein Mädel. Das ist eine gute Idee! Dann wärst da und lernen kannst bei der Burgl allemal was. Ich kenne sie ja gut, die Burgl, da werd' ich gleich beim nächsten Mal mit ihr reden. Vielleicht kann's dir ja schon mal einen Platz reservieren, weil mehr als einen Lehrling im Jahr werden's auch nicht brauchen. Also jetzt geht's mir wieder besser und den Rest werden wir schon irgendwie hinkriegen.« Zufrieden drückt Frau Grimmer ihr Kind an sich. »Ich hätt' ehrlich g'sagt nicht erwartet, dass du dich schon damit beschäftigt hast. Hat dich der Wolfgang darauf gebracht?«

»Mit dem hab ich darüber noch gar nicht g'sprochen. Ich hab schließlich auch ein eigenes Hirn und kann mir eigene Gedanken machen. Stell dir vor!«, antwortet Zita frech.

»Ist ja schon gut. Ich bin richtig stolz auf dich. Offenbar hab ich dich und auch den Wolfgang einfach unterschätzt. Ihr seid anscheinend doch nicht mehr die ganz kleinen Kinder, die ich in euch gesehen hab. Aber lass mir Zeit, da muss ich mich erst noch daran gewöhnen.« Lächelnd sieht sie ihre Tochter an. »Jetzt ist's aber ganz schön spät g'worden! Weißt was, morgen früh kannst ausschlafen, ich schaff' das schon allein. Wenn du mir dann mittags wieder hilfst, dann reicht das auch und jetzt gehn wir ins Bett!«

Zita liegt noch lange wach. Zu aufgewühlt sind ihre Gedanken, zu durcheinander ihre Gefühle. Sie dreht sich von einer Seite zur anderen, zieht ihr Kopfkissen an sich und träumt kurz, bis sie vom eigenen Herzklopfen wieder wach wird. Immer wieder laufen ihr Freudentränen über die Wangen, aber dann mischen sich wieder die schmerzlichen Gedanken dazwischen und lassen sich einfach nicht verdrängen, sodass ihr Herz gleich wieder schwer wird. Sie kommt sich vor wie auf einer Achterbahn. Als sie gerade wieder den Augenblick durchlebt, in dem er ihr versprochen hat, sie in vier Jahren zu heiraten, fällt ihr siedend heiß ein, dass sie ja gar keinen Ring haben! Unten im Dorf, im Andenkenladen, gibt es Modeschmuck zu kaufen. Der hat auch am Sonntag offen! Während sie sich einen Plan ausdenkt, schläft sie darüber endlich beruhigt ein.

In bewährter Art und Weise wartet Wolfgang am Morgen wieder darauf, dass sich auf dem Hausgang etwas tut. Als Herr Merkl in den Waschraum kommt, packt Wolfgang seine Sachen zusammen und verlässt nach einem kurzen Gruß den Raum. Auf dem Gang stehend überlegt er, ober er warten soll oder besser wieder auf sein Zimmer geht. Er weiß nicht, ob Zita heute Morgen der Mutter helfen muss oder ob sie länger schlafen kann. Zur Schule muss sie jedenfalls nicht, schließlich ist schulfreier Samstag. Während er noch so dasteht, kommt Frau Grimmer auf den Gang heraus, um in die Küche zu gehen. »Ja, guten Morgen, Wolfgang!«, sagt sie etwas überrascht. »Die Zita darf heut' ausschlafen, 's ist gestern noch ein bisschen spät g'worden, aber komm doch kurz mit in die Küch', ich wollt' eh mit dir reden.«

»Guten Morgen, Frau Grimmer«, bringt er etwas unsicher heraus. Er hat ein recht ungutes Gefühl bei der ganzen Sache, geht aber trotzdem langsam hinter Frau Grimmer her.

»Da, setz dich mit her. Brauchst keine Angst zu haben. Natürlich hat mir die Zita gestern alles erzählt und ich war zunächst richtig sauer. Aber je mehr sie mir erzählt hat und ich drüber nachdenken konnt', desto besser ist's mir dann wieder 'gangen. Verrückt seid ihr halt, alle zwei! Aber gegen Verrücktheit kann man fast nichts machen, und ich find' mich halt um des lieben Friedens willen damit ab. Wir werden ja sehen, wie sich die Sache entwickelt. Aber darüber wollt' ich ja gar nicht mit dir reden, sondern über deine Idee in Sachen Lehrstellensuche. Bub, bitte versprich mir eins: Such dir den Beruf aus, der dir g'fällt. Du wirst sonst bloß unglücklich und zum Schluss ärgerst du dich noch darüber, dass du den Beruf aus Rücksicht auf uns gelernt hast.« Eindringlich sieht sie ihn an und er spürt, dass sie es wirklich aufrichtig meint.

»Aber Frau Grimmer«, antwortet er, erleichtert darüber, dass er sich wieder auf sicherem Gelände befindet. »So hab ich das auch nie vorg'habt! Ich hab mir bis vorgestern über einen Beruf noch überhaupt keine Gedanken gemacht g'habt, außer dass ich keinen Bürojob haben will. Wie ich so überlegt hab, wie's jetzt dann mit der Zita weitergehn könnt, bin ich drauf 'kommen, dass ich nach der Schul' arbeiten und mich bewerben muss. Wenn dann mehr Angebote dabei sein sollten, die mir gefallen würden, dann möcht' ich schau'n, welchen davon ich auch hier gut gebrauchen könnt'. So hab ich mir das gedacht!«

Frau Grimmer steht auf.

»Das hört sich schon besser an. Ich hab nicht gedacht, dass du schon so umsichtig und überlegt vorgehen könntest. Aber ich hab's gestern auch der Zita schon g'sagt: Ich hab euch unterschätzt! Ich hab in euch zwei einfach noch Kinder g'sehn und nicht gedacht, dass ihr doch schon so groß seid. Danke, Wolfgang, dass du mit rein'kommen bist!«

Damit wendet sie sich dem Herd zu und Wolfgang steht auf und geht Richtung Tür. Dort dreht er sich noch mal um und sagt: »Danke, und wenn's jemand in der Küch' brauchen, sagen's mir einfach Bescheid!«

Nach dem Frühstück holen die Schüler wieder ihre Skier aus dem Schuppen. Heute wird ein sonniger Tag, knapp über den Bergspitzen lugt die Sonne schon hervor und Wolken sind weit und breit nicht zu sehen. Dafür bläst ein leichter Wind und die Temperaturen liegen nur um den Gefrierpunkt.

Zunächst steht auf der Piste die Wiederholung des bereits Gelernten an: Aufstehen nach einem Sturz, Stemmbogen, Schrägfahrt, Slalom und Abfahrt. Das Hochgehen in steilerem Gelände funktioniert bereits recht gut, ist aber anstrengend, sodass die Kinder laut johlen, als Frau Meyr ihnen verspricht, dass sie am Nachmittag Lift fahren dürfen. Die Abfahrt- und Slalomstrecken werden noch einmal verlängert, sodass die Schüler noch mehr Fahrt aufnehmen können, sich dafür aber auch länger auf den Beinen halten müssen. Mittlerweile ist auch die Sonne kräftiger geworden und die Temperaturen steigen an, sodass es ein richtig herrlicher Tag wird.

Müde und abgekämpft kommen die Kinder zum Mittagessen heim. Gulasch mit Nudeln, genau das Richtige für ausgehungerte Skifahrer!

»Hallo, wie sieht es heute Nachmittag aus?«, fragt Wolfgang unter dem Rollo hindurch, als er Zita sieht, die bei den Nudeln steht und ihn anlächelt.

»Hm, ich muss der Mama helfen. Wir wollen Fleischpflanzerl mit Kartoffelstampf machen. Ein Haufen Arbeit! Wird wohl bloß nach dem Abendessen gehen«, bedauert sie.

»Wenn du aber magst, könnt'st helfen«, meldet sich Frau Grimmer zu Wort. »Ich wollt' eh anfragen, ob ich nicht zwei Helfer kriegen könnt'. Ihr müsstet aber dann schon gleich, wenn ihr heimkommt, anfangen! Nach dem Essen frag' ich mal den Herrn Merkl, ob er jemanden findet.«

Während des Essens erzählt Wolfgang seinem Freund Peter, dass er am Nachmittag zusammen mit Zita in der Küche helfen will.

»Du hast's wirklich gut erwischt!«, meint der. »Ich werd' halt ein bisschen lesen und rumhängen müssen!«, bedauert er sich selbst.

»Ja, wenn du willst, könntest du ja auch helfen. Die Frau Grimmer wollt anschließend sowieso fragen, ob noch jemand helfen mag.«

»Mach ich doch glatt«, begeistert sich Peter gleich.

Frau Grimmer ist erfreut, dass sie gar nicht zu fragen braucht, um genügend Helfer zu bekommen.

»Zum Lift müssen wir auf der anderen Seite vom Haus erst ein Stück hinunterfahren. Ihr braucht keine Karten, wir haben eine Pauschale bezahlt und ihr könnt so oft fahren, wie ihr wollt. Erst zeig ich euch aber, wie der Lift benutzt wird. Es handelt sich dabei um einen Schlepplift, der euch den Berg hochzieht. Dort sind auch andere Skifahrer unterwegs, deshalb bitte aufpassen und kein Gedränge am Lift! Fahrt jetzt einfach hinter mir her.« Frau Meyr fährt voraus und die Schüler reihen sich, einer nach dem anderen, hinter ihr ein.

Als sie am Anfängerlift ankommen und vor dem Lifthäuschen warten, während Frau Meyr mit dem Verantwortlichen redet, studieren sie neugierig den Hang und beobachten die herunterkommenden Skifahrer. Das Gelände ist schon etwas steiler, als ihr Übungshang gewesen ist, und deutlich länger.

Frau Meyr winkt den Kindern, dass sie zum Lift kommen sollen. Der Liftaufseher steht neben Frau Meyr und hat einen Ersatz-Schleppbügel in der Hand. Mit dessen Hilfe erklärt er, wie der zu gebrauchen ist. »Also ich bin der Johann und ich erklär euch kurz, wie alles funktioniert. Versucht bitte immer, dass möglichst zwei Kinder zusammen fahren. Zwischen die beiden kommt dieser Bügelholm, an dem ihr euch mit einer Hand festhaltet. Die beiden Flügel hier, die bringt das Schleppseil von hinten und die nehmt ihr dann unter euren Hintern!« Allgemeines Gelächter folgt. »Jetzt müsst ihr gefasst darauf sein, dass das Schleppseil anzieht und ihr nicht nach vorne umfallt, sondern euch mit leichter Rücklage nach vorne wegziehen lasst. Dabei aber schön in der Spur bleiben, damit diese nicht kaputt geht! Wenn jemand rausfällt, sofort den Bügel loslassen und versuchen vom Lift wegzukommen, damit diejenigen, die hinter euch nachkommen, nicht über euch drüberfallen. Dann fahrt ihr halt runter und stellt euch wieder an. Wenn einer allein weiterfährt, ist's am besten, wenn er den Bügel einfach zwischen die Beine nimmt. Das Aussteigen ist einfach. Versucht den Bügel ein Stück nach hinten wegzudrücken und selber seitlich rauszufahren. Oben wartet auch ein Kollege, der euch beim Aussteigen hilft, wenn's nötig ist. Dann wünsch' ich viel Spaß!«

Gespannt und aufgeregt stellen sich die Kinder an. Frau Meyr steht noch bei Johann und passt auf. Immer wenn zwei in der Spur stehen, reicht ihnen Johann den von hinten kommenden Bügel so, dass sie sich nur noch festhalten müssen.

Nach ersten ruckartigen Bewegungen, das bei den Ersten noch unter dem Gelächter der Wartenden geschieht, geht es schön gleichmäßig den Berg hinauf. Die Kinder haben den Dreh schnell heraus und es macht richtig Spaß, nicht jedes Mal wieder zu Fuß hinaufsteigen zu müssen. Heute darf jeder so fahren, wie er mag und kann. Hin und wieder kommt Frau Meyr heran und redet mit ihnen oder weist sie auf einen Fehler hin. Die Sonne ist noch kräftiger geworden und die Kinder kommen vor lauter Eifer schon ins Schwitzen.

Viel zu schnell ist die offizielle Nachmittagszeit vorbei und die Kinder sollten wieder nach Hause gehen, aber Frau Meyr hat mit Johann vereinbart, dass diejenigen, die noch nicht genug haben, heute noch weiterhin für die bezahlte Zwei-Stundenpauschale fahren dürfen. So treten nur wenige Schüler um vier Uhr den Heimweg an. Die anderen nutzen lieber das schöne Wetter und den kostenlosen Lift. Peter und Wolfgang dagegen beeilen sich, nach Hause zu kommen, damit sie pünktlich ihren Hilfsdienst antreten können.

»Ach, da seid ihr ja schon«, begrüßt sie Frau Grimmer, als die beiden mit verschwitzten Gesichtern in der Küche erscheinen. »Hättet's nicht noch lieber Skifahren wollen, bei dem herrlichen Wetter?«

»Nein, nein, das hat schon gereicht und morgen fahren wir ja schon wieder!«, beeilen sich die beiden gleichzeitig zu erwidern.

»Ja, dann geht ihr euch jetzt erst mal ein bisschen waschen, ihr schwitzt ja noch ganz schön und in der Küch' wird's auch gleich wieder recht warm.«

Die beiden marschieren wieder zur Küche hinaus und Zita sieht ihnen mit einem verschmitzten Lächeln hinterher.

»Hätten wir selber auch wissen können, dass man sich vorher wäscht, bevor man in der Küche arbeitet!«, ärgert sich Wolfgang, als sie im Waschraum nebeneinander stehen und sich den Oberkörper und ihr Gesicht waschen. Ein frisches Hemd hat Wolfgang aber nicht mehr, weshalb er das T-Shirt von vorgestern kurz beschnuppert und für gut befindet.

»Heute wollen wir Fleischpflanzerl oder Buletten oder wie immer sie bei euch heißen, mit Kartoffelstampf kochen«, erklärt Frau Grimmer den beiden, als sie wieder in der Küche erscheinen. »Hier, die Zita hat schon hergerichtet, diese Kartoffeln müssen alle gewaschen, geschält und in Viertel zerteilt werden. Dann könnt's gleich anfangen, der Wolfgang kennt sich damit ja eh schon aus!«

Zita füllt gerade in zwei große Töpfe, die bereits auf dem Herd stehen, Wasser ein. Dabei sieht sie immer wieder zu Wolfgang hinüber, der gerade Peter in die Arbeit einweist. Sie lacht dabei in sich hinein, weil sich Wolfgang dabei so wichtig nimmt. Er ist mit solchem Eifer dabei, dass er sie noch gar keines Blickes gewürdigt hat.

»Herr Küchenchef«, neckt sie ihn deshalb, »könnten Sie mir vielleicht helfen, diesen schweren Topf auf den Herd zu heben?«

Erst jetzt blickt er in ihre Richtung und sieht ihr breites Lachen im Gesicht. Sofort spring er auf und hebt ihr den Topf auf den Herd.

»Immerhin hört er schon ganz gut auf seinen Titel, der Herr Küchenchef«, frotzelt jetzt auch noch Frau Grimmer, die dabei ist, den Hackfleischteig vorzubereiten.

Nachdem die Buben eine Schüssel mit geschälten Kartoffeln voll haben, bringt ihnen Zita eine neue und nimmt die volle mit. Sie viertelt die Kartoffel und wirft sie in einen Topf mit Salzwasser. Dieser steht zwar schon auf dem Herd, aber noch im kalten Bereich der Herdplatte, damit das Wasser noch nicht warm wird. Erst müssen noch mehr Kartoffeln hinein. Dann bringt sie die Schüssel wieder zurück und setzt sich zu ihnen, um beim Schälen zu helfen. Peter ist noch etwas langsam, schließlich hat er noch nie zuvor eine solche Arbeit gemacht. Zita beobachtet ihn und muss sich hin und wieder einen Lacher verkneifen. Dann blickt sie schnell Wolfgang an und nickt ihm lächelnd und verstehend zu.

»Jetzt muss kräftig eingeheizt werden, damit das Wasser in diesen großen Töpfen zu kochen anfängt«, sagt Zita, nachdem alle Kartoffeln in den Töpfen gelandet sind. »Ihr könntet noch Holz holen, Wolfgang, du weißt ja, wo es ist.« Dabei drückt sie Wolfgang den Holzkorb in die Hand, aber nicht, ohne dabei seine Hand zu berühren. Ein verliebter Blick von ihm ist der Dank dafür.

»Und? Wie gefällt's dir in der Küch'?«, fragt er Peter während des Holzholens.

»Ach, ganz gut, vor allem ist es doch recht lustig. Ich fürchte bloß, dass ich morgen hier an meiner rechten Hand eine Blase habe. Von dem blöden Schälmesser!« Dabei zeigt er Wolfgang seine Hand, die an der Zeigefingerwurzel und am Daumen jeweils eine rote Druckstelle aufweist.

»Du bist halt nichts gewöhnt«, frotzelt der, »aber da siehst du mal, kochen kann ganz schön anstrengend sein! Lass mich dann die gekochten Kartoffeln quetschen, sonst sind deine Händ' morgen total kaputt. Du kannst sie mir ja immer in die Presse reintun.«

Als sie wieder in die Küche zurückkommen, dirigiert Wolfgang seinen Freund zur Holzkiste unter dem Ofen und meint: »Hier kannst das Holz reinschlichten!« Daraufhin geht Wolfgang zu Zita, die gerade mit einer Gabel die Kartoffel in einem der Töpfe auf ihren Zustand testet.

»Achtung, nicht überkochen lassen, sonst müssen wir hernach wieder ewig die Herdplatte putzen!«, neckt er sie.

»Also, jetzt reicht's aber, Herr Küchenmeister«, kneift sie zurück. »Hier, kannst schon mit dem Durchdrücken anfangen. Der Topf ist soweit. Aber nur, wenn es Ihnen genehm ist!«

Peter und Wolfgang nehmen mit einem Tuch den heißen Topf vom Herd und gießen in der Spüle das überschüssige Wasser ab. Dann stellen sie ihn auf einen Untersetzer auf dem Tisch. Wolfgang nimmt die Kartoffelpresse und öffnet sie.

»Hier kannst du mir immer Kartoffel reingeben, ich drück sie dann zusammen und geb' den Brei in die Schüssel hier!«, kommandiert Wolfgang. Doch er hat sich ein wenig verschätzt, es geht nämlich gar nicht so leicht, wie er es sich vorgestellt hat. Nach ein paar Wiederholungen spürt er bereits seine Arme und ist froh, als Zita verschmitzt lächelnd für Peter auch noch einen Stampfer mit Löchern bringt und ihnen vormacht, wie dieser benutzt wird. Nachdem der erste Topf geleert ist, kommt auch Zita noch mit einem Stampfer zu Hilfe. »Sonst werden wir nicht rechtzeitig fertig«, meint sie wie nebenbei. Sie weiß ja selber, wie schwer diese Arbeit ist, und möchte keinen der beiden Helfer vor den Kopf stoßen. Tatkräftig hilft sie mit, unter den bewundernden Blicken der beiden Buben. Frau Grimmer mischt derweil noch Milch, zerlassene Butter, etwas Salz und Muskatnuss unter die zerstampften Kartoffeln und rührt sie kräftig durch. Zwischendurch nimmt sie immer wieder etwas Fleischteig, formt kleine Kugeln und legt sie in eine mit heißem Fett gefüllte Pfanne. Dann drückt sie die Kugeln mit einem Löffel flach und lässt sie ein paar Minuten braten, bis sie gewendet werden.

Nachdem die Kartoffeln besiegt sind, dürfen die Kinder ebenfalls an den Herd und Pflanzerl braten. Um halb sechs sind für den ersten Ansturm genügend gebraten und auch Kartoffelbrei ist ausreichend vorhanden.

»So jetzt wird gegessen«, erklärt Frau Grimmer, »setzt euch bitte an den Tisch und lasst es euch schmecken. Ihr wart ja schließlich auch wieder recht fleißig!« Dabei bringt sie eine Schüssel mit Kartoffelstampf und eine mit Fleischpflanzerl an den Tisch. Zita hat schon Teller und Besteck geholt. »Ich ess' dann später«, sagt Frau Grimmer und geht wieder zurück an den Herd.

»Schmeckt hervorragend«, lobt Peter das Essen. »aber da steckt ganz schön Arbeit dahinter. Das hätte ich so nicht gedacht.«

»Siehst du, da kannst' was fürs Leben lernen und gleichzeitig auch noch die Arbeit deiner Mutter besser achten!«, erklärt Zita nicht ganz ohne Stolz.

»Koch werde ich bestimmt nicht, ich bekomme ja schon vom Kartoffelschälen Blasen!«, lacht Peter. »Schaut her, meine Hand ist schon ganz rot!«

Wolfgang und Zita schauen sich an und grinsen. »Kannst ja hernach abspülen. Spülmittel soll geschundenen Händen ja recht gut tun, heißt es doch immer!«, frotzelt Wolfgang. Frau Grimmer richtet inzwischen schon mal das Essen auf die Theke. Gleich werden die hungrigen Kinder kommen und dann muss es schnell gehen.

»Wer hilft mir dann bei der Essensausgabe?«, fragt sie in Richtung der drei Kinder.

»Das übernehmen heute Wolfgang und ich, dann kannst' in Ruhe essen und Peter kann seine Hände spülen!«, bestimmt Zita ein wenig vorlaut.

»Gut, dann machen wir das so. Peter, ich helf dir dann schon, damit wir bald fertig sind und ihr drei auch noch etwas Freizeit habt, wenn ihr schon so fest gearbeitet habt«, meint Frau Grimmer dankbar.

Kurz darauf sind die drei fertig mit dem Essen und übernehmen ihre zugeteilten Aufgaben. Frau Grimmer kümmert sich zunächst um Peter und erklärt ihm seine Arbeit, während Zita die Einweisung von Wolfgang übernimmt. »Also, du stellst dich hier gleich am Anfang hin und gibst auf jeden Teller einen solchen Löffel von dem Stampf!« Dabei zeigt sie ihm eine entsprechende Portion mit dem großen Löffel, der neben dem Topf mit dem Kartoffelstampf liegt. »Von mir bekommt dann jeder erst mal ein Pflanzerl und Soße dazu. Wenn jemand mehr will, soll er noch mal herkommen.« Sie sehen sich an und lächeln sich zu.

»Es ist schön, so mit dir zu arbeiten«, flüstert Wolfgang beinahe und rückt so nah an sie heran, dass er ihren Körper kurz spüren kann. Schnell wandert seine Hand an ihre Wange und streichelt sie für einen kurzen Moment.

Mit einem dankbaren Blick zeigt sie ihm, dass sie genauso denkt. »Mhm, gut, dann machen wir jetzt auf!« Wolfgang zieht das Rollo hoch und schon wird ihm ein Teller entgegengestreckt. Irgendwie schon komisch, wenn man nur den Körper ohne Kopf sieht und der streckt einem die Hand mit einem Teller entgegen!

Doch er ist gleich mit Eifer bei der Sache und bedient seine Mitschüler gerne.

Peter und Frau Grimmer haben inzwischen mit dem Abwasch des Kochgeschirrs begonnen und als die ersten Teller zurückkommen, bringt sie Zita gleich zu den beiden nach hinten, sodass keine Zeit versäumt wird. Schließlich möchte sie ja auch noch gerne ein paar Minuten mit Wolfgang allein verbringen! Auch Wolfgang bemüht sich, die übrig gebliebenen Speisen vom Tresen weg nach hinten auf den Tisch zu bringen und die Theke wieder sauber zu putzen. Zita bringt sauberes Geschirr von hinten gleich wieder mit, damit für das Frühstück auch schon hergerichtet ist. So ist es erst kurz vor sieben, als Frau Grimmer die drei Kinder mit den Worten: »Fleißig und brav seid's g'wesen und jetzt dürft's euch noch ein wenig vergnügen!«, entlässt, wobei sie dabei ganz besonders Zita und Wolfgang angeschaut hat.

Es ist kalt geworden, seit die Sonne untergegangen ist, bestimmt schon unter null Grad. Die Kälte schlägt den beiden entgegen, als sie zur Haustür hinausgehen. Herr Merkl hat noch einen Ausgang bis maximal halb neun genehmigt und gebeten, dass sie aber kein Aufhebens daraus machen sollen, um nicht auch noch andere zu einer Nachtwanderung zu animieren.

Eine schöne Nacht nach einem herrlichen Tag! Die Sterne funkeln am Himmel, wie Wolfgang sie noch nie gesehen hat, und Wolken sind nirgendwo zu entdecken. Er hat Zitas Hand ganz fest in seiner und steckt sie schnell wieder in Zitas Parkatasche. Diese Zeremonie ist mittlerweile schon selbstverständlich geworden und sie fühlen sich dabei richtig eng verbunden.

»Was machen wir denn jetzt in der Stund'?«, fragt Wolfgang, als sie an der Straße vorne sind. »Zum Schober ist's zu weit und ins Dorf auch.«

»Was meinst, besuchen wir die Uschi noch kurz? Eine Tasse Tee bekommen wir dort bestimmt und freuen wird sie sich sicher auch.«

»Genau, das machen wir, ich werd' sie dann wohl eh nicht mehr sehen, bevor wir wieder fahren.« Er könnte sich auf die Zunge beißen, weil er schon wieder dieses Thema angeschnitten hat. Zita aber nimmt es ganz locker und meint: »Wir haben morgen noch den ganzen Nachmittag. Die Frau Gruber kommt morgen kochen helfen und da braucht mich die Mama nicht, hat sie g'sagt. Dann können wir gleich nach dem Essen los. Meine Hausi mach ich gleich am Vormittag, dann hab ich das auch erledigt. Ich hab auch noch eine Überraschung für dich. Gibt's aber erst morgen!« Lachend bleiben sie stehen, um sich in die Arme zu nehmen und zu küssen. »Ich dachte schon, ich bekomm heute gar keinen Kuss mehr! Da steht man stundenlang beieinander und außer einem kurzen Blick ist nichts los!«, beschwert sie sich.

Die Kälte nimmt rasch zu und beißt in der Nase. Sie reiben ihre Wangen aneinander und spüren die warme Atemluft des anderen in ihrem Gesicht, während sie weiter die Straße hinaufgehen. Sie halten sich dabei ganz fest umschlungen und achten dabei kaum auf den Weg, bis sie sich mit den Füßen verhaken und in den Schnee fallen. Lachend rappeln sie sich wieder hoch und klopfen sich den Schnee von der Kleidung.

»Na, wir sind vielleicht ein Gespann«, kichert Zita, »zu dumm, um geradeaus laufen zu können! Hoffentlich hat uns keiner gesehen.«

Als sie bei Uschis Haus ankommen, bleiben sie noch einen Moment stehen und sehen sich ganz fest in die Augen. »Am liebsten würd' ich gleich für immer da bleiben, um mit dir zusammen sein zu können«, flüstert Wolfgang. »Ich mag dich so wahnsinnig gern, wie du dir das gar nicht vorstellen kannst!«

»Oh, Wolfgang, ich kann mir das schon vorstellen, denn ich mag dich doch mindestens genauso gern!« Zitas Augen beginnen zu blinzeln und schnell nimmt sie seinen Kopf in die Hände, zieht ihn zu sich her und küsst ihn lange und innig.

Die Haustür ist noch nicht abgesperrt, weshalb sie einfach eintreten. Die Schuhe ziehen sie aus und stellen sie neben die Tür mit der Aufschrift *Privat*. Dann klopft Zita an die Tür und eine Frau öffnet. »Ach Zita«, sagt sie überrascht, »ihr wollt sicher zur Uschi. Kommt nur rein.«

»Guten Abend, das ist der Wolfgang«, stellt Zita vor, während Uschi, die auf dem Sofa gelegen hat, erstaunt herankommt. »Wo kommt ihr denn her, bei dieser Kälte?«, fragt sie erfreut. »Kommt, zieht's euch aus und setzt euch her an den Tisch.« Sie nimmt den beiden die Anoraks ab und hängt sie an Haken, die neben der Tür an der Wand befestigt sind.

Wolfgang ist etwas unsicher. Zum ersten Mal ist er hier in Privaträumen und stellt fest, dass es einfach eine Wohnstube ist, wie sie es überall gibt. Nichts Besonderes und nichts Geheimes!

»Ihr mögt doch bestimmt eine Tasse Tee. Mama, magst uns einen machen?«, bittet Uschi ihre Mutter.

»Freilich, ich bin ja schon dabei!«

Die drei Kinder machen es sich am Tisch gemütlich und Uschi ist schon ganz neugierig, was die beiden zu berichten haben.

»Oh, Besuch ist da!« Ein Mann, offensichtlich Uschis Vater, kommt zur Tür herein und wendet sich den Kindern zu. »Ah, ihr zwei, habt ihr wieder den Verkehr aufg'halten! So, so!«, sagt er lachend und die beiden werden knallrot im Gesicht. »Du, ich muss noch mal runter ins Dorf«, erklärt er seiner Frau. »Gut' Nacht dann!«, wünscht er noch und ist wieder fort.

Uschis Mama brüht den Tee auf und bringt drei Tassen und die Teekanne an den Tisch.

»Was war das jetzt mit dem *Verkehr aufhalten*?«, will Uschis Mutter gerne wissen. »So, wie ihr reagiert habt, muss es ja voll peinlich g'wesen sein.«

Die beiden erzählen die Situation und Uschi lacht laut. »Saudumm gelaufen, was?«, meint sie und lacht weiter, obwohl sie die Geschichte ja schon kennt. Ihre Mutter, die bisher über das Verhältnis der beiden nichts wusste, lächelt zwar, macht sich aber insgeheim so ihre Gedanken. Nicht nur über Zita! Zwar weiß sie, dass Uschi einen Freund hat, aber auch sie sieht die Gefahr mit den ständig neu kommenden Gästen in Uschis Alter. Da wird sie ein wachsames Auge haben müssen!

»Na ja, das hätte aber auch anders ausgehen können!«, meint sie.

Uschi versucht zwar aus den beiden ein bisschen mehr herauszubekommen, aber mit einem Blick auf die Mutter macht ihr Zita verständlich, dass es momentan ungünstig ist und sie nichts weiter dazu sagen wird. So unterhalten sie sich noch ein wenig über die Schule und die Arbeit, die Peter und Wolfgang heute geleistet haben. Als die Sprache auf Peters wunde Hände kommt, gibt es wieder großes Gelächter. Diesmal lacht auch Uschis Mutter mit und meint: »Ja, ja, so sind die Stadtkinder! Nichts Rechtes gewöhnt und allein täten's wahrscheinlich verhungern!«

Die beiden bedanken sich für den Tee und machen sich auf den Heimweg. Als sie auf etwa halbem Weg wieder bei der Bank ankommen, setzen sie sich hin und betrachten Hände haltend und still den Sternenhimmel.

»Wirklich schön«, sagt Wolfgang, »dort mit den Bergen als dunklem Hintergrund, oben diese vielen Sterne und daneben das schönste und liebste Mädchen auf der ganzen Welt.«

»Du Spinner, es gibt doch so viele andere, die viel schöner sind als ich. Brauchst doch bloß mal die anschauen, die bei euch jetzt dabei sind. Ich versteh' sowieso nicht, wie du ausgerechnet auf mich kommst.«

»Wann'st meinst, dann such ich mir halt eine andere, dann kannst du recht dumm aus deiner Wäsche schau'n!«, neckt er.

»Trau dich bloß nicht!«, droht sie jetzt. »Dann gibt's gewaltigen Ärger und der Tussi kratz' ich die Augen aus! Dann wirst du erst dumm schau'n!«

Langsam wird ihnen kalt und deshalb setzen sie herumalbernd und zwischendurch springend und laufend vor Freude ihren Weg nach Hause fort.

Schon taucht etwas unterhalb die *Grimmer Alm* auf und Wolfgang zieht Zita noch mal an sich heran, schaut sie ganz fest an und flüstert: »Dummerchen, das will ich doch überhaupt nicht. Ich will doch bloß dich und sonst niemand. Ja, vielleicht noch deine Mama, die ist auch immer recht lieb zu mir«, setzt er frotzelnd noch hinzu. »Da hast du eine echte Konkurrenz!«, lacht er dann aus vollem Hals.

»Das sag ich ihr aber, darüber wird sie sich sicher freuen und die wird auch ganz bestimmt auf dich ein paar Jahre warten!«, stänkert sie zurück.

Es ist zwar erst kurz nach acht und sie könnten noch draußen bleiben, aber es ist ihnen einfach zu kalt und so freuen sie sich auf die warme Stube. Sie haben beschlossen, im Speiseraum noch ein paar Fotos anzuschauen. Vor allem das zweite Album hat Wolfgang das letzte Mal gar nicht mitbekommen.

Herr Merkl unterhält sich gerade mit Frau Meyr und nickt erfreut, als Wolfgang sich pünktlich zurückmeldet. »Schon gut, Wolfgang«, sagt er nur und wendet sich wieder seiner Gesprächspartnerin zu. Es ist nur noch der hinterste Tisch mit vier Kartenspielern besetzt. Die anderen Kinder sind auf ihren Zimmern. Auf dem Gang kann man Musik und Unterhaltung aus den Räumen oben hören.

Wolfgang holt zwei Tassen Tee von der Theke und setzt sich an einen Tisch ganz vorne, sodass genügend Abstand zu den anderen ist und sie nicht jedes Wort von ihnen mitbekommen. Als Zita mit den beiden Alben kommt, rücken sie ganz eng aneinander und trinken von dem warmen Tee. Eine wohlige Wärme breitet sich in ihren Körpern aus.

»In dem Album hier sind viele Bilder von mir, wie ich noch klein war und bis jetzt. Es ist ja auch noch nicht voll und demnächst kommen ein paar auch von dir mit rein«, erklärt sie spitzbübisch lächelnd. »Schau, das bin ich mit drei Stund', das Foto hat mein Papa im Krankenhaus g'macht und da bin ich dann schon daheim und etwa drei Wochen alt.«

Während Wolfgang interessiert die Bilder anschaut und ihren Ausführungen dazu lauscht, drängt er sich noch näher an sie, was Zita zu der Bemerkung »Wenn du noch näher kommst, fall' ich vom Stuhl, weil kein Platz mehr ist!« veranlasst.

»Ich halt' dich schon fest, dass du nicht runterfällst!« Gleichzeitig legt er seinen Arm um ihre Schultern und zieht sie zu sich heran. Ob es Herrn Merkl oder den anderen Kindern auffällt, ist ihnen inzwischen egal. Ihre Wangen beginnen zu glühen und innerlich fühlen sie sich so eng verbunden wie bisher noch nie.

»Schau, da ist mein Papa mit der Mama und mir! Da war'n wir in Kitzbühl und sind am Wilden Kaiser spazier'n gangen. Das war ein schöner Ausflug damals! Ich hab grad ein neues Dirndl kriegt und war so stolz darauf.«

Gern hätte Wolfgang mehr über ihren Vater erfahren, will aber die Stimmung nicht trüben und fragt deshalb nicht extra nach. Stattdessen lacht er leise und meint: »Warst damals schon ein fesches Mädchen. Die Zöpf' stehn dir aber wirklich gut!«

»Ja, da war'n meine Haar auch noch länger, aber etwas kürzer ist einfach praktischer. Im Sommer mach ich mir oft einen Pferdeschwanz, der ist auch ganz praktisch.« Leise und mit Blick zu ihm fährt sie fort: »Wenn du im Sommer kommst, dann kannst es sehn und außerdem viel anderes auch. Hier ist dann alles grün und Kühe sind auf den Weiden, Blumen blüh'n und es riecht nach Gras und Heu! Du wirst sehn, es ist wunderschön hier, und es wird dir ganz sicher g'fallen! Ach, ich kann's gar nicht erwarten, dass ich dir das alles zeigen kann, ich freu mich ja schon so!« Ihr Herz beginnt wieder stärker zu klopfen und sie lehnt ihren Kopf an seine Schulter. Dabei macht sie sich ganz klein und kuschelt sich so richtig an ihn. Darüber vergessen sie ihre Umgebung und im Album wird auch nicht mehr weitergeblättert.

Als Wolfgang um halb sieben aufsteht, ist er immer noch der Erste in seinem Zimmer, der schon wach ist. Lediglich Peter lässt ein leises verschlafenes »Morgen« hören, als Wolfgang von seinem Bett herabsteigt.

Im Waschraum trifft er wie jeden Tag auf Herrn Merkl, der gerade aus der Dusche kommt. Nach einem kurzen »Guten Morgen« verschwindet Wolfgang in der Duschkabine. Er hat keine Lust, sich jetzt mit seinem Lehrer zu unterhalten! Lieber bleibt er in der Dusche, bis Herr Merkl verschwunden ist. Es treiben ihn andere Gedanken um. Schließlich ist heute der letzte Tag und der letzte Nachmittag, den er mit Zita verbringen kann! Trotz der Aussicht auf einen schönen Nachmittag ist ihm schwer ums Herz. Am liebsten wäre er ja mit Zita gemeinsam zur Kirche gegangen, aber das wäre wohl doch zu provokant gewesen.

Bei der Frühstücksausgabe steht heute nur Frau Gruber hinter der Theke. Wolfgang wirft vorsichtshalber einen Blick unter das Rollo, es hätte ja sein können!

»Guten Morgen, alle zusammen«, Herr Merkl hat sich in die Mitte des Raumes gestellt und erklärt den Ablauf des heutigen Tages. »Vormittags wollen wir noch mal richtig skifahren. Am Nachmittag habt ihr ja frei. Wer möchte, kann auch da noch mal am Lift fahren. Eure Karte gilt noch! Nachdem bis Mittag unser Bus kommen wird, haben wir beschlossen, die Leihskier schon heute zurückzugeben, dann brauchen wir morgen nicht extra anzuhalten. Deshalb können diejenigen, die nachmittags nicht mehr fahren wollen, ihre Skier bereits nach dem Mittagessen im Bus verstauen. Die Leihskier kommen in ein Extrafach, aber da sind ich und der Busfahrer dabei! Die anderen bitte ich bis spätesten sechzehn Uhr hier zu sein und ihre Skier ebenfalls zu verstauen. Anschließend fährt der Bus hinunter ins Dorf. Wer möchte, kann natürlich mitfahren. Andererseits kann auch so gegen siebzehn Uhr, wenn alle Skier abgegeben sind, wieder mit dem Bus hochgefahren werden. Noch eines: Die Skier bitte vor dem Verladen sauber machen und Schneereste entfernen! Dann noch viel Spaß heute!«

Gleich nach dem Frühstück fährt Wolfgangs Gruppe wieder zu ihrem Lift, an dem sie gestern auch schon gefahren sind. Herr Johann, wie sie ihn immer belustigt nennen, steht schon am Lifthäuschen und begrüßt die Kinder. Einweisung benötigt heute keiner mehr, jeder kommt bestens zurecht und lässt sich begeistert von der Maschine den Berg hochziehen.

Die zwei Stunden, die ihnen zur Verfügung stehen, nutzen die Kinder, um ihr Erlerntes in die Praxis umzusetzen. Mit großer Freude sind sie dabei, die Piste nicht nur hinunterzurauschen, sondern auch schöne Bögen zu fahren und so die Piste in voller Breite auszunutzen. Einige versuchen sich auch schon an kurzen engen Bögen, um die eleganten Schwünge, die sie sich bei erfahreneren Skiläufern abgeschaut haben, zu erlernen. Als Herr Merkl eine kleine Gruppe sieht, die etwas abseits fleißig übt, geht er hin und zeigt den Schülern ein paar Kniffe, die sie sofort mit Begeisterung austesten. Das wird am Nachmittag noch weiter ausgefeilt, beschließen die drei Mädchen und zwei Buben sofort.

Schnitzel mit Kartoffelsalat gibt es heute zum Mittagessen. In der Küche sind nur Frau Gruber und Frau Grimmer zu sehen, Zita ist nirgendwo zu entdecken.

Wolfgang reinigt seine geliehenen Skier und bindet sie mit einem Spanngummi mit den ebenfalls geliehenen Stöcken zusammen. Nur wenige Schüler bringen, so wie er, die Skier schon zum Bus. Die meisten wollen den Nachmittag noch mal ordentlich nutzen. Am Bus nimmt ihm Herr Merkl sein Bündel ab und verstaut es im vorderen Ladekasten des Busses.

Gerade als er zu überlegen beginnt, wo Zita wohl sein könnte, kommt sie schon aus der Tür.

»Hallo Wolfgang, bist du so weit? Dann könnten wir los!« Eine ganz besonders spitzbübische Freude scheint aus ihrem Gesicht zu strahlen.

Wolfgang ist ein wenig irritiert. »Klar, ich hol' nur noch meinen Anorak. Bin gleich wieder da!«

Eilig steigt er die Treppe hinauf in sein Zimmer. Nur Peter ist noch hier und brummt etwas trübsinnig: »Ich werd' halt dann auch noch ein bisschen Ski fahren gehn!« Zwar tut Peter Wolfgang ein wenig leid, aber jetzt ist keine Zeit zum Bedauern. Er schnappt sich seinen Anorak und verschwindet nach unten.

»Heut gibt's noch die versprochene Überraschung für dich, aber erst später. Du musst sie dir schon erst verdienen!«, neckt ihn Zita und die beiden gehen los, Richtung Straße.

»Was machen wir denn überhaupt?«, fragt Wolfgang und blickt abwärts Richtung Dorf.

»Ich dachte, wir könnten ins Dorf hinuntergehen und du darfst mich auf einen Milchshake einladen.«

»Dann kannst du mir ja gleich euer Dorf zeigen, ich hab bisher noch nicht viel davon gesehen. Vermutlich erwartet mich die Überraschung auch da unten?«

»Du wirst es schon noch erwarten können!«, freut sich Zita diebisch. »Jetzt kannst ja schon mal mit dem Verdienen anfangen!« Sie sind bereits ein Stück unterhalb der *Grimmer Alm* und von den anderen Schülern ist niemand zu sehen. Die sind lieber den kurzen Fußweg gegangen, während Zita ihn ganz gezielt auf die viel längere Straße gelenkt hat.

»Na, dann komm her«, lacht er und zieht sie an sich. »Ich hab dich heute Vormittag schon vermisst und hatte Angst, dass du vielleicht gar nicht da bist. Morgen hab ich dich schon nicht mehr!« Wehmut schwingt in seiner Stimme mit.

Sie legt ihm ihren Zeigefinger auf den Mund zum Zeichen, dass er darüber jetzt nicht reden soll. Dann drückt sie ihren Kopf an seine Brust und schweigend gehen sie weiter.

An einer Abzweigung dirigiert Zita Wolfgang zu einer Bank etwa fünfzehn Meter neben der Straße. Die Sonne von gestern und heute hat den Schnee weggetaut und das verwitterte Holz ist bereits trocken. Bevor sie sich setzen, küssen sie sich heute zum ersten Mal. Dafür sehr lange und sehr fest, bis sie wieder Luft holen müssen. Normalerweise hätten sie jetzt gelacht, aber beiden ist der drohende Abschied einfach nicht aus dem Kopf zu bringen, sodass sie sich nur lange und tief in die Augen schauen.

»Zita, das war die schönste Woche in meinem ganzen Leben und die glücklichste dazu. Ich hab nie gedacht, dass ich jemanden so gernhaben könnte wie dich!« Ganz ergriffen bringt er die Worte nur langsam und leise heraus. Sein Herz droht zu zerspringen und er streicht ihr über die Wange, an der bereits Tränen abwärts rollen. »Wenn ich überleg', dass ich vor einer Woche noch keine Ahnung g'habt hab, wie das ist, wenn man jemanden so richtig gern hat, und jetzt! Bitte vergiss mich nicht, auch wenn wir uns jetzt länger nicht sehen werden, aber glaub mir, ich bin immer bei dir und ich werd' dich bestimmt nie mehr vergessen, egal was passiert! Ich möcht', ganz ehrlich, einfach nur dich haben!« Jetzt beginnen auch seine Augen feucht zu werden und er drückt ihr einen innigen Kuss auf die Wange. Er versucht seine ganze Liebe und sein ganzes Gefühl hineinzulegen, sodass es zu ihr hinüberwandern kann.

Sie sieht ihn mit verweinten Augen an und drückt ihre Lippen auf die seinen, immer und immer wieder.

»Wolfgang, mir geht's genauso. Ich kann's vielleicht nicht so lieb sagen wie du, aber ich mein's genauso, und vergessen werd' ich dich mein Leben lang nicht mehr! Am liebsten wär' ich ja die ganze Zeit bei dir, weil ich hab dich auch so gern wie niemand anderen. Ich weiß nicht, wie ich die Zeit ohne dich überstehn soll! Meine Mama hat schon recht g'habt, dass es zwar schön, aber auch schmerzhaft sein wird.«

Wolfgang sucht in seiner Hosentasche nach dem Taschentuch und wischt ihr die Tränen von den Wangen und sich selber fährt er auch kurz übers Gesicht. Gestern Abend noch hat er das Taschentuch mit Seife gewaschen und zum Trocknen auf die Heizung gelegt, damit er nicht immer so dumm dasteht und nichts zum

Abwischen hat.

»Aber jetzt gibt's die Überraschung«, sagt Zita wieder gefasst. »Die hast du dir jetzt auch verdient. Mach mal die Augen zu und leg die Hände hierhin.« Dabei nimmt sie seine Hände und platziert sie auf ihrem linken Oberschenkel.

Etwas verstört lässt er seine Hände auf ihrem Schenkel liegen. Noch nie hat er gewagt, sie dort zu berühren. Ein völlig neues Gefühl steigt in ihm hoch und er wird ganz verlegen. Sein Herz beginnt stark zu klopfen und er wagt kaum seine Hände oder Finger zu bewegen.

»Augen schließen«, ermahnt ihn Zita lächelnd. Seine Aufregung hat sie sehr wohl mitbekommen und auch sie verspürt plötzlich ganz neue Gefühle. Sie nimmt seine linke Hand, streichelt sie erst und dann spürt er, dass sie ihm etwas an den Ringfinger steckt. Sofort öffnet er die Augen und schaut auf seine Hand.

»Was, sag mal, was ist denn das!«, stammelt er ganz durcheinander.

»Ein Ring für meinen Schatz, damit er mich nicht vergisst«, flüstert sie, »und hier wär' noch einer!« Glücklich lächelt sie ihn an und genießt seine Verlegenheit. »Den darfst du mir anstecken, wenn du wieder auf dieser Welt weilst.«

»Also du bist doch wirklich verrückt, wo hast du denn die so schnell herbekommen?«, fragt er ganz verklärt, während er ihr den anderen Ring an den hingehaltenen Finger steckt. »Danke, Zita«, flüstert er wieder, »ich weiß nicht, was ich sagen soll.« Er nimmt ihren Kopf in seine Hände und zieht ihn ganz nah an sein Gesicht. »Ich liebe dich, Zita!« Nur stotternd und ganz leise bringt er die Worte heraus, viel zu aufgeregt und verlegen ist er, um mehr Worte zu finden.

Aber für Zita reichen sie vollkommen aus. Sie drängt ihre Lippen zu den seinen und lässt sie lange nicht mehr los.

Sie lösen sich wieder voneinander, aber nur so weit, dass ihre Nasenspitzen sich noch berühren.

Nachdem beide sich wieder etwas beruhigt haben, erzählt Zita, dass sie die Ringe heute, nach der Kirche, im Andenkenladen gekauft hat. »Da war natürlich keine große Auswahl, und Geld hab ich halt auch nicht viel g'habt. Aber teurere Ring' können wir später immer noch kaufen. Ich hab auch noch Glück g'habt, dass heute am Sonntag eine auswärtige Verkäuferin im Laden war, dann gibt's auch keinen Tratsch! Schau, die Ring' sind unten offen, damit sie auch passen, weil ich hatte ja kein Maß von deinem Finger. Hoffentlich gefallen sie dir trotzdem.«

Erst jetzt nimmt er sich Zeit, den Ring näher anzuschauen, und hält die Hand vor sich, um ihn in der Sonne genauer zu betrachten. Er schimmert silbern und hat rundum kleine Strahlensterne eingeprägt.

Ängstlich, dass er ihm nicht gefallen könnte, sieht Zita ihm zu und schiebt nach: »Ist echt Silber, aber nur so viel, dass er nicht abfärbt, hat die Verkäuferin g'sagt. Etwas Besseres müsste ich dann schon bei einem Juwelier kaufen.«

Immer wieder betrachtet er seine Hand, während die Sonnenstrahlen den Ring zum Leuchten bringen.

»Er ist wunderschön und ich werde ihn immer tragen, ganz bestimmt! Allein schon, dass er von dir ist, macht ihn für mich so wertvoll wie nichts anderes. Das schönste Geschenk, das ich je bekommen hab, und glaub mir, wenn wir später mal andere Ringe kaufen werden, die sicher teurer sein werden, werden sie für mich nicht so wertvoll wie diese Ringe sein!«

Zita beginnt hemmungslos zu weinen über seine Worte. Wolfgang weiß jetzt auch nichts mehr zu sagen und hält sie einfach im Arm und hängt seinen Gedanken nach, während sein Blick hinab ins Tal und in die Ferne schweift.

Kurz vor dem Dorf bleiben die beiden noch mal stehen, um sich ausgiebig zu küssen und zu drücken. Dann erzählt Zita von dem Gespräch mit ihrer Mutter über ihren Lehrstellenwunsch beim *Oberdorfer Hof*. »Die Mama findet die Idee ganz gut und sie will demnächst schon mit der Frau Hofer, das ist die Chefin dort, reden, dass sie mich möglichst heuer schon für nächstes Jahr vormerken könnt'. Das wäre wirklich super, weil dann könnt' ich der Mama nebenbei helfen und ich müsst' nicht nach Kufstein oder sonstwohin zum Arbeiten.«

»Ich glaub auch, dass dies eine gute Lösung wär', da hättet ihr beide was davon und ich auch«, meint Wolfgang.

»Wieso du?«, fragt sie erstaunt.

»Ist doch ganz einfach. Was hab ich davon, wenn ich hierher komm und du bist in Kufstein? Da kann ich doch gleich daheim bleiben.« Neckisch schaut er zu ihr hinüber.

»Daran hab ich dabei gar nicht gedacht, aber glaub mir, wenn du kommst, werd' ich auch da sein, egal wo ich arbeite.«

Inzwischen im Dorf angekommen, wollen sie gerade nach links in Richtung Milchbar abbiegen, als Wolfgang eine Idee kommt. »Was meinst, wir könnten doch auch in den *Oberdorfer Hof* gehen und uns dort eine Limo oder Cola kaufen. Vielleicht hat die Chefin sogar Zeit, dann könntest du ja einfach schon mal fragen, ob überhaupt eine Chance besteht.«

»Wir können ja mal schau'n. Aber glaub bloß nicht, dass du dich vor dem Milchshake drücken kannst!«

»Außerdem denk ich, dass es ganz gut ankommen könnt', wenn du nicht erst die Mutter vorschicken musst, sondern selber schon so viel Selbstbewusstsein zeigst«, gibt Wolfgang zu bedenken.

»Was du immer alles weißt«, lacht sie.

Von der Straße aus sehen sie schon, dass der Garten geöffnet ist, aber nur wenige Leute dort sitzen. Die Kaffeezeit scheint vorbei zu sein, und da Frau Hofer, wie sie sehen können, dort selbst bedient, könnte sie auch ein paar Minuten Zeit haben.

Sie wählen einen kleinen Tisch mit drei Stühlen direkt am Eingang. Hier erwischen sie die Frau Hofer am ehesten.

Kaum dass sie Platz genommen haben, kommt die Chefin schon höchstpersönlich mit einem Gedeck Kaffee und Kuchen aus der Wirtschaft und trägt es in den hinteren Bereich des Gartens, wo eine Gruppe älterer Menschen beieinander sitzt. Anschließend kommt sie zu ihnen an den Tisch. Zitas Herz klopft vor Aufregung und plötzlich hat sie der Mut verloren.

»Grüß Gott, ach, das bist ja du, Zita«, begrüßt sie die Frau Hofer freundlich. »Hast heut' auch mal frei? Deine Mutter erzählt mir immer, wie fleißig du ihr hilfst und was du schon alles kannst. Bist wohl ein recht tüchtiges Mädel. Möcht's was zu trinken?«

»Zwei Limo bitte«, bestellt Wolfgang schnell, weil er befürchtet, dass Zita noch zu aufgeregt ist, um etwas Vernünftiges herauszubringen.

»Kommt sofort«, antwortet Frau Hofer und geht in das Gebäude.

»Ist doch schon gelaufen!«, grinst Wolfgang. »Sie kennt dich und sie schätzt dich. Besser kann's doch gar nicht gehn, und wenn's wirklich keinen Platz frei haben, dann wird sie's schon sagen.«

»Meinst wirklich«, druckst Zita herum, »dann probier ich's halt.«

Wolfgang drückt noch mal fest ihre Hand und schaut sie aufmunternd an. Sie lächelt und nimmt all ihren Mut zusammen, als Frau Hofer zurückkommt.

»So, bitte schön, zwei Limonaden. Wie geht's denn deiner Mutter da oben auf'm Berg?«, fragt sie nebenbei, während sie die Getränke auf den Tisch stellt.

»Ach, es geht ihr ganz gut, viel Arbeit halt, aber ansonsten …« Zita hält kurz inne. »Frau Hofer, hätten's ein paar Minuten Zeit? Ich möcht' Sie nämlich was fragen.«

Frau Hofer blickt kurz über den Garten. »Ist ja nicht viel los, da hab ich freilich Zeit für dich. Was hast denn auf'm Herzen, Mädel?« Dann setzt sie sich zu ihnen.

»Ich möcht' gern bei Ihnen nächstes Jahr eine Lehre anfangen«, fällt Zita gleich mit der Tür ins Haus. »Ich werd' nämlich dann mit der Schule fertig und tät' gern eine Lehre für Verwaltung von Hotels und Beherbergungsbetrieben anfangen. Hätten Sie da vielleicht einen Platz frei, den Sie mir reservieren könnten?«

Frau Hofer überlegt kurz und sagt: »Da bist aber ganz schön früh dran, aber wenn ich so überleg', der Xaver wird heuer fertig. Der will aber weg und deshalb bräucht' ich eigentlich heuer schon wieder einen Lehrling.«

Zitas Anspannung steigt und sie fürchtet schon, dass nichts daraus wird.

»Andererseits, die letzten beiden Lehrlinge haben gleich wieder nach zwei Monat' aufg'hört, weil's ihnen nicht g'fallen hat und sie sich was anderes darunter vorgestellt hatten. Hätten am liebsten halt gleich ang'schafft!« Sie lacht verhalten und scheint zu überlegen.

»Bei dir, da wüsst' ich halt, was ich bekomm'. Die Arbeit kennst du ja und tüchtig wärst, wie ja deine Mutter schon bestätigt hat, auch. Trau'n tust dir offensichtlich auch was, weil du gleich selber kommst, statt die Mutter vorzuschicken. Das g'fällt mir. Gut, machen wir's doch gleich fix. Ich heb' dir den Platz auf und du bewirbst dich dann halt zur rechten Zeit offiziell. Aber du kannst dich drauf verlassen!«

»Danke, Frau Hofer!«, schreit Zita fast heraus und springt auf, um Frau Hofer zu umarmen. Im letzten Moment hält sie ein und reicht ihr nur die Hand. »Danke, ich bin so froh, dass ich nicht von hier weg muss, um eine Lehre anfangen zu können. Nochmals danke, da wird sich die Mama aber auch freuen!«

Inzwischen sind ein paar neue Gäste gekommen und in die Wirtschaft hineingegangen, sodass Frau Hofer aufstehen muss, um sie zu bedienen. »Sagst deiner Mama einen schönen Gruß! Die Getränke gehn natürlich aufs Haus, war ja schließlich ein Bewerbungsgespräch! Außerdem hat's mich auch gefreut, dass du zu mir 'kommen bist!« Damit geht sie in die Wirtschaft hinein.

Zita strahlt Wolfgang an. »Also, mit dir zusammen läuft einfach alles. Bist du eigentlich Hellseher? Die Frau Hofer hat fast die gleichen Worte wie du g'sagt, bezüglich des Selbstbewusstseins! Ich wär auf so was ja nie 'kommen. Da siehst du's wieder, ich brauch' dich einfach!«

Wolfgang lacht und kontert: »Und mit dir kommt man umsonst durchs Leben. Erst ist der Glühwein umsonst, dann die Limo, aber den Milchshake, den zahl' ich ganz bestimmt selber!« Glücklich trinken sie ihre Limonade aus. Bevor sie die Wirtschaft verlassen, schauen sie noch kurz zur Tür hinein, um sich von Frau Hofer zu verabschieden, dann gehen sie Richtung Milchbar.

Sie hüpfen und schwingen mit den verschränkten Händen auf und ab vor Freude. Mittlerweile ist es gegen halb vier Uhr und die Milchbar ist gut gefüllt. Zita sieht das Auto ihrer Mutter dort stehen und wundert sich darüber. Als sie die Bar betreten, winkt ihnen ihre Mutter schon entgegen. Drei Buben aus Wolfgangs Gruppe sitzen bei ihr am Tisch.

»Hallo, ihr zwei, die drei netten Buben haben sich angeboten, mir beim Einkaufen zu helfen«, erklärt Frau Grimmer den beiden, »und deshalb gibt's jetzt einen Shake als Dank. Ich weiß, Zita, eigentlich wollten wir erst morgen einkaufen, aber mit solchen Helfern, hab ich mir gedacht, könnte ich's auch heute schon machen. Möchtet ihr auch einen Shake, dann holt euch einen. Hier, Zita, hast Geld.« Frau Grimmer gibt Zita einen Schein.

»Na, was habt ihr zwei bisher gemacht bei dem herrlichen Wetter?«, fragt sie Wolfgang und sieht ihn spitzbübisch an.

»Oh je«, antwortet Wolfgang lächelnd, »das soll Zita Ihnen lieber selber erzählen! Aber es ist nichts Schlimmes. Im Gegenteil, Sie werden sich freuen!«

Wolfgang grinst geheimnisvoll vor sich hin und hat eine diebische Freude daran, Frau Grimmer im Ungewissen zu lassen. Die drei Buben, die Frau Grimmer geholfen haben, grinsen in sich hinein und wissen nicht so recht, wie sie sich verhalten sollen.

Nachdem aber Zita mit den beiden Shakes zurückkommt, ist Frau Grimmer schon mal eines sofort klar: Der Ring an Zitas Hand ist neu! »Dass ihr zwei nicht ganz richtig im Kopf seid, ist mir ja seit geraumer Zeit klar«, schmunzelt sie mit Blick auf Zitas Hand. »Aber darauf soll's jetzt auch nicht mehr ankommen.«

Zita wird leicht rot, als sie den Blick der Mutter sieht, legt aber gleich nach: »Das ist aber nur ein Teil, den anderen erfährst du am Abend, sobald wir daheim sind.«

Eigentlich will Frau Grimmer jetzt doch etwas heftiger nachfragen, doch wegen der drei anwesenden Buben unterdrückt sie lieber den Ausbruch. Jetzt meint sie nur zu den Buben hin: »Gut, wir packen's dann wieder, die Arbeit daheim wartet. Um euch zwei kümmere ich mich dann später!«

Zita und Wolfgang wechseln einen verschmitzten Blick.

»Du wirst dich bestimmt darüber freuen, Mama, ganz bestimmt!«

»Na, da bin ich ja mal gespannt«, grantelt sie beim Hinausgehen. Ihre drei Helfer folgen ihr zum Auto.

»Die wird jetzt schier platzen vor Neugierde«, meint Zita lachend, »und du kommst wieder mal umsonst davon!«

In der *Grimmer Alm* angekommen, geht Zita zuerst in die Küche, um ihrer Mutter Bescheid zu geben, dass sie wieder da ist. Wolfgang begleitet sie bis zur Tür.

»Hallo Mama, brauchst du mich?« Zita drückt ihrer Mutter einen Kuss auf die Wange.

»Hol mal den Bub rein, der ist doch bestimmt noch nicht weit, und dann erzähl mal, was ihr wieder angestellt habt!«, kommandiert sie. Zita grinst vor sich hin und ruft Wolfgang, der noch vor der Tür gewartet hat, in die Küche.

»Aha, da ist er ja. Ich bin vielleicht froh, wenn hier endlich wieder Ruhe einkehrt und nicht jeden Tag irgendwas angestellt wird! Kommt, setzt euch her und erzählt. Ein paar Minuten haben wir noch.«

»Den Ring hast ja schon g'sehn. Dann war'n wir noch auf eine Limo bei der Frau Hofer in der Wirtschaft und da hab ich gleich wegen der Lehrstell' für nächstes Jahr g'fragt. Und die Frau Hofer hat mir versprochen, die Stelle für mich aufzuheben! Gefallen hat ihr auch ganz besonders, dass ich selber kommen bin und nicht, wie sie g'sagt hat, die Mama vorg'schickt hab. Das ist doch super, oder?«

Frau Grimmer hat, während Zita erzählt hat, immer größere Augen bekommen und dann langsam den Kopf geschüttelt. Ihr Lächeln ist dabei immer breiter geworden.

»Also, ihr zwei, ich weiß einfach nicht, was ich mit euch beiden anfangen soll.«

»Die Idee mit dem Selberkommen hat eigentlich der Wolfgang g'habt. Und genau das hat bei der Frau Hofer den Ausschlag gegeben! Ich glaub, der Wolfgang ist ein Hellseher!«

»Ich muss schon sagen, das ist ein wirklich starkes Stück, aber es ist zweifellos das Beste, was ihr in dieser Woche verbrochen habt. Kommt her, ich muss euch ein wenig drücken!« Frau Grimmer steht auf und geht um den Tisch herum, während die Kinder ebenfalls aufstehen. Sie umarmt die beiden und drückt sie an sich. »Ihr zwei, ihr seid mir so ein Paar. Nein, nein, was in einer Woch' so alles möglich ist!« Sie schüttelt dabei immer wieder den Kopf und lässt dann die beiden wieder los. »Ich weiß schon, Wolfgang, Buben mögen das nicht so gern, aber irgendwie bist du mir in den paar Tagen auch ans Herz g'wachsen und ich werd' dich sicher auch vermissen.« Ihre Augen schimmern leicht feucht und sie ist froh, als sie die anderen Kinder bereits am Rollo klopfen hört. »Lausbub!«, setzt sie noch nach und geht zur Theke, um das Rollo hochzuziehen.

Zita bleibt bei ihrer Mutter und geht ihr zur Hand, während sich Wolfgang über beide Ohren grinsend vor Glück auf den Weg in den Speiseraum macht. So peinlich war ihm die Umarmung von Frau Grimmer gar nicht!

An der Wand, neben der Küchentür, hängt ein Monatskalender mit Bildern aus den Bergen. Wolfgang hat schon länger überlegt, Zita einen Abschiedsbrief zu schreiben. Er hat aber selber kein Briefpapier dabei und jemanden um eines bitten will er auch nicht. Er bleibt stehen und hebt das Januarblatt soweit an, dass er die Rückseite sehen kann. Genau, nur weiß, keine Beschriftung und kein Bild, einfach ideal. Auf der Suche nach einem Blatt, das am wenigsten vermisst werden könnte, beginnt er von ganz hinten und hat auch gleich einen Treffer. Das letzte Blatt ist die Vorschau für das nächste Jahr und sicher entbehrlich. Sorgfältig trennt er es heraus und faltet es einmal sauber in der Mitte. Dann bringt er seine Beute schnell auf sein Zimmer, um sie zu seinen Sachen in den Schrank zu legen.

Im Speiseraum sind schon alle beim Essen. Wolfgang holt sich eine Portion Aufschnitt und Brot, dabei sieht er, dass Zita und ihre Mutter am Tisch sitzen und ebenfalls zu Abend essen, während sie sich offensichtlich recht munter unterhalten.

Die Ersten sind schon fertig und gehen bereits aus dem Raum. Auch Peter, zu dem sich Wolfgang eigentlich setzen wollte, geht schon zur Tür, so setzt er sich allein an einen freien Tisch und isst hastig. Schließlich muss er auch noch packen und den Brief möchte er auch heute noch schreiben. Ab sieben Uhr will er auf Zita warten. Der Brief hat auf jeden Fall Vorrang! Er muss schreiben, solange die anderen noch nicht schlafen und das Licht ausmachen wollen. Packen geht auch morgen früh, schließlich hat er nicht viel dabei und alles ist gebraucht. Den ganzen Kram einfach irgendwie in die Tasche und zu!

Er bringt sein Geschirr zur Theke zurück und sieht, dass Zita bereits mit dem Abwasch begonnen hat. Sie nickt ihm lächelnd zu, als er unter dem Rollo durchschaut. Er winkt kurz und geht schnell auf sein Zimmer. Das Kalenderblatt und ein Buch, das als Unterlage dienen soll, sowie einen Kugelschreiber nimmt er mit in sein Bett hoch. Dort stopft er sich seine Zudecke und das Kopfkissen so hinter den Rücken, dass er halbwegs gut sitzt. Die Beine stellt er an und legt das Buch darauf. Dann entfaltet er das Blatt und überlegt, was er schreiben könnte. Er kann sich nicht richtig konzentrieren, weil die anderen im Zimmer herumalbern oder geräuschvoll beim Packen sind.

Langsam kann Wolfgang den ihn umgebenden Lärm ausblenden und beginnt zu schreiben.

Liebste Zita,

ich schreibe Dir heute schon den ersten Brief, damit Du nicht erst ein paar Tage warten musst und gar Zweifel bekämst. Die Woche mit Dir war für mich wirklich die allerschönste Zeit, die ich bisher erlebt habe. Obwohl ich jetzt schon nicht mehr direkt bei Dir sein kann, bin ich dennoch mit Dir zusammen. Ich möchte Dir einfach für diese schöne Zeit danken und auch für Deine Liebe zu mir kann ich Dir gar nicht genug Danke sagen! Mir ist, als ob ich einen Teil von mir hierlassen würde, und spüre, dass es tatsächlich so ist. Mit Dir bleibt eine Hälfte von mir da! Diese Hälfte wird dafür sorgen, dass ich wiederkomme, um sie mir zu holen!

Liebste Zita, Du brauchst nicht um mich zu weinen, ich bin immer bei Dir. Im Traum werde ich Dich trösten und ganz nah bei Dir sein, sodass Du meinen Atem spüren kannst, und meine Liebe wird Dich erfüllen.

Deinen Ring werde ich in Ehren halten und niemals ablegen. Er ist schließlich ein Bindeglied zwischen uns.

Ich freue mich schon auf die Fotos. Dann habe ich Dich zumindest schon in Papier. Ich werde sie in einen ganz festen Rahmen geben, damit sie beim Liebkosen nicht kaputt gehen.

Liebste Zita, ich bin jetzt unterwegs nach Hause und obwohl ich traurig über unsere Trennung bin, bin ich der glücklichste Mensch auf der ganzen Welt.

Denk immer daran: Ich hab Dich so gern wie nichts anderes auf der Welt und werde immer nur Dir gehören! Egal was andere denken oder sagen. Wenn wir beide zusammenhalten, kann uns gar nichts passieren!

Dein Dich über alles liebender
Wolfgang

PS: Ich hatte leider kein schöneres Briefpapier dabei!

Hastig, aber sorgfältig legt er den Brief zusammen und versiegelt ihn mit einem Stück Heftpflaster aus seiner Waschtasche. Dann legt er ihn in den Schrank zurück, nimmt Schuhe und Anorak und eilt nach unten, wo ihn Zita schon erwartet.

»Eine halbe Stunde hat mir die Mama noch genehmigt. Dann muss ich ins Bett, weil sie weiß, dass ich wahrscheinlich kaum schlafen werde, aber morgen schon früh raus muss.«

Die beiden gehen durch die Haustür nach draußen. Wolfgang hat sich heute nicht extra abgemeldet, sondern hofft, dass es nicht auffällt, wenn er nicht da ist.

»Die Mama hat sich wirklich richtig g'freut, dass wir mit der Frau Hofer geredet haben. Sie hat g'meint, dass sie mir das nie zugetraut hätt', und gesagt, dass du wohl doch auch zumindest ein klein bisschen positiven Einfluss auf mich genommen hättest.« Sie lacht dabei, auch um ein wenig von dem Trennungsschmerz abzulenken. »Und glaub mir, sie hat dich auch recht gern, auch wenn sie sich Sorgen über uns beide macht. Wahrscheinlich müssen Mütter so sein!«

»Du hättest keine bessere Mama kriegen können und ich kann sie schon verstehn. Schließlich bist du ja ein bisschen verrückt, wie sie immer sagt, und auf Verrückte muss man schon besonders aufpassen!« Lachend zieht er sie zu sich heran.

»Du, werd' bloß nicht frech«, droht sie ihm mit dem Finger vor seinem Gesicht, bevor sie ihm die ganze Hand an die Wange legt und ihre Augen feucht werden.

»Lass dich noch mal anfassen, bevor ich dich nimmer hab!« Mit beiden Händen zieht sie sein Gesicht zu sich heran. Nase an Nase schauen sie sich in die Augen und sehen jeweils die innige Liebe des anderen darin funkeln.

Sie sind heute nur vor die Tür gegangen, um allein zu sein. Im Hintergrund hören sie die Geräusche der Mitschüler in den Zimmern. Doch das stört sie alles nicht. Eng umschlungen stehen sie beieinander und schauen sich einfach an. Alles, was sie sagen könnten, lesen sie aus den Augen des anderen. Sie lächeln sich an, während beiden die Tränen über die Wangen rollen. Zita will ihre Hände nicht von Wolfgangs Gesicht nehmen, sie zieht ihn noch näher heran und küsst ihn unendlich lange und innig. Als sie sich wieder voneinander lösen, stehen beide mit verklärtem Gesicht voreinander und wissen, dass etwas ganz Besonderes mit ihnen geschehen ist. Sanft wischt Wolfgang erst ihr und anschließend sich selber die Tränen ab, bevor sie wieder ins Haus gehen. Auf dem Gang ist reger Betrieb, sodass sie sich nur noch kurz küssen und eine gute Nacht wünschen.

Wolfgang geht in sein Zimmer und packt seine Sachen in die Tasche, sodass er morgen früh nur noch Schlafanzug und Waschzeug verstauen muss. Dann geht er noch auf einen Tee hinunter zu den anderen.

»Na, habt ihr euch schon verabschiedet?«, will Frau Grimmer wissen, als Zita die Stube betritt.

»Ja, schon, aber so richtig machen's wir erst morgen früh, bevor ich abg'holt werd', und falls der Wolfgang nicht verschläft!«

»Es ist schon recht mit euch zwei, wenn ich auch gar nicht so recht weiß, ob ich dafür oder dagegen sein soll. Froh bin ich auf jeden Fall, dass jetzt erst mal wieder etwas Ruhe hier einkehrt, aber ich glaub fast, dass er mir auch fehlen wird, der Lausbub! Eigentlich war es doch recht lustig und lebendig mit ihm.« Sie lächelt dabei recht hintergründig und Zita freut sich über Mamas Worte. Sie sind ja schon beinahe ein Lob!

»So, und jetzt ab ins Bett, damit du morgen wieder klar bei Verstand bist! Gute Nacht, mein Mädel!«

Zita gibt ihrer Mutter noch einen Kuss auf die Wange und verschwindet im Bad, während Frau Grimmer noch kurz in der Küche nach dem Rechten sieht. Als sie zurückkommt, ist Zita schon im Bett. Sie liegt auf dem Bauch und hat ihr Kopfkissen fest zusammengeknüllt. Der heutige Tag war so schön und doch liegt ihr ein schwerer Stein auf dem Herzen. Morgen noch ein paar Minuten und dann lange Zeit nur noch Briefe! Leise weint sie vor sich hin, bis sie einschläft. Im Traum erlebt sie den vergangenen Tag noch einmal und wird irgendwann in der Nacht wach. Sie weiß, dass sie jetzt längere Zeit nicht wieder einschlafen kann. Dafür ist sie viel zu aufgekratzt. Sie nimmt ihr Kissen und wandert zu ihrer Mutter ins Schlafzimmer. Das freie Bett ihres Vaters ist die letzten Jahre immer zu ihrer Zuflucht geworden, wenn sie nachts Probleme gewälzt oder einfach sonstige Sorgen hatte. Sie kuschelt sich an ihre schlafende Mutter und döst selig wieder ein.

Wolfgang legt sein Waschzeug und seinen Schlafanzug auf die unterste Treppenstufe und geht zur *Privat*-Tür. Zaghaft klopft er an und wartet mit klopfendem Herzen. Er hört drinnen einen Stuhl rücken und dann öffnet Zita schon die Tür. »Komm rein«, sagt sie und zieht ihn auch schon zur Tür hinein. Gleich dahinter bleiben die beiden stehen und umarmen sich. Innig verliebt stehen sie eine Zeitlang da, ohne etwas zu sagen. Sie schauen sich nur an und versuchen in den Augen des anderen zu lesen. Wolfgang bemerkt, dass Zitas Augen langsam feucht zu werden drohen, und deshalb zieht er sie enger an sich heran und küsst sie lange. Sie schlingt ihre Arme um seinen Hals und küsst ihn immer wieder, bis ein Hupen von der Straße her in den Raum dringt.
»Ich muss leider gehn«, sagt Zita und küsst ihn noch mal. »Komm gut heim und denk an mich!« Weinend dreht sie sich schnell um und fasst ihren Schulranzen.
»Ganz bestimmt denk ich an dich, und zwar ab sofort. Mach's gut, mein Schatz!«, kann er gerade noch sagen, da stürmt sie schon aus dem Haus. Durch's Fenster sieht er ihr noch nach. Als sie in das Auto steigt, winkt sie noch kurz und ist dann verschwunden.
Wolfgang macht das Licht aus und geht schweren Herzens hinauf in sein Zimmer, wo er sich wieder auf sein Bett legt. So viele Worte hatte er sich noch in der Nacht zurechtgelegt, aber es war keine Zeit, sie anzubringen. Jetzt ist es also soweit! Schwermütig liegt er auf seinem Bett und lässt die Geschehnisse dieser Woche an seinem inneren Auge vorbeilaufen. Es hatte begonnen mit diesem unscheinbaren Mädchen, das neben der Frau an der Tür stand …
Erst als die anderen Schüler hinunter zum Frühstück gehen, klettert Wolfgang von seinem Bett und schlurft ebenfalls hinunter in den Speiseraum. Nur eine kleine Scheibe Brot und eine Tasse Tee, mehr bringt er nicht in sich hinein. Wie ein waidwundes Tier läuft er herum und will mit niemandem reden.
Langsam bringen die Ersten ihre Koffer und Taschen zum Bus, dessen Motor schon seit geraumer Zeit läuft, um die Scheiben von einer dünnen Eisschicht zu befreien.
Endlich nimmt auch Wolfgang seine Tasche und den Brief und geht nach un-

ten. Auf dem Gang trifft er Frau Grimmer, die gerade auf dem Weg zur Haustür ist, um sich von den Schülern zu verabschieden.

»Hallo Wolfgang«, sagt sie und kommt zu ihm her. »Jetzt ist es so weit, ich wünsch dir alles Gute, dass du gute Noten schreibst und uns nicht ganz vergisst. Weißt, ich hab dich auch richtig lieb gewonnen.« Dabei nimmt sie ihn in ihre Arme und drückt ihn an sich. Obwohl es einige seiner Mitschüler bemerken, geniert er sich nicht dafür.

»Danke, Frau Grimmer, eine so schöne Woche hab ich noch nie erlebt! Vergessen werd' ich bestimmt keine Minute davon und da hätt' ich noch was für die Zita. Wenn Sie's ihr geben könnten! Ich hab leider Ihren Kalender dafür beschädigen müssen.« Frau Grimmer schaut den Brief an und lächelt. »Da steht aber nichts Schlimmes drin, oder?«

»Nein, ganz bestimmt nicht und jetzt muss ich aber gehn. Auf Wiederseh'n und danke für alles, ganz besonders für Ihre Zuneigung.« Bevor jetzt doch noch die Tränen kommen, dreht er sich um und läuft zum Bus. Die meisten Plätze sind schon besetzt. Peter sitzt bei Marianne, fällt ihm auf. Wolfgang findet noch eine leere Bank und setzt sich ans Fenster. Kurz danach fragt ein Mädchen aus der Parallelklasse, deren Namen er nicht mal kennt, ob es ihm recht sei, wenn sie sich zu ihm setzen würde.

»Klar, natürlich, setz dich nur her«, antwortet er, während der Bus langsam anrollt. Frau Grimmer ist noch bis zur Straße vorgegangen und winkt. Als sie Wolfgang im Fenster vorbeifahren sieht, nickt sie mehrmals und winkt mit dem Brief. Wolfgang winkt wehmütig zurück.

Dann rollt der Bus langsam die gewundene Straße hinab ins Dorf und biegt dort Richtung Autobahn ab. Verträumt und mit schwerem Herzen schaut Wolfgang aus dem Fenster, ohne aber wirklich etwas von der Landschaft zu sehen.

»Ist's so schwer?«, fragt das Mädchen neben ihm unvermittelt. Überrascht dreht er sich zu ihr um und fragt zurück: »Was meinst du denn damit?« ›Sie kann doch gar nichts von uns wissen‹, denkt er.

»Na ja, die Zita und du, wir wissen doch alle Bescheid! Ihr seid doch der Hauptgesprächsstoff g'wesen! Hast du das nicht mitbekommen?«

»Ich dachte bisher, dass es nur ein paar wenige überhaupt interessiert hätte«, antwortet er leicht frustriert. »Warum interessiert dich das eigentlich?«

»Ach, weißt du, ich bin übrigens die Katrin, ich finde es so romantisch und richtig schön, wenn sich zwei so mögen wie ihr beide. Leider hab ich das Glück noch nicht gehabt, einen kennen zu lernen, der's wirklich ehrlich g'meint hätt'.« Etwas verträumt blickt sie auf die Rückenlehne des Vordersitzes. »Aber ich kann mir gut vorstellen, dass so eine Trennung dann schon ganz schön weh tut.«

»Ja, freilich tut das weh!«, antwortet er etwas schwermütig. »Aber so ist es halt, wir wollen aber in Kontakt bleiben und uns schreiben und ab und zu auch telefonieren. Ich glaub, anders würde ich es gar nicht aushalten!«

»Du bist ein richtig lieber Kerl, so hab ich dich gar nicht eingeschätzt und die Zita hat schon ein Riesenglück mit dir«, meint Katrin etwas neidisch. »Aber wie lang wollt ihr das durchhalten? Meinst nicht, dass nach ein paar Wochen und Briefen Schluss ist? Ich kann mir gut vorstellen, dass es immer schwerer wird, so eine Fernbeziehung aufrecht zu erhalten, wenn man sich nicht zumindest hin und wieder mal sieht. Es laufen einem doch auch so viele andere über den Weg, die einem gefallen könnten.«

Eigentlich wollte Wolfgang in Ruhe etwas schlafen und träumen, statt sich zu unterhalten. Aber er findet das Gespräch mit Katrin gar nicht so schlecht. Schließlich kann er über seinen Traum reden und ist gleichzeitig in Gedanken bei Zita!

»Also, wir haben vor, so lange in Verbindung zu bleiben, bis ich ausgelernt habe. Dann will ich zu ihr ziehen und mir dort Arbeit suchen«, antwortet er zuversichtlich. »Wir wissen schon, dass dies über vier Jahre dauern wird und dass das eine sehr lange Zeit ist. Deshalb will ich sie auch in den großen Ferien besuchen!«

»Wirklich super, wie ihr in den paar Tagen schon geplant habt. Davon kann man nur träumen! Sicher wird es nicht leicht werden, aber ich wünsch' euch auf alle Fälle, dass ihr durchhaltet.« Katrins Stimme klingt dabei recht ehrlich und Wolfgang freut sich immer mehr darüber, dass er mit ihr reden kann.

»Aber in nächster Zeit werd' ich mich schon stark zusammennehmen müssen, damit ich einen klaren Kopf für die Prüfungen hab. Nicht dass ich ein ganzes Jahr verlier'. Das wär echt eine Katastrophe!«

»Ach ja«, will sie ihn aufmuntern, »das wird schon! Schließlich haben's andere auch geschafft.«

Damit ist vorerst das Gespräch beendet und Wolfgang dreht sich wieder zum Fenster. Er schließt die Augen, während der Bus mittlerweile Wörgl erreicht hat und auf die Autobahn einbiegt.

Er träumt von Zita und davon, wie sie sich heute Morgen verabschiedet haben. Bestimmt hat sie noch eine Zeitlang geweint. Aber wenn sie heimkommt und seinen Brief findet, wird sie sich sicher freuen! Er denkt auch an ihre Mutter, die doch sehr nachsichtig und auch richtig lieb zu ihm war. Er hat jetzt schon große Sehnsucht nach den beiden!

»Du, Wolfgang«, er spürt ein leichtes Zupfen an seinem linken Oberarm und öffnet seine Augen, »wir machen hier eine Pause und es sollen alle aussteigen. Außerdem brauchst du keine Angst zu haben, ich erzähl nichts weiter!« Katrin erhebt sich von ihrem Sitz und geht mit den anderen nach vorne zur Bustür.

Noch ein wenig benommen vom Schlaf streckt sich Wolfgang und folgt dann langsam den anderen in die Raststätte. Nach dreißig Minuten geht es ohne weitere Unterbrechung bis Regensburg weiter. Katrin und er haben sich noch ein wenig über das Skifahren und die anstehenden Prüfungen unterhalten. Am Dachauer Platz in Regensburg ist Endstation und Wolfgang wird, wie die meisten anderen Kinder auch, von seinen Eltern abgeholt. Als sie den Bus verlassen und ihr Gepäck aus dem Kofferraum holen, kommt Katrin noch mal zu Wolfgang her. Sie reicht ihm die Hand und sagt nur: »Ich drücke euch die Daumen! Macht's gut!«

Wolfgang wird es richtig warm ums Herz, als er diese Worte hört, und er weiß, dass sie ehrlich gemeint sind.

Weinend steigt Zita in das Auto der Nachbarin und setzt sich schnell neben Uschi auf die Rückbank. Dort legt sie ihren Kopf in Uschis Schoß und lässt sich von ihrer Freundin die Haare streicheln. Die Nachbarin, die heute zum Fahren an der Reihe ist, bemerkt die Situation im Rückspiegel, schweigt aber. So ist es eben, wenn Schichtwechsel in den Unterkünften ist. Sie hat das bei ihren beiden älteren Töchtern auch erleben müssen, aber nach ein paar Wochen hat sich der Schmerz immer wieder gelegt. Als sie an der Bushaltestelle ankommen, hat sich Zita so weit gefangen, dass sie zumindest nicht mehr weint. Uschi macht ihr das Gesicht sauber und hakt sie mit dem Arm unter. »Er kommt bestimmt wieder«, sagt sie zu ihrer Freundin, als sie im Bus Platz genommen haben, »die Ferien sind gar nicht mehr so lang weg.« Sie hofft damit ein wenig Trost spenden zu können und Zita nickt auch dankbar. »Du musst dich jetzt aber auf die Schul' konzentrieren, damit du keinen Durchhänger hast, schließlich willst ja nächstes Jahr auch fertig werden und irgendwas Gescheites lernen können.«

Plötzlich, wie auf Kommando, ist Zita wach, und voller Freude sagt sie: »Das Beste weißt ja du noch gar nicht! Ich hab praktisch schon eine Lehrstelle! Bei der Frau Hofer im *Oberdorfer Hof*. Die Frau Hofer hat g'sagt sie hält mir die Stell' frei.«

»Wann hast du denn deine Bewerbung schon abg'schickt?«, fragt Uschi erstaunt.

»Gar nicht«, erzählt jetzt Zita begeistert, »wir, also der Wolfgang und ich, war'n gestern Nachmittag bei ihr und haben mit ihr gesprochen. Sie hat zwar auch g'meint, dass ich ein wenig früh dran wär', aber weil sie mich kennt und sie mit den letzten beiden Lehrlingen kein Glück g'habt hat, würd' sie mir die Stelle freihalten. Bewerben soll ich mich halt dann, wenn's so weit ist. Super, oder?«

Uschi ist leicht geschockt, denn sie hat auch mit einer Lehrstelle dort geliebäugelt und jetzt ist ihr die beste Freundin zuvorgekommen!

»Das freut mich aber wirklich für dich, dann hab ich ja wohl keine Chance mehr, oder meinst, dass die vielleicht auch zwei Lehrlinge nehmen würden?«

Zita schaut erstaunt. »Da hab ich dir dann deine Lehrstell' weggeschnappt? Das wollt' ich aber nicht! Ich hab halt 'dacht … .«

»Ist ja gut, Zita, jetzt mach dir doch deshalb keine Vorwürfe. Was willst du denn dort überhaupt lernen? Ich würde zu gern in die Küche gehen und Köchin lernen. Der Herr Marcano hat ja einen sehr guten Ruf als Koch und da wär' ich schon stolz, wenn ich bei dem lernen könnt'«, erklärt Uschi in der Hoffnung, dass Zita nicht auch Köchin werden möchte. »Und später will ich vielleicht auch noch Fotografin werden.«

Voller Begeisterung und sichtlich erleichtert bricht es aus Zita heraus: »Ganz super, ich will ja in die Verwaltung, damit ich das Management lerne. Dann könnten wir ja miteinander lernen! Mein Gott, wär das schön. Weißt was, da gehn wir gleich heut' Nachmittag noch mal hin und reden mit der Frau Hofer. Das klappt bestimmt!«

»Ich weiß aber noch nicht, ob meine Mama heut' Zeit hat«, meint Uschi etwas unsicher. Das geht ihr jetzt doch ein bisschen schnell.

»Da brauchen wir doch keine Mama! Die Frau Hofer hat zu mir g'sagt, dass ihr das ganz besonders gefallen hat, weil ich selber 'kommen bin und nicht erst die Mama vorg'schickt hab. Das zeugt von Souveränität!« Stolz fügt sie den letzten Satz hinzu und denkt dabei dankbar an Wolfgang. »So musst du das auch machen!«

»Na, wie war's denn in der Schule? Ist's dir gut 'gangen?«, will die Mutter gleich wissen, als Zita nach Hause kommt. Erleichtert hat sie schon bemerkt, dass Zita gut aufgelegt ist und nicht verweint aussieht.

»Du, stell dir vor«, fällt Zita gleich mit der Tür ins Haus, »die Uschi will auch bei der Frau Hofer lernen! Aber als Köchin möcht' sie arbeiten! Gleich heut' Nachmittag wollen wir hingehn und die Frau Hofer fragen.«

»Na, da hat dir ja der Wolfgang einen Floh ins Ohr g'setzt! Wahrscheinlich wirst du jetzt die Lehrstellenmanagerin fürs ganze Tal. Vergiss bloß deine Provision nicht«, frotzelt die Mutter. In Wirklichkeit ist sie doch sehr erleichtert, dass Zita heute so abgelenkt ist und schon wieder ein anderes Ziel im Auge hat. So wird der Schmerz und die Sehnsucht erst am Abend kommen, aber da ist ja dann sie da und wird sich um das Kind kümmern können!

Kaum dass Zita die Hausaufgaben erledigt und ihren Schulranzen für morgen fertig gepackt hat, kommt schon die Uschi. Zur Vorstellung hat sie ihr Dirndl angezogen und sich die Haare noch nach hinten zu einem kleinen Zopf gerichtet. Sie gibt sich ganz cool und professionell, als Frau Grimmer fragt, ob sie denn gar nicht nervös sei. »Ach, wieso? Ist doch nichts Besonderes. Ich frag' ja bloß und hoffe, dass es klappt.«

»Na, Uschi, das wünsch ich dir von ganzem Herzen!«, sagt Zitas Mutter und sieht den beiden Mädchen nach, wie sie den Fußweg ins Dorf nehmen. Zita gibt ihrer Freundin unterwegs noch ein paar Tipps, ganz so, als wäre sie auf diesem Gebiet schon die Erfahrung selbst. Dann kichern sie wieder und albern herum, als sie plötzlich vor dem *Oberdorfer Hof* stehen. Jetzt wird Uschi doch etwas nervös und sie schauen über den Zaun in den Garten, um die Lage zu peilen. Offensichtlich ist ein Bus mit Gästen angekommen, die jetzt alle im Garten in der Sonne sitzen und Brotzeit machen. Eine Bedienung kümmert sich um diese Gäste und die Frau Hofer ist nirgends zu sehen. »Sieht nicht so gut aus«, meint Zita, »da müssen wir eben reingehn und schau'n.« In der Gaststätte selbst ist nicht viel Betrieb, nur ein paar vereinzelte Gäste sitzen an der Fensterfront. Frau Hofer steht hinter der Theke und sieht die Mädchen schon beim Hereinkommen. Als sie Uschi in ihrer Aufmachung sieht, kommt ihr schon so ein Verdacht. Sie geht auf die beiden zu, begrüßt sie und fragt: »Na, ihr zwei, wollt ihr vielleicht zu mir?«

»Wenn's ein paar Minuten entbehren könnten«, meint Zita, »das wär schön!«

»Aber sicher haben wir ein paar Minuten für zwei so fesche Damen wie euch.

Setzen wir uns doch hierhin. Möcht's eine Limo?« Die beiden setzen sich an den zugewiesenen Tisch und nicken auf die Frage der Wirtin. »Ganz ruhig bleiben«, gibt Zita altklug ihre Anweisung, »es läuft eh schon ganz gut!«

»So, hier zwei Limo«, sagt Frau Hofer, während sie die beiden Gläser vor den Mädchen abstellt. »Was habt ihr denn auf dem Herzen?«, fragt sie neugierig und setzt sich zu ihnen.

»Ja, Frau Hofer«, beginnt Uschi, »die Zita hat mir erzählt, dass sie bei Ihnen war, und Sie ihr versprochen haben, eine Lehrstelle für sie freizuhalten. Wär' das für mich möglicherweise auch der Fall? Ich würde so gerne bei Ihnen eine Kochlehre machen, werd' aber auch erst nächstes Jahr, zusammen mit der Zita, mit der Schul' fertig. Ich wollt' halt auch rechtzeitig dran sein, damit mir niemand anders eine mögliche Stelle wegschnappen könnt'.« Gespannt schaut sie der Wirtin ins Gesicht.

»Also, so was ist mir auch noch nicht untergekommen, dass ich schon ein Jahr vorher meine Lehrstellen besetzen kann und noch dazu mit tüchtige Leut', die ich kenn' und von denen ich weiß, dass sie mir nicht gleich wieder davonlaufen, wenn's an die Arbeit geht!« Die Frau Hofer ist sichtlich erfreut über das Ansinnen der beiden und fügt lächelnd hinzu: »Wenn ich mir die Zita so anschau', gestern war's bei mir, und heut' schmeißt sie schon das ganze Personalbüro! Was will man da noch mehr.« Zita wird ganz rot im Gesicht und ist stolz auf das Lob der Wirtin.

»Klar, Uschi, ich kenn dich und deine Eltern ja auch. Das wär' wirklich einmal eine schöne Sach', wenn man keine Auswärtigen bemühen müsst'. Eine richtige Köchin bräuchten wir schon lange. Der Herr Marcano jammert schon seit geraumer Zeit, dass er immer nur mit Küchenhilfen auskommen muss. Das wird ihn bestimmt freuen. Möchtet's euch die Küch' vielleicht gleich einmal anschauen. Der Herr Marcano hat sicher ein bisschen Zeit für euch.«

Die beiden sind begeistert und begleiten Frau Hofer in die Küche. Der Koch und eine Küchenhilfe sind bereits bei den Vorbereitungen für das Abendessen. Herr Marcano, ein großer, dicklicher Mann mit typisch italienischem Aussehen, begrüßt die beiden. Sein schwarzes Haar hat er unter einer Kochmütze halbwegs versteckt und sein schwarzer, kurz gehaltener Schnurrbart hüpft beim Sprechen lustig auf und ab. Er zeigt den beiden sein Reich nicht ganz ohne Stolz. Alles ist blitzblank geputzt und das Edelstahlgeschirr leuchtet silbern von den Haken.

»Was meint ihr beiden?«, fragt die Wirtin die beiden Mädchen, als sie sich in der Küche verabschiedet haben, »Ostern steht vor der Tür und da gibt's hier wieder jede Menge Arbeit, hättet ihr nicht Lust auf einen kleinen Ferienjob? Mal in der Küche aushelfen oder ein bisschen bedienen. Da könntet ihr euch ein wenig Geld verdienen und hättet gleich noch einen kleinen Einblick in die Arbeit, die euch dann erwarten wird. Außerdem könnten wir uns auch gleich noch besser kennen lernen.«

Die Mädchen sind ganz aus dem Häuschen.

»Ich geb' euch dann Bescheid, wenn's so weit ist«, meint Frau Hofer erfreut, dass die beiden gleich Feuer und Flamme sind. »Die Getränke gehen selbstverständlich aufs Haus. Die Zita weiß das ja!«, lacht sie und verabschiedet die beiden.

Überglücklich treten sie den Heimweg an.

Zita will unbedingt noch mit ihrer Mutter darüber sprechen, wie die Verabschiedung gelaufen ist und ob Wolfgang noch irgendetwas gesagt hat. Außerdem kommt langsam eine wehmütige Sehnsucht in ihr hoch. Sie möchte gerne noch ein wenig allein sein und von Wolfgang träumen.

»Ich bin wieder da«, ruft sie ihrer Mutter zu, die in der Küche gerade das Abendessen herrichtet, und drückt ihr einen dicken Kuss auf die Wange. Dann erzählt sie kurz von Uschi und Frau Hofer und ihrem Ferienjob. Ihre Mutter freut sich für die beiden und meint: »Na, das ist schön, dann könnt ihr euch ein wenig Taschengeld verdienen und nebenbei gleich ein Praktikum machen! So, jetzt gehn wir aber schnell rüber in die Stub'n zum Essen, ich hab nämlich noch was für dich. Vorhin hab ich's ganz vergessen.« Zita will sofort wissen, worum es sich handelt, hat sie doch irgendwie die Hoffnung, dass es etwas mit Wolfgang zu tun hat.

Ihre Mutter macht sich einen Spaß daraus, die Tochter noch ein wenig zappeln zu lassen. »Ist bloß ein Kalenderblatt, das ich dir geben soll!«, sagt sie mit einem spitzbübischen Lächeln.

»Ach so«, antwortet Zita enttäuscht und glaubt, dass da wohl irgendein komischer Spruch darauf steht, den ihr die Mutter zeigen will. Schon tut es der Mutter wieder leid, dass sie ihre Tochter so hinhält, und bemerkt deshalb noch ganz nebenbei: »Hat der Wolfgang dalassen!«

»Was«, schreit Zita förmlich, »und das sagst erst jetzt! Wo ist das Blattl? Bitte gib's mir sofort!«

»In der Stub'n drüben ist es, komm, gehen wir hinüber.« Die Mutter packt das Abendessen auf ein Tablett, Besteck und zwei Teller dazu und geht hinüber in die Stube. Zita ist sofort aufgesprungen und schon vorausgelaufen. Ungeduldig schaut sie auf dem Wohnzimmerschrank nach, wo üblicherweise die Post liegt, und findet das zusammengefaltete und mit Heftpflaster verklebte Kalenderblatt. Sorgfältig löst sie das Heftpflaster. Obwohl sie es ja kaum erwarten kann, will sie den Brief unter keinen Umständen beschädigen.

»Ah, hast du's eh schon gefunden«, stellt die Mutter fest, als sie in die Stube kommt und das Essen auf den Tisch stellt.

Zitas Hände zittern vor Aufregung, während sie das Blatt auseinander faltet. Ihre Mutter beobachtet sie dabei und erschrickt, als ihre Tochter zu weinen anfängt. Sie befürchtet, dass sie Wolfgang belogen hat und in dem Brief doch steht, dass es zwar schön gewesen, aber jetzt vorbei sei. Zita setzt sich auf einen Stuhl. Den Brief ans Gesicht gehalten, liest sie weiter und weint immer stärker. Ihr Herz droht zu zerspringen, so sehr ergriffen ist sie von den Worten. Da geht ihre Mutter zu ihr hin und nimmt sie in den Arm. »Armes Kind, komm her zu mir, lass dich trösten. Das vergeht schon wieder!«

»Da, Mama, lies selber! Wie der schreib'n kann! Da muss man einfach weinen, schau!«, damit gibt Zita den Brief ihrer Mutter. Frau Grimmer beginnt zu lesen. Erstaunt nimmt sie zur Kenntnis, dass er mit *Liebste Zita* beginnt. Still liest sie Satz für Satz weiter, schüttelt zwischendurch ungläubig den Kopf und bekommt ebenfalls feuchte Augen. Sie gibt den Brief zurück und zieht ihre Tochter ganz fest an sich.

»Wow, das ist der Hammer, da hab ich ihm in Gedanken schwer Unrecht getan! Aber so intensiv schreiben, mit fünfzehn Jahr'n! Da brauchst dich wirklich nicht zu schämen, wenn du weinen musst. Das geht ja selbst mir ans Herz. Der scheint dich wirklich sehr gern zu haben!«

Zita lehnt an der Brust ihrer Mutter. »Mama, bitte sag, dass ich schon richtig gelesen hab. Ich kann's nicht glauben.« Sie hält sich den Brief immer wieder vor die Augen und liest Stück für Stück, und immer mehr Tränen rollen über ihre Wangen. Aber sie ist leise geworden und wimmert nur noch.

Ihre Mutter nimmt Zitas Kopf zwischen die Hände und drückt ihr einen Kuss auf die verweinte Wange. »Der ist von Wolfgang!«, sagt sie, »und jetzt essen wir aber. Weitereden können wir dabei ja auch.« Sie setzt sich Zita gegenüber an den

Tisch und verteilt die Teller und das Besteck. Während des Essens unterhalten sie sich weiter und Zita wird wieder ruhiger. »Da muss ich ihm aber gleich heut' noch zurückschreiben, aber was soll ich denn schreiben? Ich hab doch keine Ahnung von einem Liebesbrief! Wie lang braucht denn so ein Brief mit der Post, bis der bei ihm ist?«

»Na ja, so drei bis vier Tag musst du schon rechnen. Manchmal auch länger. Ja, und schreiben tust ihm einfach das, was dir in den Sinn kommt.«

»So lange dauert das mit der Post! Da krieg' ich ja erst nächste Woch' eine Antwort von ihm!«, entgegnet Zita ärgerlich.

»Das macht doch nichts«, versucht die Mutter zu trösten, »bis dahin sind sicher eure Fotos auch schon da und dann kannst ihm gleich welche schicken.«

Zita legt ihr Besteck zur Seite und steht auf. »Mama, darf ich dich ausnahmsweise mit dem Aufräumen allein lassen? Ich möchte gleich anfangen zu schreiben, damit ich den Brief dann gleich morgen früh einwerfen kann!«

»Natürlich, schreib du nur! Ein schönes Briefpapier findest dort im Schrank in der mittleren Schubladen, weil den Kalender, den brauchen wir noch«, setzt sie lachend hinzu.

Zita entschließt sich, den Brief zuerst auf einem normalen Blockblatt aufzusetzen. Doch wie sie auch überlegt und nachdenkt, sie findet nicht einmal einen richtigen Anfang. Immer wieder beginnt sie von vorne und verzweifelt fast daran. Dann liest sie Wolfgangs Brief wieder und wieder. Sie ist jedes Mal aufs Neue ergriffen und zwischendurch weint sie auch immer wieder mal ein bisschen vor Glück.

Und dann, plötzlich, ist sie mittendrin in ihrem Brief und schreibt und schreibt. Sie merkt, dass ihr das Schreiben gar nicht mehr schwerfällt und ihr Worte einfach einfallen, sodass sie sich geradezu von selber schreiben:

Mein allerliebster Wolfgang,

als ich Dich heute Morgen einfach stehen lassen musste, ist mir fast das Herz gebrochen. Ich habe im Auto nur geweint. Aber die Uschi hat mir dann klar gemacht, dass ich mich auf die Schule konzentrieren muss ...
Und dann, liebster Wolfgang, als ich endlich Deinen Brief in Händen hielt, warst

Du mir wieder so nah, dass mir fast das Herz stehen geblieben ist. Schon nach den ersten Worten musste ich einfach losheulen und konnte nicht aufhören bis ich ihn mehrmals gelesen hatte. Ich habe ihn auch meine Mutter lesen lassen, weil sie sonst meine Gefühle nicht hätte verstehen können. Verzeih mir, aber ich war so aufgewühlt, da musste ich mein Glück einfach mit jemandem teilen. Sie war auch ganz ergriffen von Deinen lieben Zeilen, allerdings hat sie mir verboten, den Kalender weiter zu ruinieren!

Leider bin ich nicht in der Lage, so innig zu schreiben wie Du, ich hoffe aber, dass Du mich schon verstehst und Dich auch über so einfache Worte freuen kannst.

Deinen Brief habe ich mittlerweile so oft gelesen, dass ich ihn auswendig kann, und jetzt habe ich ihn gleich neben meinem Kopfkissen an die Wand geklebt (mit Deinem Heftpflaster!). Nachdem ich ja leider noch kein Foto von Dir habe, ist der Brief einfach ein Ersatz dafür. Immer wenn ich hinsehe, dann sehe ich Dich vor mir und freue mich. Ich habe ihn auch schon geküsst! Lach jetzt bloß nicht, ich habe ganz viel Gefühl dabei hineingesteckt und ganz fest an Dich gedacht!

Als Abschluss drückt sie noch einen dicken Kuss mit gut angefeuchteten Lippen unter den Text. So fällt er nicht sofort auf, sondern erst bei genauem Hinschauen sieht man im Schräglicht die Konturen der Lippen.

Zufrieden mit ihrem Werk steckt sie den Brief in das Kuvert und schreibt die Adresse und den Absender darauf. Eine Briefmarke bekommt sie von ihrer Mutter, als sie mit ihr noch eine Tasse Tee vor dem Schlafengehen trinkt.

Überglücklich schläft Zita ein und träumt die ganze Nacht von Wolfgang, seinen zärtlichen Worten, wie sie ihn umarmt und küsst und wie er sie streichelt und liebkost.

Nach der Begrüßung und den üblichen Fragen, wie es war, kommen Wolfgang und seine Eltern endlich zuhause an. Wolfgangs Mutter fällt sein verändertes Verhalten sofort auf und sie hat so ihre Vermutungen, die sich auch gleich bestätigen, als sie den Ring an seinem Finger sieht. Sie lächelt und fragt: »Na, Wolfgang, hast dir ein Mädchen g'funden? Ist es eine aus deiner Klasse?«

Wolfgang wird knallrot. Er hat nicht erwartet, dass es so schnell bekannt werden würde. »Na ja«, druckst er zunächst etwas herum, »nein, sie ist von dort!«

»Komm, erzähl ein bisschen was! Wie sieht sie denn aus und wie alt ist sie denn?« Ganz neugierig stürzt sie sich auf ihren Sohn.

»Ich erzähl dir schon noch von ihr, aber nicht jetzt. Wir wollen uns schreiben und so in Verbindung bleiben und jetzt hätt' ich gern etwas zu essen, ich bin nämlich ganz schön hungrig!«

»Ja natürlich, ich hab schon was hergerichtet. Kannst dich schon an den Tisch setzen, ich bring's gleich. Papa, kommst du auch zum Brotzeit machen!«, ruft sie ihren Mann, der sich ins Wohnzimmer verzogen hat. Ihn interessieren so allgemeine Unterhaltungen nicht und er geht ihnen lieber aus dem Weg. Wenn der Bub was zu erzählen hat, dann wird er das schon tun!

»Habt's wenigstens viel Schnee g'habt?«, erkundigt er sich, als er bei Frau und Sohn am Tisch sitzt.

Wolfgang, froh, von etwas anderem erzählen zu können, berichtet: »Aber schon ganz ordentlich. Einen Tag haben wir gar nicht Ski fahren können, weil wir eing'schneit war'n. In der Nacht hat's einen richtigen Sturm mit Gewitter und Blitz und Donner g'habt. Da sind wir alle aufg'standen und haben uns unten im Speiseraum versammelt, wo uns die Lehrer dann betreut haben. Das war vielleicht heftig. Wir hatten schon Angst, dass uns die ganze Bude auf den Kopf stürzt, so hat das dort gekracht.« Während er zwischendurch immer wieder Brot und Wurst in den Mund schiebt, erzählt er weiter. Die Eltern hören interessiert zu, sogar der Vater. Er hatte als Jugendlicher im Krieg ein Sommergewitter in den Bergen erlebt und schon öfter davon erzählt. Jetzt ist er stolz, immer wieder mal ein paar Brocken aus seinen Erlebnissen dazwischenwerfen zu können.

Zum Schluss meint dann Wolfgang doch noch: »Gut, damit ihr Bescheid wisst. Ich hab ein Mädchen von dort kennen gelernt. Zita heißt sie und wird fünfzehn. Ihr braucht keine Angst zu haben, wir haben nichts angestellt.« Das Aufatmen der Mutter ist deutlich zu hören. Wolfgang schaut zu ihr hin und lacht. »Ich hab's doch g'wusst, dass dich das am meisten interessiert«, sagt er mit leichtem Spott in der Stimme. »Wir werden in Verbindung bleiben und uns schreiben und wenn's klappt, möcht' ich sie in den Sommerferien besuchen.«

»Aha«, sagt die Mutter nur, »scheint was Ernsteres zu sein. Nun, dann musst halt kräftig sparen. Aber die Schul' darfst du mir ja nicht vernachlässigen! Für gute Noten kannst ja auch ein wenig was für die Reisekasse tun«, lockt sie.

»Pubertäre Spinnerei, wird gleich wieder vorbei sein, wirst sehn!«, brummt der Vater und geht wieder ins Wohnzimmer, wo er sich über das Kreuzworträtsel der Zeitung beugt. Das ist eine seiner Lieblingsbeschäftigungen für den Abend. Heute hat er sich extra Urlaub genommen, um den Bub abzuholen.

»Mich freut's, dass ihr in Verbindung bleiben wollt«, meint die Mutter noch, »vielleicht kannst mir ja auch ein Bild von ihr zeigen!« Insgeheim denkt sie ähnlich wie ihr Mann, dass es bald wieder vorbei sein wird. Andererseits, solange das Mädchen in Österreich ist, kann ja nichts passieren.

»Fotos haben wir gemacht, aber die sind noch nicht fertig. Die Zita will mir welche schicken, sobald sie entwickelt sind. Dann zeig ich sie dir natürlich. Übrigens hab ich vor, ganz fleißig für die Prüfungen zu lernen. Morgen ist wieder Schule und deshalb schau ich mir jetzt gleich noch ein wenig was an!« Damit geht er in sein Zimmer.

Tatsächlich holt er sich sein Sozialkundeheft aus der Schultasche und den dicken Schmöker für Staats- und Gemeinschaftskunde vom Bücherregal herab. Für Donnerstag ist eine Schulaufgabe angesetzt und er muss noch einiges über Bundestag und Bundesrat nachlesen. Morgen stehen nur Englisch, Mathe und Physik auf dem Stundenplan! Alles Fächer, in denen die Schulaufgaben für das Zwischenzeugnis im Februar schon geschrieben sind und mit denen er sowieso keine großen Probleme hat. Aber die paar Noten, die noch in das Zeugnis einfließen können, sollen bestens sein. Ein völlig neuer Ehrgeiz hat ihn gepackt!

Gegen fünf Uhr kommt seine Mutter in sein Zimmer und ist überrascht, ihn an seinem Schreibtisch anzutreffen. Sie hätte ihn eher im Bett liegend erwartet. »Möchtest keine Pause machen und was trinken? Du lernst ja schon seit anderthalb Stunden!«

»Eine Viertelstund' noch, dann bin ich durch und komm 'naus«, verspricht er.

Als er nach dem Abendessen früh zu Bett geht, ist er zufrieden mit seiner Lernleistung. Im Bett liest er schnell noch die Englischlektion durch, die sie morgen anfangen werden, und macht dann das Licht aus.

Auf dem Rücken liegend geht sein Blick in die Ferne. Wie wird sie wohl auf seinen Brief reagieren? Er denkt zurück an den ersten Tag, als er sie gerade mal ganz kurz gesehen hatte, an die Abfuhr, die sie ihm erteilt hat und nach der er schon aufgeben wollte. All die Einzelerlebnisse der vergangenen Woche durchlebt er immer wieder mit einem glücklichen Lächeln auf den Lippen. Seine Zudecke hat er vor der Brust zusammengeknüllt und drückt sie fest an sich. Wahrscheinlich denkt sie jetzt auch ihn, überlegt er, weil er sie gar so intensiv spürt!

Als er am Morgen wieder aufwacht, liegt er noch genauso da, wie er eingeschlafen ist, und hat die Zudecke immer noch umarmt. Er hat geträumt, dass Zita in seinen Armen läge, und sich deshalb auch nicht zu bewegen gewagt, um sie nicht aufzuwecken. Als er seine Augen öffnet, muss er über sich selber lächeln. Rasch drückt er die Zudecke noch mal ganz fest an sich und steht auf. Zita wird wohl schon auf dem Weg zur Schule sein!

Nach dem Frühstück fährt er mit dem Fahrrad zur Schule und freut sich wie schon lange nicht mehr auf den Unterricht. Am Eingang trifft er auf Peter, der ebenfalls mit dem Fahrrad zur Schule fährt.

»Was ist denn los? Du siehst ein wenig fertig aus«, fragt Wolfgang seinen Freund.

»Ach, weißt du, es ist schon ganz schön blöd mit den Mädels. Gestern im Bus hab ich noch gemeint, dass es vielleicht mit der Marianne etwas werden könnt. Dann zum Abschied hat sie mir knallhart gesagt, dass sie schon einen Freund hat und ich stand da wie ein Depp. Dann jetzt noch die Schul', die gibt mir den Rest, glaub mir!« Deprimiert geht er an Wolfgangs Seite in den Unterrichtsraum. ›Was für ein Pechvogel‹, denkt Wolfgang und freut sich gleich noch mehr über seine Zita.

»Und wie sieht's bei dir aus, hast schon was von ihr g'hört?«, will Peter nebenbei wissen, denn eigentlich interessiert es ihn gar nicht.

»Wie stellst du dir das vor?«, meint Wolfgang dazu, »wir sind ja gestern erst zurückgekommen. So ein Brief braucht bestimmt vier bis fünf Tage, bis er da ist, und Zita wird auch nicht gleich gestern schon geschrieben haben.« Dabei denkt er daran, dass es doch gut war, den ersten Brief gleich dort zu hinterlassen. So kann er jetzt in Ruhe abwarten, bis Antwort kommt. »Vor Samstag wird da wohl nichts kommen«, fügt er noch an und beruhigt sich damit auch selber, denn in Wahrheit hofft er doch, schon früher Post zu bekommen, und das mit dem ruhigen Abwarten ist so eine Sache.

Während des Unterrichts ist Wolfgang voll bei der Sache. So fällt selbst dem Englischlehrer auf, dass Wolfgang sich verstärkt meldet und er die neue Lektion sehr gut vorbereitet hat. Dafür bekommt er auch eine positive mündliche Note im Lehrerkalender vermerkt.

Peter würde sich gern mit ihm am Nachmittag in der Stadt herumtreiben, aber Wolfgang sagt ihm unter einem Vorwand ab und radelt lieber nachhause um die Hausaufgaben zu machen. Anschließend setzt er sich wieder auf sein Rad und fährt an der Donau entlang stadtauswärts. Vor der Stadt will er sich an der Donau auf eine Bank setzen um zu träumen, aber als er den Hafen hinter sich gelassen hat, beginnt es leicht zu nieseln und es sieht so aus, dass das Wetter nicht besser werden wird. So dreht er wieder um und radelt heim. Er wollte sich sowieso noch auf den Unterricht von morgen vorbereiten, so fängt er eben schon etwas früher damit an. Sanfte Musik von den Bee Gees und den Hollies, seinen beiden Lieblingsbands, klingt nebenbei aus seinem kleinen Kassettenrecorder, den er von seinen Eltern zu Weihnachten bekommen hat.

Als seine Mutter an der Tür klopft und zu ihm ins Zimmer kommt, ist er gerade dabei, eine Geometrieaufgabe mit Zirkel und Lineal zu lösen. »Du hast aber heute viel Hausaufgaben auf«, wundert sie sich, »oder hast schlechte Noten bekommen und versuchst etwas aufzuholen?«

»Nein, nein«, lacht er, »im Gegenteil. Ich bin heute sogar positiv aufgefallen, weil ich so gut mitgearbeitet hab. Weißt du, ich hab plötzlich ein völlig neues Gefühl beim Lernen und es macht mir Spaß! Um mich nicht allzu sehr von den Gedanken an meine Freundin ablenken zu lassen, denke ich immer daran, dass ich das alles für sie lerne! Und da kann ich fast nicht genug davon bekommen! Ganz schön verrückt, oder?«

»Nun ja, wenn es dir hilft, ist es ja gut und hoffentlich hält dieses Gefühl auch an. Aber es gibt dann Abendessen, das wollte ich dir eigentlich sagen.«

»Danke, ich komm dann gleich!«, antwortet er gut gelaunt und bringt seine Aufgabe noch zu Ende, bevor er in die Küche hinausgeht.

Nach dem Abendessen geht er wieder in sein Zimmer und hört auf dem Bett liegend Musik. Dabei träumt er mit geschlossenen Augen, dass er Zita im Arm hat und ihren weichen Körper spürt und mit ihr herumalbernd spazieren geht. Er hat ihr schon wieder so viel zu erzählen und dabei fällt ihm ein, dass er ja für einen Liebesbrief gar kein geeignetes Briefpapier zuhause hat. Wieder ein Kalenderblatt oder Ähnliches verwenden will er denn doch nicht! Heute ist es schon zu spät, die Geschäfte haben bereits geschlossen und so nimmt er sich vor, gleich morgen nach der Schule in ein Schreibwarengeschäft zu gehen, um ein schönes Papier auszusuchen. Er kennt da ein Geschäft, gleich neben dem Dom, dort gibt es immer so schöne Karten und andere Schreibutensilien in der Auslage. Da gibt es bestimmt etwas Passendes!

In Gedanken schreibt er bereits den nächsten Brief. Dabei spürt er Zita so sehr in seiner Nähe, dass er tatsächlich einmal mit der Hand neben sich greift. Er lächelt über sich selbst und arbeitet aber sofort wieder an Formulierungen für den nächsten Brief. Allerdings ist ihm auch bewusst, dass der Brief, wenn er tatsächlich geschrieben wird, doch ganz anders aussehen wird. Aber es ist einfach schön zu formulieren und in Gedanken Worte zu finden, die einem immer dann, wenn es darauf ankommt, nicht einfallen oder die man sich dann nicht auszusprechen wagt. Doch diesmal soll es nicht so sein! Kurz entschlossen steht er auf und setzt sich an seinen Schreibtisch, holt einen Block aus der Schublade und beginnt seine Gedanken aufzuschreiben. Die Worte fallen ihm einfach ein, er kann schreiben, ohne groß nachdenken zu müssen. Es gefällt ihm, wie er vorankommt, und er hat dabei ein richtig seliges Gefühl, so als würde er sich mit Zita gerade unterhalten. Aber warum soll er diesen Brief nicht gleich wegschicken, denkt er, ist doch Unsinn, ihn erst eine Woche lang im Schreibtisch liegen zu lassen. Zita freut sich doch bestimmt, wenn schon zwischendurch eine Nachricht von ihm kommt. Er geht deshalb in das Wohnzimmer, wo seine Eltern vor dem Fernseher sitzen und fragt: »Du, Mama, haben wir ein halbwegs schönes Briefpapier zuhause?«

Seine Mutter lächelt und erhebt sich, um in einer Schublade des Wohnzimmerschranks nach zu sehen. »Hier, ich glaube, das ist passend.« Sie überreicht ihm ein noch originalverpacktes Briefset mit Kuverts und Briefpapier darin. »Briefmarken hab ich draußen in der Küche, wenn du eine brauchst. Hast schon rechte Sehnsucht, hm?«, meint sie mitfühlend.

»Na ja, so ein wenig schon«, gibt Wolfgang von sich und verschwindet wieder in seinem Zimmer.

Dort löst er vorsichtig das Zellophan von dem Set und nimmt einen Briefbogen heraus. Es ist ein schönes, weißes, ganz leicht marmoriertes Papier, das Mutter wohl für besondere Anlässe gekauft hat. Dann beginnt er sorgfältig seinen Entwurf zu übertragen.

Allerliebste Zita,

wundere Dich nicht, dass ich Dir heute schon schreibe, wo ich doch noch gar keine Antwort von Dir bekommen habe. Aber ich habe mich in Gedanken mit Dir unterhalten und dann gedacht, ich könnte Dir das genauso gut auch schreiben, was ich hiermit auch mache!

Der heutige Morgen war traurig, weil es der erste Morgen ohne Dich war. Trost finde ich momentan allerdings darin, dass ich fleißig lerne, so habe ich mich gestern Nachmittag noch sehr gut auf den heutigen Unterricht vorbereitet und habe tatsächlich ein Lob dafür bekommen. Um nicht von den Gedanken an Dich abgelenkt zu werden, habe ich mich entschlossen, Dich einfach am Lernen zu beteiligen, das bedeutet, dass ich praktisch mit Dir zusammen lerne. Während ich Dir die Aufgaben erkläre, lerne ich sie! So einfach ist das! Ich bin in Gedanken immer bei Dir, aber nicht abgelenkt vom Lernen! Mit dieser Einstellung macht mir das Hausaufgabenmachen und das Aufpassen im Unterricht mehr Spaß als jemals zuvor! Danke für Deine Hilfe!

Trotzdem fehlst Du mir sehr. Ich wollte schon ein Bild von Dir zeichnen, aber ich bin leider kein Maler oder Zeichner, sodass außer einem Strichmännchen nichts dabei herauskommt. Egal, ob in der Schule, oder ob ich mit dem Fahrrad einfach herumfahre, ständig sehe ich Dein Bild vor mir und bekomme Herzklopfen, wenn Du mir dabei näher kommst!

Ich weiß, dass sich das verrückt anhört, aber es ist so. Offenbar habe ich mich so sehr in Dich verliebt, dass ich einen Teil von Dir stets bei mir mit herumtrage! Es ist ja erst eine gute Woche her, dass ich Dich überhaupt kennen lernen durfte, aber es kommt mir schon wie eine Ewigkeit vor und ich kann mir nicht mehr vorstellen, wie langweilig es vorher gewesen sein muss.

Meine Mutter hat es mir wohl gleich angesehen, dass ich über die Maßen glücklich bin, und hat natürlich gleich nach Dir gefragt. Aber ich hab ihr noch nicht viel erzählt, nur dass Du nicht aus meiner Klasse bist und wie Du heißt. Sie war dann auch zufrieden und ich glaube, sie freut sich auch mit mir.

Sehnsüchtig warte ich schon auf Post von Dir. Zwar weiß ich, dass der Postweg lang ist, aber wenn ich nicht warten würde, ginge es sicher auch nicht schneller und so habe ich noch einen Grund mehr, an Dich zu denken. Du bist mir manchmal so nahe, dass ich Dich regelrecht spüren kann! Das ist ein so herrliches Gefühl, dass mir dabei immer ganz warm und wehmütig ums Herz wird. Hoffentlich ändert sich dieses Gefühl auf unserem langen Weg niemals!

Meine kleine Zita, bitte denke immer daran, dass ich bei Dir bin, und zwar näher, als Du glaubst!

Grüße bitte auch Deine liebe Mutter von mir, die uns doch viele Gelegenheiten erst ermöglicht hat und immer sehr nett zu mir war. Auch noch einen Gruß an Uschi, unsere Fotografin und Freundin!

Glaub mir, uns kann nichts mehr trennen, ich fühle mich, als wäre ich mit Dir so zusammengewachsen, dass wir gar nicht mehr auseinanderzubringen sind. Oder ganz einfach gesagt: Ich liebe Dich über alles!

Dein Wolfgang

Er faltet den Brief zusammen und steckt ihn in das adressierte Kuvert, holt sich eine Briefmarke aus dem Küchenschrank und klebt sie auf den Brief. »Ich fahr noch schnell zum Briefkasten«, ruft er ins Wohnzimmer seinen Eltern zu.

»Wenn du ihn zum Postamt fährst, geht er diese Nacht noch weg und du sparst einen Tag«, rät ihm die Mutter.

Mit dem Fahrrad sind es nur knapp zehn Minuten bis zum nächsten Postamt und der Nieselregen hat aufgehört, sodass Wolfgang schnell und trocken wieder zuhause ankommt. Im Bett liegend ist er rundum mit sich zufrieden und schläft im Traum neben Zita ein, um die er einen Arm gelegt hat und deren Kopf auf seiner Brust ruht.

Als Zita diesen Morgen in das Auto der Nachbarin einsteigt, ist sie gut aufgelegt und grüßt alle recht freundlich. »Na, Zita, wieder alles in Ordnung?«, fragt die Nachbarin lächelnd in den Rückspiegel schauend.

»Alles super«, antwortet Zita fröhlich, »und ich freu mich schon richtig auf die Schule«, setzt sie zur Verwunderung der beiden anderen Mädchen hinzu, die nicht mit solcher Euphorie aufwarten können.

Als sie dann wieder im Bus sitzen, unterhält sie sich leise mit Uschi. »Stell dir vor, Uschi, als ich gestern nach der Frau Hofer heimkommen bin, sagt mir meine Mama so ganz nebenbei, dass der Wolfgang einen Brief für mich da'lassen hat! Schau, ich hab ihn dabei. Ich weiß schon, dass man Post nicht einfach so rumreicht und jedem lesen lässt, aber ich muss ihn dir einfach zeigen, weil ich dir diese Gefühle sonst gar nicht beschreiben kann, die da drinstecken.« Damit holt sie sehr sorgsam den Brief aus der Schultasche heraus und gibt ihn an Uschi weiter.

»Bist du dir wirklich sicher, dass ich ihn lesen soll?«, fragt diese sicherheitshalber noch nach und nachdem Zita eifrig nickt und schon wieder feuchte Augen bekommt, nimmt sie den Brief und sieht ihn sich genauer an. Über die originelle Art muss sie lächeln und beginnt dann neugierig zu lesen. Doch schon nach der Überschrift unterbricht sie und fragt noch mal: »Du, das ist aber sehr persönlich, willst du wirklich?«

»Ja, du bist doch meine beste Freundin und kannst schweigen«, entgegnet Zita. »Ich freu mich so, dass ich ihn am liebsten der ganzen Welt zeigen tät, und jetzt lies schon, wir sind gleich bei der Schule!«

Ganz still liest Uschi, während sie von Zita angespannt beobachtet wird. Sie schüttelt ganz langsam ihren Kopf und kleine Tränen warten in ihren Augen darauf, abgewischt zu werden. »Du hast vielleicht ein Glück, ich glaube nicht, dass ich jemanden kenne, der schon einmal so einen Brief bekommen hat. Der mag dich wirklich und ich kann dir nur empfehlen, dass du ihn festhältst, am besten für immer! Mein Freund käme wohl gar nicht auf die Idee, mir überhaupt mal einen Satz zu schreiben. Ich freue mich ja so für dich! Und danke, dass ich den Brief hab lesen dürfen!« Vorsichtig klappt sie ihn wieder zusammen und reicht ihn Zita zurück.

Sie sind die Letzten, als sie aus dem Bus steigen und sich vom Fahrer verabschieden. Zita hat den Brief wieder sehr sorgfältig verstaut, dass er ja nicht beschädigt wird oder gar verloren geht!

Dem Unterricht kann sie heute so gut folgen und sich beteiligen, dass es dem Klassenlehrer, Herrn Krumbold, auffällt. Er sagt aber nichts, sondern merkt es sich einfach, um zu beobachten, ob dies weiterhin so bleibt oder eben nur mal eine kurze Phase ist.

In der Pause erzählt Zita Uschi dann noch, dass sie gestern auch gleich einen Brief an Wolfgang geschrieben hat, den ihre Mutter heute in Kufstein zur Post bringen will, weil sie dort einen Termin hat und der Brief einen Tag früher weggeht. Dann wechseln sie das Thema und Zita will wissen, was denn Uschis Mutter zu ihrem Unternehmen Lehrstelle gesagt hat.

»Die hat es nicht geglaubt!«, erzählt Uschi erbost. »Sie hat gleich bei der Frau Hofer angerufen und sich vergewissert, dass ich keinen Unsinn erzähl. Aber die Frau Hofer war so nett und hat sie dann aufgeklärt, auch über die Möglichkeit, über Ostern so etwas wie ein Praktikum zu machen. Da war sie ganz schön aufgeregt und hat mich gelobt und gemeint, dass sie mir das so nie zugetraut hätte! Ist einfach super gelaufen. Danke noch mal für deine Unterstützung!«

Die nächsten Tage vergehen für Zita wie im Flug. Zuhause kommen am Sonntag wieder neue Gäste, da müssen die Zimmer ordentlich geschrubbt werden. Eine Familie hat zwei größere Kinder dabei, für die extra Betten in das Zimmer gestellt werden sollen, und außerdem sind wieder mal alle Fenster im Haus zu putzen. Zita hat kaum Zeit, sich um die Hausaufgaben zu kümmern. Aber sie macht die Arbeit gerne, kann sie doch dabei in Gedanken ganz bei Wolfgang sein! Ganz besonders liebevoll putzt sie dabei das Fenster, aus dem Wolfgang gesehen hat, als er hier war. In den Stapelbetten liegen jetzt wieder andere Kinder. Derzeit beherbergen sie eine Klasse Mädchen aus Nürnberg, die auch Skifahren lernen wollen.

Freitagmorgen hat Frau Grimmer Schulfahrdienst und schaut, nachdem sie die Kinder am Bus abgeliefert hat, noch bei der Frau Hofer vorbei. Im *Oberdorfer Hof* ist nämlich auch die Sammelpoststelle untergebracht, für die Post der Bergbauern und Almen, die zu sehr abgelegen sind. Außerdem wird dort auch die Post, die ausgetragen wird, hinterlegt und von einem Postboten aus dem Dorf gegen Mittag abgeholt und verteilt. In dem heutigen Packen sind für Frau Grimmer mehrere Rechnungen und ein Versandkatalog dabei. Für Zita ist ein Brief von Wolfgang gekommen und sie merkt, wie ihr Herz tatsächlich schneller schlägt vor Freude. Diesmal wird sie ihn Zita aber sofort übergeben! Sonst, so fürchtet sie, würde sie erheblichen Ärger mit ihrer Tochter bekommen. »Da ist auch noch etwas für Sie«, sagt die nette Frau, die die Sammelpoststelle betreut. »Aber das kostet was. Hier, eine Versandtasche für Fotos, zahlen können's gleich bei mir!«

»Oh«, sagt Frau Grimmer, »da wird sich die Zita heute aber freuen! Sie wartet ja schon die ganze Woche darauf.« Freudig bezahlt sie und nimmt die Versandtasche an sich. Anschließend wirft sie noch einen schnellen Blick in die Gaststube zu Frau Hofer, die an der Theke steht und die Frühstücksgäste beobachtet.

»Guten Morgen, Burgl«, begrüßt sie die Wirtin, »hast zwei Minuten?«

»Klar, Vroni, immer, magst einen Kaffee?« Die Burgl nimmt schon zwei Tassen und eine Kanne Kaffee zur Hand, ohne eine Antwort abzuwarten. »Komm, setzen wir uns doch kurz daher«, deutet sie auf ein Tischchen neben der Theke. »Du hast ja eine tüchtige Tochter!«, lacht sie und setzt sich. Sie schenkt die Tassen voll und schiebt eine ihrer Freundin hinüber. Beide trinken ihren Kaffee gerne schwarz, was für diese Gegend eher ungewöhnlich ist.

»Also, das mit der Zita und der Lehrstelle stammt nicht von mir«, beginnt Frau Grimmer klarzustellen, »und ich hoffe, dass du nicht nur mir zuliebe zugesagt hast! Ich war ehrlich g'sagt ganz schön überrascht, wie sie's mir erzählt hat. Aber freuen tät's mich schon riesig, das kannst du dir ja vorstellen. Undenkbar, dass ich ganz allein da oben sein müsst und die Zita irgendwo in der Stadt oder so wüsst'.

Aber ist das auch richtig so, wie sie mir erzählt hat?«

»Was sie dir erzählt hat, das weiß ich nicht«, entgegnet Frau Hofer, »aber ich hab ihr versprochen, eine Stelle für sie in der Verwaltung ab nächstes Jahr freizuhalten. Sie muss sich aber dann schon auch noch bewerben, wenn es so weit ist. Aber das ist eben Formsach'. Die Stell' kann's selbstverständlich haben. Ich bin doch selber froh, wenn ich anständiges und tüchtiges Personal hab. Dass sie auch wirklich tüchtig ist, hat sie gleich darauf schon gezeigt, als sie mir die Uschi für eine Köchinlehrstelle angeschleppt hat. Die nehm' ich natürlich auch sehr gern, schließlich kenn' ich sie auch schon von klein auf und sie ist ja auch ein tüchtig's Mädel! Mich hat das wirklich richtig g'freut, dass die so völlig unbeschwert und unkompliziert bei mir auftaucht sind. Wär' früher unmöglich gewesen!«

Froh darüber, dass alles seine Ordnung hat, bedankt sich Frau Grimmer bei der Burgl und fährt heim.

Sowohl Wolfgangs Brief wie auch die Versandtasche mit den Fotos legt sie so auf den Tisch, dass sie nicht zu übersehen sind. Dann kümmert sie sich um ihre eigene Post. Kurz bevor sie mit dem Mittagessenkochen beginnt, klingelt das Telefon und Uschis Mutter ist am Apparat.

»Grüß dich, Vroni«, beginnt sie, »wahrscheinlich weißt ja auch schon Bescheid über unsere Dirndln.«

»Meinst ihre eigenständige Lehrstellensuche oder gibt es sonst noch etwas, das ich nicht mitbekommen hab?«, fragt Vroni etwas unsicher nach.

»Doch, doch, das mein ich schon! Wer hätt' denn so was gedacht, dass die zwei, ohne ein Wort daheim zu verlier'n, einfach zur Burgl gehn, um dann neben einer Lehrstell' auch gleich noch einen Ferienjob oder Praktikum heimzubringen! Hast du die zwei auf die Idee 'bracht, oder wer?«

Vroni lächelt wohlwissend, will aber nichts verraten. »Na ja, die zwei werden halt langsam auch erwachsen und weißt, in der Schul' heutzutag', lernen die ja ganz was anderes als wir damals. Die sind ja heut' viel selbstbewusster oder souveräner, wie sie's selber immer bezeichnen.« Während sie dies so erzählt, kann sie sich ein Schmunzeln nicht ganz verkneifen. Aber das macht ja nichts. Soll sie doch ruhig stolz auf ihre souveräne Tochter sein! Wenn es auch nicht ganz ihre Idee war, aber hingegangen ist sie doch selber und gefragt hat sie ja auch ohne Mama! Da kann man schon ein wenig Respekt haben. Dann erzählt Vroni noch, dass sie heute früh bei der Burgl war und dass die ihr zusätzlich noch alles so bestätigt hat, wie es die beiden erzählt haben. Stolz auf ihre Töchter beenden die beiden Mütter das Gespräch.

Um kurz vor zwei kommt Zita von der Schule. Beschwingt kommt sie zur Stubentür herein, begrüßt ihre Mutter und drückt ihr einen Kuss auf die Wange. »Post ist gekommen«, kann diese gerade noch sagen, bevor Zita schon den Brief entdeckt hat und sofort zum Tisch rennt. »Oh, die Fotos sind auch da!«, freut sie sich. »Womit fang' ich jetzt an? Ich glaub, wir schau'n erst die Bilder an. Dabei können wir auch essen und dann werd' ich in Ruhe den Brief lesen!«

Ihre Mutter überlegt kurz und meint: »Aber deinen Brief hat der Wolfgang bestimmt auch erst heute erhalten, so kann das noch gar keine Antwort auf den deinen sein. Da hat er bestimmt auch schon am Montag oder Dienstag wieder geschrieben. Vielleicht war ihm ja auch langweilig.«

»Langweilig wird dem bestimmt nie«, so etwas kann Zita nicht auf ihm sitzen lassen, »aber er wird Sehnsucht nach mir haben! Oder kannst du dir so etwas nicht vorstellen?«, spottet sie recht frech.

»Gut, wenn du den Brief gelesen hast, wirst du's ja ganz genau wissen«, schmunzelt ihre Mutter, »und jetzt wird gegessen und mach schon mal die Bilder auf.«

Die Mutter schöpft ihr Suppe in den Teller und Zita reißt schon ganz neugierig die Versandtasche auf. Neben der Entwicklung des Films hat sie auch von jedem Negativ einen zehn mal acht Zentimeter kleinen Abzug machen lassen. Nur die schönsten Fotos will sie dann weiter vergrößern lassen.

Mit ihrer rechten Hand fährt sie in die Tasche und holt alle Bilder und Negativstreifen heraus. Die Negative legt sie sorgfältig wieder zurück und beginnt die Abzüge durchzuschauen. Schon vom ersten Bild, auf dem sie und Wolfgang sich Hand in Hand verliebt anschauen, ist sie begeistert. »Also, die Uschi hat echt Talent!«, ruft sie und gibt das Bild an ihre Mutter weiter, die ebenfalls schon ganz gespannt auf die Fotos ist. Zita rückt dabei ganz nah an ihre Mama heran und erklärt ihr das Bild. »Schau, Mama, genau da haben wir uns hinstellen müssen und so drehen, dass dazwischen grad der Hauptgipfel vom Kaiser durchschaut. Aber schau dir bloß den Wolfgang an, wie mich der anschaut!«

»Ja, tatsächlich«, meint die Mutter, »die Aufnahme ist nicht schlecht, allein schon die Idee.«

Ähnlich geht es bei den anderen Bildern weiter. Sehr schön sind auch die Einzelporträts geworden, welche die Uschi unbedingt von jedem der beiden hat anfertigen wollen. Schön von vorne, dann leicht von der Seite und eine Aufnahme direkt im rechten Winkel. Dabei kommt Zitas leicht nach oben gebogene, kurze Stupsnase besonders zur Geltung. Ein bisschen verlegen gibt sie dann die Bilder weiter, auf denen sie sich küssen. »Die Uschi hat g'meint, das muss auch sein, wenn der Film und die Bilder schon so teuer sind«, versucht sie die Verantwortung dafür ein wenig abzuwälzen.

»Geh, Dirndl, du musst dich doch nicht schämen dafür! Die Bilder sind ausgesprochen schön und dass ihr euch dabei küsst, ist doch selbstverständlich. Dafür sind es ja auch Paaraufnahmen, fast könnte man ja schon Hochzeitsfotos dazu sagen. Also wirklich schön geworden, da kann man nur gratulieren.«

»Ich werd' dem Wolfgang ein paar von denen gleich heute noch schicken, damit er auch schon mal etwas hat. Was meinst du, welche würde er sich wünschen?«, bittet sie ihre Mutter um Unterstützung bei der Auswahl.

»Zwei oder alle drei Porträts von dir auf jeden Fall, dann noch das, wo ihr so schön beieinander steht, und hier das, wo ihr euch so nett küsst. Ja, und das bräucht' er an sich auch und das vielleicht noch.« Jetzt brechen beide in Lachen aus, denn eigentlich könnten sie ihm alle schicken. »Gut, die Porträts von ihm, schau nur, wie hübsch er da ausschaut und was für schöne Augen er da macht, die behalt ich auf jeden Fall für mich. Man kann ja auch noch welche nachmachen lassen, wenn er welche will.« Dann sortiert sie noch einige aus, damit das Porto nicht zu teuer wird und sie ja auch für den nächsten Brief noch eine Reserve hat!

»Weißt was, Zita, Morgen ist Samstag und da ist keine Schule, also fahren wir nach Wörgl in das Fotogeschäft und kaufen dir einen oder zwei schöne Rahmen. Ein paar Bilder lassen wir noch passend dazu vergrößern. Weil sie ja gar so schön sind, und der Uschi musst du sie aber auch vorher zeigen, bevor du alle wegschickst. Die will bestimmt wissen, wie sie geworden sind.« Die Mutter sucht gleich einige Aufnahmen heraus, die für Wolfgang vergrößert werden sollen. Für sich möchte sie die Aufnahme von den beiden mit dem Berggipfel im Hintergrund und wo sie Hand in Hand beieinander stehen. Zita sucht sich auch vier Bilder aus.

Vor lauter Begeisterung für die Bilder vergisst Zita sogar den Brief von Wolfgang. Stattdessen packt sie die Fotos zusammen, zieht sich an und macht sich auf den Weg zu Uschi.

Uschi gibt sich wieder sehr professionell und kritisiert hier einen kleinen Schatten im Gesicht, dort eine leichte Unschärfe am Rand. Hier und da hätte man noch anders stehen oder schauen können. »Das kannst du ja mal alles berücksichtigen, wenn du genug Geld für eine entsprechend teure Kamera hast und mit echten Models arbeitest«, lacht Zita geradeheraus und Uschi muss ebenfalls lachen. In Wirklichkeit findet sie die Bilder auch sehr schön und bedauert ein wenig, dass sie von sich und ihrem Freund lediglich ein Automatenfoto besitzt. Ja, eigentlich ist sie neidisch auf Zita, dass die mit ihrem Freund ein solches Glück hat. Aber er ist halt weit weg und die arme Zita kann nur Bilder von ihm anschauen. So ganz recht weiß sie dann doch wieder nicht, was besser ist.

Da fällt Zita der Brief ein und jetzt hat sie es plötzlich sehr eilig. Sie bedankt sich noch einmal ganz besonders bei Uschi und läuft dann den Berg hinunter. Wie konnte sie nur den Brief vergessen!

Als sie zur Stubentür hereinstürmt, lacht ihre Mutter. »Na, hast du vielleicht etwas vergessen?«, fragt sie scheinheilig.

»Da liegt er ja«, ruft Zita und nimmt den Brief vom Tisch. »Ich bin dann in meinem Zimmer«, sagt sie noch kurz und ist verschwunden. Bequem legt sie sich auf ihr Bett und öffnet den Brief. Doch bevor sie zu lesen beginnt, nimmt sie noch ein Foto von Wolfgang und betrachtet es eine Weile, bis sie es mit einem Kuss zur Seite legt. Ihr Herz beginnt wieder einmal zu rasen und nach ein paar Zeilen beginnt sie zu lächeln und den Kopf zu schütteln. »Das gibt's doch gar nicht!«, murmelt sie vor sich hin. Sie sieht auf das Datum, wann der Brief geschrieben wurde, und dann auf den Poststempel auf dem Kuvert. »Es kann nicht sein, er kann meinen Brief noch nicht gehabt haben! Das gibt's einfach nicht!«, brummelt sie und geht zu ihrer Mutter in die Stube. »Mama, das gibt's jetzt aber wirklich nimmer! Was hab ich dir übers Lernen und die Schul' g'sagt? Dass ich alles für ihn lern', damit er auf mich stolz sein kann, wenn ich gute Noten schreib'! Das hab ich dir doch g'sagt?«

»Ja freilich, weil ich hab mich noch g'freut, dass du einen guten Grund zum Lernen g'funden hast!«, antwortet die Mutter, etwas erstaunt über die Fragerei der Tochter.

»Genau, und was glaubst du, schreibt er? Genau das Gleiche! Damit er nicht zu sehr von mir abgelenkt wird, lernt er gleich mit mir, schreibt er. Er erklärt mir seine Aufgaben und so lernt er sie und er meint, so kann er die ganze Zeit an mich denken und trotzdem nicht abgelenkt sein. Gut, ein bisschen andere Worte hab ich schon gebraucht, aber vom Inhalt her exakt die gleiche Idee hab ich ihm g'schrieben. Aber er kann meinen Brief noch nicht g'habt haben. Er hat den nämlich auch schon am Montag g'schrieben. Auch der Poststempel ist vom Montag und da ist meiner ja erst weggegangen. Aber das wär ja Gedankenübertragung!«

»Habt's vielleicht einmal darüber geredet g'habt, dass ihr das so machen wollt?«, gibt ihre Mutter zu bedenken.

»Nein, ganz sicher nicht! Wir hatten lediglich darüber gesprochen, dass jeder gut lernen soll, damit keiner sitzen bleibt oder durch die Prüfungen fällt und damit Zeit verlieren würde. Aber sonst nichts!«

»Viel bleibt aber dann nicht mehr übrig. Anscheinend versteht ihr euch so gut, dass Entfernungen und Grenzen für euch keine Rolle spielen. Offensichtlich hat jeder von euch so viel vom anderen in sich, dass ihr einfach die gleichen Gedanken habt's!« Sie hatte es ursprünglich spaßig sagen wollen, doch mit jedem Wort, das aus ihr herauskam, ist sie nachdenklicher und stiller geworden.

»Genau, Mama, das ist es! Er hat doch g'schrieben, dass er einen Teil von sich da'lassen hat, damit er wieder einen Grund zum Kommen hat, und dieser Teil steckt mittlerweile in mir drinnen! Wahnsinn, darum denk ich auch plötzlich ganz anders als noch vor vierzehn Tagen!« Nachdenklich nimmt sie den Brief und geht wieder in ihr Zimmer: »Ich muss ja noch weiterlesen und dann auch noch einen Antwortbrief schreiben!«, erklärt sie ihrer Mutter.

Aufgeregt legt sie sich wieder auf ihr Bett und liest ganz langsam, Wort für Wort, weiter. Es dauert nicht lange, bis die Augen wieder feucht werden und sie voller Liebe das Porträtfoto von Wolfgang nimmt, auf dem er von vorne aufgenommen ist und somit direkt aus dem Bild herausschaut. Sie sieht es mit verweinten, aber glücklichen Augen an und drückt es ganz fest an ihre Brust. Als sie sich wieder gefasst hat, holt sie ihr neu erworbenes Briefpapier aus der Schublade und setzt sich an den Schreibtisch. Sie hat jetzt mehrere Fotos um sich herum aufgestellt und betrachtet sie abwechselnd. Dabei hat sie so viele Gedanken, bloß keine, die sie in den Brief schreiben könnte. Er soll aber morgen Vormittag zur Post!

Sie geht wieder zu ihrer Mutter hinaus in die Stube. Die Tür zum Gang steht offen und die Mutter unterhält sich gerade mit einigen Schülerinnen, die vom Skifahren zurückgekommen sind. Da fällt ihr ein, dass ja heute die Frau Gruber nicht kommen kann und deshalb sie in der Küche beim Abendessen helfen soll.

Es ist auch schon gleich so weit, dass sie anfangen müssen, deshalb steckt sie den Brief, den sie mit herausgenommen hat, in ihre Gesäßtasche und geht an ihrer Mutter vorbei in die Küche. Die Mutter kommt unmittelbar danach herein und meint: »Ich hab schon gedacht, dass du's vielleicht vergessen hättest. Aber keine Angst, heute gibt's bloß Käse und verschiedene Aufstriche, das geht schnell! Hast du den Brief schon fertig gelesen, was schreibt er denn noch so alles?«, möchte sie interessiert wissen.

»Einen ganz lieben Gruß soll ich dir von ihm ausrichten, weil du auch so lieb zu ihm gewesen bist«, antwortet sie. »Ansonsten lauter nette Sachen, bei denen ich immer weinen muss.«

»Aber das mit dem Gruß hast dir jetzt selber ausgedacht, komm, gib's zu!«, lacht ihre Mutter.

»Nein, schau her, da kannst du's selber lesen!« Sie hält ihr den Brief hin: »Hier, bitte!«

»Gut, ich glaub dir auch so, deine Post geht mich doch nichts an, ich weiß nicht, ob's dem Wolfgang recht wär', wenn ich seinen Brief lesen tät. Ich freu mich mit dir, dass er dir was Nettes schreibt, an dem du dich freuen kannst. Das reicht mir schon!«, stellt ihre Mutter klar und widmet sich wieder der Arbeit.

Nach dem Abendessen geht Zita in ihr Zimmer und setzt sich wieder an ihren Schreibtisch. Zunächst sortiert sie die Fotos aus, die sie Wolfgang schicken will. Während sie jetzt die Bilder wieder alleine und in Ruhe anschauen kann, wird ihr ganz warm ums Herz und sie betrachtet jedes einzelne Foto ganz intensiv und drückt sie anschließend alle an ihr Herz. Dann beginnt sie endlich mit dem Brief.

Mein liebster Wolfgang,

heute habe ich endlich die Fotos zugeschickt bekommen. Sie sind wunderschön geworden und ich schicke Dir schon mal ein paar kleine Bilder mit. Vergrößerungen bekommst Du von den Bildern, die ich auf der Rückseite gekennzeichnet habe, vielleicht schon mit dem nächsten Brief. Solltest Du auch noch weitere Wünsche haben, schreib es mir einfach. Ich bin so glücklich darüber, dass ich ein Foto von Dir schon fast ruiniert habe, weil beim Küssen auch noch ein paar Tränen daraufgefallen sind! Uschi und Mama sind auch begeistert. Mama will sogar das Bild Nr. 7 (siehe Bildrückseite!), auf dem wir beide so verliebt dastehen, für sich selber vergrößern lassen und in einen eigenen Bilderrahmen stecken, sodass sie uns immer sehen kann, hat sie gesagt! Gleich morgen früh fahren wir zu dem Fotogeschäft, um die Vergrößerungen zu bestellen, und Mama hat mir auch versprochen, dass ich mir zwei schöne Bilderrahmen aussuchen darf. Einer steht dann auf meinem Nachttisch und den anderen häng' ich an die Wand gleich neben Deinen ersten Brief. Egal auf welcher Seite ich dann im Bett liege, kann ich immer ein Bild von Dir sehen!

Du hast mir ja schon wieder einen Brief geschrieben! Er ist auch heute angekommen und ich war ganz fertig, als ich das mit dem Lernen gelesen habe. Ich konnte es gar nicht glauben, dass Du auf dieselbe Idee gekommen bist wie ich. Erst hat meine Mama gemeint, dass wir uns vielleicht einmal darüber unterhalten haben. Als ich das aber bestritt, meinte sie nur, dass wir eben bereits so eng verbunden sind, dass wir die gleichen Gedanken haben! Ist doch toll, oder?

Ich habe mich natürlich sehr über die unerwartete Post gefreut, vielen Dank dafür. Du kannst immer so wunderbar schreiben, deshalb wirst Du sicher von meinen Briefen enttäuscht sein. Aber glaube mir, auch wenn ich es nicht so schön ausdrücken kann, ich meine es immer ganz tief und ganz fest! Ganz bewusst stecke ich immer meine ganzen Gefühle mit hinein, in der Hoffnung, Du spürst sie dann beim Lesen. Danke für Deine lieben Worte, bei denen ich allerdings immer weinen muss, aber ich spüre dabei auch die Wärme und Liebe, mit der Du sie schreibst.

Heute ist die erste Schulwoche nach Deiner Abreise zu Ende gegangen und jetzt liegt das erste Wochenende ohne Dich vor mir. Zum Glück habe ich meine Mutter, der ich fleißig helfen kann, sodass die Zeit schneller vergeht. Zudem habe ich vor, einiges zu lernen und für nächste Woche schon vorzuarbeiten, weil mir das Lernen plötzlich sehr viel Spaß macht. Es scheint Dir ja auch so zu gehen! Unglaublich, oder?

Liebster Wolfgang, Du fehlst mir ja so, obwohl ich jetzt mit den Fotos wenigstens einen kleinen Ersatz habe, aber trotzdem bin ich einsam ohne Dich, sodass eben mein Kopfkissen immer an Deiner Stelle herhalten muss. Nicht lachen, das ist ganz ernst gemeint! Ich brauche eben immer etwas, an dem ich mich festhalten und das ich drücken kann. Abends, wenn ich in meinem Bett liege und an Dich denke, habe ich das Gefühl, dass Du ebenfalls gerade an mich denkst. Dann unterhalte ich mich einfach so mit Dir, als wenn Du da wärst. Das ist so schön und meist schlafe ich dann dabei ein. Bisher habe ich jede Nacht von Dir geträumt und bin jeden Morgen glücklich aufgewacht. Du kannst Dir nicht vorstellen, wie oft und fest ich Dich schon geküsst habe und wie vertraut ich schon mit Dir bin! Ich liebe Dich einfach mit allem, was ich habe, und hoffe, dass dies noch lange nicht alles ist, was ich aufbieten kann.

Meine Mutter hat sich über Deinen Gruß übrigens sehr gefreut und wollte es erst gar nicht glauben. Von ihr soll ich den Lausbub natürlich auch zurückgrüßen!
Ich hoffe, dass Dir die Bilder gefallen und Du viel Freude daran hast. Vielleicht findet sich bei Dir ja auch ein Ehrenplatz für ein Bild, auf dem ich die Hauptrolle spiele! Es würde mich jedenfalls sehr freuen. Denk bitte stets daran, dass ich immer auf Dich warten werde, egal wie lange es dauern wird, bis wir uns wiedersehen! Ich liebe Dich so sehr, dass ich gar nicht anders könnte, und ich bin immer bei Dir!

In unendlicher Liebe
Deine Zita

Darunter wieder ein unsichtbarer Kuss und sehr viel Gefühl.

Sie packt die ausgesuchten Fotos und den Brief in ein Kuvert und klebt ihn zu. Das Porto will sie morgen auf der Poststelle erfragen. Glücklich geht sie wieder in die Stube hinaus zu ihrer Mutter, um die so geliebte Abendteezeremonie mit ihr zu verbringen. Zu erzählen hat sie ja auch noch einiges.

Für Wolfgang beginnt der Mittwoch mit schlechtem Wetter. Es regnet so stark, dass er nicht mit dem Rad zur Schule fahren kann. Mit dem Bus will er auch nicht fahren, weil der heute bestimmt brechend voll ist. So nimmt er einen großen Regenschirm und geht zu Fuß. Für heute ist gleich in der ersten Stunde die letzte Schulaufgabe vor dem Zwischenzeugnis angesagt. Er freut sich schon darauf, denn er hat sich so gut darauf vorbereitet wie noch nie zuvor.

Auf dem Weg zur Schule denkt er daran, dass Zita seinen Brief jetzt bald bekommen müsste, und er freut sich jetzt noch mal darüber, dass er ihn geschrieben hat. Die Fotos dürften wohl auch fertig sein, überlegt er. Vielleicht kommen ja welche nächste Woche. Schade, dass immer alles so lange dauert! Als er an einem Getränkemarkt vorbeikommt, sieht er ein Schild an der Eingangstür hängen, auf dem eine Aushilfe für ein paar Stunden in der Woche zum Kistensortieren gesucht wird. ›Das wär's‹, denkt er und will auf dem Heimweg gleich anfragen. Voller Hoffnung auf einen kleinen Nebenverdienst geht er weiter.

Dank seiner guten Vorbereitung gibt es mit der Schulaufgabe überhaupt keine Probleme. Er hat sogar Zeit dafür, besonders schön zu schreiben, was sonst nicht so seine Stärke ist. In der Pause unterhält er sich mit Peter über die Möglichkeit im Getränkeladen. Der freut sich für Wolfgang und wünscht ihm viel Glück, dass es funktioniert. Für ihn kommt aber momentan kein Job in Betracht, denn er hat Probleme mit dem Lehrstoff und muss noch einiges nacharbeiten. Die Frage, ob er denn von Zita schon etwas gehört habe, verneint Wolfgang mit dem Hinweis, dass ja die Brieflaufzeiten einfach so lange seien und er vor dem Wochenende kaum mit Post rechne. »Aber wenn das mit dem Job hinhauen würde, könnte ich öfters mal anrufen! Vielleicht kann ich ja schon am Freitag oder Samstag anfangen. Ich bin schon ganz kribbelig! Hoffentlich schnappt ihn mir niemand weg!«

Er kann die letzte Stunde kaum erwarten und hat seinen Schulranzen schon gepackt, ehe der Schlussgong ertönt. Zwar hat der Regen etwas nachgelassen, aber den Schirm, der ihn beim Laufen behindert, braucht er doch noch. So hetzt er eben mit schnellen Schritten den Weg entlang und übersieht dabei eine größere Wasserlache, in die er voll hinein steigt. Sofort läuft ihm das Wasser in die Schuhe, und Socken und Füße sind patschnass. Mit vom Wasser quietschenden Schuhen kommt er schwer atmend am Getränkemarkt an. Vor der Tür bleibt er kurz stehen und atmet kräftig durch. Der Zettel hängt immer noch da!

Eine ältere Frau sitzt an einer Kasse links neben dem Eingang. Ansonsten ist alles mit Getränkekisten voll gestellt. Eine Frau schiebt einen Einkaufswagen, auf dem sich zwei Getränkekisten befinden, gerade Richtung Kasse. Wolfgang stellt sich hinter der Frau an und wartet, bis diese bezahlt und den Einkaufswagen weggeschoben hat.

»Grüß Gott«, sagt Wolfgang zu der Frau an der Kasse, »Wolfgang Fellner heiße ich und bin wegen des Aushilfsjobs hier, den Sie auf dem Zettel dort anbieten. Ist der noch zu haben?«

»Allerdings, den will keiner, denn das ist ganz schön harte Arbeit. Aber für so einen jungen Mann wär' er sicherlich machbar«, antwortet sie erfreut, während sie ihn mustert. »Es wären halt zweimal die Woche, immer dienstagnachmittags und am Samstagvormittag, so drei bis vier Stunden zu machen. Dienstags, wenn die neuen Lieferungen gekommen sind, müssten die Kisten wieder einsortiert werden. Dafür haben wir so einen Hubwagen, mit denen man ganze Paletten transportieren kann. Samstags müssten dann in erster Linie die ganzen Leergutkisten zum Abholen sortiert und auf Paletten gerichtet werden und was halt sonst immer noch so anfällt. Ich wäre sehr froh, wenn du das machen könntest, weil mein Mann, der das bisher macht, krank ist und ihm die Kisten zu schwer werden.

Wie sieht es aus, immer noch Interesse?«

»Ja freilich, dann könnt' ich also am Samstag schon anfangen? Wie sieht es denn mit dem Lohn aus?«, fragt Wolfgang, obwohl es ihm fast peinlich ist, weil er nicht als geldgierig dastehen möchte.

»Nun ja, du könntest mit sieben Mark fünfzig in der Stunde anfangen und wenn ich zufrieden bin, würde ich dir noch weitere fünfzig Pfennige drauflegen. Aber mehr ist nicht drin! Im Monat wären das dann immerhin zwischen einhundertfünfzig und zweihundert Mark. Was hältst du davon? Noch eins, weil dich deine Eltern sicher danach fragen werden: Natürlich bist du hier versichert und richtig angemeldet. Das ist wichtig, aber ihr jungen Leute denkt da oft nicht daran. Das heißt aber auch, dass ich dir von dem Lohn etwas an Steuern und Abgaben abziehen muss. Du kannst dich aber beim Finanzamt davon befreien lassen. Da würde ich dir dann schon helfen!«

Wolfgang ist begeistert und möchte am liebsten gleich einen Vertrag unterschreiben, aber die Frau, die sich jetzt als Frau Schuster vorstellt, besteht darauf, dass entweder sein Vater oder seine Mutter vorbeikommen, um den Vertrag zu bestätigen. Sie wolle auf keinen Fall mit irgendjemandem Ärger haben! Wolfgang verabschiedet sich und hofft, dass seine Eltern zustimmen. Einhundertfünfzig Mark im Monat, geistert es in seinem Kopf herum, das wäre wirklich super!

Euphorisch unterbreitet er seinen Plan zuhause seiner Mutter, die zunächst ein wenig skeptisch dreinblickt. »Du weißt schon, dass die Prüfungen anstehen und wichtiger sind!«, weist sie ihn auf etwas hin, das ihm selbst auch schon durch den Kopf gegangen ist. »Das schaff' ich schon!«, ist er zuversichtlich, »ich hab so auch noch genug Zeit zum Lernen.«

Am Abend wollen sie dann noch den Vater um seine Meinung fragen, sind aber eigentlich davon überzeugt, dass er nichts dagegen haben wird.

Nach dem Mittagessen geht Wolfgang in sein Zimmer, um die Hausaufgaben zu erledigen und sich auf den morgigen Tag vorzubereiten. In letzter Zeit macht ihm dieses Erarbeiten eines kleinen Vorsprungs richtig Spaß, weil er dann im Unterricht wieder glänzen kann.

Endlich kommt der Vater von der Arbeit nach Hause und Wolfgang erzählt ihm gleich von seinem Vorhaben. »Ja, wenn du der Meinung bist, dass deine schulischen Leistungen nicht darunter leiden, hab ich nichts dagegen. Im Gegenteil, ich find's ganz gut, wenn du das Arbeitsleben rechtzeitig ein wenig kennen lernst!«

Wolfgang freut sich, bedankt sich und verspricht, in der Schule nicht nachzulassen. Seine Mutter wird gleich Morgennachmittag mit Wolfgang zum Getränkemarkt gehen und alles klar machen!

Er legt sich nach dem Abendessen in sein Bett und spricht seine Erlebnisse des Tages mit Zita durch. Jetzt, wo er wieder allein und ohne Ablenkung an sie denken kann, merkt er erst, wie sehr sie ihm doch fehlt. Er will versuchen, am Wochenende mal anzurufen!

Am nächsten Tag geht Wolfgang gleich nach dem Mittagessen zusammen mit seiner Mutter zum Getränkemarkt, um mit Frau Schuster den Arbeitsvertrag abzuschließen. Die beiden Frauen sind sich sofort sympathisch, und so gibt es keinerlei Probleme. Am Samstag um neun Uhr soll Wolfgang da sein und möglichst Arbeitskleidung tragen. Sie verabschieden sich von Frau Schuster und gehen Richtung Dom, um dort in einem Geschäft für Berufskleidung einen sogenannten »Blaumann« für Wolfgang zu erwerben, der in nächster Zeit seine Arbeitskleidung sein wird.

Zuhause probiert Wolfgang das gute Stück gleich an, und obwohl der Anzug ausreichend groß ausgefallen ist, fühlt er sich wohl darin und ist so stolz darauf, dass er am liebsten gleich zu arbeiten beginnen würde. Seine Mutter freut sich über den neuen Elan, den ihr Sohn seit der Skifreizeit an den Tag legt. Gerne würde sie das Mädchen, das wohl für diesen Schwung verantwortlich ist, kennen lernen.

Wolfgang ist schon wieder am Lernen in seinem Zimmer. Leise hört er dabei seine Lieblingsmusik und erklärt Zita in Gedanken hartnäckig eine ziemlich komplizierte Physikaufgabe. Es ist so schön, ständig mit ihr in Kontakt zu sein und nebenbei die schwierigsten Aufgaben zu knacken! Diese Art des Lernens will er unbedingt beibehalten, auch wenn er dann ab Herbst eine Lehrstelle hat.

»Du, Mama, hast du das aktuelle Wochenblatt noch, ich möchte Anzeigen nachschauen für eine Lehrstelle.« Das Blatt findet sich in dem Stapel Zeitungen unter dem Wohnzimmertisch. Sorgfältig durchsucht er jede einzelne Seite nach Firmeninseraten, denn bisher hat er keine Ahnung, welche Firmen mit welchen Berufszweigen es in seiner Heimatstadt überhaupt gibt. »Was meinst, Mama, was könnt ich denn für einen Beruf lernen, ohne dass ich irgendwo in einem Büro sitzen muss? Ich tät halt gerne etwas lernen, bei dem man am Abend sieht, was man gemacht hat. Andererseits möchte ich aber auch nicht bei Wind und Wetter im Freien arbeiten müssen! Was gibt' denn da so alles?«

»Na, da frägst du gerade die Richtige!«, antwortet sie lachend, »ich habe doch davon auch kaum eine Ahnung. Aber wenn ich so überleg', ein wenig kann ich dir vielleicht doch helfen. Automechaniker ist derzeit gefragt, da sind auch ein paar Anzeigen in dem Heft'l. Dann gleich vorne an der Ecke ist der Spengler Sander, die machen viele Blecharbeiten, Dachrinnen und ich glaube auch Wasserleitungen oder so. Direkt in eine Fabrik wirst aber wahrscheinlich auch nicht wollen, weil da wären schon einige Maschinenbau- und Schlossereibetriebe da. Aber was dort genau gemacht wird, da habe ich wirklich keinen Schimmer. Eine Möglichkeit wären auch die Stadtwerke. Die sind für die Wasser- und Stromversorgung zuständig und da gibt es bestimmt verschiedenste Berufszweige. Im Hafen gäb's sicher auch eine Menge von Angeboten. Musst halt einfach ein wenig rumschauen.«

»Damit bin ich gerade beschäftigt«, meint er leise und sucht weiter. »Auf der Post, da gibt es doch ein Telefonbuch für Firmen. Da muss ich auch vorbeischauen!« Interessante Inserate schneidet er aus, legt sie auf einen kleinen Stapel vor sich hin und sortiert sie so, wie er vermutet, dass sie in etwa aus der gleichen Branche stammen. Danach schaut er, welche Betriebe in der Nähe liegen, und legt diese obenauf. Bis zum Abendessen ist noch Zeit. Er setzt sich auf sein Fahrrad, um ein paar der in der Nähe liegende Betriebe kurz von außen zu besichtigen. Anschließend will er dann noch am Postamt vorbeischauen, um weitere Adressen zu bekommen. Unterwegs fällt ihm auch noch das Arbeitsamt als Auskunftsstelle ein. Das Nächstliegende natürlich zum Schluss! Da will er gleich morgen persönlich vorbeischauen und sich generell erkundigen, wie es dort mit Beratung und so läuft.

Der Spengler Sandler an der Ecke macht auf ihn von außen keinen besonders guten Eindruck. Bleche, Rohre und rostiges Metall liegen schon in der Einfahrt zur Werkstatt ziemlich unaufgeräumt herum. Ein verbeulter und angerosteter Lieferwagen mit der Aufschrift der Spenglerei steht auf dem Gehsteig. Diesen Zeitungsausschnitt zerknüllt er gleich und wirft ihn einfach weg. Ähnlich ergeht es ihm mit der Autowerkstatt, als er er einen Blick in die geöffnete Halle werfen kann. Zwei ölverschmierte Mechaniker hantieren an einer alten Rostlaube herum. Auch dieser Zettel verschwindet. Bei einer kleinen Maschinenfabrik in der Nähe hält er an. Ein Speditions-Lkw steht vor dem großen Werkstatttor und mehrere Männer laden sorgfältig verpackte Teile ab. Er lehnt sein Fahrrad an ein Verkehrszeichen und geht zuschauend Richtung Werkstatttor. Einer der Männer wird auf ihn aufmerksam und fragt ihn, ob er helfen könne, worauf Wolfgang gleich mit der Tür ins Haus fällt und ihm erklärt, dass er wegen Informationen für eine Lehrstelle hier sei.

»Hey, Chef«, ruft der Mann in die Werkstatt hinein, »ein neuer Stift wär da, kannst du mal kommen?« Dann wendet er sich wieder Wolfgang zu und meint: »Der Chef ist schon unterwegs.«

Kurz darauf kommt ein Mann mit einem sauberen grauen Arbeitsmantel aus der Werkstatt und stellt sich als Herr Meier, Chef dieser Firma, vor. »Du interessiert dich für unseren Betrieb?«, fragt er Wolfgang. Als dieser bejaht, führt er ihn von dem Lkw weg und durch eine Nebentür in ein Büro. »Was möchtest du denn genau wissen?«, bohrt der Chef nach.

»Ja, was hier so alles gemacht wird und ob Sie Lehrlinge suchen. Ich bin nämlich auf der Suche nach einer Lehrstelle, weiß aber nicht so recht, was sich hinter den Berufsbeschreibungen versteckt.«

»Aha, und deshalb bist du gleich selbst unterwegs, um dir ein persönliches Bild zu machen? Respekt, muss ich sagen, das machen die allerwenigsten.« Dann erzählt er ihm, dass sie hier Maschinen zusammenbauen, reparieren und ganz neue Maschinen planen, konstruieren und fertigstellen. Dazu haben sie Maschinenbauer, Fräser, Dreher, Schweißer, Spezial-Schleifer und natürlich auch Ingenieure angestellt. Insgesamt sind es sechsunddreißig Mann, ohne den Chef. Eine kleine Führung durch die Werkstatt folgt, und Wolfgang staunt über die große Anzahl von Maschinen und deren Größe. Herr Meier würde gerne noch die einzelnen Maschinen näher erklären, denn er sieht das Feuer in den Augen des Buben, aber leider ist gleich Feierabend und er muss noch die Lieferung überprüfen und dem Fahrer quittieren. Da kann er Wolfgang schlecht brauchen, deshalb verspricht er ihm, dass er jederzeit kommen kann, um sich näher zu informieren. Herr Meier würde sich sogar ganz besonders freuen, wenn Wolfgang noch einmal vorbeikommen würde.

Inzwischen ist es aber schon spät geworden und Wolfgang fährt direkt nach Hause. Dort wartet sein Vater auf ihn, der ihn gleich lobt und nachfragt: »Na, hast schon Glück gehabt und was Passendes gefunden? Du legst ja ein ganz schönes Tempo hin, das gefällt mir!«

»Also, die Autowerkstatt an der Hauptstraße vorne und die Spenglerei Sander hab ich abgehakt. Dort hat's mir von außen schon gereicht. Aber die Maschinenfabrik *Meier und Sohn* macht einen guten Eindruck. Ich hab mich schon mit dem Chef unterhalten. Leider hatte der Herr Meier dann keine Zeit mehr, weil schon Feierabend war, er hat mich aber eingeladen, jederzeit wiederzukommen. Ein sehr sympathischer Typ«, erklärt Wolfgang fast schon fachmännisch.

»Respekt, Wolfgang, das hätt' ich dir so nicht zugetraut! Dein Urteil ist hervorragend, ich kenne die Firma. Der Vater hat damals nach dem Krieg ganz klein angefangen und als er wusste, dass sein Sohn die Firma einmal weiterführen würde, hat er so richtig expandiert. Heute hat die Firma Weltruf und produziert sehr viel für das Ausland. Da wärst bestimmt gut aufgehoben!«

»Morgen schau ich aber auch noch beim Arbeitsamt vorbei und hol mir dort noch Informationen. Auf jeden Fall will ich am Wochenende schon mal eine Bewerbung entwerfen, damit ich rechtzeitig ein Muster hab.«

Am nächsten Morgen vor der Schule erzählt er Peter von seinem Arbeitsvertrag und auch von seiner Lehrstellensuche.

»Heute geh ich mal zum Arbeitsamt und versuche dort weitere Info zu bekommen, könntest eigentlich mitgehen, was meinst?«

»Vor hab ich nichts«, meint der, »aber da wollte doch sowieso noch ein Berufsberater in die Schule kommen. Wollen wir nicht lieber den abwarten?«

»Aber das wird ja März oder April, bis der kommt, und da sind die besten Plätze bestimmt schon weg. Komm doch mit!«, fordert Wolfgang seinen Freund auf.

»Gut, ich geh mit, wahrscheinlich hast du recht, und so mancher andere ist wahrscheinlich auch schon unterwegs, ohne etwas weiterzusagen! Anhören können wir es uns ja allemal und dann sehen wir schon!« Plötzlich ist Peter auch ganz angetan von der Idee. Sie beschließen, sich um halb drei vor dem Arbeitsamt, gegenüber dem Katholischen Friedhof, zu treffen.

Wolfgang hat heute wieder ein Lob von einem Lehrer bekommen, dem aufgefallen ist, dass er seit Kurzem mit großem Engagement am Unterricht teilnimmt. Natürlich freut er sich darüber und nimmt es als Ansporn, so weiterzumachen. Wieder etwas, das er stolz seiner Freundin berichten kann!

Als Peter vor dem Arbeitsamt ankommt, wartet Wolfgang schon auf ihn. Gespannt, was sie da drinnen erwarten wird, gehen sie durch die große Glastür und kommen an einen Informationsschalter. Auf die Frage, zu wem sie denn wollten, haben die beiden erst keine Antwort.

»Wir wollten uns bloß wegen Lehrstellen informieren, wir wissen nicht, wer da zuständig ist«, erklärt Wolfgang der Dame hinter dem Tresen. Nein, einen Termin hätten sie auch nicht.

»Gut, dann setzt euch einstweilen dort auf die Stühle, ich schau mal, wer Zeit hat. Moment bitte.« Damit nimmt sie das Telefon und wählt eine Nummer. Während des Telefonats gestikuliert sie mit ihren Händen und nickt immer wieder mit dem Kopf. Die beiden grinsen dabei recht hämisch. Kaum dass die Dame den Hörer wieder aufgelegt hat, kommt ein Herr im Anzug aus einer Tür und geht direkt auf sie zu.

»Seid ihr die beiden, die Lehrstellen suchen? Na, dann kommt mal mit.«

Er führt sie in das Zimmer, aus dem er gekommen war, und bietet ihnen zwei Stühle an. Er stellt sich als Herr Erhardt vor, der Berufsanfänger berät und auch in ihre Schule kommen wird. Aber wenn sie denn schon da sind, kann man ja gleich hier tätig werden, meint er. Erst erkundigt er sich nach ihren Wünschen und Vorstellungen, erklärt ihnen dann recht ausführlich, welche Berufe da so in Frage kämen, und überreicht ihnen eine Liste mit Adressen, wo solche Lehrlinge gesucht werden. Außerdem gibt er noch ein paar Tipps für das Verhalten bei einer Vorstellung. »Ganz natürlich bleiben, nichts vortäuschen wollen, was nicht vorhanden ist. Ehrlich antworten und freundlich sein!« Das seien die grundlegenden Verhaltensweisen. Sie bekommen auch noch Info-Material speziell für ihre Berufsgruppen und auch Material über Berufswahl im Allgemeinen ausgehändigt. Dann verlassen sie nach etwa anderthalb Stunden, vollgepackt mit Wissen und Unterlagen, das Arbeitsamt wieder. Wolfgang hat eine recht lange Liste von Firmen bekommen, die alle auf der Suche nach Lehrlingen sind. Das Schönste daran ist, dass die meisten davon sogar mit dem Fahrrad zu erreichen sind, was ja für ihn auch ein wichtiges Kriterium ist.

Ihre Unterlagen packen sie auf den Gepäckträger und radeln zurück in die Altstadt, wo sie sich noch eine Cola in einem kleinen Café gönnen.

»Das war eigentlich super, jetzt haben wir zumindest mal eine grobe Vorstellung von verschiedenen Berufen. Wir müssen sie uns nur noch vor Ort anschauen und uns dann entscheiden. Ganz schön schwierig, die Sache!«, meint Wolfgang zu ihrem Abenteuer Arbeitsamt.

»Ich muss das jetzt erst mal verarbeiten, schließlich habe ich mich bisher überhaupt noch nicht mit der Jobsuche beschäftigt. Ist wirklich ganz schön kompliziert!«, grantelt dagegen Peter genervt.

Auch Wolfgang will heute noch die Unterlagen näher durchsehen, und vor allem interessieren ihn die Firmen, die für eine Bewerbung für ihn in Frage kommen. Sein Vater wird ihm dabei sicher auch den ein oder anderen Tipp geben können. Hoffnungsvoll macht er sich auf den Heimweg.

»Du, Wolfgang, du hast ja deine Post noch gar nicht angesehen«, ruft ihm seine Mutter zu, als er gleich wieder in seinem Zimmer verschwinden will. »Schau, da ist ein Brief für dich gekommen!« Sie nimmt den Brief vom Küchenbuffet, als Wolfgang schon neben ihr steht.

»War der etwa Mittag auch schon da?«, will er wissen, obwohl er genau weiß, dass die Post immer bereits gegen zehn Uhr kommt. »Danke«, kann er gerade noch sagen, als er den Brief aus der Hand der Mutter nimmt und in seinem Zimmer verschwindet, ohne eine Antwort auf seine Frage abzuwarten.

Mit starkem Herzklopfen nimmt er den Brieföffner von seinem Schreibtisch, schlitzt den Brief vorsichtig auf, und setzt sich auf sein Bett. Schon auf dem Kuvert fällt ihm die schöne, leicht rundlich geformte Schrift von Zita auf. Er holt den Brief heraus und beginnt zu lesen. Dabei denkt er an die schmerzliche Abschiedsszene und sieht Zita, wie sie zum Auto läuft und noch kurz zurückwinkt. Es tut ihm weh und er kann Zita gut verstehen, dass sie dabei hat weinen müssen. ›Die liebe Uschi‹, denkt er, ›die hat die ganze Sache wieder retten müssen!‹ Aber was Zita da von der Schule schreibt, liest sich fast so wie sein eigener Brief. Kann das sein, dass das Mädchen die gleichen Gedanken hatte wie er? Ganz ergriffen liest er weiter und plötzlich merkt er, dass ja auch er den Brief zunächst gar nicht bemerkt hatte, genau wie Zita! Er ist ganz verwirrt und stellt sich vor, dass so etwas ganz bestimmt kein Zufall sein kann. Es muss tatsächlich die enge geistige Verbundenheit mit eine Rolle spielen, auch wenn er es sich nicht erklären kann. Ganz stolz, und fast ein wenig verlegen, liest er das Lob über seinen Schreibstil und die Worte, die er gefunden hatte. Schmunzelnd sieht er Zita vor sich, wie sie seinen Brief küsst und an die Wand neben ihrem Kopfkissen hängt.

Unterhalb des Grußes ist das Papier ganz leicht gewellt, als wäre es nass gewesen. Als er die Stelle näher betrachtet, kommt er um ein glückliches Lächeln nicht herum. ›Das Mädel‹, denkt er, ›hat doch tatsächlich einen Kuss mitgeliefert!‹

Unscheinbar und leicht verschämt versteckt, ist er aber, etwas schräg gehalten, im Licht gut zu erkennen. Da wartet sie bestimmt auf Antwort, ob ich ihn gefunden hab! In der rechten unteren Ecke ist noch ein kleines Herz gezeichnet, bei genauem Hinsehen sind es sogar zwei ineinander verhakte Herzen. An solche lieben Kleinigkeiten hatte Wolfgang bei seinen Briefen nicht gedacht! ›Ist eben ein Mädchen‹, denkt er und lächelt verliebt.

Erst als er beim Abendessen von der Mutter neugierig gefragt wird, ob sie denn ein klein wenig aus dem Brief erfahren dürfte, fällt ihm auch noch die Geschichte mit Uschi und der Frau Hofer ein. Daraufhin berichtet er die ganze Geschichte, angefangen, wie er und Zita vorstellig geworden waren und wie die beiden Mädchen gleich weitergemacht haben.

»Scheinen ja zwei tüchtige Mädchen zu sein, dass sie schon anderthalb Jahre vor dem Schulabschluss eine Lehrstelle haben«, meint die Mutter. »Was macht denn die Zita sonst, außer zur Schule zu gehen?«, bohrt sie neugierig weiter.

Wolfgang tut ihr den Gefallen und erzählt recht ausführlich, was er in der Woche alles erlebt hat. »Dass man euch junge Menschen zum Küchendienst herangezogen hat, das gefällt mir«, mischt sich jetzt auch der Vater in die Unterhaltung ein. »Man sieht ja, dass so manche jungen Leute überhaupt keine Ahnung von der Arbeit haben und dann gleich Blasen vom Kartoffelschälen bekommen!«, lacht er jetzt und schüttelt dabei verwundert den Kopf.

Dann berichtet Wolfgang noch kurz von seinem Besuch beim Arbeitsamt und möchte sich mit seinem Vater morgen Nachmittag noch näher darüber unterhalten. Heute muss er aber noch Hausaufgaben machen und möchte auch noch ein wenig lernen. Schließlich war er den ganzen Tag nur unterwegs, und morgen ist Samstag, und um neun Uhr beginnt sein erster Arbeitstag! Stolz denkt er daran und geht wieder in sein Zimmer.

Zunächst holt er noch einmal den Brief aus der Schreibtischschublade, um ihn ein weiteres Mal ganz langsam durchzulesen. Er spürt regelrecht das liebevolle Gefühl, das Zita in ihre Worte gelegt hat, und es wird ihm richtig wehmütig ums Herz. Zum Schluss drückt er auch noch einen Kuss auf Zitas Lippenabdruck und freut sich, dass sie an so etwas gedacht hat.

Der blaue Arbeitsanzug liegt frisch gewaschen neben Wolfgangs Frühstücksteller. Sein Vater klopft ihm auf die Schulter. »Blamier mich nicht«, sagt er und lacht dabei, »es ist bestimmt keine ganz leichte Arbeit und du wirst am Mittag ziemlich kaputt sein. Aber schaden tut's dir bestimmt nicht!«

»Ich werde mir Mühe geben«, lacht Wolfgang zurück und nimmt sich noch ein Wurstbrot als Brotzeit mit. Den Arbeitsanzug will er erst im Getränkemarkt anziehen, denn es ist für ihn noch ein ungewohntes Gefühl, sich öffentlich in Arbeitskleidung zu zeigen. Vermutlich würde ihn jeder angaffen und fragen, was und wo er denn arbeitet und wieso jetzt schon, wo doch noch Schule ist. So schnallt er den Anzug auf den Gepäckträger seines Fahrrads und fährt los. Schon zehn Minuten vor Arbeitsbeginn ist er vor Ort, und Frau Schuster lobt ihn gleich wegen seiner Pünktlichkeit. Er zieht seinen Anzug an und die Chefin stellt ihm ihren Mann vor, der bisher diese Arbeiten gemacht hat.

»Ich zeig dir, wie man den Hubwagen bedient und wo die einzelnen Kästen und Kisten hingestellt werden müssen, damit sie zum Abholen problemlos mit dem Stapler aufgeladen werden können. Komm mal mit«, kommandiert er Wolfgang nach hinten durch den Markt. Durch ein großes Metalltor geht es in einen eingezäunten Bereich im Freien. »Dieser Lagerplatz bietet eine Zufahrt von der Straße her, sodass die Getränketransporter zum Ab- und Aufladen hier rückwärts einfahren können«, erklärt ihm Herr Schuster. »Deshalb müssen die Kästen auf solche Paletten gestapelt werden. Immer fünf Kästen übereinander, nicht mehr, sonst passen sie nicht auf den Wagen. Die Öffnung der Paletten immer so nach vorne, damit der Stapler mit der Gabel hineinfahren kann.«

Dann erklärt er ihm noch die Funktion des Hubwagens, und Wolfgang ist begeistert, wie leicht plötzlich eine Palette mit Bierkästen sein kann.

»Der Außenbereich ist ausschließlich für Leergut vorgesehen«, erklärt Herr Schuster weiter. »Die Getränke befinden sich alle im Lagerraum innen und müssen in die einzelnen Selbstbedienbereiche gebracht werden, damit dort immer genügend Vorrat ist.« Sie gehen wieder in den Markt zurück und Wolfgang nimmt den Hubwagen mit herein, um mit dem Auffüllen der einzelnen Bereiche zu beginnen.

»Immer darauf achten, dass du nur die gleichen Sorten von den gleichen Herstellern auffüllst und nichts durcheinanderbringst. Die vollen Kästen stehen alle dahinten und sind aus Platzmangel nicht hundertprozentig sortiert, deshalb schon beim Aufladen aufpassen. Am besten gehen wir jetzt durch die Reihen und merken uns – oder hier ist ein Block und ein Stift, dann kannst du's auch aufschreiben

–, was fehlt und wie viele Kästen wir davon auffüllen wollen, dann kannst du immer eine ganze Fuhre auf einmal erledigen und brauchst nicht so oft hin und her laufen!«, rät ihm Herr Schuster noch. »Außerdem bin ich ja auch noch da, wenn du Fragen hast. Dann viel Spaß!« Damit geht Herr Schuster erst zu seiner Frau an die Kasse und verschwindet anschließend in eine Art Büro.

Wolfgang geht mit seinem Block durch die Reihen und schreibt sich die Lücken auf, belädt anschließend den Hubwagen und sortiert die Getränke ein. Nach drei anständigen Fuhren sind die Getränke verteilt und Wolfgang kümmert sich um das Leergut im Außenbereich.

»Übrigens, wenn du Durst hast, kannst du selbstverständlich etwas trinken, wäre doch noch schöner, wenn du im Getränkemarkt verdursten würdest!«, kommt Herr Schuster lachend zu ihm heraus. »Vorne, gleich neben der Bürotür stehen verschiedene Getränke, da kannst du dir gerne nehmen, was du brauchst. Ich seh schon, bist ein recht ein Fleißiger!«

Wolfgang holt sich eine Cola, sonst ein teures Getränk, das er sich nur selten gönnt und das umso besser schmeckt, wenn es nichts kostet. Sein Wurstbrot isst er nebenher zur Arbeit, während er draußen leere Getränkekästen auf Paletten sortiert und diese dann mit dem Hubwagen sauber in Reih und Glied aufstellt. Es ist schon kurz vor zwölf, als er noch mal eine Lückenrunde dreht und sich Notizen macht. Es sind schon wieder einige Lücken entstanden, die er unbedingt noch auffüllen will. Der Markt schließt erst um ein Uhr und die Zeit will er ausnutzen.

Herr Schuster geht durch die Reihen und versucht möglichst unauffällig zu kontrollieren, ob die Sortierungen stimmen, kann dabei aber keinen Fehler entdecken. Als er zu Wolfgang kommt, meint er: »Gut, wenn du aufgefüllt hast, wird das schon bis Dienstag reichen. Ich hätte da noch ein paar Weinflaschen, die in die Auslage vorne bei der Kasse gebracht werden müssten. Geht das bei dir zeitlich noch, weil es wird wohl bis halb zwei dauern?«

»Ich hab Zeit und fit bin ich auch noch, also her mit der Arbeit!«, antwortet Wolfgang voll Eifer. Die körperliche Anstrengung gefällt ihm, auch wenn er morgen sicher einen anständigen Muskelkater haben wird. »Ich komm dann vor, wenn ich fertig bin, in Ordnung?«

»Klar, mach nur erst fertig. Ich bin im Büro.« Damit verschwindet Herr Schuster wieder.

Nach dem Auffüllen bringt Wolfgang schnell noch das neue Leergut nach draußen und sortiert es auch gleich ein, bevor er zu Herrn Schuster ins Büro geht.

»Schau, Bub, wir haben hier zwanzig Kartons Wein zu je sechs Flaschen. Es sind vier verschiedene Sorten und die sollten gleich vorne bei der Kasse auf die neuen Regale verteilt werden, sodass die Leute sie sehen können. Ich dachte, dass du jeweils sechs Flaschen auspackst und vorne hinstellst und die geschlossenen Kartons der jeweiligen Sorte dahinterstapelst, dass man sie bei Bedarf öffnen kann.«

Wolfgang nimmt den Hubwagen, mittlerweile sein Lieblingsgerät, und legt erst mal die zwanzig Kartons auf den Wagen. Dabei hat er gleich nach Beschriftung sortiert und fährt sie zu den Regalen. Frau Schuster schließt gerade die Kasse ab und sperrt die Eingangstür zu.

»Das ist aber nett, dass du den Wein noch verstaust!«, sagt sie sichtlich erfreut, »wir schreiben vier Stunden bis ein Uhr auf, den Rest gibt's extra. Ist dir das recht?«

Wolfgang weiß zwar nicht so recht, aber er nickt und sagt: »Ich denk, das passt schon!« Dabei nimmt er bereits den ersten Karton und legt ihn in das Regal. Es ist hoch genug, um vier Kartons übereinanderzustapeln. Den fünften Karton packt er aus und stellt die sechs Flaschen sauber aufgereiht, das Etikett stets nach vorne gedreht, vor die Kartons. Aus zwei Schritt Entfernung begutachtet er sein Werk und ist durchaus zufrieden damit.

»Schön, sieht sauber aus«, lobt auch Herr Schuster, »und jetzt ist Schluss und du fährst heim zum Mittagessen, hast bestimmt schon Hunger! Hier ein kleines Extra, weil du gar so fleißig warst.« Dabei drückt er Wolfgang einen Zehnmarkschein in die Hand. »Hast mir viel geholfen heut'. Ein schönes Wochenende noch und einen Gruß an deine Eltern.«

Herr Schuster sperrt die Eingangstür auf und Wolfgang bedankt sich, zieht seine Jacke über und verabschiedet sich noch mit einem kurzen Gruß. Als er auf sein Fahrrad steigt, merkt er, dass er ja auch den Arbeitsanzug noch trägt, aber es stört ihn jetzt nicht mehr, sondern er ist regelrecht stolz auf ihn.

Beim verspäteten Mittagessen erzählt er von seiner Arbeit und der Sondergage, die er gleich bekommen hat. Sein Vater nickt anerkennend. »Scheinen richtig anständige Leute zu sein, die Schusters. Bin stolz auf dich!« So ein Lob ist Wolfgang von seinem Vater gar nicht gewohnt und er wird leicht rot im Gesicht. Die Mutter lächelt stumm vor sich hin und freut sich, dass die beiden sich momentan so gut verstehen. Etwas verlegen legt Wolfgang dann noch nach: »Und trinken darf ich auch, soviel ich will! Die beiden sind wirklich nett zu mir.«

Nachdem er mit dem Essen fertig ist, geht er Richtung Zimmer, bleibt aber vor der Tür noch einmal stehen und dreht sich zu seinen Eltern um. »Ich will mir jetzt mal die Unterlagen von der Berufsberatung durchlesen, und dann würde ich gerne mit euch darüber reden. Habt ihr heute Abend dafür Zeit?«, fragt er seine Eltern.

»Natürlich, am besten gleich nach dem Abendessen. Wenn wir dir dabei helfen können, ist es doch selbstverständlich«, meldet sich seine Mutter zu Wort und zu ihrem Mann hin gewandt: »Oder? Du hast doch sonst nichts vor?«

»Ist schon in Ordnung, wäre doch noch schöner, wenn wir für unser Kind keine Zeit hätten. Ausgerechnet jetzt, wo sich der Junge selber so engagiert«, brummt der Vater freundlich dazu.

»Aber Wolfgang, geh doch noch ein wenig hinaus, du kannst doch nicht den ganzen Tag bloß arbeiten. Schau, heut ist das Wetter noch gut, ab morgen soll's wieder Schnee geben und kalt werden! Vertret' dir einfach noch ein wenig die Beine!«, rät ihm seine Mutter.

»Die dürfte er sich heute schon genug vertreten haben!«, grinst sein Vater dazu. »Aber vielleicht eine kleine Radltour wär sicher nicht verkehrt. Da muss ich deiner Mutter schon recht geben.«

Auch Wolfgang sieht es ein, dass er erst den Kopf frei bekommen muss, bevor er an die Unterlagen geht. Aber einen Brief an Zita will er heute auch noch schreiben und beim Einwerfen am Abend noch telefonieren. Langsam lernt Wolfgang den Begriff »Stress« von einer ganz anderen Seite kennen, als wie er ihn bisher immer benutzt hat.

Mit Mütze und Wollschal bekleidet radelt er langsam am Donauufer entlang stadtauswärts. Dabei denkt er an Zita. Was sie wohl gerade treibt? Unterwegs überlegt er, wann die günstigste Zeit zum Anrufen wäre. Am sichersten erscheint es ihm etwas spät, so nach acht Uhr, weil dann das Abendessen bestimmt vorbei sein und Zita sich dann in ihrem Zimmer oder in der Stube aufhalten wird.

Langsam schieben sich Wolken vor die schwache Sonne und es wird frischer, aber Wolfgang ist in Gedanken bei seiner Freundin und lächelt während des Radelns selig vor sich hin. Erst als der Rad- und Fußweg an die Hauptstraße stößt, kehrt er um und strampelt heimwärts. Dabei tritt er etwas stärker in die Pedale, schließlich hat er noch einiges vor und es ist schon fast vier Uhr. Wieder zuhause, geht er gleich in sein Zimmer, um den Brief an Zita zu schreiben. Die Berufsberatung muss jetzt warten. Er will den Brief unbedingt noch heute beim Postamt einwerfen, damit er in der Nacht noch weggeht. Zudem sind natürlich bei der Post auch Telefonzellen!

Erst liest er Zitas Brief zum zigsten Mal durch, nicht weil er ihn nicht schon auswendig kennen würde, sondern um sich in die passende Stimmung zu bringen.

Zunächst bedankt er sich höflich für ihren Brief, der ihm sehr viel Freude mache und den er genauso auswendig kenne wie Zita den seinen. Dann schreibt er von seinen Erlebnissen in dieser Woche. Stolz erwähnt er auch das Lob in der Schule und den Extraverdienst von heute Mittag. Von seinem Aushilfsjob schreibt er hoffnungsvoll, dass er da bald das Geld für einen Besuch zusammenhaben wird, aber einen Teil davon auch gern zum Telefonieren ausgeben will, weil ihm dieser persönliche Kontakt zwischendurch sehr wichtig sei. Dann wird er wieder persönlicher und von seinen Gefühlen fast überwältigt.

Meine liebe Zita, auch ich denke oft an unseren Abschied und es schmerzt mich jedes Mal aufs Neue, wenn ich sehe, wie weh es Dir getan hat. Gleichzeitig freue ich mich aber, darüber zu lesen, dass Du einen guten Weg gefunden hast, um an mich zu denken und gleichzeitig andere Sachen nicht zu vernachlässigen. Sehr interessant finde ich unseren Gedankenaustausch über das Lernen und die Schule. Wie Du sicherlich auch gelesen hast, hatten wir da tatsächlich und wahrscheinlich sogar so ziemlich zur gleichen Zeit die identische Idee! Ich weiß nicht, wie das passieren konnte, aber ich führe es auf unsere enge Verbundenheit zurück. Denn bevor ich einen Gedanken umsetze, diskutiere ich die Idee, oftmals sogar recht lange, mit Dir! Und glaub mir, nicht immer gewinne ich dabei! Irgendwie ist es schon verrückt, wenn ich eine Aufgabe aus der Schule nicht gleich verstehe, gehe ich sie so oft durch und versuche sie Dir zu erklären, bis ich sie verstanden habe. Liest sich irre, aber ich freue mich jedes Mal diebisch, wenn ich Dir wieder etwas beibringen konnte. Es so schön, Dich immer bei mir haben zu können, ohne dass es jemandem auffällt, oder dass ich abgelenkt erscheinen würde. Allerdings habe ich mich in den letzten zwei Wochen wohl etwas verändert, weil selbst mein Vater mit mir zufrieden ist und mein Engagement lobt!

Es scheint mir, dass mit Dir Ähnliches geschehen sein muss, wenn ich lese, wie Du Dich in der Schule reinkniest, und das mit Uschi ist ja toll gelaufen. Ich freue mich für die Uschi, sie ist wirklich ein feines Mädchen.

Heute Abend will ich Dich, mit meinem ersten selbst verdienten Geld, noch anrufen und freue mich schon riesig darauf. Du wirst bestimmt ganz schön überrascht sein! Aber ich will nicht länger warten, ich möchte einfach ein paar Worte mit Dir reden können. Bis zum nächsten Brief vergehn ja wieder einige Tage! Weißt Du, meine liebste Zita, auch wenn ich Dich immer ganz nah bei mir spüre, fehlst Du mir trotzdem sehr. Jetzt ist es noch nicht einmal eine Woche her, dass wir uns trennen mussten, und schon kommt es mir wie eine Ewigkeit vor! Manchmal habe ich wirklich die Befürchtung, dass wir das nicht durchstehen könnten. Aber ich möchte Dir auf keinen Fall Angst machen! Wir müssen nur eisern zusammenhalten und immer unser Ziel im Auge behalten, dann wird es auch klappen!

Letzte Nacht habe ich Deinen Brief unter meinem Kissen gehabt, um von Dir zu träumen, und es hat geklappt! Übrigens habe ich Deinen versteckten Kussmund entdeckt und ihn mit einem ganz lieben Kuss begrüßt! Hat mich sehr gerührt und ich habe fast geweint dabei. Auch Deine lieben Herzchen freuen mich sehr, bei genauem Hinsehen sehe ich sie sogar schlagen! Siehst Du, bei der Kreativität bist Du mir weit überlegen. So etwas fällt mir eben überhaupt nicht ein, wobei es so viel Freude machen kann. Ich danke Dir auch für Deine Liebe, die ich aus all Deinen Zeilen herauslesen kann und die mich so unendlich glücklich macht.

Bitte denke immer daran, dass ich Dich, und nur Dich, über alles liebe und dass ich immer in Deiner Nähe bin!

Dein Wolfgang

Es ist Zeit zum Abendessen und Wolfgang hat die Unterlagen vom Arbeitsamt noch immer nicht durchgearbeitet. So entschuldigt er sich bei seinem Vater und sie verschieben ihr Gespräch darüber auf morgen. Seine Mutter wechselt ihm den Zehnmarkschein in Münzen um, damit sie in den Telefonapparat passen, und Wolfgang geht mit dem Brief in seiner Jacke los. Zwar ist es noch zu früh zum Anrufen, aber er möchte auch noch ein wenig an der frischen Luft herumlaufen, und zu Fuß ist es doch auch ein gutes Stück zu gehen. Unterwegs überlegt er, was er Zita alles erzählen will, gibt dann aber auf, weil er nicht einschätzen kann, wie lange das Geld für das Auslandsgespräch reicht, und er auch nicht wissen kann, wie Zita reagiert. Zum Schluss kommt er ja gar nicht zum Reden! Kalt ist es geworden, und es beginnt ganz leicht zu schneien, als er das Postamt erreicht.

Der Vorraum des Amtes ist zwar durch eine Tür von der Außenwelt getrennt, diese aber Tag und Nacht unversperrt. Darin befinden sich ein Briefkasten, der um Viertel nach zehn noch geleert wird, und drei Telefonkabinen. Mittlerweile ist es kurz vor halb neun und Wolfgang betritt die Kabine Nr. 1. Aufgeregt wirft er alle seine Münzen in den Schlitz und beginnt zu wählen. Noch nie hat er im Ausland angerufen, und auch so hat er bislang nur sehr wenige Telefonate geführt.

»Hier ist die *Grimmer Alm* in Oberdorf, Frau Grimmer am Apparat, guten Abend«, meldet sich Frau Grimmer nach mehreren Pfeif- und Pieptönen.

»Hallo Frau Grimmer«, stottert er aufgeregt, »ich bin's, der Wolfgang aus Regensburg. Ich hätt' gern die Zita g'sprochen.«

»Wer ist da?«, fragt Frau Grimmer nach, doch noch während des Fragens kommt ihr die Erleuchtung, und voller Aufregung sagt sie mit Blick zu Zita, die auf dem Sofa liegt und sie beobachtet: »Der Wolfgang, ja grüß dich, Bub, mein Gott, mit dir haben wir aber gar nicht gerechnet, ach, ist das eine Freud'! Ja, die Zita steht schon neben mir. Hier, Zita!«, damit gibt sie den Hörer an ihre Tochter weiter, bevor ihr die das Gerät aus der Hand reißt. Zita war wie elektrisiert bei dem Wort Wolfgang aufgesprungen und zu ihrer Mutter gerannt.

»Hallo Wolfgang«, sagt sie schon weinend, »es ist aber doch nichts passiert?« Ängstlich stellt sie die Frage, denn das würde den überraschenden Anruf am ehesten erklären.

»Aber nein, Zita, ich wollte dich einfach bloß hören. Wie geht es dir denn? Aber du musst doch jetzt nicht weinen«, versucht er sie zu beruhigen.

»Ach Wolfgang, ich bin so glücklich und da muss ich eben weinen. Mein Gott, es ist so schön, dass du anrufst. Wir haben gerade über dich und deinen Brief gesprochen und dabei überlegt, was du wohl gerade machst. Ja, und schon bist du da!«

Zitas Mutter hat leise den Raum verlassen und Zita ist ihr dankbar dafür.

»Ich hab heute mein erstes Geld verdient, hab mir nämlich einen Job gesucht, damit ich das Geld für meinen nächsten Besuch zusammenbring'. Siehst du, mit diesem ersten Geld telefoniere ich jetzt! Ist doch toll, oder? Es ist schön, dich zu hören, du fehlst mir nämlich ganz schrecklich, darum werd' ich dich in Zukunft öfter mal anrufen.«

»Ach Wolfgang, ich weiß jetzt gar nicht, was ich sagen soll«, weint sie mehr in den Apparat, als sie spricht, »ich hab dich ja so gern und du fehlst mir auch so wahnsinnig. Ich möchte dich so gern streicheln und spüren, aber so ist's ja auch schon gut.«

»Du, Zita, das Geld ist schon fast durch, ich hab dir heut' auch noch einen Brief geschickt, und ich ruf' am Samstag wieder an. Ich hab dich ganz fest lieb, mein Schatz, und ich drück dich ganz fest!«

»Danke, Wolfgang, dass du dich gerührt hast. Ich hab dich auch ganz lieb und noch einen Kuss!«

Auch Wolfgang schickt noch einen Kuss durch das Telefon, bevor nur noch »Tuut tuut« erklingt.

Mit verklärtem Blick geht er wieder auf die Straße hinaus. Er könnte die ganze Welt umarmen. Zwar ist sein Geld fort, aber dieser Glücksmoment ist es wert, und erst die Freude, die er Zita gemacht hat!

Zufrieden mit sich und der Welt und stolz auf sein Tun, geht er langsam und fröhlich vor sich hin summend nach Hause.

Lange liegt er noch wach und stellt sich vor, wie es wohl gewesen ist, als Zita mitbekam, dass er am Telefon war! Die Freude war ja aus jedem ihrer Wörter herauszuhören gewesen. Er kommt sich vor wie ein Pfadfinder, der eben sein tägliches gutes Werk vollbracht hat.

Der Samstag beginnt für Zita schon früh. Sie will unbedingt ihrer Mutter beim Herrichten des Frühstücks helfen, damit sie möglichst schnell fertig werden. Außerdem freut sie sich schon auf ihre gemeinsame Einkaufstour. Große Rahmen für die Fotos von Wolfgang will sie heute aber nur anschauen und möglicherweise eine Vorauswahl treffen, um sie dann später, zusammen mit den Bildern, noch mal begutachten zu können.

»Haben Sie diese Aufnahmen selber gemacht?«, fragt die Dame im Fotogeschäft, als ihr Zita die Bilder zeigt, die sie vergrößert haben möchte, »die sehen ja wirklich sehr gut aus! Haben Sie auch die Negative, die bräuchte ich nämlich.«

»Ja natürlich, hier sind sie«, antwortet Zita aufgeregt. »Die Aufnahmen hat eine Freundin von mir gemacht«, erklärt sie der Dame.

»Aha, wirklich gut gemacht. Möchten Sie auch passende Rahmen dazu haben? Da drüben haben wir eine große Auswahl«, bietet die Frau an und zeigt auf die gegenüberliegende Seite des Ladentresens.

»Ja, mindestens drei Rahmen, ich schau sie mir einstweilen an. Kaufen will ich sie aber erst, wenn ich sie mit den Bildern zusammen gesehen habe. Macht das etwas?«, fragt sie verunsichert.

»Nein, natürlich nicht. Es ist nur so, wenn Sie mir zumindest die Rahmengröße zeigen könnten, dann kann ich auch bestimmen, welche Vergrößerung am besten dazu passt. Ich schreib mir schon mal die Negativnummern auf, die gewünschte Größe ergänzen wir dann, wenn Sie fündig geworden sind. Es dürfen durchaus auch verschiedene Größen sein.«

Eine neue Kundin betritt den Laden und gibt einen Film zur Entwicklung ab, während Zita die Rahmen durchschaut. Ihr gefallen die mit dem verchromten Metall am besten, und da will sie drei in der gleichen Größe und einen kleinen für ein kleines Foto. Sie zeigt die Rahmen der Frau, die gleich die dazugehörige Vergrößerung notiert. Den kleinen Rahmen will Zita gleich mitnehmen.

»Diese Rahmen sind derzeit sehr beliebt, aber Vorsicht, man sieht jeden Fingerabdruck sofort! Ja, da lässt sich ein Bild schön einpassen, gratuliere, diese Rahmen passen sehr gut zu den Fotos. Und welches von den kleinen Bildern darf ich Ihnen denn gleich in den Rahmen stecken?«, möchte die Frau lächelnd wissen.

Zita wählt das Bild, auf dem Wolfgangs Gesicht direkt von vorne zu sehen ist. Erst wischt die Frau das Bild mit einem besonderen Tuch sorgfältig sauber, klappt dann den Rahmen auf und passt das Bild sauber ein. »So, sehen Sie, sieht doch wirklich gut aus!«, lobt sie, »ja und der junge Mann übrigens auch!«, hängt sie ergänzend an, was Zita wieder einmal die Röte ins Gesicht treibt.

»Möchten Sie nur jeweils eine Vergrößerung oder mehrere?«

»Von jedem Foto bitte zwei Vergrößerungen, und von dem hier bitte drei!« Zita zeigt auf das Bild, von dem ihre Mutter ebenfalls eine vergrößerte Ausgabe haben möchte.

Zita packt den kleinen Rahmen ein und bezahlt. Ihre Mutter wartet bereits draußen vor dem Eingang. Sie war inzwischen Wurst und Fleisch einkaufen und möchte jetzt möglichst schnell wieder nachhause fahren, da das Mittagessen wartet. Außerdem hat sie Zitas Brief wohlbehalten am Postamt frankieren lassen und eingeworfen. Ihre Tochter wird ihr heute wieder helfen müssen, weil die Frau Gruber am Morgen abgesagt hat. Morgen ist dann fliegender Wechsel in der Unterkunft. Die Mädchen fahren nach dem Frühstück und die neuen Gäste werden am Nachmittag gegen drei Uhr ankommen. Wenig Zeit, um die Zimmer herzurichten und die Betten frisch zu beziehen. Auch die Toiletten und Waschräume müssen gereinigt werden. Aber Uschi hat sich angekündigt, sie will helfen, weil ihr Zita mit der Lehrstelle behilflich war. Sonst hätte sie ein schlechtes Gewissen, hat sie gemeint.

Während der Heimfahrt beginnt es stark zu schneien, und Frau Grimmer muss langsamer fahren, als sie wollte. Da es mit dem Kochen jetzt schon recht knapp wird, disponiert sie um: »Also, eine Nudelsuppe ist schnell gemacht, und dazu Pfannkuchen mit Marmelade und Puderzucker, das schaffen wir immer!«, sagt sie zu ihrer Tochter. Diese ist in Gedanken und hat gar nicht richtig zugehört, sodass sie nachfragen muss. Ihre Mutter lacht: »Bist wieder beim Wolfgang, hm? Hast wenigstens schöne Rahmen gesehen?«

»Ja, schau«, dabei holt sie den kleinen aus ihrer Tasche und zeigt ihn ihr, »der ist doch echt schön, und die anderen sind einfach nur größer, aber von der gleichen Machart.«

»Und auch schon mit Bild darin, oder?«, feixt die Mutter zurück.

Langsam nähern sie sich Oberdorf und sehen, dass der Schneepflug schon unterwegs ist. Er fährt gerade vor ihnen her den Berg hinauf. Dadurch geht die Fahrt zwar noch etwas langsamer, aber immerhin haben sie so kein Problem mit dem Steckenbleiben. Sie fahren einfach hinterher, bis sie bei der *Grimmer Alm* ankommen. Einige Mädchen kommen bereits vom Skifahren zurück und klopfen sich den Schnee von ihrer Kleidung, bevor sie ins Haus gehen.

Schnell nehmen die beiden eine Plastikkiste aus dem Kofferraum und gehen damit in die Küche. Zita räumt die Einkäufe weg, während ihre Mutter sich eine Schürze umbindet und Feuer im Herd macht. Zita beginnt mit den Töpfen zu hantieren und eine Nudelsuppe vorzubereiten. Ihre Mutter kümmert sich um die Eier, das Mehl und die Milch für die Pfannkuchen. Sie haben noch eine knappe Stunde Zeit und jetzt zeigt sich, wie wertvoll ein eingespieltes Team ist. Hand in Hand arbeiten die beiden, ohne viel zu reden, und pünktlich um zwölf Uhr wird das Rollo hochgezogen!

Am Nachmittag macht Zita ihre Hausaufgaben und lernt noch ein wenig voraus, denn morgen wird sie bestimmt nicht dazu kommen! Wolfgang in seinem silbern glänzenden Rahmen hat sie vor sich auf den Schreibtisch gestellt und lächelt ihn zwischendurch immer wieder an. Kurz nach vier beendet sie das Lernen und legt sich noch für eine Viertelstunde auf ihr Bett. Wolfgang hat sie mitgenommen, denn sie möchte noch ein wenig mit ihm reden. Um halb fünf geht es in der Küche weiter. Schnitzel mit Kartoffelsalat gibt es heute. Zwei Mädchen haben sich bereit erklärt, in der Küche zu helfen. Aber die paar Minuten, die ihr noch bleiben, will sie ausnutzen und sich noch etwas ausruhen. Wolfgang lacht ihr entgegen, als sie sein Bild vor ihr Gesicht hält, es ganz fest an ihre Lippen drückt und an ihn denkt. Wie schön es doch wäre, ihn hier bei ihnen zu haben! Seinen Brief hat sie sich unter ihr Kopfkissen gelegt, damit sie ihn später im Bett noch einmal lesen kann. Nur kurz kann sie träumen, dann geht sie zu ihrer Mutter in die Küche und kümmert sich um die beiden Helferinnen. Dabei stellt sich heraus, dass beide gerne kochen und kaum Anleitung benötigen. So haben sie viel Spaß beim Schnitzelbraten und Kartoffelkochen. Zita muss dabei immer wieder an Wolfgang denken, wie er hier den Küchenmeister gespielt hat. Als sie einmal lächelnd zu ihrer Mutter hinschaut, lächelt diese zurück und nickt verstehend.

Auch beim Abwasch und Aufräumen der Küche zeigen sich die Helferinnen eifrig und unkompliziert, sodass sie bereits um halb acht mit der Küche fertig sind. Nachdem sie sich bei den beiden Mädchen für ihre Hilfe bedankt haben, gehen sie ziemlich müde in ihre Wohnung hinüber, um ihre allabendliche Tee- und Gesprächsrunde zu zelebrieren. Zita legt sich gleich auf das Sofa und rollt sich ein, während ihre Mutter den Tee zubereitet.

»War ein ganz schön anstrengender Tag heute«, meint Frau Grimmer, »hast dir dein Bett heute wirklich verdient! Morgen wird's aber auch wieder hart werden! Blöd, dass die schon morgen kommen müssen, da haben wir ganz schönen Stress. Aber zum Glück kommt die Uschi zum Helfen, weil die Frau Gruber fällt wohl etwas länger aus, hat sie gemeint.«

»Die Uschi wollt schon gegen halb zehn kommen und bis um vier Uhr bleiben, dann muss sie daheim helfen«, antwortet Zita.

»Bist du mit deiner Hausaufgabe fertig worden, morgen wirst kaum dazu kommen«, sorgt sich die Mutter.

»Hab ich vorhin erledigt, und gelernt hab ich auch schon. Zum Glück hab ich den Brief an Wolfgang gestern noch geschrieben. Vielleicht bekommt er ihn ja schon am Mittwoch oder spätestens Donnerstag, dann könnte ich wieder am Dienstag oder Mittwoch darauf mit einer Antwort rechnen. Ach, warum muss das immer so lange dauern, ist doch echt blöd!«, seufzt sie. Sie schmiegt sich an ihre Mutter und diese legt ihre Arme um sie. Während sie schweigend so dasitzen, klingelt überraschenderweise das Telefon.

»So spät noch, wer wird denn das sein?« Die Mutter löst sich von Zita und geht zum Küchenschrank, auf dem das Telefon steht. Sie meldet sich und ist so überrascht, dass sie ganz automatisch nachfragt, wer denn dran sei. Als sie den Namen *Wolfgang* ausspricht, springt Zita auf und läuft zu ihrer Mutter, um ihr den Hörer abzunehmen.

Gleich nach dem Frühstück werden die Mädchen aus Nürnberg verabschiedet, und nachdem der Bus abgefahren ist, beginnt die richtige Arbeit. Zita übernimmt sofort die einzelnen Zimmer, zieht die Betten ab und hängt die Zudecken so über die Etagenbetten, dass sie gut durchlüften können. Alle Schranktüren werden geöffnet und Abfälle und andere Hinterlassenschaften räumt sie heraus und wirft sie zunächst auf den Boden. Zum Saubermachen kommt sie später wieder. Bevor sie dann ein Zimmer vorerst verlässt, legt sie die Bettwäsche vor der Zimmertür auf dem Gang ab und öffnet alle Fenster, nachdem sie noch die Heizkörper heruntergedreht hat.

»Hallo und guten Morgen«, begrüßt Uschi gut aufgelegt ihre Freundin, als diese gerade mit Zimmer Nummer drei anfangen will. »Schon bei der Arbeit, da ist für mich bestimmt nichts mehr übrig!«, lacht sie dabei.

Zita geht zu Uschi und umarmt sie fröhlich. »Du, gestern hat er angerufen, stell dir vor. Am Abend, schon nach acht! Er war ja so süß!«, schwärmt sie.

»Von wem redest du?«, fragt Uschi zunächst irritiert, aber schnell wird ihr klar, dass diese Frage unnötig war. Von wem sonst würde Zita so schwärmen können? »Was hat er denn gesagt?«, will sie, jetzt neugierig geworden, wissen.

»Er hat einfach nicht mehr anders können, er wollte unbedingt mit mir reden. Er hat sich eine Arbeit gesucht und sein erstes Geld hat er gleich mit mir vertelefoniert!« Ganz begeistert erzählt Zita weiter und vermengt dabei die Inhalte vom Brief mit dem des Anrufs.

Uschi freut sich für ihre Freundin, die momentan kaum zu bremsen ist. »Der legt ja ein ganz schönes Tempo hin!«, meint sie etwas neidisch. »Pass bloß auf, dass er nicht ganz plötzlich vor der Tür steht und dich in einer unschicken Situation erwischt!« Beide unterhalten sich fröhlich weiter, während sie Betten abziehen und Schränke ausräumen und Uschi die Bettwäsche in Wäschesäcke verstaut. Zita beginnt das erste Zimmer mit Besen und Kehrschaufel zu reinigen. Müll und Abfall kommen in eine große Plastiktonne, und sie schließt dann die Fenster wieder, um die Zimmer nicht zu sehr auskühlen zu lassen. Frau Grimmer, die unten die sanitären Anlagen reinigt, bringt einen Stapel Bettwäsche herauf und schaut sich dabei um, wie die beiden Mädchen vorankommen. »Ihr seid ja schon ganz schön weit, dann könnten wir ja am frühen Nachmittag fertig sein und noch ein paar Minuten Erholung genießen, bevor die Neuen kommen. Was wollt' ihr denn zu Mittag haben?« Dabei legt sie die Bettwäsche auf ein kleines Tischchen auf dem Gang.

»Also, wegen mir brauchen Sie nichts zu kochen, ich bin mit einer Brotzeit, nachdem wir mit allem fertig sind, zufrieden«, gibt Uschi zur Antwort.

»Genau, machen wir erst alles fertig«, stimmt auch Zita dem Vorschlag zu, während sie bereits im zweiten Zimmer zu fegen beginnt. Uschi verschwindet schon mit der bereitgelegten Bettwäsche im Zimmer Nummer eins. Frau Grimmer ist von dem Eifer der beiden begeistert: »Gut, dann machen wir das so, wie die Damen wünschen!«

Pünktlich um halb zwei sind sie mit ihren Arbeiten fertig und setzen sich zu einem verspäteten Mittagessen in der Stube zusammen. Es gibt Aufschnitt, Käse und Essiggurken. Dazu hat Frau Grimmer Tee gekocht. Während die drei essen, erkundigt sich Uschi neugierig nach der Art von Arbeit, die Wolfgang an Land gezogen hat.

»Ach, so genau weiß ich das auch nicht«, meint Zita, »weißt du, das Telefonieren ist gerade ins Ausland furchtbar teuer, und da hat sein Geld nur für ein paar Minuten gereicht. Nun ja, da haben wir lieber was anderes geredet«, gibt sie leicht verlegen zu. »Aber er hat mir schon alles ausführlich geschrieben, hat er g'sagt, und den Brief gleich am Freitag weg g'schickt. Dann könnt' ich ihn am Mittwoch, mit viel Glück schon am Dienstag haben. Ich halte dich auf jeden Fall auf dem Laufenden«, verspricht sie ihrer Freundin.

»Bis wann werden denn die Neuen kommen?«, fragth Uschi dann noch Frau Grimmer.

»Die kommen diesmal aus Holland und sind bestimmt zwölf Stunden unterwegs. Ich vermute, dass sie gerade zum Abendessen kommen werden. Da werden wir sie dann gleich mit Kaiserschmarrn begrüßen!«

Die beiden Mädchen gehen nach dem Essen noch in Zitas Zimmer und setzen sich aufs Bett, wo Uschi natürlich sofort das gerahmte Bild auf Zitas Nachtkästchen entdeckt.

»Hast die Vergrößerungen schon bestellt?«, will sie wissen, während sie das Bild in die Hand nimmt und betrachtet. »Passt gut zueinander«, stellt sie fest und lächelt, als sie auf dem Glas einen Lippenabdruck erkennt, sagt aber nichts.

»Ja, gestern war ich im Fotogeschäft. Stell dir vor, sogar die Mama will ein Bild vergrößert für die Stube haben! Die Frau im Fotogeschäft wollte außerdem wissen, wer die Bilder gemacht hat, weil sie so gut geworden seien. Ein dickes Lob für dich!«, erzählt sie ihrer Freundin stolz.

Uschi ist erfreut und meint: »Bin gespannt, wie die Vergrößerungen werden. Wirst sehen, sie wirken viel natürlicher und lebendiger, weil man einfach mehr darauf erkennen kann.«

Gegen vier will Uschi aufbrechen, denn ab halb fünf soll sie ihrer Mutter in der Küche helfen. Obwohl Uschi es nicht will, begleitet Zita ihre Freundin nach Hause. »Wenn ihr mal Aushilfe braucht, gib einfach Bescheid. Ist doch wirklich super gelaufen mit uns dreien! Danke noch mal, und dann sehen wir uns morgen früh wieder!« Sie umarmen sich noch kurz und Zita läuft den Berg hinunter nach Hause.

Lärmend ziehen die neuen Kinder, insgesamt vierundzwanzig Buben und Mädchen gemischt, in die Unterkunft ein. Plappernd und polternd bringen sie ihre Sachen auf die Zimmer und treffen sich dann unten im Speiseraum. Nach dem langen Sitzen im Bus haben die Kinder ordentlich Hunger und verputzen anständige Portionen von dem Kaiserschmarrn. Zita und ihre Mutter haben zu tun, genügend Nachschub herzubringen, um alle satt zu bekommen.

Müde und zerschlagen, nach nur einem schnellen Abendtee mit ihrer Mutter, fällt Zita kurz vor neun Uhr in ihr Bett und nach kurzem Dösen in tiefen Schlaf.

Draußen ist es noch dunkel, als Wolfgang aufwacht. Ein paar Minuten träumt er noch vor sich hin und entschließt sich dann, aufzustehen. Aber es ist erst sechs Uhr und seine Eltern schlafen noch, sodass er es sich anders überlegt. Stattdessen holt er seine Arbeitsamtsunterlagen zu sich ins Bett und arbeitet sie gründlich durch. Interessant ist die Liste mit den Firmen, die Lehrlinge suchen. Ein paar Firmen kennt er vom Namen her. Auch die Maschinenfabrik Meier sucht offiziell Auszubildende für fünf verschiedene Berufe. Der Heizungs- und Sanitärbetrieb

Gerber sucht zwei Lehrlinge. Wolfgang kennt den Betrieb von außen, weil er an seinem Schulweg und nicht weit weg vom Getränkemarkt Schuster liegt. Ihm ist schon öfter das Ausstellungsfenster wegen der knallroten Wasserboiler und Heizkessel aufgefallen. Betonbauer, Automechaniker, Maschinenschlosser und selbst ein Drucker werden gesucht. Ausführliche Beschreibungen der einzelnen Berufe findet er in einer dicken Broschüre zur Berufsberatung. Die angebotenen Berufe der Firma *Maschinenfabrik Meier* arbeitet er als erste durch. Für zwei davon wäre ein Studium erforderlich und so scheiden diese schon aus. Maschinenbauer, -schlosser und Konstrukteur wären durchaus Berufe, die er sich vorstellen könnte. Nicht nur Werkstattarbeit, sondern auch Montagearbeiten auswärts, beim Aufstellen oder Warten der Maschinen, würden hier auf ihn zukommen. Man käme sicher ganz schön herum dabei. Er hakt die drei Berufe auf seiner Liste bei der Firma Meier an. Jetzt geht er schon konstruktiver an die anderen Berufe heran. Sie müssen schon mehr bieten, um in die nähere Auswahl zu kommen. Die meisten scheiden aber schon nach der Kurzbeschreibung aus. Bei Heizung und Sanitär kommt er ins Grübeln. Zwar sind dies grundsätzlich zwei verschiedene Berufe, aber es gibt, wenn die Firma es anbietet, die Möglichkeit, den zweiten Beruf im letzten Ausbildungsjahr noch zusätzlich mit dazulernen. Heizungen bauen, Bäder und Wasser installieren, das liest sich nicht schlecht. Sicherlich wäre die meiste Zeit auf Baustellen zu verbringen, aber von der Bandbreite her wäre es sicher interessant. Sein Interesse verdichtet sich immer mehr für diesen Beruf, nicht nur, weil er der Meinung ist, dass er ihm gefallen könnte, sondern er sieht auch den riesigen Nachholbedarf. In den meisten Altbauten befindet sich noch keine Zentralheizung oder Warmwasserbereitung. Dies wird in Österreich bestimmt nicht anders sein. Da würde sich tatsächlich eine Perspektive ergeben, die sowohl in Regensburg als auch in Österreich zum Tragen kommen könnte. Er beschließt, gleich nach dem Frühstück mit seinem Vater darüber zu reden. Außerdem will er morgen nach der Schule dort vorbeischauen und sich informieren. Seine Stimmung hebt sich zusehends und er steht auf, um für die Familie Frühstück zu machen.

Etwas verwundert kommt seine Mutter in die Küche und riecht frischen Kaffee. »Was ist denn mit dir los?«, fragt sie Wolfgang, »hast du nicht schlafen können?«

»Guten Morgen, doch, sehr gut sogar, nur ich bin schon seit sechs Uhr wach und wollte nicht mehr im Bett rumliegen.«

»Und ich dachte, du wärst vom Arbeiten todmüde und würdest bis in den Vormittag hinein schlafen. Nett von dir, dass du Frühstück gemacht hast«, sagt die Mutter und setzt sich zu ihm an den Tisch. »Komm, wir fangen schon an, der Papa wird bestimmt auch gleich kommen.«

Wolfgang erzählt seiner Mutter, dass er sich mit der Berufssuche auseinandergesetzt hat, und diese ist immer mehr erstaunt über Wolfgangs Tatendrang, seit er wieder zuhause ist. »Also, Bub, ich muss schon sagen, du hast dich ganz schön verändert in letzter Zeit! So kenn ich dich gar nicht. Auch dem Papa ist's schon aufgefallen. Ob das alles das Mädchen bewirkt, weiß ich nicht, aber es freut uns auf alle Fälle und wir sind richtig stolz auf dich. Hoffentlich hält es auch an!«

Nachdem Wolfgang ihr seinen Durchhaltewillen versprochen hat, beginnen sie mit dem Frühstück.

»Guten Morgen, ist heute das Frühstück schon fertig?«, begrüßt sein Vater wohlgelaunt die beiden. »Der Wolfgang hat's heute gemacht«, verkündet die Mutter stolz, »und gearbeitet hat er auch schon. Er wird dir gleich alles erzählen.« Der Vater fährt seinem Sohn mit der Hand durch die Haare, so wie es zuletzt Frau Grimmer bei ihm gemacht hatte, und setzt sich zu den beiden.

»Du kennst doch bestimmt die Firma Gerber, Heizung und Sanitär, gleich neben dem Getränkemarkt. Die suchen zwei Lehrlinge, und ich denke, dass dies ein Beruf für mich sein könnte. Laut der Beschreibung vom Arbeitsamt wäre es sogar möglich, quasi beide Berufe gleichzeitig zu lernen, weil sie so eng zusammenhängen. Man wäre viel beim Kunden im Haus oder auf geschlossenen Baustellen, sodass man nicht dem Wetter ausgesetzt wäre. Teilweise wären auch Arbeiten in der Werkstatt nötig. Der Verdienst als Lehrling ist zwar nicht gerade üppig, ist es aber in anderen Berufen auch nicht. Eine Weiterbildung zum Techniker oder zum Meister wäre auch möglich. Ich will mir gleich morgen den Betrieb mal näher anschauen. Was meinst du dazu?«, fragt er seinen Vater hellauf begeistert.

»Ja, was soll ich noch dazu sagen, du hast ja schon fast alles erzählt«, antwortet der Vater lachend. »Ich kenn' die Firma natürlich, sie betreut übrigens auch unsere Heizung und hat sie vor sechs Jahren eingebaut. Saubere Arbeit geleistet und gute Betreuung! Soviel ich weiß, haben sie auch jede Menge Aufträge und suchen vielleicht deshalb nach Lehrlingen. Man wird dreckig dabei, und es ist körperliche Arbeit. Die ist heute nicht mehr so gefragt, aber wenn du der Meinung bist, dass es etwas für dich wär', dann nur zu! Wenn ich bedenke, wie viele Wohnungen noch ohne zentrale Heizung sind und was momentan alles neu gebaut wird, wirst du keinen Arbeitsmangel in Zukunft haben. Die Technik wird immer feiner und neue Anlagen steuern sich heute schon witterungsabhängig vollkommen selbständig, wenn sie vom Heizungsbauer richtig eingestellt sind. Also, diese Technik, die würde sogar mich noch interessieren. Ich seh schon, du bist innerhalb einer Woche erwachsen geworden und ich habe dich immer etwas unterschätzt. Du findest deinen Weg ganz allein, deshalb danke ich dafür, dass du mich anstandshalber noch frägst.« Mit leicht wässerigen Augen fährt er Wolfgang wieder durch die Haare. »Bist ein toller Bub geworden!«, lobt er noch abschließend und widmet sich wieder seinem Frühstück. Froh lächelnd sitzt Wolfgangs Mutter dabei und will die gute Stimmung mit keinem Wort stören, sie ist so glücklich und stolz, auch auf ihren Mann, dem sie eine solche Gefühlsregung nicht zugetraut hätte.

Wolfgang erzählt einfach mit roten Backen weiter, wie er sich den Beruf vorstellt und wie er nach dreieinhalb Jahren mit Sicherheit einen guten Abschluss hinbekommt. Aber erst braucht er die Stelle. »Was meinst du, kann man auch eine Bewerbung abgeben, ohne das Zwischenzeugnis zu haben? Würde das Sinn machen?«, wendet er sich wieder an seinen Vater.

»Ja, sicher, dann legst du halt das letzte Jahreszeugnis bei und schreibst hinein, dass das Zwischenzeugnis nachgereicht wird, sobald du es vorliegen hast. Das kommt bestimmt auch nicht schlecht an«, meint der Vater.

»Na, dann weiß ich, was ich heute vorhabe. Ein Muster wollte ich mir sowieso erstellen, aber dann schreib ich halt gleich meine erste Bewerbung in echt!« Voller Tatendrang steht er vom Frühstückstisch auf und geht in sein Zimmer, um gleich mit der Arbeit zu beginnen.

Musterbewerbungen haben sie in der Schule schon vor Weihnachten geschrieben und so sucht er jetzt in seinen Schulunterlagen danach. Insgesamt findet er drei verschiedene Muster und entscheidet sich für die Form mit dem tabellarischen Lebenslauf und der kurzen Form des Anschreibens, den Rest möchte er lieber persönlich vorbringen. Ein aktuelles Passbild hat er auch noch, da er seinen Reisepass erst vor acht Wochen hat ausstellen lassen. Nachdem er diese Unterlagen zusammen hat, geht er ins Wohnzimmer und holt die Reiseschreibmaschine. Papier dafür hat er in seinem Zimmer. Den Lebenslauf kann er direkt vom Muster abschreiben und das Deckblatt wird an die Firma Gerber angepasst. Das Bewerbungsschreiben selbst übernimmt er auch größtenteils, nur bei den Ausführungen darüber, weshalb er gerne die Stelle hätte, wird er recht umfangreich. Noch ein schönes großes Kuvert und das Zeugnis muss er morgen noch kopieren lassen, dann kann die Vorstellung beginnen. Er zeigt die Unterlagen seinem Vater und der nickt anerkennend. Den Durchschlag der Bewerbung, den er für sich angefertigt hat, legt er zu den Mustern aus der Schule. Natürlich kann er nicht damit rechnen, dass er schon morgen eine Zusage bekommen wird, aber weitere Bewerbungen will er erst nach dem Gespräch bei der Firma Gerber schreiben.

Zufrieden denkt er jetzt, auf seinem Bett liegend, an Zita und spricht mit ihr das erhoffte Gespräch bei der Abgabe seiner Bewerbung durch. Er freut sich schon sehr darauf, wobei er gar nicht weiß, ob überhaupt jemand von der Geschäftsleitung da sein wird, wenn er so unangemeldet kommt. Dann lässt er sich eben einfach einen Termin geben! Auf seiner Liste wären zur Not noch zwei Firmen, die ebenfalls Heizungsbauer suchen. Aber er ist jetzt so auf die Firma Gerber fixiert, dass er sich anzieht und trotz des Schneetreibens auf dem Weg zur Sonntagsmesse, die um elf Uhr beginnt, bei der Firma vorbeischaut. Er studiert das Schaufenster und kann lediglich drei Kleintransporter im Hof und die verschlossenen Werkstatttüren sehen. Aber es macht alles einen guten Eindruck. Während der Messe denkt er wieder an Zita und betet leise und ganz inbrünstig dafür, dass er sie nie verlieren wird. Dann schickt er noch ein kurzes Gebet mit der Bitte, dass er die Lehrstelle bekommen und mit dem Beruf froh werden möge, hinterher.

Nach der Messe hat das Schneetreiben aufgehört und die Sonne zeigt sich stellenweise zwischen den Wolken. Am Nachmittag will er an der Donau entlang einen Spaziergang machen, bevor er noch einige Mathe- und Chemieaufgaben durcharbeiten will. Er ist sich zwar sicher, dass er sie kann, aber es macht ihm neuerdings einfach Spaß, wenn er selbst komplizierte Aufgaben sicher lösen kann. Auch die neuen Vokabeln will er noch mal überprüfen und für die nächste Lektion schon ein wenig vorauslernen.

Beim Spazieren gehen trifft er zufällig Katrin aus der Parallelklasse, die auf der Heimfahrt neben ihm im Bus gesessen hatte. Tatsächlich hat er sie seitdem nicht mehr gesehen und ist überrascht, als sie ihn offensichtlich recht erfreut anspricht: »Hallo Wolfgang, versuchst auch einen klaren Kopf zu bekommen? Ist ja richtig schön da heraußen.«

»Na ja, ich fang gerade erst an«, antwortet er und hofft, dass Katrin sich gleich wieder verabschiedet. Zwar findet er sie ganz sympathisch, aber er möchte lieber allein sein.

»Hast du was dagegen, wenn ich dich ein kleines Stück begleite?«, erkundigt sie sich. Wolfgang will schon beinahe mit Nein antworten, aber ihm fällt kein ehrlicher Grund für eine Ablehnung ein. »Klar, ich geh bis zum Hafen und dann wieder zurück. Kannst gern mitkommen.«

Die ersten paar Meter gehen sie wortlos, bis Katrin dann doch ein bisschen neugierig wissen möchte, ob Wolfgang schon etwas von Zita gehört hat. Wolfgang ärgert sich über Katrins Neugierde und erzählt deshalb mit besonderer Begeisterung von dem Brief und dem Telefonat gestern Abend. Er gerät dabei ins Schwärmen und erzählt auch gleich von seinem Job, den er sich besorgt hat.

Katrin ist erstaunt über Wolfgangs Energie und meint: »Wird dir das nicht zu viel? Ich meine die Schule, die Arbeit und dann auch noch Warten auf Post oder selber welche schreiben? Da kommt ja doch einiges zusammen!«

Wolfgang ist sich nicht im Klaren darüber, welches Ziel Katrin tatsächlich verfolgt. Hat sie möglicherweise selber Interesse an ihm und will Panik machen, um zu zeigen, dass es mit Zita keinen Sinn hat? Übereifrig erzählt er deshalb, wie schön es ist, wenn man auf Nachrichten warten kann, weil man weiß, dass Post kommen wird. »Jahrelang habe ich keinen Brief von jemandem bekommen und jetzt freue ich wie ein kleines Kind darauf, wenn der Postbote kommt. Es ist so spannend und kribbelnd, wenn dann ein Brief kommt, dass ich ihn gar nicht gleich aufmache, sondern das Gefühl einfach erst genieße.«

Katrin wird richtig neidisch. »Bist ein echter Glückspilz. Ich hab auch noch nie einen persönlichen Brief bekommen, kann mir aber gut vorstellen, wie mir das Herz klopfen würde! Wenn man sich täglich sehen kann, glaube ich, wird das Gefühl schnell schwächer und die Spannung geht verloren. So ging's bei mir zumindest. Aber das war wohl auch nichts Besonderes«, meint sie leicht frustriert. »Es ist aber schön zu sehen, dass es auch anders gehen kann! Da hat sich die Zita sicher sehr gefreut, als du sie gestern angerufen hast?«

»Ja, natürlich, sie hatte ja keine Ahnung davon! Aber leider geht es halt immer nur für ein paar Minuten, weil das Telefon die Münzen geradezu verschlingt, da müsste man ja einen Geldesel neben sich stehen haben«, erklärt er lachend.

Am Hafen angekommen, kehren die beiden wieder um. Auf etwa der Hälfte des Rückweges verabschiedet sich Katrin. »Servus, Wolfgang, bleibt stark und halt's zusammen!« Sie biegt in eine Seitenstraße ein und Wolfgang geht mit einem guten Gefühl weiter. Die Katrin scheint sich wirklich ehrlich mit ihnen zu freuen, denkt er. Gleichzeitig erkennt er, dass viele dieser Freundschaften und Beziehungen, die nach außen oft so glücklich erscheinen, im Kern gar nicht so ernst gemeint sind. Es fehlt ihnen anscheinend die notwendige Sehnsucht und Erwartung. Darüber kann er ja nicht klagen und ist so doch besser dran!

Wieder zu Hause angekommen, erledigt er wie geplant seine Lernaufgaben und legt sich dann auf sein Bett. Er denkt über das Gespräch mit Katrin nach. Anscheinend ist sie, obwohl sie wirklich gut aussieht, doch recht einsam und hat wohl schon eine größere Enttäuschung hinter sich. Er glaubt bei ihr den Wunsch gespürt zu haben, eine Beziehung zu haben, die auch von Zuneigung und Verbundenheit geprägt ist statt nur von Diskobesuchen und gelegentlichem Händchenhalten. Ist aber nicht sein Problem, entschließt er sich und beginnt lieber an Zita zu denken. Bald müssen ja die Bilder fertig sein und bei ihm eintreffen! Er sehnt sich ja so danach, endlich wieder ihr Gesicht in Ruhe betrachten zu können, denn er hat sich schon dabei ertappt, dass ihm das gedankliche Bild vor den Augen immer wieder verschwimmt und er sich an gewisse Einzelheiten auch nicht mehr erinnern kann. Er hat Angst, das Bild ganz zu verlieren, wenn er es nicht bald wieder nachschärfen kann. Aber, so meint er und denkt dabei wieder kurz an Katrin, dies sind eben die Sehnsucht und die Hoffnung, die ihre Beziehung so einzigartig macht. Wirklich schade für den, der das nicht erleben darf!

Von der Mutter hat Wolfgang noch ein schönes weißes DIN-A4-Kuvert für seine Bewerbung erhalten. Im Schulsekretariat will er sein Zeugnis kopieren lassen und er hat seiner Mutter gesagt, dass er gleich nach der Schule bei Gerbers vorbeischauen wird, sodass sie mit dem Mittagessen nicht zu warten braucht. Sorgfältig packt er die Bewerbung in den großen Atlas, den sie heute zum Glück eh benötigen, um ja keine Knicke oder Eselsohren zu verursachen.

Als er Peter in der Schule davon erzählt, ist der völlig von den Socken. »Du spinnst ja, hast du sonst nichts zu tun? Ich hab die Unterlagen noch gar nicht angeschaut! Aber hast ja recht, ich wünsch dir jedenfalls viel Glück dabei.«

Die Anspannung in der letzten Unterrichtsstunde steigt bei Wolfgang so stark, dass er sich gar nicht mehr konzentrieren kann. Ob überhaupt jemand da ist, ob sie ihn nehmen oder gleich wieder fortschicken, weil sie schon Lehrlinge haben, oder dass es ihm dann doch nicht gefällt! Nur solche Gedanken schwirren ihm noch durch den Kopf und er ist richtig froh, als der Schlussgong ertönt. Peter zeigt ihm noch schnell den hochgestreckten Daumen und Wolfgang macht sich mit klopfendem Herzen auf den Weg. Wegen des vielen Schneematsches auf der Straße und dem Gehweg ist er heute zu Fuß in die Schule gegangen und jetzt dauert es, bis er endlich vor der Firma steht. Er schaut noch mal kurz in das Schaufenster, um dann durch die daneben befindliche Tür zu gehen. Hinter der Tür befindet sich ein Ausstellungsraum und er hört, dass von weiter hinten jemand angeschlurft kommt. Ein Mann mit grauem Arbeitskittel, Block und Kugelschreiber in der Brusttasche erscheint. »Na, womit kann ich dir denn helfen?«

»Ich habe gelesen, dass Sie Lehrlinge suchen, und wollte fragen, ob noch ein Platz frei ist«, antwortet Wolfgang selbstsicher. Der Mann, ungefähr so alt wie sein Vater, hat einen freundlichen Blick und ist ihm sympathisch.

»Aha«, sagt der Mann, »bist aber ganz schön früh dran, aber das macht nichts, und frei haben wir sogar noch alle beiden Stellen! Übrigens, ich bin der Herr Gerber, mir gehört sozusagen das Geschäft hier, und du, wie heißt du denn?«

Wolfgang wird rot, weil er sich nicht vorgestellt hat. »Entschuldigung, ich bin der Wolfgang Fellner und ich werd' heuer mit der Realschule fertig.«

»Ja weißt du denn, was dich hier erwarten würde, hast dich vielleicht auch schon woanders informiert?«, möchte Herr Gerber wissen.

»Meine Information hab ich bisher nur aus den Unterlagen vom Arbeitsamt, aber ich wäre froh, wenn Sie Zeit hätten und mir was erzählen oder auch zeigen könnten. Ich weiß, ich bin unangemeldet gekommen und wäre deshalb auch nicht böse, wenn wir einen anderen Termin ausmachen müssten. Wissen Sie, ich habe mir schon gründlich Gedanken darüber gemacht, warum ich diesen Beruf ausüben möchte, und würde gerne überprüfen, ob ich damit tatsächlich richtig liege.«

»Gut, heute ist der Herr, der für das Personal zuständig ist, zwar nicht da, aber ich denke, die eigentliche Arbeit und den Betrieb kann ich dir auch zeigen. Nachdem ja du regelrecht von dem Beruf schwärmst, nehme ich mir auch die Zeit. Dann komm mal mit!«, fordert er Wolfgang auf, unterbricht sich aber gleich wieder und meint: »Fangen wir doch von vorne an! Hier in diesem Raum sind unsere Ausstellungsstücke. Hier erklären wir den Kunden, wie eine Heizung funktioniert und welche verschiedenen Arten von Heizungen es gibt. Das würdest du auch alles lernen!« Herr Gerber erklärt Wolfgang noch die einzelnen Regelungen und

Brennertypen, bis er merkt, dass es Wolfgang zu viel wird. »Sorry, Wolfgang, du siehst schon, ich bin in meinem Element, und da bin ich immer kaum zu bremsen. Du wolltest dich ja über die Arbeit informieren. Klar, solche Heizungen müssen eingebaut werden, entweder in schon bestehende Häuser oder in Rohbauten. Das ist körperliche Arbeit, da muss gebohrt und gestemmt werden und auch die einzelnen Teile sind manchmal ganz schön schwer. Was auch noch dazukommt, ist Schmutz. Man wird bei dieser Arbeit auch dreckig. Ich weise ganz bewusst darauf hin, weil heute einfach mehr die Bürojobs mit Anzug und Krawatte gefragt sind. Manchmal wirst du am Abend ganz schön erledigt sein, vor allem am Anfang, wenn du das Arbeiten noch nicht so gewöhnt bist. Es ist aber auch ein schöner Moment, wenn so eine Heizung dann in Betrieb genommen wird, alles bestens funktioniert und der Kunde zufrieden ist. Außerdem gehört ja auch die Installation von Warmwasser, Bädern und Küchenanschlüssen zu diesem Beruf. Jetzt gehen wir mal in die Werkstatt hinter.«

Damit dreht sich Herr Gerber um und geht den Gang, den er vorher heraufgekommen ist, wieder hinunter. Wolfgang folgt ihm, wobei er im Vorbeigehen interessiert die Bilder links und rechts an den Wänden anschaut. Sie zeigen überwiegend Baustellen und Heizungsanlagen. Sie kommen an einem kleinen Büro vorbei, in dem eine Frau auf einer Schreibmaschine herumtippt und freundlich zu ihm her lächelt. In der Werkstatt, die Wolfgang von draußen ja schon gesehen hat, befindet sich niemand. Zwei große Werkbänke stehen der Eingangstür gegenüber an der Wand, und verschiedene Werkzeuge sind sauber aufgereiht über den Werkbänken befestigt. Ein großes Regal mit verschiedenen Schachteln befindet sich an der Rückseite der Werkstatt. Ansonsten stehen noch ein paar Maschinen und Geräte herum, mit denen Wolfgang nichts Rechtes anfangen kann.

Herr Gerber erklärt ihm alles, vom Lagerregal bis zur Rohrbiegemaschine. Ihm gefällt der aufgeweckte Junge und es wäre schön, wenn er ihn für seine Firma begeistern könnte. Spontan bietet er Wolfgang die Möglichkeit an, an einem Samstag mal einen halben Tag mit auf eine interessante Baustelle zu gehen.

»Danke, Herr Gerber«, sagt Wolfgang leicht verlegen, »aber Samstag arbeite ich schon im Getränkemarkt Schuster gleich um die Ecke. Aber die Gelegenheit würde ich schon gerne nutzen, vielleicht geht es ja auch an einem Mittwochnachmittag, da könnte ich um ein Uhr hier sein und in den Ferien hätte ich dann noch mehr Zeit, da könnte ich sogar ein paar Tage mitarbeiten.« Wolfgang steigert sich regelrecht in eine Begeisterung hinein, die Herrn Gerber natürlich nicht entgeht. Er schmunzelt in sich hinein und sagt: »Gut, machen wir doch gleich übermorgen Mittag aus. Dann nehm' ich dich für zwei oder drei Stunden mit auf eine große Baustelle, um dir alles zu zeigen. Wenn es dir dann immer noch gefällt, können wir über einen Ferienjob durchaus reden.« Damit verlassen sie die Werkstatt wieder und gehen vor zum Eingang. »Also, dann bis übermorgen«, will sich Herr Gerber schon verabschieden, als Wolfgang seinen Schulranzen öffnet und ihm seine Bewerbung überreicht.

»Ich hätt' ja schon eine Bewerbung dabei, das Zwischenzeugnis würd' ich dann noch bringen, wenn wir's bekommen. Auf alle Fälle bedanke ich mich für Ihre Zeit und die Informationen.« Er überreicht Herrn Gerber seine Unterlagen und dieser ist ganz überrascht: »Du bist ja einer von der ganz schnellen Truppe!«, lobt er Wolfgang. »Ich werd's mir mal durchschauen und dann können wir ja am Mittwoch gleich darüber reden. Also dann, mach's gut!« Er gibt Wolfgang die Hand und öffnet ihm die Eingangstür.

»Danke noch mal!«, sagt Wolfgang beim Hinausgehen und hüpft frohgelaunt die Stufen hinunter auf den Gehweg.

Zuhause berichtet er seiner Mutter ausführlich. Als er erzählt, dass er am Mittwoch auch erst am späten Nachmittag heimkommen wird, weil er gleich nach der Schule mit auf eine Baustelle fahren will, versucht sie ihn etwas zu bremsen.

»Wolfgang, übernimm dich nicht, du hast schon noch Zeit, es muss doch nicht alles auf einmal sein. Es ist ja schön, dass du dich so engagierst, aber die Schule ist jetzt auch sehr wichtig und ein bisschen Freizeit brauchst schon auch!«

»Keine Sorge, Mama, ich hab schon alles im Griff. Die Lehrer sind mit mir zufrieden und ich lern' ja auch fleißig. Aber im Moment hab ich einfach so einen Drang in mir, dass ich etwas tun muss. Ich kann einfach nicht nur rumliegen und dumm schauen. Wenn ich denk, was ich heut' in den zwei Stunden bei Herrn Gerber alles gelernt und erfahren hab, das hab ich jetzt eben den anderen schon voraus!«, rechtfertigt er sich.

»Ist ja recht, Bub, aber vergiss auch dein Mädel nicht!«, will sie ihn an Zita erinnern. Doch Wolfgang lacht nur: »Mutter, was glaubst denn du, an wen ich die ganze Zeit denk? Die Zita ist immer und überall dabei. Sie hilft mir dabei, möglichst selbstbewusst aufzutreten, und gibt mir Ratschläge, so wie ich sie ihr auch laufend gebe. Ist sicher nicht so ganz einfach zu verstehen!«, bedauert er seine Mutter.

»Doch, doch, ich versteh' dich schon, keine Angst. Dein Alter jetzt ist die schönste Zeit in deinem ganzen Leben, und die vergisst man nicht. Höchstens, dass sie manchmal ein wenig in den Hintergrund gerät und man schon gar nicht mehr daran denkt. Aber dafür sind eben auch Kinder da, dass sie diese Gefühle und Erinnerungen wieder nach vorne holen.« Ihr Blick wird ganz mild und ihr Gesicht bekommt einen glücklichen Ausdruck. »Weißt du, Wolfgang, das hab ich auch erlebt. Es ist fast eine Wiederholung meiner Geschichte. Ich hab dir noch nie davon erzählt, weil ich es nicht für wichtig gehalten hab, aber jetzt sollst du's wissen.«

Sie richtet ihren Blick in die Ferne und beginnt zu erzählen. »Der Krieg war schon fast zu Ende und ich hab, wie viele andere junge Frauen auch, im Lazarett gearbeitet, wo wir notdürftig die verwundeten Soldaten versorgt haben. Da gab's ganz schreckliche Sachen zu sehen und es ist auch sehr viel gestorben worden. Wir hatten kaum Medikamente, und nachdem Regensburg sich dann auch noch gegen die Amerikaner wehren wollte, hatten wir keinen Strom und zeitweise nicht einmal mehr sauberes Wasser. Da war dann ein Sanitäter aus Lübeck in Norddeutschland gewesen, der hat nebenbei immer noch etwas organisieren können, und in den war ich unsterblich verliebt. Wir konnten uns aber kaum allein irgendwo sehen, weil ja überall Verletzte waren, und an Freizeiten war damals nicht zu denken. So liebten wir uns mit Blicken oder kleinen, wie zufälligen Berührungen. Es ging so fast vier Wochen und als die Amerikaner Regensburg eingenommen hatten, übernahmen sie das Lazarett. Jetzt gab es wieder Medikamente und auch Ärzte waren plötzlich da. Aber alles militärische Personal, darunter auch die Sanitäter, wurde gefangen genommen oder war irgendwo untergetaucht. Notwendige Hilfskräfte wurden zwar schnell wieder freigelassen und zur Arbeit verpflichtet, aber nach den Untergetauchten wurde gesucht. Johann, so hat er geheißen, war einfach vom Erdboden verschwunden. Ich hatte keine Ahnung, wo er war und ob er überhaupt noch lebte. Nach langen sechs Wochen Wartezeit erhielt ich eine einfache Postkarte heimgeschickt, auf der lediglich drei Worte standen. *Alles in Ordnung. J.*, das war alles. Abgestempelt war die Karte in Hamburg. Es war eh ein Wunder, dass die Post überhaupt funktionierte. Was hatte er bloß vor? Nach England oder Amerika konnte er ja wohl nicht, und sich dauerhaft in Deutschland zu verstecken war sicher auch nicht möglich. Ich zermarterte mir mein Gehirn, was ich machen könnte. Ihn zu vergessen kam nicht in Frage und so verzehrte ich mich nach ihm und wäre ihm überallhin gefolgt, wenn ich bloß gewusst hätte, wo er war.

So etwa drei Monate später, Deutschland hatte bereits kapituliert, erreichte mich wieder eine Postkarte, worauf stand, dass er mir seinen Aufenthaltsort nicht mitteilen könne, weil er gesucht werde. Er sehe aber kaum eine Chance, dass wir uns wiedersehen könnten, und er bat mich darum, ihn zu vergessen. Aber ich konnte nicht! Wochenlang habe ich heimlich geweint und gebetet. Irgendwann hat dann der Schmerz nachgelassen, und ich hatte ihn in eine Schublade meines Gedächtnisses gelegt. Etwa zwei Jahre später, im August 1947, erhielt ich einen Brief von ihm aus Argentinien, in dem er mir schrieb, dass er Glück hatte und auf einem Frachter nach Südamerika fliehen konnte. Er bat mich nochmals ausdrücklich, ihn zu vergessen, da er nicht mehr zurückkäme und mittlerweile mit einer argentinischen Frau verheiratet sei, damit er nicht ausgewiesen werden könne. Erst jetzt war für mich endgültig die Welt zusammengebrochen, ich konnte das damals auch alles gar nicht verstehen. Auch hatte ich keine Ahnung, warum er hatte fliehen müssen. Es muss etwas gegeben haben, das ich nicht weiß. Ja, so war das damals. Nachdem ich jetzt aber Klarheit hatte, konnte ich wieder am Leben teilnehmen. Anderthalb Jahre später habe ich glücklicherweise deinen Vater kennen gelernt.«

Wolfgang hat ganz still zugehört, es schnürte ihm fast die Luft ab dabei. Er steht auf, geht zu seiner Mutter und umarmt sie. Seit seiner Kindheit hat er das nicht mehr gemacht, aber bei Zita und ihrer Mutter hat er das ständig gesehen, und jetzt ist er stolz darauf, es auch zu tun.

Seine Mutter nimmt seinen Kopf in ihre Hände und sagt: »Das ist alles lange her, es waren schreckliche Zeiten damals, und ich habe es schon lange überwunden, aber eben nicht ganz vergessen! Darum wünsch ich mir für euch zwei, dass ihr es besser habt! Die Zeiten sind anders und auch die politischen Verhältnisse sind gottlob andere. Alles hängt in erster Linie von euch allein ab. Wenn ihr zusammenhaltet, kann euch nichts passieren.« Sie drückt Wolfgang an sich und drückt ihm einen Kuss auf die Haare. Überraschenderweise ist es ihm überhaupt nicht peinlich, sondern er freut sich über die mütterliche Zuneigung. ›Fast wie bei den Grimmers‹, denkt er.

»Weiß eigentlich Papa davon, und hast du noch irgendeine Erinnerung an ihn aufgehoben?«, fragt er jetzt neugierig weiter, während er sich wieder setzt.

179

»Klar habe ich ihm damals alles erzählt und er war sehr einfühlsam, obwohl es ja doch fast zwei Jahre vor ihm war und im Grunde genommen nichts geschehen war, außer ein bisschen Herzschmerz! Materielle Erinnerungen habe ich keine mehr, die Postkarten und den Brief habe ich damals verbrannt und das Kapitel so endgültig abgeschlossen. Dies hat es mir auch ermöglicht, relativ bald darüber hinwegzukommen und wieder ein normales Leben zu führen. Die gedankliche Erinnerung war bis vor Kurzem eben zwar nicht gelöscht, aber sehr tief unten archiviert, und erst ihr beiden habt sie wieder nach oben geholt. Es ist schön, solche Erinnerungen zu haben, wenn sie nicht mehr schmerzen, sondern man sie in dem Kapitel *Lebenserfahrungen* ablegen kann. Nur wer solche Erfahrungen selber gemacht hat, kann andere richtig verstehen! Deshalb freut es mich sehr, dass ihr beide euch so gut versteht. Eure Zuneigung und eure Sehnsüchte kann ich auch gerade deshalb gut nachvollziehen, und insgeheim leide ich sogar ein bisschen mit!«, erklärt sie etwas wehmütig lächelnd. Doch dann versucht sie einen munteren Ton anzuschlagen: »Jetzt ist aber Schluss damit, wir werden ja richtig sentimental und schwermütig! Komm, lass uns von etwas anderem reden.«

»Gleich«, antwortet Wolfgang, »ich möchte dir nur noch sagen, dass ich sehr froh bin, zu wissen, dass du uns wirklich verstehen kannst. Alle sagen uns immer, dass es sehr schwierig werden wird, die lange Zeit durchzuhalten. Du machst mir dagegen Mut! Danke dafür, wir haben es jedenfalls vor, uns diese lange Zeit über treu zu bleiben und unser großes Ziel weiterzuverfolgen. Dabei können wir natürlich jeden Unterstützer gebrauchen.«

»Ach Wolfgang«, beginnt seine Mutter doch noch mal mit dem Thema, »es ist ja noch ein bisschen früh, sich über euch beide eine feste Meinung zu bilden, aber so etwas wie die ›große Liebe‹ hat man nur einmal im Leben! Ob sie deshalb ein Leben lang hält, ist aber nicht sicher. Andererseits erleben sehr viele Menschen sie erst gar nicht, weil sie viel zu leichtfertig damit umgehen. Weißt du, so Kurzfreundschaften, wie sie heute üblich sind und alle paar Wochen wechseln, zerstören die Gefühle für die ›große Liebe‹. Man spürt die Sehnsucht nicht mehr, weil man sich ja täglich sieht und auch gegenseitiges Streicheln und selbst das Küssen erfolgt dann oft beinahe mechanisch und ohne tieferes Empfinden und Herzklopfen. Es ist sehr schade darum, deshalb bewahre dir dieses Gefühl, solange es möglich ist, dann freust du dich über jedes Zeichen vom anderen und kannst dich viel besser in ihn hineinversetzen, was oft sehr wichtig ist. Jedenfalls, ich freu mich für euch zwei, und der Papa sieht's auch so, vor allem deshalb, weil du plötzlich erwachsen geworden bist. Jetzt ist aber endgültig Schluss! Du musst noch Hausaufgaben machen und lernen. Morgen und übermorgen wirst du wohl kaum Zeit zum Lernen haben.« Damit steht sie auf und betrachtet das Gespräch als beendet.

Mittlerweile ist es halb fünf geworden und Wolfgang muss sich tatsächlich beeilen, dass er mit seinen Hausaufgaben vor dem Abendessen fertig wird. Lernen kann er dann hernach im Bett auch noch. Als er seine Schulsachen auspackt, denkt er nebenbei über das Gespräch mit seiner Mutter nach und fühlt sich plötzlich so eng mit ihr verbunden wie noch nie. Ihm ist klar, dass er in ihr einen ganz starken Verbündeten bekommen hat, und dabei erinnert er sich an das Verhältnis von Zita zu ihrer Mutter, das ja mindestens genauso eng ist. Hm, schon irgendwie seltsam, denkt er so vor sich hin. Er wird heute Abend noch mit Zita darüber reden!

Die Hausaufgaben hat er schnell erledigt, und da noch eine halbe Stunde Zeit bis zum Abendessen ist, geht er noch eine kleine Runde spazieren. Als er Richtung Donau abbiegt, sieht er einen Lieferwagen in Hellblau mit der Aufschrift *Heizung und Sanitär Gruber GmbH*. Darunter ein angeklebtes Plakat, das auf die Neueröffnung einer Bäderausstellung in Lappersdorf, einem Vorort von Regensburg, hinweist. Zwar liegt diese Neueröffnung schon zwei Monate zurück, aber der Name *Gruber* steht auch auf Wolfgangs Liste. Scheint also auch ein größerer Betrieb zu sein, den er sich jedenfalls schon mal merken kann.

Sein Vater lacht, als ihm Wolfgang von seinem Gespräch mit Herrn Gerber erzählt. »Ja, ich weiß, der holt gerne weit aus, und wenn er in seinem Element ist, kann man ihn kaum bremsen. Aber er kennt sich aus und ist tüchtig, ich seh schon, du hast ein gutes Gespür entwickelt. So etwas ist nie verkehrt!«, lobt er seinen Sohn. Die Firma Gruber kennt er nur von der Werbung her, aber auch die Firma Gerber baut Bäder und habe auch eine recht große Ausstellung in Prüfening drüben, erklärt er. »Hat er davon gar nichts erzählt? Frägst ihn halt mal am Mittwoch. Die zeigt er dir sicher sehr gern. Da sind aber Bäder dabei, da wirst du staunen.«

Wolfgang ist beruhigt, dass »seine« Firma mit den Grubers auch mithalten kann, und geht, nach dem er fertiggegessen hat, in sein Zimmer. Heute gibt es zwar viel zu denken, aber er will sich unbedingt noch auf die Schule vorbereiten, denn so kurz vor dem Zeugnis sind Stegreifarbeiten angesagt. Da möchte er versuchen, noch die eine oder andere gute Note zu ergattern. Maximal eine Stunde gibt er sich noch zum Lernen, und dann kommen seine Gedanken und Gefühle dran!

Nach der Lernstunde, auf dem Bett liegend, sortiert er seine Gedanken. Die Firma Gerber gefällt ihm sehr, und er hat einen guten Eindruck bekommen, auch dass er am Mittwoch noch mehr gezeigt bekommt, stimmt ihn positiv. Bloß, wie kommt er an eine möglichst baldige Zusage heran? Es fällt ihm ein, dass Herr Gerber ja auch nach anderen Bewerbungen gefragt hat, er aber noch keine richtige Antwort gegeben hat. Da kommt ihm eine Idee! Zum Glück war er vorhin noch etwas unterwegs. Er könnte ja mal am Rande die Firma Gruber anklingen lassen und nebenbei erklären, dass er vor den Prüfungen gerne Klarheit hätte. Gleich am Mittwoch will er versuchen, Herrn Gerber zu einer näheren Aussage zu bringen. Wird schon gut gehen, denkt er sich und legt dieses Thema zur Seite. Zita will er aber jetzt noch nichts davon mitteilen. Dafür erzählt er ihr von seiner Mutter, und dass er plötzlich ein ganz anderes Verhältnis zu ihr hat. Während er in Gedanken Zitas Kopf in seine Hände nimmt, um sie ganz intensiv zu küssen, schläft er vor Müdigkeit ein.

Ziemlich aufgebracht empfängt Frau Grimmer ihre Tochter, als sie von der Schule heimkommt.

»Also, diese Holländer«, schimpft sie, »machen einen Höllenlärm und werfen ihre Sachen einfach in den Zimmern herum, räumen keinen Tisch ab und machen auch keinen Waschraum sauber. Ich werde mir heute Abend mal die beiden Betreuer vorknöpfen müssen. Die Skistiefel lagen mittags im ganzen Haus herum. So geht das nicht weiter. Ich bin ja mal gespannt, wann die heute Abend Ruhe geben!«

Zita gibt ihr einen Kuss. »Keine Angst, Mama, das kriegen wir schon hin! Haben wir zwei doch schon andere Sachen hingekriegt!«

Dankbar lächelt die Mutter ihrer Tochter zu, wenn sie auch keine Ahnung hat, was Zita damit gemeint haben könnte.

Gleich nach dem Mittagessen setzt sich Zita in ihr Zimmer und macht ihre Hausaufgaben. Anschließend zeigt sie der Mutter die Biologieprobe, die sie heute zurückbekommen haben.

»Schau mal, Mama, ich hab da was ganz Besonderes!«, sagt sie und übergibt der Mutter die Probe. Diese schaut zuerst auf die rechte obere Ecke, wo üblicherweise die Note vermerkt ist. »Eine Eins mit Stern!«, bemerkt sie begeistert, »hast du so eine Note überhaupt schon mal gehabt?«, fragt sie ungläubig nach.

»Bisher nicht«, antwortet Zita stolz. »Du musst noch umdrehen, hinten steht auch noch was drauf!«

»*Beste Arbeit der Klasse! Mach weiter so!*«, liest Frau Grimmer ungläubig vor. »Was ist denn mit dir los? Ich hatte eher das Gegenteil erwartet, dass du nämlich in der Schule einen Einbruch erleiden könntest, weil du immer woanders mit deinen Gedanken wärst. Aber da hab ich dich wohl wieder einmal unterschätzt. Gratuliere, mein Schatz!«, sagt sie gerührt und nimmt ihre Tochter in die Arme.

Die Skifahrer kommen heim, und wie es die Mutter beschrieben hatte, geht es gleich wieder mit Gelärm und Gepolter los. Skistiefel werden einfach am Boden irgendwo abgestellt und nasse Anoraks an die Fenstergriffe im Gang gehängt.

Zita und ihre Mutter sind in der Küche und bereiten das Abendessen vor, während vom Obergeschoss her laute Musik dröhnt und Getrampel bis in die Küche zu hören ist. Als kurz vor sechs die meisten Kinder im Speiseraum versammelt sind, zieht Zita schweigend ihre Schürze aus und geht hinüber zu den Kindern. Sie stellt sich vor der Theke auf und ruft ganz laut: »Ruhe!«

Verstört blicken einige Kinder auf, während andere sich lautstark weiterunterhalten. Zita geht in die Mitte des Raumes und spricht eine Gruppe der lärmenden Buben direkt an.

»Hallo, das gilt auch für euch«, ruft sie nochmals laut in den Raum.

Als alle still sind und die beiden Betreuer neugierig zu dem energischen Mädchen hinsehen, beginnt Zita mit lauter Stimme: »Einen schönen guten Abend zusammen. Mein Name ist Zita und ich bin hier die Junior-Chefin. Ich freue mich wirklich, dass ihr alle bei uns seid und eine Woche mit uns verbringen wollt. Aber ihr müsst auch wissen, wir sind kein Hotel! Bei dem Preis, den wir verlangen, könntet ihr im Dorf unten gerade eine Nacht verbringen. Deshalb gibt es hier Regeln, die von allen einzuhalten sind. Ihr seid keine Kinder mehr, sondern junge erwachsene Menschen, die ihren Dreck selber wegzuräumen in der Lage sein sollten. Dies bedeutet, dass, bevor es heute Abendessen gibt, die Stiefel vom Gang verschwinden und unter die Treppe auf die dortigen Regale gebracht werden.

Die Anoraks und Jacken könnt ihr in den Zimmern auf Trockengestelle hängen. Die Musik wird nicht lauter aufgedreht, wie es nötig ist, dass alle im Zimmer sie hören. Die Nachbarn haben eventuell auch einen anderen Musikgeschmack oder wollen ihre Ruhe haben. Um zweiundzwanzig Uhr ist absolute Bettruhe! Rauchen ist strengstens untersagt. Hier besteht fast alles aus trockenem Holz und die Hütte ist in zehn Minuten abgebrannt. Alkohol gibt es hier nicht. Cola, Limo und Wasser können aus den Kästen entnommen und das Geld dafür in die Kasse geworfen werden. Die Zimmer sind sauber zu halten und täglich aufzuräumen! Der obere Gang ist morgens zu kehren und die Wasch- und Toilettenräume sind ebenfalls morgens zu reinigen. Bisher wurde immer von den Betreuern zimmerweise eingeteilt und täglich durchgewechselt. Geschirr und Besteck sind nach dem Essen auf die Theke hier vorne zurückzubringen, die Tische von den eingeteilten Personen sauber zu machen. Das wär's für Erste. Nun aber ab an die Arbeit, Schuhe und Jacken aufräumen, dann könnt ihr wiederkommen.«

Unter verhaltenem Murren stehen die Jungen, die ganz an der Tür sitzen, auf und gehen. Langsam folgen auch die anderen, nachdem hilfesuchende Blicke zu den Betreuern nichts geholfen haben. Einer der Betreuer kommt auf Zita zu. Lachend sagt er zu ihr: »Meine liebe Frau Feldwebel, das war aber ein gehöriger Anschiss! Sie müssen entschuldigen, aber das mit dem Saubermachen war uns so nicht bekannt. Selbstverständlich werden wir uns darum kümmern, dass alles in Ordnung geht. Sie können sich auch immer mit Beschwerden oder Anregungen an uns wenden. Aber das haben Sie wirklich gut gemacht. Ich bin übrigens Jan, das reicht schon! Darf ich fragen, wie alt Sie sind?«

Erst als sie Jans Dialekt hört, fällt Zita ein, dass ja gar nicht alle Holländer auch zwangsläufig Deutsch verstehen! Na ja, aber es hat offensichtlich gewirkt.

»Gute vierzehn bin ich und gehe auch noch zur Schule«, antwortet sie leicht errötend. Erst jetzt wird ihr ihr Auftritt so richtig bewusst.

»Respekt«, sagt Jan, »und wie gesagt, wir kümmern uns darum.«

Der andere Betreuer ist zwischenzeitlich schon hinausgegangen und sorgt oben für Ordnung.

Zita droht schwindelig zu werden und sie eilt zurück in die Küche. Dort wartet schon ihr Mutter auf sie und nimmt sie in die Arme. »Wow, war das ein Auftritt«, sagt sie voller Stolz, »ich habe dich durch das Rollo beobachtet und hatte schon Angst, dass sie aufstehen und dich rauswerfen würden! Aber das hast du sehr souverän, wie ihr jungen Leute ja wohl sagt, gelöst. Die beiden Betreuer haben ganz schön blöd in die Gegend geschaut. Tapferes Mädel, es gibt wohl nichts, was dich umhauen könnte.«

Damit lässt sie Zita wieder los und geht zum Rollo, damit die Kinder doch noch zu ihrem Essen kommen. Zita setzt sich erst mal an den Tisch. Ihr sind plötzlich die Knie ganz weich geworden und ein kleiner Schwindel erfasst sie, sodass sie sich an der Tischplatte festhält. Die Mutter sieht sich um, wo denn ihre Tochter zum Bedienen bleibt, und sieht sie kreidebleich am Tisch sitzen. Schnell läuft sie nach hinten, schüttelt sie und drückt sie fest an sich. Langsam kommt wieder Farbe in das Gesicht und Zita will aufstehen, um an die Theke zu gehen. »Bleib du mal sitzen, bis du wirklich wieder auf dem Damm bist, ich komm schon zurecht!«

Einige Kinder stehen bereits an und warten auf die Essensausgabe, aber keiner sagt ein Wort des Unmuts, sondern wartet, bis er dran ist. Gulasch mit Nudeln, das altbewährte Essen, das fast allen Kindern schmeckt. Frau Grimmer schenkt das Gulasch aus, Nudeln und Salat können die Kinder selber nehmen. Alles funktioniert ohne Gemecker, auch das Geschirr wird anständig zurückgestellt und manche der Kinder bedanken sich sogar extra beim Hinausgehen. Frau Grimmer ist's, als wäre ein Wunder geschehen. Kein Vergleich zu heute Mittag!

Zita hat gleich mit dem Abwasch begonnen, als es wieder besser ging. Aber so richtig begreift sie immer noch nicht, was da plötzlich in sie gefahren war. Wieder eine Erfahrung mehr, denkt sie, manchmal muss man anscheinend direkt und ohne Umschweife zum Thema kommen! Diese Erfahrung wird sie bestimmt noch öfters gebrauchen können.

Beim Abendtee ist natürlich heute ihr Auftritt das Hauptunterhaltungsthema. »Wolfgang wäre ja so stolz auf dich«, sagt ihre Mutter mit strahlendem Gesicht und nimmt sie immer wieder in ihre Arme. »Ich hätte mich bestimmt nicht so gut angehört. Die waren ja alle mucksmäuschenstill, obwohl die meisten bestimmt zwei Jahre älter sind als du.« Sie schüttelt nur immer wieder ungläubig den Kopf und lächelt glücklich vor sich hin, während sie Zita wie ein Kleinkind in ihren Armen hin und her schaukelt. Zita ist dabei ziemlich schweigsam, sie denkt daran, dass sie überhaupt nicht nervös war und die Worte ihr einfach der Reihe nach eingefallen sind, ohne dass sie dabei hat überlegen müssen. Erst als sie fertig und wieder in Sicherheit war, brach sie einfach zusammen. Als sie ihre Mutter fragt, ob das normal sei, erklärt ihr diese: »Ja, Zita, weißt du, du hast einfach überdreht, dein Kreislauf war so mit Adrenalin vollgepumpt, dass du dir vorgekommen bist, als würdest du schweben. Aber genau so geht es auch wieder rückwärts, wenn das Ziel erreicht ist. Dann stürzt der Kreislauf in sich zusammen. Das geht vielen so, und wer beim ersten Mal einen solchen Auftritt hinlegt, dem kann es gar nicht anders ergehen. Das ist kein Grund, sich zu schämen! Erst mit den Jahren, wenn man viele Vorträge und Reden gehalten hat, kann man dieses Phänomen ablegen. Da wird die Uschi schauen, wenn du ihr das erzählst!«

Immer noch etwas verunsichert geht sie nach einem Kuss zu Bett. Lange liegt sie wach, erlebt alles noch mal und denkt dann an den armen Wolfgang, wie sie den zusammengestaucht hatte! ›Ja‹, denkt sie, ›manchmal muss man direkt sein, aber man muss auch fair bleiben, und wenn man Fehler gemacht hat, sollte man nicht zu stolz sein, um sie zu korrigieren.‹ Sonst hätte sie Wolfgang wohl nie richtig kennen gelernt!

»Eine hervorragende Arbeit!«, lobt Herr Stuber, der Physiklehrer, »volle Punktzahl, vom Inhalt her mit die beste Arbeit der Klasse. Wenn du auch noch ein wenig an deiner Schrift feilen würdest, könnte sogar noch ein Sternchen dazukommen. Jedenfalls eine ganz starke Steigerung seit dem letzten Mal! Mach weiter so!« Dann übergibt er Wolfgang seine Schulaufgabe von der letzten Woche. Leicht verlegen sagt dieser nur ein kurzes: »Danke!«, und strahlt über das ganze Gesicht. So gut ist er noch nie gewesen, zwar hatte er in der Vergangenheit keine Probleme mit Physik, aber eine bessere Note als eine Zwei hatte er bisher nicht erreicht.

Im Getränkemarkt begrüßt ihn Frau Schuster an der Kasse sitzend mit den Worten: »Hallo Wolfgang, schön, dass du da bist. Die Leute haben gestern und heute schon wieder ganz schön ausgeräumt.« Dann kassiert sie weiter. Es sind drei Kunden, die bereits an der Kasse anstehen, und sie will sie nicht warten lassen.

»Du kennst dich ja aus«, sagt sie schnell noch zwischendurch, doch Wolfgang ist schon um die Ecke zwischen den Beständen, um die Lücken festzustellen. Es sind aber noch überall so viele Reserven, dass er keine Lücke sofort auffüllen müsste, und so kann er einfach der Reihe nach durchgehen. Zuallererst kümmert er sich aber um das Leergut, damit es aus dem Weg ist. Im Freigelände muss er erst den Schneematsch etwas beiseite räumen, damit er mit dem Hubwagen überhaupt fahren kann. Gestern ist neu geliefert und Leergut abgeholt worden, sodass Wolfgang mit dem Aufbau neu beginnen kann, aber auch dieser Platz muss erst zumindest grob vom Matsch befreit werden.

Es wird schon halb fünf, bis er alles aufgefüllt hat und sich eine kurze Cola-Pause gönnt. Nur noch ein paar neue Leergutkästen, dann ist er für heute fertig. Er sieht noch kurz nach dem Weinregal und stellt fest, dass bei zwei Sorten nur noch jeweils eine Flasche ausgepackt ist. »Frau Schuster«, ruft er Richtung Kasse, »soll ich den Wein auch gleich auspacken?«

»Ach ja, Wolfgang, siehst du, das ist mir noch gar nicht aufgefallen, aber mach das bitte noch«, ruft sie zurück und leise sagt sie zu sich: »So ein umsichtiger Bub, der verdient sein Geld wirklich!«

Zuhause zieht er sich um, wäscht sich und legt sich auf sein Bett. Vor dem Abendessen will er mit den Hausaufgaben nicht mehr anfangen.

»Hallo Wolfgang, das Abendessen ist fertig!« Seine Mutter steht vor ihm. »Warst recht müde von der Arbeit? Ist aber auch kein Wunder.«

»Oh, bin wohl eingeschlafen, aber jetzt geht's wieder, ich komm gleich!«, bringt er noch leicht verschlafen heraus und wälzt sich langsam aus dem Bett.

»Hallo Pa«, begrüßt er seinen Vater und setzt sich mit an den Tisch. Die Mutter schiebt ihm noch einen Teller der restlichen Suppe von heute Mittag hinüber und Wolfgang beginnt gleich zu essen.

»Eine feine Sache, deine Schulaufgabe«, meint sein Vater und nickt. »Da sieht man, dass fleißiges Lernen schon etwas bringt. Wenn du so weitermachst, kriegst du bestimmt auch einen ganz guten Abschluss hin. Einfach dranbleiben!« Ein freudiger Blick Richtung Wolfgang und aufmunterndes Nicken machen Wolfgang fast verlegen.

»Ich hab schon vor, dranzubleiben«, verspricht er und isst weiter.

Erst gegen sieben Uhr kann er heute mit den Hausaufgaben beginnen, und um halb neun legt er sich in sein Bett, um sich noch für morgen vorzubereiten. Die Gedanken schweifen aber immer mehr ab. Was wird Zita heute gemacht haben? Ob sie jetzt auch im Bett liegt und an ihn denkt? Die Sehnsucht nach ihr ist größer als der Wille zum Lernen. So legt er sein Englischbuch auf das Nachtkästchen, schüttelt sein Kopfkissen auf und legt sich zur Seite, das Kopfkissen ganz fest an sich gezogen. Er denkt an ihren Brief, ihre Worte und die Freude am Telefon. Ganz nah liegt sie bei ihm und er legt seinen Arm um sie und schläft selig ein.

Seit sie aufgewacht ist und den gestrigen Tag noch mal gedanklich überflogen hat, fühlt Zita sich stark. Nichts ist geblieben vom schwachen Kreislauf und so. Sie hat's ihnen gezeigt! Strotzend vor Kraft und Unternehmungslust steht sie auf, um notfalls gleich wieder einzuschreiten, falls es denn erforderlich werden würde. Doch noch herrscht Ruhe im Haus und sie geht zu ihrer Mutter zum gemeinsamen Frühstück in die Küche.

»Na wie geht's dir denn heute?«, will die Mutter zwischendurch wissen.

»Sehr gut«, antwortet die Tochter voller Tatendrang, »und wenn du wieder Probleme hast, gib einfach Bescheid!« Beide lachen herzlich.

Zita verabschiedet sich von ihrer Mutter und wartet an der Eingangstür auf das Auto der Nachbarin. Kaum im Auto, platzt es aus Zita heraus und sie erzählt haarklein, wie sie gestern mit den Holländern fertig geworden ist.

»Und die haben das so hingenommen, auch die Betreuer?«, wundert sich die Nachbarin.

»Du spinnst doch direkt!«, kommentiert Uschi das Ganze und lacht über das ganze Gesicht.

»Mucksmäuschenstill waren's, und mir ist erst später eingefallen, dass mich viele wahrscheinlich gar nicht verstanden haben!« Allgemeines Gelächter folgt.

Dass Zitas Standpauke auch dauerhaft nachwirkt, erfährt sie am Mittag, als sie aus der Schule kommt, sofort von der Mutter, die ihr vergnügt erzählt:

»Es ist überhaupt kein Vergleich zu gestern, so gesittet, wie das heute abgelaufen ist. Ein jeder hat gegrüßt und Danke g'sagt. Sauber g'macht ist auch worden und der Jan hat mich mittags angesprochen und sich nochmals ausdrücklich bedankt für deine, wie er g'sagt hat, ›Kopfwäsche‹. Er sei richtig stolz auf seine Kinder, dass die jetzt alle so mitmachen und niemand rumkrakeelt oder mault. Der andere Betreuer versteht zwar Deutsch, spricht es aber nicht so gut und deshalb sollen wir uns an den Jan wenden, wenn es etwas gibt. Also war es ein voller Erfolg mit einem erstaunlichen Ergebnis«, lobt die Mutter, und man sieht ihr den Stolz auf ihre Tochter regelrecht an.

Nach den Hausaufgaben und Vorbereitungen für den nächsten Tag hilft Zita der Mutter wieder in der Küche, als die Kinder vom Skifahren heimkommen. Natürlich gibt es Lärm und Gepolter, aber die Ski, die Stiefel und die Bekleidung werden aufgeräumt und Musik und Unterhaltung bleiben im erträglichen Maß, sodass kein Bedarf für einen neuerlichen Eingriff von Zitas Seite besteht.

Auch das Abendessen und das allgemeine Treffen, abends im Speiseraum, verlaufen absolut im Rahmen.

Gut, dass er sich heute früh noch kurz die Englischvokabeln durchgesehen hat, denn heute werden einige Schüler zwecks Notenverbesserung mündlich abgefragt. Dabei hat Wolfgang, weil er die Vokabeln immer in kurzen Satzzusammenhängen gelernt hat, mit den Antworten glänzen können. Und in Mathematik schreiben sie eine Stegreifaufgabe zum Stoff der letzten Stunde, mit der er aber ebenfalls keine Probleme hat. Ja, er kann seine Arbeit sogar als einer der Ersten abgeben und damit seine Pause verlängern.

Peter kommt zu ihm. »Wie ist's bei dir gelaufen?«, will er wissen, »ich hab gerade im letzten Moment noch die Kurve gekriegt und die Lösung gefunden, nachdem ich schon einige Versuche wieder ausstreichen musste. Du hast ja schon früh abgegeben!«

»Och, es ging ganz gut, ich denke, für eine Drei reicht's allemal«, untertreibt er ganz bewusst, um Peter zu ärgern.

»Du und mit einer Drei zufrieden, das kannst du jemand anderem erzählen, so wie du dich in letzter Zeit reinhängst!«, antwortet Peter und lacht dabei. »Wahrscheinlich hast du mal wieder volle Punkte und das in Rekordzeit!«

»Schön wär's«, brummt Wolfgang und lächelt zuversichtlich.

Dann erzählt er, dass er am Nachmittag mit auf Baustellenbesichtigung fährt und für eine Lehrstellenzusage ein bisschen Druck machen will.

»Sag mal, spinnst du!«, ruft Peter ungläubig aus, »Druck machen willst du, ich glaube nicht, dass du in der Position bist, in der du Druck machen kannst! Du machst dir höchstens alles kaputt damit. Sei bloß vorsichtig!«, warnt er ihn noch freundschaftlich.

»Ich will ja bloß darauf hinweisen, dass es durchaus auch noch andere Firmen gibt, die Lehrlinge suchen, und halt der Erste die Zusage von mir bekommt. Wenn Herr Gerber mich haben will, dann soll er sich eben bald entscheiden! Wobei ich dir schon auch recht geben muss, riskant wird es schon und ich hoffe, dass alles gut geht, denn diese Firma tät' mir schon gefallen.«

»Ich wünsch dir jedenfalls Glück bei deiner Erpressung!«, grinst Peter beim Hineingehen.

Wolfgang hat sich heute für die letzte Stunde extra vom Direktorat freigeben lassen. Für Lehrstellensuche sind solche Freistellungen durchaus möglich.

Pünktlich um ein Uhr findet sich Wolfgang bei der Firma Gerber ein. »Pünktlich wie die Feuerwehr«, lobt Herr Gerber. »Dann können wir ja gleich losfahren. Deinen Schulranzen kannst du einstweilen hierlassen oder auch mitnehmen, wie du willst.«

Wolfgang stellt seinen Schulranzen gleich neben der Tür ab und holt sich nur noch die Brotzeit heraus, die ihm die Mutter statt des Mittagessens mitgegeben hat. Herr Gruber geht mit ihm nach hinten durch das Büro, in dem heute neben der Schreibkraft noch ein Mann sitzt und ihn neugierig ansieht. Wolfgang grüßt und geht weiter hinter Herrn Gerber her. Das Büro hat einen eigenen Ausgang, durch den sie jetzt gehen und direkt vor einem Kleintransporter mit Firmenaufschrift landen.

Wolfgang setzt sich auf den Beifahrersitz und fragt, ob er während der Fahrt seine Brotzeit essen darf, weil ja heute sein Mittagessen ausgefallen ist.

»Aber natürlich, ich kann dich doch nicht hungern lassen, schließlich wollen wir doch deine Arbeitskraft erhalten!«, lacht Herr Gerber und biegt auf die Hauptstraße ein. »Wir fahren jetzt nach Neutraubling raus, da haben wir eine ganze Reihenhaussiedlung zum Ausstatten und da kannst du jede einzelne Bauphase sehen, von fertig bis gerade angefangen. Ich denke, da bekommst du einen guten Überblick. Wir machen dort nicht nur die Heizungen, sondern auch die Wasserversorgung inklusive der Bad- und Sanitärausstattungen. Anschließend zeige ich dir noch unsere Bäderausstellung in Prüfening, darüber haben wir, glaube ich, noch gar nicht gesprochen. Weißt du, die Kunden wollen heute etwas anschauen können, bevor sie es kaufen.«

Wolfgang isst sein Wurstbrot und einen Apfel dazu, während er zuhört.

»Sie machen doch sicher auch die Planungen für die Heizungen. Wird da eigentlich so eine Art Bauplan erstellt, oder wie muss ich mir das vorstellen?«, unterbricht er den Redefluss von Herrn Gerber.

»Ja natürlich, wir erstellen aufgrund des Bauplans einen eigenen Plan für die Wasserversorgung und die ganzen Anschlüsse. Für die Heizung wird zunächst eine Wärmebedarfsberechnung durchgeführt, damit der Kunde weiß, wie groß die Anlage werden muss, und er auch bei kalten Temperaturen genügend Wärme erzeugen kann. Anschließend werden entsprechende Heizungspläne erstellt. Wo welche Leitungen verlaufen müssen, wo Heizkörper befestigt werden sollen, oder bei Fußbodenheizungen, wie eng die Rohre im Estrich zu verlegen sind. Dafür haben wir im Büro ein großes Reißbrett, an dem die Pläne angefertigt werden. Solche Pläne können wir gleich vor Ort anschauen.« Herr Gerber freut sich, dass Wolfgang zielgerichtete Fragen stellt und so wissbegierig ist. »So, nur noch ein paar Minuten, dann sind wir dort.«

Schon von Weitem ist die neue Siedlung mit den Kränen und Baufahrzeugen zu sehen. Mehrere Häuser sind schon fast fertig, während bei anderen erst die Bagger mit dem Ausheben der Baugrube beschäftigt sind.

Sie halten an einem Haus, in dem bereits die Fenster angebracht sind, das aber sonst noch ziemlich rohbaumäßig aussieht. Wolfgang steigt aus und geht zu Herrn Gerber auf die andere Seite.

»In diesem Haus ist die Heizung bereits fertig und in Betrieb. Ebenfalls fertig ist die gesamte Wasserinstallation, aber noch keine sanitären Anlagen, weil der Estrich erst noch trocknen muss. Na, dann gehen wir doch rein!«

Herr Gerber erklärt Wolfgang, dass in diesem Haus eine Fußbodenheizung verlegt und deshalb die Heizung schon in Betrieb ist, um den Estrich aufzuheizen. Er erzählt von schwimmendem Estrich und einem gleitenden Niedertemperaturkessel. Wolfgang wird es plötzlich zu viel.

»Herr Gerber, bitte, ich habe ein Problem, Ihnen zu folgen, ich kenne viele der Ausdrücke gar nicht. Was ist etwa der viel erwähnte Estrich oder eine Heizungskennlinie?«, bittet er etwas frustriert um nähere Erläuterungen.

»Sorry, Wolfgang«, lacht Herr Gerber, »natürlich, woher sollst du das wissen? Ja, frag nur, denn nur so lernst du was! Also, der Estrich ist hier dieser spezielle Beton, der auf die Bodenplatte oder im Obergeschoss eben auf die Decke aufgebracht wird. Darunter befindet sich eine Isolierschicht, die verhindert, dass die Wärme in den Boden entweichen kann. Die Fußbodenheizung, das sind Kunststoffrohre, die hier in den Estrich eingegossen werden und durch die dann warmes Wasser läuft. Der Estrich muss schwimmen, das bedeutet, dass er am Rand zur Wand hin einen kleinen Abstand hat, damit er sich bei Erwärmung durch die Heizung ausdehnen kann, ohne an die Wand zu drücken.«

Jetzt versteht Wolfgang schon besser und Herr Gerber bemüht sich auch, ihm alles verständlich zu machen. Er zeigt ihm die Verlegepläne der Heizungsrohre und erklärt ihm an der Kesselsteuerung auch die Heizungskennlinie.

»Aber das ist jetzt viel zu ausführlich, das lernst du alles in dreieinhalb Jahren und nicht auf einen Tag. Komm, gehn wir ein paar Häuser weiter, wo noch gearbeitet wird.«

»So, hier gibt es jetzt etwas Interessantes zu sehen«, meint Herr Gerber, als sie den Rohbau betreten. »Hier wird gerade ein Heizkessel zusammengebaut!« Er begrüßt seine Leute und erkundigt sich, ob alles gut läuft. Sie nicken ihm nur zu und arbeiten weiter.

Nach der Erklärung einiger Einzelteile des Kessels gehen sie dann in das obere Stockwerk, wo gerade zwei Arbeiter dabei sind, Kupferrohre für die Heizkörperanschlüsse zu montieren.

»Ich denke, das genügt für den Anfang oder hast noch einen besonderen Wunsch?«, möchte Herr Gerber von Wolfgang noch wissen.

»Nein, danke, Herr Gerber, das war schon ganz schön viel, aber die Arbeit habe ich gesehen und die tät' mir schon gefallen. Machen eigentlich die gleichen Leute die Heizung und die Wasserinstallation, oder haben Sie da jeweils Spezialisten?«, fragt er noch nach.

»Ich seh schon, du machst dir richtig gute Gedanken! Grundsätzlich ist es so, dass jeder, der bei mir gelernt hat, beides kann. Aus Rationalitätsgründen ist es aber zweckmäßig, dass man die Leute die Arbeit machen lässt, die sie am besten können. Da bilden sich nach der Ausbildung tatsächlich Spezialisten heraus, die sich sehr gern mit der neuesten Heizungstechnik herumschlagen oder auf dem Gebiet der Wasseraufbereitung entsprechende Fortbildungen belegen. In erster Linie bestimme aber letztendlich ich, was wer zu machen hat, und da kann es schon mal vorkommen, dass einer etwas machen muss, das er nicht so gerne tut. Aber Ärger hat es deshalb noch nicht gegeben.«

Mittlerweile sind sie wieder beim Auto angekommen und fahren zurück in die Stadt zur Bäderausstellung.

Unterwegs fragt Herr Gerber neugierig: »Na, wie sieht's aus, tatsächlich immer noch Interesse an der Lehrstelle?«

»Ja, klar, ich finde die Arbeit richtig interessant und so vielseitig. Die körperliche Arbeit fürchte ich nicht!«

»Das ist gut! Ich hab auch schon mit unserm Personaler gesprochen. Bisher ist keine weitere Bewerbung da, aber er meint, dass es noch recht früh wär und er würde gerne noch weitere Bewerbungen abwarten.«

Wolfgang ist enttäuscht und knurrt: »Schade, der kennt mich doch gar nicht!«
Schweigend fahren sie eine Zeitlang stadteinwärts.

Endlich kommen sie in die Nähe der Ausstellung und Herr Gerber unterbricht das Schweigen. »Gleich sind wir da und anschließend fahren wir wieder heim«, versucht er die Stimmung etwas zu heben, denn er hat Wolfgangs Enttäuschung wohl bemerkt.

Jetzt holt Wolfgang seinen vermeintlichen Trumpf heraus und hofft, dass er auch sticht.

»Kennen Sie eigentlich die Firma Gruber in Lappersdorf? Die hat ja vor Kurzem auch erst eine ganz neue Bäderausstellung gebaut«, erwähnt er recht scheinheilig.

»Freilich kenn' ich den Gruber, wir haben beide miteinander gelernt«, antwortet Herr Gerber. »Hast dich bei dem auch beworben?«, will er plötzlich ganz aufgeregt wissen.

Wolfgang hält sich aber bedeckt, damit der Köder nicht verloren geht. »Ach, wissen Sie, es ist halt so, nach dem Zwischenzeugnis, das wir in vierzehn Tagen bekommen, gehen die Abschlussprüfungen los, und da hab ich mir erhofft, dass ich mich da nicht mehr mit Lehrstellensuche herumschlagen brauch'. Schließlich möchte ich mich auf die Prüfungen konzentrieren können! Deshalb werd' ich wohl bei dem unterschreiben, der mir das anbieten kann. Natürlich immer vorausgesetzt, dass mir der Betrieb auch tatsächlich zusagt«, macht er noch eine kleine Einschränkung. Zum Schluss ist er jetzt doch ganz schön nervös geworden und wartet gespannt auf eine Reaktion.

Herr Gerber parkt vor dem Ausstellungsgebäude, bleibt aber noch im Auto sitzen.

»Gut, Wolfgang«, beginnt er, »verstehen tu ich dich sehr gut, und zwar in beiden Richtungen. Das mit den Prüfungen muss ja jedem einleuchten und dass du Druck machen möchtest, versteh' ich auch. Offensichtlich hast du es noch dicker hinter den Ohren, als ich es eh schon vermutet habe. Dass mir jemand für eine Entscheidung Druck machen wollte, ist schon lange her. Aber du gefällst mir und ob da jetzt mit dem Gruber oder sonst einem etwas dran ist oder nicht, ist mir egal. Bitte, bevor du irgendwo anders unterschreibst, komm unbedingt zu mir! Wir werden uns auf jeden Fall einigen können. Mein Vorschlag: du bringst dein Zwischenzeugnis, und wenn das nicht schlechter ist als dein letztes Jahreszeugnis, bekommst du postwendend die Zusage. Wär' das in Ordnung für dich?«

Wolfgang ist leicht rot geworden, weil ihm der Herr Gerber auf die Schliche gekommen ist, und hat richtig Angst bekommen, dass er alles zerstört haben könnte. Jetzt fällt ihm ein Stein vom Herzen und er atmet tief durch.

»Ja, das wäre ein sehr guter Deal«, lobt er, »da wäre mir viel geholfen, und Sie würden bestimmt einen guten Lehrling bekommen.«

»Jetzt gehen' wir aber rein, sonst sitzen wir morgen noch da.« Herr Gerber steigt aus und geht Richtung gläserner Eingangstür. Wolfgang folgt ihm. Zwar ist er wieder froher Stimmung, aber ein kleines schlechtes Gewissen drückt ihn doch.

Nachdem sie die Bäder angeschaut haben und Herr Gerber mit den Angestellten ein paar Worte gewechselt hat, fahren sie wieder heim. Es ist schon nach vier Uhr geworden und Wolfgang bekommt langsam Hunger.

Unterwegs unterhalten sie sich noch weiter über die Schule und und kurz vor der Firma meint der Firmenchef noch mal, zu Wolfgang hingedreht: »Du bist ein richtiges Schlitzohr und das gefällt mir am allermeisten. Denn heute muss man ein wenig schlitzohrig sein, wenn man es zu etwas bringen will. Man kann es auch modern *Cleverness* nennen. Unsere Abmachung steht, da brauchst du dir keine Sorgen zu machen! Versprochen!«

Wolfgang ist ganz perplex und bringt nur ein »Danke, Herr Gerber« heraus, bevor er seinen Schulranzen aufhebt und sich auf den Nachhauseweg macht. Das Zwischenzeugnis wird sogar erheblich besser ausfallen und somit hat er die Stelle sicher!

Seine Mutter erwartet ihn schon und freut sich mit ihm über die gute Nachricht. »Möchtest du jetzt gleich etwas essen oder lieber bis zum Abendessen warten?«

»Ich hab schon ganz schön Hunger. Hernach muss ich ja auch noch die Hausaufgaben machen«, erklärt ihr Wolfgang.

Während seine Mutter zum Kühlschrank geht, meint sie, sich kurz umdrehend: »Übrigens ist heute ein ziemlich dicker Brief für dich gekommen. Ich glaub, der wird dich sehr interessieren, er liegt in deinem Zimmer.«

Sofort springt Wolfgang auf und nimmt den Brief von seinem Schreibtisch. Von Zita, und wahrscheinlich sind Fotos darin. Vorsichtig öffnet er das Kuvert, um ja kein Bild zu beschädigen. Fünf Fotos und ein Brief befinden sich in dem Kuvert. Zuallererst schaut er die Bilder an. Er ist begeistert und merkt, dass sein

Fantasiebild von Zita schon leicht korrigiert werden muss. Sie ist noch hübscher als in seiner Erinnerung. Jetzt kann er einfach nicht anders, er muss sie seiner Mutter zeigen.

»Schau, Mama, das ist sie!« Stolz und fürchterlich aufgeregt zeigt er ihr die Bilder. »Die hat die Uschi, Zitas Freundin, aufgenommen! Die sind doch echt super geworden!«

Die Mutter betrachtet die Bilder der Reihe nach und lächelt ihren Sohn fast wehmütig an, als sie das Foto ansieht, auf dem die beiden sich so innig küssen.

»Ein sehr hübsches Mädchen und das Glück schaut ihr direkt aus den Augen! Ach, Wolfgang, halt's fest und lasst euch nicht unterkriegen. Irgendeine Lösung kann man für alles finden, und bei euch ist's ja doch bloß die Entfernung!« Ihre Augen sind feucht geworden und ihr Blick schweift wieder in die Ferne. Doch nach einem kurzen Augenblick ist sie wieder ganz bei ihrem Sohn. »Ja, die Aufnahmen haben durchaus Stil, also die Uschi kann stolz darauf sein. Aber bei solchen Modellen geht's wahrscheinlich auch leicht!«, hängt sie lachend an und gibt Wolfgang die Bilder zurück.

»Wart' mal mit dem Essen«, bittet er, »ich muss schnell noch mal fort, ich will zumindest eines in einen anständigen Rahmen stecken. Hättest du vielleicht ein paar Mark für mich? Ich bin nämlich pleite?«, hängt er mit schmeichelndem Blick noch an.

»Natürlich, Bub«, antwortet die Mutter und geht lächelnd zum Küchenschrank, um ihrer Geldbörse einen Schein zu entnehmen. »Hier, nimm, ich denke, zehn Mark dürften reichen, den Rest kannst behalten.«

Wolfgang hat schon die Schuhe angezogen und sich seinen Anorak genommen. »Danke, Mama«, sagt er und nimmt den Schein entgegen. Im nächsten Moment ist er schon zur Tür hinaus.

Bis auf eines, das er als Muster mitgenommen hat, liegen die vier anderen Bilder noch auf dem Tisch. Jetzt betrachtet sie die Mutter nochmals in Ruhe und kommt dabei ins Träumen. Was für ein Glück auf den Bildern zu erkennen ist! Es ist fast so, als sprächen die Bilder mit ihr. Erst als sie die Haustür gehen hört, legt sie die Fotos wieder sorgfältig auf den Tisch und beginnt mit dem Herrichten des Abendessens, denn ihr Mann wird auch gleich von der Arbeit kommen.

»Schau mal, der Rahmen ist doch schön und hat nicht einmal fünf Mark gekostet!« Wolfgang zeigt seiner Mutter den Rahmen, einen verchromten Metallrahmen, der mit seinem silbrigen Aussehen einen wertvollen Eindruck erweckt.

»Passt ganz gut zu dem Bild«, bestätigt sie und wendet sich wieder ihrer Arbeit zu. »Nimm doch bitte die anderen Fotos auch vom Tisch, nicht dass sie voller Flecken werden«, bittet sie ihn.

Er nimmt sie in die Hand und verschwindet damit in seinem Zimmer, wo er das gerahmte Bild auf sein Nachtkästchen stellt und die anderen Fotos danebenlegt. Dann nimmt er den Brief und legt sich auf sein Bett.

Mit klopfendem Herzen und voller Anspannung beginnt er zu lesen. Als er an die Stelle kommt, an der Zita schreibt, dass auch ihre Mutter ein Bild von ihnen möchte, wird ihm richtig warm im Herzen und er denkt voller Freude an die schöne Zeit bei den Grimmers. Beim übernächsten Absatz kommen ihm einfach die Tränen und er spürt ihr Gefühl und ihre Liebe tatsächlich in jedem der Worte. Ganz langsam liest er weiter und dann fällt ihm ein, dass er ja noch gar keine Hausaufgaben gemacht hat. Das wird ein langer Abend werden. Aber das ist ja nur heute so, morgen hat er dann wieder mehr Zeit und Ruhe zum Lernen! Er konzentriert sich wieder auf den Brief:

Liebster Wolfgang, Du fehlst mir ja so … Es fällt ihm auf, dass sie sich im Grunde genommen genauso verhält wie er! Mit dem Unterhalten, dem Kopfkissen und dem Gefühl, dass der andere ganz nah ist. Ihm wird ganz wehmütig ums Herz und er träumt davon, wie schön es wäre, wenn sie jetzt neben ihm liegen könnte. Doch bevor er einschläft, hört er Geschirrgeklapper in der Küche und den Ruf seiner Mutter zum Abendessen. Vorsichtig legt er den Brief wieder zusammen und steckt ihn in das Kuvert zurück.

»Na, mein Junge, wie war dein Tag?«, fragt der Vater, als Wolfgang sich an den Tisch setzt. Wolfgang erzählt ihm, dass er seinen Lehrvertrag so gut wie in der Tasche hat. Der Vater schüttelt schmunzelnd den Kopf, als er von der Schlitzohrigkeit seines Sohnes erfährt. »Du bist wirklich ganz schön clever, aber dein Risiko war hoch, das ist dir schon klar? Herr Gerber hätte genauso gut sagen können, dass du halt dann beim Gruber unterschreiben sollst! Aber ich kann mich nur noch wundern. Noch vor vierzehn Tagen warst du ein an Zukunft und Beruf völlig desinteressierter Mensch, und jetzt überschlägst du dich geradezu vor Eifer. Was so Frauen bewegen können!«, sagt er mit einem liebevollen Blick zu Wolfgangs Mutter. Stolz erwidert sie seinen Blick und meint: »Eben dein Sohn!«

Das ist dem Vater dann doch zu viel der Schmeichelei und er kontert: »Also, von mir hat er das Schlitzohrige bestimmt nicht, sonst wär' aus mir auch etwas geworden!« Lachend greift er Wolfgang an den Kopf und krault ihm das Haar. »Bist schon recht so, Lausbub!«, brummt er und lacht weiter. Weil die Stimmung gerade so gut ist, steht Wolfgang vom Tisch auf und holt schnell seine Fotos.

»Papa, schau, ich will dir was zeigen«, dabei reicht er ihm die Bilder über den Tisch. Der legt sein Besteck zur Seite und begutachtet die Fotos. »Gemacht sind die Bilder wirklich gut, und das Motiv«, jetzt macht er eine Pause und sieht zu seinem Sohn herüber, der schon gespannt auf seine Meinung wartet, »na ja, das ist auch wirklich gut!«, beendet er seinen Kommentar und lacht noch mehr als zuvor.

»Danke, Papa, ich hab schon Angst g'habt, dass du vielleicht schimpfen könntest!«, meint Wolfgang erleichtert und voll ehrlicher Freude.

»Ja glaubst du denn, dass ich mir in deinem Alter eine solche Gelegenheit hätt' entgehen lassen? Ist doch ein wunderschönes Mädchen! Nur bei uns damals waren eben ganz andere Zeiten, da waren wir im Krieg und hatten dann zuhause ganz andere Sorgen. Aber ich möchte jetzt nicht die Stimmung verderben«, bricht sein Vater das Thema ab. »Sag mal, Bub, woher kennst du eigentlich die Firma Gruber und deren Bäderausstellung so genau, warst da auch schon draußen?«, möchte er jetzt wissen.

Als Wolfgang dann erzählt, dass er lediglich ein Firmenauto mit einem abgelaufenen Ankündigungsplakat gesehen hat und sonst von der Firma überhaupt nichts weiß, gibt es für den Vater kein Halten mehr. »Also, das ist ja echt der Gipfel, erzählt der Lausbub dem Gerber die Story vom wilden Pferd und der fällt drauf rein. Wenn er's auch durchschaut hat, aber sicher war er sich doch nicht, und bevor er dich verliert, hat er sich zu dem Angebot aufgerafft! Das gibt es ja gar nicht! Wenn du das jemandem erzählst, glaubt dir das kein Mensch! Junge, Junge!« Mit Blick zur Mutter hin fährt er fort: »Was haben wir da bloß großgezogen? Ich brauch' jetzt aber einen Schnaps, will noch jemand einen?« Nach allgemeiner Verneinung geht er zum Küchenschrank und schenkt sich zur Feier des Tages einen doppelten Obstler ein. Die Mutter strahlt Wolfgang glücklich an. Sie freut sich sehr, auch weil der Vater schon lange nicht mehr so gut aufgelegt war.

Wolfgang nimmt die Bilder wieder an sich und steht auf. »Ich muss heute noch die Hausaufgaben machen und mich auf morgen vorbereiten«, sagt er entschuldigend und geht in sein Zimmer. Die Fotos platziert er wieder auf seinem Nachtkästchen und holt den Brief nochmals hervor, denn er hat ihn ja noch nicht einmal zu Ende gelesen!

Lächelnd liest er den Gruß von Frau Grimmer und denkt daran, wie freundlich und nett sie immer zu ihm war. Der letzte Absatz drückt ihm fast das Herz ab. ›Natürlich werde auch ich auf dich warten‹, denkt er und küsst das Bild von Zita. Dann legt er den Brief auf sein Bett, um ihn später, nach den Hausaufgaben, noch mehrmals zu lesen.

Zitas Mutter fährt mit ihrem Geländewagen gleich nach dem Mittagessen los. Das schmutzige Geschirr kann sie auch später spülen, aber sie will Zita nicht zu lange warten lassen. Kurz vor zwei kommt sie am verabredeten Treffpunkt, dem Fotogeschäft, an und Zita winkt ihr zu. Sie hat die Bilder und die passenden Rahmen bereits abgeholt, sodass sie gleich weiter zum Vorrätekaufen fahren können. Anschließend schauen sie noch beim Postamt vorbei, wo Zita ein passendes Kuvert mit kartonierter Rückseite erwirbt und die Vergrößerungen für Wolfgang gleich noch wegschickt. Einen Brief dazu will sie heute Nachmittag dann zusätzlich schreiben. Auf dem Nachhauseweg holt Zita die Bilder aus ihrer Schultasche und zeigt sie der Mutter. »Schau nur, wie schön sie geworden sind. So groß sehen sie noch viel besser aus!«, schwärmt sie.

»Ich schau mir die Bilder lieber daheim an, ich muss auf den Verkehr und die Straße achten, es ist teilweise ganz schön glatt«, erklärt ihre Mutter.

Zita packt die Bilder wieder sorgfältig ein. Das von vorne aufgenommene Porträt von Wolfgang legt sie aber auf ihren Schoß, um es jederzeit ansehen zu können.

Zuhause räumt Zita den Wagen aus, während ihre Mutter den Briefkasten leert und die Post ins Haus trägt. Dann zieht sie sich um und geht in die Küche, um den Abwasch nachzuholen.

Zita trägt die Bilder in ihr Zimmer und stellt die Rahmen gleich auf. Das Foto für ihre Mutter stellt sie in der Stube neben der Post auf den Tisch und geht in die Küche. »Mama, soll ich dir was helfen?«

»Nein, mach du lieber deine Hausaufgaben, es ist spät geworden und es reicht, wenn du mir hernach wieder hilfst.«

Wieder zurück in der Stube, nimmt Zita erneut das Bild vom Tisch und betrachtet es. Sie sehen wirklich wunderbar aus darauf und sie freut sich ja so, dass ihre Mutter ausgerechnet dieses Bild wollte. Es zeigt Zita und Wolfgang und man spürt die ganze Liebe, die die beiden umgibt!

Dann geht sie in ihr Zimmer und erledigt die Hausaufgaben. Auf morgen vorbereiten will sie sich später im Bett. Es ist schon nach fünf und ihre Mutter wird alle Hände voll zu tun haben. Also geht sie wieder in die Küche.

»Du musst aber nicht helfen, höchstens dann beim Abwasch, ich komm ganz gut zurecht!«, meint ihre Mutter. »Hast du die Post schon durchgeschaut, ich dachte, ich hätte da was für dich gesehen, kann mich aber auch getäuscht haben. Schau halt einfach nach.«

Den letzten Satz hat Zita schon nicht mehr gehört, so schnell war sie aus der Küche und Richtung Stube unterwegs. Vor lauter Hektik hat sie den Jungen übersehen, der eben in den Speiseraum gehen will, und rennt ihn beinahe um. Sie entschuldigt sich bei ihm und er sieht sie an, dann lacht er: »Ach, Frau Feldwebel, keine Sorge, ich bin schon aus dem Weg!« Zita wird leicht rot im Gesicht, entschuldigt sich nochmals und geht in die Stube, wo sie sofort die auf dem Tisch liegende Post durchwühlt. Tatsächlich ist ein Brief von Wolfgang dabei! ›Hat der nichts anderes zu tun, als mir zu schreiben‹, denkt sie lächelnd. Wenn sie den jetzt liest, kann sie hernach kaum noch lernen, das ist ihr klar. So entschließt sie sich, doch gleich jetzt noch zu lernen und den Brief anschließend in Ruhe im Bett zu lesen. Sie nimmt den Brief, drückt auf den Absender einen dicken Kuss und legt ihn schön sanft und vorsichtig auf ihr Bett. Die Vorfreude sei ja die schönste Freude, heißt es immer. Lächelnd setzt sie sich an den Schreibtisch und holt ihre Lernsachen heraus. Hin und wieder gleitet ihr Blick hinüber auf ihr Nachtkästchen und zu ihrem Bett, auf dem ja eine freudige Belohnung wartet.

Kurz nach sechs Uhr geht sie dann zum Abwasch zu ihrer Mutter in die Küche. Bei den Kindern läuft alles diszipliniert ab, sodass der erste Tag schon vergessen ist. Heute Abend haben sie einen Spieleabend angekündigt, wo jedes Zimmer etwas vorführen muss. Das wird bestimmt ein lustiger Abend und gerne hätte Zita dabei zugeschaut. Aber nach dem Abwasch sind Mutter und Tochter müde und wollen ihren Feierabendtee genießen. Nach kurzem Überlegen holt Zita den Brief aus ihrem Zimmer und zeigt ihn ihrer Mutter. »Schau, noch ungeöffnet! Ich wollte einfach vorher die Lernvorbereitung fertig haben, damit ich mich voll konzentrieren kann. Soll ich ihn dir vorlesen, bist recht neugierig, hm?«, frotzelt sie.

»Gleich nehm' ich ihn dir weg und du kriegst eine auf den Hintern, dann kannst du weiter lästern und stänkern!«, lacht die Mutter. »Lies ihn einfach für dich, wenn etwas Wichtiges dabei ist, kannst du es mir ja sagen.«

»Du bist gut, da ist jedes einzelne Wort wichtig!«, eifert sich Zita. »Da kann man sich nicht einfach einen Satz heraussuchen! Aber ich schau mal.«

Damit beginnt sie den Brief vorsichtig mit ihren Fingern zu öffnen und legt sich auf das Sofa.

»Hier, nimm doch das Messer«, sagt ihre Mutter und reicht ihr ein kleines Küchenmesser, »du möchtest ihn doch bestimmt aufheben und dann sieht es so besser aus, als wenn er einfach aufgerissen wird.«

Zita nimmt dankbar das Messer entgegen und schlitzt das Kuvert auf. Mit Spannung holt sie den Brief heraus und klappt ihn auseinander.

»Er hat einen festen Job in einem Getränkemarkt bekommen, da muss er Dienstagnachmittag und samstags am Vormittag arbeiten. Damit, so hofft er, hat er bald das Geld für einen Besuch zusammen. Telefonieren will er davon auch zwischendurch noch. Ist doch lieb von ihm! An sich denkt er bei dem Geld überhaupt nicht!«, erzählt Zita gleich, was sie gelesen hat.

»Hoffentlich kommt dann die Schule nicht zu kurz!«, wirft die Mutter ein.

Still liest Zita weiter und bekommt feuchte Augen. Ihre Mutter beobachtet sie und bemerkt ganz genau, was in ihrer Tochter vorgeht. Verstehend und Rücksicht nehmend, geht sie deshalb noch eine Hausrunde drehen, wie sie sagt.

Jetzt liest Zita mit weinenden Augen ganz langsam. Wort für Wort saugt sie auf und archiviert es in ihrem Herzen. Als ihre Mutter zurückkommt, sitzt Zita wieder gefasst am Tisch und hat den Brief wieder in das Kuvert gesteckt.

»Na, bist schon fertig?«, fragt sie, als sie ihre Tochter so sitzen sieht. Bewusst bohrt sie nicht weiter, sondern wartet darauf, dass Zita von selber erzählt, was nach einem Schluck Tee auch schon erfolgt. »Er schreibt ja so lieb, ich hab dabei immer das Gefühl, dass er direkt neben mir wär'!«, erzählt sie. »Er freut sich auch, dass es mit Uschi und der Lehrstelle so gut geklappt hat. Aber ob er schon Bewerbungen schreibt oder sich schon Gedanken über einen Beruf gemacht hat, schreibt er nicht. Morgen werde ich ihm den Brief zu den Bildern schicken und dann frag' ich einfach mal nach, weil bei ihm wär' es ja doch am dringendsten. Eigentlich wollte ich ja gleich heute noch schreiben, aber ich bin so müde und da fällt mir bloß wieder nichts Gescheites ein. Ich glaub, ich geh jetzt besser ins Bett.«

Damit steht sie auf, gibt ihrer Mutter noch einen Kuss und geht in ihr Zimmer. Müde liest sie den Brief noch einige Male, bis sie irgendwann dabei einschläft.

Regen, Regen und nochmals Regen, die ganzen nächsten beiden Tage. Wolfgang verbringt seine freie Zeit fast komplett in seinem Zimmer. Er nutzt die Gelegenheit, um den Stoff der nächsten Stunden schon vorzulernen, denn am Dienstag, hat er sich vorgenommen, wird eine Lernpause eingelegt. Die Arbeit strengt ihn doch an, und da reicht es, wenn er hernach nur noch die Hausaufgaben machen muss.

Außerdem muss er ja noch Zitas Brief beantworten und sich für die Bilder bedanken.

Um den Brief möglichst heute noch auf den Postweg zu bringen, beantwortet er Zitas Brief von gestern noch vor den Hausaufgaben. Vorher schaut er sich noch mal alle Fotos an und liest ihren Brief zum wiederholten Mal. Dann holt er sein Briefpapier aus der Schublade und beginnt zu schreiben.

Liebste Zita,

zunächst bedanke ich mich sehr für die Bilder und Deinen lieben Brief. Die Fotos sind wirklich sehr schön geworden und ich bin wahnsinnig froh, dass ich sie habe. Meinen Eltern gefallen sie auch und mein Vater, sonst ein recht kritischer Mensch, hat gemeint, dass sie nicht nur gut aufgenommen wären, sondern auch das Motiv, also in erster Linie Du, wäre wunderschön! Ich war so froh darüber, weil ich schon ein wenig Angst hatte, dass er vielleicht schimpfen oder sonst was sagen könnte. Außerdem meinte er, er hätte sich in meinem Alter eine solche Gelegenheit auch nicht entgehen lassen! Du hast also offensichtlich bei ihm schon einen Stein im Brett! Meine Mutter ist nach anfänglicher Skepsis mittlerweile auch voll auf unserer Seite. Es hat sich durch Dich unser ganzes Familienverhältnis verändert. Wir reden wieder viel mehr miteinander und vor allem viel herzlicher! Du scheinst eine richtige Wundernudel zu sein. Und diese Nudel liebt ausgerechnet mich! Was will ich mehr? Ich bin so glücklich!

Immer wenn ich Deinen Brief lese, fühle ich, wie Deine Liebe in mich fließt, und mir wird dabei warm und wohlig zumute. Eigentlich kann ich dieses Gefühl ja gar nicht richtig beschreiben, es ist einfach ein Ziehen und Zerren im Herzen mit gleichzeitiger Wärmedurchströmung, Sehnsucht und Freude, und noch so vieles miteinander. Aber ich glaube, dass Du dieses Gefühl auch kennen wirst! Das ist wahrscheinlich auch das, was Deine Mutter mit der engen Verbundenheit meint. Sie durchschaut uns wohl mehr, als wir denken. Aber sie ist sehr lieb, und bitte grüße sie wieder von mir. Sag ihr, es freut mich ganz besonders, dass sie auch ein Bild von uns ›Verrückten‹ haben möchte.

In der Schule geht es mir auch prima und das Lernen macht weiterhin viel Spaß! Auch habe ich mich schon um Lehrstellen umgeschaut. Bei zwei interessanten Firmen bin ich schon vorstellig geworden, und bei einer habe ich sogar schon eine Bewerbung abgegeben. Eine Zusage wurde mir mit dem Zwischenzeugnis im Februar versprochen!

Die Arbeit im Getränkemarkt ist ganz schön anstrengend, gefällt mir aber gut. Das nächste Geld bekomme ich am Monatsende, sofern kein Sonderauftrag anfällt.

Schön, dass Du für mich einen Ehrenplatz gefunden hast! Bei mir ist es ähnlich, Du stehst in einem silbern glänzenden Rahmen auf meinem Nachtkästchen und ein Bild habe ich ein Plastikmäppchen gesteckt, damit ich es immer bei mir haben kann. So wie Deinen Ring, den ich übrigens sehr in Ehren halte. Immer, wenn ich daran denke, wie Du ihn mir geschenkt hast, bin ich Dir so nahe und erlebe die Situation gleich von Neuem. Ich liebe diese Erinnerungen und hole sie in jeder freien Minute hervor!

Nur keine Sorge, ich lache nicht wegen des Kopfkissens, was denkst Du denn, was ich zwischen den Armen halte und drücke, wenn ich mich vor dem Einschlafen noch mit Dir unterhalte und Dir meinen ganzen Tagesablauf erzähle? Das ist doch viel zu schön, um darüber zu lachen!

Liebste Zita, ich habe große Sehnsucht nach Dir, aber Deine Liebe richtet mich immer wieder auf, und ich bin mir sicher, dass ich Dich immer lieben werde, egal wie weit Du weg bist und wie lang es dauern wird, bis wir endgültig zusammen sein können!

*Ich drücke und küsse Dich in Liebe
Dein Wolfgang*

Er bringt den Brief gleich noch zur Post, damit ja keine unnötige Zeit vergeht.

Am Freitag bekommen sie die Mathe-Stegreifaufgabe zurück und er hat, wie erwartet, die volle Punktzahl erreicht. Anerkennend hat der Lehrer gemeint: »Na Wolfgang, du scheinst es ja wohl auf einen Endspurt anzulegen. Ich hab von den anderen Lehrkräften Ähnliches gehört. Das Wichtigste dabei ist aber das Durchhalten, damit man nicht kurz dem Ziel aufgeben muss! Mach weiter so und bleib dran!«

Stolz hat Wolfgang genickt und seine Aufgabe in seinen Schulranzen verpackt. Zwar haben auch noch andere die volle Punktzahl erreicht, aber für Wolfgang ist dies ein Zeichen dafür, dass sich seine Arbeit lohnt, und er nimmt sich vor, dass er selbstverständlich genauso weitermachen wird!

»Das scheint ja langsam zur Routine zu werden«, neckt sein Vater ihn, als Wolfgang ihm die Aufgabe zum Unterschreiben vorlegt. »Dir jetzt irgendwelche Ratschläge zu erteilen, wie und wann oder was du lernen sollst, kann ich mir wirklich sparen. Deshalb sag ich dir einfach, dass ich eine große Freude an dir hab!« Mit seiner linken Hand streicht er ihm dabei über den Kopf.

Wolfgang ist tief gerührt von den Worten seines Vaters, der ja sonst eher wortkarg ist und mit Gefühlsäußerungen äußerst sparsam umgeht.

Den Nachmittag verbringt er in seinem Zimmer, macht seine Hausaufgaben und lernt. Zwischendurch unterbricht er seine Arbeit, liest die Briefe immer wieder und träumt ein wenig, bevor er wieder weitermacht.

Pünktlich beginnt er am Samstag seine Arbeit beim Getränkemarkt Schuster. Am Morgen war es zwar kalt, aber die Sonne zeigte sich sehr bald und so konnte er wieder mit seinem geliebten Fahrrad zur Arbeit fahren. Kurz nach zwölf Uhr räumt er die letzten Neuzugänge von Leergut auf und sieht nach den Weinregalen. Bei zwei Sorten ist nur noch eine volle Kiste neben ein paar Flaschen im Regal. Offensichtlich laufen diese beiden Sorten recht gut. Er gibt Frau Schuster Bescheid, dass hier nachbestellt werden müsste. »Sehr aufmerksam von dir, Wolfgang, aber wir haben gestern eine neue Lieferung bekommen. Die ist noch draußen im Büro«, gibt sie zur Antwort. Wolfgang holt die Kartons und nimmt sich im Vorbeigehen eine Cola mit. Sorgfältig sortiert er den Wein in die jeweiligen Fächer und achtet darauf, dass von jeder Sorte mindestens vier Flaschen offen im Regal stehen, damit sie gesehen werden.

Anschließend verabschiedet er sich und fährt wieder nachhause zum Mittagessen. Die Sonne ist heute so stark, dass sie schon richtig den Rücken wärmt, und er will am Nachmittag ein wenig an der Donau entlang radeln.

Allerdings ist er nach dem Essen so müde, dass er sich zunächst auf sein Bett legt, kurz Zitas Bilder anschaut und dann einschläft.

Seine Mutter hat einen Apfelkuchen gebacken und weckt ihn sanft, als Kaffeezeit ist. Sie weiß, Apfelkuchen ist sein Lieblingskuchen, und deshalb darf sie ihn bestimmt wecken. Genauso ist es dann auch. Mit Genuss verdrückt er zwei große Stücke, schwingt sich anschließend auf sein Fahrrad und fährt an die Donau hinunter. ›Lange wird die Sonne nicht mehr zu sehen sein, vielleicht eine knappe Stunde‹, denkt er und hält an einer Bank am Ufer des Stromes an. Auf der Bank sitzend und die späte Nachmittagssonne genießend, träumt er vor sich hin.

»Na du Träumer«, weckt ihn eine Stimme und er blinzelt gegen die Sonne, »wo bist du denn mit deinen Gedanken?« Katrin steht vor ihm und lächelt ihn an. »Darf ich mich zu dir setzen oder wärst du lieber alleine?«, fragt sie höflich.

»Natürlich darfst du dich setzen, ist schließlich nicht meine Bank«, entgegnet er und lädt sie mit einer Handbewegung ein.

»Bitte denk jetzt nicht, dass ich dir nachschleiche oder so, weil wir uns schon wieder treffen. Ich geh einfach zu gerne hier am Wasser entlang.«

»Ich bin ja auch für mein Leben gerne hier unten, und übrigens hab ich etwas, was ich dir zeigen will. Schau her!« Stolz holt er sein in Plastik verpacktes Foto von Zita hervor und zeigt es ihr.

Aufmerksam betrachtet Katrin das Bild und meint: »Hast du das selber gemacht? Das Bild wirkt echt gut und dass dir die Zita gefällt, wundert mich nicht. Ich selber hab sie eigentlich gar nicht so genau angeschaut und hätte sie dir kaum beschreiben können.«

Sie gibt Wolfgang das Bild zurück. »Du hast gerade gesagt, du hättest heute gearbeitet? Hast du neben der Schule auch noch einen Job?«

»Ja, seit einer Woche arbeite ich an zwei Tagen für ein paar Stunden in einem Getränkemarkt. Weißt du, ich möchte gerne in den großen Ferien und vielleicht auch schon früher, die Zita besuchen und sie zwischendurch auch mal anrufen können. Sicher würden mir meine Eltern dabei auch helfen, aber ich müsste halt jedes Mal bitten und betteln. So habe ich mein eigenes Geld und brauche niemanden zu fragen«, erklärt er.

»Stark, einfach stark!« Katrin schüttelt ungläubig den Kopf. »Darauf muss man aber auch erst kommen! Aber wirklich Klasse, wie planmäßig du vorgehst. Vermutlich hast du auch schon eine Lehrstelle?«

Wolfgang lacht ein wenig. »Na ja, ganz so weit ist es leider noch nicht, aber ein

Versprechen für eine Lehrstelle hab ich vom Chef höchstpersönlich. Er will nur noch mein Zwischenzeugnis sehen, und wenn es nicht schlechter als das letzte Jahreszeugnis ist, mit dem ich mich beworben hab, dann bekomme ich die Stelle.«

»Und ich Idiot weiß noch nicht einmal, was ich lernen soll. Wo nimmst du bloß diesen Antrieb her? Ich schieb' alles immer vor mir her und denke, es ist doch noch Zeit. Tatsächlich passiert dann immer gar nichts.«

Wolfgang lächelt verständnisvoll. »Bis vor Kurzem war ich genauso träge. Seit ich die Zita kenne, hat sich alles geändert. Ich weiß, das hört sich abgedroschen an, aber wir haben einen tollen Weg gefunden, uns gegenseitig zu helfen. Das ist die große Veränderung. Du kannst gerne darüber lachen, wenn dir danach ist, aber hör einfach zu. Natürlich besteht die Gefahr beim Verliebtsein, dass man in Gedanken immer beim anderen und dadurch abgelenkt ist. Die Folge ist, dass man unkonzentriert ist und im Unterricht nicht aufpasst, mit all den daran hängenden Folgen. Sowohl ihre Mutter als auch meine Eltern hatten da große Befürchtungen. Aber Zita und ich sind auf die Idee gekommen, den anderen einfach in den Lernprozess zu integrieren. Ich will dir das an mir erklären. Ich denke die ganze Zeit an Zita, aber sie ist ein Teil von mir und genauso aufmerksam wie ich. Wenn ich beispielsweise Vokabeln lerne, frage ich einfach Zita so lange ab, bis sie alle richtig beantwortet. Oder eine schwierige Matheaufgabe probier ich so lange, bis sie gelöst ist. Dann erkläre ich ihr den Weg dahin ganz genau. Weil ich den Weg meist öfters erkläre, kann ich ihn zum Schluss praktisch auswendig. So können wir aneinander denken und gleichzeitig lernen.« Lächelnd sieht er zu Katrin hinüber.

»Das ist verrückt, aber bestimmt sehr schön«, antwortet Katrin wehmütig und versinkt in Gedanken.

»Sag mal, wo gibt es diese Männer, die so denken wie du?«, fragt sie plötzlich mit einem leichten Lächeln.

»Och, nur mal nicht übertreiben«, gibt er bescheiden zurück, »die gibt's überall. Nur, denke ich, muss eben der andere genauso denken, und beide müssen diese Gedanken auch ernsthaft verfolgen. Dann brauchen sie sich nur noch zu finden.«

Die Sonne hat den Horizont bereits erreicht und es wird kühler. Sie erheben sich und schlendern den Weg zurück.

Als sich ihre Wege trennen, sagt Katrin noch: »Es ist schön, sich mit dir zu unterhalten. Ich bekomme dabei immer den Eindruck, dass ihr zwei von einem andern Stern seid! Ich wünsch euch wirklich viel Glück!« Lachend hängt sie noch an: »Das darfst du ihr auch gleich erzählen!«

Auf dem Heimweg denkt Wolfgang noch etwas über Katrin nach. Sie ist ein wirklich sympathisches Mädchen, das aber ganz offensichtlich einsam ist und sich nach einer ernsthaften Verbindung sehnt.

Während er auf seinem Rad in Gedanken dahinradelt, reift in ihm eine Idee, wie er möglicherweise sogar zwei Menschen etwas glücklicher machen kann. Schmunzelnd tritt er in die Pedale, um nach Hause zu kommen.

Der Sonntag verspricht ein sehr sonniger Tag zu werden. Wolfgangs Eltern wollen eine Tante in Nürnberg besuchen, die vor Kurzem ihren achtzigsten Geburtstag hatte, doch Wolfgang mag solche Besuche nicht so gerne und bleibt lieber zuhause. Außerdem kennt er diese Tante kaum. Sein Vater ist zwar etwas enttäuscht, dafür hat die Mutter mehr Verständnis für ihn. Sie weiß, dass ihm das Alleinsein für ein paar Stunden bestimmt gut tut, und wünscht ihm beim Abschied einen schönen und erholsamen Tag.

Er besucht heute schon die Messe um acht Uhr dreißig, damit er möglichst viel vom Tag hat. Während des Gottesdienstes betet er ganz inständig für Zita und sich, dass kein Unglück passiert und dass es keine Störungen in ihrer Liebe geben möge.

Nach der Messe zieht er sich um und radelt nach Prüfening hinüber, um Peter zu besuchen. Peter ist evangelisch und geht sonntags so gut nie in die Kirche, deshalb hofft er auch, ihn daheim anzutreffen.

Tatsächlich ist Peter gerade beim Frühstücken mit seinen Eltern und seiner jüngeren Schwester.

»Ach Wolfgang, setz dich doch mit her und frühstücke mit uns!«, lädt ihn Peters Mutter ein. Gerne nimmt er das Angebot an, denn dann, so überlegt er, braucht er sich kein Mittagessen zu machen.

Wolfgang ist der Familie wohlbekannt, denn er trifft sich öfters hier mit Peter.

Schnell kommt das Gespräch auf das Thema Schule, doch bevor jemand Wolfgang fragen kann, wie es ihm denn in der Schule geht, prellt Peter schon vor: »Der schreibt seit Wochen nur noch Einser, das ist phänomenal. Wenn im Unterricht der Lehrer etwas fragt und sich niemand meldet, dann ist der Wolfgang da, er weiß praktisch alles! Auch den Lehrern ist es schon aufgefallen, dass er in letzter Zeit den Lernturbo eingeschaltet hat.«

Wolfgang wird etwas verlegen ob des großen Lobes und meint: »Ja, es stimmt schon, ich hab halt in letzter Zeit einfach ein bisschen Glück!«

»Da hättest du doch ein Vorbild«, sagt der Vater, »dir würde ein wenig mehr Lernen auch nicht schaden. Was habt ihr denn vor für den heutigen Tag, dass du schon so zeitig da bist?«, will er von Wolfgang wissen.

»Oh«, meint Wolfgang sinnierend, »ich dachte halt, weil das Wetter so schön ist, ein bisschen an die Donau runter und durch die Stadt zigeunern. Am Nachmittag will ich mich dann auch noch für morgen vorbereiten.«

»Eine gute Idee von dir, Wolfgang, das Wetter sollte man tatsächlich ausnutzen und das Lernen dabei aber nicht außer Acht lassen!«, meint der Vater mit Blick zu seinem Sohn. Der nickt nur und brummt ein »Ja, ja, ich weiß schon!« Dann wendet er sich an Wolfgang. »Gut, ich zieh mich bloß noch fertig an und dann können wir los.«

Zunächst radeln sie stadtauswärts am Donauufer entlang. Später wollen sie dann in die andere Richtung zur Steinernen Brücke und in die Altstadt eintauchen.

An der Donaubrücke nach Donaustauf fahren sie auf die andere Seite des Stromes und kaufen sich bei einer der wenigen italienischen Eisdielen, die auch im Winter geöffnet haben, eine große Waffel mit drei Kugeln Eis. Eis ist für Wolfgang eine der ganz wenigen Extraausgaben, die er sich zwischendurch gönnt. Sie schieben ihre Räder wieder an das Wasser zurück und setzen sich direkt unter der alten Festung auf eine Bank. Ein Frachtkahn schiebt sich behäbig stromaufwärts und wirft kleine Wellen ans Ufer. Wolfgang und Peter sehen ihm nach, während sie immer mal an ihrem Eis schlecken.

»Du, Peter«, fängt Wolfgang ein bisschen verlegen das Gespräch an, weswegen er Peter heute abgeholt hat, »ich möchte etwas mit dir besprechen. Es ist«, er druckst etwas herum, »es ist etwas peinlich und du musst mir versprechen, dass du nicht böse bist! Außerdem musst du mir sofort Bescheid sagen, wenn du merkst, dass du es nicht willst.«

Peter, neugierig geworden, grinst: »Na ja, so schlimm wird's schon nicht kommen.«

»Also, es geht um ein Mädchen, das ich kenne und mit dem ich mich hin und wieder mal treffe und unterhalte.«

Peter unterbricht ihn entsetzt: »Was, neben deiner Zita noch eine? Das glaub ich nicht!«

»Aber Peter«, beginnt Wolfgang von Neuem, »jetzt hör einfach erst einmal zu! Das Mädchen heißt Katrin und geht in die Parallelklasse. Sie ist auch im Bus auf der Heimfahrt neben mir gesessen, wenn du dich noch erinnern kannst.«

»Hm, nicht so richtig, ich war da zu sehr mit der Marianne beschäftigt. Ich hab zwar gesehen, dass ein Weib neben dir saß, aber ich weiß momentan nicht mehr, wie sie ausgesehen hat«, gibt Peter zur Antwort.

»Okay. Also, ich hab die Katrin jetzt zweimal zufällig beim Spazierengehen an der Donau herunten getroffen und wir haben uns ein wenig unterhalten. Zunächst hab ich schon gemeint, dass sie womöglich hinter mir her wär'. Aber ich hab ihr schon gesagt, dass Zita und ich nicht auseinanderzubringen sind. Das letzte Mal hat sie mir erzählt, dass sie auch nur Pech mit den Jungs hat, weil sie keinen Wert auf eine oberflächliche Kurzzeitbeziehung legt, sondern nur an ernsten Verbindungen interessiert ist. Da hab ich halt einfach an dich gedacht. Dir geht's doch im Grunde genauso. Oder seh ich das verkehrt?«

»Verkuppeln willst mich«, lacht Peter, »dann mal zu. Ich bin gespannt wie du dir das ausgedacht hast.«

»Ja, einen Plan hab ich dafür natürlich noch nicht, schließlich wollte ich ja erst dein Okay haben. Aber ich kann sie dir in der Schule ja mal zeigen und du suchst dir selber eine Kontaktmöglichkeit, oder ich stell dich einfach vor. Wir könnten ihr aber auch an der Donau herunten auflauern, denn da geht sie öfters spazieren, und dann ganz zufällig treffen. Eine Garantie, dass sie mitmacht und dass sie dir auch gefällt, gibt's logischerweise nicht.« Wolfgang sieht Peter an und versucht in seinem Gesicht zu lesen, denn Peter sagt erst mal gar nichts.

Nach ein paar Kopfschüttlern, abwechselnd mit nachdenklichen Blicken in die Wolken, dreht sich Peter zu Wolfgang hin. »Okay, grundsätzlich bin ich dabei, aber du musst noch ein wenig mehr von ihr erzählen, damit ich mir ein Bild machen kann. Weißt schon, von ihrem Wesen, wie sie so ist und so halt!«

»Siehst du, genau aus diesem Grund hab ich an dich dabei gedacht. Ich kenn dich ganz gut und ich würde doch meinem besten Freund nicht irgendeine Tussi andreh'n. Sie sieht auf alle Fälle gut aus. Aber ich zeig sie dir einfach morgen in der Pause. Sie ist sehr gefühlvoll, das hab ich aus unseren Unterhaltungen herausgehört. Sie möchte richtig geliebt werden, nicht als Vorzeigemädchen in der Disko oder auf einer Party. Ich glaube, dass sie sehr liebevoll und romantisch ist. Eigentlich so richtig zum Gernhaben!« Bevor Wolfgang sich zu sehr in Anpreisungen versteigt, unterbricht er seinen Redeschwall und wartet, was Peter dazu meint.

»Wenn sie wirklich so wär, könnt ich mir gut vorstellen, dass sie zu mir passen tät'. Es sind tatsächlich so ziemlich dieselben Wünsche, wie ich sie habe.« Peters Begeisterung nimmt zu und plötzlich kann er es kaum noch erwarten, sie kennen zu lernen. »Aber wie soll ich sie kennen lernen? In der Schule ansprechen ist nicht so toll, das bekommen zu viele mit. Auflauern ist, glaube ich, auch nicht so gut und das kann dauern! Wie wär's, wenn du erst einmal mit ihr darüber reden würdest, ob sie derzeit überhaupt an einer Bindung interessiert ist? So machen wir's, schließlich war es ja auch deine Idee. Du gibst mir dann Bescheid und wir schau'n, wie es weitergeht.« Für Peter ist die Sache beschlossen. Nur zu lange sollte es nicht dauern. Mittlerweile ist er Feuer und Flamme und fühlt bereits eine Wärme und Zuneigung in sich aufsteigen, ohne das Mädchen überhaupt zu kennen.

Wolfgang verspricht, mit ihr gleich morgen einen Spaziergang zu verabreden, um die Sache durchzusprechen.

Das Eis ist schon lange zu Ende und sie kehren um und radeln wieder Richtung Heimat. Mittag ist inzwischen vorbei und sie möchten noch ein wenig durch die Stadt strawanzen, bevor sie wieder heimfahren.

Inzwischen hat es schon viele sonnenhungrige Spaziergänger und Radfahrer aus ihren Wohnungen getrieben und man könnte meinen, ganz Regensburg trifft sich an der Donau.

Als sie wieder am Hafen vorbei und auf der Donaulände, gegenüber der Insel, Richtung ›Eiserne Brücke‹ radeln, bremst Wolfgang plötzlich und hält an. Er bedeutet Peter mit der Hand, ebenfalls stehen zu bleiben.

»Verrückt, ich glaub, ich hab sie gerade da vorne gesehen. Pass auf, ich fahr voran, und wenn sie's ist, dann halten wir eben bei ihr. Dann kannst du gleich übernehmen und ich verdufte! Also, auf geht's!« Wolfgang steigt wieder auf sein Fahrrad. Er ist jetzt in ein Jagdfieber verfallen, während es Peter eigentlich etwas zu schnell geht. Er dachte, er hätte ein paar Tage Zeit, um sich auf ein Gespräch vorzubereiten, und jetzt soll er so plötzlich etwas wissen! Sein Herz beginnt stärker zu klopfen und er überlegt krampfhaft, was er denn sagen könnte. Doch sein Gehirn ist momentan abgeschaltet und es fällt ihm nichts ein. Die Fußgänger machen bereitwillig Platz und die beiden radeln an ihnen vorbei. Etwa vierzig Meter vor ihnen geht sie und Wolfgang ist sich sicher, dass es Katrin ist. Sie trägt eine Jeans und ihr Anorak ist offen. Ihre dunklen Haare hängen ihr hinten knapp auf die Schultern. Sie scheint in Gedanken zu sein, weil sie nur langsam dahinschlendert und immer kurz stehen bleibt, um über die Donau in die Ferne zu blicken. Wolfgang bremst langsam ab und klingelt, um Katrin zum Umschauen zu bewegen. Tatsächlich dreht sie sich um. »Ach, du bist's, Wolfgang«, sagt sie sichtlich erfreut.

»Und du bist heute auch schon zeitig unterwegs«, erwidert Wolfgang, »Das ist übrigens mein Freund Peter, wir waren gerade zum Eisessen in Donaustauf.«

»Hallo Katrin«, sagt Peter und schaut sie neugierig an. Der erste Eindruck ist schon mal positiv.

»Wir hatten vor, in die Altstadt zu radeln und uns irgendwo eine Cola oder so zu kaufen. Hättest du Lust mitzukommen? Wir schieben dann natürlich auch!«, bietet Wolfgang an und hofft, dass sie zustimmt.

»Ich hab nichts Besonderes vor, da kann ich schon mitgehen!«, antwortet sie und die drei marschieren los.

Kurz vor der *Historischen Wurstkuchl*, bei der immer sehr viele Touristen sind, bleibt Katrin stehen. »Was meint ihr, setzen wir uns noch ein wenig hier auf die Bank? Da vorne geht es sicher recht lebhaft zu und die Sonne scheint gerade so schön her.«

Natürlich sind die beiden sofort dazu bereit und nehmen Katrin in die Mitte.

»Weißt du, Peter, der Wolfgang und ich unterhalten uns recht gerne, obwohl ich sagen muss, dass ich ihm am liebsten zuhöre. Ob er von meinem Geschmarre auch immer so angetan ist, weiß ich nicht. Beschwert hat er sich aber bisher auch noch nicht.« Sie lacht und blickt zu Peter, der froh ist, dass die Unterhaltung einen lockeren Verlauf nimmt.

»Wir unterhalten uns allerdings meist über seine Beziehung zu Zita und ich bin wirklich ganz begeistert von der Energie, die die beiden zusammenhält. Vor allen Dingen kann er immer alles so einfach und an sich auch logisch erklären, nur von alleine käme ich nie auf so etwas. Da hast du wirklich einen prima Kumpel.«

»Ich weiß«, ergreift jetzt Peter das Wort, »außerdem legt er seit der Skifreizeit einen enormen Ehrgeiz beim Lernen hin. Beste Arbeit der Klasse und solche Sachen macht der neuerdings. Da kann man wirklich nur staunen!«

»Ja, sie lernen ja immer zu zweit«, verrät Katrin, »da geht das natürlich doppelt gut und ist dann ja auch keine Kunst!« Wieder lachen die drei und Wolfgang beschließt, sich so lange zurückzuhalten, wie die beiden ein Thema haben.

»Aber ganz im Ernst, ich finde diese Verbindung einfach fantastisch und freue mich immer wieder, wenn ich höre, dass alles noch in Ordnung ist. Neulich hat eine Tante von mir Goldene Hochzeit gefeiert. Man stelle sich vor, fünfzig Jahre verheiratet zu sein, und die beiden tun so verliebt, als hätten sie sich gerade erst kennen gelernt. Andere werden schon nach drei oder vier Jahren wieder geschieden. Aber bei denen hat es wohl von Anfang an schon nicht so richtig gestimmt.«

Wolfgang hat den Eindruck, dass Katrin nervös ist und deshalb plötzlich so viel redet. Es scheint ihm auch fast so, dass er hier überflüssig wird, und er bereitet sich innerlich schon auf den Absprung vor, als ihn Peter in die Pflicht nimmt.

»Was ich nicht verstehen kann«, meint dieser, »ist, wenn sich jemand nach dreißig oder mehr Jahren noch scheiden lässt. Macht doch keinen Sinn mehr, oder was meinst du, Wolfgang?«

Etwas aufgeschreckt aus seinen Gedanken erwidert Wolfgang: »Na, so kann man das aber bestimmt nicht sagen. Wenn die mit zwanzig geheiratet haben, dann sind sie ja erst fünfzig und haben doch noch ein paar Jährchen vor sich. Interessanter finde ich die Tatsache, dass sie es so lange miteinander ausgehalten haben.«

»Da gebe ich dir allerdings recht«, merkt Katrin an. »Es muss doch auch einmal so etwas wie Liebe dagewesen sein und ich frage mich, warum und wohin ist diese Liebe verschwunden, die bei anderen, wie eben bei meiner Tante, immer noch da ist?«

»Hm, jetzt werden wir langsam philosophisch«, lacht Peter, »aber da haben wir ja unseren Meister schon dabei. Was meinst du, Wolfgang, warum verschwindet diese Verbundenheit plötzlich und führt zu einem Verhältnis, das dann keiner mehr weiter fortsetzen will? Gewohnheit und Alltag, denke ich, ist zu einfach, denn das haben ja andere Paare auch, siehe Katrins Tante!«

»So einfach wird's sicher auch nicht sein und warum fragt ihr da mich, habe ich etwa schon zwanzig Jahre Erfahrung auf diesem Gebiet?« Wolfgang lacht und schüttelt den Kopf. »Was haben wir eigentlich für ein Scheißthema heute, wisst ihr nichts Besseres?«

»Ach nein, kneifen gilt nicht!«, meldet sich jetzt Katrin wieder zu Wort. »Du hast doch ganz bestimmt eine Idee dazu, so gut kenne ich dich auch schon. Komm und lass dir etwas einfallen. Was planst du denn eigentlich zu unternehmen, dass es euch beiden nicht auch nach zwei oder drei Jahren so geht, dass ihr euch nicht mehr mögt?« Damit, und das hatte sie schon vermutet, konnte sie ihn aus der Reserve locken.

»Wisst ihr«, fängt er jetzt zu reden an, »ich stell mir das so vor: Am Anfang, wenn man sich verliebt, wird ein Haufen von Liebe geschaffen, ähnlich wie ein Heuhaufen. Mit jeder Intensivierung der Verbundenheit kommt etwas Heu dazu. Jede liebevolle Geste und jedes ernst gemeinte Versprechen sowie jedes liebe Wort vergrößern diesen Haufen. Allerdings baut auch jeder Streit und jede Lüge oder eben einfach, wenn man dem Partner auf irgendeine Weise wehtut, diesen Haufen ab. Jedes Mal verschwindet ein kleines Büschel Heu. Bei größeren Schmerzen, auch ein größeres Büschel. Verlorene Büschel können zwar wieder neu hinzugefügt werden, dies wird aber mit der Zeit immer schwieriger. Wenn man da nicht aufpasst, ist eines Tages kein Haufen mehr da, was genau so viel bedeutet, dass es keine Verbundenheit mehr gibt. Diese Menschen leben zwar häufig noch zusammen, weil andere Bindungskräfte, wie Kinder, Enkel oder Geld, zusammenhalten. Aber von Liebe und Glück ist hier nichts mehr vorhanden.«

Fast andächtig hören Peter und Katrin zu und rücken näher aneinander, sodass sie sich gegenseitig berühren. Peters Herz klopft ihm bis zum Hals und er überlegt, ob er es wagen und Katrins Hand berühren soll. Vorerst lässt er aber noch davon ab.

»Das bedeutet aber auch«, fährt Wolfgang fort, »dass dieser Haufen ständig beobachtet und gepflegt werden muss, damit er möglichst lange erhalten bleibt. Verluste müssen schnell wieder ersetzt werden und dürfen nicht zu Dauerverlusten werden. Wenn wir jetzt von dem Heuhaufen weggehen, heißt das ganz einfach, dass man ständig an der Liebe arbeiten muss. Ja, und das habe auch ich vor, um die Liebe von Zita nicht zu verlieren.« Leicht melancholisch beendet er seinen ungewollten Vortrag.

»Wahnsinn, so kenn' ich dich ja überhaupt nicht!«, sagt Peter ganz erstaunt. »Aber ich geb' dir absolut recht, wenn das so läuft, kann eigentlich gar nichts schiefgehen!« Dabei beugt er sich über Katrin hinweg zu seinem Freund hinüber, um ihn mit der Faust leicht in die Seite zu knuffen. In Wirklichkeit aber greift er mit seiner anderen Hand, als wollte er sich ganz harmlos nur kurz auf ihrem Knie abstützen, nach Katrins Hand. Sofort merkt er, dass sie zugreift und seine Hand festhält. Offensichtlich hatte sie schon darauf gewartet. Glücklich dreht Peter sich wieder zurück, lässt aber seine Hand in der Katrins.

Als Wolfgang dies bemerkt, lächelt er schelmisch in sich hinein. Bevor er sich aber absetzt, meint er noch zu Katrin: »Vielleicht kannst du deine Tante ja mal mit meiner Theorie bekannt machen. Wäre interessant, was sie dazu sagt. Aber wir sitzen jetzt schon zu lange hier, ich muss dann heim, ich will noch lernen, bevor meine Eltern wieder zurück sind. Wir sehen uns dann morgen in der Schule.«

Damit steht er auf und steigt auf sein Fahrrad. Überraschenderweise versucht auch niemand ihn zurückzuhalten, und so radelt er, glückselig vor sich hinlächelnd, langsam nachhause.

Auf seinem Bett liegend berichtet er Zita von seinem Erlebnis und setzt ihr auch seine Heuhaufentheorie auseinander, bevor er sich um seine Lernsachen kümmert.

Der Wecker klingelt schon um halb fünf Uhr und Zita macht ihn noch ganz verschlafen aus. Sie hat ihn extra so früh gestellt, weil sie noch Wolfgangs Brief beantworten und unbedingt gleich noch vor der Schule zum Briefkasten bringen will. Leise, um ihre Mutter nicht zu wecken, stiehlt sie sich ins Bad, putzt sich die Zähne und wäscht sich nur das Gesicht, um etwas frisch zu werden.

Wieder im Zimmer, setzt sie sich im Schlafanzug an ihren Schreibtisch und beginnt mit den Überlegungen zum Brief. Zum Abschluss ihrer Überlegungen umarmt sie noch das große Bild von Wolfgang, drückt einen langen Kuss auf das Rahmenglas und beginnt zu schreiben.

Liebster Wolfgang,

ich schreibe Dir diesen Brief um fünf Uhr früh, weil ich ihn noch vor der Schule in den Briefkasten werfen will. Gestern Abend war ich einfach zu müde zum Schreiben. Hast Du unsere großen Bilder schon bekommen? Ich habe sie gleich ohne Brief weggeschickt, damit Du sie möglichst bald bekommst. Sie sind noch viel besser als die kleinen, vor allem kann ich Dich jetzt besser in meinen Händen halten und wenn ich Dich küsse, sehe ich Dir dabei direkt in die Augen!

Ach Wolfgang, ich denke so oft an Dich und wie schön es mit Dir war! Ich vergrabe mich dann immer in mein Kissen und träume von Dir. Manchmal träume ich so intensiv, dass ich sogar Deinen Atem neben mir bemerke. Du fehlst mir ja so, und deshalb freue ich mich über jeden Brief ganz besonders. Ich bin dann wieder sicher, dass unser Band immer noch besteht. Du kannst Dir nicht vorstellen, wie ich mich nach Dir sehne und Dich in Gedanken streichle und küsse!

Es freut mich sehr, dass Du eine Beschäftigung gefunden hast, mit der Du Geld verdienen kannst. Sie soll dich aber nicht von der Schule ablenken. (Diese Befürchtung stammt von meiner Mutter!) Aber Du denkst bei dem verdienten Geld nur an mich, Du musst aber schon auch ein wenig was für Dich hernehmen! Sonst habe ich echt ein schlechtes Gewissen!

Hast Du eigentlich schon einen besonderen Berufswunsch gefunden oder gar Bewerbungen geschrieben? Bin gespannt, ob es bei Dir auch so gut läuft wie bei mir und Uschi. Stell Dir vor, neuerdings bekomme ich regelmäßig Lob von meinen Lehrern, weil ich so gut mitarbeite! Könntest Dir eine Scheibe abschneiden!

Liebster Wolfgang, ich muss jetzt gleich in die Schule und kann deshalb nicht mehr schreiben. Aber ich möchte Dir auf alle Fälle noch sagen, dass ich Dich sehr, sehr lieb hab und ich mir ein Leben ohne meinen Wolfgang gar nicht mehr vorstellen kann. Schade, dass die Zeit so langsam vergeht und bis zu den Ferien noch so lange hin ist. Aber wir halten schon durch! Ich jedenfalls liebe Dich über alles und ich warte auch ewig auf Dich!

Ich küsse Dich ganz fest und bitte halte mich fest!

Deine Zita

Sie drückt noch einen dicken Kuss unter ihren Namen und malt zwei kleine Herzen in die rechte untere Ecke. Nun schreibt sie noch den Absender aufs Kuvert und klebt eine Briefmarke darauf. Kurz bewundert sie ihr Werk und schickt dem Brief noch einen Kuss durch die Luft nach, als er in der Schultasche verschwindet. Schnell geht sie ins Bad und zieht sich fertig an. Ihre Mutter wartet schon mit dem Frühstück in der Küche auf sie und Zita greift hungrig zu.

In der Nacht hat es wieder stark geschneit, deshalb wird Zita heute schon etwas früher abgeholt. Trotzdem kommen sie erst bei der Bushaltestelle an, als der Bus schon wartet. Schnell packt Zita ihren Brief aus dem Schulranzen und gibt ihn der Nachbarin, die gefahren ist. »Bitte ganz dringend noch in den Briefkasten werfen, sonst geht er heute nicht mehr weg! Geht das?«

»Sicher, ich werf' ihn gleich ein«, sagt sie lächelnd.

Beruhigt steigt Zita in den Bus und setzt sich auf eine freie Bank. Uschi ist heute nicht dabei, weil sie sich erkältet hat und lieber daheim bleibt, um sich auszukurieren.

Der Unterricht verläuft recht ruhig, lediglich ein paar mündliche Abfragen machen die Lehrer noch, denn nächste Woche gibt's ja die Zwischenzeugnisse und da müssen die Noten feststehen.

Am Nachmittag besucht Zita ihre kranke Freundin und stellt fest, dass die Krankheit gar nicht so schlimm ist. Vielmehr hat Uschi Ärger mit ihrem Freund und nutzt jetzt, wo in der Schule nicht viel passiert, die Gelegenheit, ein wenig zu schmollen. Zita würde zwar gerne wissen, worum es bei dem Ärger geht, aber Uschi will nicht darüber reden. »Ich erzähl's dir, sobald ich selber genau weiß, was wir eigentlich wollen. Im Moment sehen wir uns praktisch nicht und ich bin mir nicht mehr sicher, ob er der Richtige für mich ist. Aber mehr gibt's ein andermal, versprochen!«

Als Zita es am Abend ihrer Mutter erzählt, ist diese nicht besonders überrascht. »Ihre Mama hat mir neulich schon so Andeutungen gemacht, dass da etwas nicht stimmt. Die beiden sehen sich kaum noch und auch dann ist der Umgang alles andere als bei Verliebten. Aber so ist das Leben!«

Über Nacht hat es noch mal so stark geschneit, dass die Schule wieder einmal geschlossen bleibt. Zita schläft sich aber nicht aus, sondern hilft ihrer Mutter schon beim Frühstück. Diese hat mit Herrn Jan bereits eine Schneeräumtruppe organisiert, und einige Jungen sind schon vor dem Frühstück an der Arbeit. Die wenigsten von ihnen haben jemals so viel Schnee gesehen und haben einen Riesenspaß beim Wegschaufeln.

Zum Frühstück kommen aber alle wieder herein, und sie beschließen, erst dann zum Skifahren zu gehen, wenn der Schnee größtenteils beseitigt ist. Frau Grimmer ist begeistert und bedankt sich bei den Kindern und den Betreuern.

Nach den Frühstücksarbeiten geht Zita in ihr Zimmer und legt sich wieder ins Bett. Erst döst sie ein wenig dahin und denkt an Wolfgang, doch dann schläft sie ein und wird erst wieder wach, als ihre Mutter sie sanft weckt.

Am Nachmittag ordnet sie die Bilder an der Wand und auf ihrem Nachttischen wieder neu und staubt sie sorgfältig ab. Das Bild von den beiden, das sich ihre Mutter gewünscht hat, hat sie in der Stube neben dem »Herrgottswinkel« angebracht, wo auch ein Bild von ihrem Vater und eines von den Großeltern hängen. Ganz stolz schaut sie immer, wenn sie vorbeikommt, hin. Ihr Wolfgang und sie hängen neben ihrem Vater! Grad so, als wären sie Geschwister.

Während sie die Bilder wieder an die Wand hängt, denkt sie an Uschi und ihren Freund. Was mag da wohl passiert sein? Und dass Uschi darunter leidet, tut ihr selber auch weh. Dann drängt sich unweigerlich der Gedanke an Wolfgang und sie immer mehr in den Vordergrund. Aber mit ihnen kann es nicht so weit kommen, da ist sie ganz sicher und versucht mit Gewalt den Gedanken zu verdrängen. Doch es will ihr einfach nicht gelingen und so beschließt sie, ein wenig an die frische Luft zu gehen, in der Hoffnung, dass sie dabei auf andere Gedanken kommt.

Der Nachbar mit der Schneefräse ist gerade im Anmarsch, um die großen Schneehaufen weiter zur Seite zu blasen. Erst sieht sie ihm ein Weilchen zu, dann geht sie die Straße ein kleines Stück nach oben. Sie will bewusst nicht so weit gehen, dass sie bei Uschi vorbeikommt, und kehrt deshalb wieder um, als sie Uschis Elternhaus auftauchen sieht. Sie denkt dabei, dass es ja gerade erst ein paar Tage her ist, als sie mit Wolfgang den gleichen Weg gegangen ist, und sofort sind die Erinnerungen wieder ganz frisch. Schnell fühlt sie sich wieder wohler und die dummen Gedanken machen den Erinnerungen Platz.

Beim allabendlichen Tee besprechen sie die beiden nächsten Tage. Morgen fahren die Holländer wieder weg. Die nächste Gruppe kommt erst am Montag. Es hat sich auch eine Tante von Zita aus dem Nachbardorf angekündigt, dass sie die Stelle von Frau Gruber übernehmen will, die aufgrund ihrer Krankheit nicht mehr kommen kann. Schon morgen zum Frühstück will sie anfangen und dann gleich beim Putzen und Zimmerherrichten helfen.

»Die Tante Marie will ein paar Stunden zusammenbringen, weil sie das Geld braucht. Dann brauchst du beim Kochen nicht zu helfen, sondern es reicht, wenn du beim Putzen ein wenig mit anfasst. Bist eh immer so fleißig!«, lobt sie die Mutter. »Am Sonntag kannst dann ganz frei machen. Wirst sicherlich etwas zu tun oder zu lernen finden.«

»Oh ja, da schau ich, ob es der Uschi wieder besser geht, und dann könnten wir ja vielleicht wieder mal Skifahren gehn. Wir waren heuer eh erst zweimal! Oder wir gehen mal wieder zum Schober, da waren wir auch schon eine ganze Weile nicht mehr«, begeistert sich Zita. Als sie den Schober erwähnt, fällt ihr ein, dass sie das letzte Mal mit Wolfgang oben war. Die Erinnerung daran ist noch ganz scharf und sie fühlt die Sehnsucht in sich aufsteigen.

Am Samstagmorgen nach dem Frühstück verabschieden sich die Holländer, nicht ohne sich noch mal für ihr schlechtes Benehmen am Anfang zu entschuldigen. Tante Marie ist gekommen und hat in der Stube sofort das neue Bild gesehen und neugierig nachgefragt, wer das denn sei. »Sieht ja recht lieb aus, der Bub, aber es ist doch nichts Ernstes?«, will sie wissen. Zitas Mutter möchte nicht, dass im Dorf darüber geredet wird, und wiegelt ab: »Ach, du weißt doch, wie sie sind, die Kinder. Es war ein recht netter Bub, vor drei Wochen waren's da und da wollt' die Uschi oben ihren Fotoapparat ausprobieren, weil die möchte ja mal Fotografin werden. Nachdem das Bild doch recht nett g'worden ist, haben wir's halt aufg'hängt.« Sie hofft, dass ihre Schwester damit zufrieden ist und nicht weiter nachbohrt. Nun muss sie es bloß noch der Zita erklären, damit die nichts anderes erzählt.

Weil es Uschi am Samstagnachmittag tatsächlich schlechter geht und sie im Bett liegt, wird es mit dem gemeinsamen Skifahren nichts. Alleine mag Zita dann auch nicht fahren. So geht sie zusammen mit ihrer Mutter nach der Sonntagsmesse in den *Oberdorfer Hof* zum Essen. Am Nachmittag machen sie es sich in der Stube bei Tee und Kuchen gemütlich.

Uschi ist am Montag wieder in der Schule, sieht aber nicht besonders gut aus. Schon im Bus hat sich Zita nicht mehr zurückhalten können und gefragt: »Geht's dir wirklich gut? Du siehst so blass und niedergeschlagen aus. Vielleicht wärst du besser noch einen Tag zuhause geblieben!«

»Nein, das wird zuhause auch nicht besser! Es ist wegen dem Hans, der hat jetzt endgültig Schluss gemacht und hat schon eine andere! Das ist es, was mich so aufregt. Bloß weil ...« Dann bricht sie ab und beginnt leise zu weinen. Zita legt ihren Arm um sie und versucht sie zu trösten.

»Ach Zita, das ist alles so kompliziert, lass uns in der Pause weiter reden«, bittet sie und Zita ist natürlich einverstanden. Sie will aber auch nicht von Wolfgang erzählen, weil das würde Uschi wahrscheinlich noch mehr weh tun. So sitzen sie schweigend bis zur Schule nebeneinander und halten sich an den Händen. Nie hätte Zita gedacht, dass sie einmal der immer so selbstsicher wirkenden Freundin Trost spenden müsste.

Während des Unterrichts grübelt sie darüber nach, was wohl geschehen sein kann, dass Hans die Uschi einfach sitzen lässt und gleich mit einer anderen etwas anfängt. Erst als sie im Mathematikunterricht der Lehrer zum zweiten Mal auffordert, die Aufgabe aus dem Buch vorzulesen, und sie nicht reagiert, kommt der

Lehrer zu ihr an den Tisch und weckt sie aus ihren Gedanken. »Na, Zita, sind wir heute mal mit den Gedanken ganz woanders?« Sie errötet schlagartig.

»Entschuldigung, ich war tatsächlich nicht bei der Sache! Tut mir leid, wie war die Frage?«, bringt sie stotternd hervor und der Lehrer erklärt ihr zum dritten Mal, was sie tun soll. Ein paar Schüler kichern leise oder flüstern miteinander, während sie zu Zita hinschauen.

Nachdem sie die Aufgabe vorgelesen hat, erläutert der Lehrer die Problematik der Aufgabe und Zita entschuldigt sich in Gedanken bei Wolfgang, weil sie im Unterricht nicht bei ihm war. Gleichzeitig beschließt sie, ab sofort wieder voll mitzuarbeiten und das Uschiproblem bis zur Pause zu verschieben. Ausgerechnet diese Aufgabe hatte sie gestern zuhause als Vorbereitung bereits gelöst und meldet sich gleich, um ihren Schnitzer möglichst wieder gutzumachen, als der Lehrer sich nach jemandem erkundigt, der die Lösung an der Tafel versuchen möchte.

»Zita, möchtest du vorkommen und es versuchen?«, fragt er sie, nachdem sie die Einzige war, die sich gemeldet hat.

»Ja, gerne«, freut sie sich und geht gleich vor an die Tafel. Nachdem ein Mitschüler ihr die nötigen Angaben gemacht hat, erklärt sie Zug um Zug die Lösung und schreibt sie gleichzeitig an die Tafel. »Das hätte ich auch nicht besser erklären können«, lobt der Lehrer und staunt. »Woher hast du die Lösung gekannt, denn das ging ja wohl, ohne groß zu überlegen?«

»Ich hab mich halt gestern schon auf heute vorbereitet«, antwortet sie leicht verlegen.

»Respekt, das ist mehr als lobenswert!«, erklärt der Lehrer mit Blick in die Klasse.

Als endlich Pause ist und sie mit Uschi zusammen nach draußen geht, meint Uschi vorwurfsvoll: »Stimmt's, du warst wegen mir so abgelenkt?«

»Ja, stimmt«, antwortet sie etwas zerknirscht, »weil ich es nicht begreifen kann, wie einer, der bis vor Kurzem noch behauptet hat, dass er dich gern hat, dann einfach mit einer anderen etwas anfangen kann. Was ist das bloß für ein Mensch?«

»Ich versteh's ja auch nicht!«, jammert Uschi, »und ich würde gern mit dir darüber ausführlich reden und deine Meinung dazu hören. Die Pause ist jetzt einfach zu kurz dafür, aber heute Nachmittag, wenn du Zeit hast, käme ich gern zu dir runter. Ich glaub, dort ging's am besten. Daheim hab ich zu viel Erinnerungen an ihn.«

»Klar, vielleicht gleich nach dem Essen, dann haben wir nach hinten noch Zeit und die Hausi können wir ja auch am Abend machen«, erklärt Zita.

»Gut, aber ich will dich auf keinen Fall vom Lernen abhalten. So, wie du momentan drauf bist, brauchst du bestimmt täglich zwei Stunden dafür«, meint Uschi besorgt.

»Das passt schon«, entgegnet Zita, »meistens lerne ich eh erst im Bett. Aber komm, wir müssen wieder rein, sonst gibt's Ärger«.

Zita ist gerade dabei, das Geschirr vom Mittagessen wegzuräumen, als Uschi schon da ist. Eigentlich wollte Zita noch mit abwaschen, aber ihre Mutter wehrt ab und meint: »Geh du nur! Ihr habt momentan Wichtigeres zu tun und ich komm schon zurecht hier!«

Zita lädt ihre Freundin in ihr Zimmer ein, das Uschi schon längere Zeit nicht mehr gesehen hat. Überall Bilder von Wolfgang und zwei Briefe hängen ebenfalls an der Wand.

»Wow«, mehr kann Uschi zunächst gar nicht sagen. »Da brauch' ich nicht zu fragen, wie es um euch beide steht! Super, ich freu mich richtig für dich, ganz ehrlich! So etwas tät' mir auch gefallen«, setzt sie neidlos dazu.

Zita freut sich über die schmeichelhaften Worte ihrer Freundin. Dann setzen sie sich aufs Bett und kommen zum eigentlichen Thema.

»Weißt du, Zita, wie man sich fühlt, wenn ausgerechnet derjenige, in den du jede Menge Gefühl investiert hast, dann einfach so sagt, dass ab sofort Schluss ist? Einen Versuch, irgendetwas zu ändern, kann es nicht geben, da er bereits wieder in festen Händen sei. Es wäre ein Mädchen aus Wörgl, das ich nicht kenne und das er schon seit einigen Wochen ›in Arbeit‹ hat. Allein dieser Ton! Sind wir nur Dreck oder Arbeit für diese Idioten?« Uschi beginnt sich in die Sache hineinzusteigern und wird dabei etwas lauter. »Stell dir vor, noch als er mir von Liebe und Gernhaben erzählt hat, war er in Gedanken schon bei der anderen! Ich könnte ihn umbringen und mich dazu, weil ich so blöd war!« Gerne würde sie jetzt weinen, aber die Wut versagt ihr die Tränen. Zita hört ihr aufmerksam und schweigend zu.

Als sich Uschi wieder ein wenig beruhigt hat, berichtet sie weiter. »Gut, es gibt natürlich auch einen Grund dafür, dass er Schluss gemacht hat! Aber ein solches Verhalten wird dadurch auf keinen Fall gerechtfertigt. Weißt du, er wollte unbedingt mit mir schlafen, und außerdem sollte ich mir die Pille verschreiben lassen. Das hat er einfach so von mir verlangt! Als ich ihm zu erklären versuchte, dass weder ich das wollte, noch meine Eltern dem Arzt das Einverständnis geben würden, meinte er ganz lapidar, ich solle eben meinen Eltern mit einer Schwangerschaft drohen, dann würden sie schon unterschreiben. Ich bin natürlich ausgerastet und habe ihn angeschrien, ob er denn nicht mehr ganz klar im Kopf sei, worauf er nur meinte, ich würde dann schon sehen, wo ich bliebe. Ja, und jetzt weiß ich es! Ganz einfach erpressen wollte er mich! Kannst dir ja vorstellen, wie froh ich heute bin, dass ich mich geweigert hab.«

»Das ist ja geradezu kriminell! Sei bloß froh, dass du den los bist. Vermutlich hätte er dich auch so sitzen lassen, wenn er schon mit der anderen in Verbindung war. Einfach unglaublich, was der sich rausnimmt! Ich hatte immer gedacht, bei euch liefe alles ganz prima, und dann so was!« Zita ist ganz aufgebracht und denkt an Wolfgang. Was der wohl sagen würde? Oder denkt er vielleicht sogar ähnlich? Obwohl schon wieder diese nagenden Gedanken in ihr hochsteigen, behauptet sie ganz selbstsicher: »Also Wolfgang würde das von mir sicher nie verlangen, dafür ist seine Liebe einfach zu ehrlich!« Nachdem es ausgesprochen ist, glaubt sie auch selber wieder fest daran und ist beruhigt.

»Ich wünsch es dir wirklich von ganzem Herzen, aber stell dir vor, er käme dich am Wochenende besuchen und ihr hättet eine günstige Gelegenheit, würdest du ihm wirklich eine Abfuhr erteilen? Ich weiß, das ist jetzt gemein von mir, aber ich möchte eben herausbekommen, ob nur ich so blöd bin oder ob es ein durchaus vernünftiges Verhalten war.« Neugierig betrachtet sie jetzt ihre Freundin.

»Wolfgang würde das niemals verlangen! Selbst wenn sich die Gelegenheit irgendwie ergeben tät' und ich ablehnen würde, wäre Wolfgang bestimmt nicht böse. Aber jetzt absolut nur zu dir als meine beste Freundin, ich glaube, dass ich nicht ablehnen würde! Dafür hab ich ihn viel zu gern!« Jetzt ist es ausgesprochen, was sie schon die ganze Zeit mit sich herumgetragen hat! Aber, ist sie sich sicher, es würde erst gar nicht so weit kommen. Außerdem hat sie leicht reden, denn Wolfgang ist ja weit weg!

Uschi ist ganz perplex und fragt sicherheitshalber noch mal nach: »Aber die Pille hast du doch nicht?«

»Nein, natürlich nicht, und ich will und ich brauch' sie auch gar nicht! Es gibt ja schließlich auch noch andere Möglichkeiten. Aber das spielt bei uns derzeit überhaupt keine Rolle«, erklärt Zita. »Ich denke, ehrliche Liebe kann warten!«

Tatsächlich ist Uschi ganz begeistert von dieser Überzeugung ihrer Freundin. So hätte sie ihren Hans nie verteidigen können. Aber jetzt merkt sie auch immer mehr, dass ihre Verbindung zu Hans mit Zitas und Wolfgangs Liebe in keinster Weise zu vergleichen ist. Sie kommt sich fast dumm vor, weil sie wohl das Verlangen, auch einen Freund haben zu wollen, mit Liebe verwechselt hat. Das nächste Mal will sie erheblich vorsichtiger sein!

Nachdem sich beide gegenseitig versprochen haben, nichts von alledem irgendwie weiterzuerzählen, geht Uschi, froh, sich mit Zita ausgesprochen zu haben, wieder nachhause. Wenn sie aber daran denkt, welche Erinnerungen Zita in ihrem Zimmer hat, wird sie richtig neidisch. Sie dagegen kann nur an ein paar Partybesuche und ziemlich inhaltsloses Herumgeknutsche zurückdenken. Eigentlich gar nichts! Wie blöd muss sie bloß gewesen sein, das für Liebe zu halten!

Zita, auf ihrem Bett liegend, denkt noch lange über das Ganze nach. Hat sie wirklich so viel Glück, dass sie gleich auf Anhieb den Richtigen gefunden hat, der es auch ehrlich mit ihr meint? Immer wieder kommen Zweifel auf und ihr Herz wird schwer. Schließlich könnte er doch auch bei sich zuhause eine Freundin haben und sie würde es ja gar nicht mitbekommen. Sie nimmt sein Bild vom Nachtkästchen und schaut es an. »Nein, du nicht«, sagt sie leise vor sich hin, »deine Briefe mit deinen lieben Worten, dein Anruf und dein Lernen und deine Arbeit haben doch nur das eine Ziel, zu mir zu kommen! Nein, das ist keine Täuschung, du liebst mich wirklich!« Jetzt, nachdem sie gründlich über seine Briefe und Ziele nachgedacht hat, ist sie sicher, dass sie sich keine Sorgen zu machen braucht. So würde sich niemand verhalten, der ihr nur Theater vorspielen möchte, um vielleicht mit ihr schlafen zu können.

Aber, so entschließt sie sich, sie wird Wolfgang im nächsten Brief zu seiner Einstellung zur Pille und so weiter fragen. Gleich nach den Hausaufgaben macht sie sich Notizen dafür, damit sie es dann nicht vergisst.

Mittlerweile ist es schon halb vier und sie erwarten den heutigen Bus in etwa einer halben Stunde. Zita zieht ihr Dirndl an, damit sie bei der Begrüßung der neuen Gäste neben ihrer Mutter einen guten Eindruck macht. Es kommen wieder Kinder aus Holland, diesmal sind sie aber erst dreizehn bis vierzehn Jahre alt. Ihre Mutter hat schon ein Abendessen hergerichtet, das es bereits um fünf Uhr geben soll.

Pünktlich um vier Uhr rollt der Bus in den Hof, eine Betreuerin steigt aus und kommt auf die beiden vor der Haustür Wartenden zu. Die Dame spricht ein sehr holländisches Deutsch und Zitas Mutter hat erhebliche Probleme, sie zu verstehen. Frau Grimmer fragt deshalb, ob denn die Kinder Deutsch zumindest verstehen würden, worauf die Dame antwortet, dass mehrere Mädchen sehr gut Deutsch sprechen und im Notfall als Übersetzer fungieren könnten. Daraufhin geht Zitas Mutter mit der Dame zum Bus und lässt sich das Mikrofon geben. Erst will sie wissen, wer Deutsch versteht, und ist erfreut, dass sich fast der halbe Bus meldet. Außerdem bemerkt sie, dass es ausschließlich Mädchen sind, was sie bisher nicht wusste. Dann gibt sie ihre Anweisungen und Erklärungen ab und bittet die Kinder auszusteigen und mit ins Haus zu kommen, wo sie sich mit ihren Freundinnen zusammen die Zimmer aussuchen könnten. Die Kinder haben überhaupt keine Probleme mit der Verständigung und alles läuft reibungslos. Die Mädchen sind sehr freundlich und Zita begrüßt heute ausnahmsweise jedes einzelne per Handschlag.

Die meisten Mädchen sind froh, dass es gleich etwas zu essen gibt, und rumoren anschließend noch in den Zimmern herum. Von der langen Fahrt sind sie müde und es ist heute schon früh still im Haus.

Auch der Abendtee beginnt heute schon früher und Zitas Mutter wüsste gerne, was mit Uschi los gewesen ist.

»Mama, ich darf dir nur so viel sagen, dass es mit ihrem Freund endgültig aus ist und er sich äußerst schäbig benommen hat. Den Rest habe ich versprochen nicht weiterzusagen. Sie wollte einfach mit jemandem zumindest ein paar Brocken darüber reden und ein wenig schimpfen können. Jetzt geht es ihr wieder besser, aber geschockt ist sie immer noch.«

»Gut, wenn du es versprochen hast, dann will ich auch gar nicht weiter in dich dringen. Allerdings kann ich mir so manches ganz gut vorstellen, weißt du. Das arme Mädchen!«, meint die Mutter bedauernd. Damit ist das Thema erst mal beendet und sie kommen heute auch etwas früher ins Bett, worauf sich beide schon freuen.

Als sie am nächsten Abend wieder beieinander sitzen, um den Tag noch mal durchzusprechen, läutet kurz nach halb neun das Telefon. Selten, dass so spät noch jemand anruft, und deshalb meint Zitas Mutter zunächst spaßeshalber zu

Zita: »Geh du hin, vielleicht ist's ja der Wolfgang.«

Zita springt vom Sofa, rennt zum Telefon und meldet sich. »Hallo Wolfgang, bist du's tatsächlich! Meine Mutter hat gemeint, ich soll mich melden, weil vielleicht bist es ja du. Ach, ist das schön, dass du anrufst.« Sie dreht sich schnell zu ihrer Mutter um und sagt: »Der Wolfgang ist's tatsächlich!«, als hätte sie es nicht auch so mitbekommen. Sie bemerkt dabei gar nicht, dass ihre Mutter bereits lächelnd auf dem Weg zur Tür ist, um ihre obligatorische »Hausrunde« zu drehen.

Wolfgang erzählt ihr, dass er heute seinen ersten richtigen Lohn bekommen hat und ihr dies unbedingt gleich erzählen wollte. »Weißt du, es ist zwar nur der halbe Monat gewesen, aber ich fühle mich richtig reich und es ist der erste größere Betrag, den ich schon mal für meinen Besuch zur Seite legen kann! In erster Linie wollte ich aber deine Stimme hören und fragen, ob du mich immer noch gernhast.«

»Du kannst vielleicht fragen! Das weißt du doch! Ich würde bestimmt sterben, wenn ich dich nicht mehr hätte. Weißt du, ich erlebe das gerade bei Uschi, ihr Freund hat sie sitzen lassen und jetzt ist sie ganz fertig. Aber glaub mir, ich würde das nicht überleben! Deshalb musst du mir gleich jetzt versprechen, dass du mich nie verlasen wirst!«, bittet Zita regelrecht.

»Zita, das hab ich dir doch schon mehrfach versprochen, aber ich versprech es jetzt noch einmal: Ich werde dich niemals verlassen! Glauben musst du es aber schon selber und zweifeln solltest du an meinen Worten auch nicht! Das mit Uschi tut mir aufrichtig leid, aber ich glaube, die Verbindung war auch nicht so fest wie unsere. Sag ihr bitte einen schönen Gruß von mir und deiner Mutter natürlich auch. Wir haben nur noch zwei Minuten!«

»Macht nichts, ich bin ja so glücklich, dass ich dich wieder persönlich hören konnte, und auch ich werde dich niemals verlassen. Ja, und wenn keiner den anderen jemals verlässt, dann werden wir wohl ewig beieinander hängen und gemeinsam uralt werden!« Dabei lacht sie.

»Ich seh dich schon als alte Oma an meiner Seite«, lacht Wolfgang zurück. »Gleich ist Schluss! Ich hab dich ganz fest lieb und ich brauche dich ganz dringend. Verstehst du?«

»Klar, ich brauche dich aber noch nötiger!«, erwidert Zita und drückt noch einen langen Kuss durch die Leitung.

»Na, wie ist's gelaufen?«, erkundigt sich Wolfgang neugierig, als er am Montag seinen Freund Peter in der Schule trifft.

»Der beste Tipp, den du mir je gegeben hast! Ich habe fast den Verdacht, dass daraus etwas Größeres werden könnte. Weißt du, die Katrin ist nicht so oberflächlich, um mit einfachem Geraspel zufrieden zu sein. Die bohrt sofort nach, ob ich das tatsächlich so meine und ob ich das auch beweisen kann, dass ich es ehrlich meine. Aber das gefällt mir! Da brauch' ich mir nicht irgendwelches Gefasel überlegen, sondern ich sag einfach, was ich gerade denke oder empfinde, und das kommt bei ihr ganz gut an! Ich glaub, mich hat's ganz schön erwischt. Aber ich hab jetzt keine Zeit mehr, wir wollen uns nämlich noch kurz vor der Schule treffen.« Damit geht er eilig Richtung Eingang, wo sie sich verabredet hatten.

Lächelnd steht Wolfgang da und freut sich für seinen Freund und auch für Katrin, die ihm mittlerweile auch ans Herz gewachsen ist. Als er das Gebäude betritt, sieht er die beiden händchenhaltend beieinander stehen und Katrin winkt ihm zur Begrüßung kurz zu.

In der Pause gesellt er sich zu den beiden, die allein in einer Ecke auf dem Pausenhof stehen und sich unterhalten. »Hallo Katrin, wie geht's«, fragt er lächelnd.

»Wie sieht's aus?«, fragt sie keck zurück.

»Aussehen tut's gut«, meint er, »aber ich will nicht stören und bin schon wieder weg.« Dabei dreht er sich um und will gerade weggehen, als Peter sagt: »Quatsch, du störst doch nicht! Übrigens habe ich Katrin von unserem Plan erzählt, der sich dann ja so überaus schnell erledigt hat.«

»Ich hab mich halb tot gelacht, als er mir so bröckchenweise davon erzählt hat. Aber ich war erstaunt, wie zutreffend du mich ihm beschreiben konntest, schließlich kennen wir uns ja auch noch nicht so lange. Anscheinend durchschaust du jemanden sehr schnell und man muss bei dir vorsichtig sein!«, zwinkert Katrin. »Dennoch, danke!«, und damit drückt sie ihm völlig überraschend ein Küsschen auf die Wange und lächelt dabei glücklich.

»Oh, ich habe nur das weitergegeben, was du mir von dir erzählt hast«, versucht er sich zu rechtfertigen.

»Ist jetzt ja auch egal«, meint sie belustigt und gibt Peter einen Kuss auf den Mund, »aber wir müssen wieder rein, die Pause ist vorbei!«

Peter strahlt und die drei schließen sich den anderen Schülern an.

»So, Wolfgang, heute gibt's den ersten Lohn!«, begrüßt ihn Frau Schuster, als er am Dienstag im Getränkemarkt erscheint. »Schau her, hier hast deine Abrechnung und hier in der Lohntüte ist das Geld. Das hast du dir redlich verdient!«

Sie erklärt ihm noch die Abrechnung näher, damit er auch darüber Bescheid weiß, warum etwas abgezogen wird.

Wolfgang bedankt sich und steckt hocherfreut die Lohntüte mit dem Abrechnungszettel in seine Jackentasche. Mit neuem Eifer beginnt er seine Arbeit und ist zum Schluss wieder ganz schön geschafft.

Stolz zeigt er zuhause seiner Mutter den ersten Lohn. »Da muss ich hernach unbedingt noch die Zita anrufen, die wird sich freuen.«

»Natürlich, aber pass auf, dass du das Geld auch zusammenhältst und nicht gleich alles vertelefonierst, ein Monat kann lange sein!«, warnt die Mutter.

Auch sein Vater ist stolz auf seinen Sohn und legt noch einen Zehnmarkschein obendrauf. Wolfgang fühlt sich richtig reich!

Zita wird vor halb neun sicherlich keine Zeit haben, überlegt er, und lernt noch ein wenig für morgen, um die Wartezeit zu überbrücken. Kurz nach acht geht er los Richtung Postamt. Unterwegs überlegt er, was er denn eigentlich mit Zita reden will. Als er bei der Firma Gerber vorbeikommt, bleibt er vor dem Schaufenster stehen und betrachtet die ausgestellten Heizkessel zum wiederholten Mal. Nächste Woche gibt es endlich die Zeugnisse und dann, so hofft er, bekommt er auch die Zusage für die Lehrstelle.

Eine Telefonzelle ist frei, und als er sie betreten will, sieht er draußen schon den Zettel an der Scheibe kleben, dass die Telefonzelle defekt ist. Also wartet er, bis eine andere frei wird, und vertritt sich dabei einstweilen nervös die Beine in unmittelbarer Nähe. Endlich kommt eine alte Frau aus einer der Zellen und Wolfgang nimmt sie sofort in Beschlag. Zehn Mark will er opfern und hält dafür die nötigen Münzen bereit. Nervös wirft er sie in den Automaten und wählt.

Der erste Blick gilt dem Küchenschrank, wo üblicherweise die frisch gekommene Post liegt. Den Brief von Wolfgang hat ihre Mutter diesmal an einen Salzstreuer gelehnt, damit ihn Zita bestimmt gleich sieht. Nicht, dass er wieder bis abends unbeachtet liegen bleibt. Voller Freude nimmt Zita den Brief und drückt ihm einen Kuss auf den Absender, bevor sie in die Küche zu ihrer Mutter geht.

»Na, hast du den Brief gefunden?«, lächelt die Mutter, als Zita hereinkommt.

Zita nickt strahlend. »Wie geht's mit den Kindern?«, fragt sie.

»Ach, die sind noch so jung und sind bisher ganz brav, also diesmal wirst du nicht eingreifen brauchen«, lacht die Mutter, stellt Zita das Mittagessen auf den Tisch und setzt sich dazu. »Wie war's in der Schule?«

»Ach, da passiert momentan gar nichts, übermorgen gibt's Zeugnisse und bei manchen gibt's noch mündliche Abfragen, wenn ihre Note auf der Kippe steht, ansonsten ist es langweilig. Ich glaub, ich bin beim Lernen überall mindestens zwei Unterrichtsstunden voraus! Am Freitag nach der Zeugnisausgabe um zehn Uhr haben wir frei. Dann bin ich zum Mittag schon da!«

»Geht's der Uschi wieder besser, oder ist sie immer noch deprimiert wegen dem Hans?«, möchte die Mutter noch wissen.

»Nein, der geht's schon ganz gut. Seit sie mit mir darüber gesprochen hat, denkt sie sehr sachlich darüber. Sie will auch so schnell keinen neuen Freund haben, hat sie gesagt, außer es käme einer wie Wolfgang! Da würde sie wahrscheinlich nicht ablehnen, hat sie gemeint. Die war vielleicht von meinem Zimmer beeindruckt, was ich alles an Erinnerungen an Wolfgang hab! Sie hatte von Hans gar nichts, außer einem abgewetzten Passbild aus dem Automaten. Ich glaube, sie beneidet mich ein wenig«, antwortet sie nicht ganz ohne Stolz.

»Ja, das glaube ich gern. Weißt du, so eine Fernbeziehung ist zwar mühsam. Andererseits, wenn man sich jeden Tag sieht, geht die Spannung verloren, die geistige Beschäftigung mit dem Partner wird schnell immer weniger und man unterhält sich meist nur noch über völlig Belangloses. Trotzdem werden viele auch so glücklich. Natürlich, bei den meisten läuft es ja nicht über Fernbeziehungen und sie sind dennoch auch nach Jahrzehnten noch beieinander. Ich meine ja nur, dass so eine Beziehung, wie sie ihr beiden momentan habt, nicht zum Scheitern verurteilt sein muss und nebenbei auch sehr schön sein kann. Schau dich nur an, du freust dich jedes Mal wie ein kleines Kind, wenn ein Brief von ihm kommt, oder wenn er kurz anruft. Diese Erwartungsfreude haben viele andere einfach nicht!«

Bisher hat ihre Mutter noch nie so ausführlich mit Zita über ihre Beziehung zu Wolfgang gesprochen. Zita ist glücklich darüber, dass ihre Mutter das so sieht, und es tröstet sie sehr über das persönliche Fehlen ihres Freundes hinweg.

»Danke, Mama, ich weiß, du verstehst uns beide«, erwidert Zita gerührt. Als sie ihren Teller wegräumen will, meint ihre Mutter lächelnd: »Lass nur, ich mach das schon. Geh du mal deinen Brief lesen.«

Zita nimmt den Brief wieder mit und geht in ihr Zimmer, wo sie ihn vorsichtig öffnet. Dann legt sie sich auf ihr Bett, schaut erst noch die Fotos von Wolfgang an und entfaltet langsam das Schriftstück.

Langsam liest sie den ganzen Brief mehrfach, lehnt ihren Kopf ins Kissen zurück und schließt die Augen. In Gedanken geht sie die einzelnen Sätze noch einmal durch und sieht dabei Wolfgang vor sich. Was gibt es Schöneres!

Plötzlich merkt sie aber, dass ihr Kopf zur Seite fällt und sie kurz vor dem Einschlafen ist, deshalb öffnet sie die Augen und setzt sich auf. Den Brief faltet sie wieder sorgfältig zusammen und legt ihn auf das Nachtkästchen. Die wenigen Hausaufgaben sind schnell gemacht und sie beschließt, gleich mit dem Antwortbrief anzufangen. Sie möchte gerne das Pillenproblem ansprechen, weiß aber nicht so recht, wie sie es darstellen soll. Uschi hat ihr die Erlaubnis gegeben, Wolfgang von ihrer Geschichte zu berichten, sodass sie zumindest einen Ansatz hat.

Mein liebster Wolfgang,

gerade habe ich Deinen lieben Brief gelesen und mich sehr darüber gefreut! Weißt Du, mir wird beim Lesen immer so richtig warm ums Herz und ich sehe Dich dann immer vor mir! Das ist so schön, dass ich Deine Briefe immer öfter lese! Ich fühle mich dabei immer so glücklich und Dir so nah!

Vielleicht hast Du auch heute meinen Brief erhalten, in dem ich Dir schreibe, dass Du nicht so viel Geld für mich ausgeben, sondern auch an Dich denken sollst. Dennoch freue ich mich sehr, wenn Du mich anrufst, obwohl es für dich jedes Mal schrecklich teuer ist. Aber ich genieße Deine Stimme jedes Mal und sie frischt all meine Erinnerungen an Dich so sehr auf, dass ich meine, es wäre erst gestern gewesen. Ich weiß jetzt nicht, was ich Dir raten soll, Dein Geld für einen Besuch (auf den ich mich ja schon riesig freue) zu sparen, oder zumindest mit einem Teil davon mich hin und wieder anzurufen. Eigentlich wünsch' ich mir beides! Aber bitte, entscheide selber!

Jetzt muss ich Dir noch etwas näher die Geschichte von Uschi und ihrem Freund erzählen, denn es ist echt ungeheuerlich. Stell Dir vor, der Hans wollte unbedingt mit Uschi schlafen, und sie sollte sich dafür die Pille verschreiben lassen. Die Zustimmung ihrer Eltern sollte sie mit der Androhung einer sonstigen Schwangerschaft erzwingen! Uschi lehnte beides ab und dann erzählte er ihr, dass sie schon sehen würde, wo sie bliebe. Er jedenfalls habe schon seit Längerem eine andere ›in Arbeit‹ und so wäre er auf sie auch gar nicht angewiesen. Ist so was nicht eine Frechheit! Sie war natürlich total fertig und ich konnte sie zum Glück wieder etwas aufrichten, sodass es ihr jetzt wieder gut geht.

Allerdings hat sie mich gefragt, wie ich mich in dieser Situation verhalten würde. Zunächst wusste ich nicht recht, was ich antworten soll, habe aber dann ganz intensiv an Dich gedacht und dabei festgestellt, dass Du ja niemals so etwas verlangen würdest. Das hab ich ihr dann auch gesagt und noch etwas, aber das sag ich Dir vielleicht ein anderes Mal. Nur nicht neugierig sein!

Obwohl ich von meiner Meinung fest überzeugt bin und es uns beide überhaupt nicht betrifft, würde ich gerne von Dir Deine Meinung zur Pille allgemein erfahren. Ich denke, ihr Jungs unterhaltet euch doch sicher auch darüber. Mach Dir bitte dabei keine Gedanken über uns beide, ich möchte nur Deine allgemeine Meinung zur Pille für junge Mädchen wissen!

Übermorgen gibt es bei uns die Zeugnisse und obwohl ich die meisten Noten kenne, bin ich trotzdem sehr gespannt, ob sich mein Fleiß, seit ich Dich kenne, auch tatsächlich in Noten oder zumindest in der Abschlussbemerkung erkennbar macht. Jedenfalls freue ich mich diesmal schon darauf, was bisher meist nicht der Fall war.

Liebster Schatz, ich bin Dir so unendlich dankbar dafür, dass Du mir gestern am Telefon noch einmal Deinen festen Zusammenhalt versichert hast! Weißt Du, die Geschichte mit Uschi hat mich so durcheinandergebracht, dass ich es einfach wieder einmal hören wollte! Ich freue mich täglich, wenn ich unsere Bilder anschau und von unseren gemeinsamen Erlebnissen träume. Du kannst Dir gar nicht vorstellen, wie froh ich bin, dass ich Dich habe, auch wenn Du so weit weg bist! Aber vielleicht ist gerade deshalb unsere Verbindung so eng. Ich hoffe, dass sie auch immer so eng und innig bleibt!

Ich liebe Dich ganz fürchterlich!
Deine Zita

PS: ein ganz dicker Kuss!!!

Zita fährt sich mit der Zunge über ihre Lippen und drückt den Kuss ganz fest unterhalb der letzten Zeile auf das Papier. Sie beschriftet das Kuvert und klebt eine Briefmarke darauf. Ein Blick schräg über den Brief zeigt ihr, dass der Kuss bereits getrocknet ist, und sie faltet das Papier sorgsam zusammen, bevor sie es in das Kuvert steckt. Gleich morgen früh will sie ihn in den Briefkasten werfen.

Nach dem Abendessen und den Vorbereitungen für das morgige Frühstück sitzen Mutter und Tochter wieder vertraut in der Stube beim Abendtee und Zitas Mutter möchte gerne wissen, was Wolfgang denn geschrieben hat.

»Einen ganz lieben Gruß soll ich dir von ihm ausrichten und dass er möglicherweise eine Lehrstelle hat, aber er muss das Zeugnis erst noch abwarten. Er ist aber sehr zuversichtlich, dass er eine Zusage bekommt. Aber ich würde gerne mit dir über etwas anderes reden. Ich möchte dir die ganze Geschichte von der Uschi erzählen, aber du musst mir versprechen, dass du niemandem davon erzählst!« Zwar hat sie dabei ein schlechtes Gewissen Uschi gegenüber, aber die Sache bedrängt sie derart, dass sie einfach mit jemandem darüber reden muss.

»Klar, Mädel, das versprech' ich selbstverständlich«, erwidert ihre Mutter. Sie spürt, dass dieses Thema ihre Tochter richtig belastet.

»Es ist so furchtbar, was da passiert ist, das kannst du dir nicht vorstellen«, berichtet Zita aufgebracht und erzählt ihr die ganze Geschichte.

Zunehmend entsetzt hört ihr die Mutter zu und schüttelt den Kopf. »Also, das ist ja ein Hammer, was du da erzählst«, sagt sie aufrichtig geschockt. »Das ist ja Erpressung, das müsste ja angezeigt werden. So hätte ich den Hans aber nicht eingeschätzt! Er war mir zwar nie besonders sympathisch, aber so etwas hätte ich ihm wirklich nicht zugetraut. Jetzt kann ich dich auch gut verstehen, dass du darüber reden willst. Ich kann's noch immer nicht so richtig glauben! Die arme Uschi!« Sie nimmt ihre Tochter in den Arm und versichert ihr, dass ihr Wolfgang bestimmt nicht so ist, und hofft inständig, dass sie damit recht behält.

»Was mich besonders drückt, ist die Frage von der Uschi, wie ich mich verhalten hätte. Zum Glück stellt sich bei mir die Frage zurzeit überhaupt nicht, aber ich würde deine Meinung bezüglich der Pille gerne hören. Egal was du dazu sagst, ich würd's einfach gern wissen. Keine Angst, Mama, ich hab nichts dergleichen vor! Ich will mich nur informieren!«, drängt Zita jetzt und will gleichzeitig beschwichtigen.

Kaum dass die Mutter den Schock mit Uschi verdaut hat, soll sie sich über ein Thema unterhalten, von dem sie selber keine Ahnung hat, weil es bisher keinen Informationsbedarf gegeben hat. »Gut, Zita, ich bin momentan damit etwas überfahren. Aber wie du ja selber sagst, steht es bei dir derzeit nicht als dringend an, weshalb ich dich gerne auf eine spätere Gelegenheit vertrösten möchte. Bitte glaube nicht, dass ich dir ausweichen will, mir fehlt einfach das nötige Wissen. Ich bin wirklich froh, dass du zu mir mit diesem Problem kommst, und ich verspreche ganz fest, dass ich mich gleich nächsten Dienstag, da habe ich sowieso einen Arzttermin, danach erkundigen und mich umfassend informieren werde. Bis dahin bitte ich dich einfach um Geduld.« Beinahe schämt sie sich, weil sie ihrer Tochter, die demnächst immerhin fünfzehn wird, keinen besseren Rat geben kann. Aber sie hatte einfach nicht damit gerechnet, dass dies in dem Alter schon ein Thema sein könnte!

»Ich wollte dich auch ganz bestimmt nicht erschrecken, Mama, und ich kann dich gut verstehen, schließlich war das ja auch noch nie relevant bei uns. Für mich persönlich ist es auch kein Problem, ich will und brauche die Pille nicht! Selbst wenn es einmal so weit sein sollte, wird es auch andere Möglichkeiten geben. Keine Angst, Mama, ich will bloß mitreden können.«

»Gott sei Dank, dass du das noch sagst!«, atmet ihre Mutter erleichtert auf. »Wir werden nächste Woche auf jeden Fall noch einmal darüber reden.«

Zita ist zufrieden und schmiegt sich wie ein verspieltes Kätzchen an ihre Mutter: »Du bist doch die Beste und ich bin froh, dass ich dich hab!«

Die Mutter drückt ihr Kind an sich und bekommt feuchte Augen vor inniger Zuneigung. Sie freut sich wieder einmal ganz besonders, dass sie diese allabendlichen Teerunden haben, wo alles Vertrauliche so offen besprochen werden kann.

Freudig kommt Zita bereits vor dem Mittagessen in die Küche und trifft Tante Marie, die jetzt immer morgens und mittags hilft, und ihre Mutter bei der Vorbereitung des Mittagessens.

»Hallo Tante Marie, hallo Mama«, begrüßt sie die beiden und stellt ihren Schulranzen an den Tisch. »Heute hat es das Zwischenzeugnis gegeben! Schau, Mama, es ist ganz gut ausgefallen, ganz besonders musst du aber die Bemerkung unten lesen!« Sie geht mit dem Zeugnis zu ihrer Mutter hin und hält es so, dass diese es lesen kann, ohne es anfassen zu müssen.

Die Mutter überfliegt kurz die Noten und kommt dann zu der Bemerkung: *In letzter Zeit ist die Schülerin außerordentlich gut auf den Unterricht vorbereitet und ihre Mitarbeit im Unterricht ist mehr als lobenswert!* Laut liest sie das vor. »Gratuliere, den Rest schau ich mir später in Ruhe noch einmal an. Jetzt setz dich hin, ich bring dir gleich was zum Essen.«

Zita packt ihr Zeugnis wieder ein und setzt sich an den Tisch, wo ihre Mutter gerade einen Teller mit Suppe hinstellt. Nach dem Essen will sie mit Uschi zusammen mal wieder zum Schober hochgehen, um sich einfach ein wenig mit ihr zu unterhalten.

Ihren Schulranzen bringt sie in ihr Zimmer, küsst das Bild von Wolfgang und zieht ihren Parka an. Inzwischen sind die Kinder alle beim Essen und ihre Mutter und Tante Marie stehen an der Theke, um zu bedienen. Zita verabschiedet sich kurz von den beiden und geht los Richtung Uschi. Es ist wieder kalt geworden und die Sonne ist kaum zu erkennen, so dicht sind die Wolken aufgezogen. Unterwegs denkt sie daran, wie sie mit Wolfgang diesen Weg gegangen ist. Sie vermisst seine Hand in ihrer Tasche. Tief in Gedanken versunken, wäre sie beinahe an Uschis Elternhaus vorbeigelaufen, wenn nicht ihre Freundin schon vor dem Haus auf sie gewartet und sie aus den Gedanken gerissen hätte.

»Na, wo bist du denn?«, ruft sie Zita zu. »Hättest mich ja beinahe übersehen, oder wolltest du vielleicht gar alleine gehen?«, fragt sie neckend.

»Quatsch«, antwortet Zita aufgebracht, »ich war bloß in Gedanken!«

Uschi lacht: »Wo, brauche ich ja wohl nicht zu fragen, oder liege ich falsch?«

Auch Zita muss lachen, obwohl es ihr ein bisschen peinlich ist, dass Uschi ihre Gedanken so einfach erraten hat.

Gut gelaunt setzen sie den Weg bergan fort, wobei sie sich über die Schule und natürlich das Zeugnis unterhalten. Das Thema Hans wird sorgfältig von beiden gemieden, denn sie möchten einen gemütlichen und frohen Nachmittag verleben.

Beim Schober ist die Gaststube, wohl wegen des schlechten Wetters, gerammelt voll. Lediglich direkt an der Schänke sind noch drei Barhocker frei und sie nehmen dort Platz. Frau Schober lächelt ihnen zu: »Na, ihr beiden, habt ihr auch mal wieder Zeit? Zwei Glühwein ohne, wie üblich?«

»Ja, bitte, Frau Schober«, antwortet Zita. Von ihrem erhöhten Sitz aus kann sie die ganze Gaststube überblicken. Überwiegend junge Skifahrer sitzen an den Tischen und unterhalten sich zu Schlagern aus der Musikbox. Einige Mädchen tanzen zwischen den Tischen und es herrscht eine fröhliche Stimmung. Gerade als ihnen Frau Schober den Glühwein hinstellt, fragt ein Junge, ob der dritte Barhocker noch frei sei.

»Natürlich, setz dich ruhig«, meint Uschi zu ihm und dreht sich wieder Zita und ihrem Glühwein zu.

»Also, ich bin der Max aus München«, drängt sich der Junge regelrecht auf, »und ihr beiden, wo kommt ihr denn her?«

»Stell dir vor, wir sind von hier!«, ätzt Uschi zurück, »und wir sind unterwegs zum ›Touristenschauen‹. Wenn du einen siehst, gib uns bitte Bescheid!«

Wieder versucht sie sich Zita zuzuwenden, aber der Junge gibt nicht auf. »Hier, schau mich an, schönes Mädchen, hier kannst du den Schönsten aller Touristen sehen!« Dabei lacht er aus vollem Hals.

Nun müssen auch die Mädchen lachen und stellen sich vor. »Gut, du Schönster aller Touristen, ich bin die Uschi und das hier ist meine Freundin Zita.«

Max bestellt sich zwischendurch auch einen Glühwein und rückt seinen Hocker ein kleines Stück näher an Uschi heran. Als er merkt, dass sie nicht von ihm wegrückt, nimmt er sein Glühweinglas und fordert die beiden Mädchen zum Mittrinken auf. Beim Anstoßen rückt er so nah an Uschi, dass er sie mit seinem Knie am Oberschenkel leicht berührt. Das ist dann für Uschi zu viel und sie schaut ihn ganz ernst an und sagt ohne besondere Aufregung zu ihm: »Bist ein netter Bub und wir können uns gerne und lustig unterhalten, aber bitte nicht mehr, ich habe momentan keinerlei Bedarf! Nimm's mir nicht krumm und es ist auch gar nicht gegen dich, nur ich will derzeit nicht mehr, als mich zu unterhalten. Zita ist fest vergeben. Alles klar?«

»Oh, entschuldige bitte, ich wollt halt mal einen kleinen Versuch machen. Aber ist schon gut, lieber gleich klare Worte als später Ärger.«

»Ich sehe, wir verstehen uns«, grinst Uschi ihm zu und dann unterhalten sie sich ganz zwanglos über das Leben hier in den Bergen, die Schule, Skifahren und über das Leben in der Großstadt. Max entpuppt sich als guter Erzähler und er schildert das Stadtleben so interessant, dass die beiden Freundinnen beinahe neidisch werden. Sie wissen ja von München praktisch nichts und Max erzählt von den vielen Diskotheken, vom Leben in Schwabing und vom Englischen Garten. Außerdem käme die Sommerolympiade in drei Jahren nach München! »Aber«, so gibt er zu bedenken, »nicht alles ist so toll in einer Großstadt! Jede Menge Verkehr und Abgasgestank, Lärm rund um die Uhr. Auf den Straßen drängen sich die Menschen und die meisten von ihnen haben es ständig eilig. Also wirklich, manchmal ist man richtig froh, wenn man aus der Stadt heraus ist. Deshalb sind am Wochenende immer die Autobahnen rund um München verstopft, weil einfach viele Münchner die freien Tage gerne in den bayerischen Bergen oder an den Seen verbringen, um der Hektik und dem Lärm zu entfliehen.«

Dies beruhigt die Freundinnen und sie sind mit ihrer Heimat auch wieder zufrieden.

Auf dem Heimweg haben sie endlich Zeit und Ruhe, sich über persönliche Sachen zu unterhalten. So erzählt Zita, dass sie wegen der Pille Wolfgang geschrieben und um seine Meinung gebeten hat. »Na, der wird ins Schwitzen kommen«, lacht Uschi, »bestimmt hat der noch keinen Gedanken an so etwas verschwendet, aber er wird dir sicher eine hochgeistige Antwort geben wollen. Bin gespannt, bei wem der sich alles erkundigt und was er dir raten wird!«

»Ich will ja nur seine allgemeine Meinung dazu, weil ich brauch' sie ja nicht! Dazu ist er ja leider doch etwas zu weit weg!« Wieder lachen die beiden, während sie die Straße heruntergehen. »Aber ich habe jetzt Zeit und kann mich ganz in Ruhe darüber informieren, falls ich sie doch einmal brauchen sollte.«

»Denk dran«, weist Uschi sie auf das Hauptproblem hin, »wir sind noch zu jung für so etwas. Wir müssen noch nicht jeden Tag mit einem schlafen. Überlass das einfach den anderen.«

So gehen sie, bis sie bei Uschis Elternhaus ankommen. Zum Abschied umarmen sich die beiden noch und dann setzt Zita ihren Weg allein fort. Dabei denkt sie wieder an Wolfgang und seine Hand in ihrer Tasche. Sie wird sich ein Maskottchen zulegen, das sie anstelle von Wolfgangs Hand in der Tasche streicheln kann!

Am Sonntag früh verabschieden sich die Gastkinder wieder von Zita und ihrer Mutter. Zusammen mit Tante Marie richten sie anschließend die Zimmer für den neuen Ansturm am Montagnachmittag her. Diesmal sollen es Jugendliche aus Berlin sein, im Alter zwischen fünfzehn und sechzehn Jahren. Alle sind schon gespannt darauf, wie sie mit denen zurechtkommen. In der Vergangenheit haben sie mit Berliner Kindern meist Ärger gehabt!

Noch in Gedanken bei dem Anruf bei Zita gestern Abend, schlendert Wolfgang langsam durch den Schneematsch nach Hause. Peter war heute nicht in der Schule, weil er erkältet ist, und Katrin hat er in der Pause auch nicht gesehen. Gerne hätte er gewusst, ob es bei den beiden wirklich gut läuft. Als er an der Firma Gerber vorbeikommt, steht die Eingangstür offen und Herr Gerber steht eine Zigarette rauchend an der Tür. »Grüß Gott, Herr Gerber«, grüßt Wolfgang und bleibt stehen. »Hallo Wolfgang, na, die Schule wieder geschafft?«, grüßt dieser freundlich zurück.

»Nächste Woche am Freitag gibt's das Zeugnis und ich bin überzeugt, dass es gut sein wird. Ich hoffe, Sie werden auch damit zufrieden sein«, meint Wolfgang. »Hat sich eigentlich außer mir noch jemand beworben?«, möchte er dann wissen.

»Nein, bisher noch nicht, aber ich denke, die meisten werden nach dem Zeugnis kommen. Aber keine Angst, wir werden uns schon einig! Ich möchte dich nämlich ganz gerne als Lehrling haben, weil ich dir einfach einiges zutraue, und es wäre schön, wieder einmal einen richtig tüchtigen Mitarbeiter in die Firma zu bekommen!«

Wolfgang hört durchaus das vorgeschossene Lob heraus und ist stolz darauf, dass ihn sein zukünftiger Chef als tüchtig einstuft. »Jedenfalls bringe ich das Zeugnis dann am Freitag gleich vorbei, aber jetzt muss ich wieder weiter, das Essen wartet schon!«, lacht er und verabschiedet sich. Herr Gerber wird ihm immer sympathischer und er ist voller Zuversicht hinsichtlich der Lehrstelle. Er nimmt sich vor, wenn es tatsächlich klappen sollte, genauso fleißig zu lernen wie er es jetzt in der Schule macht. Einer der besten Lehrlinge will er werden!

Daheim wartet die Mutter bereits mit dem Essen auf ihn. Sie hat ihm außerdem einen normalen Brief und ein großformatiges Kuvert auf seinen Platz gelegt. Sie lächelt, als er sie sieht und mit einem freudigen Ausdruck im Gesicht schnell in sein Zimmer trägt, bevor er sich zum Essen hinsetzt. Dabei erzählt er seiner Mutter, dass es heute deshalb etwas länger gedauert hat, weil er Herrn Gerber getroffen und sich kurz mit ihm unterhalten hat. Die Mutter freut sich über die Äußerungen von Herrn Gerber und geht davon aus, dass alles klappen wird.

Nach dem Mittagessen öffnet Wolfgang das große Kuvert und entnimmt ihm die vergrößerten Fotos, die ihm Zita geschickt hat. Sie sind wesentlich wirkungsvoller als die kleinen, findet er, und zeigt sie gleich seiner Mutter. Sie freut sich mit Wolfgang über die schönen Bilder und verspricht ihm, dass sie für zwei Bilder die Rahmenkosten übernehmen will. Anschließend legt Wolfgang sich auf sein Bett, um Zitas Brief zu lesen. Erst schließt er die Augen und konzentriert sich auf das Bild von Zita. Dabei kommen die Erinnerungen an ihre gemeinsame Zeit zurück und er freut sich über ihr Lachen, als sie gemeinsam in der Küche gearbeitet haben. Eigentlich möchte er gerne den Brief lesen, aber das Träumen und Erinnern an die bisher schönste Zeit in seinem Leben lassen ihn noch nicht los. Erst als seine Mutter an die Tür klopft und nachfragt, ob er auch ein Stück Kuchen mitessen möchte, kommt er wieder zu sich und geht in die Küche. Es gibt guten Apfelkuchen mit Tee und Sahne. Da kann Wolfgang einfach nicht widerstehen!

»Und, was schreibt sie denn so?«, möchte die Mutter neugierig wissen, »oder möchtest du lieber nicht darüber reden?«

»Du wirst es nicht glauben, Mama«, antwortet Wolfgang lächelnd, »ich hab ihn noch gar nicht gelesen. Weißt du, ich möchte die Vorfreude darauf möglichst lange hinziehen! Aber gleich nach dem Kuchen les' ich ihn schon.«

»Ich muss hernach ins Einkaufszentrum rüber nach Weichs, wenn du Lust hast, könntest du mitkommen«, bietet seine Mutter an. Das Donau-Einkaufszentrum ist erst vor zwei Jahren eröffnet worden und Wolfgang gefällt es, dort einfach durch die Geschäfte zu schlendern und den Menschen beim Einkaufen zuzusehen.

»Ja, gern, die Hausaufgaben kann ich ja hernach noch machen!«, antwortet er mit vollem Mund. Den Brief lässt er noch ungeöffnet und zieht sich an. Mit dem Bus fahren sie über die Donau zum Einkaufszentrum. In einem Fotogeschäft sucht Wolfgang zwei gleiche Rahmen aus, die seinem kleinen bis auf die Größe gleichen. Seine Mutter kauft ihm auch noch eine Geldkassette, damit er sein Erspartes darin gut aufheben kann, sagt sie. Sie ist groß genug, dass auch Zitas Briefe mit hineinpassen. Wolfgang freut sich sehr über das unvorhergesehene Geschenk.

Wieder zu Hause bereitet die Mutter das Abendessen vor, während Wolfgang in seinem Zimmer verschwindet, um endlich den Brief zu lesen. Sorgfältig packt er zunächst die beiden Bilderrahmen aus und legt sie auf seinen Schreibtisch. Die Geldkassette steckt er in die untere Schublade seines Nachtschränkchens und den Schlüssel dazu steckt er in seinen Geldbeutel. Dann nimmt er den Brief und legt sich auf sein Bett. Vorsichtig öffnet er das Kuvert und entfaltet den Brief.

Er schmunzelt, als er liest, wann Zita den Brief geschrieben hat und was sie mit seinem Bild alles anstellt. Schön, dass es ihr genauso geht wie ihm, wenn sie von ihm träumt! Er wird ganz aufgeregt und die Sehnsucht nach ihr schnürt ihm beinahe den Atem ab. Immer, wenn er einen Brief von ihr liest oder mit ihr telefoniert, werden seine Gefühle wieder exakt so angeregt wie bei ihrer ersten Begegnung. Diese aufwühlende Gefühlsregung und positive Stimmung hält dann bis zum nächsten Kontakt an, sodass er im Grunde permanent eng mit Zita verbunden ist. Es ist einfach ein herrliches Gefühl, ständig verliebt zu sein! Zum Schluss sucht er den versteckten Lippenabdruck und drückt seine Lippen fest darauf.

Freudig geht er in die Küche, um mit seinen Eltern zu Abend zu essen, wo ihn sein Vater wegen des Gesprächs mit Herrn Gerber lobt: »Immer Kontakt halten und ein paar freundliche Worte kommen immer gut an. Hast du gut gemacht!«

Anschließend erledigt Wolfgang seine Hausaufgaben und beantwortet Zitas Brief. Er sucht zwei Bilder aus und steckt sie in die Rahmen. Eines kommt zu dem kleinen Bild auf das Nachtkästchen, das andere hängt er auf Kopfhöhe an die Wand neben seinem Bett.

Im Bett liegend bereitet er sich noch auf den Unterricht für morgen vor und schläft irgendwann träumend ein.

Am Freitag ist auch Peter wieder in der Schule und erzählt, dass die Verbindung zu Katrin wirklich optimal läuft. »Wir verstehn uns echt gut und manchmal passiert es sogar, dass ich gerade das denke, was Katrin im gleichen Moment ausspricht. Es ist wirklich ein unbeschreibliches Gefühl. Ich glaube, dass daraus etwas Längeres wird!«

Wolfgang freut sich für seinen Freund und gibt ihm noch den Rat, dass sie nur auf sich selber schauen sollen, was andere sagen und tun, darf überhaupt keine Rolle spielen. »Nur ihr beide zählt, und solange ihr zusammenhaltet, kann euch nichts passieren!« Er kommt sich schon fast wie ein erfahrener Ehemann vor und lächelt verschmitzt in sich hinein.

»Weißt du, wir reden zwar nicht direkt darüber, aber indirekt versucht jeder von uns ständig den Heuhaufen zu vergrößern«, spielt Peter fröhlich lachend auf Wolfgangs Ausführungen von neulich an.

Das Wochenende ist verregnet, sodass Wolfgang nur mit Schirm und zu Fuß zum Getränkemarkt kommt. Am Sonntag regnet es gar so stark, dass er die Messe in der Kirche ausfallen lässt und fast den ganzen Tag auf seinem Bett liegend verbringt.

Regen bestimmt weiterhin das Wetter und Wolfgang geht, außer zur Schule, kaum aus dem Haus. Überraschenderweise ist am Montag bereits ein Brief von Zita da und er liest das Drama um ihre Freundin Uschi. Zwar kennt er, von Schulkameraden her, solch schäbiges Verhalten. Aber nicht in dieser Aggressivität! Er ist entsetzt über die Forderungen von Hans Uschi gegenüber und ärgert sich ungemein über ein solches Verhalten. Jetzt kann er auch Zitas Bitte neulich am Telefon verstehen, ihr nochmals seinen festen Zusammenhalt zu versichern. Zita muss ja wohl auch ziemlich fertig gewesen sein, von Uschi ganz abgesehen!

Auch kann er begreifen, dass sie gerne seine Meinung zur Pille kennen würde, selbst wenn es sie beide, momentan zumindest, nicht betrifft. Um seinen Ärger wieder etwas loszuwerden, liest er die beiden ersten Absätze und den letzten Absatz mehrfach ganz langsam und einfühlsam. Die Wärme, von der Zita schreibt, kennt er und langsam übernimmt sie auch bei ihm wieder die Herrschaft. Natürlich würde auch er am liebsten telefonieren, aber beides, telefonieren und sparen, geht eben nur in Grenzen.

Auf seinem Bett liegend denkt er nach, was er Zita antworten könnte. Über die Pille hatten sie erst vor Kurzem in der Schule einen Vortrag von einem Arzt, der ihm recht gut gefallen hat. Er überlegt, was der Mann alles vorgebracht hat, und nimmt einen Notizblock, um sich ein paar Stichpunkte aufzuschreiben. Um den Brief heute noch zur Post bringen zu können, steht er auf und setzt sich an seinen Schreibtisch, nimmt einen Bogen Briefpapier und beginnt zu schreiben.

Liebste Zita,

ich bin entsetzt über das Verhalten von Hans gegenüber Deiner Freundin. Die arme Uschi muss ja fix und fertig sein! Um Dir aber die Angst zu nehmen, dass es Dir auch so ergehen könnte, versichere ich Dir hoch und heilig, dass Du von mir niemals zu irgendetwas gezwungen werden wirst. Ich kann Dir einfach nicht weh tun oder von Dir etwas verlangen, das Du nicht selber möchtest. Dafür hab ich Dich viel zu lieb! Es würde mir selbst am meisten weh tun, wenn ich Dir irgendein Leid zufügen würde. Glaub mir, ich kann ein solches Verhalten überhaupt nicht verstehen!

Wir hatten neulich in der Schule einen Vortrag von einem Arzt, mit Diskussion, über die Pille, weil das natürlich bei uns in der Schule auch ein Thema ist. Dieser Arzt hat einen für mich absolut entscheidenden Satz gesagt, und zwar war er der Meinung, dass junge Frauen, solange ihr Wachstum noch nicht vollständig abgeschlossen ist, die hormonelle Entwicklung des Körpers nicht einer Tablette überlassen sollten! Der Eingriff in den Hormonhaushalt wäre mit der Pille derart gravierend, dass es durchaus zu späterer Unfruchtbarkeit und ähnlichen Schädigungen kommen könnte. Erfahrungen über einen mehrere Jahrzehnte dauernden

Zeitraum gibt es nicht, sodass gerade jungen Frauen seriös keine konkreten Angaben zu eventuellen Folgen gemacht werden können. Aufgrund dieser Aussage, bin ich der Meinung, dass die Pille für Jugendliche von fünfzehn oder sechzehn Jahren alles andere als eine gesunde Verhütungsmethode ist.

Kommenden Freitag bekommen wir unsere Zwischenzeugnisse und dann kann ich Dir auch Näheres über eine mögliche Lehrstelle sagen. Allerdings bin ich recht zuversichtlich, dass es klappt. Übrigens brauchst Du keine Angst zu haben, dass ich zu viel Geld vertelefoniere, ich achte schon darauf, dass meine Reisekasse sich füllt! Schließlich kann ich es ja auch kaum erwarten, dass wir uns wiedersehen! Immer wenn ich abends in meinem Bett liege und an Dich denke, kommt eine Sehnsucht in mir hoch, die mir beinahe die Atemluft nimmt. Jetzt habe ich zwar auch noch größere Bilder von Dir, aber es sind halt doch nur Bilder. Viel lieber würde ich Dich persönlich im Arm halten. Da sind die Bilder eher ein dürftiger Ersatz, obwohl ich sehr froh darüber bin, dass ich wenigstens sie habe. Die Gedanken an Dich sind für mich mittlerweile zur Selbstverständlichkeit geworden. Ich denke die ganze Zeit an Dich, gerade so, als würdest Du neben mir stehen und Dich mit mir unterhalten. Ich finde das so schön, weil ich Dich damit in alle meine Gedanken einbinden kann, ohne dass ich irgendetwas vernachlässige. Du bist einfach immer dabei und ich bin nie allein! Wenn ich aber an nichts anderes als an Dich denken muss, dann fehlst Du mir einfach! Gedanken sind eine sehr schöne Sache, aber körperliches Fühlen ist doch noch schöner. Oft denke ich daran, wie ich Dich streicheln oder einfach meine Hand an Deine Wange legen könnte und dabei Deine Wärme spüren würde. Wie schön wäre es, Deinen Kopf in meinen Händen zu halten und Dir in Deine liebevollen Augen zu schauen! Manchmal glaube ich, dass ich es nicht mehr aushalten kann, und würde am liebsten in den nächsten Zug steigen, um zu Dir zu fahren. Leider ist das ja nicht so einfach möglich. Dann wird mir wieder einmal klar, dass wir beide einen langen und schweren Weg vor uns haben. Allein das Wissen, dass Du am anderen Ende des Weges bist und die gleiche Sehnsucht und das gleiche Ziel verfolgst, baut mich dann wieder auf. Dann kann ich mich wieder richtig darüber freuen, dass ich Dich und unser großes Ziel habe!

Liebste Zita, ich glaube, die Sache mit Uschi ist Dir auch sehr nahe gegangen, deshalb versichere ich Dir noch mal, dass ich Dich über alles liebe und Dich niemals im Stich lassen werde. Das mit Uschi und Hans kann keine Zuneigung oder gar Liebe gewesen sein, zumindest von seiner Seite her nicht, sonst hätte er nicht so gemein sein können! Aber glaub mir, bei uns ist das ganz anders, denn wir sind ehrlich zueinander und wir halten beide aneinander fest! Nur so wird es möglich, eine so lange Trennung durchzustehen, ohne dass die Verbindung zerbricht.

Morgen geh ich wieder ein paar Stunden arbeiten und dann ist der Nachmittag schon wieder vorbei. Lernen kann ich dann ab Mittwoch wieder. Wir arbeiten jetzt eigentlich nur noch alte Prüfungen aus den letzten Jahren durch und neuer Stoff kommt kaum noch dazu. Somit kann jeder speziell in den Fächern, wo er Probleme beim Abarbeiten der alten Prüfungen erkennt, noch gezielt nacharbeiten. Bei mir läuft es bisher ganz gut und ich bin zuversichtlich, dass ich keine Probleme bei den Prüfungen bekommen werde.

Ich hoffe, Dein Zeugnis ist nach Deinen Wünschen ausgefallen und Deine Mutter ist auch zufrieden damit. Sag ihr bitte einen lieben Gruß von mir. Je öfter ich an unsere gemeinsame Woche denke, desto mehr wird mir ihre Zuneigung und ihr Vertrauen, das sie in uns gesetzt hatte, deutlich. Es war eine herrliche Zeit und ich bin sehr dankbar dafür, dass ich sie erleben durfte.

Bitte, liebe Zita, vertraue mir, ich habe Dich ganz unendlich gern und auch wenn wir momentan weit auseinander sind, könnte ich mir ein Leben ohne Dich schon gar nicht mehr vorstellen!

Ganz liebe Grüße und einen ganz dicken Kuss,
Dein Wolfgang

Da noch Zeit genug bis zum Abendessen ist, bringt er den Brief gleich zur Post, wo er beim Anblick der Telefonzellen überlegt, ob er nicht doch anrufen soll. Aber dann fällt ihm ein, dass Zita jetzt wahrscheinlich mit ihrer Mutter das Abendbrot herrichten wird und somit keine Zeit hat. So wirft er nur den Brief ein und schlendert langsam wieder heimwärts. Heute drückt ihm eine leichte melancholische Stimmung auf den Magen und er weiß nicht recht, woher sie kommt und was er dagegen machen könnte. Er schiebt die schwermütige Stimmung auf den Regen, der immer noch anhält, hat aber gleichzeitig starke Zweifel an seiner Einschätzung. Vermutlich spielt der Inhalt von Zitas Brief dabei eine Rolle und die leise im Hintergrund mitlaufende Angst, dass es ihnen auch einmal so wie Uschi und vielen anderen ergehen könnte.

Katrin und Peter trifft er jetzt jeden Tag im Pausenhof. Sie machen mittlerweile auch kein Geheimnis mehr aus ihrer Zuneigung. Die beiden machen einen richtig glücklichen Eindruck auf Wolfgang und jetzt beneidet er sie beinahe um ihr

Glück!

Voller Erwartung geht er am Freitag zur Schule und nach der vierten Stunde erhalten die Schüler ihre Zwischenzeugnisse. Wolfgang ist rundum zufrieden und es zeigt sich, dass sein Ehrgeiz in den letzten Wochen durchaus noch seinen Niederschlag in den Noten gefunden hat. Die Bemerkung über die Mitarbeit und das Verhalten ist überaus positiv formuliert und endet mit dem Prädikat »hoch motiviert und überaus lobenswert«. Stolz geht er anschließend gleich ins Sekretariat, um sich eine Kopie anfertigen zu lassen, und erbettelt auch noch einen großen Umschlag dafür, damit er die Kopie nicht zu falten braucht.

Gerade zur Mittagspause erreicht er die Firma Gerber und trifft den Chef persönlich im Büro an. »Guten Tag, Herr Gerber, ich bringe Ihnen mein Zeugnis vorbei. Es ist doch erheblich besser als das letzte«, grüßt er mit lauter und freudiger Stimme. Dann holt er den Umschlag mit dem Zeugnis aus seinem Schulranzen und übergibt Herrn Gerber das Kuvert.

Dieser zieht das Zeugnis heraus und sieht die einzelnen Noten durch. Dabei nickt er immer wieder. Bei der Bemerkung lächelt er und sagt: »Genau so glaube ich dich auch zu kennen, und es freut mich, meine Meinung bestätigt zu bekommen. Aber, mein lieber Wolfgang«, fährt er fort und Wolfgang hat schon Angst, dass jetzt irgendeine Ausrede kommt, »wir haben ja eine Abmachung getroffen. Deshalb habe ich schon ein kleines Schriftstück vorbereiten lassen, das ich dir hiermit übergebe.« Er reicht Wolfgang einen unverschlossenen Umschlag. »Den eigentlichen Lehrvertrag gibt es dann später, aber die Zusage hast du jedenfalls schon schriftlich und du brauchst auf keinen Fall weitersuchen! Ich gratuliere dir und wünsche dir viel Erfolg und stets gutes Auskommen mit mir und deinen Kollegen! Willkommen bei der Firma Gerber!«

Wolfgang wird knallrot im Gesicht und weiß überhaupt nicht, was er sagen soll. Er nimmt das Schreiben aus dem Kuvert und liest es langsam und sorgfältig durch. Es sind nur ein paar Sätze: dass ihn die Firma Gerber zum ersten September 1969 als Lehrling einstellt und er sich bis dahin schon als Firmenmitglied betrachten kann und zur Betriebsfeier zum fünfzigjährigen Bestehen der Firma im Juni eingeladen ist.

»Danke«, mehr bringt er momentan nicht heraus. Sorgfältig steckt er das Schreiben wieder in das Kuvert zurück und alles zusammen in seine Schultasche. »Ich bin sehr froh, dass ich die Lehrstelle bei Ihnen bekomme, und ich hoffe sehr, dass ich Sie nicht enttäusche! Auf jeden Fall werde ich mich darum bemühen!«, verspricht er, als er sich wieder etwas sicherer fühlt. Dann verabschiedet er sich von Herrn Gerber, der ihn noch bis zur Eingangstür begleitet. »Mach's gut, Wolfgang, und lass dich ruhig zwischendurch wieder sehen! Ich freue mich, wenn du kurz hereinschaust und ›Hallo‹ sagst. Grüß bitte deine Eltern von mir«, hängt er noch an, bevor er sich eine Zigarette anzündet. Wolfgang hebt noch kurz seine Hand zum Abschied und macht sich auf den Heimweg. Er ist so richtig von Herzen froh und singt leise vor sich hin. Das muss er heute Abend gleich Zita erzählen! Stolz wird er seinem Vater am Abend sein Zeugnis und das Schreiben präsentieren. In letzter Zeit haben die beiden ein richtig gutes Verhältnis zueinander und sprechen so oft miteinander, wie es vor einem guten Monat noch undenkbar gewesen war. Sein Vater hat sich total gewandelt, seit Wolfgang plötzlich Energie zum Lernen hat und sich selber Gedanken um seine Zukunft macht.

»Du meine Güte, es hat also tatsächlich geklappt!«, freut sich seine Mutter, als sie das Schreiben von Herrn Gerber liest. »Ja, und das Zeugnis ist ja auch nicht gerade schlecht«, lacht sie jetzt, »Respekt, du hast dich ganz schön rumgerissen! Hochmotiviert, überaus lobenswert!«, liest sie begeistert weiter. »Das wird deinen Vater aber freuen! Weißt du, er spricht in letzter Zeit nur noch positiv über dich. Ich glaube, er ist richtig stolz auf dich, auch wenn er es nicht immer so zeigen kann.«

»Hm, hm«, brummt Wolfgang, »ist mir auch schon aufgefallen. Es ist wieder so richtig schön bei uns, so wie es früher gewesen ist, als ich noch klein war. Ich bin jedenfalls sehr froh darüber!«

Glücklich nimmt ihn seine Mutter in die Arme und drückt ihn an sich.

Zwar lässt sich die Sonne nicht sehen, aber es regnet auch nicht mehr. So entschließt sich Wolfgang, noch einen Spaziergang an der Donau entlang zu machen und seinen Gedanken nachzuhängen. An einer Bank fischt er aus dem daneben befindlichen Papierkorb eine Zeitung und legt sie sich zusammengefaltet als Kissen unter, damit seine Hose nicht nass wird. Mit verträumten Augen sieht er den Schiffen nach. Viel Verkehr ist heute nicht, die Ausflugsschiffe liegen gegenüber vor Anker, weil bei dem trüben Wetter kaum Touristen kommen, um einen Schiffsausflug oder eine Rundfahrt zu machen. Ihn stört das aber nicht, denn er ist in Gedanken sowieso ganz woanders. Voller Freude erklärt er Zita gerade, dass er eine Lehrstelle hat und dass damit eine weitere Stufe ihres großen Plans erklommen ist. Allerdings ist es noch ein halbes Jahr bis dahin. Wenn doch bloß die Zeit schneller vergehen würde! Als ein Mädchen in seinem Alter an ihm vorbeigeht, schaut er ihr hinterher und sieht dabei Zita vor sich. Er bekommt so große Sehnsucht und sein Herz tut dermaßen weh, dass er den Entschluss fasst, auf keinen Fall bis zu den Sommerferien zu warten. Er wird sie auf jeden Fall schon früher besuchen! Sobald er genügend Geld zusammen hat, dass er auch ein kleines Geschenk mitbringen kann. Aber telefonieren wird er heute Abend schon, vielleicht rückt ja auch der Vater einen kleinen Zuschuss heraus!

Der Wind frischt auf und es sieht so aus, als ob es bald zu regnen oder schneien anfangen würde. Wolfgang steht auf, steckt die Zeitung wieder in den Papierkorb und geht heim. In seinem Zimmer nimmt er Zitas Bild vom Nachtkästchen und gibt ihm einen liebevollen Kuss. Ach, wird das schön, wenn er sie wiedersieht! Er merkt immer stärker, wie sehr sie ihm doch fehlt. Bis zu den Osterferien sind es noch zwei Monate, bis Pfingsten über drei Monate und bis zu den Sommerferien noch fünfeinhalb Monate! Ob er bis Pfingsten warten kann oder vielleicht schon Ostern fahren sollte? Er holt sich einen Kalender und rechnet sich aus, wie viel Geld er bis zu den einzelnen Terminen verdient und was er gespart haben kann. Dann sind nur die Prüfungen und die Vorbereitungen darauf zu bedenken. Schön wäre es, wenn es zu Ostern schon klappen würde.

Während er vor sich hin plant, ruft ihn seine Mutter zum Abendessen. Er war so vertieft in seine Planungen, dass er den Vater hat gar nicht heimkommen hören. Schnell nimmt er sein Zeugnis und das Bestätigungsschreiben von Herrn Gerber vom Schreibtisch und geht damit in die Küche hinaus.

Sein Vater sitzt schon am Tisch und blättert in der Zeitung, als ihm Wolfgang nach der Begrüßung sein Zeugnis und das Schreiben hinlegt.

»Ach, heut gab's ja die Zeugnisse«, bemerkt der Vater, »na, dann lass mal sehen!« Er nimmt das Zeugnis und geht die Noten der Reihe nach durch. »Das ist ja ein glatter Zweier-Schnitt, das kann man schon gelten lassen! Aber ganz besonders freut mich unten die Bemerkung. Dass du recht motiviert bist seit eurer Skifreizeit, ist mir auch schon aufgefallen, und dass dies dann lobenswert ist, liegt ja wohl auf der Hand. Also gibt's von mir auch noch ein Lob dazu!« Dabei greift er in seine Hosentasche und holt seinen Geldbeutel heraus. »Hier, Wolfgang, das hast du dir verdient, aber mach einfach weiter so, dann klappt's schon!«, und er gibt ihm mit einem zufriedenen Lächeln einen Zwanzig-Mark-Schein in die Hand.

»Und was ist da noch?«, will er mit Blick auf das Schreiben wissen. »Ah, Firma Gerber«, liest er den Briefkopf. »Aha, du bist praktisch eingestellt! Das freut mich aber und dort bist du bestimmt gut aufgehoben.«

Wolfgang bringt die Papiere wieder in sein Zimmer und setzt sich dann zu den Eltern an den Tisch. Seine Mutter sieht sehr glücklich aus und lächelt Wolfgang immer wieder zu. »Na, da wirst du ja wohl heute Abend noch telefonieren wollen«, sagt sie Richtung Wolfgang, »schließlich hast du ja was zu berichten! Aber pass auf, dass du nicht gleich das ganze Geld vertelefonierst, schließlich willst du ja auch noch was sparen!«

Bevor Wolfgang antworten kann, mischt sich sein Vater wieder ein: »Ach ja, ich hör euch schon, ihr meint, ich sollte noch etwas nachschießen! Mach ich doch, weil's mich gar so freut! Schau, da hast noch einen Zehner zum Telefonieren!«

Kurz nach acht macht sich Wolfgang wieder mit Regenschirm bewaffnet und zu Fuß auf den Weg zum Postamt. Heute sind alle Telefonzellen frei und er betritt gleich die erste. Für zehn D-Mark wirft er Münzen ein und wählt die Nummer, die er mittlerweile auswendig kennt. Nach kurzen Getute hört er den Klingelton und schon bei der zweiten Wiederholung hebt Zita ab und meldet sich. »Hallo Wolfgang, schön, dass du anrufst, wie geht es dir denn?«, sprudelt sie los, nachdem er sich gemeldet hat.

»Hallo Zita, mein Schatz, ich hatte wieder einmal so große Sehnsucht nach dir, dass ich einfach anrufen musste. Außerdem hab ich heute das Zeugnis bekommen und von meinem Vater dafür immerhin zwanzig Mark, weil es so gut ausgefallen ist. In der Bemerkung steht, dass ich hoch motiviert bin und dass dies überaus lobenswert sei«, erzählt Wolfgang.

»Die haben ja bei mir abgeschrieben!«, beschwert sich Zita und Wolfgang versteht nicht, was sie damit meint. »Bei mir steht im Zeugnis, meine Teilnahme am Unterricht und mein Eifer seien überaus lobenswert! Das ist ja kaum zu glauben! Aber es freut mich sehr für dich. Ich bin ja so froh, dass du anrufst, weil mich die Geschichte mit Uschi doch ganz schön getroffen hat. Ihr geht es aber schon wieder ganz gut. Ach, es ist so schön, deine Stimme zu hören, du fehlst mir ja so! Das kannst du dir gar nicht vorstellen!«

»Natürlich kann ich das«, protestiert Wolfgang, »schließlich geht es doch mir auch nicht anders! Deshalb hab ich heute einen Entschluss gefasst: Ich will dich nicht erst in den Sommerferien besuchen, sondern schon früher, wahrscheinlich in den Pfingstferien. Das wären dann nur noch ein paar Wochen, bis wir uns wiedersehen könnten! Das Geld hab ich bis dahin sicher beisammen und dann dürfte dem Vorhaben nichts im Wege stehen.«

»Ach Wolfgang, das wär' ja super, mein Gott, wie ich mich jetzt schon freu! Mama, der …«, sie dreht sich um, weil sie die freudige Nachricht gleich weitergeben will, aber ihre Mutter ist schon wieder auf ›Haustour‹.

»Übrigens, alles Liebe zum Valentinstag«, kann Wolfgang gerade noch sagen, als die letzte Münze durchfällt.

Dann schickt er ihr schnell noch einen Kuss durch die Leitung, ehe diese tot ist. Eigentlich wollte Zita auch noch etwas sagen, aber da war nur noch das Freizeichen zu hören.

Zufrieden und glücklich schlendert er wieder durch den Regen nach Hause. Schon seltsam mit der Zeugnisbemerkung, denkt er und freut sich gleichzeitig, dass Zita ebenfalls fleißig lernt und Freude an guten Noten hat.

»Was hat der Doktor gesagt?«, will Zita neugierig von ihrer Mutter wissen, als diese am Nachmittag vom Arzttermin zurückkommt.

»Es geht mir so weit ganz gut und was dein Thema betrifft, hat er gemeint, kannst du gerne mal zu einer persönlichen Beratung vorbeikommen. Ansonsten ist die Pille seiner Meinung nach für so junge Mädchen medizinisch nicht zu verantworten. Schließlich seid ihr noch mitten im Wachstum und die Pille greift ganz massiv in den Hormonhaushalt ein und wirbelt dort einiges durcheinander. Da, meint er, kann es dann zu erheblichen Problemen kommen. Außerdem hat man kaum Erfahrung damit, wie sich der Gebrauch über Jahre hinweg tatsächlich auf den Körper auswirkt. Möglicherweise kann es sogar bei längerem Gebrauch zur Unfruchtbarkeit führen. Also sei froh, wenn du sie nicht brauchst!«

»Dann hat die Uschi schon recht gehabt, als sie abgelehnt hat, und außerdem wär's der Hans ja eh nicht wert gewesen!«, antwortet Zita sichtlich erleichtert.

»Übrigens hat mich heute Vormittag die Frau Hofer gefragt, ob du und die Uschi möglicherweise Lust hättet, in den Osterferien bei ihr als Praktikanten auszuhelfen«, erzählt Zitas Mama beim Mittagessen. »Weil sie da recht viele Gäste aus Deutschland erwartet, bräuchte sie da etwas Unterstützung, und ihr würdet euch ein wenig was verdienen. Dabei könntet ihr euch die jeweilige Schicht selber aussuchen, entweder von Frühstück bis Mittagessen oder ab Kaffee bis einschließlich Abendessen. Bloß müsstet ihr wegen der Planung und Einteilung möglichst bald Bescheid geben.«

»Ja, würde das denn bei dir gehen?«, wendet Zita ein. »Ich würde schon gerne mitmachen.«

»Früh und Mittag ist die Tante Marie meistens da, sodass du, wenn du die Vormittagsschicht nimmst, am Nachmittag wieder da wärst. Aber du musst mir nicht helfen, ich möchte nicht, dass es dir dann zu viel wird. Ich käme schon zurecht, aber dir würde es bestimmt nicht schaden, einmal ein großes Haus kennen zu lernen und zu sehen, wie dort gearbeitet wird«, argumentiert ihre Mutter.

»Ich werde jetzt gleich mal zu Uschi hochgehen und sie fragen, was sie dazu sagt. Vielleicht könnten wir ja sogar die gleiche Schicht machen. Das wär' natürlich super!«

Erst hilft sie ihrer Mutter noch beim Abwasch und dann geht sie gleich los. Uschi weiß schon Bescheid, weil Frau Hofer bei ihrer Mutter angerufen hat. Sie ist auch ganz begeistert und schlägt vor, doch am besten gleich ins Dorf runterzugehen, um mit Frau Hofer darüber zu reden und die genauen Zeiten auszumachen. Sie gehen kurz bei der *Grimmer Alm* vorbei und geben Zitas Mutter Bescheid. Die lächelt über den Eifer, den die beiden an den Tag legen, und hofft, dass dies auch Uschi bei der Bewältigung ihres Problems mit Hans ein wenig hilft.

»Grüß Gott, Frau Hofer«, grüßen die beiden, als sie die Wirtschaft betreten. »Wir wären wegen des Ferienjobs da«, erklärt Zita, »wir sind nämlich schon daran interessiert.«

»Na, dann setzt euch mal hier hin, ich bin gleich bei euch«, antwortet die Wirtin und holt zwei Limonaden und einen Block. Sie setzt sich den beiden gegenüber und schiebt ihnen die Limonaden zu.

»Nachdem ihr ja hier eine Lehre machen wollt, habe ich mir gedacht, dass ich euch gleich, soweit es natürlich geht, in eurem geplanten Bereich einsetzen könnt'. Bei starkem Bettenwechsel, so nach einer Woche, müsstet ihr natürlich auch mal einen Tag beim Zimmerherrichten helfen oder woanders einspringen. Wärt ihr damit einverstanden?«

»Ja, natürlich, wir beide können und machen alles, was uns angeschafft wird, und wenn wir dann auch noch gezielt etwas lernen können, ist uns das nur recht«, erwidert Zita, die sich momentan als Wortführerin sieht, begeistert.

»Na, dann ist's ja gut, also die Uschi würde dann in erster Linie in der Küche helfen. Der Herr Marcano wird sich bestimmt freuen, wenn er es erfährt. Du, Zita, müsstest dann primär im Service arbeiten. Von der Rezeption bis zum Bedienen und auch beim Einkauf und den Abrechnungen mithelfen. Bei Trinkgeldern wird es so gehandhabt, dass ihr beide das erhaltene Trinkgeld in eine Kasse gebt und hernach durch euch beide teilt. Dann bekommt jeder gleich viel, egal wo er eingesetzt war«, erklärt Frau Hofer den beiden.

Die Mädchen nicken mehrmals und dann antwortet Zita: »Das ist eine sehr gute Lösung, ich freu mich ja schon darauf!«

»Dann dürfte ich schon mit Herrn Marcano arbeiten?«, ist Uschi begeistert. »Da fang ich ja gleich morgen schon an!«

»Das freut mich aber, dass ihr so angetan seid von meinen Vorschlägen. Dann haben wir noch die Zeiten zu besprechen. Wir haben für euch beide zwei Schichten angedacht. Jeweils sechs Stunden am Tag, das müsste genügen, denn ihr habt ja zuhause auch noch was zu tun. Die Frühschicht wäre von sieben bis um eins und die zweite Schicht von eins bis sieben Uhr abends. Da wären für mich die Hauptzeiten abgedeckt und ihr hättet auch noch Freizeit.«

Die beiden nicken wieder und Zita antwortet als Erste: »Ich würde gerne die Frühschicht nehmen, weil ich steh' sowieso gerne früh auf und dann hätte ich den Nachmittag noch frei.«

»Bei mir wär's dann das Gleiche, dann können wir miteinander gehen und auch ich kann den Nachmittag gut gebrauchen«, erklärt Uschi, immer noch mit vor Freude gerötetem Gesicht. Die Aussicht, mit dem »berühmten« Koch zusammenarbeiten zu dürfen, ist für sie das Allerhöchste!

»Gut, dann machen wir das so, ihr fangt am Freitag, dem 28. März an, weil am 29. beginnen in Deutschland die Ferien und dann müssen die Zimmer fertig sein. Dauern würde es dann bis zum siebten April. Dann habt ihr noch einen freien Tag, bevor die Schul' wieder anfängt. Mit der Bezahlung hab ich mir gedacht, bekommt's am Tag einfach hundertfünfzig Schilling, egal ob viel oder wenig los ist. Dann habt's am Ende jeder tausendfünfhundert Schilling, plus das Trinkgeld, das ihr nebenbei einnehmt und das ihr mir aber auch nicht sagen müsst.«

»Oh«, meint Zita überrascht, »das passt schon, ich hätte gar nicht so viel erwartet, ist ja schließlich auch eine Art Praktikum. Danke, Frau Hofer!«

Auch die Uschi ist überrascht, denn sie hatte sich über den Verdienst noch gar keine Gedanken gemacht. »Ich bin natürlich auch einverstanden damit und freue mich schon riesig!«

»Wisst ihr, ich möchte euch ja zukünftig als zufriedene Mitarbeiter haben. Da habe ich nichts davon, wenn ich euch jetzt kurzhalten würde. Ich freu mich jedenfalls auch schon auf euch zwei! Sagt's noch einen schönen Gruß daheim, ich muss wieder an die Arbeit. Macht's gut bis dahin!« Damit steht Frau Hofer auf und geht wieder an die Theke vor.

Zita und Uschi sind noch immer ganz begeistert, und auf dem Heimweg üben sie unter lautem Kichern und Lachen schon mal das Jonglieren mit einem Tablett voller Gläser. Uschi schneidet mit ihrer Handkante Zwiebel so schnell, dass sie gleich einen Krampf im Arm bekommt. Sie haben ihre erste offizielle und bezahlte Arbeit und sind stolz darauf, dass sie dazu niemanden gebraucht haben, sondern alles von Anfang an alleine durchgezogen haben!

Auch Zitas Mutter ist begeistert und meint: »Sechs Stunden am Tag ist eine gute Sache und vollkommen ausreichend. Dann werdet ihr ja reich, hast dir schon etwas überlegt, was du dann mit dem Geld machst?«, fragt sie neugierig.

»Das mach ich dann, wenn ich's hab«, erklärt Zita. »Zum Schluss werd' ich noch krank und kann gar nicht arbeiten! Dann hätte ich das Geld schon verplant und würde mich noch extra ärgern müssen.«

Zitas Mutter lacht und meint: »Hast ja recht und jetzt machst du aber deine Hausaufgaben!«

Als sie am Samstag beim Großeinkauf den Postboten im Dorf unten treffen, händigt der ihnen gleich ihre Post aus. Er hat gerade erst die Post von der Sammelstelle geholt, um sie im Ort und den näheren Hütten zu verteilen. Auch für Zita ist wieder ein Brief dabei und sie liest ihn bereits, während sie im Auto auf ihre Mutter wartet.

Gut, das mit der Pille sieht er genauso und die Geschichte mit der Uschi ist ihm wohl auch an die Nieren gegangen.

Bevor sie aber weiter nachdenken kann, kommt ihre Mutter schon zurück und Zita steigt aus, um ihr beim Einladen zu helfen.

Zuhause ist es schon wieder Zeit zum Mittagessenkochen. Tante Marie hat schon angefangen und Zita braucht heute nicht zu helfen. Sie soll ihre Hausaufgaben machen, denn morgen ist Verabschiedung und dann Großreinemachen angesagt.

Sie ist froh, dass sie jetzt in Ruhe Wolfgangs Brief noch mal lesen kann, und sie entschließt sich, auch gleich wieder zu antworten.

Zunächst liest sie aber Wolfgangs Brief mehrfach und langsam durch. Seine lieben Worte begeistern sie immer wieder und sie muss auch diesmal wieder weinen. Verliebt küsst sie den Brief und das Foto. Dabei drückt sie sich das Kopfkissen fest an die Brust und vor das Gesicht.

Schließlich setzt sie sich an den Schreibtisch, holt ihr Briefpapier aus der Schublade und beginnt zu schreiben:

Mein allerliebster Wolfgang,

ich bin Dir sehr dankbar für Deinen letzten Brief und Deine lieben Worte. Ich hätte auch nie daran gedacht, dass Du jemals auf mich Druck ausüben würdest, um von von mir etwas zu bekommen. Allerdings würde es bei mir wahrscheinlich keines großen Drucks bedürfen! Aber bitte, vergiss diesen letzten Satz sofort wieder!

Es ist schön, wie Du Dich mit der Geschichte von Uschi auseinandersetzt, und Deine Schlussfolgerung für uns freut mich natürlich ganz besonders. Du hast ja so recht, wir müssen einfach zusammenhalten und immer ehrlich zueinander sein, dann kann doch gar nichts passieren!

Ich habe zusammen mit der Uschi bei der Frau Hofer einen Ferienjob für die Osterferien bekommen, sodass ich auch ein wenig Geld verdiene. Zehn Tage insgesamt und jeden Tag sechs Stunden. Die Uschi ist ganz begeistert, weil sie in der Küche bei dem Herrn Marcano mitkochen darf.

Meine Mutter bedankt sich auch ganz herzlich für Deine lieben Grüße, sie freut sich jedes Mal darüber. Oft denke ich auch immer wieder an unsere gemeinsame Zeit zurück und wie verrückt wir doch waren!

Liebster Wolfgang, ich habe Dich sehr, sehr lieb, und ich kann es gar nicht erwarten, bis Du hoffentlich an Pfingsten zu Besuch kommst. Allerdings haben wir nicht, so wie ihr, groß Ferien, sondern wir haben nur noch den Dienstag frei, also einen einzigen Tag nur! Aber vielleicht kannst Du ja schon am Samstag kommen, dann hätten wir doch ein paar Tage miteinander. Jedenfalls freue ich mich schon riesig.

Übrigens geht es der Uschi schon wieder ganz gut und auch ich habe den Schock gut überstanden und hoffe, dass mir so etwas niemals passiert! Aber ich habe ja Dich, und da brauche ich keine Angst zu haben! Halte mich bitte immer ganz fest, auch wenn ich einmal Zicken machen sollte, dreh' mir einfach den Kopf wieder nach vorne und hab mich lieb! Ich küsse Dich ganz fest

Deine Zita

Noch einen feuchten Kuss darunter und dann klebt sie den Brief zu.

Am Nachmittag geht sie zusammen mit Uschi hinunter in das Dorf, wirft den Brief gleich in den Briefkasten, und anschließend trinken die beiden in der Milchbar noch einen Shake. Es ist nicht viel los heute, denn die meisten Gäste reisen bereits ab, und die neuen kommen erst morgen oder übermorgen.

Routiniert erledigt Wolfgang am Samstagvormittag seine Arbeit im Getränkeladen. Es ist zwar trocken, aber recht kalt geworden, sodass einige der leeren Getränkekästen im Freien am Boden festgefroren sind und Wolfgang sie mit Gewalt losreißen muss. Er benötigt aber keinerlei Anweisungen mehr und Herr Schuster, der heute auch wieder anwesend ist, lobt ihn mehrmals, dass er so umsichtig und fleißig ist.

Am Nachmittag räumt er sein Zimmer auf und lernt schon mal etwas voraus, indem er eine komplette Physikabschlussprüfung von 1967 durcharbeitet. Lediglich eine Aufgabe macht ihm Probleme und die will er bei Gelegenheit noch einmal bearbeiten.

Der Frost ist zurückgekommen und es ist recht kalt, als er mit seinen Eltern zusammen am Sonntagmorgen in die Frühmesse geht. Aber die Sonne kommt heraus und es verspricht ein schöner sonniger Tag zu werden.

Schon auf dem Nachhauseweg ist er in Gedanken bei der Physikaufgabe von gestern und versucht den richtigen Lösungsansatz zu finden. Noch bevor er seinen Sonntagsanzug auszieht, setzt er sich an den Schreibtisch und versucht sich an der Aufgabe. Erst liest er sie noch einmal gründlich durch und dabei fällt ihm hier schon eine mögliche Lösung ein. Gestern hat er wohl etwas hastig gelesen, weil er vor dem Abendessen fertig sein wollte, aber es hat sich nicht ausgezahlt! Jetzt versteht er die Aufgabe auf Anhieb und ärgert sich für seine Dummheit gestern.

Am Nachmittag geht er seinen Lieblingsweg an der Donau entlang, Richtung

Hafen, und grübelt über seine Lehrstelle nach, wie es wohl tatsächlich sein wird, wenn er täglich ganztägig gefordert ist. Jedenfalls freut er sich schon riesig darauf und würde liebend gerne gleich morgen anfangen. Unterwegs erklärt er Zita haarklein, warum er ausgerechnet diesen Beruf ausgewählt hat und was er dort lernen wird.

»Hallo, du Träumer«, reißt ihn Katrin aus seinen Gedanken. Auch Peter begrüßt ihn lachend und hält dabei Katrins Hand fest. Wolfgang hat die beiden, die ihn von hinten eingeholt haben, gar nicht bemerkt.

»Oh, ihr beiden seid auch unterwegs!«, bringt er etwas überrascht heraus. »Ja, ich war tatsächlich in Gedanken, ich hab nämlich eine feste Lehrstellenzusage bekommen und bin, ehrlich gesagt, gedanklich schon bei der Arbeit«, erläutert er jetzt lachend.

»Gratuliere«, meint Peter etwas verschämt, »jetzt muss ich aber auch schön langsam mal tätig werden!«

»Super«, meint Katrin, »aber ich wusste ja, dass du ganz stark dran warst. Freut mich wirklich, dass es jetzt auch tatsächlich geklappt hat. Übrigens muss ich dir etwas Neues in Sachen Heuhaufen erzählen!«

Zunächst ist Wolfgang etwas irritiert, doch dann erinnert er sich an seinen Vortrag. ›Nett, dass sie es sich doch gemerkt hat‹, denkt er.

Während sie langsam weitergehen, beginnt Katrin: »Weißt du, Wolfgang, meine Mutter hat vorgestern mit meiner Tante, du weißt schon, die schon so lange verheiratet ist, telefoniert. Als sie zum Ende gekommen sind, habe ich mich vorgedrängt, um mit ihr auch ein wenig zu reden. Ich hab ihr einfach in kurzen Worten deine Heuhaufentheorie erklärt und gefragt, was sie davon hält. Sie war zunächst ganz überrascht, hat aber nach sehr kurzem Nachdenken bestätigt, dass es genau so funktioniert. Zwar fand sie die Idee mit dem Heu recht lustig, meinte aber, dass es ja egal ist, wie man das angehäufte Gefühlsvolumen nennt. Sie und mein Onkel haben dafür ein Wasserbecken, das hin und wieder leckt, hat sie mir recht geheimnisvoll erzählt. Sie war jedenfalls riesig froh, dass sie mir diesen Rat hat bestätigen können. Jetzt bist du dran!« Katrin hat mit Eifer erzählt und ihre Wangen sind dabei ganz rot geworden. Peter lächelt sie an und gibt ihr liebevoll einen Kuss.

»Das ist ja interessant«, meint Wolfgang, »dann wisst ihr ja jetzt, was ihr zu tun habt! Ran an die Arbeit!«, fordert er die beiden grinsend auf.

Die beiden lassen sich das auch kein zweites Mal sagen und küssen und drücken sich vor Freude.

Peter, der bisher noch gar nicht zu Wort gekommen ist, lächelt glücklich und sagt, an seinen Freund gewendet: »Ich möchte bloß wissen, woher du das alles weißt! In der Schule nur noch Streber und ansonsten philosophiert er in der Gegend herum wie sonst jemand, und dann bekommt er auch noch recht! Das ist doch der Hammer!« Lachend hängt er dann noch an: »Aber danke, Wolfgang, dass du so bist und uns mit Tipps versorgst. Wir sind immer ganz Ohr, wenn du etwas von dir gibst, mein Guru!« Lachend verbeugt sich Peter vor Wolfgang und dieser knufft ihn mit der Faust leicht in die Rippen.

»Depp, das ist doch reiner Zufall, dass die Tante meiner Meinung ist. Aber erzählt doch mal, wie ihr euch eure Zukunft vorstellt, oder ist das noch zu früh?« Er will einfach auf ein anderes Thema umlenken und außerdem ist er neugierig, wie weit es bei den beiden mittlerweile ist.

»Na Mann, jetzt mal langsam, wir kennen uns ja gerade eine Woche, da gibt es noch keine Zukunftspläne«, plappert Peter etwas unüberlegt vor, denn Katrin sieht das durchaus etwas anders.

»Gut«, meint sie, »Hochzeitstermin haben wir noch keinen, wenn du das meinst, aber zusammen bleiben wollen wir schon. Oder bist du etwa anderer Meinung?«, wendet sie sich gespielt forsch an Peter.

»Ja, klar wollen wir beieinander bleiben«, beeilt sich dieser ihr beizupflichten, »aber das sind doch keine Zukunftspläne!« Während er es sagt, erkennt er seinen Fehler und schiebt schnell nach: »Oder eigentlich doch, natürlich betrifft das unsere Zukunft! Ich hab das bloß nicht gleich so erkannt.«

Ein verzeihender Blick von Katrin zeigt ihm, dass er die Kurve noch mal erwischt hat. Dankbar und liebevoll lächelt er zu Katrin zurück.

»Das ist doch schon was«, steuert jetzt auch Wolfgang bei, »und im Endeffekt sogar das Wichtigste. Zusammenbleiben muss das Ziel sein, der Rest ergibt sich von allein. Aber entschuldigt bitte, ich bin schon wieder am Belehren und das wollte ich bestimmt nicht. Aber es freut mich wirklich, dass ihr euch so gut versteht.«

»Na ja«, lacht Katrin dazwischen, »so ganz unschuldig, wie du tust, bist du dabei ja auch nicht. Nur eines ist sicher, und das sieht man bei all deinen Überlegungen: was du machst, hat Hand und Fuß, und deshalb verlassen wir beide uns ganz auf dich!«

Jetzt grinst auch Peter über das ganze Gesicht. »Weißt du, Wolfgang, wir haben dich sozusagen adoptiert, weil, wenn du bei uns bist, uns hilfst und uns berätst, kann überhaupt nichts schiefgehen. Dann sind wir in hundert Jahren noch beieinander.«

Für diese Aussicht, bekommt Peter ein Küsschen von Katrin auf die Wange und ihr Händedruck wird kurz ganz fest.

»Genug gelobt, Freunde«, gibt Wolfgang zurück. »Aber mal ganz im Ernst, wenn ich euch einmal behilflich sein kann, ist das selbstverständlich klar. Schließlich sind Freunde ja dafür da!«

Um endgültig auf ein anderes Thema zu kommen, will er jetzt von Peter wissen, ob er denn schon wegen eines Berufes Überlegungen angestellt habe.

»Ich glaub, das managt mein Vater für mich, er hat mir nämlich schon angedeutet, dass er mich auch auf dem Landratsamt, wo er ja arbeitet, als Beamten unterbringen will. Mir soll's recht sein!«

Wolfgang fällt ein, dass ja Katrin auch heuer mit der Schule fertig wird. Über einen Berufswunsch ihrerseits haben sie bisher auch noch nicht gesprochen und so fragt er neugierig: »Und du Katrin, was willst du denn nach der Schule machen?«

»Oh, Wolfgang, da wirst du sicherlich staunen«, antwortet sie. »Ich will gar nichts Besonderes werden, aber mir meinen Traum erfüllen! Weißt du, schon als kleines Kind hab ich meiner Mutter beim Nähen zugeschaut und war immer fasziniert, wenn sie mit einem Stück Stoff heimgekommen ist und schon kurz danach ein Kleid für mich oder eine Hose für meinen Vater daraus geworden war. Ich will einfach nur Schneiderin werden und habe auch schon eine Bewerbung geschrieben. Eine Antwort habe ich aber bisher noch nicht erhalten. Ich wüsste aber noch zwei Schneidereien, bei denen ich sogar ganz sicher anfangen könnte. Du siehst, ich bin versorgt! Ich habe es bloß nicht an die große Glocke gehängt, weil es doch kein so moderner Beruf ist und ich nicht wollte, dass sich jemand darüber lustig macht.«

»Aber das ist doch ein sehr kreativer, ja fast künstlerischer Beruf! Also wirklich, dafür brauchst du dich ganz bestimmt nicht zu schämen«, sagt Wolfgang kopfschüttelnd.

»Danke, Wolfgang, du kannst einen eben aufbauen. Ehrlich gesagt hab ich das mit kreativ und künstlerisch bisher gar nicht so gesehen, aber du hast recht. Man kann sich dabei richtig selber verwirklichen und eigene Ideen einbringen. Jetzt freut mich der Beruf gleich noch mehr!«

»So, und jetzt hab ich Hunger«, erklärt Peter, »zur Feier des Tages lad' ich euch auf eine Wurst in der Wurstkuchl vorne ein.«

Sie drehen um und gehen in Richtung Steinere Brücke. Üblicherweise sind an der Historischen Wurstkuchl Trauben von Touristen, die alle eine der berühmten Würste kosten wollen. Aber jetzt im Winter geht es recht beschaulich dort zu und sie brauchen sich nicht einmal anzustellen. Katrin will nur Pommes mit Ketchup und eine Cola, während Wolfgang und Peter eine Regensburger Currywurst mit Semmel nehmen und ebenfalls Cola dazu trinken.

Anschließend trennen sich ihre Wege wieder und sie gehen nach Hause. Wolfgang denkt dabei an die beiden und hat ein richtig gutes Gefühl von Freude und Wärme. In Gedanken erzählt er Zita von dem schönen Nachmittag und spürt wieder einmal Sehnsucht in sich aufsteigen. Er wird noch Jahre warten müssen, bis er, so wie Peter und Katrin, sonntags mit Zita Hand in Hand spazieren gehen kann!

Am Rosenmontag beginnt die Woche mit sehr viel Schnee. Wolfgang kämpft sich am Morgen auf dem nicht geräumten Gehsteig zur Schule. Peter und Katrin erwarten ihn bereits vor dem Eingang.

»Hi, Wolfgang«, begrüßen die beiden ihren Freund. »Morgen steigt ja hier die große Party, kommst du auch?«, möchte Katrin gerne wissen. »Übrigens gibt's bei mir zuhause am Samstagnachmittag auch eine Party. Ich hab nämlich am Freitag meinen sechzehnten Geburtstag. Ich würde mich sehr freuen, wenn du auch kommen könntest. So ab zwei Uhr würde es losgehen.«

»Ich muss zwar bis ein Uhr arbeiten, dann Mittagessen, aber so gegen drei Uhr kann ich kommen«, meint Wolfgang. »Was wünschst du dir denn als Geschenk?«

Jetzt mischt sich auch Peter in das Gespräch ein: »Also wir beide haben uns unterhalten und sind zu der Meinung gekommen, dass du auf keinen Fall etwas mitbringen solltest, es reicht absolut, wenn du kommst. Weißt du, Wolfgang, du hast doch dein Geschenk schon abgegeben, und da kann sowieso kein anderer mithalten.«

Wolfgang wird etwas verlegen und meint: »Schön, wenn ihr das so seht, ich werde mal schauen. Ich komme jedenfalls vorbei«, verspricht er, bevor sie zurück in die Klassenzimmer gehen.

Statt Unterricht läuft heute ausschließlich die Vorbereitung auf die große Party morgen in der Turnhalle.

Der Getränkemarkt hat am Faschingsdienstag geschlossen und Wolfgang soll dafür am Mittwoch kommen. Das passt ihm ganz gut, denn die Schulfaschingsparty würde er nur ungern vorzeitig beenden müssen, denn er denkt, dass die richtige Stimmung eh erst gegen Mittag aufkommen wird. Es ist sogar eine eigene Schulband gegründet worden, die ihren ersten großen Auftritt morgen in der Turnhalle hat.

Während Peter und Katrin noch länger bleiben und beim Schmücken helfen wollen, geht Wolfgang mittags nachhause.

Nach dem Mittagessen sucht er auf dem Speicher nach den Faschingssachen der letzten Jahre und entscheidet sich für das Bärenkostüm vom vergangenen Jahr, da es recht groß geschnitten und somit noch immer passend ist. Zudem ist es schön warm und mit dem Bärenkopf über dem Gesicht wird er auch nicht gleich erkannt werden.

Über Nacht hat es noch mehr geschneit und in den Straßen türmen sich die Schneeberge. Als Wolfgang, als Bär verkleidet, zur Schule kommt, sind erst wenige maskierte Schüler anwesend. Er versucht festzustellen, ob Peter auch schon da ist, als ihm ein Clown von hinten auf die Schulter klopft. »Hallo, du lieber Bär«, sagt eine verführerische Mädchenstimme, »hast du Lust auf eine kleine süße Verführung?«

Fieberhaft überlegt Wolfgang, wer sich hinter der Clownsmaske verbergen könnte. Für Katrin ist die Stimme zu tief und Marianne ist, von der Gestalt her, zu groß.

Da er neugierig ist, antwortet er lachend: »Na, du süßer Clown, kennen wir uns, oder machst du dir nur einen Spaß mit mir?«

»Ach, ein bisschen Spaß muss sein!«, antwortet sie mit dem bekannten Songtitel von Toni Marshall. »Komm einfach mit in den Ballsaal, und wenn du mit mir ein paarmal tanzt, dann gibt's etwas Süßes für das Bärli«, lockt der Clown. Wenn er nur wüsste, wer sich dahinter verbirgt!

Der Clown legt seinen Arm um seine Hüften und die beiden gehen Richtung Turnhalle los. Als Wolfgang notgedrungen auch seinen Arm um das Mädchen legt, spürt er unter dem dünnen Stoff des Kostüms ihre bloße Haut. Er fährt, wie unabsichtlich, mit seiner Hand etwas höher, bis er den Träger ihres Büstenhalters spürt. ›Sonst hat sie wohl nichts drunter‹, denkt er und wird leicht nervös. Schließlich fühlt er nicht jeden Tag den Körper eines Mädchens, so wie jetzt. Dem Mädchen scheint es nichts auszumachen, dass er mit seiner Hand ihren Rücken erkundet.

»Es wird bestimmt mit der Zeit recht warm in der Turnhalle, und da hab ich mich vorsichtshalber nicht so besonders dick angezogen. Falls mich doch frieren sollte, musst du mich eben wärmen!«, meint sie recht keck zu ihm. Dabei lächelt sie ihn mit ihrem dick angemalten Gesicht an. Ihre Haare sind nicht zu erkennen und die Farbmaske ist derart angelegt worden, dass ihre Gesichtszüge auch kaum erkennbar sind.

In der Turnhalle kommt die Musik momentan noch von einem Tonband, das zwei Schüler mitgebracht haben und bedienen. »Baby, Baby, balla balla«, dröhnt es aus den aufgestellten Lautsprechern und einige maskierte Schüler springen bereits tanzend auf der vorgesehenen Tanzfläche herum, wobei sie kräftig und grölend mitsingen.

Wolfgang sieht sich zunächst in der Turnhalle um und staunt, was gestern, nachdem er gegangen war, noch alles gemacht worden ist. Neben einigen Schulbänken, die als Tische dienen, gibt es auch eine Ecke, in der von Schülern Getränke verkauft werden. Auf der Bühne stehen bereits das Schlagzeug und mehrere Mikrofone sowie die Lautsprecher. Er befreit sich aus den Armen des Clowns und nimmt das Mädchen stattdessen bei der Hand. Während sie eine Runde durch die Halle drehen, sieht Wolfgang auch Katrin und Peter. Die beiden sind als Cowboy und Cowgirl angezogen und ebenfalls auf der Suche nach Bekannten.

»Komm, lass uns ein wenig tanzen«, meint seine Begleiterin und zieht Wolfgang zur Tanzfläche. Es läuft gerade das Schmuselied »When a man loves a woman« und schnell haben sich einige Pärchen gefunden, die sich eng umschlungen auf der Tanzfläche bewegen.

»Du, ich habe aber keine Ahnung vom Tanzen«, wirft Wolfgang ein, aber seine Begleiterin überhört den Einwand einfach, legt ihm schon die Arme um den Hals und zieht ihn ganz eng an sich heran. Langsam bewegen sie sich einfach nur hin und her. Wolfgang spürt ihren Körper immer enger an sich. Es ist ihm zwar nicht unangenehm, aber er weiß nicht so recht, wie er sich verhalten soll. Er legt seine Hände nur locker um ihre Hüften, um etwas Abstand zu ermöglichen. Aber sie zieht ihn gleich wieder fester an sich und er merkt, wie sie ihm ihren Busen absichtlich an seine Brust drückt. Gleichzeitig reibt sie ihre Wange an seiner und beginnt an seinem Ohr zu knabbern.

Als endlich das Lied zu Ende ist, löst er sich von ihr und nimmt wieder ihre Hand. »Komm, lass uns was trinken gehen«, meint er und geht schon mal in die Richtung, wo die Getränke verkauft werden.

»Lädst du mich auf eine Cola ein, oder hast du wieder mal kein Geld?«, neckt sie ihn. Er betrachtet sie nachdenklich und dann fällt der Groschen: »Renate, stimmt's?«

»Okay, du hast's rausbekommen, gratuliere!«

»Die Cola gibt's natürlich, aber wie hast du mich erkannt?«, möchte er jetzt wissen.

»Na ja, bei so viel Fantasie war es ja wirklich nicht schwer. Wer trägt denn schon zwei Jahre hintereinander das gleiche Kostüm? Typisch Jungs!«, kichert sie.

Wolfgang kauft zwei Cola und gibt eine Flasche an Renate weiter. »Aber ich konnte doch nicht wissen, dass du meine Verkleidung vom letzten Jahr kennst. Wir hatten doch gar nichts miteinander gesprochen oder so.«

»Hm, von der schnellen Truppe bist du wirklich nicht«, antwortet sie und lacht dabei. »Ich wollte schon lange mit dir in Kontakt kommen und habe dich deshalb immer genau beobachtet, war aber einfach zu schüchtern, um dich direkt anzusprechen. Kurz hatte ich schon gedacht, dass ich endlich gewonnen hätte, da bist du mir schon wieder unter einem gemeinen Vorwand davongelaufen!«, beschwert sie sich.

Die beiden setzen sich auf eine Bank etwas abseits der Tanzfläche.

»Du meinst damals beim Skifahren, oder?«, sagt Wolfgang etwas betreten. »Ja, es stimmt schon, das war nicht ganz sauber. Aber ich hatte ja keine Ahnung, dass du wirklich Interesse an mir hattest.« Um das schlechte Gewissen zu beruhigen, meint er trotzig: »Hättest ja auch etwas Genaueres sagen können!«

»Hättest ja auch etwas merken können!«, gibt sie zurück. »Aber ist ja egal, hast du eigentlich noch Kontakt zu diesem Mädchen von dort?«

»Schon«, antwortet er und ist froh, dass er es endlich sagen kann, »wir schreiben uns mindestens einmal die Woche und zwischendurch ruf ich auch noch an.« Jetzt gewinnt er wieder sein Selbstbewusstsein zurück und ist stolz darauf, dass er von seiner Zita erzählen kann.

»Na, das scheint ja wirklich etwas Großes zu sein«, gibt sich Renate etwas enttäuscht. »Aber ist es nicht langweilig, immer nur Briefe zu erhalten und dann hier allein herumzusitzen? Wie lange habt ihr denn vor, dieses Verhältnis aufrecht zu erhalten?«

»Mal sehen, wie es geht«, sagt er unverbindlich, »momentan jedenfalls denkt keiner von uns an einen Abbruch, und du wirst es nicht glauben, wie schön es ist, wenn wieder ein Brief ankommt, und sei er auch noch so kurz. Dann ist immer diese alte Verbundenheit wieder da und die Sehnsucht kommt dann allerdings auch immer hoch. Klar ist es nicht leicht, immer nur allein zu sein, während sich überall Pärchen bilden und ich nur zusehen kann.«

»Sieh mal, wenn ihr in zwei oder drei Jahren scheitert, sind wirklich nur noch jüngere oder eben übrig gebliebene Mädchen zu haben«, will sie ihm ein wenig Panik machen. »Dafür bist du aber sicher zu schade. Es mag ja ganz schön sein, wenn man Post erhält, aber immer nur allein zu sein, ohne zu wissen, was der andere tatsächlich treibt, das könnte ich nicht haben. Da geht doch das ganze Leben an einem vorbei!«

Wolfgang ist nachdenklich geworden, möchte aber nicht weiter über dieses Thema reden. Allerdings will er Renate auch nicht vor den Kopf stoßen und sie einfach stehen lassen. Deshalb winkt er Katrin zu, die gerade in seine Richtung schaut. Allerdings fühlt sie sich nicht angesprochen und Wolfgang nimmt seine Bärenmaske vom Kopf.

»Komm, gehen wir doch mal dort rüber, da sind ein paar Freunde von mir«, schlägt er vor und gibt dabei die leeren Flaschen zurück.

Katrin hat ihn jetzt auch erkannt und zupft Peter am Hemdärmel. Erfreut kommen die beiden auf Wolfgang und Renate zu. »Eigentlich hätte ich darauf kommen können!«, ärgert sich Peter, »Du warst doch schon letztes Jahr der Bär. Schön, dass du da bist, Wolfgang.« An Renate gewandt sagt er: »Hallo Renate, hast du etwa den Bären erkannt?«

»Natürlich«, meint sie lachend. »Hallo Katrin, ich hab schon gehört, dass ihr zwei jetzt beisammen seid. Ich wünsch euch jedenfalls viel Glück dabei!« Beinahe sehnsüchtig blickt sie zu Wolfgang, der wohl nicht so leicht zu erobern ist.

Der Herr Direktor, als Sheriff verkleidet, hat das Mikrofon in die Hand genommen und begrüßt die Anwesenden. »Außerdem darf ich euch allen viel Spaß im Namen des Kollegiums wünschen und die gerade erst gegründete Schulband ›The Intelligents‹ vorstellen. Sie werden uns heute bis Veranstaltungsende um fünfzehn Uhr unterhalten.« Hinter ihm haben auf der Bühne drei Jungen und zwei Mädchen an ihren Instrumenten Stellung bezogen. »Hiermit erkläre ich unsere diesjährige Faschingsveranstaltung für eröffnet. Ich wünsche noch gute Unterhaltung!« Während der Direktor die Bühne verlässt, spielt die Band ihren Begrüßungssong »Rock'n roll music« von den Beatles und die gesamte Turnhalle tobt, als wären tatsächlich die vier Pilzköpfe auf der Bühne. Es stellt sich heraus, dass die fünf jungen Musiker wirklich gut vorbereitet sind und ein recht aktuelles Repertoire zusammengestellt haben.

Wolfgang und Renate tanzen und hüpfen zusammen mit ihren Freunden und Mitschülern ausgelassen auf der Tanzfläche umher. Erst nach fünf Liedern gibt es eine kurze Pause zum Luftschnappen und Abkühlen. Peter hat vier Cola geholt und verteilt die Flaschen, während sie zum Unterhalten in den Vorraum zur Turnhalle gehen.

»Also, die Band hat ja wirklich etwas drauf, hoffentlich bleiben die auch nach der Schule zusammen und machen Musik«, meint Peter. Etwas misstrauisch sieht er dabei immer wieder auf Renate und Wolfgang, die sich gelegentlich an der Hand halten. Er muss versuchen, mit Wolfgang allein zu sprechen, denn er fühlt sich neuerdings fast so wie ein Beschützer für Wolfgang und möchte nicht, dass der einen Blödsinn macht, der ihm hernach fürchterlich leid täte.

Endlich verabschiedet sich Renate kurz für einen Toilettengang und Peter ergreift sofort die Gelegenheit. »Du, sag mal, was hat das mit der Renate zu bedeuten, ich meine, Händchenhalten und so? Läuft da irgendetwas?«

»Schön, Peter, dass du dir Sorgen um mich machst, aber keine Angst, da ist nichts. Zwar ist die Renate hinter mir her, das hat sie mir selber gesagt, aber ich bin ja vergeben. Ich mach bloß ein wenig mit, weil ich sie zumindest heute nicht vor den Kopf stoßen will. Hat aber sonst nichts zu bedeuten«, stellt Wolfgang klar. »Macht euch keine Sorgen, auch wenn ich mit ihr noch ein paar Mal tanze und so, es ist und es wird nichts!«

»Na, dann ist's ja gut«, erwidert jetzt Katrin erleichtert. »Die Renate scheint es allerdings richtig darauf anzulegen, dich abzuschleppen. Sei bloß vorsichtig!«

»Komm, gehn wir noch mal tanzen«, bittet Renate, die soeben von der Toilette zurückkommt. Sie fasst Wolfgang an der Hand und nimmt ihn einfach mit. Wolfgang schickt zwar einen hilflosen Blick zur Decke, lässt sich aber gar nicht so ungern mitnehmen.

»*How many roads must a man walk down* … «, beginnt der Sänger der Schülerband zu singen und die Tanzpaare drehen sich wieder langsam und eng umschlungen auf der Stelle. Auch Renate schlingt ihre Arme um Wolfgangs Hals und schmiegt sich ganz eng an ihn, sodass er ihre Brüste spürt. Vorsichtig lässt er seine Hand nach unten gleiten und drückt ihren Po vorsichtig an sich. Renate reagiert sofort und schmiegt sich noch enger an ihn. Wolfgang ist schon beinahe willenlos, als ihn Renate erst am Hals und dann an der Stirn küsst. Dann legt sie wieder ihre Wange an seine und presst ihren Leib an ihn, sodass es auch den anderen Tänzern und Zuschauern auffällt. Die Musik spielt weitere Schmuselieder und Renate lässt Wolfgang nicht mehr aus der engen Umklammerung entweichen. Immer und immer wieder tanzt sie einfach mit ihm weiter und Wolfgang hängt recht hilflos an ihr. Dabei vergisst er Zita und seine Versprechen und lässt sich von Renate küssen, als wäre sie seine Freundin. Er spürt ihre Nähe und eine Erregung steigt in ihm auf, wie er sie noch nie erlebt hat. Die Umgebung sowie sein Freund Peter und Katrin verschwinden aus seinen Gedanken und er beginnt zu schweben. Alle seine Sinne sind nur noch auf Renate konzentriert.

Peter und Katrin tanzen neben ihnen und können nicht länger zuschauen. Sie sind beide der Meinung, dass sie eingreifen sollten, denn Wolfgang ist offensichtlich dabei, sein Gehirn abzuschalten. Aber wie eingreifen, ohne einen größeren Krach zu riskieren? Da erinnert sich Peter an einen Trick beim Tanzen, den er einmal in einem Film gesehen hat. Er erklärt ihn Katrin und sie ist auch der Meinung, dass es so funktionieren könnte. Schnell geht Peter die drei Schritte zu den beiden hin. Ob sie den Trick kennen?

Er klatscht neben ihnen in die Hände und sagt laut: »Abgeklatscht!« Erst schauen die beiden recht erstaunt, dann dämmert es Wolfgang. Er lässt Renate los und übergibt sie Peter. Zwar ist Renate nicht sonderlich erfreut über den plötzlichen Wechsel ihres Tanzpartners, will aber keinen Aufstand machen und macht den Spaß mit. Wolfgang geht stattdessen zu Katrin und tanzt mit ihr weiter. »Das war aber ganz schön heiß, was ihr da abgezogen habt!«, schimpft sie. »Wir hatten schon Angst, dass du deinen Verstand verlierst. Es heißt doch immer, dass bei

Männern in bestimmten Momenten das Hirn aussetzt«, ergänzt sie kopfschüttelnd.

»Ihr habt schon recht«, brummt Wolfgang demütig, »das war schon beinahe so weit und sie hätte mit mir machen können, was sie wollte. Danke für die tolle Hilfe!«

Er ist dabei ganz ernst geblieben und meint es ehrlich. Das Lachen ist ihm schlagartig vergangen. Was war nur in ihn gefahren? Beinahe hätte er Zita verraten! Oder hat er es schon?

Er führt Katrin zu einer Bank und setzt sich ganz still neben sie. »Was hab ich mir bloß dabei gedacht? Beinahe hätte ich alles zerstört. Mir wird gleich schlecht, so beschissen fühle ich mich! Aber gute Freunde wie euch beide zu haben ist eben viel wert, und wenn jemals etwas auszugleichen war, habt ihr es jetzt über die Maßen ausgeglichen. Ich bin so froh, euch zu haben!« Schnell wischt er sich mit einem Taschentuch über die Augen.

Katrin sitzt gerührt neben ihm und nimmt seine Hand. »Wolfgang, es ist ja alles gut gegangen. Du musst dir keine Vorwürfe machen, denn es ist ja nichts passiert. Meide die Renate einfach, oder geh zumindest ein wenig auf Distanz, wenn sie wieder mit dir tanzen will, und lass dich nicht so umschlingen! Die will dich einfach benebeln, damit du willig wirst. Vielleicht denkst du dabei einfach an Zita!«

»Hör auf, mir ist doch eh schon ganz schlecht«, jammert Wolfgang. Inzwischen kommen auch Peter und Renate zu ihnen. Um abzulenken, sagt Wolfgang, dass er Hunger hat und mal beim Hausmeisterkiosk vorbeischauen will, ob es dort etwas zu essen gibt.

»Das ist gut«, freut sich Renate, »da geh ich gleich mit.« Sie nimmt Wolfgang wieder an der Hand und will mit ihm Richtung Kiosk losziehen. Diesmal entzieht er ihr aber seine Hand, bleibt stehen und dreht sich zu ihr hin. »Du, Renate, ich muss dir einfach etwas klar machen, und es wird dir vielleicht weh tun! Aber ich will nicht mit dir gehen, schau, ich habe doch eine Freundin, auch wenn sie momentan nicht da ist. Meine Gedanken sind aber immer bei ihr und da ist einfach kein Platz für eine andere. Außerdem fände ich es äußerst schäbig, ihre Abwesenheit auszunutzen. Also lassen wir's doch einfach!«

Doch Renate will noch nicht aufgeben: »Was willst du denn mit der Göre, die nie da ist? Brauchst du nicht auch mal etwas zum Anfassen statt nur Papier?

Außerdem weißt du ja nicht einmal, was die im Moment treibt. Vermutlich ist sie auch mit irgendeinem Urlauber auf einer Veranstaltung. Auswahl hat sie ja wirklich genug! Glaubst du denn wirklich, die sitzt nur brav zuhause und wartet darauf, dass wieder mal ein Brieflein von dir vorbeikommt? Sei doch nicht so naiv!« Renate ist dabei etwas laut und hektisch geworden, sodass auch schon einige Mitschüler auf sie aufmerksam geworden sind und neugierig um sie herumstehen.

Wolfgang reicht es mittlerweile. »Gut, lassen wir es einfach so, wie es ist. Wir brauchen doch nicht zu streiten, schließlich haben wir nichts miteinander. Noch viel Spaß!« Damit dreht er sich um und geht zu Peter und Katrin zurück.

»Ganz so hatte ich mir den heutigen Tag nicht vorgestellt«, brummelt er zu den beiden hin. »Ich glaub, ich geh heim.«

»Aber Wolfgang, jetzt mach doch keinen Scheiß«, bittet ihn Katrin, »komm, jetzt tanzen wir beide mal so richtig!« Dann wendet sie sich an Peter. »Du hast doch nichts dagegen?«, versichert sie sich noch kurz und geht mit Wolfgang wieder zur Tanzfläche. Die Band spielt gerade einen Gassenhauer von den »Stones« und die beiden tanzen wirklich ausgelassen. Wolfgang fühlt sich langsam wieder besser und empfindet immer mehr Zuneigung zu Katrin und Peter. Die beiden sind wirklich echte Freunde, denkt er.

Schwitzend kehren sie wieder zu Peter zurück, der Katrin mit einem Kuss begrüßt. Nachdem sie etwas Luft geholt haben, gehen sie hungrig zum Kiosk, wo sie sich eine kleine Brotzeit gönnen. Renate ist nirgendwo zu sehen und Wolfgang ist es ganz recht so.

Um zwölf Uhr gibt es auf der Bühne noch ein paar Sketche, die Mitschüler aus den unteren Klassen einstudiert haben und viel Gelächter und Applaus hervorrufen.

Als das offizielle Ende der Veranstaltung bekannt gegeben wird, verlässt Wolfgang die Schule und macht sich auf den Heimweg. Peter und Katrin haben sich noch für Abbau- und Aufräumarbeiten gemeldet.

Das Bärenkostüm wirft er zur Schmutzwäsche, obwohl er ganz genau weiß, dass er es nie wieder anziehen wird. Nachdem er geduscht hat, legt er sich auf sein Bett und denkt über den Tag nach. Dabei kommt ihm immer wieder das Gefühl bei der Berührung von Renates Körper in den Sinn. Es war schön gewesen, aber dass er sich deswegen gleich so vergessen konnte, will ihm nicht in den Kopf gehen. Er denkt dabei an Zita und wie sie sich wohl anfühlen würde, bisher hatte sie ja immer dicke Kleidung getragen. Während er sich vorstellt, wie er Zita berührt, bekommt er ein schlechtes Gewissen und schämt sich. Wieso benötigt er ein anderes Mädchen, um sich vorstellen zu können, wie es ist, wenn er seine Freundin berühren würde? Ja, vielleicht hat Renate ja gar nicht so unrecht, dass hin und wieder etwas zum wirklichen Anfassen schon auch nicht schlecht wäre! Er ist hin und her gerissen und weiß überhaupt nicht mehr, was er denken soll. Aber ich will es so und ich werde es durchhalten, egal wie schwer es wird, sagt er sich und hält sich Zitas Bild vor das Gesicht. »Liebe Zita, bitte verzeih' mir«, murmelt er dem Bild zu und beginnt leise zu weinen.

Tags darauf bleibt Wolfgang in der Pause im Klassenzimmer, um nicht etwa Renate über den Weg zu laufen. Er will sie derzeit weder sehen noch mit ihr reden, lediglich seine Ruhe möchte er haben.

Gleich im Anschluss an den Unterricht geht er zum Getränkemarkt und arbeitet nahezu schweigend seine Stunden ab. Frau Schuster hat viel zu tun an der Kasse und stört deshalb seine Gedanken nicht. Erst als er fertig ist und sich verabschiedet, findet sie ein paar Worte: »Hast du gestern schön Fasching gefeiert?« Doch bevor er antworten kann, bedient sie schon wieder weiter und hat wohl auch keine Antwort erwartet.

Zuhause erwartet ihn ein Brief von Zita. Erst erschrickt er etwas, als er ihn sieht, doch dann gewinnt die Freude die Oberhand. Schnell isst er das hingestellte Essen auf und verschwindet in seinem Zimmer.

Auf seinem Bett liegend liest er den Brief und sein schlechtes Gewissen meldet sich sofort wieder. Zita verlässt sich vollkommen auf ihn und er hätte sie beinahe verraten! Leise weint er vor sich hin, während er den Brief immer und immer wieder liest. Er überlegt, ob er ihr einfach alles schreiben soll, kommt aber zu dem Schluss, dass dies bestimmt nicht der richtige Weg wäre. Außerdem ist ja doch dank Peters Eingreifen nichts Besonderes passiert, versucht er sein schlechtes Gewissen zu beruhigen. Dass es ihm gefallen hat und er bestimmt auch noch weiter gegangen wäre, kann er ja sowieso nicht schreiben. Das muss er mit Zita persönlich besprechen, aber am Telefon reicht die Zeit auch nicht, so verschiebt er es eben bis zu seinem Besuch. So richtig zufrieden ist er damit allerdings auch nicht, aber momentan fällt ihm nichts Besseres ein. Er will stattdessen einen besonders lieben Brief schreiben, um seinen Heuhaufen wieder etwas aufzustocken.

Aber erst muss er sich mehr beruhigen. Sein Herz drückt ihm fast die Luft ab, je öfter er ihre Zeilen liest.

Zwar hat er heute keine Hausaufgaben aufbekommen, aber er holt dennoch seine Schulbücher hervor und versucht sich auf den morgigen Unterricht vorzubereiten. Trotz mehrmaliger Versuche, sich zu konzentrieren, kreisen seine Gedanken immer wieder um den gestrigen Tag. Er legt seine Schulsachen zur Seite, holt sein Briefpapier aus der Schublade und beginnt seinen Antwortbrief für Zita. Er hofft dadurch seine Gedanken wieder in den Griff zu bekommen.

Meine liebste Zita,

ich freue mich sehr über Deinen lieben Brief, den ich gerade gelesen habe. Schön, dass ihr beiden einen Ferienjob für Ostern habt und es auch Uschi wieder gut geht.

Gestern hatten wir in der Schule einen Faschingsball und Du hast mir sehr gefehlt. Überall waren Pärchen zu sehen, die miteinander getanzt und geschäkert haben. Ein Mädchen hatte es auf mich abgesehen und wir haben miteinander getanzt. Offensichtlich wollte sie aber mehr und beinahe wäre ich schwach geworden. Aber dank der Hilfe meines Freundes Peter (Du weißt schon, der, der ein Auge auf Uschi gehabt hätte) ist es nicht so weit gekommen. Als ich ihr dann klar gemacht habe, dass ich schon vergeben bin, wollte sie mich überzeugen, dass das doch keine vernünftige Beziehung sei, wenn man immer so weit auseinander lebt und sich kaum sieht. Aber ich habe die Sache dann recht schnell erledigt und habe sie stehen lassen. Das war vielleicht auch gemein von mir, aber ich wusste mir nicht anders zu helfen. Ich muss Dir noch etwas gestehen, wir haben sehr eng getanzt und sie hat sich sehr fest an mich geschmiegt und mir hat es zu meiner Schande gefallen! Ich war wie hypnotisiert, als ich ihre Brüste an mir spürte! Bitte, liebste Zita, verzeih mir mein Gefühl! Es sind auch nur ein paar Tänze gewesen und nicht mehr. Dieses Gefühl war nur, weil sie sich so an mich gedrängt hat. Es hat überhaupt nichts mit Zuneigung oder so zu tun, bitte glaube mir! Ich hab ein so schlechtes Gewissen und wollte es erst gar nicht schreiben, sondern es Dir bei Gelegenheit erzählen, aber jetzt schreib ich es Dir doch! Schließlich wollten wir doch immer ehrlich zueinander sein. Ich weiß, dass es Dich bestimmt nicht freuen wird, aber ich hoffe, dass Du Verständnis für mich hast und mir meinen Fehler verzeihst! Ich wüsste doch wirklich nicht, was ich ohne Dich machen sollte. Ich brauche Dich doch! Du schreibst, dass ich Dir eventuell den Kopf wieder zurechtrücken sollte, jetzt musst Du es mit meinem machen! Bitte lass uns weiterhin zusammenhalten und uns den geplanten

Weg weitergehen! Glaube mir, es fällt mir nicht leicht, Dir das alles zu schreiben, weil ich weiß, dass es Dir weh tut, aber ich muss es einfach loswerden, sonst bringt es mich um.

Du solltest Dich immer auf mich verlassen können und glaub mir, Du kannst es! Es wird mir eine Lehre sein! Zukünftig bin ich vorgewarnt und werde nicht mehr wie ein dummer Junge mich einfach einwickeln lassen. Höchstens von Dir!

Mir ist jetzt noch viel klarer geworden wie jemals zuvor, wie sehr ich Dich liebe und niemand anderen! Du bist genau das, was ich gesucht habe, und ich möchte Dich nie verlieren. Wenn ich daran denke, wie zärtlich Du mich umarmt und geküsst hast, dann bricht mir schier das Herz, und ich möchte dieses Glücksgefühl noch oft erleben! Deshalb werde ich auch an Pfingsten kommen, wenn ich darf, und seien es auch nur drei oder vier Tage. Aber es wären ganz bestimmt wunderschöne Tage!

Liebe Zita, ich komme mir so schlecht vor, und wenn ich an Dich denke, wird mein Herz so schwer, dass ich manchmal sogar weinen muss. Bitte hilf mir und richte mich wieder auf!

Ich umarme Dich und küsse Dich aufs Innigste.

Dein Wolfgang

Nun hat er es doch geschrieben und es ist ihm etwas leichter ums Herz. Allerdings wird es wieder eine lange Woche dauern, bis er eine Antwort bekommt. Wenn er den Brief heute noch einwirft, könnte sie ihn am Samstag bekommen und dann könnte er ja abends anrufen und die Antwort schon früher erfahren! Aber vielleicht braucht sie auch ein wenig Zeit, um darüber nachzudenken. Er entschließt sich, erst am Sonntag anzurufen, und bringt den Brief noch vor dem Abendessen zur Post.

Erleichtert tritt er wieder den Heimweg an und denkt, dass es schon der richtige Weg war, ihr alles zu schreiben. Jetzt jedenfalls gibt es kein Zurück mehr, denn der Brief ist schon unterwegs, und er kann nur noch hoffen, dass Zita es nicht zu schwer nimmt und ihn versteht. Schließlich, so sagt er sich immer wieder, ist ja eigentlich nichts passiert.

Die nächsten drei Tage wollen nicht vergehen. Am Samstag, nach seiner Arbeit im Getränkemarkt, überlegt er kurz, ob er nicht doch anrufen soll. Jetzt könnte Zita gerade Zeit haben, aber dann fällt ihm ein, dass sie den Brief vielleicht noch gar nicht gelesen hat, weil die Post erst gekommen ist, oder er war noch gar nicht dabei. Momentan wüsste er auch gar nicht, was er reden sollte, wenn sie den Inhalt des Briefes noch nicht kennt. Zwar wird sie ihn morgen auch nicht kennen, wenn der Brief heute nicht doch gekommen ist, aber das will er einfach riskieren. Er kann nicht warten, bis eine Antwort mit der Post kommt!

Sonntagmittag hat er sich endlich wieder so weit beruhigt, dass er sich konzentriert auf die Schule vorbereiten und seine Hausaufgaben machen kann. Die vergangenen Tage war es mehr eine Pflichtaufgabe gewesen und hatte weder Spaß gemacht noch sonderlich etwas gebracht.

Kurz nach zwei geht er los, um zu Katrins Geburtstagsparty zu kommen. Diese ist auf Sonntagnachmittag verschoben worden. Am Vormittag, nach der gemeinsamen Frühmesse mit seinen Eltern, sind sie noch bei einem Blumengeschäft vorbeigegangen, das am Sonntag für drei Stunden geöffnet hat, und seine Mutter hat einen passenden Strauß gekauft. Wolfgang war kein geeignetes Geschenk eingefallen und seine Mutter meinte, dass ein Blumenstrauß immer passen würde.

Da er immer noch mit seinen Gedanken kämpft, entschließt er sich, nicht mit dem Bus zu fahren, sondern die ganze Strecke zu Fuß zurückzulegen. Nach etwa einer dreiviertel Stunde kommt er bei Katrin an. Drei Freundinnen von Katrin sind schon da und helfen bei den letzten Vorbereitungen. Katrins Eltern sind auf Verwandtenbesuch gefahren und werden vor neun Uhr abends nicht zurück sein. Dies bedeutet, dass die Party bis mindestens neun Uhr dauern kann.

Katrin freut sich über die Blumen und Peter moniert: »Du solltest doch nichts mitbringen! Schließlich sparst du für andere Zwecke.«

»Keine Angst, hat Mama bezahlt!«, lacht Wolfgang. »Aber mit ganz leeren Händen konnte ich doch wirklich nicht kommen. Nochmals vielen Dank für die Einladung, Katrin, ich werde mich gegen sieben Uhr verabschieden, weil ich noch dringend telefonieren muss! Bloß, dass du schon Bescheid weißt.«

Katrin schaut ihn etwas mitleidig an und nickt verstehend. »Ist schon in Ordnung, Wolfgang«, sagt sie, »schön, dass du überhaupt gekommen bist.«

Es klingelt und es kommen weitere Gäste, sodass die Sitzgelegenheiten im Wohnzimmer bald belegt sind. Peter hat die Musik übernommen und legt in echter DJ-Manier Platten auf. Getanzt wird aber kaum, die meisten Gäste sitzen herum und unterhalten sich oder holen sich aus der Küche vom Buffet Häppchen zum Essen. Für Getränke sorgt Rita, eine Freundin von Katrin, die Wolfgang auch von der Schule her kennt.

Zur großen Gratulation wird »Happy Birthday« gesungen und mit einem Glas Sekt für jeden angestoßen. Anschließend gibt es nur noch alkoholfreie Getränke. Dies, so erklärt Katrin, war die Voraussetzung, dass ihre Eltern die Party zugelassen haben. Außerdem herrscht in der Wohnung absolutes Rauchverbot. Zwar rauchen weder Peter noch Katrin, aber von den Gästen sind durchaus welche dabei, die bereits mit fünfzehn starke Raucher sind. Auf dem Balkon hat Katrin deshalb einen Eimer mit Streusand gestellt, wo die Asche und die Kippen untergebracht werden können.

Wolfgang hat seinen Sitzplatz freigegeben und steht bei Peter, um mit ihm die Platten durchzusehen und Wünsche zu erfüllen. »Wo habt ihr denn all die Platten her, diese Menge kann sich doch kein Mensch leisten?«, fragt er Peter erstaunt.

»Na ja, Beziehung ist alles! Ich kenn' einen, der in einer Disko Platten auflegt, und der hat uns ein Sortiment zusammengestellt, das er heute Abend nicht braucht. Allerdings müssen sie spätestens um ein Uhr in der Nacht wieder zurück sein, weil dann dort Sonderwünsche erfüllt werden. Ist aber kein Problem, weil mein Vater mich um zehn Uhr abholt. Es sind genau sechzig Singles und fünfundzwanzig LP's! Da kannst du dir aussuchen, was du hören möchtest. Wenn wir sie länger hätten behalten können, hätte ich die meisten auf mein Tonband kopiert, aber so ist die Zeit zu knapp. Aber Hauptsache, wir haben sie jetzt.«

»Tolle Sache«, sagt Wolfgang bewundernd, »wen du alles kennst!« Dann blättert er interessiert die Langspielplatten durch. Langsam hebt sich die Stimmung und der Geräuschpegel wird lauter. Wolfgang bittet Katrin zum Tanz, in der Hoffnung, dass dies ein Signal für die anderen sein könnte, sich auch etwas zu bewegen. Lediglich ein paar Mädchen finden sich noch auf der »Tanzfläche« zwischen Sesseln und Wohnzimmertisch ein.

In der Küche trifft Wolfgang auf Rita, die gerade noch ein paar Brötchen herrichtet, da der Appetit der Gäste doch größer zu sein scheint und von den vorbereiteten Schnittchen nur noch ein paar klägliche Reste übrig sind. »Na, bist du jetzt die Küchenmamsell?«, fragt er sie spaßig. »Komm, gib mir ein Messer und einen Teller, dann helf ich dir.«

»Nett von dir. Dann kannst du gleich mal dieses verflixte Gurkenglas aufmachen, ich schaff' das nämlich nicht.«

Für Wolfgang stellt dies kein großes Problem dar und er stellt das geöffnete

Glas vor Rita hin.

»Danke, es ist eben doch gut, wenn sich auch mal Mannsbilder in der Küche zeigen!«, meint Rita und nimmt einige Gurken heraus, um sie der Länge nach aufzuschneiden. Wolfgang legt die Scheiben auf die belegten Brote und richtet diese auf einem Tablett an.

»Du machst das wohl öfters«, meint Rita mit einem respektvollen Blick auf das Tablett, »hast richtig Geschick dafür.«

Als alles Brot aufgeschnitten, belegt und ordentlich verteilt ist, bringt Rita noch eine angebrochene Flasche Sekt und zwei Gläser. »Jetzt trinken wir noch einen, schließlich haben wir auch hart gearbeitet«, meint sie und gibt Wolfgang ein halb gefülltes Glas Sekt. Erst wollte er eigentlich ablehnen, nachdem das Glas aber schon gefüllt ist, nimmt er es und stößt mit Rita auf die getane Arbeit an.

»So, und jetzt tanzen wir beide einmal miteinander«, wird Wolfgang übermütig, stellt sein Glas zur Seite und führt Rita in das Wohnzimmer. Katrin und Peter drehen sich in der Wohnzimmermitte zum »Schneewalzer«, ein Wunsch von Katrin, den Peter natürlich nicht ablehnen konnte.

»Oh, Walzer kann ich aber nicht«, flüstert Wolfgang seiner Tanzpartnerin zu, »warten wir einen Moment, bis was anderes kommt.«

Rita lacht. »Ich doch auch nicht, aber irgendwie geht's immer im Kreis herum! Komm, das schaffen wir schon.« Damit zieht sie ihn zu Peter und Katrin auf die Tanzfläche. Ein kurzer Blick zu Peter, und Wolfgang legt seinen rechten Arm um Ritas Taille und reicht ihr seine linke Hand. Sie machen ganz auf vornehm und ziehen eine richtige Show ab. Dabei müssen sie immer wieder lachen, vor allem, wenn er Rita wieder mal auf den Zehen rumsteigt. Aber sie haben großen Spaß dabei und am Ende klatschen die zuschauenden Gäste Beifall. Die beiden verbeugen sich vor ihrem Publikum, als wären sie die Stars schlechthin.

Rita stellt sich hin und sagt laut: »Übrigens gibt es wieder frisches Futter in der Küche, aber nur wer vorher getanzt hat, darf sich etwas holen!«

Gelächter und Buh-Rufe sind die Folge, aber sofort stehen zwei Pärchen auf und bestellen bei Peter einen Song von Creedence Clearwater Revival. Peter sucht kurz und findet den aktuellen Hit »Proud Mary«. Kaum ist der Song angespielt, stehen noch einige Gäste auf, um mitzutanzen. Plötzlich ist das Wohnzimmer gefüllt mit tanzenden und stampfenden jungen Leuten. Peter legt als Anschlusssong gleich noch »Suzie Q« auf, um die Tänzer auf der Tanzfläche zu halten. Weiter geht es mit Songs von den Rolling Stones, bis es an der Wohnungstür klingelt. Katrin öffnet und der Mieter von der Wohnung unter ihr steht vor ihr. »Liebe Katrin, du hast zwar angekündigt, dass es etwas laut werden wird, und wir waren auch einverstanden, aber bei dem Getanze wackelt bei uns die Deckenlampe und wir fürchten, dass jeden Moment der Putz herunterkommt. Vielleicht könntest du dafür sorgen, dass etwas ruhiger getanzt wird. Ansonsten ist es schon in Ordnung!«

»Entschuldigen Sie bitte«, antwortet Katrin, froh, dass es nicht schlimmer gekommen ist, »ich werde dafür sorgen! Danke für den Hinweis!«

Der Nachbar wünscht noch viel Spaß und geht wieder.

Peter sucht auch sofort leisere und langsamere Musik aus, sodass sich die Stimmung wieder beruhigt.

Kurz vor sieben Uhr verabschiedet sich Wolfgang von Peter und Katrin und wünscht auch Rita noch einen schönen Abend. Diese weiß über Wolfgang Bescheid und fragt deshalb auch nicht nach, weshalb er schon so früh geht.

Auf dem Weg zum Postamt kommt ein mulmiges Gefühl in ihm hoch und er wird zusehends nervös. Heute hat er fünf Mark Kleingeld extra hergerichtet, denn er will auf keinen Fall abbrechen müssen, wenn Zita noch etwas fragen möchte. Er geht wieder zu Fuß, da er genügend Zeit hat und außerdem noch seine Gedanken sammeln möchte. Sein Herz rast und seine Knie werden weich, als er die Eingangstür des Postamts erreicht. Er dreht noch einmal um und geht ein paar Meter auf der Straße weiter, doch eine Beruhigung seiner Nerven will sich nicht einfinden und so dreht er wieder um, geht forschen Schrittes durch die Tür und nimmt gleich die erste Telefonzelle. Er wirft gleich alle Münzen in den Automaten und wählt. Sein Herz klopft ihm bis zum Hals, in dem außerdem ein hartnäckiger Kloß steckt. Niemand meldet sich und er denkt, dass er wohl doch zu früh dran ist. Gerade als er wieder auflegen will, meldet sich Zita.

»Hallo Zita«, bringt er krächzend hervor, »hast du meinen Brief schon bekommen?«

»Ach Wolfgang, mein Liebster, ich hab ihn auch schon beantwortet. Du machst ja Sachen, lässt dich einfach von anderen Frauen verführen!«, hänselt sie ihn. »Aber du Dummerchen, so einfach wirst du mich bestimmt nicht los! Mach dir keine Sorgen, du hast dich mit deinem schlechten Gewissen wohl selber am stärksten bestraft, und jetzt lass es wieder gut sein. Ich hab dich doch so lieb wie nichts anderes und kann dir doch wegen so einer neidischen Gans nicht böse sein. Ich bin stolz auf dich, dass du es mir überhaupt gebeichtet hast, und das zeigt mir umso mehr, dass ich mich auf dich verlassen kann. Du willst keine Geheimnisse vor mir haben und was soll ich dann noch mehr wollen? Ich bin richtig froh, dass du anrufst und ich deine Stimme wieder hören darf!«

»Danke, Zita«, unterbricht er ihren Redefluss, »ich bin ja so froh, dass du kein Drama daraus machst. Weißt du, die letzten Tage waren ganz schön stressig für mich, weil ich mich in immer größere Angst, dass du mich nicht mehr haben möchtest, hineingesteigert hab. Auch hatte ich kurz überlegt, es dir einfach nicht zu sagen, aber das hätte mich auf Dauer umgebracht, weil wir doch immer ehrlich sein wollten. Jetzt sehe ich, dass es tatsächlich richtig war und dass mir mein Engel nicht böse ist! Dafür werde ich dir immer dankbar sein!«

»Jetzt ist aber Schluss damit, dein Geld wird doch eh gleich wieder alle sein. Glaub mir einfach, dass ich dich wahnsinnig gern hab und mich jedes Mal riesig freu, wenn ich von dir was höre oder lesen kann. Es wird bestimmt auch eine Zeit kommen, wo wir zusammen sein können.«

»Zita, sag bitte deiner Mutter einen schönen Gruß von mir. Jetzt geht es mir wieder gut und ich werde endlich wieder schlafen und träumen können. Ich hab dich ja so lieb und noch einen ganz lieben Kuss! Bis zum nächsten Mal.«

»Ich küss' dich auch, mein Schatz, und träum schön! Ich hab dich auch ganz lieb!«

Wolfgang legt wieder auf und geht beschwingt auf die Straße. Er ist plötzlich so gut aufgelegt, dass er noch nicht gleich nachhause geht, sondern eine Extrarunde zur nächtlichen Donau hinunter dreht.

Froh darüber, dass die Woche doch noch einen glücklichen Ausgang genommen hat, legt er sich in sein Bett, nimmt Zitas Bild und schaut es sehr lange voll Dankbarkeit und Liebe an. Er träumt von ihrem Lachen und ihren schönen Augen. Als ihm das Bild aus der Hand fällt, schreckt er hoch, stellt es wieder auf den Nachttisch und schläft selig ein.

Montag sind die neuen Gäste gekommen, eine Jungenklasse aus Berlin, sechzehn bis siebzehn Jahre alt. Zita läuft den Ersten von ihnen kurz vor dem Abendessen über den Weg und begrüßt sie. Die Jungen pfeifen und einer meint übermütig: »Hey, ich dachte, hier gäbe es kein Bräute!« Die anderen stimmen ein Gejohle und

Gelächter an. »Hätte die Dame vielleicht heute Nacht etwas Zeit für mich?«, brüllt ein anderer, während Zita an ihnen vorbeigeht. Neues Gejohle erfüllt den Gang und einige Neugierige kommen die Treppe herunter, um zu sehen, was los ist.

»Hallo Jungs!« Zita dreht sich den Jungen zu. »Ich bin die Zita, die Tochter des Hauses, und ich wünsche euch allen einen schönen Aufenthalt hier. Warum ihr eure Freundinnen nicht mitgebracht habt, weiß ich nicht, ich jedenfalls stehe nicht zur Verfügung. Hier seht ihr, warum!« Sie hebt ihren Arm und zeigt auf den Ring an ihrer Hand. »Bloß damit die Sache klar ist!« Sie dreht sich wieder um und geht weiter in die Küche.

»Wow, ein ganz steiler Zahn«, meint einer und ein anderer ergänzt: »So cool, wie die tut, ist sie sicher nicht. Aber wir werden ja sehen, schließlich haben wir ja noch ein paar Tage!«

Am Faschingsdienstag ist schulfrei und Zita geht endlich mal mit Uschi zum Skifahren. Erst am späten Nachmittag kommen sie wieder nachhause. Die Jungs haben den Speiseraum geschmückt und feiern schon recht ausgelassen. Offensichtlich haben sie sich auch Bier im Dorf besorgt und sind zum Teil auch schon angetrunken. Als Zita durch die Eingangstür kommt, nimmt sie einer in den Arm, um mit ihr zu tanzen. Sie macht sich schnell frei mit der Begründung, sie müsse sich ja erst umziehen und würde dann schon zu ihnen kommen. Statt in die Stube geht sie aber gleich zu ihrer Mutter in die Küche und hilft beim Abendbrot. Heute gibt es auf Wunsch der Schüler Currywurst und Pommes. Zita zieht ihren Schneeanzug aus und schnürt sich eine Schürze um. Sie trägt ja noch die lange dicke Skiunterwäsche, und außerdem ist sowieso nur ihre Mutter noch in der Küche. Sie wollte nur nicht gleich noch mal durch die Meute marschieren müssen, denn wahrscheinlich würde sie diesmal nicht mehr ungeschoren durchkommen.

Als sie das Rollo hochziehen und beginnen das Essen auszugeben, bückt sich einer der Jungen und schaut in die Küche. »Hey, Jungs«, brüllt er sofort los, »da drinnen steckt sie ja, die Hübscheste der Hübschen.« Sofort tauchen in dem Ausgabespalt mehrere Gesichter auf und rufen: »Rauskommen, rauskommen!« Einer versucht gar mit dem Fuß auf den Tresen zu steigen, um in die Küche zu gelangen, als Zitas Mutter mit der Gitterkelle, mit der sie die heißen Pommes aus dem Fett holt, droht. »Schluss damit«, ruft sie laut, »und hört auf, so herumzubrüllen.«

Endlich greift auch eine Lehrkraft ein und sorgt für Beruhigung. Nach dem

Essen hilft Zita noch beim Abwasch und beim Herrichten für das Frühstück. Sie will auf keinen Fall allein zurückgehen. Vorsichtshalber zieht sie wieder ihren Schneeanzug an und drängt sich an der Seite ihrer Mutter durch eine Gruppe Jungen, die auf dem Gang stehen. Zwar gibt es leise und versteckte Frotzeleien, aber eine richtige Anmache bleibt aus. Zita ist richtig froh, als sie sich endlich waschen und umziehen kann.

Anschließend trinken sie ihren Abendtee und Zita überlegt laut, was wohl Wolfgang heute machen wird. Ihre Mutter meint, dass er wahrscheinlich auch irgendwo mit Freunden ein wenig feiern wird, weil das halt so üblich ist.

»Aber so wilde Jungs hatten wir ja noch nie«, meint ihre Mutter lachend, als sie das Gebrüll aus dem Nebenzimmer und vom Gang hören. »Bin ja mal gespannt, wie lange das so gehen wird.«

Überraschenderweise ist tatsächlich pünktlich um zehn Uhr Schluss und es sind nur noch eine einzelne Stimmen zu hören, die sich die Treppe hochbewegen.

Zita geht jetzt auch zu Bett und ihre Mutter will noch einen Blick in die Zeitung werfen, bevor sie sich schlafen legt.

Die restliche Woche ist von starkem Schneefall gekennzeichnet und die Jungs erweisen sich als fleißige Schneeräumer. Schon früh vor dem Frühstück treffen sich einige unten vor der Haustür und beginnen zu schippen. Sie haben offensichtlich Spaß daran und albern nebenbei auch viel im und mit dem Schnee herum.

Samstagvormittag fährt Zita mit ihrer Mutter nach Wörgl, um einen Großeinkauf zu tätigen. Unterwegs nehmen sie die Post gleich mit. Es ist ein Brief von Wolfgang dabei. Zita steckt ihn in ihre innere Anoraktasche und immer wieder greift sie danach, ob er noch da ist.

»Dann mach ihn halt auf und lies ihn«, meint ihre Mutter lächelnd, »es ist ja nicht mit anzuschauen, wie du den Brief bewachst. Grad als hättest du einen riesigen Schatz an deiner Brust hängen.«

»Ist auch so was wie ein Schatz«, antwortet Zita schnippisch, »aber das verstehst du ja sicher nicht!«

»Wahrscheinlich hast du recht«, lacht die Mutter.

So albern sie dahin, bis sie wieder zuhause sind. Kurz darauf kommen die Jungs vom Skifahren zurück und man hört ihr Gepolter und Gelärm. Sie haben sich mittlerweile an Zita gewöhnt und die Anzüglichkeiten haben aufgehört. Morgen früh fahren sie schon wieder nach Hause und die nächste Gruppe ist erst für Samstag angekündigt. Da wird das gesamte Haus sauber durchgeputzt und ein paar Tage gefaulenzt!

Als die eingekauften Sachen alle aufgeräumt sind, legt sich Zita auf ihr Bett und öffnet den Brief, nachdem sie auf den Absender noch kurz einen Kuss gedrückt hat.

Langsam beginnt sie zu lesen und mit jeder Zeile schlägt ihr Herz schneller. Es steigt eine unheimliche Angst in ihr hoch, die ihr beinahe die Kehle zuschnürt. Nach der Hälfte des Briefes hört sie auf und blickt an die Decke. Sie stellt sich vor, wie Wolfgang mit dieser blöden Gans tanzt und sich diese ganz eng an ihn schmiegt. Natürlich, da muss der arme Wolfgang ja schier verrückt werden! Sie könnte dieses Weib umbringen! Nachdem die größte Wut verraucht ist, nimmt sie den Brief wieder und liest weiter. Jetzt werden die Worte wieder so lieb wie eh und je, und er bittet um Verzeihung! Sie, die kleine Zita, soll ihm verzeihen! Welch eine Bitte! Das Mädchen möchte sie sehen, die jemals so intensiv und wegen einer solchen Bagatelle um Verzeihung gebeten wurde! Was ist das doch für ein toller Bub!

Als sie liest, dass er sogar weinen muss, weil er sich so schlecht fühlt, beginnt auch sie leise zu weinen, aber vor Wehmut und Glück!

Ihre Mutter klopft an die Zimmertür und meint, dass es Zeit für die Küche sei. Zita springt aus dem Bett und kommt sofort in die Stube zu ihrer Mutter. Natürlich erkennt diese gleich, dass ihre Tochter mal wieder geweint hat, und fragt: »Hat er was angestellt, der Bub?«

»Ja, und er bittet mich um Verzeihung, stell dir das mal vor! Aber da reden wir besser hernach darüber, dann kannst du ja auch selber lesen.«

Jetzt ist ihre Mutter aber neugierig und hofft, Zita während der Küchenarbeit schon mal Näheres entlocken zu können.

»Anscheinend ist es ja nichts besonders Schlimmes, was er gemacht hat, wenn ich dich so anschau«, startet sie einen Versuch. »Du hast dich ja schon wieder ganz schön erholt.«

»Mama«, antwortet Zita leicht genervt, »bitte, du darfst alles selber lesen. Ich kann dir das gar nicht so beschreiben, aber in meinen Augen ist es tatsächlich nichts so gewaltig Schlimmes. Deine Meinung dazu würde mich aber schon interessieren, und deshalb reden wir hernach in aller Ruhe darüber. Okay?«

Die Mutter gibt sich geschlagen. »Na, wenn's nicht gar so schlimm ist, kann ich gerne warten, aber neugierig hast du mich schon gemacht!«

Als sie dann auf dem Sofa sitzen, holt Zita den Brief aus ihrem Zimmer und legt ihn ihrer Mutter auf den Schoß.

»Mir wäre es lieber, wenn du mir die entsprechenden Teile vorlesen würdest, der Rest geht mich doch nichts an!«, meint ihre Mutter und gibt den Brief zurück.

»Na gut, dann machen wir es eben so.« Zita nimmt den Brief und beginnt vorzulesen. Angespannt hört ihre Mutter zu und wartet auf irgendetwas Fürchterliches. Als ihre Tochter dann bei der Stelle mit dem engen Anschmiegen ist, muss sie lächeln.

Zita sieht ihre Mutter fragend an. Diese lächelt immer noch etwas verschmitzt und meint nur: »Ja, ja, die Waffen einer Frau! Ich kann mir gut vorstellen, wie es dem armen Bub erging, wenn es das Mädchen so richtig auf ihn abgesehen hatte. Wahrscheinlich hat sie auch nicht allzu viel angehabt und da hat er vielleicht auch das eine oder andere zu spüren bekommen. Ja, ja, da kann das Hirn schnell ausschalten! Aber was sagst denn du zu der ganzen Geschichte?«, will sie von ihrer Tochter wissen.

»Also, ich sehe hier nichts arg Schlimmes darin, zumal es ja nicht von ihm ausging, und er«, jetzt lächelt auch sie, »sofort, als er wieder bei Verstand war, alles klar gemacht hat. Offensichtlich wollte er mit der Gans tatsächlich nichts zu tun haben. Aber das schlechte Gewissen, das gönn' ich ihm, schließlich schreibt er selber, dass es ihm schon gefallen hat, als sie sich so ranschmiss! Andererseits tut er mir auch wieder leid, weil er halt einfach noch naiv ist und auf so eine Anmache reinfällt. Dass er es mir so genau mitteilt und anscheinend ganz schön darunter leidet, gefällt mir natürlich noch mehr, und ich denke, dass dies sogar ein Beweis dafür ist, dass ich ihm wirklich vertrauen kann. Oder liege ich da falsch?«

Die Mutter schüttelt den Kopf. »Ganz und gar nicht, ich bin eher erstaunt darüber, wie cool und sachlich du die Sache betrachtest und nicht gleich ein Drama daraus machst. Solche und ähnliche Situationen werdet ihr immer wieder erleben. Entscheidend ist nur, dass ihr euch immer wieder für euch, und nur für euch allein, entscheidet! Dann können euch solche Bagatellen nichts anhaben. Ich freue mich wirklich über dich, du bist in den letzten Wochen so richtig erwachsen geworden. Schreib ihm ruhig deine Meinung, sie ist schon richtig, und warte nicht zu lange, denn er leidet offenbar sehr, der arme Bub.«

Glücklich sieht Zita ihre Mutter an und drückt ihr einen Kuss auf die Wange. »Gleich morgen schreibe ich ihm, damit er erlöst wird von seinem Leiden«, lacht sie und packt den Brief zusammen.

»Aber warte mal«, beginnt sie von Neuem, »ich muss dir doch noch ein paar Zeilen mehr vorlesen. Pass auf!« Dann liest sie die beiden letzten Absätze vor, wo er ihr seine Liebe erklärt, und meint mit feuchten Augen: »Ist doch richtig lieb von ihm!« Dann schmiegt sie sich an ihre Mutter, und diese freut sich mit ihrer Tochter über die lieben Worte.

Schon vor dem Frühstück steht Zita auf und setzt sich an ihren Schreibtisch, um den Antwortbrief für Wolfgang fertig zu machen.

Mein Allerallerliebster,

zur Beruhigung gleich vorweg: Ich hab Dich so gern wie eh und je. Selbstverständlich verzeihe ich Dir, obwohl ich gar nichts zu verzeihen sehe! Es ist doch ganz normal, dass Du auch anderen Mädchen gefällst und die sich um Dich bemühen! Wichtig ist doch nur, dass Du weißt, wo Du hingehörst. Deshalb bin ich Dir sehr dankbar dafür, dass Du mir das alles so ausführlich geschrieben hast. Ich habe sogar ein wenig geschmunzelt, als ich von der engen Umschlingung gelesen habe. War sicherlich nicht ganz leicht für Dich. Aber Du hast ja mich dabei nicht vergessen und deshalb bin ich richtig stolz auf Dich. Jetzt sehe ich wieder einmal, dass Du es wirklich ehrlich meinst und ich Dir vertrauen kann. Übrigens schadet Dir ein bisschen schlechtes Gewissen bestimmt nicht! Meine Mama meint auch, dass wir solche und ähnliche Angriffe auf unsere Verbindung noch oft ertragen werden müssen, und dass dies nicht unbedingt damit zusammenhängt, dass wir so weit auseinander wohnen. Die geistige Verbundenheit sei entscheidend. Also mach Dir keine Sorgen mehr, ich bin doch nicht so verrückt, dass ich wegen so einer Göre mein ganzes Glück wegwerfe, nur weil sie eifersüchtig ist! So billig gebe ich Dich nicht her! Im Gegenteil, ich werde Dir zeigen, dass ich Dich auch ganz eng an mich drücken kann, sodass Dir auch ganz anders werden wird! Ich freue mich schon jetzt darauf!

Bei uns geht so alles seinen üblichen Gang. Diese Woche haben wir eine Jungenklasse aus Berlin hier. Die sind so sechzehn und siebzehn Jahre alt und da ernte ich jede Menge Komplimente und natürlich sind auch Anzüglichkeiten dabei, aber ich bin ja nicht auf den Mund gefallen, wie Du sicher noch weißt.

Stolz zeige ich dann auf meinen Ring und dann wissen die Jungs Bescheid. Am

Fasching war ich mit Uschi in der Milchbar unten, aber es waren fast nur Fremde da, und es kam keine rechte Stimmung auf, sodass wir bald wieder heimgegangen sind.

Als ich gestern Deinen Brief erhalten habe, bin ich natürlich zuerst erschrocken und mein Herz hat gerast, aber je weiter ich gelesen habe, desto ruhiger bin ich wieder geworden. Am Abend habe ich dann meiner Mama davon erzählt und sie hat mir auch recht gegeben, dass es da gar nichts zu verzeihen gibt. Schließlich ist ja Dein Freund Peter rechtzeitig eingeschritten. Bitte sag ihm, dass er einen ganz dicken Kuss von mir gut hat! Auf die Wange natürlich, Du Dummerchen!

Übrigens habe ich schon eine Idee, was ich mit dem Geld, das ich in den Osterferien verdienen werde, anstelle. Aber ich verrate es Dir noch nicht. Natürlich hat es mit Dir zu tun, aber mehr gibt es jetzt noch nicht. Wenn bloß die Zeit schneller vergehen würde und es schon Pfingsten wäre! Ich denke fast jeden Tag daran, wie es sein wird, wenn Du wieder da bist. Dann drücke ich immer mein Kopfkissen ganz fest an mich und vergrabe mein Gesicht darin. Ja, wenn das Kopfkissen erzählen könnte! Du glaubst ja gar nicht, was dieses liebe Kissen alles wüsste! Alle meine Wünsche und Sehnsüchte muss es aufnehmen und wird dafür auch noch gedrückt und zerknüllt! Es ist eben mein Ersatz für Dich. Ich kann auf ihm so wunderbar träumen und an Dich denken! Jeden Morgen bist Du mein erster Gedanke und abends denk ich bis zum Einschlafen an nichts anderes. Du bist so zu einem Teil von meinem Leben geworden, dass ich ohne Dich nicht nur die Hälfte wäre, sondern überhaupt nicht mehr existieren könnte. Deshalb bitte ich Dich, einfach daran zu glauben, dass ich Dich nie verlassen werde. Es wird immer einen Weg geben, und mag er noch so schwierig sein. Ich werde ihn immer mit Dir gehen! Mach Dir deshalb bitte keine Sorgen und lache wieder. Es ist so schön, Dich lachen zu sehen! Ich hab Dich über alles andere lieb und ich drücke dich jetzt ganz fest an mich und küsse Dich ganz, ganz lang und fest!

Deine nur Dich liebende Zita!

Mit einem feuchten Kuss schließt sie den Brief wieder ab und versteckt noch in der rechten unteren Ecke ein kleines lachendes Gesicht.

Auf dem Weg zur Frühmesse trifft sie sich mit Uschi und die beiden gehen vorher noch beim Briefkasten vorbei, um den Brief einzuwerfen. Er wird zwar erst am Abend abgeholt, aber er ist auf jeden Fall schon unterwegs.

Die Jungs aus Berlin werden von ihrer Mutter und Tante Marie verabschiedet, und als Zita nachhause kommt, ist das ganze Haus leer. Heute eilt aber nichts, denn sie haben ja fast die ganze Woche Zeit zum Vorbereiten. Am Nachmittag hat sich Zita mit Uschi verabredet und sie gehen wieder einmal hinauf zum Schober, während ihre Mutter die Gelegenheit nutzt und eine Freundin im Dorf besucht.

Es ist so ungewohnt still im Haus, als Zita zurückkommt und das Abendessen für sie und ihre Mutter vorbereitet. Sie geht durch das Haus, von Zimmer zu Zimmer, und fühlt sich allein. Diese Leere ist sie nicht gewohnt und kommt ihr fast unheimlich vor.

Sie kommt in das Zimmer, in dem Wolfgang gewohnt hatte, und geht zu dem Bett am Fenster. Die Bettwäsche ist abgezogen und liegt zusammengelegt auf der Matratze. Sie streicht leicht mit der Hand über die Matratze und denkt an Wolfgang, als sie durch das Fenster das Auto ihrer Mutter in die Einfahrt kommen sieht. Schnell geht sie hinunter, um ihr die Haustür zu öffnen.

Beim Abendessen unterhalten sich die beiden über den Arbeitsplan für die kommende Woche und Zita übernimmt die Betten und Zimmerreinigung jeweils nachmittags nach der Schule. Das Abendessen geht heute nahtlos in ihren Abendtee über, als kurz vor acht das Telefon klingelt und Wolfgang sich meldet.

Nach ihrer ungewollten Haustour, die sie unmittelbar nach dem Anruf angetreten hat, fragt die Mutter neugierig: »Geht's ihm wieder gut, dem Lausbub?«

»Mann, der hatte aber ganz schön Schiss und hat sich immer wieder entschuldigt. Aber jetzt geht es ihm wieder gut und er hat gemeint, dass ihm so etwas bestimmt nicht noch einmal passiert.«

»Das denk ich auch, das sind eben die Erfahrungen, die im Endeffekt jeder selber machen muss, und das wird er sicher so schnell nicht vergessen! Aber es freut mich, dass wieder alles gut ist«, meint ihre Mutter lächelnd und denkt dabei an ihre Tochter. Es wäre ja nicht auszudenken gewesen, was hätte passieren können, wenn Zita so richtigen Liebeskummer hätte aushalten müssen.

Schnee, Regen und Tauwetter wechseln sich in den Märzwochen ab. Die Sonne wird schon stärker und erwärmt die Berghänge, sodass an einigen Hängen der Schnee bereits zu schmelzen beginnt. Die Skifahrer verbringen viel Zeit in den Hütten oder davor in den Liegestühlen, um die Sonnenstrahlen zu genießen. Allerdings gibt sich der Winter noch nicht geschlagen, und nachts gibt es Frost und zwischendurch auch ganztags Schneefall.

Zita und Uschi fiebern schon dem Monatsende entgegen, damit sie endlich arbeiten gehen können. Sie freuen sich sehr darauf und diskutieren bei jeder Gelegenheit, was sie alles machen werden. Wenn es nach ihnen ginge, würden sie den gesamten *Oberdorfer Hof* umkrempeln und völlig neu ordnen. Da jetzt keine Schulklassen zum Skifahren mehr angemeldet sind, ist die *Grimmer Alm* bereits auf Sommerbetrieb umgestellt. Die Zimmer sind ausgeräumt worden und die 6er-Zimmer wurden zu Familienzimmern mit Kindern oder für kleine Gruppen umfunktioniert, während die anderen Räume für Paare eingerichtet wurden. Zusätzliche Betten können allerdings immer noch dazugestellt werden. Die Arbeit wird dadurch erheblich leichter, weil die Gäste ausschließlich Frühstück erhalten und ansonsten sich selber versorgen. So kann Frau Grimmer gelegentlich auch im *Oberdorfer Hof* aushelfen und ein wenig Geld dazuverdienen.

Zu Ostern haben sich bereits drei Familien mit mehreren Kindern angekündigt, die weniger Ski fahren als bereits wandern und die Ruhe genießen wollen. Zwar liegt noch überall Schnee, aber die Wege und Straßen sind schon größtenteils schneefrei. Im Hof sind die Spielgeräte, die über Winter mit Plastikplanen geschützt waren, abgedeckt und geputzt worden, sodass die Kinder kommen können.

Endlich ist es so weit und die beiden Mädchen marschieren schon kurz nach sechs Uhr los, um pünktlich bei Frau Hofer und ihrem Ferienjob zu sein.

»Guten Morgen, ihr beiden«, begrüßt sie die Wirtin, »ihr könnt es wohl kaum erwarten, dass es losgeht. Ihr seid ja noch ein wenig zu früh, aber möchtet's noch einen Kakao trinken, während ich euch die Arbeit für heute erkläre?«

Beide nicken und setzen sich an einen Tisch neben dem Tresen. Es sind zwar einige Tische für das Frühstück gedeckt, aber Gäste sind noch keine im Raum. Frau Hofer bringt den Kakao und stellt ihn vor die beiden hin.

»Also, dann fangen wir halt mal an. Für dich, Uschi, hat sich der Herr Marcano schon starkgemacht. Er möchte dich überwiegend in seiner Küche sehen! Die Arbeitsaufträge erhältst du ausschließlich von ihm oder mir. Sonst hat dir niemand etwas zu sagen. Wir sind so verblieben, dass du jetzt dann gleich anfängst und das Frühstück für die Gäste auf die Tische verteilst, solange sie noch nicht da sind. Herr Marcano zeigt dir den Plan, auf dem die Wünsche der Gäste mit Tischnummern festgehalten sind. Anschließend halt immer wieder mal nachschauen, ob noch etwas gewünscht wird oder fehlt. Die entsprechende Haltung bringt dir der Marcano schon bei. Pass auf, der ist recht streng und du darfst nicht beleidigt oder böse sein, wenn er dich kritisiert. Glaub ja nicht, dass er etwas nicht sieht, er hat seine Augen überall. Im Gegenzug kannst du natürlich sehr viel von ihm lernen, denn er ist ein guter Lehrmeister. Gut, dann kannst du schon mal gehen, dein Chef wartet schon!« Frau Hofer lächelt bei ihren Worten und weiß genau, dass Uschi bei Herrn Marcano sehr gut aufgehoben ist.

Uschi trinkt rasch ihren Kakao aus und geht flotten Schrittes Richtung Küche.

»Nun zu dir, Zita. Morgen erwarten wir einen ziemlichen Ansturm aus Deutschland. Es müssen noch einige Zimmer fertig gemacht werden, da wird dir die Frau Pammler alles zeigen. Sie ist die Chefin der Zimmermädchen. Um zehn erwartet dich dann der Herr Loibl hier an der Theke. Er ist unser ›General‹, der für fast alles zuständig ist. Er macht die Buchführung, den Einkauf, geht Beschwerden nach und ist gleichzeitig so etwas wie ein Hausmeister. Eine Seele von Mensch, du wirst es ja sehen.

Nur er, die Frau Pammler und ich geben dir Aufträge, lass dich bloß nicht von anderen herumkommandieren. Wenn du irgendetwas vorzubringen hast, dann komm bitte zu mir.

Der Herr Loibl wird mit dir eine Liste durchgehen, auf der die Einkäufe für heute stehen. Er wird dir erklären, was wir wofür und warum brauchen, wenn es dir nicht sowieso schon klar ist. Anschließend nimmt er dich mit zum Einkaufen.«

Zita hat schon rote Backen vor Eifer und möchte gleich loslegen.

Frau Hofer sieht es ihr an und meint: »Gleich geht's los, die Frau Pammler kommt pünktlich um sieben und sie holt dich dann hier ab. Kannst ruhig einstweilen sitzen bleiben. Sie wird ja jeden Moment kommen!«

Zita sitzt am Tisch und denkt voller Stolz an Wolfgang. In Gedanken erzählt sie ihm, dass sie jetzt richtig arbeitet und Geld verdient, und sie bittet ihn, ihr beizustehen. Doch bevor sie tiefer in Gedanken versinken kann, kommt eine Frau hastigen Schrittes zur Eingangstür herein und verschwindet Richtung Küche. Kurz darauf kommt sie mit Frau Hofer zurück und wird als Frau Pammler vorgestellt.

»Du bist also die Zita, die ein paar Tage aushelfen will. Ich hab gehört, um zehn musst du wieder hier sein. Gut dann fangen wir halt mal an. Komm mit, ich zeig dir gleich deine Arbeit.«

Im Grunde genommen ist diese Arbeit für Zita nichts Neues, da sie auch zuhause Betten neu überzieht und Bäder und Waschräume putzt. Frau Pammler achtet sehr genau darauf, dass vor allem alle Glassachen einschließlich Spiegel blitzblank sauber sind und jedes Zimmer gelüftet und gesaugt wird. Pünktlich um zehn steht Zita wieder am Tresen und trifft sich mit Herrn Loibl, der sich als sehr netter, kleiner Herr mit einem Wohlstandsbäuchlein erweist. Etwas umständlich stellt er sich vor und erklärt Zita seine Arbeit. Dann nimmt er die von Frau Hofer angekündigte Liste und zeigt ihr, was alles eingekauft werden muss. Bei den Lebensmitteln staunt Zita über die Mengen, die in einem solchen Haus verbraucht werden. »Backwaren werden hier beim Bäcker gekauft«, erklärt Herr Loibl, »während wir für Fleisch und Gemüse nach Wörgl oder auch nach Kufstein fahren. Der Herr Marcano ist nämlich sehr kritisch bei der Auswahl und deshalb ist Vorsicht geboten beim Einkauf.« Herr Loibl lächelt verschmitzt. »Manchmal fährt er sogar selber mit, wenn er ein ganz besonderes Menü kreieren will. Ansonsten vertraut er mir. Aber man muss sich schon auskennen, gerade beim Fleisch. Wir haben dafür unsere bestimmten Geschäfte, wo wir wissen, dass die Qualität gut ist. Ja, dann fahren wir halt mal los, den Rest lernst du dann unterwegs.«

Zita ist überrascht, dass der Koch nicht selber einkaufen geht, merkt aber schon beim ersten Metzger, dass Herr Loibl genug Fachmann ist, um Qualität und Preis richtig einzuschätzen. Sie gehen dabei nicht in den Laden, sondern gleich nach hinten direkt in das Schlachthaus. Der Metzgermeister zeigt ihnen seine Ware, und Herr Loibl erklärt Zita die verschiedenen Fleischstücke genau und weist sie auch gleich darauf hin, was es dabei zu beachten gilt. Sogar über die Zubereitung jedes einzelnen Teiles weiß er Bescheid. Der Metzgermeister lächelt dabei und meint an Zita gewandt: »Ja, der Herr Loibl kennt sich aus, dem macht keiner so leicht etwas vor. Aber bei mir wird er immer fündig, weil ich auch nur die besten Stücke für ihn aufhebe!«, setzt er noch schmeichelnd hinzu.

»So, jetzt fahren wir noch zum anderen Metzger, weil dort gibt's den besten Schinken und die beste Salami. Der hat nämlich eine eigene Räucherei und macht den Schinken selber«, erklärt Herr Loibl, während sie losfahren.

Auch dort erläutert er wieder alles haarklein, und Zita darf sogar einen Blick in die Räucherei werfen. Selbstverständlich weiß Herr Loibl ganz genau Bescheid, mit welchem Holz welcher Schinken geräuchert wird und wie lange es dauert.

Ähnlich verläuft der Einkauf auf dem Gemüsemarkt und dann beim Großeinkauf von Nudeln, Mehl und allen anderen notierten Wünschen.

Vollgestopft mit neuem Wissen und einer Bratwurstsemmel in der Hand, fährt Zita mit Herrn Loibl wieder Richtung Heimat, wo sie gegen halb eins ankommen.

Zita hilft beim Ausladen und begegnet in der Kühlkammer Herrn Marcano, der sie freundlich begrüßt und die Waren begutachtet. »Auf Herrn Loibl ist einfach Verlass«, sagt er zu Zita. Jetzt kommt auch Uschi in den Raum und Herr Marcano erklärt jetzt ihr mit fast identischen Worten die Einzelheiten zu den gekauften Waren. Zita lächelt und geht wieder hinaus zum Auto, um den Rest hereinzuholen. Anschließend bedankt sie sich bei Herrn Loibl für seine Bemühungen und geht zurück zum Tresen. Es ist bereits kurz vor ein Uhr und Uschi wird sicher auch gleich kommen.

»Na, wie war's mit dem Herrn Loibl?«, fragt Frau Hofer, die gerade vorbeikommt.

»Wahnsinn, was der Mann alles weiß, und wie der so unkompliziert erklären kann! Ein ganz netter Herr!«, antwortet Zita.

»Ah, da kommt ja die junge Köchin auch schon. Na, hat es dir auch gefallen?«, möchte Frau Hofer wissen.

Uschi ist ganz begeistert von Herrn Marcano. »Super, der Herr Marcano bringt mir sogar noch Manieren bei!«, sagt sie lachend. »Ständig Hände waschen, Messer so halten und den Teller beim Bedienen von dieser Seite hinstellen, und und und. Ich glaube, ich bin in einem Sternehotel! Es macht riesig Spaß!«

»Das freut mich aber«, meint Frau Hofer, »na, dann bis morgen. Schönen Gruß daheim!« Damit verschwindet sie schon wieder hinter dem Tresen, um Getränke abzufüllen.

Das Lokal ist gut besucht und jetzt wird Uschi auch klar, warum sie solche Berge von Salat, Kartoffeln und anderen Lebensmitteln gebraucht haben.

Auf dem Nachhauseweg unterhalten sich die beiden noch ganz euphorisch über ihre Tätigkeiten. Uschi schwärmt geradezu von Herrn Marcano, der ihr eine ganz andere Art des Schneidens von Zwiebel, Schnittlauch und Ähnlichem gezeigt hat. Allerdings so schnell wie er kann sie es noch lange nicht und ist immer um ihre Fingerspitzen besorgt.

Die beiden freuen sich und blödeln auf dem gesamten Heimweg herum.

»Ich bin ja gespannt, wie das in der Küche zugeht, wenn morgen dann der große Ansturm von Gästen kommt«, überlegt Uschi, »dabei hatten wir heute schon alle Hände voll zu tun. Aber der Herr Marcano hat gemeint, in der Vorbereitung liegt alles. So beginnt er jetzt schon für das Abendessen herzurichten. Damit dann alles nur noch zusammengefügt werden muss. Wie der über all die Rezepte und Zutaten den Überblick behält, ist mir absolut schleierhaft.«

»Aber ich glaube, der ist für dich doch schon zu alt«, feixt Zita. »Du schwärmst ja von dem, als wärst du ...« Weiter kommt sie allerdings nicht, weil ihr Uschi in die Seite boxt. »Du gehässiges Lästermaul! Halt sofort deinen Mund. Schließlich hast du keine Ahnung!«, wettert sie los und die beiden biegen sich vor Lachen.

Tatsächlich kommen am Samstag viele neue Gäste. Ab dem späten Vormittag darf Zita mit Frau Hofer zusammen an der Rezeption neben dem Tresen stehen und Schlüssel verteilen oder Auskunft geben. Interessiert beobachtet sie, wie Frau Hofer jeden kommenden Gast in ihrem Reservierungsbuch abhakt und ihm einen Meldeschein zum Ausfüllen gibt. Beim Mittagessen hilft Zita beim Servieren, da Frau Hofer keine Zeit dafür hat. Zusammen mit Uschi und einer professionellen Bedienung haben sie alle Hände voll zu tun, und da es für eine Bedienung einfach zu viele Gäste sind, bleiben sie eine halbe Stunde länger, bis sich der Ansturm etwas gelegt hat. Frau Hofer bemerkt dies durchaus und ist dafür auch sehr dankbar. Sie freut sich, dass ihre zukünftigen Lehrmädchen so umsichtig und selbständig zu handeln bereit sind, wenn sie einen Engpass erkennen.

Uschi kritisiert Zita auf dem Heimweg wegen angeblicher Fehler beim Bedienen. Schließlich hat Zita ja keine besondere Einweisung von Herrn Marcano erhalten und Uschi zeigt ihr unterwegs, wie man einen Teller hält oder serviert. Die beiden kichern und lachen wieder den ganzen Heimweg. Am Nachmittag wollen sie noch einmal Skifahren gehen, denn es schließen immer mehr Lifte und es wird nicht mehr viele Gelegenheiten dazu geben.

Als sie aber an ihrem Lieblingslift ankommen, steht dort eine Traube von Leuten, sodass sie sofort beschließen umzudrehen und lieber zur Unterhaltung zum Schober hinaufgehen.

Gerade als die beiden in die Hofeinfahrt der *Grimmer Alm* hereinkommen, fährt der Postbote weg. Zita rennt ins Haus und schaut nach, ob ein Brief von Wolfgang dabei ist.

»Ich hab ihn schon zur Seite gelegt, damit du ihn auch bestimmt findest«, lacht ihre Mutter fröhlich. Zita bringt ihn gleich in ihr Zimmer und legt ihn, nach einem

Kuss auf den Absender, auf ihr Bett.

Erst am späten Nachmittag findet Zita Zeit, Wolfgangs Brief zu lesen.

Liebste Zita,

wenn Du diesen Brief bekommst, haben wir schon Ferien und ich habe mich entschlossen, auch ein paar Tage bei meinem zukünftigen Lehrherrn zu arbeiten. Es sind aber nur vier Tage und den Rest will ich zum Lernen nutzen. Du bist ja sicher auch schon voll im Geschäft. Ich hoffe, dass es Dir so gut gefällt, wie Du es erhofft hast.

Denkst Du übrigens auch manchmal daran, dass wir uns in den nächsten Ferien schon für ein paar Tage sehen wollen? Nur noch sechs Wochen und dann kann ich Dich endlich wieder in die Arme nehmen. Ich weiß schon gar nicht mehr, wie Du Dich anfühlst, und freue mich einfach riesig darauf. Auch bin ich sehr gespannt darauf, ob Du immer noch so gut küsst wie damals, oder ob Du es eventuell verlernt hast!

»Der spinnt doch«, murmelt sie vor sich hin, »Warum soll ich das verlernen? Na warte, Bürschchen, wenn du da bist, dann werd' ich dir was zeigen!« Schmunzelnd nimmt sie wieder den Brief und liest langsam weiter:

Aber Spaß beiseite, ich habe wirklich große Sehnsucht nach Dir, und ich brenne darauf, Deine Lippen zu spüren. Ich stelle es mir so schön vor, wenn ich Dir dabei mit den Fingern durch Deine Haare streiche und Deinen Atem spüre. Ach, ich bin schon wieder am Träumen!

Sie legt den Brief kurz auf ihren Bauch und blickt träumend zur Decke. Sie würde ihn ja so gerne auch streicheln und küssen!

In der Schule läuft bei mir alles bestens und ich schreibe nur gute Noten. Ich kenne mich bald selber nicht mehr, so gut bin ich plötzlich! Dank Deiner Hilfe ist es ja auch kein Problem. Trotzdem sehne ich den letzten Schultag herbei! Schließlich haben wir dann unser erstes halbes Jahr schon hinter uns. Außerdem kann ich Dich dann für ein paar Tage mehr besuchen. Das wird bestimmt sehr schön!

Liebe Zita, ich denke immer an Dich und ich habe Dich so gern wie nichts anderes auf der Welt! Ich hoffe sehr, dass ich Deine Zuneigung nie verliere!

Ich küsse dich ganz fest!
Dein Wolfgang

Am Sonntag beginnt die richtige Arbeit schon mit dem Frühstück. Schon ab sieben Uhr sind die ersten Gäste an den Tischen und wollen bedient werden. Zita und Frau Hofer kümmern sich um sie, während Uschi mit der Frau Jendrisch, die als Küchenhilfe angestellt ist, Eier kocht, Rühreier und Speck brät. Gleichzeitig sorgen sie dafür, dass Kaffee aufgebrüht und Tee gekocht wird. Brot muss aufgeschnitten und Butter portioniert werden. Die beiden haben alle Hände voll zu tun. Der Herr Marcano kommt erst zum Kochen des Mittagessens. Uschi ist froh, dass sie sich mit der Frau Jendrisch so gut versteht. Die Frau ist erst siebenundzwanzig Jahre alt und hat zwei kleine Kinder. Sie arbeitet täglich auch nur von sechs bis neun und muss dann wieder nachhause. Von neun bis zehn ist Uschi sogar allein in der Küche, bevor dann der Herr Marcano kommt. Der Küchenchef hat ihr gestern schon erklärt, was sie in dieser Zeit vorzubereiten hat. Kartoffeln schälen, einen ganzen Eimer voll, Salatköpfe säubern, aber noch nicht zerlegen oder waschen. Zwiebel schneiden und, wenn sie noch dazu kommt, Knoblauchzehen schälen und zum Schneiden oder Zerdrücken bereitlegen. Außerdem muss die Küche permanent absolut sauber sein!

Zita räumt das gebrauchte Geschirr wieder ab und bringt es in einen eigenen Spülraum. Anschließend bekommt sie einen Stapel von Meldezetteln und überträgt die Namen und Adressen mit An- und Abreisedatum in das große Melde- und Gästebuch. Nach diesem Buch, hat ihr Frau Hofer erklärt, werden später die Rechnungen erstellt. Die Zettel werden auch mit dem Reservierungsbuch abgeglichen, um zu sehen, ob alle Gäste einen Meldeschein abgegeben haben. Zita arbeitet dabei sehr sorgfältig, denn ihr ist klar, dass Frau Hofer die Eintragungen recht penibel kontrollieren wird.

Dann kommen bereits die ersten Gäste zum Mittagessen und Zita kümmert sich wieder um das Verteilen der Speisen und Abräumen des gebrauchten Geschirrs. Bezahlen können die Gäste ausschließlich bei Frau Hofer.

Auch heute wird es wieder eine halbe Stunde länger, ohne dass Frau Hofer dies hätte anordnen müssen. Als die beiden dann um halb zwei aufbrechen, ruft sie Frau Hofer noch kurz zu sich.

»Ihr seid wirklich fleißig«, lobt sie die beiden. »Jetzt habt ihr gestern und heute einfach so länger gemacht, weil halt die Arbeit da war, keine Angst, ich habe das schon gesehen. Außerdem ist auch ein wenig Trinkgeld eingegangen. Schaut her, da bekommt schon mal jede achtzig Schilling. Dann noch einen schönen Nachmittag und bis morgen!«

Frau Hofer verteilt das Geld und streicht Zita noch über den Kopf, bevor sie sich wieder der Arbeit widmet.

»Das hätte ich nicht gedacht, dass diese halbe Stunde auffällt, und wir haben's doch gern gemacht!«, meint Zita auf der Straße und steckt ihr Geld, das sie noch immer in der Hand hält, in ihre Tasche.

»Ja, und dass sie das Trinkgeld mit uns teilt, finde ich auch sehr nett«, pflichtet ihr Uschi bei.

Zuhause begibt sich Zita nach dem Mittagessen, das sie gemeinsam mit ihrer Mutter einnimmt, in ihr Zimmer, um Wolfgang eine Antwort zu schreiben. Dabei schwärmt sie ihm von ihrer Arbeit vor und dass sie schon Trinkgeld erhalten hat. Sie berichtet ihm von ihrer Sehnsucht und dass sie sich auch schon riesig auf ihr Wiedersehen freut. Abschließend schreibt sie:

Übrigens hat mich die Frau Hofer ganz vorsichtig nach Dir ausgefragt, ob es Dich noch gibt, weil Du ja so ein netter Bub wärst. Außerdem wollte sie dann noch wissen, was Du so für Pläne in Sachen Ausbildung hast. Vielleicht hätte sie Dich auch noch ganz gerne in ihrem Betrieb! Jedenfalls zeigte sie sich erfreut darüber, dass wir beide noch beieinander sind. Ich bin immer richtig froh, wenn sich jemand an Dich erinnert und ich dann ganz stolz Auskunft geben kann. Es ist so schön, an Dich zu denken. Wenn ich dann meine Gefühle auf die Reise zu Dir schicke, denke ich immer daran, wie sie bei Dir landen und Du sie spüren kannst. Ich habe Dich ja so lieb, dass ich Dich regelrecht auffressen könnte. Aber dann hätte ich Dich ja nicht mehr, also werde ich das nicht tun!

Lass Dich von mir ganz fest drücken, und einen ganz dicken Kuss, nur für Dich!

Deine Zita

Die restlichen Arbeitstage verbringen die beiden Mädchen mit viel Arbeit, aber auch sehr viel Spaß. Sie sind richtig stolz auf ihre Leistungen und hängen des Öfteren noch eine halbe Stunde Arbeitszeit an, wenn es die Situation erforderlich macht. Uschi rühmt sich mittlerweile als Sterneköchin, nur weil sie ein paar Tage mit Herrn Marcano zusammenarbeiten durfte. Beide sind aber übereinstimmend der Überzeugung, dass sie sehr viel gelernt haben und die Idee, ein paar Tage zu arbeiten, die beste Entscheidung gewesen ist. Mit ihrem Lohn und reichlich Trinkgeld verabschieden sie sich von Frau Hofer, nicht ohne zu versprechen, jederzeit einzuspringen, wenn Not am Mann wäre.

»Euch beide hol ich gern, wenn ich jemanden brauche«, verspricht ihnen Frau Hofer, »man hat ja gar nicht bemerkt, dass ihr das zum ersten Mal und nur für ein paar Tage gemacht habt. Ihr habt euch wirklich wacker geschlagen!«

Bevor die Mädchen aber nach Hause gehen, besuchen sie noch die Küche, um sich von Herrn Marcano zu verabschieden. Dieser zieht die beiden ein Stück zur Seite, damit niemand mithören kann. »Liebe Uschi, du bist mir richtig ans Herz gewachsen. So eine fleißige Hilfe hatte ich noch nie. Du hast aber auch wirklich Geschick und ich freue mich schon sehr, wenn du nächstes Jahr hier fest anfängst. Aus dir werden wir eine Superköchin machen, versprochen!« Herr Marcano ist ganz gerührt und Uschi kämpft mit den Tränen. Sie gibt ihm die Hand und sagt: »Danke, Herr Marcano, dass Sie sich so viel Mühe mit mir gegeben haben und ich so viel hab lernen dürfen!«

Zita, die keine Zeit gehabt hat, in der Küche zu arbeiten, verabschiedet er aber auch mit netten Worten und die beiden verlassen mit einem ganz eigenartigen, ja fast wehmütigem Gefühl ihre kurzzeitige Arbeitsstelle.

Am Dienstag wollen die beiden mit dem Bus nach Wörgl fahren, wo sie einen kleinen Teil ihrer Einnahmen in neue Sommerkleidung investieren möchten.

Ursprünglich hatte Wolfgang heimlich mit dem Gedanken gespielt, schon in den Osterferien nach Österreich zu fahren. Nachdem er aber dann von Zitas Job erfahren hat, ging er in der letzten Märzwoche, gleich am Montag nach der Schule, bei der Firma Gerber vorbei, um nach einer Arbeitsmöglichkeit für die Osterferien zu fragen. Herr Gerber war erfreut über das Interesse, und sie einigten sich auf die erste Ferienwoche, die wegen des Karfreitags nur vier Arbeitstage umfasste.

So erscheint Wolfgang am Montagmorgen im blauen Arbeitsanzug in »seiner« Firma. Herr Gerber teilt ihn einer Gruppe von drei Männern zu, die in der Reihenhaussiedlung in Neutraubling arbeiten. Mit einem kleinen Transporter fahren sie zur Baustelle. Die drei Männer stellen sich während der Fahrt vor und erklären Wolfgang, was ihn die paar Tage erwartet.

»Wenn du etwas Geschick hast, kannst du mir beim Zusammenbau der Anbaugruppen helfen«, meint Michael, ein etwas älterer Arbeiter mit sonnengebräuntem Gesicht und ständig einer Zigarette im Mund, »da musst du Rohre ablängen und mir hinreichen. Aber da schau'n wir halt mal. Zwischendurch musst aber darauf gefasst sein, dass du auch einen Hammer in die Hand nehmen und mit dem Meißel einen Schlitz schlagen oder einen Durchbruch erweitern musst.« Michael scheint Wolfgang unter seine Fittiche nehmen zu wollen und Wolfgang wäre es so ganz recht, denn Michael macht einen recht symapathischen Eindruck auf ihn.

Auf der Baustelle zeigt sich, dass jeder der Männer in einem anderen Haus arbeitet und die beiden anderen Mitarbeiter kein großes Interesse an der Hilfskraft haben. Also bleibt Wolfgang bei Michael. Nachdem das Werkzeug abgeladen und in den Rohbau verbracht worden ist, erklärt ihm Michael seine Arbeit.

»Schau her«, meint er, »dies sind Kupferrohre mit verschiedenen Durchmessern, die werden wir Stück für Stück hier an den Kessel anbauen. Dazwischen kommen verschiedene Aggregate wie Pumpen, Mischer und Wärmetauscher. Deine Arbeit dabei ist, mir die passenden Rohre abzuschneiden. Zum Abschneiden nimmst du diesen Rohrabschneider. Den legst du so um das Rohr, drehst das Schneidrad ein wenig zu und dann drehst du das ganze Gerät so lange um das Rohr, bis es ab ist. Dabei kannst du nach jeder Umdrehung das Schneiderad nachstellen. Aber das hast du sicher gleich heraus.« Michael hat während seines Vortrags ein Stück Rohr in den Schraubstock gespannt, mit dem Meterstab ein Maß angezeichnet und Wolfgang die Handhabung des Schneidegerätes gezeigt. »Beim Einspannen musst aber aufpassen, dass du das Rohr nicht quetschst. Gut, dann probier mal. Ich brauch' ein Stück mit zweiundfünfzig Zentimetern.« Wolfgang fragt gleich nach: »Von dem dicken oder von dem dünnen Rohr?«, und zeigt auf die am Boden liegenden verschiedenen Rohre.

»Gut, du denkst mit. Wir beginnen hier unten am Kesselanschluss, und da brauchen wir vorerst nur das dicke Rohr.«

Wolfgang sieht sich die unterschiedlich langen Rohre an und findet eines mit gerade 65 cm Länge. Er spannt es in den Schraubstock, zeichnet mit einem Bleistift die Länge an und beginnt das Schneidegerät anzusetzen. Schon nach ein paar Umdrehungen fällt das kurze Reststück zu Boden und Wolfgang freut sich, dass es so einfach gegangen ist. Er reicht es Michael, der es hinprobiert und ihm gleich das Maß für das nächste Stück mitteilt. Michael verlötet die Rohre mit Bögen und

Schraubanschlüssen für die Pumpen. Immer wieder erklärt er dabei Wolfgang, was er jetzt macht und wofür das dient. Wolfgang fühlt sich schon als richtiger Mitarbeiter. Schnell kennt er die verschiedenen Pumpentypen oder weiß, wie ein Wärmetauscher oder Stellmotor für Mischer aussieht und was ein Schieber ist. Die Verbindungen nach oben zu den Heizkörpern werden später hergestellt. Bereits mittags sind sie mit dem ersten Haus fertig und ziehen um in das nächste.

Dort ist der Kessel auch schon aufgestellt und es erwartet sie der gleiche Arbeitsgang. Während Michael sein Lötgerät bereitmacht und für die Befestigung der Rohre Löcher in die Wand bohrt, holt Wolfgang die benötigten Pumpen und anderen Aggregate aus dem Lieferwagen. Er packt sie aus und legt sie sorgfältig der Reihe nach auf den Boden. Daneben legt er die dazu passenden Bögen und Schraubanschlüsse heraus, von denen er glaubt, dass sie gebraucht werden. Dann spannt er schon mal ein dickes Rohr in seinen Schraubstock und wartet darauf, dass Michael ihm ein weiteres Maß nennt. »So, jetzt ist erst einmal Mittagspause, hast ja hoffentlich etwas dabei. Ansonsten könntest du dir drüben beim Metzger auch was holen.«

Wolfgang und Michael setzen sich in den Lieferwagen und holen ihre Brotzeit hervor. Die beiden anderen Arbeiter holen sich ihr Mittagessen und gehen wieder zurück an ihren Arbeitsplatz.

»Also, du bist gar nicht ungeschickt und vor allem denkst du mit. Das ist für mich von großem Vorteil, weil ich dann nicht immer von der Leiter runter muss. Ich hab gehört, dass du nach der Schule bei uns anfangen willst?«

»Ja, ich hab auch schon die feste Zusage!«

»Ach, weißt du«, meint Michael mit vollem Mund, »da hast du keine schlechte Entscheidung getroffen. Der Chef zieht dauernd neue Arbeit an Land und ist auch bei der Technik immer vorne mit dabei. Wichtig ist aber auch, dass er auf seine Leute schaut! Laufend werden Fortbildungen angeboten, damit man sich weiterqualifizieren kann, und die Bezahlung stimmt auch.«

»Das hört sich nicht schlecht an«, gibt Wolfgang zur Antwort, »allerdings hab ich, ehrlich gesagt, noch überhaupt keine Ahnung, was ich als Lehrling verdienen werde. Da muss ich Herrn Gerber noch einmal fragen, damit ich wenigstens in etwa weiß, was mich erwartet.«

»Na ja, als Stift bekommst du nur den Tarif und der ist nicht besonders hoch, aber vielleicht hast du ja die Möglichkeit, mit ein paar Überstunden noch extra

Kohle zu machen. Da ist der Chef nämlich überhaupt nicht geizig!« Michael lacht dabei wissend.

Am nächsten Tag müsste Wolfgang eigentlich im Getränkemarkt arbeiten, deshalb hat er mit Frau Schuster vereinbart, dass er erst am Abend kommen und die Lücken wieder auffüllen wird. Dadurch ist der Dienstag ein sehr langer Arbeitstag geworden und Wolfgang kommt todmüde gegen halb neun nachhause.

Am dritten Tag erklärt ihm Michael, wie man die Rohre zusammenlöten kann. Nach zwei Versuchen mit Abfallrohren und einer Muffe darf Wolfgang seine erste echte Rohrverbindung löten. Michael überprüft genau, und nach bestandener Prüfung darf Wolfgang noch eine Schraubverbindung und einen Bogen löten. Stolz zeigt er Michael seine Ergebnisse. Am letzten Tag baut Michael zwischendurch Heizkörper ein, während Wolfgang Rohre abschneidet und zusammenlötet, wie er es gelernt hat. Michael hat ihm aufgetragen, sofort zu kommen, wenn irgendetwas unklar ist oder nicht stimmt. Wolfgang hält sich daran und bevor er die erste Pumpe installiert, holt er Michael, damit der sein bisheriges Werk inspiziert.

»Sieht gut aus«, lobt dieser, nachdem er jede einzelne Lötstelle genau angesehen und für gut befunden hat. Anschließend hilft er Wolfgang die Pumpe mit Schiebern so einzubauen, dass sie jederzeit ausgewechselt werden kann, ohne dass die Heizung leer läuft. Die nächste kann Wolfgang dann schon alleine einbauen.

Stolz berichtet er nach Feierabend Herrn Gerber, was er alles gelernt hat und dass es ihm sehr gut gefallen hat. Herr Gerber gibt ihm einen Hundertmarkschein und freut sich über das Lob, das auch Michael noch an Wolfgangs Worte anhängt.

Auf dem Heimweg freut sich Wolfgang über seine Leistung und auch über das Geld. Langsam beginnt er wirklich reich zu werden! Obwohl ihm die Arbeit viel Spaß gemacht hat, ist er jetzt doch froh, sich wieder etwas erholen zu können. So ein Arbeitstag ist doch etwas anderes als ein Tag in der Schule. Zuhause zeigt er seinen Geldschein her und der Vater meint nicht ganz ohne Stolz: »Da hat er sich aber nicht lumpen lassen, denn so viel wirst ja doch nicht geleistet haben.« Als Wolfgang aber erzählt, was er alles allein machen durfte, korrigiert sich sein Vater: »Dann aber Respekt, da hast du aber auch einen guten Lehrer gehabt, dass er dir so etwas zugetraut hat!«

Glücklich lächelt die Mutter in die Runde und zeigt mit dem Finger auf das Küchenbuffet. Sofort weiß Wolfgang die Geste zu deuten und geht hin, um den Brief von Zita zu holen. Aber zunächst setzt er sich an den Tisch, um das Abendbrot zu genießen. Nach einer gründlichen Dusche verabschiedet er sich und wünscht eine Gute Nacht. Die Eltern lächeln sich verständnisvoll zu.

Wie gewohnt öffnet Wolfgang den Brief auf seinem Bett ausgestreckt. Er lächelt, als er liest, wie Zita von ihrer Arbeit schwärmt. Nun, ihm hat es ja auch ganz gut gefallen, aber mit Zitas Begeisterung mitzuhalten, fällt ihm nicht so leicht. Er freut sich sehr über ihre lieben Worte und fühlt so richtig, wie ihre Gefühle in ihn eindringen und sein Herz erreichen. Glücklich träumend schläft er ein.

Am Morgen ist es bereits hell, als er aufwacht und seine Eltern haben schon gefrühstückt. »Na, hast du gut geschlafen?«, begrüßt ihn seine Mutter, als er in die Küche kommt. »Hast es ja auch verdient, so wie du die Woche gearbeitet hast!« Sie richtet ihm das Frühstück hin und er greift hungrig zu. »Was hast du denn heute alles vor?«

»Ach, eigentlich gar nichts, einfach mal faulenzen. Das Wetter ist ja auch nicht gerade zum Bäumeausreißen. Vielleicht ein wenig Radfahren oder spazieren gehen. Warum, gibt es etwas Besonderes?«, fragt er neugierig, weil er weiß, dass seine Mutter nur dann so fragt, wenn irgendetwas ansteht.

»Die Tante Anni aus Regenstauf will heut' Nachmittag zum Kaffee kommen, und die mag dich doch so. Ich hab mir bloß gedacht, wenn du auch da wärst und ein paar Worte mit ihr reden würdest, könntest dir bestimmt ein paar Mark verdienen. Du weißt doch, dass sie immer recht spendabel ist.«

»Okay, zum Kaffee bin ich da«, verspricht Wolfgang, weil er sich diese günstige Gelegenheit, ein paar Mark umsonst zu bekommen, nicht entgehen lassen will.

Gleich nach dem Frühstück setzt er sich an seinen Schreibtisch, um den Brief für Zita zu schreiben. Zunächst nimmt er aber den gestrigen Brief noch mal und versucht ihn zu glätten. Während des Lesens gestern ist er eingeschlafen und hat in der Nacht den Brief wohl unter sich begraben, sodass er ziemlich zerknittert ist. Dann liest er ihn noch mal langsam Wort für Wort. Er sucht im Schräglicht nach ihrem Lippenabdruck und kann ihn noch ganz schwach erkennen. Er drückt voller Liebe seine Lippen darauf und beginnt dann zu schreiben.

Allerliebste Zita,

ich freue mich sehr, dass Euch beiden der Ferienjob so viel Freude macht. Ich bin ja mit meinem schon fertig und es hat mir auch sehr gut gefallen. Jetzt weiß ich es sicher, dass ich die richtige Wahl für meine Lehrstelle getroffen habe. Somit muss die Frau Hofer leider auf mich verzichten. Aber ich finde es nett von ihr, dass sie sich an mich erinnert!

Übrigens habe ich beim Lesen Deines lieben Briefes tatsächlich gespürt, wie Deine Gefühle gelandet und in mich gedrungen sind. Mir ist so richtig warm geworden und mein Herz hat wie wild geschlagen. Aber so geht es mir immer, wenn ich Deine Briefe lese oder mit Dir telefoniere. Das ist immer, als ob wir eine direkte Stromleitung zueinander hätten. Es ist ganz offenbar, dass wir beide die gleichen Gefühle füreinander haben, deshalb bräuchte ich Dir gar nicht sagen, wie ich Dich liebe, weil Du es sowieso weißt. Aber ich sag's Dir trotzdem: Ich liebe Dich über alles und noch viel mehr. Für immer bei Dir zu sein, ist mein größter Wunsch, und darauf richte ich mein ganzes Leben aus. Ich stelle es mir immer wieder vor, wie es sein würde, wenn ich heute schon bei Dir bleiben könnte. Es wäre einfach traumhaft! Aber leider bleibt es vorerst bei dem Traum!

Wenn ich ab September arbeiten gehe, versuche ich Dich öfter mal zu besuchen. Schließlich bin ich dann nicht mehr auf Ferien angewiesen, sondern kann Urlaub nehmen. Momentan habe ich zwar noch keine Ahnung, wie viel Urlaub ich bekommen werde, aber es werden sich bestimmt Möglichkeiten ergeben. Mein zukünftiger Chef ist ja auch sehr verständnisvoll und wird mich bestimmt unterstützen. Jetzt freue ich aber erst mal auf Pfingsten und ein paar Tage bei Dir.

Liebe Zita, ich drücke und küsse dich. Lieben tu ich Dich aber auch!

Dein Wolfgang

PS: Ich freue mich immer sehr über Deinen Briefkuss und drücke gerne meine Lippen darauf!

Während er den Brief in ein Kuvert packt, klingelt es an der Wohnungstür, und seine Mutter ruft Wolfgang. Peter und Katrin stehen in der Küche und wollen Wolfgang zu einem Spaziergang abholen. »Heute ist doch sonst auch nichts los«, meint Peter gut gelaunt, »und da haben wir uns gedacht, drehen wir doch ein paar Runden und nehmen den Wolfgang mit. Oder hast du schon etwas vor?«

»Nein, natürlich nicht«, antwortet Wolfgang, »ihr seid aber ganz schön früh dran. Ich zieh mich bloß an, dann können wir los.«

Den Brief steckt Wolfgang in seine Anoraktasche und dann marschieren die drei Richtung Donau. An der »Steinernen Brücke« gibt es einen Briefkasten und Wolfgang wirft seinen Brief gleich dort ein.

Unterwegs berichtet Wolfgang von seiner Ferienarbeit und dass er am Dienstag nach Feierabend noch im Getränkemarkt gearbeitet habe.

»Du bist auch ganz schön verrückt, nur um ein paar Kröten zu verdienen, schuftest du dich ab«, meint Peter mitleidig. »Lohnt sich das denn überhaupt?«

»Na ja, für mich sind hundert Mark schon ein Haufen Geld. Das meiste davon spare ich ja für meinen Besuch bei der Zita. Je mehr Geld ich spare, desto öfter kann ich sie besuchen, so einfach ist das, und dafür arbeite ich gerne ein wenig!«, erklärt ihm Wolfgang und Katrin sieht ihn bewundernd an.

»Ich finde das klasse, was du da machst! Das zeugt davon, dass du wirklich sehr an ihr hängst und davor kann man nur Respekt haben! Übrigens habe ich auch eine Zusage für meine Schneiderlehre bekommen und in den Pfingstferien darf ich dort auch eine Woche mitarbeiten. Ich freu mich da auch schon ganz besonders darauf!«

Nachdem die Sonne immer mehr die Oberhand bekommt und ihnen wärmend ins Gesicht scheint, setzen sie sich auf eine Bank und schauen den Ausflugsschiffen zu, die auf der gegenüberliegenden Seite abfahren und ankommen. Sie unterhalten sich noch über die kommenden Prüfungen und darüber, wie gut jeder von ihnen vorbereitet ist, bevor sie wieder langsam nachhause gehen, um rechtzeitig zum Mittagessen da zu sein.

Tante Anni, eine Frau um die fünfzig, klein und gedrungen, aber eine Seele von Mensch, gilt als die heimliche Erbtante, weil sie keine Kinder hat und auch nie verheiratet war. Aber nicht nur wegen dieser möglichen Aussichten sind alle in der Verwandtschaft recht freundlich und nett zu ihr, sondern weil sie wirklich immer dort zur Stelle ist, wo sie gebraucht wird. Wolfgang hat sie von klein an in ihr Herz geschlossen, weil er schon als Baby gerne in ihrem Arm geschlafen hat und später viel Zeit auf ihrem Schoß verbrachte. Immer, wenn sie kam, brachte sie für ihn etwas mit. Mit zunehmendem Alter wurde aus den Spielsachen eben Bargeld, damit er sich kaufen konnte, was er benötigte oder eben gerne haben wollte.

Kurz nach zwei Uhr sieht Wolfgang aus dem Wohnzimmerfenster den VW-Käfer von Tante Anni vorfahren und am Straßenrand parken. Schnell läuft er die Treppe zur Haustür hinab, um ihr zu öffnen.

»Grüß dich, Tante Anni«, begrüßt er sie erfreut.

»Hallo, Wolfgang, das ist aber nett, dass du mich schon hier unten abholst«, sagt sie und geht mit ihm die Treppe in den ersten Stock hinauf. »Wir haben uns ja schon lange nicht mehr gesehen«, meint sie dabei leicht schnaufend, »war wohl Weihnachten das letzte Mal! Da gibt's sicher eine Menge zu erzählen.«

Die Eltern begrüßen die Tante und bitten sie ins Wohnzimmer. Erst will sie wissen, wie es Wolfgang in der Schule geht, und er zeigt ihr sein Zeugnis. »Schön«, meint sie, »aber was meint denn der Lehrer mit der Bemerkung da unten genau? Ich verstehe das so, dass du kurz vor dem Zeugnis plötzlich verstärkt gelernt hast. Oder sehe ich das falsch?«

»Nein, nein, das ist schon richtig, nur es ist nicht so, dass ich nur für kurze Zeit, um bessere Noten zu bekommen, gelernt habe, sondern dass ich das bis zum Schluss auf alle Fälle so weitermache. Mir macht das Lernen plötzlich richtig Spaß und ich denke, dass ich mit den anstehenden Prüfungen keine Probleme haben werde«, erzählt Wolfgang voll Begeisterung. »Außerdem habe ich auch schon eine Lehrstelle, bei der Heizungsfirma Gerber! Ab September geht's dort los! Ich hab diese Woche schon mal ein paar Tage dort gearbeitet, um Geld zu verdienen und um den Beruf noch genauer anschauen zu können. War sehr interessant und der Chef war auch recht zufrieden mit mir.«

»Na, das nenne ich aber Neuigkeiten«, freut sich Tante Anni sichtlich. Sie arbeitet als Angestellte im Landratsamt und war auch in der Vergangenheit schon immer an Wolfgangs Werdegang recht interessiert.

»Ach ja, die Firma kenn ich auch, da hat doch vor ein paar Jahren der Junior übernommen, wenn mich nicht alles täuscht.« Fragend schaut sie Wolfgangs Vater an.

»Ja, genau«, meint dieser, »das ist aber schon eine Weile her. Ich hab den Vater ja auch gekannt, der ist damals sehr plötzlich gestorben.«

»Na, dann hast du ja Glück mit deiner Lehrstelle, brauchst nur noch anständig lernen und arbeiten, dann kann ja gar nichts schiefgehen. Warst du nicht auch beim Skifahren?«, will die Tante wissen. »Weihnachten hast du doch so etwas erzählt.«

Jetzt blicken sich die Eltern kurz an und lächeln gespannt, wie Wolfgang sich in Bezug auf Zita verhalten wird.

»Ja, im Januar schon«, antwortet er, »und es war wirklich ganz toll, und dann habe ich noch eine Überraschung für dich, warte einen Moment, ich bin gleich wieder da!« Wolfgang läuft in sein Zimmer und die Tante schaut neugierig zu ihrer Schwester. Die zuckt mit den Schultern und lächelt verschwiegen. Der Blick zu Wolfgangs Vater ist auch nicht erfolgreich, hier erntet sie ebenfalls nur ein verschmitztes Lächeln. Doch da kommt Wolfgang schon wieder zur Tür herein und hat ein gerahmtes Bild dabei.

»Schau, Tante, das ist meine Freundin Zita, die hab ich beim Skifahren kennen gelernt. Sie wohnt dort und wir schreiben uns seitdem regelmäßig, und manchmal telefonieren wir auch, aber so ein Gespräch ins Ausland ist recht teuer. Deshalb hab ich mir auch einen Job in einem Getränkemarkt gesucht, wo ich zweimal die Woche arbeite. Pfingsten will ich sie nämlich besuchen.«

Wolfgang erzählt wie ein Wasserfall und die Tante kommt überhaupt nicht zu Wort. Sie nimmt stattdessen einfach das Bild und schaut es neugierig an.

Als Wolfgang seinen Redefluss unterbricht, hakt sie ein. »Ein hübsches Mädchen, zweifellos. Aber du hast mir jetzt so viel auf einmal erzählt, dass ich das erst einmal auseinanderklabustern muss. Sie wohnt also in Österreich, und ihr habt immer noch regelmäßig Kontakt! Gut, aber so lange ist das ja auch noch nicht her. Habt ihr vor, Kontakt zu halten?«

»Klar, wir wollen für immer beieinander bleiben«, sagt er kühn, und seine Eltern wechseln einen erstaunten Blick, denn so genau hat Wolfgang ihnen das bisher auch noch nicht gesagt. »Mit dem Rest der Schule und dreieinhalb Jahre Lehrzeit sind es vier Jahre, die wir noch getrennt verbringen müssen, aber wir wollen durchhalten, auch wenn es nicht ganz leicht sein wird.«

»Respekt, Wolfgang«, meint Tante Anni, »da habt ihr euch aber etwas vorgenommen! Dass das nicht leicht werden wird, hast du ja selber schon gesagt, aber ich glaube, dass du noch ein gutes Jahr mehr dranhängen musst, du hast nämlich noch gar nichts von der Zeit bei der Bundeswehr gesagt.«

»Scheiße«, schreit Wolfgang regelrecht, »du hast recht, daran habe ich ja überhaupt nicht gedacht, das sind ja noch mal fünfzehn Monate! Warum muss das denn immer alles so kompliziert sein?« Wolfgangs Stimmung ist am Boden.

»Was hast du da noch von dem Getränkemarkt erzählt? Du arbeitest dort, um Geld zu verdienen, damit du dein Mädchen besuchen kannst? Oder sehe ich das falsch?«, hakt Tante Anni nach.

»Ja, immer Dienstagnachmittag und Samstagmittag, jeweils drei oder vier Stunden«, klärt Wolfgang sie auf.

»Also, ich muss schon sagen, der Bub hat sich seit Weihnachten aber gewandelt«, sagt sie in Richtung seiner Eltern hin, »er ist ja gleich nicht wiederzuerkennen, so engagiert und fleißig! Dass ein so junger Bub arbeiten geht, um sein Mädchen sehen zu können, habe ich auch noch nicht erlebt. Aber Respekt, das gefällt mir!«

Stolz schaut die Mutter zu ihrem Mann hinüber. Der nickt mehrmals zustimmend und freut sich über die anerkennenden Worte der Tante.

Auch Wolfgang freut sich, allerdings steckt ihm der Bundeswehrschock doch sehr in den Gliedern. Wie konnte er das nur vergessen! Wie wird es Zita aufnehmen, dass sie noch eineinviertel Jahre länger warten müssen?

Die Tante schaut noch mal kurz das Bild an, bevor sie es Wolfgang zurückgibt. »So, wie sie aussieht, verdient sie den Versuch auf jeden Fall, und ich wünsche wirklich, dass ihr es schafft, aber es wird sehr, sehr schwer werden!« Sie nickt ein bisschen wehmütig mit dem Kopf, als würde sie in alten Erinnerungen wühlen.

»Danke, Wolfgang, dass du mir das alles erzählt und mir auch dein Mädchen gezeigt hast. Ich freue mich sehr für dich! Nun aber zum Kaffee, oder hast du keinen?«, frotzelt sie recht aufgedreht zu ihrer Schwester hin.

Während alle Kaffee und Kuchen genießen, drehen sich die Gespräche um Themen, die Wolfgang recht wenig interessieren. Immer dasselbe Getratsche über die Verwandtschaft und welche Idioten doch in der Politik tätig sind.

»Was sagt ihr dazu, dass die Amerikaner in gut drei Monaten auf dem Mond landen wollen?«, mischt er sich in das Gespräch ein, um auf andere Themen überzuleiten.

»Da schau an, der Bub interessiert sich für Raumfahrt!«, ist Tante Anni begeistert. »Ich schau mir ja auch alle Sendungen im Fernsehen an, die sich damit beschäftigen. Man stelle sich einmal vor, da fliegen ein paar Männer mit einer Blechkiste, die nicht größer als dieses Wohnzimmer ist, auf den Mond und wollen dort landen und aussteigen. Anschließend fliegen sie einfach wieder so nachhause, als wäre nichts gewesen! Ich bin ja mal gespannt, ob das auch alles so gut funktioniert und alle wirklich wieder heil zurückkommen.«

Jetzt ist auch Wolfgang in seinem Element. Zwar haben sie nur ein Programm in ihrem Fernseher, aber auch dort kommen immer wieder Sendungen über die Anstrengungen der Amerikaner und Russen, den Weltraum zu erobern. Wolfgang hört auch oft Sendungen im Radio und liest die Zeitungsartikel darüber, um dann mit seinen Mitschülern darüber diskutieren zu können. Die Raumfahrt ist bei den Jugendlichen Thema Nummer zwei, gleich hinter Beziehungen.

Der Nachmittag vergeht schnell und als sich Tante Anni verabschiedet, bedankt sie sich für Kaffee und Kuchen und ganz ausdrücklich bei Wolfgang für seine interessanten Beiträge zur Unterhaltung. Dabei drückt sie ihm verstohlen einen Fünfzig-Mark-Schein in die Hand. »Damit du öfter anrufen kannst«, raunt sie ihm zu und streichelt zum Abschied noch seine Wange.

Am Karsamstag ist im Getränkemarkt so richtig was los, als ob es die nächste Zeit nichts mehr geben würde. Wolfgang hat alle Hände voll zu tun, um die Lücken rechtzeitig aufzufüllen und wieder für das von den Kunden mitgebrachte Leergut Platz zu machen. Am Dienstagabend wäre eigentlich Zahltag gewesen, aber die Frau Schuster war nicht da und deshalb bekommt er heute seine Abrechnung für den vergangenen Monat, inklusive eines Fünfers extra für seinen heutigen Fleiß! Erschöpft, aber froh schlendert er nach Hause, wo er sich nach einem schnellen Mittagessen hinlegt und eine Runde schläft. Seinen Lohn hat er gleich in seine Geldkassette in seinem Nachtkästchen gesteckt, wo sich auch sein restliches Erspartes befindet.

Gegen halb vier zieht er sich an und macht einen kleinen Spaziergang runter an die »Steinerne Brücke«, schlendert ein wenig an der Donau entlang und hängt seinen Gedanken nach. Die Sonne steht schon tief und wird bald hinter den Häusern verschwinden. Vom Wetter hat er die letzten Tage überhaupt nichts mitbekommen und jetzt tut ihm die frische, vom Regen gereinigte Luft richtig gut.

Kurz vor acht geht er zum Postamt, um zu telefonieren. Seine Mutter hat ihm erzählt, dass sie jetzt auch ein Telefon beantragt haben, es aber noch ein paar Wochen dauern wird, bis es installiert wird. Er freut sich auch schon darauf, weil ihn dann Zita auch telefonisch erreichen kann.

Beim Postamt sind alle drei Telefonzellen belegt und an jeder steht noch mindestens eine Person wartend davor. Wolfgang entschließt sich, wieder nachhause zu gehen und es lieber morgen Mittag noch einmal wieder zu versuchen.

Am Ostersonntag wird immer essen gegangen. So auch diesmal. Gleich nach der Zehnuhrmesse, denn die Osternacht haben sie nicht besucht, geht die Familie hinüber in die *Bischofshof*-Wirtschaft. Das Osterfest ist auch immer so eine kleine

Modenschau für die Damen, die dabei ihre neu erworbenen Frühjahrskleider zeigen. So hat auch Wolfgangs Mutter ein neues Kostüm gekauft und trägt es heute voller Stolz. Die Wirtschaft füllt sich schnell und es zeigt sich, dass die Fellners bei Weitem nicht die einzigen sind, die sich Ostern gern bedienen lassen.

Anschließend genießt die Familie noch einen Verdauungsspaziergang durch die Altstadt, bevor sie zum Kaffee nach Hause geht. Das Wetter trübt sich ein und deshalb will Wolfgang jetzt gleich telefonieren gehen, bevor er abends dann wieder bei Regen los muss.

Er bittet seinen Vater nachzusehen, ob er ihm noch einen Fünfmarkschein wechseln könnte. Dieser leert sein ganzes Kleingeld aus dem Geldbeutel und sucht für den Telefonautomaten geeignete Münzen zusammen. Auf die Entgegennahme des Scheines verzichtet er aber. »Betrachte es als Geschenk des Osterhasen«, lacht er.

Am Postamt sind zwei der drei Telefonzellen frei. Wolfgang wählt gleich die erste von ihnen und wirft Münzen für zehn DM ein. Schon kurz nach dem Wählton meldet sich Zitas Mutter. »Guten Tag, Frau Grimmer, der Wolfgang ist hier, ist die Zita auch in der Nähe?«, meldet er sich.

»Oh, hallo Wolfgang, ja, die ist in ihrem Zimmer, ich hol' sie dir schnell. Zita!«, hört Wolfgang laut durch das Telefon, »schnell, der Wolfi ist dran.« Wolfgang wusste gar nicht, dass er bei Grimmers heimlich *der Wolfi* ist, und lächelt amüsiert.

»Hallo Wolfgang«, ruft Zita atemlos in den Hörer, »bist heute aber ganz schön früh dran! Ich bin mit der Arbeit schon fertig und habe nichts Besonderes zu tun. Das ist aber lieb, dass du mich anrufst, du hast ja sicher meinen Brief schon gelesen, dann weißt du ja, wie begeistert die Uschi und ich von der Arbeit sind. Wie geht es dir denn, so ohne mich?«

»Genau das ist mein Problem, du fehlst mir einfach hinten und vorne. Ich kann schon gar nicht mehr richtig denken. Stell dir vor, ich habe bei unserer Planung einen großen Fehler gemacht, ich habe vergessen, dass ich nach der Lehrzeit ja erst noch zur Bundeswehr muss. Für fünfzehn Monate, das sind noch einmal rund eineinhalb Jahre, wenn man die Zeit bis zur Einberufung mitrechnet! Ich bin ganz fertig, ausgerechnet am Karfreitag hat mich eine Tante darauf gebracht. Dabei ist es ja sonnenklar, und man kommt auch nicht aus. Ganz schöne Kacke, oder?«, berichtet Wolfgang niedergeschlagen.

»Mein Gott, wie konnten wir das vergessen, das ist ja bei uns mit den Buben auch nicht anders. Dass das immer so blöd sein muss!«, antwortet sie verzweifelt. »Aber das ändert doch an deiner Einstellung und unserem Plan nichts, oder?«, möchte sie leicht verängstigt wissen.

»Nein, natürlich nicht, es dauert halt bloß noch länger, aber dafür bist du dann auch schon mit deiner Lehre fertig, oder zumindest kurz davor. Ich hab mir gedacht, dass ich dich, sobald es mir finanziell möglich ist, einfach öfter besuchen komme. Dann werden wir's schon überstehen«, versucht er sie zu trösten. »Mittlerweile habe ich schon eine richtig kleine Schatzkiste beisammen. Allein diese Woche sind hundertfünfzig Mark zusätzlich reingekommen, und das Gespräch jetzt hat mein Vater gesponsert. Also vom Geld her könnte ich heute schon kommen!«

»Ach, du bist ja so lieb und sparst das ganze Geld nur für mich, aber ich verdiene jetzt ja auch, und dann kann ich dich ja auch mal besuchen, das wär doch schön, oder was meinst du?«

»Das wäre natürlich super, meine Eltern und Tante Anni würden dich wirklich gerne kennen lernen. Aber schade, das Geld geht schon wieder zur Neige! Ich hab dich ganz, ganz gern und ich freue mich riesig, wenn ich dich wiedersehen kann.«

»Ich hab dich doch auch ganz lieb und du fehlst mir auch so. Lass dich noch küssen!« Ein dicker Schmatz klingt durch die Leitung, bevor das Freizeichen kommt.

»Hast du's schon g'hört«, fragt Uschi ganz aufgeregt, als sie am ersten Schultag nach den Ferien wieder am Bushäuschen stehen, »die Michaela Unterbrunner ist schwanger!«

»Was, die aus unserer Klasse, das gibt's doch gar nicht! Hat die überhaupt einen Freund? Ich hab sie jedenfalls noch nie mit einem gesehen.« Zita ist entsetzt. Die kleine Michaela ist sogar noch zwei Monate jünger als sie. Ein schüchternes Mädchen, das kaum Kontakte zu anderen pflegt und meist allein bleibt. Ihre Eltern betreiben auch eine Almhütte, ein Stück weiter hinten im Tal. »Woher weißt du denn das?«, will Zita noch wissen.

»Meine Mutter hat's unten im Dorf erfahren«, berichtet Uschi, während sie in den Bus einsteigen und sich einen freien Platz suchen. »Von einem Herbergsgast soll's sein. Auch so ein junger Schulbub halt, aus Deutschland. Seine Eltern haben wohl etwas Geld und sollen angeboten haben, eine Abtreibung zu finanzieren.

297

Außerdem hätten sie ihr noch etwas Geld angeboten, wohl als Entschädigung oder so. Aber die Michaela soll beides abgelehnt haben und will das Kind behalten!«

»Aber das geht doch nicht«, meint Zita ganz aufgeregt, »die muss doch noch zur Schule, und dann wird sie doch wohl etwas lernen wollen. Ob die Eltern da immer so einspringen können? Das Kind läuft ja dann einfach bloß so mit! Allerdings abtreiben lassen, so ein Kind einfach umbringen, das geht auch nicht. Also, ich wüsste wirklich nicht, was ich da machen würde. Wahrscheinlich würd' ich auch so wie die Michaela reagieren.«

Zita ist richtig geschockt und kann ganz plötzlich die Sorgen ihrer Mutter verstehen. Die hat ja immer wieder versteckt und auch offen davor gewarnt, zu weit zu gehen. ›Und ich hab mich darüber lustig gemacht‹, denkt sie jetzt mit schlechtem Gewissen.

»Ihr Vater muss getobt haben, als er es erfuhr«, erzählt Uschi weiter, »und nur ihrer Schwangerschaft sei es zu verdanken, dass er sie nicht geschlagen hat. Ihre Mutter ist wohl seit einiger Zeit immer wieder krank, sodass Michaela daheim fleißig helfen muss. Dort fällt sie dann ja auch aus, zumindest vorübergehend. Das ist ein schönes Dilemma!«

»Wahrscheinlich wissen es in der Schule die meisten schon«, befürchtet Zita, »und das gibt einen Spießrutenlauf für die Micha, das kannst du dir denken! Ich jedenfalls möchte nicht in ihrer Haut stecken! Was ist mit dem Vater, was sagt denn der dazu«, bohrt sie weiter, »weiß man da etwas?«

»Ja, der hat ihr geschrieben, dass er zu ihr hält und versuchen wird, für das Kind zu sorgen. Später, soll er sogar geschrieben haben, wird er sie heiraten und sie solle sich keine Sorgen machen. Er ist ja auch erst gerade fünfzehn! Aber seine Eltern wollen davon überhaupt nichts wissen. Sie werden die Michaela halt mit Geld abfüttern und dann hat es sich!«, befürchtet Uschi.

Mittlerweile sind sie an der Schule angekommen und gehen in ihr Klassenzimmer. Die Michaela sitzt schon auf ihrem Platz und wird von einigen Mitschülern neugierig begafft. Zita tut das Mädchen leid und sie geht zu ihr hin.

»Hallo Micha, stimmt das, was man hört?«

»Ja, wenn du die Schwangerschaft meinst, dann stimmt's«, sagt sie mit etwas Trotz in der Stimme. Die beiden sind zwar nicht direkt befreundet, kennen sich aber gut und sind auch miteinander beim Trachtenverein.

»Ich wollt' dir bloß sagen, dass ich zu dir steh!«

Der Lehrer kommt in den Raum und Zita geht auf ihren Platz.

»Guten Morgen, Kinder, ich hoffe, ihr habt die Ferien gut verbracht und auch ein wenig in eure Bücher geschaut«, begrüßt er die Schüler. Ein leises Raunen geht durch die Klasse. »Aber egal wie, jetzt geht es wieder mit dem Stoff weiter. Ich möchte euch allerdings vorher noch etwas sagen und euch gleichzeitig um etwas bitten. Wir haben ein Mädchen in unserer Klasse, das schwanger ist. Ob das gut oder schlecht ist, haben wir nicht zu entscheiden, sondern ist alleine ihre Sache. Meine Bitte an euch alle, macht's ihr nicht noch schwerer, als es eh schon ist. Lasst sie möglichst in Ruhe oder helft ihr, wenn sie Hilfe brauchen sollte, und seid bitte nett zu ihr. Ich habe mit der Michaela vorher schon darüber gesprochen, und sie ist einverstanden damit, dass ich das hier offiziell bekannt mache, bevor ihr es von irgendwoher gesagt bekommt. Behandelt sie bitte ganz normal und ich möchte nicht hören, dass sich jemand über sie lustig macht oder sie verspottet. So, und jetzt holt eure Unterlagen heraus, damit wir weitermachen können.«

Es ist still geworden in der Klasse. Manche Kinder sitzen recht nachdenklich da und wissen gar nicht recht, wie sie sich verhalten sollen.

Da hebt Anton Lechner, der Klassensprecher, die Hand.

»Ja, Anton?«

»Das mit der Micha haben die meisten ja wohl schon gewusst, aber ich möchte noch etwas hinzufügen und denke, dass ich die meisten von euch«, dabei dreht er sich zu der Klasse hin, »auf meiner Seite habe, wenn ich sage, dass wir alle hinter der Micha stehen und sie unterstützen werden, wo wir nur können!«

Beifall brandet auf und auch der Lehrer klatscht laut. »Respekt, Anton, das ist eines echten Klassensprechers würdig!«

Michaela sitzt in ihrer Bank und weint. Ihre Banknachbarin legt einen Arm um sie. Nach kurzer Zeit bringt sie ein leises »Danke!« heraus und beruhigt sich wieder.

In der Pause gibt es kein anderes Thema und einige Mitschüler umlagern Michaela regelrecht, um Näheres zu erfahren. Bereitwillig beantwortet sie alle Fragen und freut sich über jeden Zuspruch, den sie erhält.

Zuhause erzählt es Zita sofort ihrer Mutter, die dabei recht ernst dreinblickt. »Ich weiß schon, hab's heute Vormittag im Dorf unten erfahren. Schlimm für die ganze Familie, weil ihrer Mutter geht's nicht gut, und der Vater hat auch nur zeitweise Arbeit. Die Arbeit mit den Gästen bleibt daher fast ausschließlich der Michaela. Aber neben der Schule und dann auch noch schwanger, das wird auf Dauer nicht gehen«, meint sie betroffen.

»Ich kann dich jetzt auch viel besser verstehen mit deinen Sorgen um mich«, wirft Zita ein, »ich hab das bisher immer recht locker gesehen, aber wenn man sieht, was da alles dahinterstecken kann, denkt man gleich ganz anders.«

Zitas Mutter nickt verständig und fährt fort: »Du weißt ja wohl noch gar nicht alles. In der Klasse über dir hat es gleich zwei Mädchen erwischt. Auch beide mit Gastjungen! Allerdings kann ich dir die Namen nicht sagen, aber die wirst du sicher auch bald erfahren. Es ist jeden Winter das gleiche Lied, es wird gepredigt und gepredigt, aber es interessiert keinen, und dann ist die Bescherung da! Ich bin ja so froh, dass mit dir nichts ist, das würde mir gerade noch fehlen.«

»Was glaubst du, wie ich erschrocken bin«, antwortet Zita leicht verlegen, »als ich das gehört hab, und hab sofort dem Herrgott gedankt, dass es der Wolfgang nicht darauf angelegt hatte, mich unbedingt ins Bett zu bekommen.« Dabei denkt sie daran, dass sie wohl auch keinen großen Widerstand geleistet hätte. Im Nachhinein wird ihr noch ganz schlecht, wenn sie daran denkt, was hätte passieren können!

»Da hast du aber wahrlich recht«, meint die Mutter dankbar, »dass der Bub aber auch wirklich so anständig ist! Dir hätte ich, ganz ehrlich gesagt, nicht hundertprozentig getraut.«

»Was?«, schreit Zita, »du hättest mir so etwas zugetraut? Also, das hätte ich jetzt aber nicht von dir erwartet.« Zita gibt sich aufbrausend.

»Jetzt schrei mal nicht so, sondern denk einfach ganz ehrlich nach«, fordert ihre Mama.

Nach einer Weile des anscheinenden Nachdenkens, die Zita gar nicht gebraucht hätte, denn sie wusste ja schon vorher Bescheid, meint sie recht kleinlaut: »Hm, hast schon recht, hätte leicht sein können, dass ich schwach geworden wär'.«

Das Thema beherrscht noch den ganzen Nachmittag und Abend. Immer wieder versichern sich beide, wie froh sie seien, dass es Zita nicht betrifft. »Du hast wirklich Glück mit deinem Wolfi, und ich bin gar nicht so unglücklich darüber, dass er so weit weg ist. Auch wenn es dir wehtut, aber ich spar' mir dabei eine Menge Sorgen und Kummer!«

Beim Abendtee hat Zita eine Idee und trägt sie ihrer Mutter vor. »Was meinst du, Mama, wenn ich der Micha anbieten würde, ihr gelegentlich bei der Arbeit ein wenig behilflich zu sein? In der Schule hab ich ihr eh schon gesagt, dass ich voll hinter ihr steh'. Aber da wusste ich das mit der Arbeit ja noch nicht. Ich hab doch jetzt hier nur wenig zu tun und da könnte ich, vor allem beim Gästewechsel, ein wenig helfen.«

»Die Micha wird sich sicher recht darüber freuen. Du musst es ihr aber allein sagen, damit sie nicht vor den anderen bloßgestellt wird. Es ist zwar ein ganz schönes Stück bis zu ihnen hinter, aber ich kann dich auch mal fahren. Dann kann ich so auch einen Teil beitragen.«

»Ich werde es ihr gleich morgen sagen, damit sie daheim fragen kann, ob alle damit einverstanden sind, weil ihr Vater soll recht herrisch sein und es kann leicht sein, dass er keine Fremden im Haus haben will. Aber anbieten werd' ich es auf jeden Fall!«

Im Bett liegt Zita noch lange wach, hält ein Bild von Wolfgang in der Hand und bespricht mit ihm den Fall. Sie dankt ihm in Gedanken für seine Zurückhaltung, denkt dann daran, dass sie schon einmal Kinder von ihm haben möchte. In ein paar Jahren! Auch wenn es noch lange dauern wird, sie freut sich jetzt schon auf die Kleinen, die sie in Gedanken bereits in der Stube herumtoben sieht. Glücklich träumend schläft sie ein.

Uschi ist ganz fertig, als ihr Zita morgens im Bus erzählt, dass noch zwei weitere Mädchen von Gästen Kinder erwarten. Sie denkt dabei an Hans, als der damals unbedingt mit ihr schlafen wollte. Sie war hart geblieben, hat dafür aber die Beziehung verloren. Diese Mädchen verlieren aber alles! Die Väter werden sich wahrscheinlich nicht mehr sehen lassen und die einheimischen Burschen werden sie meiden. Ausbildung und Zukunft sind plötzlich in Frage gestellt. Sicher war es in den vergangenen Jahren ähnlich gewesen, aber da waren sie noch zu klein und nicht interessiert an solchen Sachen. Aber jetzt, wo sie selber alt genug sind, um zu verstehen und möglicherweise gar selber betroffen zu sein, wird den beiden Mädchen ganz anders zumute. Sie sind regelrecht geschockt! Als sie in der Schule ankommen, ist die neue Situation den meisten Schülern bereits bekannt und alle Gespräche drehen sich um nichts anderes. Schnell sind auch die Namen bekannt. Zita kennt die beiden nur vom Sehen. Es kursieren auf dem Schulhof die wildesten Gerüchte, dass eine schon abgetrieben hätte und die andere kurz davor stünde. Andere wollen wissen, dass beide die Kinder behalten werden. Ganz Kluge wiederum wissen, dass in Österreich Abtreiben ja gar nicht möglich ist, weil verboten, und man dazu nach England oder Holland fahren müsste. Außerdem wäre das für die meisten Betroffenen sowieso viel zu teuer! Vom Rauswurf von zuhause bis zu Selbstmordabsichten wird berichtet.

An eine aufmerksame Teilnahme am Unterricht ist heute nicht zu denken. Viel zu sehr sind vor allem die Mädchen mit ihren Gedanken woanders, aber auch manche Buben sind schlagartig erheblich ruhiger geworden.

In der Pause sieht Zita, wie Michaela allein an die Eingangstür gelehnt dasteht und ihr Brot isst. Sie löst sich von Uschi, der sie ihre Absicht mitgeteilt hat, und geht zu Michaela hin.

»Du, ich hab gehört, deiner Mutter geht's nicht besonders gut und du musst die ganze Arbeit daheim machen. Ich könnte dir gerne ab und zu ein wenig helfen. Gerade, wenn viel Arbeit ansteht. Was meinst du?«

»Ach Zita«, flüstert Michaela und beginnt zu weinen, »es ist noch schlimmer. Meine Mutter wird sterben, sagen die Ärzte. Vielleicht noch ein halbes Jahr, meinen sie. Es könnte aber auch schon früher passieren. Ich bin total verzweifelt. Mein Vater erwartet von mir, dass ich mich um die Gäste und die Vermietung und alles kümmere, gleichzeitig soll ich gute Noten schreiben. Das wird mir alles zu viel. Das ist ganz lieb von dir, dass du mir helfen willst, aber ich weiß nicht, ob mein Vater damit einverstanden ist, und Geld kannst du auf keinen Fall erwarten!«

»Mein Gott, du armes Ding!« Zita stehen auch die Tränen in den Augen. »Du könntest mir ja Bescheid geben, wenn dein Vater nicht zuhause ist, dann könnte ich kommen. Oder ich bin einfach eine Freundin, die dich beim Lernen unterstützt, und dann können wir auch andere Arbeiten machen. Denk jedenfalls an mich und lass was hören, wenn du mich brauchst.«

»Danke, Zita, ich werde mich bestimmt melden!«

Der Gong ruft die Schüler wieder in den Klassenraum und Zita kann sich jetzt noch weniger konzentrieren als vorher. Gleichzeitig fließt ihr Herz schier über von Hilfsbereitschaft, die aber nicht abgerufen wird.

Total verwirrt kommt sie zuhause an und erzählt ihrer Mutter während des Mittagessens von Michaela.

»Um Gottes Willen, ich wusste zwar von der Krankheit, aber dass es so ernst ist, davon hatte ich keine Ahnung. Das arme Mädel, das schafft sie doch nie! Sie kann sich doch nicht zerreißen! Dann noch ein Kind dazu, nein, das kann nicht gehen!« Die Mutter ist fassungslos. »Es wäre wirklich eine tolle Sache, wenn du sie unterstützen könntest. Ihr Vater ist ja tagsüber selten daheim, weil er, auch wenn er gerade keine Arbeit hat, sich unten im Dorf aufhält, um irgendwo eine Arbeit aufzutreiben. Dann könnte das schon klappen. Pass auf, du rufst sie einfach mal an und frägst, ob du sie kurzfristig besuchen könntest. Dann fahr ich dich hin. Dabei siehst du dich ein wenig um und sprichst mit ihr, was alles zu machen wäre. Vielleicht könnt ihr ja einen kleinen Plan erstellen, damit du weißt, wann du benötigt wirst.«

»Genau, das mach ich jetzt gleich!« Eifrig räumt Zita ihr Geschirr weg und geht zum Telefon. Die Nummer hat sie gleich gefunden und dreht die Wählscheibe.

Beim dritten Wählton meldet sich Michaela.

»Hallo Micha, ich bin's, die Zita. Ich hab gerade nichts Besonderes vor und hab mir gedacht, dass ich dich besuchen könnte. Dann könnten wir gleich schauen, wie ich dir am besten helfen kann. Wär' das jetzt gleich möglich? «

Es herrscht zunächst Stille am anderen Ende. »Ach Zita, eigentlich wär's schon möglich, aber ich weiß nicht. Weißt, meine Mutter braucht auch immer Hilfe und ja, es ist nicht besonders aufgeräumt und ach, ich bin halt ganz verzweifelt.« Zita hört ein leises Schluchzen im Hörer und beschließt sofort zu kommen.

»Okay, Micha, ich komme schnell vorbei und dann sehen wir weiter. Pfiat dich!«

Sie wartet gar keine Antwort mehr ab, sondern bittet ihre Mutter: »Komm, lass uns fahren, ich glaub, es eilt, die ist ja völlig fertig.«

Im Auto unterhalten sich die beiden weiter, und die Mutter meint, ob sie vielleicht mit reingehen soll. Obwohl sie die Frau Unterbrunner nur sehr weitläufig kennt, wäre ja ein Krankenbesuch denkbar. Doch Zita ist der Meinung, dass es hier erst einmal um Micha geht und sie deshalb zunächst allein gehen will.

Mit verweintem Gesicht öffnet ihr Michaela. »Komm rein, aber schau dich bitte nicht zu genau um. Ich habe zu tun, dass bei den Gästen alles sauber ist, da bleibt halt hier einiges liegen«, entschuldigt sie sich.

»Aber Micha, deshalb bin ich doch nicht da. Ich will einfach mit dir reden und schauen, wie ich dir helfen kann. Der Rest ist doch erst einmal egal.«

»Danke, Zita, ich bin froh, dass ich mal mit jemandem reden kann. Magst was zum Trinken?«

»Ja, vielleicht einen Kräutertee. Aber mach dir bitte auch eine Tasse mit, dann unterhält man sich besser«, bittet Zita.

Michaela gießt Wasser in den Elektrokocher und schaltet ihn ein. »Meine Mama liegt im Bett in ihrem Schlafzimmer, möchtest du sie sehen? Sie will nämlich immer wissen, wer kommt.«

»Wenn es sie nicht stört, dann gerne«, meint Zita etwas verunsichert.

»Keine Sorge, die freut sich bestimmt, sie ist ja sonst auch nur allein. Komm mit!« Zita geht hinter Micha her in das Schlafzimmer. Zita kennt die Frau nicht und überlegt, dass sie wohl so in dem Alter ihrer Mutter sein muss.

Als sie aber die Frau sieht, die hier im Bett liegt, erschrickt sie. Sie sieht aus wie ein Gespenst, abgemagert bis auf die Knochen, das Gesicht eingefallen und weiß wie die Wand. Einzig die Augen machen noch einen lebendigen Eindruck.

»Schau, Mama, es ist Besuch da. Das ist die Grimmer Zita, sie geht mit mir zur Schule und will mir ein wenig beim Lernen helfen.«

Die Augen erfassen Zita und man kann erkennen, dass sich der Mensch hinter diesen Augen freut. Eine ganz leichte Bewegung der linken Hand scheint auf eine Berührung zu warten. Zita ergreift die Hand, die völlig kraftlos in ihren Fingern liegen bleibt.

»Grüß Gott, Frau Unterbrunner«, sagt Zita laut, damit Michas Mutter sie auch versteht.

»Musst nicht so laut reden«, sagt sie jetzt mit überraschend kräftiger Stimme, »schauen und hören kann ich noch ganz gut, aber sonst nichts mehr. Du willst dich also um die Michaela kümmern! Das ist sehr schön von dir, weißt du, mir tut das Kind ja so leid und ich muss sie jetzt einfach hier lassen und kann ihr nicht mehr helfen. Da ist es gut zu wissen, dass sie nicht ganz allein ist!«

Zita ist zum Heulen zumute und sie weiß überhaupt nicht, was sie sagen soll. Sie steht einfach da und starrt auf das Gesicht, in dem sich nur die Lippen und die Augen bewegen. Eine unendliche Wehmut erfasst sie und als sie merkt, dass sie immer noch die Hand umfasst hat, beginnt sie diese vorsichtig zu drücken und zu streicheln.

»Du bist sehr lieb, Mädel«, kommt es aus dem Mund, ohne dass sich die Lippen besonders bewegen.

Michaela ist inzwischen wieder in die Stube hinausgegangen, um den Tee fertig zu machen.

»Ich werde mich um sie kümmern, so gut ich kann! Das verspreche ich Ihnen!«

Zita ist so erschüttert, dass sie in diesem Moment alles versprechen würde. Tränen stehen ihr in den Augen und sie drückt Frau Unterbrunners Hand noch fester.

Michaela ist zurückgekommen und nimmt Zita mit in die Stube hinaus. »Wir kommen hernach noch mal vorbei, Mama«, verspricht sie.

»Komm, setz dich her«, bittet Michaela ihren Gast und zeigt auf einen netten kleinen Beistelltisch mit zwei Stühlen direkt vor dem Fenster. Die Tassen mit Tee stehen schon dort und die beiden setzen sich einander gegenüber. »Du siehst ja selbst, wie es mir geht, die Mutter muss gefüttert, gewaschen und gewickelt werden. Wir haben momentan nur sechs Gäste, für die ich lediglich das Frühstück machen muss, bevor ich zur Schule geh. Am Nachmittag dann den Waschraum und die Toiletten sauber machen, für mich und Mama etwas kochen, Wäsche waschen und einkaufen. Ich muss immer mit dem Fahrrad runter ins Dorf zum Einkaufen. Manchmal bringt aber auch der Vater etwas mit, oder eine Nachbarin nimmt mich mit. Aber es ist schon schwer. Hausaufgabenmachen und Lernen sind dann noch immer nicht erledigt und jetzt auch noch schwanger! Da kannst du dir ja vorstellen, wie fertig ich bin.«

»Ich kann es ehrlich gesagt gar nicht fassen, was du leistest. Aber bei einer Sache, ist mir gerade eingefallen, kann ich dir vielleicht schon helfen. Nämlich beim Einkaufen! Bevor du mit dem Fahrrad hin und her fährst, ist ja der ganze Nachmittag vorbei. Machen wir es doch so: Wenn du etwas brauchst, bringst du mir einen Zettel mit in die Schule oder du rufst mich einfach an. Meine Mutter kommt fast jeden Tag ins Dorf und dann macht sie die Einkäufe für dich einfach mit! Am Nachmittag bring ich dir dann alles vorbei. Was meinst du?« Zita ist froh, schon eine Möglichkeit der Hilfe gefunden zu haben.

»Da wäre mir wirklich schon geholfen, wenn ihr das machen könntet, weil mir das einfach viel Zeit sparen würde. Ja, das wäre wirklich eine gute Sache!«, freut sich Michaela. »Ich könnte dir schon eine Liste geben, weil spätestens morgen müsste ich wieder einkaufen.«

»Super, dann fangen wir doch gleich an«, meint Zita begeistert.

»Kein Problem, die Liste hab ich mir ja schon zusammengestellt, du müsstest sie bloß noch anschauen, ob du sie auch lesen kannst, ich hab nämlich eine ziemliche Klaue.« Endlich kann Michaela auch einmal lachen. Sie steht auf und holt vom Küchenbuffet einen Zettel, den sie Zita reicht. »Wo deine Mutter einkauft, ist mir egal. Sie soll auf keinen Fall wegen mir besondere Umstände haben.«

»Na ja, Schönschrift ist etwas anderes«, lacht Zita, »aber lesen kann man es schon.«

»Das nächste Mal schreibe ich auch schöner«, lacht jetzt auch Michaela wieder. »Sag deiner Mutter bitte auch, dass sie sich keine Gedanken machen soll, wenn sie etwas mal nicht bekommt. Dann soll sie einfach was Passendes nehmen, sie kennt sich ja aus.«

»Mach ich«, sagt Zita, »das ist schon mal etwas, aber was könnte ich noch für dich machen? Wenn die Gäste wechseln, müssen doch die Zimmer wieder hergerichtet werden, da könnte ich dir bestimmt auch helfen. Das mach ich bei uns ja auch und somit wäre das nichts Besonderes für mich.«

Michaela sieht Zita jetzt ganz fest an und möchte gerne wissen, warum sie so hilfsbereit ist.

»Ach, das ist eine längere Geschichte. Weißt du, ich hab mich auch mit einem Gastjungen eingelassen, nur nicht so weit wie du. Aber es hätte leicht genauso sein können. Das hat mich gleich mit dir verbunden. Den letzten Ausschlag hat aber gegeben, als du mir von deiner Mutter erzählt hast. Ich möchte einfach helfen, und was ich heute Nachmittag gesehen und erfahren habe, bestärkt mich noch mehr. Bitte nimm meine Hilfe an. Ich brauche das auch für mich!«

»Weißt du, ich bin so überrascht, weil sich bisher niemand um mich gekümmert hat. Sicher, ich hab mich nicht gerade aufgedrängt. Aber jetzt bin ich richtig froh, dass du da bist!«

»Keine Sorge, ich lass dich nicht allein! Wir können ja in der Schule immer darüber reden, ob du Unterstützung brauchen kannst oder ob du einfach wieder jemanden zum Reden brauchst. Scheu dich bitte nicht, mir Bescheid zu geben. Du kannst mich auch gerne anrufen. Aber ich muss dann für heute wieder gehen! Wir bringen dann morgen Nachmittag alles vorbei.«

Zita steht auf. »Ich würde mich noch gerne von deiner Mama verabschieden.«

»Klar, komm mit«, sagt Michaela und geht voraus. Leise öffnet sie die Tür und sieht, dass ihre Mutter schläft. Sie sieht zu Zita hin und legt den Finger an den Mund.

Zita versteht und geht leise wieder zurück.

»Es ist gut, wenn sie schläft, da erholt sie sich immer ein wenig.«

Zita nimmt ihren Anorak und geht zur Tür. Michaela kommt hinter ihr her.

»Danke, Zita, dass du da warst, das hat mir richtig gut getan. Sind wir jetzt so etwas wie Freundinnen? Ich hatte noch nie eine.«

»Klar, Freundinnen!«, sagt Zita und umarmt Michaela, die vor Freude zu weinen beginnt.

Zuhause berichtet Zita ihrer Mutter und die ist sofort bereit, die Einkäufe gleich morgen Vormittag zu erledigen. »Ich werd' dann, wenn wir die Sachen zu ihr hinter fahren, auch die Frau Unterbrunner besuchen. Kennen tun wir uns ja doch, wenn auch nicht so besonders gut. Ja, und vielleicht fällt mir auch noch etwas anderes ein, was wir noch machen könnten. Ich denk mal darüber nach.«

»Danke, Mama, ich bin froh, dass du das auch so siehst.« Zita gibt der Mutter einen Kuss auf die Wange. »So, jetzt muss ich aber noch die Hausi machen und ein bisschen lernen, schließlich will ich ja die Schule auch nicht vernachlässigen.«

»Halt, warte«, ruft ihr die Mutter nach, als Zita schon auf dem Weg in ihr Zimmer ist, »da ist ja noch Post für dich da! Hier, vom Wolfi!«

Zita dreht kurz vor ihrer Zimmertür noch mal um und holt sich den Brief von ihrer Mutter ab. »Ich glaub, ich les' ihn erst später«, meint sie, »weil ich bin jetzt immer noch so aufgewühlt und irgendwie direkt deprimiert. Da warte ich lieber, bis ich wieder in besserer Stimmung bin. Vielleicht hilft mir ja die Hausi, dass ich wieder auf andere Gedanken komm'.«

Sie legt den Brief auf ihr Bett, denn so kann sie ihn nicht vergessen, und holt ihre Schulsachen hervor. Kaum dass sie angefangen hat, erkundigt sich ihre Mutter, ob sie mit dem Abendessen warten soll oder ob sie die Hausi lieber anschließend fertig macht. Zita macht lieber später wieder weiter, weil ihre Gedanken immer noch zu sehr abschweifen. Vielleicht ist es ja nach dem Essen besser.

Während des Essens meiden sie ganz bewusst das Thema Michaela.

Bei den Hausaufgaben ist Zita wieder so weit, dass sie konzentriert arbeiten kann. Jetzt schnell noch für morgen vorbereiten und dann ist Schluss. Der Abendtee fällt heute aus, weil es schon so spät geworden ist und Zita ja noch Wolfgangs Brief lesen will. Beantworten wird sie ihn erst morgen nach der Schule.

In ihrem Bett liegend, ist sie schon auf den Inhalt gespannt, während sie den Brief vorsichtig öffnet. Freude erfüllt sie wieder, als sie seine lieben Worte liest. An der Stelle, wo er schreibt, dass er sein ganzes Leben nur auf ein Zusammensein mit ihr ausrichtet, beginnt sie still zu weinen und es gibt ihr einen Stich ins Herz. Ach, wenn er doch bloß hier sein könnte!

Gerädert von wirren Träumen steht Zita schon früh auf und macht für sich und ihre Mutter das Frühstück. Eigentlich wollte sie gleich in der Früh noch den Brief beantworten, aber sie ist immer noch zu durcheinander, um vernünftige Worte zu finden. So holt sie sich Wolfgangs Brief aus ihrem Zimmer und setzt sich an den Tisch, wo sie ihn neben dem Frühstück noch mal langsam liest.

In der Schule trifft Zita die Michaela und erzählt ihr, dass ihre Mutter heute die Einkäufe erledigen wird und sie am Nachmittag die Sachen dann vorbeibringen werden. »Meine Mutter würde auch gerne deine Mama besuchen, was meinst du dazu?«

»Meine Mama freut sich über jeden, der sie besucht, da braucht deine Mama keine Angst zu haben. Übrigens wollte sie gestern beim Abendessen noch einmal ganz genau wissen, wer das am Nachmittag war. Als ich es ihr erklärt hab, da hat sie dann schon gewusst, wo du hingehörst, und sie hat sich auch daran erinnert, dass du ja damals deinen Papa verloren hast. Als ich ihr erzählt hab, dass du jetzt meine Freundin bist und öfter kommen wirst, ist sie richtig aufgeblüht und hat sich sehr gefreut. Du hast anscheinend einen recht positiven Eindruck auf sie gemacht. Noch etwas muss ich dir sagen: letzte Nacht hab ich seit sehr langer Zeit wieder richtig gut geschlafen, weil ich so ruhig war und mich irgendwie geborgen gefühlt hab, weil ich ja dich hab! Danke, Zita, einfach bloß danke!«

Jetzt fallen sich die beiden Mädchen vor Rührung um den Hals. Zita freut sich einerseits sehr, andererseits drückt es ihr aber fast das Herz ab.

Am Nachmittag, gleich nach dem Mittagessen, fahren die beiden zu Michaela, um die Einkäufe abzuliefern. Michaela ist sehr froh darüber, dass sie gekommen sind, weil es ihrer Mutter überraschenderweise viel schlechter geht als gestern. Michaela weiß nicht recht, was zu tun ist. Nachdem die Einkäufe verstaut und abgerechnet sind, führt sie die Gäste zu ihrer Mutter.

»Hallo Mama, du hast Besuch!«

Frau Unterbrunner hat die Augen nur leicht geöffnet und kann nur sehr leise sprechen. An ihren Augen kann Zita aber dennoch eine gewisse Freude erkennen und ergreift ihre Hand. Sofort bewegen sich die Lippen, aber es kommen nur ganz leise und unverständliche Wörter heraus. Michaela beginnt zu weinen. Zitas Mutter setzt sich an die Bettkante.

»Seid ihr so nett und lasst uns mal kurz allein«, bittet sie die beiden Mädchen.

Sie möchte ihnen den weiteren Anblick ersparen und gleichzeitig hofft sie, dass sich Zita um Michaela kümmert. »Und ruft doch bitte den Arzt an, dass er kommen soll!«, ruft sie den beiden noch hinterher.

»Ich geb' Ihnen was zu trinken, schaun's, vielleicht können's ein paar Schluck trinken.« Dabei hält sie der Kranken eine mit Tee gefüllte Schnabeltasse an den Mund und hilft ihr, dass sie tatsächlich einige kleine Schlucke zu sich nehmen kann. Ein leises, kaum hörbares, aber dennoch gut zu verstehendes »Danke« kommt der Kranken über die Lippen.

»Ist schon gut, der Doktor wird auch bald kommen und nach Ihnen schau'n.« Ein leichtes Zucken ist in der Hand zu spüren, gerade so als wollte Frau Unterbrunner die ganze Aufmerksamkeit auf sich ziehen. Frau Grimmer beugt sich vor, um die Worte, die jetzt der Kranken über die Lippen kommen, besser zu verstehen.

»Es dauert nicht mehr lang, dann werd' ich sterben.« Die Worte kommen langsam und mühevoll aus dem Mund von Frau Unterbrunner. »Aber die Micha, mein einziges Kind, ist dann ganz allein und ich kann nichts mehr für sie tun! Das ist so schlimm, ausgerechnet jetzt, wo's auch noch ein Kind kriegt, da tät's mich doch brauchen.« Stückweise und immer wieder von Pausen unterbrochen kommen die Worte über die Lippen der kranken Frau. Zitas Mutter bemüht sich sehr, alles zu verstehen, und gibt ihr immer wieder Tee zu trinken, weil sie bemerkt hat, dass das Sprechen dann wieder etwas leichter geht. »Das Mädel tut mir ja so leid und ich weiß überhaupt nicht, wie sie das schaffen soll.«

»Bitte, machen's Ihnen um die Micha keine großen Sorgen, ich versprech' Ihnen, dass sich die Zita und auch ich um das Mädel kümmern. So lange, wie sie uns braucht, werden wir für sie da sein. Wir werden ihr auch helfen, ihr Kind zur Welt zu bringen und aufzuziehen!« Ein ganz leichter Druck ist in der gehaltenen Hand zu spüren und Frau Grimmer fährt mit ihren Fingern streichelnd darüber.

»Der Doktor wär' da«, sagt Michaela zur Tür herein und hinter ihr erscheint der Arzt. Er geht zu der Kranken an das Bett. »Zum Glück war ich grad unten in der Praxis, als angerufen worden ist, und so hab ich gleich kommen können.«

Frau Grimmer steht auf und lässt den Arzt mit der Patientin allein. Zita sitzt in der Stube am Tisch und hat den Arm ganz fest um Micha geschlungen. Diese schluchzt und weint.

»Was sagt denn der Doktor?«, fragt sie ängstlich, als sich auch Frau Grimmer zu ihnen an den Tisch setzt.

»Er hat noch gar nichts gesagt, er untersucht sie erst noch«, antwortet Frau Grimmer. »Aber ich fürchte, dass du in nächster Zeit ganz stark sein musst! Bitte sag uns Bescheid, wenn es noch schlimmer wird. Egal, ob Tag oder Nacht, ruf' einfach an. Wer kümmert sich denn um sie, wenn du in der Schule bist?«

»Da kommt die Oma von der Nachbarin. Der Doktor kommt auch jeden Tag, um ihr Schmerzmittel zu geben und nach ihr zu schauen. Vor ein paar Wochen hat er ihr noch etwa ein halbes Jahr gegeben. Aber das glaube ich nicht! Ich befürchte, dass es nicht mehr allzu lange dauern wird. Es ist so schlimm und ich kann es bald nicht mehr mit ansehen, wie sie sich quälen muss. Aber wenn sie nicht mehr ist …« Der Rest geht in Tränen unter.

»Du, Michaela«, beginnt Frau Grimmer mit fester Stimme, sodass Michaela aufschaut, »gerade eben hab ich deiner Mutter fest versprochen, dass wir, Zita und ich, uns um dich kümmern werden, solange wie du uns brauchst. Ich weiß, gerade wir zwei kennen uns kaum, und es liegt natürlich an dir, aber wenn du es willst, werden wir beide immer und zu jeder Zeit für dich da sein. Keine Angst, du wirst uns nicht zur Last fallen, sondern wir werden froh sein, dir helfen zu dürfen.«

»Danke, Frau Grimmer«, kommt es aus Michaela heraus, »die Zita hat sich auch schon angeboten gehabt. Ich bin ja so froh, dass ich sie hab, und jetzt auch noch Sie! Ganz bestimmt werde ich mich melden, weil allein schaffe ich das einfach nicht, und mein Vater hat zu viel mit sich selber zu tun. Ich glaube, der weint auch fast jede Nacht.«

Als der Arzt aus dem Krankenzimmer zu ihnen an den Tisch kommt, blicken alle neugierig und hoffnungsvoll zu ihm auf. Doch der schüttelt nur den Kopf und meint: »Ich kann euch leider keinerlei Hoffnung auf ein Wunder machen, denn ein solches bräuchten wir. Es wird hart für dich werden, Mädel«, sagt er zu Michaela, »noch ist sie zu stark, um sterben zu können. Sie wird sich noch eine Zeitlang hinquälen müssen. Ich hab ihr ein Schmerzmittel und eine Aufbauspritze gegeben. Morgen Vormittag komm ich dann wieder vorbei.« An Frau Grimmer gewandt setzt er noch hinzu: »Es wär' gut, wenn das Mädel die nächsten Tage jemanden hätt'!« Dabei sieht er sie sehr ernsthaft an und nickt bedeutungsvoll, so als wollte er ihr mit dem Blick noch etwas sagen. Sie versteht auch sofort, was er damit meint, aber jetzt nicht aussprechen will.

»Wir haben's schon so besprochen, Herr Doktor, meine Tochter und ich kümmern uns schon um sie!«

»Na, jetzt ist's mir aber leichter, wenn ich das höre«, sagt der Arzt tief durchatmend und verabschiedet sich.

Michaela hat sich wieder etwas gefangen und bemerkt, als sie nach der Mutter sieht, dass diese ruhig atmet und schläft.

»Was steht denn aktuell an Arbeit an, die nicht aufgeschoben werden kann?«, will Frau Grimmer wissen. »Wann müssen denn Zimmer hergerichtet werden?«

»Ja, das ist schon ein Problem, weil morgen früh zwei Zimmer leer werden und am Nachmittag aber schon wieder belegt werden sollen. Außerdem kommt morgen auch die Nachbars-Oma nicht, sodass ich mich auch um Mama kümmern muss. Aber vielleicht ist auch der Papa da und kann mir helfen.«

»Gut, dann machen wird das gleich so, dass die Zita so gegen neun Uhr rüberkommt. Du brauchst ihr nur zu zeigen, wo die Wäsche und Putzzeug ist, den Rest macht die Zita. Du kümmerst dich um deine Mama. Anschließend könnt ihr ja vielleicht noch die Hausaufgaben machen oder sonst was. Die Zita jedenfalls hat frei und damit auch Zeit für dich.«

»Aber ihr habt doch sicher auch einen Bettenwechsel«, protestiert Michaela schwach, »und damit selber genug zu tun!«

»Das krieg' ich schon hin«, antwortet Frau Grimmer entschieden, »wär' ja noch schöner!«

»Danke euch«, bringt Micha ganz gerührt heraus, »bitte trinkt noch eine Tasse Tee mit, ich hab ihn gleich fertig. Ich bin so froh, dass ich euch hab!«

Während sie den Tee schlürfen, versucht Frau Grimmer ein wenig abzulenken und fragt, wie es denn in der Schule so läuft und wie sie die Schwangerschaft bisher verträgt.

»Na ja, in der Schule komm ich schon mit, und von dem Kind hab ich bisher noch überhaupt nichts bemerkt. Schon komisch, wenn's mir nicht der Doktor gesagt hätt', würde ich von nichts wissen. Außerdem hab ich derzeit genug anderes zu denken, sodass ich mir bislang noch keine Gedanken darüber gemacht hab. Vielleicht bin ich deshalb eine schlechte Mutter, aber im Moment geht's einfach nicht anders«, antwortet Micha etwas resigniert.

»Da brauchst du dir dabei nichts zu denken, das ist ganz normal, das Gefühl kommt erst, wenn du's dann einmal spüren kannst. Aber das ist noch eine Weile hin«, erklärt ihr Frau Grimmer.

Als Frau Grimmer aufsteht, um sich zu verabschieden, bittet Zita darum, noch bleiben zu dürfen, weil sie einfach mit Michaela noch ein Stündchen allein sein möchte.

»Ist schon gut, aber bis zum Abendessen solltest du schon heimkommen!«, meint die Mutter noch, bevor sie in ihr Auto steigt und heimfährt.

Kaum sind die beiden Mädchen allein und Michaela zeigt gerade Zita ihr Zimmer, als Michas Vater heimkommt.

»Das ist die Zita Grimmer«, stellt Michaela ihre neue Freundin vor, »die und ihre Mutter wollen mich ein wenig unterstützen. Ich hoffe, du hast nichts dagegen!«

»Nein, nein«, antwortet der Vater, »ich bin ja froh, wenn du jemanden hast, und außerdem hat mir deine Mama das mit der Zita gestern Abend auch schon erzählt. Sie hat sich auch recht darüber gefreut.«

Michaela ist erstaunt darüber, dass der Vater sich mit ihrer Mutter noch so gut hat unterhalten können. »Aber heut geht's ihr nicht so gut und der Doktor war am Nachmittag auch noch mal da. Im Moment ist sie wieder ruhig und schläft. Morgen will mir die Zita beim Zimmerherrichten helfen, damit ich mehr Zeit für die Mama hab«, berichtet sie dann noch.

»Das geht aber nicht«, meint der Vater ablehnend, »wir können doch nicht andere unsere Arbeit machen lassen! Morgen bin ich schließlich auch daheim!«

Zita und Michaela erklären ihm noch eine Weile, wie das alles zustande gekommen ist, und bitten ihn darum, jetzt nicht einzugreifen und alles kaputt zu machen.

Widerwillig gibt er sich zunächst geschlagen, will aber am Abend noch mit Frau Grimmer selber sprechen.

Als Zita wieder auf dem kurzen oberen Weg Richtung *Grimmer Alm* unterwegs ist, hat sie ein frohes und gutes Gefühl im Bauch. Michaela, so hat sie das Gefühl, hat sich gut erholt und Herr Unterbrunner ist auch ein ganz anderer Mensch, als sie erwartet hatte.

Plötzlich fällt ihr ein, dass sie ja Wolfgangs Brief noch gar nicht beantwortet hat und es heute schon zu spät ist, um ihn noch zur Post zu bringen. Ihr wird zudem klar, dass Wolfgang immer mehr in den Hintergrund gedrängt wird und sie nur noch gelegentlich an ihn denkt. Sie versucht sich zu erinnern, was Wolfgang in dem gestrigen Brief geschrieben hat. Bisher hatte sie alle seine Briefe so oft gelesen, bis sie sie auswendig gekannt hatte. Heute fallen ihr lediglich ein paar Brocken ein und nicht einmal da ist sie sicher, ob sie tatsächlich aus dem letzten Brief stammen. Besorgt, dass sie die Verbindung zu Wolfgang dem Alltagsstress opfern könnte, beschleunigt sie ihren Schritt. Den Brief muss sie unbedingt noch heute beantworten und morgen in den Briefkasten werfen.

»Michaelas Papa hat gerade angerufen«, erzählt ihr die Mutter, als Zita heimkommt. »Er wollte unsere Hilfe nicht annehmen, aber ich hab ihm dann schon erklärt, wie es gemeint ist, und dass unsere Hauptsorge der Micha und ihrem Kind gilt. Er hat sich dann mordsmäßig bedankt und erklärt, er sei sehr froh, dass sich um die Micha jemand kümmert. Also, ich glaub, der Mann ist auch ganz schön fertig.«

»Klar, ich hab ihn ja heute getroffen«, berichtet jetzt Zita. »Er ist eigentlich ein recht netter Mensch, aber der Stress ist einfach zu viel für ihn. Die Micha hat mir erzählt, dass er fast jede Nacht weint, der Arme.«

Betroffen und nachdenklich nickt ihre Mutter.

Nach dem Abendessen sitzen die beiden noch lange zusammen und unterhalten sich über die Situation bei Unterbrunners. Erst als Zita zu Bett geht, fällt ihr der Brief wieder ein. Sie ärgert sich so darüber, dass sie sich, obwohl es schon spät ist, an ihren Schreibtisch setzt und zu schreiben beginnt. Ausführlich berichtet sie ihm von Michaela und ihrer Situation. Sie schreibt auch darüber, dass sie sich zukünftig um ihre neue Freundin kümmern will, weil deren Mutter im Sterben liegt und sie mit Michaela Mitleid hat.

Aber, so schreibt sie weiter, *Du sollst darunter nicht leiden, wenn ich auch momentan viel Gedanken anderweitig benötige, denke ich doch auch immer an Dich. Morgen werde ich Micha mit zum Trachtenvereinsabend nehmen, damit sie auf andere Gedanken kommt. Wir bereiten dort nämlich unseren Maitanz vor, der am ersten Sonntag im Mai unten im Dorf stattfindet.*

Deine lieben Worte zu den Gefühlen und ihren Wanderungen haben mich sehr gefreut, weil es mir immer genauso geht. Das ist so was Schönes und Verbindendes, wenn man weiß, der andere versteht einen und fühlt genauso! Ich bin so glücklich, Dich zu haben, und froh, dass wir beide ‚brav' gewesen sind!

Bitte entschuldige, dass ich heute so viel über andere schreibe, aber weißt Du, ich bin einfach etwas durcheinander. Bis gestern hatte ich noch nie einen sterben-

den Menschen gesehen und mir nie Gedanken darüber gemacht, wie ein junges Mädchen plötzlich ohne Mutter zurechtkommen soll. Ich bin ziemlich fertig und das Leid der Michaela tut mir körperlich richtig weh. Aber glaube mir, mit Dir hat das nichts zu tun, im Gegenteil, ich weiß ganz genau, dass Du nicht anders handeln würdest, wenn es meine Mutter betreffen würde. In solchen Situationen muss man einfach helfen, denke ich. Schließlich ist es auch so noch schlimm genug!

Vielleicht interessiert Dich das alles aber auch gar nicht, schließlich kennst Du ja, außer mir und meiner Mutter, niemanden in diesem Spiel, aber ich bin froh darüber, mir diese Sorgen und Probleme ein wenig von der Seele schreiben zu können.

Lieber Wolfgang, nimm's mir nicht übel, dass ich das alles geschrieben hab, aber ich fühle mich jetzt schon viel besser. Jetzt bin ich wieder frei im Kopf und kann unbeschwert an Dich denken und mit Dir reden. Ich habe dich ganz furchtbar lieb und ich danke dem Herrgott, dass er Dich zu mir geschickt hat.

Tausend Küsse und eine ganz feste Umarmung!

Deine Dich über alles liebende
Zita

»Ich denke, dass ich bis um zwei Uhr wieder da bin«, meint Zita beim Frühstück. »Ich gehe anschließend übers Dorf heim, weil ich den Brief noch einwerfen will. Dann kann ich dir ja auch noch mit den Zimmern helfen.«

»Ist schon recht«, antwortet die Mutter, »musst dich nicht schicken, ich komm schon zurecht und morgen ist ja auch noch etwas Zeit. Richt' bitte noch einen Gruß von mir aus und mach's gut!«

Zita nimmt wieder die Abkürzung zu Unterbrunners Haus. Zwar hat es in der Nacht ausgiebig geregnet und der Weg ist ziemlich schlammig, aber es macht ihr Spaß, über die Pfützen zu springen. Kurz vor neun Uhr kommt sie an und Michaela freut sich sehr darüber. Herr Unterbrunner begrüßt sie auch freundlich und erzählt ihr, dass er gestern noch mit ihrer Mutter telefoniert hat.

»Weißt«, sagt er zu ihr, »du bist ein patentes Mädel und du weißt, wo Hilfe gebraucht wird. Dich braucht niemand zu schicken oder zu holen, du bist einfach da! Solche Menschen bräuchten wir mehr, dann wär' so manches schöner und einfacher. Ich bin bloß ein einfacher Mensch und hab's nicht so mit den besonderen Worten. Aber Dankbarkeit kenn' ich schon und deshalb sag ich dir einfach Danke. Danke, ganz besonders für die Unterstützung der Micha, weil ich da ziemlich wenig helfen kann! Aber die Micha braucht einfach jemanden, der ihr hilft und der sie versteht. Die letzten zwei Tag' seh ich ihr schon an, dass sie trotz der Umständ' wieder lebendiger und wenigstens ein bisschen munterer ist.«

»Oh, Herr Unterbrunner«, meint Zita berührt, »das freut mich aber. Heut' Abend wär' im Dorf unten ein Treffen vom Trachtenverein wegen des heurigen Maitanzes. Da werden auch unsere Tänze geübt und ein wenig getratscht wird halt auch. Das würde der Micha bestimmt auch gut tun! Darf sie mitkommen? Dann hol ich sie ab.«

»Na ja, das würd' ihr sicher gut tun, aber ich weiß nicht recht, ob die Situation so richtig passt. Ich möcht' ja kein Gerede haben!« Er wirkt hin und her gerissen. Die beiden Mädchen schauen ihn bittend an und Zita meint dazu noch: »Also, wer sich das Maul darüber zerreißen will, tut's sowieso und soll's auch tun. Ein ehrlicher und vernünftiger Mensch, der wird uns recht geben und sich eher noch freuen, dass sie sich ein bisschen ablenken kann!«

Jetzt kann er gar nicht mehr anders. Er lacht ein wenig und sagt dann: »Ihr zwei versteht es aber! Gut, Micha, geh nur mit, und hab ein wenig Freude dabei.«

Zu Zita gewandt sagt er: »Aber abholen brauchst du sie nicht. Ich fahr' euch runter und hol' euch auch wieder ab. Das ist doch das Mindeste, was ich tun kann.«

»Aber meine Mutter fährt ja sowieso runter, weil sie auch mitmacht und dann kommen wir halt hier kurz vorbei«, entgegnet Zita.

»Na gut, wenn das so ist, dann werd' ich mich halt ein anderes Mal revanchieren.«

»Danke, Papa«, sagt Micha und schenkt ihm einen frohen Blick.

»Gut, dann fangen wir jetzt mit der Arbeit an«, fordert Zita, »zeig mir die Zimmer und das Werkzeug, du kümmerst dich dann um deine Mutter und kannst hier unten ein wenig aufräumen.«

»Ich muss noch mal ins Dorf runter zum Bürgermeister, weil ich eine Anstellung bei der Gemeinde bekommen soll. In einer Stunde, denke ich, bin ich aber auch wieder da.« Herr Unterbrunner hat dies mit leichtem Stolz gesagt. Eine feste Anstellung hatte er schon lange nicht mehr, und gerade jetzt kann er so etwas sehr gut gebrauchen.

»Das trifft sich gut«, sagt Zita, »dann könnten Sie ja meinen Brief mitnehmen und einwerfen, dann brauch' ich hernach nicht über's Dorf heimgehen.«

Sie holt den Brief aus ihrem Anorak und gibt ihn Herrn Unterbrunner.

»Klar, wird erledigt«, sagt er erfreut, wenigstens einen kleinen Beitrag leisten zu können.

Michaela nimmt Zita bei der Hand: »Komm mit, ich zeig dir alles. Dann mach ich meine Mama fertig, weil der Doktor wird auch bald kommen. Heute geht es ihr wieder etwas besser. Sie konnte immerhin ein wenig Milch trinken und eingetauchtes Brot essen. Auch ihre Sprache ist wieder besser. Anscheinend hat die Spritze von gestern was genutzt.«

Zita bezieht in gewohnter Manier die Betten in den beiden Zimmern neu, fegt die Böden und reinigt die Waschbecken. Die Fenster sind noch sauber, sodass sie gleich bei den Waschräumen und Toiletten weitermacht. Zwischendurch hört sie, wie unten der Arzt kommt und wieder fährt und wie Herr Unterbrunner wieder heimkommt. Erst nachdem sie alles erledigt hat, lässt sie sich wieder in der Stube sehen. Es ist kurz nach zwölf und Michaela hat eine Gulaschsuppe gekocht. Zita hilft ihr den Tisch zu decken, als Herr Unterbrunner aus dem Krankenzimmer kommt.

»Jetzt schläft sie wieder, aber hernach möchte sie dich noch sehen«, sagt er zu Zita. »Der Doktor war auch ganz zufrieden mit ihr und hat ihr wieder eine Spritze gegeben. Es geht ihr so weit ganz gut.«

»Gerne schau ich noch zu ihr rein«, entgegnet Zita, »ich soll ja auch einen Gruß von meiner Mama bestellen!«

Michas Vater lobt seine Tochter noch wegen des guten Essens und macht sich dann im Schuppen zu schaffen.

»Irgendetwas stimmt mit der Heizung nicht, und da ist er schon ein paar Tage damit beschäftigt. Es müsste halt alles mal renoviert werden«, erklärt Michaela.

Nach dem Abwasch, den die beiden miteinander erledigt haben, gehen sie zu Michas Mutter.

»Hallo Mama, die Zita ist da«, sagt Micha leise, während sie mit dem Finger über die Wange ihrer Mutter streichelt. Heute ist der Anblick der Frau für Zita schon nicht mehr so erschreckend, obwohl sich das Aussehen nicht geändert hat.

Langsam öffnet die kranke Frau die Augen und Zita erscheint es, als würden sie heute besonders lebendig aussehen. »Grüß Gott, Frau Unterbrunner, ich soll Ihnen einen schönen Gruß von meiner Mutter ausrichten und alles Gute wünschen.« Zita schafft es sogar, mit fester Stimme zu sprechen und so etwas wie

Freude in ihre Worte zu legen. Sie nimmt die Hand der kranken Frau und streichelt sie leicht.

»Deine Mama ist eine gute Frau«, bringt Frau Unterbrunner leise und bruchstückhaft heraus, »und du bist ein gutes Kind. Jetzt, wo ich weiß, dass sich jemand um mein Kind kümmert, ist mir viel leichter. Danke, und wenn es mir einmal möglich sein sollte, werde ich mich bei euch melden. Ganz bestimmt!« Sie musste ihre Rede immer wieder unterbrechen, aber es schien ihr wichtig zu sein, das noch sagen zu können.

Zita drückt ihr die Hand und merkt, wie ihr selber Tränen die Wangen herunterlaufen. Offensichtlich hat Frau Unterbrunner alles, was sie sagen wollte, gesagt, und sie schläft wieder friedlich ein.

Die Mutter ist gerade dabei, den Putzeimer wegzuräumen, als Zita zur Tür hereinkommt.

»Seid ihr schon fertig? Da seid ihr aber schnell gewesen. Ich hab's, bis aufs Bettenüberziehen, auch schon und ich mach mir jetzt einen Kaffee. Magst du auch was?«

Als die beiden am Tisch sitzen und jeder sein Getränk schlürft, erzählt Zita von der Frau Unterbrunner: »Sie wollte mir das wohl noch unbedingt sagen und sich bedanken«, sagt sie, nachdem sie ihrer Mutter die Worte nahezu wörtlich wiedergegeben hat. »Aber mir ist fast unheimlich geworden, als sie gesagt hat, dass sie sich möglicherweise einmal melden will. Hast du so etwas schon mal gehört?«

»Ja, das ist so eine Sache«, antwortet die Mutter, »hin und wieder wird schon so etwas erzählt. Aber du darfst dir das nicht so vorstellen, dass sie plötzlich vor dir steht und Grüß Gott sagt. Vielmehr ist es meist so, dass man eher das Gefühl hat, von jemandem, den man nicht sieht, beschützt zu werden. Oder man denkt gerade an den Betreffenden und dann geschieht irgendetwas Seltsames. So kann plötzlich eine Tür aufgehen, oder einfach ein leichter Windhauch trifft dich, obwohl es rundherum windstill ist. Man kann das nicht erklären, aber ich glaube schon daran, dass die Verstorbenen in unserem Leben weiterhin eine Rolle spielen, auch wenn wir nichts davon merken.«

»Na ja, noch lebt sie ja!«, meint Zita leicht fröstelnd.

Der Abend im Nebenzimmer des *Oberdorfer Hofes*, wo sich die Mitglieder des Trachtenvereins immer treffen und ihre Tänze und Lieder üben, ist für Zita, und vor allem für Michaela, eine willkommene Ablenkung. Mit Begeisterung ist Micha, die eine recht gute Tänzerin ist, dabei, als ein neuer Tanz einstudiert wird. Ihr langjähriger Partner Georg ist da etwas langsamer von Begriff und stößt hin und wieder gegen ihren Schuh oder gar gegen ihr Bein. Die beiden finden es aber recht lustig. In einer Pause holt ihr Georg eine Cola und setzt sich zu ihr. Sie beobachten dabei die zweite Gruppe, bei der Zita und Uschi mittanzen. Auch dort gibt es einiges zu kritisieren und zu lachen.

»Wie geht's dir denn so die ganze Zeit?«, will Georg plötzlich wissen, »ich hab's schon mitgekriegt, und deiner Mama soll's ja auch nicht so gut gehen, was man so hört.«

Schlagartig ist es mit der guten Stimmung vorbei und Micha steht auf und läuft zur Tür. Georg ist zunächst verwirrt, erkennt aber dann seinen Fehler und geht schnell hinter ihr her. Im Freien, vor der Tür, trifft er Michaela weinend an.

»Entschuldige, ich bin ein solcher Trottel«, bringt er stammelnd hervor, »aber weißt, ich wollt' dir halt irgendetwas sagen, und da ist mir nichts Blöderes eingefallen. Bitte hör auf zu weinen, es tut mir wirklich leid!«

Michaela beruhigt sich etwas. »Ist schon gut«, sagt sie leise, »hast ja auch bloß eine ganz normale Frage g'stellt, aber weißt, meine Mutter stirbt, und ich hab jede Menge Probleme. Kannst dir ja sicher vorstellen!«

»Ach, Scheiße, ich hab ja keine Ahnung davon gehabt. Das tut mir jetzt gleich selber weh, und ich Depp muss da auch noch reinstochern! Ich wollt' dir doch eigentlich bloß sagen, wenn du jemanden brauchst, ich tät dir gern helfen, wenn ich kann.«

»Ach, Georg, das ist aber ganz lieb von dir«, antwortet Micha überrascht, »mit dir hätt' ich ja nie gerechnet. Wie kommst du denn überhaupt darauf?«

»Wir kennen uns doch schon lange, und gefallen hast du mir auch schon immer«, erzählt er jetzt ganz ohne Hemmungen. »Nur, ich hab halt einfach nichts sagen können, weil mir nie das Passende eingefallen ist. Wie ich dann aber g'hört hab, dass dir einer ein Kind angehängt hat, aber jetzt von dir nichts wissen will, hab ich endlich begriffen, dass es mit meiner Schüchternheit vorbei sein muss. Ja, und kaum hab ich das gemacht, schon bau' ich den größten Mist! Ich könnt' schrei'n und mich selber ohrfeigen, weil ich so blöd bin!«

Total überrascht hat Michaela zugehört und kann es kaum glauben. Der Georg war ja schon lange ihr Tanzpartner und immer ganz sympathisch gewesen, aber an mehr hatte sie nie dabei gedacht. Allerdings erscheint ihr jetzt ganz plötzlich so manche schüchterne Bemerkung von ihm in einem ganz anderen Licht.

Erleichtert und innerlich richtig froh bringt sie aber nur heraus: »Du Depp, warum hast du denn nicht lang' schon was g'sagt? Ich seh dich doch auch ganz gern.« Sie ist froh, dass sie die Rufe aus dem Nebenzimmer hört, die sie wieder in den Raum holen wollen.

Beide kommen mit einem Lächeln im Gesicht zurück, wo sich ihre Übungsgruppe gerade für den nächsten Tanz formiert. Schnell reihen sie sich ein und es scheint niemandem etwas aufgefallen zu sein. Es werden noch einige bereits bekannte Tänze geübt und die beiden sind voller Eifer dabei. Zita und Uschi sitzen bei den anderen und albern mit den Buben herum, während die Frauen beieinander sitzen und sich über neue Stickmuster oder alte Trachtentraditionen unterhalten.

Ganz bewusst hält Zita zwischendurch Ausschau nach Michaela, weil sie um jeden Preis verhindern will, dass sie alleine herumsitzt und ins Grübeln kommt. Mit Freude bemerkt sie, dass sie der Georg recht munter unterhält und die beiden viel Spaß beim Tanzen haben.

Nach der letzten Tanzrunde räumen die Tänzer den Raum wieder auf und stellen den alten Zustand wieder her. Georg und Micha arbeiten dabei Hand in Hand und sehen sich immer wieder lächelnd an. Als die beiden einen Moment allein sind, will Georg wissen, was denn mit dem Kindsvater sei.

Erst erschrickt Micha über diese direkte Frage. Den ganzen Abend hatte das Kind überhaupt keine Rolle gespielt und jetzt bekommt sie Angst, dass der schöne Abend doch noch eine schlechte Wendung nehmen könnte. Doch dann antwortet sie trotzig und mit fester Stimme: »Das geht dich aber, ehrlich gesagt, überhaupt nichts an, und so direkt fragt man auch nicht! Aber was soll's, irgendwann erfahren es eh alle. Seine Eltern wollten mir Geld geben, damit ich im Ausland abtreiben könnt', aber das wollte ich nicht! Seitdem hab ich weder von den Eltern noch von ihm etwas gehört. Selbst wenn er sich melden würde, könnte er mir mittlerweile gestohlen bleiben. Auch wenn die Eltern dagegen sind, einen Brief oder eine Karte kann man immer unbemerkt wegschicken! So, jetzt weißt du Bescheid und kannst es ja gleich rumerzählen.«

Sie ist richtig genervt und dreht ihm abrupt den Rücken zu. Er kommt hinter ihr her und fasst sie am Arm.

»Wart' doch noch einen Moment. Ich erzähl bestimmt nichts weiter, aber so in dieser Richtung laufen die Gerüchte im Dorf eh schon. Mich würde das Kind auch überhaupt nicht stören, das kann doch nichts dafür! Kommst du nächste Woche auch wieder?«

»Wenn alles gut geht bis dahin, dann schon, aber ich muss gehen, die Zita und ihre Mutter warten bestimmt schon«, antwortet sie wieder freundlicher. »Also bis nächste Woch'.«

Als sie weggehen will, bemerkt sie, dass Georg noch immer ihre Hand festhält, und dreht sich noch einmal zu ihm um.

»Mach's gut, bis nächste Woche«, wünscht er ihr noch mit vor Freude strahlendem Gesicht.

Auf dem Heimweg unterhalten sich die drei noch über den schönen Abend. Zita verabredet sich mit Micha für den morgigen Nachmittag auf einen Spaziergang, denn das Wetter soll recht schön werden. »Wir könnten zum Schober 'naufgehen«, meint sie, »da könnten wir ja die Uschi auch mitnehmen. Das wär' bestimmt schön.«

Michaela stimmt gerne zu und erklärt, dass diesmal sie die Zita abholt und sie dann gemeinsam die Uschi mitnehmen.

Nachdem sie Micha zuhause abgeliefert haben, meint die Mutter lächelnd: »Na, hast du das auch bemerkt mit der Micha und dem Georg? Vielleicht tut sich ja da etwas. Ich würd's ihr sehr wünschen! Was macht denn der Georg eigentlich, er ist doch schon mit der Schule fertig?«

»Ja freilich, der ist ja schon sechzehn und macht eine Zimmererlehre in Wörgl«, antwortet Zita eifrig. »Normalerweise ist er ja recht ruhig und sagt kaum etwas, aber heute war er wie ausgewechselt. Na ja, warten wir' mal ab. Schön wär's schon, wen sich da etwas ergeben tät'.«

Kurz vor ein Uhr kommen die beiden Familien an. Wie sich herausstellt, sind sie befreundet und miteinander gefahren. Die eine Familie hat ein Pärchen, wobei der Bub demnächst sechs Jahre wird. Das Mädchen dagegen ist erst vier Jahre alt. Das andere Ehepaar hat einen Sohn von fünf Jahren dabei, der mit einer knielangen Lederhose und kariertem Hemd schon ganz auf einen Bergaufenthalt eingestellt ist. Schnell zeigt sich, dass er ein sehr aufgeweckter und neugieriger Bub ist. Nach einem knappen »Grüß Gott« will er von Zita schon wissen, was sich in dem Schuppen neben dem Haus befindet und ob es hier auch Kühe und Schafe gibt.

Kaum sind die Gäste in ihren Zimmern verschwunden, kommt Konrad, so heißt der Fünfjährige, mit den beiden anderen Kindern die Treppe herunter und schaut sich im Ess- und Aufenthaltsraum um. Anschließend wird unter der Treppe gesucht, ob es etwas Brauchbares zu finden gibt. Zita, die unten noch im Waschraum tätig ist, beobachtet die drei belustigt. Als die Kinder sie entdecken, laufen sie sofort zu ihr hin.

»Wie heißt denn du?«, will Konrad neugierig wissen. »Wohnst du immer hier und was machst du da?«

Zita muss laut lachen. »Ich bin die Zita und ich wohne tatsächlich hier! Außerdem mache ich hier den Waschraum sauber. Wie heißt denn ihr beiden?«

»Ich heiße Veronika und das ist mein Bruder Hansi«, antwortet das Mädchen eifrig, »und wir kommen aus Passau. Das ist eine ganz große Stadt in Deutschland, weit weg von hier!« Den Konrad kennt Zita bereits beim Namen, weil ihn seine Mutter schon mehrmals gerufen hat.

Zita befürchtet, dass für die nächste Zeit die Ruhe erst mal aus dem Haus ist, denn es ist schlechtes Wetter angesagt und da werden die beiden Familien wenig unterwegs sein. ›Aber ein bisschen Leben in der Hütte schadet ja auch nicht‹, denkt sie und räumt ihre Putzsachen weg.

Während sich Zita umzieht, kommt Michaela zur Haustür herein und klopft an der privaten Stubentür. Frau Grimmer öffnet ihr, aber bevor sie eintreten kann, ertönt hinter ihr schon ein: »Und wer bist du und was machst du hier? Bist du auch auf Urlaub?«

Überrascht dreht sie sich um und sieht den kleinen Bub, wie er gerade unter der Treppe hervorkommt und sich vor ihr aufbaut. »Michaela heiße ich, du kannst aber gerne Micha zu mir sagen«, antwortet sie lachend, »und wer bist du, junger Mann?«

»Ich bin der Konrad und mache hier Urlaub, und ich muss mir alles genau anschauen, weißt du, das ist sehr wichtig!« Dabei hebt er den Zeigefinger seiner rechten Hand in die Höhe, um die Bedeutung seiner Worte zu unterstreichen.

»Na, dann schau du nur«, meint Frau Grimmer lachend. Zu Michaela gewandt sagt sie: »Komm rein, die Zita zieht sich grad um, ist aber bestimmt gleich fertig. Wie geht's denn zuhaus'?«

»Heut' ist ja mein Vater daheim und kümmert sich um die Mama und die Gäst'. Der Mama geht's unverändert, aber die Spritzen vom Doktor bringen ihr zumindest Linderung und sie kann etwas besser sprechen.«

Bevor Michaela zu weinen beginnt, wechselt Frau Grimmer schnell das Thema: »Wollt's 'nauf zum Schober? Da wird heut' bestimmt was los sein. Das Wetter ist ja noch gut und da sind sicher schon einige Wanderer unterwegs.«

»Oh, Micha, bist schon da!« Zita kommt in Jeans und weißer Hemdbluse aus ihrem Zimmer. Die Haare hat sie frech hinter die Ohren verbannt und ihr Scheitel ist schnurgerade gezogen. »Na, dann gehn wir mal los.«

Zitas Mutter wünscht den beiden noch viel Spaß und schaut ihnen durch das Fenster nach, bis sie die Straße erreichen und nach links, den Berg hinauf, abbiegen. Da klopft es an der Tür. Von der Stärke des Klopfens her vermutet Frau Grimmer eines der Kinder. Tatsächlich steht Konrad draußen: »Was machst du da drinnen? Darf ich auch rein?«

Bevor Frau Grimmer antworten kann, ist der Bub schon durchgeschlüpft und sieht sich in der Stube um. »Na, du bist ja vielleicht ein Lausbub. Was meinst, möchtest einen Kakao haben, während du dich umschaust?« Sie schüttelt lachend den Kopf und geht zum Schrank, um Kakaopulver zu holen.

»Kakao ist gut und gesund, sagt meine Mama immer. Deshalb trink ich auch viel davon.« Konrad schaut sich in der Stube um und zieht an verschiedenen Schubladen. Allerdings sind die meisten für ihn zu schwer, um sie aufzubekommen. Als er sieht, dass noch mehrere Türen vorhanden sind, will er diese auch öffnen. Aber Frau Grimmer sagt: »Nein, mein Herr, diese Zimmer gehören mir und meiner Tochter Zita ganz allein, die bleiben geschlossen!« Etwas irritiert dreht er sich wieder um und setzt sich an den Tisch, um auf den Kakao zu warten.

»Konrad, wo bist du?«, ist die Stimme seiner Mutter auf der Treppe zu hören. Frau Grimmer geht schnell hinaus und erklärt der Frau, dass ihr Sohn sich gerade eben zum Kakao eingeladen hat. »Das soll aber nicht die Regel werden«, meint die Mutter, »wenn er ausgetrunken hat, schicken's ihn bitte wieder hoch.«

»Das wird ja bestimmt eine lustige Woche«, murmelt Frau Grimmer vor sich hin und lächelt.

Beim Schober ist tatsächlich einiges los. Obwohl die Großwetterlage nicht gerade günstig für Wanderer erscheint, hat die Sonne, die ja nur den einen Tag so scheinen soll, offensichtlich doch einige Städter in die Berge gelockt.

Die drei Mädchen bestellen sich eine Cola und setzen sich an einen kleinen Tisch auf der Terrasse, wo sie einen schönen Blick auf die Berge und ins Tal hinab haben. Außerdem können sie die anderen Gäste beobachten, von denen sich die meisten ebenfalls auf der Terrasse sonnen. Sie lästern über den üppigen Bauch des einen und über den entenartigen Gang einer anderen. Heute erfüllt niemand ihre Normen und sie kichern und lachen, wenn sie wieder jemanden ausgemacht haben, der in ihren Augen eine Besonderheit aufweist.

Auf dem Heimweg reden sie über die Mathematikschulaufgabe, die morgen in der dritten Stunde ansteht. Zita sieht keinerlei Probleme für sich, Uschi und Michaela haben aber ganz spezielle Probleme bei den Prozent- und Zinsrechnungen.

»Wir hätten ja noch Zeit«, wirft Zita ein, »und könnten uns diese Kapitel noch miteinander anschauen. Was meint ihr?«

»Du, das wär' echt super«, begeistert sich Uschi, »dann hol ich meine Unterlagen und wir begleiten die Micha nachhause. Was meinst dazu, Micha, könnten wir dann bei dir lernen?«

»Ja, natürlich«, antwortet Michaela, »das würd' dem Papa sicher auch gefallen, wenn er sieht, was ich für Freundinnen hab!«

»Bringst jemanden mit?«, fragt Herr Unterbrunner überrascht, als er die drei Mädchen hereinkommen sieht.

»Ja«, antwortet Michaela, »die Zita kennst ja schon und das ist die Uschi. Wir wollen noch ein bisschen für die Matheschulaufgabe morgen lernen. Weil die Zita ist da nämlich perfekt und sie will uns ein wenig helfen.«

»Ja, dann kommt nur rein«, fordert der Vater die Mädchen auf, »das ist aber schön, dass ihr euch so um die Micha kümmert! Da setzt euch an den Tisch, ich stör' euch nicht.«

Zu Micha gewandt sagt er noch: »Ich bin bei der Mama draußen, wenn was wär'.«

Zita erklärt den beiden Freundinnen in der Manier einer Lehrerin die Vorgehensweise bei den problematischen Aufgaben. »Erst müsst ihr schauen, was ihr habt, also was gegeben ist. Dann müsst ihr rauskriegen, was gesucht wird. Das ist manchmal recht blöd formuliert, aber wenn ihr den gegebenen Sachen gleich die Buchstaben der jeweiligen Formeln, die ihr natürlich auswendig kennen müsst, zuordnet, ist es leichter, dahinterzukommen, was gesucht wird. Das probieren wir doch gleich an dieser Aufgabe aus!«

Zita ist voll in ihrem Element und stolz darauf, dass sie selber die Aufgaben so gut versteht.

»Ach, wenn man's erst mal weiß, dann ist ja gar nicht so schwer«, freut sich Michaela, »können wir auch noch die nächste Aufgabe machen, damit ich seh, dass ich es auch wirklich kapiert hab? Oder wollt ihr schon heim?«

»Gut, die Aufgab' machen wir noch und dann hab ich auch noch eine. Dann müssen wir aber gehn«, wirft Uschi ein und macht sich gleich über die Aufgabe her.

Nach einer weiteren halben Stunde sind die Aufgaben zu Zitas Zufriedenheit gelöst und ihre beiden Schülerinnen scheinen es auch verstanden zu haben.

»Danke euch für den schönen und lehrreichen Nachmittag«, sagt Michaela beim Abschied und umarmt jede einzelne. »Kommt gut heim, es ist jetzt doch etwas später geworden, aber eure Eltern wissen ja Bescheid. Bis morgen!«

Zufrieden mit sich, dass sie Michaela eine Freude machen konnten, gehen die beiden Mädchen flotten Schrittes nach Hause.

»Leider kommst du gerade eine halbe Stunde zu spät«, wird Zita von ihrer Mutter begrüßt, »der Wolfgang hat angerufen g'habt. Aber weil's bei ihnen so stark regnet, wird er heute nicht mehr anrufen.«

»Ach, Mist«, ärgert sich Zita, »der wird sich was denken, wo ich mich die ganze Zeit rumtreib'. Was hat er denn g'sagt?«

»Nicht viel, ich hab ihm erklärt, wo du bist, und ich wollt ja nicht, dass er sein ganzes Geld mit mir vertelefoniert. So dick hat er's ja auch nicht. Er hat bloß g'sagt, dass er es dann eben ein andermal wieder versuchen wird.«

Enttäuscht und leicht verärgert nimmt Zita zum Abendessen Platz. Ihre Mutter versucht sie aufzumuntern und lobt sie ob ihres Engagements bezüglich der Michaela. Aber es nutzt nicht viel und Zita verabschiedet sich gleich nach dem Essen in ihr Zimmer. Ihr Gewissen drückt sie, weil sie den ganzen Tag kaum an Wolfgang gedacht hat, und Zweifel überkommen sie, ob sie ihm tatsächlich noch so nah ist, wie sie gerne glauben möchte. Sie holt sich seine Briefe aus der Schublade, legt sich ins Bett und liest so lange, bis sie einschläft.

Die neue Woche vergeht wie im Fluge. Kaum ist Zita zuhause, ist Konrad mit seinen beiden Freunden bei ihr. Wenn es der Regen zulässt, tobt sie mit ihnen im Freien. Hinter der Hütte ist ein Garten angelegt und ein kleiner Spielplatz aus Zitas Kinderzeiten ist auch noch vorhanden. Beliebt ist die große Schaukel, die an einem alten Apfelbaum hängt und die Konrad beinahe als sein persönliches Eigentum ansieht. Nur auf ganz langes Bitten darf auch mal Veronika schaukeln. Bei Regen spielt sie im Aufenthaltsraum mit ihnen und kommt sich wie eine richtige Kindergärtnerin vor. Die Eltern sind froh, wenn sich Zita freiwillig anbietet, auf die Kinder aufzupassen, dann unternehmen sie trotz des Regens kleinere Wanderungen. Zita machen die Kleinen viel Spaß und sie freut sich immer schon, wenn sie von der Schule heimkommt.

Am Dienstag und Donnerstag macht sie ihre Hausaufgaben zusammen mit Michaela, damit sie nicht so allein ist, und außerdem kann ihr Zita beim Lernen viel helfen. Auch Frau Unterbrunner freut sich jedes Mal über ihren Besuch und versucht ihre Dankbarkeit dafür auszudrücken, dass sie sich um Micha kümmert.

Mittwochabend ruft Wolfgang an und Zita entschuldigt sich mehrere Male, weil sie das letzte Mal nicht da war.

»Aber das macht doch nichts«, unterbricht sie Wolfgang, »es ist doch schön, wenn du deinen Freundinnen helfen kannst. In ein paar Wochen werden wir auch ein Telefon haben, dann kannst du mich ja auch anrufen! Was machst du denn sonst so alles?«

»Samstags ist jetzt immer Vereinsabend vom Trachtenverein, weil wir da für den Maitanz üben. Weißt du, das ist für uns immer ein ganz großes Fest, da führen wir Volkstänze auf und die Musik spielt. Es ist immer recht schön. Aber erzähl doch mal, wie geht's dir denn?«

»Ach, bei uns regnet's schon die ganze Zeit und da bleib ich meistens zuhause. Dienstag und Samstag hab ich ja meine Arbeit. Ansonsten ist momentan nicht viel los bei uns. Ich lerne halt viel, denn Ende des Monats haben wir dann endlich die erste Prüfung. Du fehlst mir halt. Ich denk oft, wenn ich bei dem Regen auf meinem Bett lieg, wie schön es wär', wenn du da sein könntest.«

»Mir geht es auch so, dass du mir fehlst«, beeilt sie sich zu sagen, »zwar hab ich derzeit viel anderes Zeug zusätzlich im Kopf, aber ich denke auch immer an dich.« ›Bloß gut, dass er mich jetzt nicht sieht‹, denkt sie. »Aber es sind ja nur noch ein paar Wochen. Ich freue mich ja schon so darauf!«

Nach dem Gespräch legt sich Zita auf ihr Bett und denkt darüber nach. Sie ist nicht zufrieden mit sich selber. Irgendetwas drängt sich da zwischen sie und Wolfgang, aber sie kann nicht herausfinden, was das sein könnte. Er fehlt ihr zwar sehr, aber sie ist sich nicht mehr so sicher, dass sie ihn tatsächlich noch so liebt, wie sie vorgibt. Zweifel kommen in ihr hoch, ob es sich schon lohnen wird, jahrelang auf ihn zu warten. Wenn sie da an die anderen denkt, gerade am Samstagabend, als sich selbst Michaela wieder Hoffnungen machen durfte und andere Mädchen mit ihren Freunden auch mal ein Küsschen tauschen konnten, musste sie immer nur zusehen. Dabei hat sie auch so starke Gefühle, die sie kaum zurückhalten kann. Andererseits, wenn sie an Uschi denkt, ist sie wieder froh um ihren Wolfgang. Bevor sie aber ganz verzweifelt, geht sie zu ihrer Mutter in die Stube hinaus, um mit ihr das Problem zu besprechen.

Bei einer Tasse Tee lehnt sich Zita an die Seite ihrer Mutter und klagt ihr das Leid.

»Ach, Mama, ich weiß überhaupt nicht mehr, ob der Wolfgang wirklich der Richtige ist. Quatsch, natürlich ist er das, aber ich weiß nicht, ob ich das tatsächlich durchstehe. Ich bin immer allein, während die anderen miteinander lustig sein und sich im Arm halten können. Nur in Gedanken kann ich das alles machen, und da hab ich Angst, dass diese Gedanken immer schwächer werden, obwohl ich das gar nicht will! Ich hab so ein richtig schlechtes Gewissen dem Wolfi gegenüber. Der tut sich ab und sucht sich sogar eine Arbeit, dass er mich anrufen und besuchen kann, und ich schaffe es nicht einmal, den ganzen Tag an ihn zu denken. Ich fühl mich richtig schäbig!«

Die Mutter legt ihren Arm um die Tochter und drückt sie ganz fest an sich. »Ja, mein Schatz, so ist das Leben. Es ist aber ganz normal, dass Erinnerungen verblassen, und auch Gedankenverbindungen lassen mit der Zeit nach. Dem Wolfgang wird's sicher genauso gehen. Bei solchen Gefühlseinbrüchen zeigt sich echte Verbundenheit. Hier muss man sich entscheiden, will man den leichten Weg gehen, sich amüsieren und immer einen Partner vor Ort haben, oder auf vieles verzichten, für das ganz Große. Es ist bestimmt nicht leicht, und ich kann dir da kaum einen Rat geben. Natürlich gibt es auch bei uns hübsche und anständige Burschen, und ich bin auch davon überzeugt, dass du einen davon finden würdest. Den Wolfgang wirst du aber dein Leben lang nicht mehr vergessen. Es kann auch einfach nur eine schöne Zeit und ein Versuch gewesen sein, der eben nicht funktioniert hat. Genauso kann es dir aber auch mit einem Einheimischen ergehen, nimm dir bloß die Uschi als Beispiel.«

»Ja, das überleg' ich mir ja auch schon die ganze Zeit, und eigentlich denk ich ja gar nicht ernsthaft daran, mit dem Wolfgang Schluss zu machen! Das, glaube ich, würde mich sogar umbringen. Es ist nur, dass ich mich einfach nicht mehr auf ihn konzentrieren kann und meistens nur noch abends im Bett an ihn denk oder beim Lernen, dort funktioniert's allerdings immer noch gut«, jammert Zita verzweifelt.

»Dann lass es doch gut sein und quäl' dich nicht länger. Es ist schön, dass du noch so viel Zeit mit deinen Gedanken bei ihm bist. Schließlich gibt es ja auch noch anderes zu denken und ich glaube, dass dich das Schicksal von der Micha und ihrer Mutter mehr beschäftigt, als dir bewusst ist. Also, ich bin sicher, dass deine Gefühle für Wolfgang absolut in Ordnung sind, sonst würde es dir leichter fallen, ihn zu vergessen. Aber so, wie du dich anhörst, hättest du derzeit gar keine Chance, von ihm loszukommen. Natürlich bist du immer allein, wenn die anderen ihren Freund dabeihaben, aber sich amüsieren und lustig sein, das darfst du ja auch! Musst halt nur wissen, wie weit du gehen willst, damit du dir hernach keine Vorwürfe machen musst.«

»Und du glaubst, dass die Gefühle wieder genauso fest und tief werden, wenn er mich besucht? Oder wenn ich den Kopf wegen Micha wieder freier hab?«

»Ganz bestimmt. Und bis dahin musst du eben stark sein und durchhalten. Ich bin aber auch der Meinung, dass es sich lohnen würde, stark zu bleiben! Aber ich will dich nicht zu sehr beeinflussen. Wenn dir der Traumprinz über den Weg läuft, wird sowieso alles Reden umsonst sein!« Dabei lacht die Mutter leicht vor sich hin.

»Den hab ich doch eigentlich schon, ich will's ja bloß nicht glauben! Ich bin einfach noch ein Kind und ziemlich blöd im Kopf. So, und jetzt geh ich in mein Bett, les' mir noch ein paar Briefe durch und schau mir sein Bild an. Alle anderen Gedanken schalt ich einfach ab oder diskutier sie mit ihm. Darauf freu ich mich jetzt richtig!« Mit neuem Mut löst sie sich von ihrer Mutter, der sie noch einen Gutenachtkuss auf die Wange drückt, bevor sie in Richtung Bad marschiert.

Schon kurz vor fünf Uhr fahren Zita und ihre Mutter zu Unterbrunners, um Michaela zum Treffen des Trachtenvereins um sechs Uhr, abzuholen. Vorher wollen beide noch Michas Mutter besuchen. Als sie das Haus erreichen, begrüßt sie Herr Unterbrunner bereits vor dem Eingang.

»Schön, dass ihr beiden da seid. Die Micha freut sich ja schon richtig auf den heutigen Abend.«

»Wir wollten vorher noch gerne Ihre Frau besuchen, wenn es möglich wäre«, erklärt Frau Grimmer.

»Aber natürlich, die freut sich bestimmt, vor allem, weil es ihr heute wieder mal recht gut geht. Im Rahmen, natürlich … Kommt nur mit rein!«

Er geht durch die Eingangstür voraus und führt die beiden in das Schlafzimmer, wo Frau Unterbrunner gerade von Michaela gefüttert wird.

»Schau, Mama, da ist Besuch für dich da«, sagt Herr Unterbrunner liebevoll zu seiner Frau und begleitet die beiden bis ans Bett. Micha rückt etwas zur Seite und unterbricht ihre Tätigkeit, damit der Besuch mehr Platz bekommt.

Nach einer kurzen Begrüßung von Michaela und ihrer Mutter setzt sich Frau Grimmer an die Bettkante und nimmt die Hand der Kranken.

Bevor sie etwas sagen kann, versucht Michas Mutter schon zu reden. Frau Grimmer beugt sich weiter vor, um besser zu verstehen.

»Das ist sehr schön, dass die Micha nicht mehr so allein ist und dass ihr euch um sie kümmert«, bringt sie langsam und stückweise heraus. »Es wird nicht mehr lange dauern, bis ich gehen werd', aber seit ihr da seid, ist sie so froh und blüht richtig auf. Das macht es mir viel leichter.« Erschöpft sinkt ihr Kopf wieder zurück in das Kissen, aber die Augen zeigen ihre Freude über den Besuch sehr deutlich.

Zita betrachtet die sterbende Frau und fühlt nur Mitleid, sowohl für die Frau als auch für Micha und ihren Vater. Dieser ist hinten an der Tür stehen geblieben. Als Zita kurz zu ihm hinschaut, dreht er sich schnell um und geht in die Stube hinaus. Kleine Tränen rinnen ihm übers Gesicht und er will nicht, dass es der Besuch bemerkt. Nachdem er sich wieder gefasst hat, kommt er in das Krankenzimmer zurück und meint zu seiner Tochter: »Micha, richt' du dich zusammen, ich mach hier schon weiter.« An Frau Grimmer und Zita gewandt redet er weiter: »Sie hat wirklich recht, seit ihr da seid, ist es so viel leichter bei uns geworden. Aber auch bei mir hat sich einiges getan: Weil ich jetzt bei der Gemeinde fest angestellt bin, kann ich auch jeden Tag pünktlich daheim sein und die Micha entlasten. Das tut uns allen dreien gut!« Dann wendet er sich seiner Frau zu und beginnt ihr langsam mit einem kleinen Löffel etwas Brei einzuflößen. Zita und ihre Mutter verabschieden sich und warten, bis Michaela umgezogen ist, in der Stube.

Kurz nach halb sechs kommen sie beim *Oberdorfer Hof* an und begrüßen zunächst die Frau Hofer, die wie üblich hinter ihrem Tresen steht. Uschi und ihre Mutter sind auch schon da und bereiten bereits das Nebenzimmer für den Abend vor. Während Zitas Mutter und Frau Hofer sich noch unterhalten, gehen die beiden Mädchen schon voraus, um auch beim Herrichten zu helfen.

»Hallo Micha«, kommt es aus einem Abstellraum, »schön, dass du auch kommst!« Georg kommt mit Nähzeug auf dem Arm heraus und freut sich über das ganze Gesicht.

»Hallo Georg«, antwortet Michaela leise, aber sichtlich erfreut, »warte, ich helf dir, du kennst dich doch mit diesem Zeug gar nicht aus!« Während sie auf ihn zugeht, legt er bereits die Sachen auf einem Tisch ab und versucht etwas linkisch die verschiedenen Utensilien ordentlich zu sortieren. Rasch greift Michaela mit zu, wobei es wohl mehr darum geht, wie zufällig seine Hand zu berühren, als um eine gezielte Sortierung der Nähsachen. Zita hat dies durchaus freudig bemerkt und wendet sich Uschi zu, um die beiden nicht zu stören. Diese ist gerade dabei, Getränke, die sie vorne am Tresen geholt hat, an die Damen an ihrem Tisch zu verteilen. Die Nähdamen, das sind diejenigen von den weiblichen Mitgliedern, die es verstehen, Dirndl selber zu nähen und die verschiedensten Stickereien und Häkelarbeiten zu fertigen, sitzen beieinander am Tisch und unterhalten sich über neue Stickmuster, die sie für ihre Mieder verwenden könnten. Uschi sitzt zwar dabei, weil ihre Mutter auch zu den Nähdamen gehört, aber ihr Interesse an Näh- und Stickarbeiten ist nicht sehr ausgeprägt, und so ist sie froh darüber, dass sich Zita neben sie setzt.

»Siehst du die Micha und den Georg?«, flüstert Zita Uschi zu, »sieht ganz so aus, als hätte der Georg Interesse an ihr.«

»Ist mir auch schon aufgefallen. Ich würd's ihr aber auch wirklich vergönnen.«

Heute klappen die neuen Tänze schon erheblich besser, und statt Gekicher stehen diesmal Ernsthaftigkeit und Präzision auf der Tagesordnung. Penibel wird von den jeweiligen Verantwortlichen darauf geachtet, dass jeder Tänzer genau im Takt bleibt und keinesfalls bei den einzelnen Schritten zu Boden blickt. »Eine saubere Haltung und blindes Vertrauen in die Beine ist zwingende Voraussetzung für einen sauberen Tanz«, wird vom Tanzlehrer ständig wiederholt. Spaß macht die ganze Sache dennoch allen. Nach der ersten Tanzrunde steht Zitas Gruppe noch beieinander und unterhält sich zwanglos, als Toni, ein siebzehnjähriger Blondschopf, der aber nicht zu der Gruppe gehört, Zita anspricht.

»Na, Zita, was treibst du denn so die ganze Zeit? Hättest vielleicht Lust, morgen mit mir in die Disko nach Wörgl zu gehn? Ich hab nämlich ein Moped und da könnten wir leicht hinfahren.«

Zita ist von dem Angebot total überrascht. Sie kennt Toni vom Sehen und weiß, dass er zwar auch beim Trachtenverein ist, aber nicht aktiv mitmacht.

»Aber ich bin doch erst vierzehn, da darf ich ja noch gar nicht rein«, versucht sie einer direkten Ablehnung aus dem Weg zu gehen. »Außerdem geh ich noch nicht fort und einen Freund hab ich auch.«

»Aha, den Deutschen meinst wohl! Der ist weit weg und hat doch überhaupt kein ernsthaftes Interesse an dir. Glaub mir, der macht sich daheim bloß lustig über die dumme Gans aus Österreich, oder glaubst du wirklich, dass der die ganze Zeit nur daheim hockt und dein Bild anschaut? Vergiss es! Such dir lieber hier einen, bist doch schließlich ein fesches Mädel! Viel zu schad' zum Rumhocken und dumm Schauen.«

Zita antwortet leicht verärgert: »Weißt was, da hab ich überhaupt keine Bedenken. Ich kenn' den Wolfgang schließlich, und du hast einfach keine Ahnung, sondern redest bloß dumm daher. Aber trotzdem danke für die Einladung! Vielleicht klappt's ja ein andermal.«

Sie wendet sich von Toni ab und geht mit Uschi, die das Gespräch mitgehört hat, zu der Tanzgruppe von Micha und Georg, die momentan gerade üben. Sofort fällt beiden auf, dass Micha heute besonders gut tanzt und richtig fröhlich aussieht.

»Der Toni hat es schon länger auf dich abgesehen«, meint die Uschi, »er hat mich nämlich schon vor ein paar Wochen mal nach dir gefragt, als ich ihn im Dorf herunten getroffen hab. Da hab ich ihm vom Wolfgang erzählt. Deshalb hat er das jetzt gewusst! Aber er hätt' sich auch etwas Besseres als Anmache einfallen lassen können, oder was meinst du?«

»Na ja, ich war schon überrascht, ich hatte ja keine Ahnung, weil er hat bisher noch nie etwas zu mir gesagt. Schlecht ausschau'n tut er ja auch nicht, aber in die Disko! Da muss er sich schon was anderes einfallen lassen. Außerdem hättest mir das aber auch sagen können, dann wär' ich nicht so perplex gewesen.«

»Entschuldige«, bittet jetzt Uschi etwas beschämt, »aber ich hab das einfach nicht für ernst genommen und gleich wieder vergessen gehabt. Aber du hast recht, schließlich hab ich deine privaten Sachen ausgeplaudert, das hätte ich nicht tun dürfen. Tut mir wirklich leid!«

»Ist ja nichts passiert«, zeigt sich Zita großzügig, »das bringt doch uns nicht auseinander! Komm, ich spendier' noch eine Cola, bevor wir wieder ranmüssen.«

Während der nächsten Tanzrunde steht Toni als Zuschauer dabei und scheint nur Augen für Zita zu haben. Sie wird ganz nervös und macht mehr Fehler als üblich. »Was ist denn mit dir plötzlich los«, kritisiert ihr Partner und auch der Lehrer blickt ganz mürrisch auf sie.

»Entschuldigung, ich weiß auch nicht«, murmelt sie, »aber ich kann mich nicht so recht konzentrieren.«

Um sich nicht noch mehr zu blamieren, sieht sie fortan nur noch ihren Partner an und wenn der Blick an ihm vorbeigehen muss, schließt sie für den Moment einfach die Augen und versucht sich zu konzentrieren.

Sie ist richtig froh, als die Runde zu Ende ist und die Tanzpartner sich wieder trennen. Aber dafür ist sofort Toni wieder zur Stelle. »Sauber, wie du tanzen kannst, das schaut richtig gut aus. Wir können aber gern auch mal was anderes machen, wenn es mit der Disko nicht klappt. Hast morgen Nachmittag schon was vor? Wir könnten ja mit dem Moped einfach so nach Wörgl fahren und einen Stadtbummel machen. Was meinst?«

»Du, das ist alles ein wenig überraschend für mich und morgen hab ich keine Zeit, da muss ich meiner Mama helfen. Außerdem will ich mit der Micha auch noch lernen.« Sie will sich auf nichts Konkretes einlassen, ihn aber auch nicht verprellen. Es ist doch eigentlich ganz amüsant, denkt sie, wenn sich jemand für sie interessiert, und so beschließt sie, den Fisch nicht gleich von der Angel zu lassen.

»Wir könnten ja vielleicht mal am Nachmittag auf einen Shake in die Milchbar, oder einfach nur spazieren gehen«, bietet sie scheinheilig an, denn sie weiß genau, dass er nachmittags arbeiten muss. Prompt kommt auch die erwünschte Antwort.

»Ja, Nachmittag ist bei mir schlecht, ich muss nämlich bis fünf Uhr arbeiten. Höchstens am Sonntag, weil am Samstag helf ich einem Freund beim Hausbauen«, gibt er enttäuscht zurück. »Sonntags hast du wieder keine Zeit. So kommen wir ja nie zusammen! Aber am Samstagabend bist schon wieder da, oder hast du da auch schon etwas vor?«

»Ja freilich hab ich da was vor«, antwortet sie jetzt lachend, »da bin ich natürlich wieder hier!«

»Du, Zita, wir wollen fahren«, ruft ihr die Mutter zu. Zita hatte ganz übersehen, dass die anderen schon alles weggeräumt haben und zum Aufbruch bereit sind.

»Gut, du siehst ja, ich muss heim«, sagt sie schnell noch zu Toni, »dann bis nächsten Samstag.« Sie dreht sich um und läuft den anderen hinterher. Vor der Tür trifft sie Uschi beim Einsteigen in das Auto ihrer Mutter und kann sich gerade noch von ihr verabschieden.

Auf der Heimfahrt lächelt ihre Mutter und blickt zu ihrer Tochter hinüber, die auf dem Beifahrersitz Platz genommen hat. »Na, das scheint ja eine recht spannende Unterhaltung gewesen zu sein! Hast ja glatt das Helfen beim Aufräumen versäumt.«

»Der wollt' mich morgen Abend mit in die Disko nach Wörgl nehmen. Mit seinem Moped! Das hat halt gedauert, bis der kapiert hat, dass das nicht geht«, antwortet Zita.

Gleich nach dem Frühstück verabschieden sich die beiden Gastfamilien mit ihren Kindern. Konrad hält sich an Zitas Bein fest und will nicht mit den Eltern wegfahren. Er jammert und weint und meint, Zita solle doch mitkommen. Nach einiger Diskussion und dem Versprechen der Eltern, bald wiederzukommen, lässt er Zitas Bein los und steigt zu den Eltern ins Auto. Zita ist auch ganz wehmütig ums Herz, als sie die Kinder wegfahren sieht. Es war wieder einmal so richtig lebendig im Haus gewesen und die Kinder hatten für viel Abwechslung gesorgt.

Am Nachmittag trifft sich Zita mit Uschi und beide gehen zu Unterbrunners, um Michaela im Haus zu helfen und sich ein wenig mit ihr zu unterhalten. Micha freut sich sehr, als sie die beiden sieht, sie hatte ja nur mit Zita gerechnet. Die frei gewordenen Zimmer hat sie bereits am Morgen wieder hergerichtet, damit sich ihr Vater um die kranke Mutter kümmern konnte. Kurz bevor die beiden Freundinnen erschienen sind, hat sie mit den Hausaufgaben begonnen. Es war nicht viel zu machen und sie hatte diesmal auch keine Probleme damit. Jetzt haben sie so richtig Zeit, sich zu unterhalten. Das Wetter ist bereits gestern besser geworden und so entschließen sich die drei zu einem Spaziergang.

»Na, der Georg scheint ja richtig Interesse an dir zu haben«, beginnt Uschi die

Unterhaltung, als sie ein Stück bergab, Richtung Dorf gegangen sind. »Der lässt dich ja keinen Augenblick mehr allein.«

Michaela bekommt etwas rote Backen und nickt leicht verlegen. »Ja, das sieht ganz so aus, aber ich bin vorsichtig, obwohl ich ihn schon ganz gern mag.«

»Ich kenn' ihn ja auch schon länger«, wirft Zita ein, »und denke auch, dass er ein guter Kerl ist. Aber weiß er von dem Kind?«

»Das ist ja gerade das Schöne«, antwortet Micha froh, »er sagt, dass ihn das überhaupt nicht stören würd'. Weil, so meint er, das Kind kann ja nichts dafür und wenn er sich bloß früher etwas hätte sagen trauen, wär's ja vielleicht gar nicht so weit gekommen. Stellt euch vor, das sagt er! Ich gefalle ihm nämlich schon lange, nur er war immer zu schüchtern, um es mir zu zeigen, oder gar etwas zu mir zu sagen. Heute ärgert es ihn natürlich ungemein. Aber lieber spät als gar nicht!«

»Das finde ich aber echt toll«, meint Uschi, »er macht dir also überhaupt keine Vorwürfe oder so?«

»Nein, im Gegenteil, er sucht den Fehler eher noch bei sich!«, antwortet Michaela begeistert.

»Das ist ja wirklich stark und ich würde mich echt freuen, wenn es tatsächlich etwas Festes werden tät'!«, setzt Zita hinzu. »Weißt, es ist so schön zu sehen, wie es dir mittlerweile wieder besser geht. Wenn ich denke, wie verzweifelt du warst, als ich dich das erste Mal besucht hab, und wie gut es dir jetzt doch wieder geht. Trotz deiner schwierigen Situation daheim.«

»Ja, und was läuft da mit dir und dem Toni?«, fragt Uschi neugierig. »Das war ja gestern eine tolle Nummer, nicht einmal Zeit um beim Aufräumen zu helfen, hast du noch gehabt!«

Zita wird knallrot und dementiert sofort. »Spinnst du, was soll ich mit dem Toni haben? Wir haben uns halt unterhalten und dabei hab ich eben die Zeit vergessen. Das ist doch nichts Besonderes. Auch wenn er meint, er könnte bei mir landen, dann hat er eben Pech g'habt. Aber deshalb darf ich doch mit ihm noch reden, oder?«

»Natürlich darfst du mit ihm reden, aber denk dran, dass du noch einen weiteren ganz lieben Kerl kennst«, bohrt Uschi gnadenlos weiter. »Schließlich gibt es noch mehr Mädchen hier, die auch einen Freund haben möchten, da musst du nicht alle für dich haben!« Lachend weicht sie einem freundschaftlichen Boxhieb Zitas aus.

»Du bist vielleicht gemein«, antwortet diese jetzt auch lachend, »aber wenn du willst, kannst ja den Toni haben. Ich brauch' ihn nicht, aber wisst ihr, es gefällt mir, ihn ein wenig zappeln zu lassen. Wann hat man das schon, dass sich jemand um einen bemüht, man ihn aber gar nicht haben will! Da der das nicht einmal kapiert, ist es doch eigentlich ganz lustig.«

»Übertreib's aber nicht«, mischt sich jetzt Michaela ein, »mir tut der arme Kerl echt leid. Es heißt aber auch, dass man mit der Liebe nicht spielen soll! Außerdem kann das ganz schön dumm ausgehn, und am Schluss bleibst du doch an ihm hängen. Sei bloß vorsichtig!«

»Okay, schön, dass ihr so besorgt um mich seid, die Gefahr sehe ich, jetzt mal ganz im Ernst, durchaus. Schließlich sieht der Toni nicht schlecht aus, lernt einen guten Beruf, und ich mag ihn eigentlich auch ganz gern.« Jetzt wird Zita ernst und fasst die beiden Mädchen an den Händen. »Bitte versprecht mir eines: Sollte ich mich einmal vergessen und einen Unsinn mit einem Buben anstellen, haltet mich bitte zurück. Mit allen Mitteln! Ihr braucht überhaupt keine Angst zu haben, dass ich böse sein könnte, bloß verhindert einfach, dass ich einen Blödsinn mache. Ich will meinen Wolfgang und sonst keinen! Erst wenn ich euch einmal ganz offiziell sage, dass es mit Wolfgang aus wäre, braucht ihr euch nicht mehr um mich zu kümmern. Bitte versprecht mir das!«

Zwar lachen die beiden Freundinnen über Zitas seltsame Bitte, aber sie versprechen hoch und heilig, in einem solchen Fall sofort einzugreifen und ihr gehörig die Leviten zu lesen.

Als sie das Dorf erreichen, biegen sie beinahe automatisch nach links zur Milchbar ab.

»Also, ich versteh' das alles einfach nicht so recht«, bringt Zita vor, während sie genüsslich einen Bananenshake schlürft, »vor zwei oder drei Monaten hat doch noch keine von uns ernsthaft an irgendeinen Jungen gedacht und jetzt dreht sich plötzlich alles nur noch darum.«

»Da hast du schon recht«, pflichtet ihr Michaela bei, »es ist beinahe so, als hätte es diese Art von Menschen vorher gar nicht gegeben!« Die drei Mädchen brechen in Lachen aus, als eine Gruppe Jungen die Bar betritt.

»Na ja, es mag ja sein«, gibt Uschi unter Gelächter die Coole, »dass ihr beiden da etwas übersehen habt, ich jedoch wusste schon immer, dass es auch noch andere Menschen als Mädchen gibt. Übrigens, diese vier Menschen, die soeben zur

Tür reingekommen sind, sind von der besagten Gattung! Schaut sie euch ruhig mal genau an!«

Das Gelächter wird zum Gebrüll, sodass die vier Jungen neugierig zu ihnen hinüberblicken, was aber nur noch stärkeres Gelächter verursacht. Einer von ihnen schüttelt den Kopf und dreht sich wieder weg. Die anderen drei folgen ihm und geben ihre Bestellung auf.

Kurz darauf verlassen die Mädchen die Bar und als sie an den Jungs vorbeigehen, meint einer: »Na, was war denn bei euch gar so lustig?«

»Ihr«, antwortet Uschi kichernd, »nur ihr ganz allein!« Die drei lachen wieder laut und lassen die Jungs einfach stehen, die jetzt alle vier den Kopf schütteln.

Die Mutter begrüßt Zita mit der Mitteilung, dass Wolfgang angerufen hat und es gegen sieben Uhr noch mal versuchen wird. Auch wenn sie den ganzen Nachmittag von anderen Jungs gesprochen und mehr an Toni und Georg gedacht hat, als an Wolfgang, ärgert sie sich doch, dass sie mal wieder nicht da war. Aber heute ist sie, im Gegensatz zum letzten Mal, gut drauf und freut sich schon riesig auf seinen Anruf. Als es dann so weit ist, dass das Telefon klingelt, ist die alte Aufgeregtheit wieder da und ihr Herz klopft vor Freude. Wie üblich lässt sie ihn kaum zu Wort kommen und erzählt von der Schule, von Uschi und Micha. Voll Stolz berichtet sie ihm, dass es durch ihre Hilfe Micha wieder gut geht und sich sogar eine neue Verbindung anzubahnen scheint. Bevor aber wieder das ganze Geld im Automaten verschwindet, bremst er ihren Redefluss: »Langsam, langsam, ich würde ja auch ganz gerne ein paar Worte sagen!«

»Oh, entschuldige«, antwortet sie schnell, »natürlich darfst du auch etwas sagen, schließlich warte ich ja schon die ganze Zeit darauf, endlich deine Stimme zu hören.«

Wolfgang erzählt ihr von seiner Woche und dass er große Sehnsucht nach ihr hat. »Weißt du, wenn ich deine Bilder nicht hätte, ich glaube, ich wüsste schon gar nicht mehr, wie du aussiehst. Mir kommt es vor, als hätten wir uns vor fünf Jahren das letzte Mal gesehen. Aber immer, wenn ich mir dann die Bilder anschau, weiß ich, dass du auch an mich denkst, und dann bin ich wieder zufrieden.«

Schnell ist das Geld wieder zu Ende und nach einer kurzen intensiven Verabschiedung sitzt Zita glücklich, aber etwas nachdenklich vor dem Telefon.

Die nächste Woche vergeht recht schnell. Es sind erstmals keine neuen Gäste gekommen, sodass lediglich ein einziges Zimmer belegt ist. In der Schule glänzt Zita wieder mit guten Noten und wird von manchen Mitschülern darum beneidet. Jetzt verbringt sie fast jeden Nachmittag bei Micha, deren Mutter es zunehmend schlechter geht. Als sie am Samstagabend Michaela abholen, will diese zunächst nicht mitkommen, weil sie befürchtet, dass ihre Mutter die heutige Nacht noch sterben könnte. Ihr Vater aber beruhigt sie und verspricht, wenn etwas sein sollte, gleich im *Oberdorfer Hof* anzurufen, um ihr Bescheid zu geben. Frau Grimmer erklärt sich selbstverständlich bereit, sie auch sofort heimzufahren. Doch der Abend verläuft ohne Anruf und Michaela kann sich recht gut ablenken und ist froh, dass sie mitgefahren ist. Auch Georg ist wieder da und die beiden sind kaum zu trennen. Sie machen mittlerweile auch kein Hehl mehr aus ihrer Zuneigung und zeigen sich ganz offen als Paar.

Auch Toni ist wieder gekommen und umschwärmt Zita. Diesmal ist Zita aber vorsichtig und unterhält sich zwar ausführlich mit Toni, achtet aber ganz besonders darauf, dass sie bei keiner Arbeit oder Übung fehlt. Tonis Drängen nach einem Treffen während der Woche weicht sie geschickt aus. Uschi, die ihre Freundin durchschaut, warnt sie, als sie einen Augenblick allein sind.

»Du, Zita, übertreib mal nicht! Der Toni ist doch nicht blöd, der weiß ganz genau, dass du ihn nur hinhalten willst. Ich fürchte bloß, dass der sich das nicht so einfach gefallen lässt und irgendwann einen gemeinen Gegenangriff starten wird. Sei bloß wachsam und treib's nicht auf die Spitze!«

Freitagnachmittag klingelt das Telefon und Zitas Mutter nimmt ab. Erschrocken sieht sie zu Zita hin, nickt und sagt ins Telefon: »Wir sind schon unterwegs!« Dann legt sie schnell den Hörer auf.

»Komm schnell, Zita, der Micha geht es gar nicht gut, die Rettung und der Doktor sind auch schon unterwegs.«

Mutter und Tochter laufen nach draußen und steigen in den Geländewagen. Während Frau Grimmer losfährt, erklärt sie Zita noch weitere Einzelheiten.

»Soviel ich verstanden hab, ist die Frau Unterbrunner aus dem Bett gefallen und gestorben, während die Micha bei ihr war. Sie wollte sie wohl auffangen oder wieder ins Bett zurückheben und hat dabei fruchtbare Schmerzen im Bauch bekommen. Ihr Vater hat sie schreien hören und die Micha, neben ihrer Mutter vor dem Bett liegend, gefunden. Sie muss wohl bewusstlos gewesen sein und ein großer Blutfleck sei auf dem Boden gewesen. Herr Unterbrunner hat gleich die Rettung und den Doktor verständigt und dann bei uns angerufen. Er meint halt, dass wir uns um die Micha kümmern sollten.«

Zita ist kreidebleich geworden. »Um Gottes willen, die wird doch nicht ihr Kind verlieren! Schnell gib Gas, dass wir hinkommen.«

Die Haustür steht offen, aber weit und breit ist noch kein Rettungswagen zu sehen. Frau Grimmer geht voraus in das Haus. An der Schlafzimmertür hält sie Zita zurück und befiehlt ihr: »Du wartest erst einmal hier, wenn ich dich brauche, rufe ich dich!«

Ein Bild des Grauens bietet sich ihr, als sie das Zimmer betritt. Frau Unterbrunner liegt seltsam verkrümmt auf dem Bett. Herr Unterbrunner hat Micha auf seine Betthälfte gelegt und sitzt streichelnd und weinend neben ihr. Der Boden und das ganze Bett sind rot von Michas Blut. Micha selber ist bei Bewusstsein und ihre Augen beginnen etwas zu leuchten, als sie Frau Grimmer sieht.

»Danke, dass Sie gekommen sind«, bringt Herr Unterbrunner gerade heraus, und macht den Platz neben Micha frei. Mit einem schnellen Blick erkennt Frau Grimmer, dass die Blutung nicht von einer Verletzung, sondern aus dem Unterleib kommt.

»Wie geht es dir denn?«, fragt sie Micha und denkt für sich, dass es eigentlich keine blödere Frage in einer solchen Situation gibt.

»Es geht schon«, antwortet Micha gequält. »Die Mama ist tot!« Jetzt beginnt sie leise zu wimmern, und Frau Grimmer versucht sie zu trösten und streichelt ihre Wange.

Herr Unterbrunner deckt seine tote Frau mit dem Bettlaken zu, sodass nur noch ihr Gesicht zu sehen ist.

In der Stube sind plötzlich Stimmen zu hören und der Arzt kommt in das Schlafzimmer. Zuerst geht er zu Frau Unterbrunner, prüft den Puls und bemerkt, dass der Körper bereits abzukühlen beginnt. Hier gibt es für ihn nichts mehr zu tun. Deshalb geht er ohne weitere Untersuchung zu Micha, wo ihm Frau Grimmer Platz macht. Der Arzt untersucht Micha kurz. »Sie muss sofort ins Krankenhaus. Die Rettung müsste ja jeden Moment kommen. Könnten Sie vielleicht mit dem Mädel mitfahren? Ihr Vater hat jetzt wohl hier genügend zu tun.«

»Meine Tochter Zita ist ihre Freundin und die schick' ich mit, wenn's recht ist.«

»Ja freilich, es geht ja nur darum, dass sie nicht allein ist. Ah, da kommen sie ja schon.«

Von draußen ist die Sirene des Rettungswagens zu hören. Es sind lediglich zwei Sanitäter und kein Notarzt, die gekommen sind. Deshalb beschließt der Arzt, lieber selber im Rettungswagen mitzufahren. Nachdem Micha auf eine Trage gelegt und mit einer Wolldecke zugedeckt ist, wird sie von den Sanitätern zum Rettungswagen gebracht. Der Arzt erklärt Frau Grimmer und Herrn Unterbrunner, dass er mitfahren wird. Im Wagen will er ihr schon mal eine Infusion und ein Beruhigungsmittel geben. Es sei zwar nicht lebensbedrohlich, aber er will Micha nicht aus seinen Händen geben, bevor sie im Krankenhaus ist.

»Ihre Tochter kann gerne bei mir mit im Wagen sitzen«, sagt er zu Frau Grimmer. »Aber eine Bitte hätte ich, könnten Sie uns dann abholen, schließlich habe ich ja mein Auto hier und Zita muss ja auch irgendwie heimkommen?« Herrn Unterbrunner sagt er noch kurz, dass er den Totenschein dann anschließend ausstellt, wenn er wieder da ist.

Als die beiden Sanitäter mit der Trage in die Stube kommen, springt Zita auf und läuft auf Micha zu.

»Mensch Micha, was machst du denn für einen Scheiß!« Sie ergreift eine Hand von Micha und geht neben der Trage her. Micha lächelt ihre Freundin dankbar an und schließt gleich darauf wieder ihre Augen. Herr Unterbrunner kommt noch schnell zum Wagen gelaufen, bevor er wegfährt und verabschiedet sich von seiner Tochter mit Tränen in den Augen.

»Komm bitte bald gesund wieder, ich brauch' dich doch!« An Zita gewandt, bittet er noch: »Pass bitte gut auf sie auf! Bist ein braves Mädel.« Dann dreht er sich um und geht zurück in das Haus.

Zita sitzt während der Fahrt neben Micha auf einem ausgeklappten Hocker, hält ihre Hand und spricht beruhigend auf sie ein. Der Arzt ist die ganze Zeit über mit Micha beschäftigt, während der Rettungswagen mit Sirene ins Tal hinab, Richtung Wörgl zum Krankenhaus braust.

»Du wartest bitte hier draußen«, sagt der Arzt zu Zita, als sie nach knapp zwanzig Minuten im Krankenhaus ankommen. Die Sanitäter bringen Micha in ein Untersuchungszimmer, wo sie bereits von einem weiteren Arzt und einer Krankenschwester erwartet werden. Zita setzt sich auf dem Gang auf einen Stuhl.

»Weiß man schon etwas?«, fragt ihre Mutter, die eben gekommen ist und sich neben sie setzt.

Stumm schüttelt Zita den Kopf.

Schon nach kurzer Wartezeit kommt der Hausarzt aus dem Untersuchungszimmer und bleibt vor den beiden, die vor Aufregung aufspringen und ihn gespannt ansehen, stehen. »Dann können wir wieder heimfahren, Frau Grimmer«, sagt er und wendet sich dem Ausgang zu.

»Moment noch«, ruft Frau Grimmer ihm hinterher, »was ist denn mit der Micha? Wie geht's ihr denn?«

»Na ja, Sie sind ja keine Angehörigen und da darf ich eigentlich nichts sagen«, erklärt er, während er stehen bleibt und sich den beiden zuwendet. »Aber gegen eine positive Aussage wird wohl niemand etwas haben. Es ist alles gut ... Wenn man einmal davon absieht, dass durch die Anstrengung die Fruchtblase geplatzt ist und sie das Kind verloren hat ... Aber sie wird keine Probleme mit weiteren Kindern haben. Aber jetzt müssten wir fahren, ich hab noch ein paar andere Termine!«

»Mein Gott«, murmelt Frau Grimmer. Auch Zita ist ganz blass geworden.

»Bleibst du noch?«, fragt ihre Mutter.

»Ja, ich bleib so lange, wie die Besuchszeit dauert. Könntest mich dann gegen sieben abholen oder soll ich den späten Bus nehmen?«

»Ich hol' dich rechtzeitig ab. Dann bis zum Abend!« Rasch geht Frau Grimmer hinter dem Arzt her, der schon an der Ausgangstür auf sie wartet.

Als sich die Tür ein weiteres Mal öffnet und ein Bett mit Micha darin herausgeschoben wird, geht Zita sofort hin und will ihre Hand nehmen. Unsicher und fragend blickt sie die Krankenschwester an, die das Bett Richtung Stationszimmer schiebt. Diese nickt und meint: »Du darfst sie schon berühren, sie freut sich bestimmt darüber, auch wenn sie momentan noch unter der Einwirkung eines Beruhigungsmittels steht und deshalb leicht schläft. Aber sie wird sich bald erholt haben und froh sein, wenn du da bist.«

Die Schwester schiebt das Bett in ein Zimmer, in dem bereits vier Patientinnen liegen und interessiert auf den Neuzugang blicken. Auf den ersten Blick scheint es niemandem von ihnen besonders schlecht zu gehen, sodass Micha nicht noch mehr Elend ertragen muss. Zita holt sich einen Stuhl, setzt sich neben Michas Bett und betrachtet das Gesicht ihrer Freundin. Langsam kommt wieder Farbe auf ihre Wangen.

Und dann, endlich, öffnet Micha die Augen.

»Zita, du bist da, wie schön«, sagt sie mit einem glücklichen Lächeln.

»Oh, Micha«, freut sich Zita und nimmt schnell die Hand ihrer Freundin, um sie leicht zu drücken, »du bist wieder wach und du bist so weit gesund, hat der Doktor gesagt. Jetzt wird alles wieder gut! Glaub mir!« Tränen laufen ihr dabei über die Wangen und sie wischt sich mit der Hand über das Gesicht.

»Weißt du schon Näheres?«, fragt Micha leise, aber bestimmt. »Ich hab nämlich nichts mitbekommen.«

»Ich weiß nur so viel, dass du zwar das Kind verloren hast, aber ansonsten alles in Ordnung ist und du jederzeit wieder Kinder bekommen kannst. Mehr weiß ich nicht, aber das ist doch super! Du wirst wieder ganz gesund!«

Sichtlich erleichtert nimmt Micha die Worte zur Kenntnis und schließt wieder ihre Augen.

Ihre Finger klammern sich dabei um Zitas Hand und als sie die Augen wieder öffnet, sagt sie voller Freude: »Es ist schön, eine Freundin wie dich zu haben.«

Zita drückt Michas Hand noch fester.

»So, jetzt gibt es das Abendessen, wie geht's, hast du schon Appetit?«, will eine Krankenschwester mit einem Tablett in der Hand wissen. »Na ja, ich stell's einfach mal her, vielleicht magst du ja später noch etwas probieren«, meint sie, als Micha nur müde den Kopf schüttelt. Sie klappt die Tischplatte des Nachtschränkchens hoch und stellt das Tablett darauf ab.

»Du musst aber etwas essen«, besteht Zita darauf, »umso schneller kommst du wieder zu Kräften. Schau, ein wenig Suppe geht doch ganz bestimmt.« Damit dreht Zita das Nachtschränkchen so, dass die Tischplatte über dem Bett direkt vor Michas Bauch steht. Micha versucht sich aufzusetzen. »Warte, ich helf dir doch, du musst dir doch nicht gleich wieder weh tun!«, mahnt Zita ihre Freundin und geht an die Seite des Bettes, um den Hebel für das Oberteil so zu verstellen, dass Micha fast aufrecht sitzen kann. Doch als diese vor Schmerz das Gesicht verzieht, stellt sie das Oberteil schnell wieder etwas flacher. »Geht's so besser, oder soll ich noch flacher stellen?«

»So passt es schon, es ist nur, wenn ich zu aufrecht sitze, tut's mir weh. Aber essen mag ich wirklich nichts.«

»Doch, schau, das ist eine gute Nudelsuppe«, gibt Zita nicht nach, »bloß ein paar Löffel probieren, bitte.«

Tatsächlich bekommt Michaela nach den ersten Löffeln Appetit und isst die gesamte Suppe auf. Zita lobt sie dabei immer wieder, wie ein kleines Kind, das für jeden Löffel einen extra Paten benötigt.

»So, jetzt warst du aber brav und es wird dir gleich besser gehen. Da gibt's noch einen Pudding als Nachspeis', den heben wir uns für später auf«, bestimmt Zita ganz einfach.

Anscheinend wirkt die Suppe tatsächlich schon, denn Micha wird zusehends wacher und munterer. Ihre Gesichtsfarbe ist schon beinahe wieder die alte und sie kann auch schon wieder viel besser sprechen.

»Hast du eine Ahnung, wie es meinem Vater geht?«, möchte sie jetzt wissen.

»Also gut, dass … dass deine Mama gestorben ist, hast du mitbekommen?«, fragt sie und betrachtet Micha genau. Doch statt zu erschrecken, nickt diese nur. »Dein Vater wollte den Pfarrer noch verständigen und sich um alles Weitere kümmern. Er hat momentan bestimmt genug zu tun, aber morgen kommt er bestimmt, um dich zu besuchen. Nur jetzt konnte er natürlich nicht weg.«

Micha nickt und wirkt überraschend gefasst.

»Weißt du, sie wollte mir im letzten Moment noch helfen«, beginnt Micha zu erzählen, während Zita verständnislos zuhört. »Ich habe ihr gerade von Georg erzählt und davon, dass er sich sehr um mich bemüht. Auch, dass mein Kind für ihn kein Problem wäre, und da hat sie noch genickt und ich glaube auch einen frohen Gesichtszug gesehen zu haben. Ich erzählte dann einfach so weiter, um ihr eine Freude zu machen. Als ich dann aber ins Schwärmen kam und erzählte, dass wir einmal mehrere Kinder haben wollen und dass dann mein Kind mit den anderen aufwachsen würde und Georg das genauso lieb hätte wie die eigenen Kinder, ist es dann passiert.« Micha macht eine Pause und schließt kurz die Augen. Ihre Zimmernachbarinnen haben sich teilweise aufgerichtet, um besser hören zu können und lauschen gespannt auf Michas Bericht.

»Sie hat heftig mit dem Kopf geschüttelt und sich aufgerichtet, so als wollte sie mir ganz dringend etwas sagen. Eigentlich konnte sie sich ja schon lange nicht mehr so bewegen, aber sie hat wohl die letzten Kräfte mobilisiert und sich zu mir her gebeugt. Dabei ist sie zu weit gegangen und aus dem Bett gestürzt. Sie hat sich dabei noch kurz an mich geklammert und mit zu Boden gerissen. Ich war so überrascht, dass ich gar nicht reagieren konnte. Dann lag sie auf mir und ich versuchte in Panik, unten rauszukommen. Als ich versuchte, sie hochzuheben, hatte ich plötzlich einen wahnsinnig stechenden Schmerz im Bauch. Dann bin ich wohl bewusstlos geworden, weil ich erst wieder weiter weiß, als ich schon im Bett lag und mein Vater bei mir war. Da erklärte er mir auch schon, dass Mama gestorben war. Irgendwie hatte ich das aber auch vorher schon gewusst und empfand eher eine Erleichterung als Schmerz. Seitdem habe ich das Gefühl, dass sie mein Kind mitnehmen wollte, damit es später einmal keine Probleme mit gemeinsamen Kindern geben würde. Ist das jetzt verrückt gedacht, oder was meinst du?«

Bei den letzten Worten hatte die direkte Bettnachbarin eine Hand vor den Mund gehalten und ganz erschrocken geschaut. Zita hatte während des Zuhörens unbewusst Michas Hand immer stärker gedrückt und lässt erst jetzt wieder locker. Sie weiß überhaupt nicht, was sie dazu sagen soll.

Geschockt sieht sie ihre Freundin an und meint hilflos: »Keine Ahnung, ob das verrückte Gedanken sind, aber vielleicht erinnerst du dich noch, als sie sagte, dass sie sich bemerkbar machen würde, wenn es eine Möglichkeit geben sollte und wir sie bräuchten. Vielleicht könnte man das so verstehen, dass dies bereits der erste Hilfeversuch war, um dich mit allen Mitteln, die ihr zu Verfügung stehen, zu beschützen.«

Micha hat schweigend zugehört und nur hin und wieder zustimmend genickt. Sie schließt wieder die Augen und es herrscht Grabesstille im Zimmer, als es klopft und Zitas Mama hereinkommt.

»Halllo Micha, wie geht's? Du siehst ja schon wieder ganz gut aus«, sagt sie, nachdem sie die anderen Patientinnen allgemein begrüßt hat. Sie sieht den leeren Suppenteller stehen und lobt: »Gegessen hast du auch schon was, das ist gut, da darfst du bestimmt bald wieder heim.«

»Danke, Frau Grimmer, es geht schon wieder aufwärts, aber ich weiß noch nichts Näheres. Wahrscheinlich werde ich es morgen erfahren. Wissen Sie etwas von meinem Vater?«

»Ja, ich war bis vorhin noch bei ihm und hab ihm geholfen. Deine Mama wird nicht zuhause aufgebahrt, wegen der Gäste und der Bestatter hat auch gemeint, dass es wegen des Wochenendes zu lange wäre. Der Pfarrer sagt, dass die Beerdigung wohl am Montagnachmittag sein wird, wenn du vielleicht wieder daheim bist. Aber man wird sehen. Ich möchte dir nicht weh tun, aber ich habe das Gefühl, dass es für deinen Vater eine Befreiung und für deine Mutter eine Erlösung ist. Jetzt muss das Leben wieder weitergehen, das ist sicher auch im Sinne deiner

Mutter. Aber erst musst du wieder ganz gesund werden!«

Micha steckt ein Riesenkloß im Hals und am liebsten würde sie einfach los weinen, aber sie gibt sich tapfer und schließt nur kurz die Augen.

»Du, Zita, da muss doch noch ein Pudding da sein, könntest du ihn mir geben?« Sie will einfach ein anderes Thema haben!

Während sie den Pudding isst, fragt Zita vorsichtig, ob sie eventuell Georg Bescheid geben oder erst morgen Abend beim Treffen der Trachtler was sagen soll. »Ich könnte ihn anrufen, dann würde er dich bestimmt gleich morgen besuchen kommen.«

»Das wäre schön, wenn du das machen könntest, auch wenn er es vielleicht schon von meinem Vater erfahren hat, weil er ruft mich öfters mal an. Vielleicht hat er ja heute schon mit mir reden wollen. Aber du könntest ihn wenigstens beruhigen und ihm erzählen, dass es mir schon wieder ganz gut geht. Das würde ihm sicherlich gut tun.« Ihre Augen beginnen wieder zu leuchten und sie fühlt sich sofort besser, als sie noch ein wenig über Georg reden. Zita verspricht ihrer Freundin, sofort, wenn sie zu Hause sind, Georg anzurufen.

Daheim sucht Zita gleich im Telefonbuch nach der Nummer von Georg. Es meldet sich seine Mutter und die fragt noch einmal nach, wer denn dran sei. »Ich bin die Zita Grimmer, eine Bekannte von Ihrem Sohn Georg, und ich würde ihn gerne sprechen.«

»Ja, der Georg ist aber nicht da, er ist wohl noch bei einem Freund. Keine Ahnung, wann er heimkommt. Aber worum geht es denn, es hört sich so dringend an?«

»Ich weiß jetzt wirklich nicht, ob ich das sagen darf. Wissen Sie von seiner Freundin?«, fragt Zita vorsichtig.

»Du meinst die Micha, natürlich, er erzählt doch von nichts anderem mehr. Ist etwas mit ihr?«

Zita erzählt ihr daraufhin die ganze Geschichte und bittet sie darum, ihm auszurichten, dass er, falls er noch vor zehn Uhr heimkommen sollte, bei ihr anrufen möchte.

Zitas Mutter hat in der Zwischenzeit das Abendessen hergerichtet und sitzt schon am Tisch. »Er ist noch nicht daheim, aber er ruft vielleicht noch zurück«, erklärt sie ihrer Mutter und setzt sich zu ihr.

Jetzt steht die Mutter auf und nimmt das Telefon, um Herrn Unterbrunner Bescheid zu geben. Dieser ist dankbar für die gute Nachricht und hat vor, gleich morgen früh seine Tochter zu besuchen.

Gerade will sich Frau Grimmer wieder setzen, da klingelt das Telefon, aber Zita sagt: »Warte, das ist bestimmt der Georg«, und läuft schon zum Küchenschrank. Tatsächlich ist es Georg und er wirkt ziemlich verstört. »Jetzt erzähl mir du noch einmal genau, was passiert ist«, fordert er sie auf. Nachdem Zita auch ihm alles erzählt hat und extra noch mal darauf hinweist, dass es ihr schon wieder ganz gut geht, ist er doch etwas ruhiger. »Auf jeden Fall fahr' ich gleich morgen früh zu ihr. Darf ich da so einfach rein? Ich hab doch keine Ahnung. Ich war' ja noch nie in einem Krankenhaus.«

»Natürlich darfst du da rein, und du kannst bis Ende der Besuchszeit um sieben Uhr abends bleiben. Die Micha wird sich bestimmt riesig freuen!« Zita lächelt leicht über Georgs Unbeholfenheit und gibt ihm gleich noch einen ‚schulmeisterlichen' Rat. »Du, Georg, gleich in der Früh will auch ihr Vater sie besuchen. Wenn der dazukommt oder schon da ist, frägst ihn halt, ob es ihm recht ist, dass du dabei bist, oder lieber draußen warten sollst. Das kommt bestimmt auch gut an und es kann ja sein, dass sie über etwas reden wollen, was du nicht unbedingt mitbekommen musst.«

Georg bedankt sich noch und wünscht eine gute Nacht. ›Ja, die wirst du sicher nicht haben‹, denkt Zita bei sich, als sie den Hörer auflegt.

Schon kurz vor elf Uhr erreichen sie das Krankenhaus. Auf dem Gang zu Michas Zimmer kommt ihnen Herr Unterbrunner entgegen, der schon auf dem Heimweg ist.

»Ach, Frau Grimmer, schön, dass ich Sie noch treff'. Bitte kommen's doch mit auf eine Tasse Kaffee, der Georg ist gerade bei ihr und ich glaub, die beiden sind ganz froh, wenn sie ein paar Minuten allein sein können. Der arme Kerl ist gleich nach mir gekommen und war ganz aufgelöst. Wir haben uns zwar sehr nett miteinander unterhalten, aber wir waren halt immer zu dritt. Sie verstehen schon.«

Vor dem Stationszimmer steht ein Kaffeeautomat und ein paar Stühle für Besucher sind um einen kleinen Tisch gruppiert. Zita besorgt den Kaffee und die beiden Erwachsenen setzen sich an den Tisch. »Weiß man schon Näheres?«, will sich Frau Grimmer informieren, »wann darf sie denn heim?«

»Hm, das ist ein bisschen heikel«, druckst Herr Unterbrunner herum, »die Ärzte würden sie schon am Montag entlassen. Nachdem aber da ausgerechnet die Beerdigung ihrer Mutter ist, meinten sie, wäre es besser für sie, wenn sie erst am Dienstag oder Mittwoch heimgehen würde. Sie befürchten halt einen psychischen Schock bei der Beerdigung. Außerdem dürfte sie noch nicht so lange stehen. Sie dann mit einem Rollstuhl zu schieben, wäre für das Mädchen bestimmt auch nicht gut. So haben wir uns darauf geeinigt, dass sie am Dienstagnachmittag entlassen wird, aber für den Rest der Woche von der Schule befreit bleibt. Außerdem darf sie sich die nächste Zeit auf keinen Fall besonders anstrengen und Aufregung, so meinen die Ärzte, hätte sie vorerst auch genügend gehabt. Dass sie nicht bei der Beerdigung ihrer Mutter dabei sein kann, werde ich ihr erklären und mit ihr dann einen eigenen Abschied von der Mutter machen. Ich denke, das wird das Beste für alle sein. Aber bitte sagen's ihr noch nichts davon, das will ich selber machen!«

Frau Grimmer stimmt Herrn Unterbrunner voll und ganz zu und lobt ausdrücklich die Weitsicht und das Mitgefühl der Ärzte.

Als sie das Zimmer betreten, sitzt Georg auf der Bettkante und hält Michas Hand. Micha selber sieht schon recht erholt aus und Georg wirkt wegen der Anwesenheit von Zitas Mutter etwas verlegen. Doch bevor Zita etwas sagen kann, stellt Micha Georg einfach als ihren Freund vor. Dieser bekommt zwar kurzzeitig leicht rote Wangen, als ihn Frau Grimmer aber lobt, weil er sich so sehr um Micha kümmert, fühlt er sich gleich besser und vor allem sehr wichtig. »Ja, wissen Sie«, kommt er jetzt gleich recht altklug daher, »man kann so ein Mädchen in dieser Situation doch nicht allein lassen. Zum Schluss erleidet sie noch einen seelischen Schaden!«

Schmunzelnd nimmt Frau Grimmer diese Aussage zur Kenntnis und auch Michaela lächelt still vor sich hin.

Nachdem Zita ihre Freundin umarmt hat, setzt sie sich auf die andere Bettseite und will von Micha wissen, wie es ihr geht und ob sie noch Schmerzen hat und so weiter. Unterdessen lenkt ihre Mutter Georg ein wenig von den beiden ab, in dem sie ihn in eine kleine Unterhaltung verwickelt.

Anschließend wünschen Zita und ihre Mutter noch gute Besserung und lassen die beiden wieder allein.

Am Nachmittag treffen zwei ältere, befreundete Ehepaare als Gäste ein. Die vier sind alte Stammgäste und kommen fast immer in der Nebensaison, weil sie die Ruhe genießen möchten und gerne auch zur Unterhaltung oder zu einem Spielenachmittag zusammensitzen, wenn das Wetter mal nicht so gut ist. Völlig unkomplizierte Menschen, die ihren Lebensabend genießen.

Heute Abend ist im *Oberdorfer Hof* die Generalprobe für die neu einstudierten Tänze. Nachdem Micha und damit auch Georg ausfallen, dürfen zwei sogenannte Nachrücker mitmachen. Der Junge ist immerhin schon dreizehn und das Mädchen gute zwölf Jahre alt. Aber der Ehrgeiz, dabei zu sein und alles richtig zu machen, ist keinesfalls kleiner als bei den Älteren. Voller Stolz zeigen sie ihren Eltern, was sie in der letzten Zeit gelernt haben.

Hauptgesprächsthema ist neben der morgigen Veranstaltung natürlich das Schicksal von Micha und ihrer Mutter. Einige erfahren es erst jetzt und sind tief betroffen. »Wie wird es denn jetzt da droben weitergehen? Die Micha ist ja noch ein Kind und der Vater, ob der die Hütt'n weiterführen kann?« Selbst Spekulationen über einen anstehenden Verkauf der Hütte machen bereits die Runde.

Toni ist heute auch wieder gekommen, beteiligt sich aber an den Gesprächen und Gerüchten um Micha und ihren Vater nicht. Stattdessen meint er freudig zu Zita: »Na, morgen kommst du mir aber nicht aus, da wirst ja doch Zeit haben, oder hast du auch schon wieder etwas anderes vor?«

»Ja, stell dir vor«, antwortet Zita recht keck, »ich werde morgen die Micha im Krankenhaus besuchen und weiß natürlich nicht, wie lange das dauern wird!« Lachend fügt sie noch an: »Aber bis Mittag zum Tanzen bin ich auf alle Fälle wieder da. Keine Angst, schließlich hab ich doch auch die ganze Zeit mitgeprobt.«

»Na, da freu ich mich aber schon. Den einen oder anderen Tanz wirst du mir ja wohl gönnen.«

Nachdem die Gruppe ihren Beitrag zur Zufriedenheit des Trainers absolviert hat, stehen Zita und Uschi mit den anderen aus ihrer Gruppe zusammen und unterhalten sich aufgeregt über morgen. Es ist auch eine Plattlergruppe aus Kufstein angekündigt, die recht bekannt sein soll. Außerdem werden etwa zweitausend Zuschauer und Neugierige erwartet. Es wird ein richtiges Großereignis werden, wie eigentlich jedes Jahr.

Während sich Uschi mit einem Jungen unterhält, den Zita bisher noch nie gesehen hat, macht sich der Toni wieder an sie heran. »Wie lang darfst du denn morgen bleiben? Wirst doch hoffentlich nicht schon wieder um sechs heim müssen?«

»Ach, das kommt darauf an, was los ist, aber bis um acht denke ich, dass ich schon bleiben kann. Aber wie gesagt, sollte es recht fad' werden, gehe ich vielleicht auch schon eher heim.« Herausfordernd sieht sie Toni an.

»Keine Angst, ich werd' schon dafür sorgen, dass dir nicht langweilig wird!«, verspricht er. »Du, Zita, ich muss aber jetzt wieder weg, weil ich daheim noch was erledigen muss. Wir sehn uns dann morgen. Ich freu mich schon!« Noch ein kurzes Winken beim Hinausgehen und dann ist er fort.

Endlich ist es so weit! Der große Auftritt der Trachtler rückt immer näher. Zita war gleich in der Früh' noch zusammen mit ihrer Mutter bei Micha im Krankenhaus gewesen. Georg war auch schon bei ihr. Sie sah wieder richtig gesund aus und war auch in guter Stimmung. Mittlerweile wusste sie auch darüber Bescheid, dass sie nicht bei der Beerdigung ihrer Mutter dabei sein würde, aber es schien ihr nicht allzu viel auszumachen. »Wisst ihr, ich nehm' lieber in Ruhe von ihr Abschied. Da kann ich noch mit ihr reden ohne dass mich zig neugierige Gesichter begaffen. Ändern würde es an der ganzen Sache ja auch nichts mehr, und die Mama ist mir bestimmt nicht böse. Das weiß ich! Ihr ist viel mehr daran gelegen, dass ich wieder richtig gesund werd'.«

Im Dorf ist bereits das Aufstellen des Maibaums in vollem Gange. Zita, die bereits am Morgen ihr bestes Dirndl angezogen hat, steigt aus, um gleich bei der Dorfjugend zu bleiben. Ihre Mutter will später am Nachmittag, wenn der Maitanz beginnt, dazukommen.

Das Aufstellen des Maibaumes findet diesmal zwar erst am vierten Mai statt, aber dafür gibt es heute ein herrliches Wetter und Sonnenschein satt.

Die Mitglieder des örtlichen Burschenvereins und der Feuerwehr, die verantwortlich für das Aufstellen des Baumes sind, legen gerade die erste Trinkpause ein, als Zita hinzukommt und Uschi unter den anderen Mädchen stehen sieht. Sie winkt ihr zu und drängt sich an den Burschen vorbei auf die andere Seite. Nach einer kurzen Umarmung berichtet Zita Uschi vom Krankenhausbesuch und dass sich Georg ganz rührend um Micha kümmert.

»Also, den Bub hab ich total unterschätzt«, stellt Uschi sachlich fest. »Der macht offensichtlich gerade eine Wandlung zum Erwachsenwerden durch!« Beide Mädchen kichern und Zita meint dazu: »Na ja, da ist der Groschen halt gefallen

347

und dann überschlagen sich die Hormone offenbar!« Jetzt beginnen die beiden richtig zu lachen.

Die Burschen nehmen die Stangen wieder in ihre Hände und richten den Baum ein weiteres Stück auf, bevor sie wieder für ein paar Minuten pausieren. Die umstehenden Zuschauer, vor allem die Mädchen, feuern die Burschen an und klatschen in ihre Hände. Zwischendurch spielt schon mal die Musik einen passenden Marsch, um die Stimmung anzuheizen.

Kurz vor dem Zwölfuhrläuten steht der Baum und ist fest verankert. Die Musik spielt einen Tusch und es gibt Freibier für alle Helfer. Mit dem Läuten der Kirchenglocken ist der erste Teil des Tages abgeschlossen und die Menschen verteilen sich an den überall aufgestellten Tischen und Bänken, um ein Mittagessen einzunehmen und etwas zu trinken. Der große Renner für alle Nichtbiertrinker ist wie alle Jahre die frisch angesetzte Maibowle der Freiwilligen Feuerwehr.

Uschi und Zita bemühen sich, an einen Stand mit Essen zu gelangen. Als sie endlich an der Reihe sind, gibt es gerade noch Bratwürstel mit Sauerkraut. Alles andere dauert, weil es erst wieder neu angerichtet werden muss. So nehmen sie eben die Würstel und jeweils eine Cola. Die Wertmarken, die sie für ein Essen vom Verein bekommen haben, wären durchaus mehr wert gewesen, aber warten wollten die beiden nicht und Wechselgeld auf Gutscheine gibt es keins. »Was soll's«, meint Uschi, »vielleicht findet sich ja später noch ein Spender.« Schelmisch sieht sie dabei Zita an und dann lachen die beiden wieder los.

Die für den Trachtenverein gleich im Anschluss an das Podium reservierten Tische, füllen sich und auch Zitas Mutter ist bereits da. Sie sitzt zusammen mit Uschis Eltern an einem Tisch in der vierten Reihe.

Pünktlich um zwei Uhr beginnt der Maitanz. Nach der Begrüßung durch Bürgermeister und Vereinsvorstand beginnt die Musik zu spielen und die Tanzgruppen nehmen Aufstellung. Zitas Gruppe trägt die Nummer zwei und kommt gleich hinter der Erwachsenengruppe. Im Anschluss kommt eine Gastgruppe aus Salzburg und anschließend die berühmten Plattler aus Kufstein. Zwischendurch sind immer wieder Pausen und Tänze für alle vorgesehen, sodass sich auch die Besucher tänzerisch betätigen können.

»Bravo, habt's sauber g'macht«, zeigt sich Toni begeistert, als Zita und ihre Gruppe unter dem Beifall der Zuschauer das Tanzpodium verlassen. »Kommt's mit, ich spendier' eine Runde.«

Vor dem Tanz hatten die beiden den Toni heute noch nicht gesehen und jetzt steht er plötzlich da. Überrascht, aber froh über die Einladung gehen sie mit ihm an einen etwas abgelegenen, aber freien Tisch. »Da, setzt's euch, ich bin gleich wieder da«, meint er zu den beiden Mädchen und verschwindet Richtung Feuerwehrstand.

»Drei mal mit«, bestellt er und zwinkert dem Burschen, der die Bowle ausschenkt, zu. Das ›mit‹ bedeutet, dass in die Bowle zusätzlich noch ein Glas Wodka geschüttet wird.

»So, eine Bowle für jeden«, stolz stellt Toni die drei Gläser auf den Tisch und verteilt sie.

»Aber wir trinken eigentlich keinen Alkohol«, meint Uschi und schiebt ihr Glas wieder ein Stück von sich weg.

»Warum habt ihr denn das nicht gleich gesagt«, gibt sich Toni unschuldig, »aber ich kann auch keine drei auf einmal trinken. Probiert doch einfach mal. Außerdem ist Mai und was soll man im Mai sonst trinken, wenn keine Maibowle! Also kommt, stoßen wir doch einmal an.«

Zita hat ihr Glas schon in der Hand und so will auch Uschi sich nicht ausschließen und stößt mit den beiden an. Während Uschi vorsichtig nur an dem Glas nippt, nimmt Zita einen kräftigen Schluck. Da die beiden Mädchen keine Ahnung vom Geschmack der Bowle haben, bemerken sie natürlich auch den zusätzlich darin befindlichen Wodka nicht. Sie gehen einfach davon aus, dass Maibowle so schmecken muss! Schlecht schmeckt sie ja nicht, und süffig ist sie auch.

Zita nimmt gleich noch einen Schluck. »Danke für die Einladung, hätte nicht gedacht, dass du so nobel wärst.«

»Na ja, ich weiß ja, dass ihr noch zur Schule geht und meist kein Geld habt, aber umsonst ist trotzdem nichts, ein Tänzchen muss schon drinnen sein«, grinst Toni schelmisch.

»Jetzt sind die Salzburger dran, die will ich sehen«, sagt Uschi und steht auf. Auch Toni und Zita nehmen ihr Glas in die Hand und bewegen sich wieder Richtung Podium, um der Konkurrenz aus der großen Stadt zuzusehen. Offenbar haben die aber nur die zweite Garnitur geschickt. Zwar ist der Auftritt durchaus in Ordnung, aber die Fachkundigen können schon einige Unsicherheiten entdecken.

»Ihr wart auf alle Fälle besser«, stellt Toni schmeichelnd fest. Während die Gruppe das Podium verlässt, gehen die drei wieder an ihren Tisch zurück. Bei

Zita, die schon mehrere Schlucke von der Bowle getrunken hat, scheint der Alkohol bereits zu wirken. Ihre Wangen sind leicht gerötet und sie wird immer unternehmungslustiger. »Komm, Toni, jetzt spielen sie gerade so einen schönen Zwiefachen, lass uns tanzen.«

Bereitwillig steht Toni auf, nimmt aber erst sein Glas und fordert die beiden ebenfalls auf auszutrinken, damit die Bowle in der Sonne nicht warm wird, wie er meint. Zita stößt mit ihrem Glas mit Toni an und trinkt aus, während Uschi zur Seite schaut und so tut, als ob sie die Aufforderung nicht gehört hätte. Anschließend gehen die drei zum Tanzpodium. Elegant reihen sich Zita und Toni unter die Tänzer und drehen schwungvoll ihre Runden. Erst als nach fünf Tänzen die Musik endlich Pause macht, gehen sie wieder an ihren Tisch zurück. Toni lässt dabei seinen Arm wie zufällig um Zitas Hüfte liegen. Verschwitzt und durstig setzen sie sich an den Tisch. Dass Uschi mit ihrem Glas verschwunden ist, kommt Toni gerade recht.

»Was meinst, magst noch eine Bowle?«, meint er und nimmt die beiden Gläser.

»Eine Cola wär' mir momentan lieber, weil ich hab ganz schön Durst«, sagt Zita mit leichtem Zungenschlag. Sie fühlt sich einfach super und es gefällt ihr, wie sich der Toni um sie bemüht. Toni kehrt mit einer Cola und einem Glas Wasser für sich zurück. »Bei der Hitz' ist es ganz gut, wenn man mal was anderes trinkt«, meint er mit Blick auf sein Wasser. Er setzt sich zu Zita und rückt so eng an sie heran, dass sich ihre Oberschenkel berühren. Zita ist etwas irritiert, aber sie will Toni jetzt nicht verärgern und bleibt auch noch ruhig sitzen, als er seinen Arm um ihre Hüfte legt. Toni versteht es, Zita zu unterhalten und zum Lachen zu bringen und Zita wird immer gelöster, je mehr der Alkohol und die Sonne auf sie einwirken. Als die Kufsteiner Plattlergruppe angekündigt wird, gehen die beiden wieder zum Podium. Zita ist mittlerweile froh, dass Toni sie fest im Arm hält, denn sie merkt schnell, dass sich ihre Beine nicht mehr so leicht und sicher bewegen lassen. Am Podium treffen sie auf Uschi, die mit einigen anderen Mädchen zusammensteht und dem Treiben zusieht. Als sie Zita erblickt, kommt sie heran und betrachtet die beiden kurz, aber genau.

»Du bist ja besoffen«, sagt sie entrüstet zu Zita, »sag mal, weißt du schon noch, was du machst?«

»Hallo Uschi, mir geht's gut, bin ein bisschen lustig, aber sonst ist schon alles in Ordnung.« Zitas Zungenschlag ist nicht mehr zu überhören.

»Also, ich weiß nicht, ihr beiden gefallt mir überhaupt nicht, bist du wirklich noch richtig bei Verstand?«, will Uschi sich noch einmal versichern.

»Ja, ja, alles in Ordnung, ich schau mal schnell bei meiner Mama vorbei«, gibt Zita trotzig heraus und steuert betont lässig, aber sichtlich ein wenig schwankend die reservierten Tische an. Dabei muss sie sich durch mehrere Reihen von Zuschauern drängen und ist nach wenigen Schritten aus Uschis Blickfeld verschwunden.

Statt zu ihrer Mutter zu gehen, sucht Zita eine Toilette auf und übergibt sich. Anschließend geht sie etwas unsicher bei ihrem Tisch vorbei und spült mit der restlichen Cola ihren Mund sauber. Die Sonne sorgt dafür, dass schnell wieder Farbe in ihr Gesicht kommt, und als sie zum Podium zurückkommt, beginnen die Plattler gerade mit einem neuen Stück. Sie stellt sich einfach wieder zu der Gruppe dazu, als wäre sie nie weg gewesen. Toni legt sofort seinen Arm um ihre Taille und zieht sie näher zu sich heran. Irritiert bemerkt Uschi, dass sich Zita das gefallen lässt. Als Toni erkennt, dass er in Uschi eine Gegnerin hat, überredet er Zita, weiter nach hinten zu gehen und sich einen schattigeren Platz zu suchen. Zita ist gerne dazu bereit, weil ihr in der Sonne wirklich zu heiß wird. Sie finden einen freien Platz unter einem Sonnenschirm etwas abseits des Veranstaltungsplatzes. Langsam beginnt es Zita wieder besser zu gehen und nach einer weiteren Cola fühlt sie sich wieder fit genug für einen Tanz. Auf dem Weg nach vorne geben sie ihre leeren Gläser an einem Stand zurück und reihen sich wieder in die Gruppe der Tänzer ein. Am Podiumsrand bemerkt Zita ihre Mutter und winkt ihr zu. Sie winkt zurück und freut sich, dass sich Zita so gut amüsiert. Von dem etwas wackeligen Zustand ihrer Tochter bemerkt sie, dank des festen Griffes von Toni, nichts. Er zieht das Mädchen ganz eng an sich heran und seine rechte Hand wandert dabei von ihrem Rücken langsam weiter nach unten. Im Gedränge der Tanzpaare fällt es auch nicht auf, dass seine Hand kurz auch mal noch etwas tiefer rutscht. Zita bemerkt es zwar, es stört sie aber nicht besonders. Stattdessen schmiegt sie sich noch enger an Toni, was ihm natürlich sehr gefällt. Dadurch noch mutiger geworden zieht Toni in einer kurzen Musikpause ihren Kopf zu sich heran und drückt ihr einen Kuss auf den Mund. Zwar versucht sie sich zu wehren, aber Toni lässt nicht locker und dann ist ihr Widerstand auch schon gebrochen. Erst als die Musik mit dem neuen Stück beginnt, lösen sie sich voneinander und beginnen wieder zu tanzen.

Inzwischen wird es schon sieben Uhr und um acht soll Zita mit ihrer Mutter nach Hause fahren. Toni hat Zita nach Abschluss der Tanzrunde in eine Barbude verzogen und »zur Feier des Tages« ein Glas Sekt spendiert. Schnell wirkt der Alkohol und verstärkt Zitas Rausch. Sie lehnt mehr, als sie sitzt, neben Toni auf einer Bank und ihr Kopf liegt an seiner Schulter. Toni hat seinen rechten Arm um ihre Schultern gelegt und seine linke Hand tastet ihren Körper auf der Vorderseite ab. Zunächst legt er sie auf ihren Schoß, um dann langsam immer höher zu wandern, bis er ihre Brust erreicht. Zita ist mittlerweile willenlos und scheint zu schlafen. Die anderen Gäste in der Bar kümmern sich um die beiden überhaupt nicht. Er streichelt und drückt ihre Brust und versucht ihr in das Mieder zu greifen, als Zitas Hand ihn zurückhält. Mit einem trägen Kopfschütteln und einem verzerrten Lächeln sieht sie ihn an und lallt: »Nicht so weit, das reicht schon.«

»Schon gut«, gibt er großzügig zurück und zieht ihren Kopf heran, um sie zu küssen. Hier leistet Zita keinen Widerstand und Tonis Hand rutscht wieder zu ihrer Brust, wo sie knetend von links nach rechts wandert. Als er merkt, dass Zita recht willig mitmacht, gleitet seine Hand wieder langsam nach unten bis auf ihre Oberschenkel und versucht den Rock des Dirndls etwas hochzuschieben. Als er aber unter ihren Rock fassen will, ist Zitas Hand wieder da und hält ihn zurück.

»Oh, was hast du denn da für einen schönen Ring an deinem Finger«, tut er ganz überrascht, »darf ich ihn mal näher anschauen?« Damit nimmt er bereits ihre Hand und zieht ihr den Ring vom Finger. Zita möchte gerne etwas sagen, ist aber zu benommen, um etwas Verständliches herauszubekommen. Schnell steckt Toni den Ring in die Brusttasche seines Hemdes und versucht, da Zita momentan absolut widerstandslos ist, wieder unter ihren Rock zu greifen. Gerade, als er sich an seinem Ziel angekommen glaubt, hört er Uschi schreien.

»Hey, da seid ihr also! Sag mal, Toni, spinnst du, was machst du denn da? Das ist ja fast eine Vergewaltigung und ihr Idioten schaut alle zu!« Dabei wendet sie sich an die anderen Gäste.

»Lass du sofort deine Finger von der Zita«, schreit sie Toni an und packt ihn an den Haaren. Jetzt schauen auch die anderen Gäste, und ein Bursche, der noch relativ nüchtern ist, kommt Uschi und Zita zu Hilfe.

»Kümmer du dich um das Mädel, den Rest mach ich«, sagt er hastig zu Uschi und zerrt Toni von der Bank hoch. »Du Sau, schau bloß, dass du weiterkommst, oder müssen wir die Polizei holen? Kennt den Burschen jemand?« Damit dreht er Toni einmal im Kreis herum, dass ihn jeder genau anschauen kann. »Ja freilich, das ist der Toni Hinteregger, der hat doch dauernd solche Weibergeschichten! Meistens mit jungen unbedarften Mädeln, denen er erst Alkohol einflößt und dann rumkriegen will. Der ist bei der Polizei bekannt«, sagt einer der Gäste. »Scheiße, dass wir vor lauter Gequassel gar nichts mitbekommen haben, dem möcht' ich schon lange eine Saubere einschenken«, meldet sich ein weiterer Gast.

Uschi hat Zita in den Arm genommen und will sie aus der Bar zerren, aber Zita hilft überhaupt nicht mit und Uschi bekommt Angst. »Bitte, kann sich jemand um die Zita kümmern, ich hol schnell ihre Mutter«, ruft sie verzweifelt.

»Geh du nur«, sagt eine junge Frau, die die ganze Sache beobachtet hat und wohl neunzehn oder zwanzig Jahre alt ist, »ich mach das schon.«

Uschi läuft weinend aus der Bar und sucht nach Zitas Mutter.

Der Bursche gibt Toni noch einen kräftigen Tritt in den Hintern und schubst ihn aus der Bar. »Verschwinde bloß möglichst schnell, sonst kannst auch noch Prügel bekommen, und lass dich hier im Ort nie wieder blicken!« Zu den anderen gewandt fährt er fort: »Okay, ihr seid Zeugen, bitte schreibt bloß eure Anschrift auf eine Serviette, die geb' ich dann ihrer Mutter. Sollen die selber entscheiden, ob sie zur Polizei gehen wollen oder nicht!« Er bittet noch die Bedienung um einen Zettel oder eine Serviette und einen Stift und schreibt Namen und Anschrift darauf.

Uschi findet Zitas Mutter bei den Frauen des Trachtenvereins, die sich angeregt unterhalten. Auch Uschis Mutter ist dabei und erkennt sofort, dass etwas nicht stimmt, als sie ihre Tochter angelaufen kommen sieht.

»Was um Gottes Willen ist denn passiert?«, will sie fragen, als Uschi schon zu sprechen anfängt: »Frau Grimmer, kommen's bitte ganz schnell, die Zita, die ist ganz schlecht beieinander. Da hinten in der Bar ist sie und kann nicht mehr gehen.«

»Was tut denn das Mädel in der Bar?«, bringt Frau Grimmer zornig heraus und steht auf. Auch Uschis Mutter springt sofort auf und kommt mit. Die anderen Damen sehen sich vieldeutig an und schon kursieren die ersten Gerüchte. »Die hat doch auch schon mal mit einem Deutschen was g'habt. Na, da bin ich mal gespannt, was aus dem Dirndl wird«, beginnt die Erste sich das Maul über Zita zu zerreißen.

»Mein Gott, wie siehst denn du aus?« Entsetzt schaut Frau Grimmer ihre

Tochter an, die in den Armen der jungen Frau lehnt und vor sich hin lallt. Die junge Frau klärt Frau Grimmer in groben Zügen über den Vorfall auf und entschuldigt sich auch dafür, dass sie und ihre Freunde nichts mitbekommen haben. »Die beiden sind da hinten gesessen und eng aneinander gehangen, da haben wir uns natürlich nichts dabei gedacht. Erst als dieses Mädchen da«, dabei zeigt sie auf Uschi, »zu schreien begonnen hat, ist uns klar geworden, was da los ist. Der Bursche ist bekannt und wir haben hier eine Liste mit Zeugen, falls Sie die Polizei einschalten wollen. Der Typ soll dort bereits wegen ähnlicher Umtriebe bekannt sein. Aber außer Begrabschen ist wohl nichts weiter passiert!«

Während des Gesprächs hat Frau Grimmer Zita an sich gezogen und versucht sie aufzustellen. Doch Zitas Beine geben immer wieder nach.

»Warte, Vroni«, sagt Uschis Mutter, »ich hol das Auto möglichst nah her, dann können wir sie hintragen.«

Frau Grimmer bedankt sich kurz bei den Umstehenden für ihr Eingreifen und möchte wissen, wer ihrer Tochter welchen Alkohol verkauft hat.

Kleinlaut kommt die Bedienung hinter dem Tresen hervor. »Der Typ, der dabei war, hat zwei Gläser Sekt gekauft, als sie hereingekommen sind, und Ihrer Tochter dann wohl eines davon gegeben. Das tut mir ja furchtbar leid, aber ich kann nicht kontrollieren, an wen die Getränke weitergegeben werden. Die muss aber vorher schon einiges getrunken haben, denn so stark ist unser Sekt auch wieder nicht, dass ein einziges Glas eine solche Wirkung haben kann. Es ist ja ganz normaler Sekt, ohne irgendwelche Zusätze.«

Zita lallt ständig etwas vor sich hin, das aber niemand verstehen kann. »Wenigstens ist sie nicht bewusstlos«, stellt Frau Grimmer fest. »Übergeben hat sie sich wohl auch schon einmal, wenn ich mir so ihre Schürze und die Strümpfe anschau.«

Uschis Mutter kommt herein und erklärt, dass sie mit dem Wagen gleich hinter der Bar parkt. »Jetzt nehmen wir zwei sie in die Mitte und bringen sie hin, da brauchen wir nicht groß durch die ganzen Leute marschieren.«

Von den beiden Müttern gestützt, kann Zita so weit gehen, dass sie nicht getragen werden muss.

Sie setzen Zita auf die Rückbank und Uschi setzt sich neben sie, um sie abzustützen und zu halten. »Fährst mir's gleich heim«, sagt Frau Grimmer völlig unnötigerweise zu Uschis Mutter, »ich komm dann hinterher.«

Als sie Zita zuhause aus dem Auto zerren, muss sie sich nochmals übergeben. Sie würgt und prustet, aber außer ein paar Tropfen Flüssigkeit kann sie nichts herausbringen. Anschließend bringen sie das Mädchen in die Stube und legen sie auf das Sofa.

Zita atmet schwer und als sie Uschi neben sich stehen sieht, beginnt sie wieder zu sprechen. Diesmal ist es aber etwas klarer und sie möchte offenbar wissen, was passiert ist.

»Jetzt sag bloß, dass du nicht weißt, was du angestellt hast«, fährt Uschi sie an, »gesoffen hast du bis zur Bewusstlosigkeit! Mit dem Toni hast rumgeschmust und dich überall begrabschen lassen wie eine … ich sag's lieber nicht! Mir stinkt ja bloß, dass ich Idiot dich Kindskopf allein gelassen hab. Hätt' mir doch denken können, dass du selbst zum Amüsieren zu blöd bist!« Uschi ist richtig sauer und muss sich sichtlich beherrschen, um nicht noch deftiger zu werden.

Frau Grimmer setzt sich zu Zita und wischt ihr mit einem nassen Waschlappen das Gesicht und die Hände ab. »Mein Gott, Kind, das hätt' aber auch wirklich schlimm ausgehen können. Sehen lassen wirst dich in nächster Zeit im Dorf nicht können, ohne dass du dich zum Gespött machst. Aber Gott sei Dank gibt's den Schutzengel Uschi, der gerade zur rechten Zeit 'kommen ist. Danke, Uschi, ich will mir gar nicht vorstellen, was passiert wär', wenn die auch noch mit ihm mit'gangen wär'. Und ich hock' bloß ein paar Meter daneben und bin völlig ahnungslos! Ich hab nicht geglaubt, dass ich mir um sie große Sorgen machen müsst'! Zwar hab ich sie den ganzen Nachmittag nicht mehr gesehen, hab mir aber nichts dabei gedacht. Bloß einmal hat sie mir beim Tanzen zugewinkt.«

Uschi erzählt auch von der Maibowle, die Toni spendiert hat. Sie habe diese allerdings, nachdem die beiden tanzen gegangen waren, weggeschüttet.

»Ob sie morgen zur Schule gehen kann, glaub ich noch nicht«, zweifelt Frau Grimmer, »ich werd' sie wohl krank melden müssen.«

Uschi und ihre Mutter verabschieden sich, aber nicht ohne dass Uschi noch einen Kuss auf Zitas Wange gedrückt und ihr gute Besserung gewünscht hat.

»So, jetzt mach ich schnell mal eine leichte Suppe, die du dann isst, damit's im Magen wieder besser wird. Dann ziehn wir dich aus und waschen dich so richtig. Anschließend wird geschlafen bis morgen früh. Dann können wir weitersehen.« Die Mama ist schon wieder voll in ihrem Element. Erst sich um das Kind kümmern, dann über den Ärger nachdenken!

Zita liegt ruhig auf dem Sofa und brummelt ständig vor sich hin. Doch plötzlich richtet sie sich abrupt auf, stemmt eine Hand in ihren Schoß und die andere Hand legt sie quer über ihre Brust. »Nein, hör auf«, schreit sie plötzlich und beginnt mit den Händen um sich zu schlagen. Schnell läuft ihre Mutter zu ihr an das Sofa, um sie zu beruhigen. Sie nimmt das Kind in den Arm und drückt es ganz fest an sich. »Keine Angst, du bist ja daheim, schau, ich bin's doch, deine Mama.«

Daraufhin beruhigt sich Zita, legt sich wieder hin und brummelt weiter.

»So, jetzt probier mal ein bisschen«, bittet ihre Mutter und hält ihr einen halb gefüllten Löffel Suppe vor den Mund. Zita richtet sich etwas auf und nimmt den Löffel in die Hand. Offensichtlich tut ihr die Suppe gut, denn sie isst anstandslos den Teller leer.

»Na, jetzt geht's doch schon viel besser«, lobt die Mama, »jetzt warten wir noch ein wenig, ob auch alles drinnen bleibt, und dann gibt's noch einen beruhigenden Tee. Wirst sehen, dann sieht die Welt schon wieder anders aus.«

Zita starrt ihre Mutter an. Langsam kommen die Erinnerungen wieder zurück und die Suppe tut ihre Wirkung. Auch ihre Gesichtsfarbe kehrt zurück und sie beginnt erheblich ruhiger zu werden. Nur ihr starrer Blick macht momentan der Mutter Sorgen. »Was ist, möchtest was sagen?«

Zitas Mund beginnt sich zu bewegen und der Ausdruck in ihren Augen wird noch härter. »Mama, was hab ich gemacht?«, kommt es erst leise und dann lauter werdend über ihre Lippen.

»Ganz einfach, betrunken hast du dich, einfach sinnlos betrunken, und jetzt hast du einen sogenannten Kater. Aber der vergeht wieder. Ich geb' dir später noch eine Tablette gegen Kopfschmerzen, damit du morgen wieder fit bist.«

»Mama, verstehst nicht, den Wolfi hab ich verraten, ich blöde Kuh! Das kann mir der doch gar nicht verzeih'n, was ich g'macht hab. Ich bin doch wirklich«, Panik macht sich jetzt auf ihrem Gesicht breit und sie beginnt zu schluchzen und zu zittern, »der blödeste Trampel, der auf dieser Welt herumläuft!« Während sie auf sich selber schimpft, kommt ihr gelegentlich etwas Suppe hoch, sodass ihr Redeschwall immer wieder von Schluckbewegungen unterbrochen wird.

»Ist ja schon gut«, meint ihre Mutter, die einstweilen eine Tablette sucht und dann den fertigen Tee an den Tisch bringt, »jetzt trinkst du den Tee und nimmst die Tablette. Über den Rest reden wir dann morgen weiter.« Sie streichelt die rechte Hand ihrer Tochter und bemerkt dabei, dass der Ring fehlt. Schnell nimmt sie die andere Hand, um nachzusehen, ob er vielleicht dort steckt. Aber auch hier ist er nicht zu finden. Betroffen reicht sie ihrer Tochter die Teetasse. ›Bloß nichts anmerken lassen‹, denkt sie für sich, ›sie hat wohl noch gar nicht bemerkt, dass sie den Ring verloren hat.‹ Dass sie ihn absichtlich abgelegt hätte, kann sie nicht glauben.

Während Zita langsam den Tee schlürft, schimpft sie immer weiter: »Ich Vollidiot, ich absoluter Volldepp, endlich habe ich einen, der alles für mich tut, und dann werf' ich ihn weg! Wie blöd muss man sein, um so etwas zu machen! Aber die Uschi hat mich ja gewarnt und gesagt, dass ich lieber die Finger vom Toni lassen soll und auf keinen Fall mit ihm spielen darf. Aber ich bin ja die Gescheitere, klar, ich hab ja alles im Griff. Ich könnte mich umbringen!«

»Jetzt hör aber auf«, wird ihre Mutter jetzt auch lauter, »erst saufen und sich dann umbringen wollen. Hör auf, an so etwas zu denken, es renkt sich sicher wieder alles ein. So, und damit du es weißt, du nimmst jetzt noch eine Schlaftablette, damit du sicher schlafen kannst, sonst grübelst du doch eh nur die ganze Nacht herum und bist morgen schlechter beinander wie heute.«

Zita protestiert: »Ich will aber nicht schlafen, sondern ich will mich quälen und mir weh tun, weil ich sowieso zu nichts zu gebrauchen bin und mich kein Mensch mehr haben will.« Sie beginnt wieder zu schluchzen, während sie sich auf dem Sofa von einer Seite auf die andere wirft.

»Jetzt ist aber Schluss mit dem Theater«, schimpft die Mutter. »Hier, die nimmst du sofort, sonst werde ich wirklich böse und dann kannst du aber etwas erleben!« Während Zita die Tablette schluckt und mit Tee nachspült, wird sie von ihrer Mutter streng beobachtet.

»Nachdem es dir ja schon wieder so gut geht, dass du herumschreien und schimpfen kannst, kannst du jetzt auch ins Bad gehen und dich waschen oder besser noch in die Badewanne setzen. Du riechst nämlich nicht gerade angenehm und aussehen tust du auch wie ein Gespenst.«

Zita will aber lieber liegen bleiben und zeigt sich störrisch. »Ich will nicht baden und wie ich ausschau' ist mir doch egal. Und außerdem …« Diesen Satz kann sie nicht mehr zu Ende bringen, denn ihre Mutter hat sie beim Arm gepackt und aufgerichtet.

»Schluss jetzt«, schreit sie ihre Tochter an. »Du kommst sofort mit ins Bad und ich setz mich an die Badewanne wie bei einem kleinen Kind, das nicht folgen will.

Schäm' dich, dass ich so mit dir verfahren muss!«

Anscheinend hat ihre Mutter einen Punkt gefunden, auf den Zita reagiert, denn sie steht jetzt willig auf und geht langsam und vorsichtig zum Bad. Ihre Mutter steht dabei ständig hinter ihr, um sie im Fall des Falles auffangen zu können. Während Zita sich langsam und umständlich auszieht, lässt ihre Mutter warmes Wasser in die Badewanne ein und gibt ein wohlriechendes Shampoo dazu.

Sorgfältig wäscht sie ihr den Rücken und hilft ihr beim Haarewaschen. Zum Schluss sorgt sie dafür, dass sich Zita noch kurz mit kaltem Wasser abduscht und anschließend ihre Zähne sorgfältig putzt. Die ganze Zeit über jammert und schluchzt Zita vor sich hin. Als ihre Mutter sie zu Bett bringt und ihr noch einen Gutenachtkuss gibt, ist sie zwar von der Tablette schon müde, aber ihr Verstand klart weiter auf.

»Meinst du, dass mir der Wolfi noch mal eine Chance gibt?«. Flehend stellt sie diese Frage und sieht ihre Mutter hoffnungsvoll an.

»Eine Chance besteht immer«, meint ihre Mutter versöhnlich, »es kommt nur darauf an, wie du's ihm beibringst und was du ihm überzeugend versprechen kannst. Aber da reden wir morgen noch mal darüber. Jetzt schlaf gut und erhol dich.«

Ihre Mutter lässt die Zimmertür offen und setzt sich in der Stube noch mit einem Glas Rotwein an den Tisch. Schon kurze Zeit später hört sie aus dem Zimmer leichte Schnarchgeräusche. Morgen ist Frau Unterbrunners Beerdigung und zwei neue Gäste haben sich angekündigt. Wenn Zita keine weiteren Probleme macht, sollte alles zu schaffen sein.

Doch kaum, dass Frau Grimmer schlafen gehen will und sich ins Bad bewegt, hört sie Zita durch die offene Zimmertür weinen. Sie geht zu ihrer Tochter ins Zimmer und setzt sich auf die Bettkante. Während sie ihr durch die Haare streicht, sagt sie tröstend: »Keine Sorge, mein Schatz, es wird bestimmt wieder alles gut.«

Benommen von der Wirkung der Schlaftablette murmelt Zita leise etwas vor sich hin, das ihre Mutter als »Ich brauch' dich doch und ich will dich doch nicht verlieren« interpretiert. Offensichtlich kämpft ihre Tochter schwer mit Träumen. Sie bleibt so lange sitzen, bis Zita wieder ruhig weiterschläft.

Schon kurz nach fünf Uhr steht Frau Grimmer auf, schaut schnell nach Zita, und als sie sieht, dass sie noch tief und ruhig schläft, geht sie in die Küche hinüber, um das Frühstück für die Gäste herzurichten. Anschließend ist es Zeit, Zita zu wecken, damit sie rechtzeitig zur Schule kommt.

Als sie in Zitas Zimmer kommt, bemerkt sie, dass ihre Tochter bereits wach ist und ihren Kopf schluchzend hin und her bewegt.

»Na, wie geht's dir denn?«, fragt sie mit fröhlicher Stimme, um ihre Tochter etwas aufzumuntern. Sie öffnet den Vorhang und lässt das Tageslicht in den Raum. »Was ist denn, willst nicht aufstehen? Es ist schon höchste Zeit.«

»Mama«, fragt Zita jetzt leise und kleinlaut, »stimmt das alles, was in meinem Kopf herumgeistert oder habe ich das nur geträumt? Ich mein', das mit dem Toni und so.«

»Das meiste davon wird wohl stimmen, ich weiß aber nicht, was du in deinen Gedanken noch alles dazufantasiert hast. Aber jetzt gehst erst mal zur Schule und dann schauen wir weiter.«

»Nein, auf keinen Fall geh ich heute zur Schule, bitte melde mich krank. Ich muss erst mit mir selber klarkommen, bevor ich unter Leute gehen kann. Schau, Mama, mein Ring ist auch fort. Ich glaub mich zu erinnern, dass ihn mir der Toni heruntergezogen hat, weil er ihn anschauen wollt. Aber das ist doch meine Verbindung zu Wolfgang!« Laut aufheulend wirft sie sich in das Kissen zurück und bedeckt ihr Gesicht mit den Fäusten.

»Also gut«, gibt Frau Grimmer nach, »ich melde dich für heute krank. Aber aufstehen und frühstücken wirst du trotzdem. Dann können wir eben gleich beim Kaffee über die ganze Sache reden. Um halb elf ist die Beerdigung von der Frau Unterbrunner, das heißt, dass ich spätestens um zehn weg muss. Es nutzt nichts, wenn du dich hier im Bett herumwälzt, das vertreibt deine Gedanken nicht, sondern du vergräbst dich bloß noch mehr und erfindest ständig neue Hirngespinste. Da machst du dich erst recht kaputt.«

Umständlich dreht sich Zita aus ihrem Bett, sucht sich frische Wäsche aus ihrem Schrank und wirft dabei einen kurzen Blick auf die Fotos auf ihrem Schreibtisch. Sofort heult sie wieder los.

Frisch gewaschen, gekämmt und sauber angezogen kommt sie aus dem Bad und setzt sich zu ihrer Mutter an den Tisch, auf dem das Frühstück schon hergerichtet ist.

Die Gäste schlafen noch.

Trotz ihrer Schmerzen in der Brust und ihrer lethargischen Stimmung hat Zita Hunger und greift nach einem Marmeladenbrot, das ihr die Mutter schon vorbereitet hat. »Mama, ich schäm' mich ja so. Je mehr mir von gestern einfällt, desto schlimmer wird es. Ich glaub, dass ich das nicht überleb'!«

»Fang bitte nicht schon wieder damit an, du warst blöd, ja vielleicht sogar saublöd, aber ein Grund zum Umbringen ist das noch lange nicht. Jetzt erzähl mir doch einfach mal, was du weißt, oder zumindest glaubst zu wissen. Ein wenig weiß ich ja auch und dann kann ich dir sagen, ob du dich richtig erinnerst oder ob dir deine Fantasie einen Streich spielt.«

Kauend beginnt Zita zu erzählen. Immer wieder macht sie sich Vorwürfe und verzweifelt schier daran, dass sie sich so hat treiben lassen.

»Ich Idiot, ich Idiot, wie kann man nur so idiotisch blöd sein«, schreit sie regelrecht heraus. Dann fällt ihr ein, wenn sie den Ring zurückhaben will, muss sie ja Toni wiedersehen und mit ihm reden. »Niemals, werd' ich mit dem noch ein Wort reden. Mama«, bittet sie jetzt, »könntest du vielleicht mal dort anrufen und verlangen, dass er mir den Ring mit der Post schickt? Sehen will ich ihn jedenfalls nicht mehr!«

»Keine Sorge, ich kenn' seinen Vater«, erwidert die Mutter, »und mit dem werd' ich ein paar ernste Worte reden. Der wird dem Bub schon den Hintern stramm ziehen. Gleich am Nachmittag, wenn die neuen Gäste da sind, fahr' ich hin. Aber wart' einmal, bestimmt ist der jetzt auch noch daheim und jetzt bin ich gerade in passender Stimmung, den ruf' ich gleich an.«

Während Zita wieder schluchzend am Tisch sitzt, geht ihre Mutter mit forschen Schritten zum Telefon und ruft bei Tonis Familie an. Zunächst meldet sich Tonis Mutter und die beiden unterhalten sich nur kurz über den Vorfall, dann kommt Tonis Vater an den Apparat. Frau Grimmer schildert ihm aufgebracht das Verhalten seines Sohnes und als die Rede auf den Ring kommt, wird der Vater wütend: »Dass der Saukerl ständig irgendwelche Probleme mit den Mädels hat, sehe ich ja ein, schließlich ist er ja noch jung und die Mädel laufen schon auch entsprechend rum. Aber dass er klaut, das geht zu weit. Auch wenn der Ring im Grunde nichts wert ist, aber er gehört deiner Tochter. Dem werd' ich helfen, wenn der heut' Abend heimkommt. Den Ring bringt der persönlich vorbei, mit einer entsprechenden Entschuldigung, das versprech' ich dir, und wundere dich nicht, wenn er dabei nicht recht aus den Augen sieht. Nur Ärger mit dem Mistkerl!«, schimpft er weiter. Als Frau Grimmer dann noch erwähnt, dass sie durchaus gewillt ist, die ganze Sache über die Polizei laufen zu lassen, wird er noch wütender. »Glaub mir, ich versteh' dich und deine Tochter sehr gut. Aber wir brauchen keine Polizei, das regeln wir selber. Dort passiert ihm doch eh nichts, das ist es doch, was ihn immer wieder dazu bringt, weil außer einem Wochenendarrest, wo er bloß im Amtsgericht rumgehockt ist, ist ihm ja noch nichts passiert. Das würde doch diesmal wieder genauso ausgehen. Überlass' das ruhig mir! Jetzt ist er zu weit gegangen und mir reicht's absolut. Der kann was erleben!«

Nach dem Telefonat ist Frau Grimmer wieder etwas ruhiger und geht schnell in den Speiseraum hinüber, um die anwesenden Gäste nach eventuellen Wünschen zu fragen.

Als sie zurückkommt, liegt Zita weinend auf dem Sofa und hält sich ein Foto von Wolfgang vors Gesicht.

»Magst mir ein wenig in der Küche helfen?«, fragt Frau Grimmer. »Dann kommst vielleicht auf andere Gedanken, und wenn du willst, könnten wir am Nachmittag die Micha besuchen fahren. Was meinst?«

»Ich geh nicht mehr aus dem Haus! In der Küche kann ich dir ja helfen«, antwortet Zita missmutig und geht hinter ihrer Mutter her in die Speiseraum, um das Frühstücksgeschirr abzuräumen und in die Küche zu bringen. Dort übernimmt sie stillschweigend den Abwasch. Gedankenverloren steht sie an der Spüle, nimmt völlig teilnahmslos ein Geschirrteil nach dem anderen in die Hand und wäscht es ab. Ihre Mutter, die sie von der Seite her beobachtet, merkt ganz genau, dass Zita nicht bei der Sache, sondern mit ihren Gedanken sehr weit weg ist. Offensichtlich quält sie sich absichtlich, denn immer wieder ist ein leises »Ich Idiot« oder »Ich Volldepp« zu hören. Langsam beginnt auch die Mutter unter der Last der Tochter zu leiden. Aber jetzt ist keine Zeit zum Sprechen, denn sie muss sich für die Beerdigung fertig machen. »Kann ich dich schon allein lassen?«, fragt sie vorsichtig ihre Tochter, worauf sie lediglich ein »Ja, ja, geh nur«, als Antwort bekommt. So ganz wohl ist ihr allerdings nicht dabei, wenn sie bedenkt, dass sie bestimmt zwei Stunden weg sein wird.

Während sich Frau Grimmer umzieht, legt sich Zita wieder aufs Sofa und rollt sich zusammen.

Im Hof ist gerade das Postauto angekommen und der Postbote bringt wie üblich die Post in die Stube herein. Frau Grimmer eilt ihm entgegen, um ihm die Post abzunehmen und zu verhindern, dass er Zita in ihrem Elend zu Gesicht bekommt.

»Da schau, da ist ein Brief für dich vom Wolfgang dabei«, ruft sie ihrer Tochter zu, in der Hoffnung auf irgendeine positive Reaktion. Stattdessen heult Zita laut auf und schreit: »Schick den bloß gleich wieder zurück, der gehört nicht für mich. Der schreibt einer ganz anderen, als ich bin. Nein, ich will ihn nicht lesen!« Laut weinend vergräbt sie ihren Kopf zwischen ihren Armen und rollt sich noch enger zusammen.

Ihre Mutter legt die gesamte Post auf den Tisch und Wolfgangs Brief obenauf. Dann verabschiedet sie sich mit einem Kuss von ihrer Tochter und meint noch: »Bleib schön brav und erhol dich gut!«

Nach der Beerdigung wird Frau Grimmer noch zum Leichenschmaus in den *Oberdorfer Hof* eingeladen. Obwohl sie lieber heimfahren würde, sagt sie zu und geht mit den anderen noch zum Mittagessen. Der Doktor Huber, der auch ihr Hausarzt ist, ist ebenfalls unter den Gästen und sie nimmt ihn beiseite, um ihm ihr Leid mit Zita zu klagen.

»Ja, so, wie Sie das schildern, kann das durchaus zu einem psychischen Schaden führen. Die Welt ist voll von Frauen, die nach einem solchen Erlebnis nie wieder einen Mann anschauen. Aber wollen wir's mal nicht zu dramatisch sehen, vielleicht ist's ja morgen schon wieder vorbei. Ansonsten rufen Sie mich einfach an, dann schau ich sie mir mal genauer an. Nachdem sie sich die Sache wohl sehr zu Herzen nimmt, dürfen wir damit auch nicht leichtsinnig umgehen. Nicht, dass etwas hängen bleibt!«

»Danke, Herr Doktor«, antwortet Frau Grimmer, erleichtert, dass sie einen Mitstreiter gefunden hat, »morgen werd' ich sie zur Schule schicken und dann sehen wir schon.«

Als sie wieder zuhause ankommt, liegt Zita noch immer zusammengerollt auf dem Sofa. Ihre Haare und das Kissen unter ihrem Kopf sind schon ganz nass von den vielen Tränen.

»So, jetzt ist aber endgültig Schluss, das kann ja kein Mensch mit anschauen!« Frau Grimmer ist etwas lauter geworden, als sie eigentlich wollte. Erschrocken hebt Zita den Kopf und beginnt sofort wieder zu weinen.

Die Mutter setzt sich zu ihr und nimmt ihren Kopf in ihren Schoß. »Komm, jetzt klären wir mal, wie das mit dem Wolfgang weitergehen soll. Nur jammern bringt nämlich gar nichts. Entweder du versuchst einfach mit ihm klarzukommen, oder du entschließt dich dazu, ihn aus deinem Leben zu entfernen und zu vergessen. Jedenfalls muss eine klare Linie her.«

»Wie soll ich denn den jemals vergessen«, schreit Zita aufgebracht, »du hast selber gesagt, dass ich den mein Leben lang nicht mehr vergessen werd'. Also, wie soll das gehen? Außerdem will ich ihn ja gar nicht vergessen! Aber zusammen sein kann ich mit ihm auch nicht mehr, denn immer, wenn ich an ihn denke, kommt der ganze Mist sofort wieder hoch und mir ist zum Speien! Mögen tut er mich ja sowieso auch nicht mehr!« Schluchzend und wimmernd vergräbt sie ihr Gesicht im Schoß der Mutter.

»Vielleicht versuchst du ja, ihm alles zu schreiben, und ob er dich dann noch mag, wirst du schon sehen. Aber dann weißt du wenigstens Bescheid. Übrigens glaube ich fest daran, dass er dich auch weiterhin mag und zu dir hält. Weißt du, der Wolfgang ist kein Hitzkopf, der leichtfertig sein Lebensziel aufgibt, nur weil es ein kleines Problem gibt. Probier's doch einfach mal!«

Doch Zita reagiert überhaupt nicht.

»Na gut, dann bock ruhig weiter, ich mach dir jetzt was zu essen, vielleicht geht's dir ja dann wieder besser.«

Ihre Mutter will gerade in die Küche gehen, als Uschi an der Haustür erscheint. Sie war wohl nach der Schule noch gar nicht zuhause, weil sie ihren Schulranzen noch dabei hat.

»Hallo, Frau Grimmer«, ruft sie, als sie Zitas Mutter erblickt, »was ist denn mit der Zita los, dass sie nicht in der Schule war?«

Frau Grimmer holt tief Luft. »Ach Uschi, gut, dass du da bist, vielleicht kannst ja du ihr helfen. Sie ist total fertig und quält sich ständig wegen Wolfgang. Aber sie kann sich auch zu überhaupt nichts entschließen, liegt bloß rum und heult die ganze Zeit.«

Uschi geht in die Stube und legt ihren Schulranzen an der Tür ab, dann geht sie zu Zita, die zusammengerollt mit dem Gesicht zur Wand auf dem Sofa liegt.

»Hallo Zita, ich bin's! Wie geht's dir denn?« Leidend richtet sich Zita auf und umarmt ihre Freundin. Sofort beginnt sie wieder zu weinen. Uschi löst sich von Zita und fragt mitfühlend: »Worum geht es denn genau, hast Angst wegen dem

Wolfgang, oder tut dir was weh?«

»Ach Uschi, ich fühl' mich so gemein und dreckig. Überall spür' ich ständig dem Toni seine Händ' an mir und dann wird mir wieder speiübel. Aber am meisten fehlt mir wirklich der Wolfgang, obwohl mich der bestimmt nicht mehr haben will. So eine blöde Kuh wie mich, die einfach so alles hin schmeißt, nur weil irgendein Depp ein Glas Bowle spendiert! Ich schäm' mich ja so, das kannst dir gar nicht vorstellen, und fühl' mich wirklich wie der letzte hundsgemeine Dreck.«

»Wow, du bist ja vielleicht fertig!«, stellt Uschi verblüfft fest. »Das hätt' ich jetzt so nicht gedacht. Aber das bekommen wir schon wieder hin, keine Angst. Der Wolfgang muss bloß Bescheid wissen, damit er reagieren kann. Möchtest ihm schreiben? Ich helf dir dabei«, bietet Uschi an. »Denk doch bloß mal dran, wie schön es war, als er da war, und er will doch eh bald wiederkommen! Mensch, Zita, schmeiß das doch nicht einfach so hin! Der Wolfgang ist doch ein ganz verständiger Mensch, mit dem kann man doch reden, und der gibt dich bestimmt nicht so einfach auf.«

Voller Tatendrang steht Uschi auf, doch Zita bleibt einfach liegen und weint stattdessen wieder.

»Ich kann ihm nicht schreiben, ich schäme mich viel zu sehr und außerdem macht es doch gar keinen Sinn, so einen Mist kann man doch gar nicht verzeihen.« Das Schluchzen und Wimmern nimmt wieder zu und Zita rollt sich erneut trotzig zusammen.

Langsam geht aber auch die Geduld von Uschi zu Ende.

»Es reicht, dein blödes Rumgeblöke regt mich auf! Entweder du stehst sofort auf und gehst mit mir an deinen Schreibtisch, oder ich geh heim und du siehst mich nie wieder. Glaub mir, ich mein' das wirklich ernst, denn ich hock' mich doch nicht da zu dir her und hör' mir immer das gleiche Gesumse an! Jetzt komm und schreib, schließlich hast saufen auch können!« Uschi fasst Zita an den Armen und versucht sie vom Sofa hochzuziehen. Zita aber zieht ihre Arme zurück und vergräbt sie unter ihrem Körper. »Ich will aber nicht schreiben und du kannst ja gehen, wenn du willst!«

Uschi ist geschockt von Zitas Worten. »Spinnst du«, schreit sie Zita an, »du wirfst mich raus! Deine beste Freundin! Na, dann geh ich eben, aber glaub bloß nicht, dass ich im nächsten Moment schon wieder da bin, wenn du mir schreist!« Wütend packt sie ihren Schulranzen und geht zur Tür, als Frau Grimmer mit dem

Essen hereinkommt. Sie hatte schon eine Weile vor der Tür gewartet und gelauscht. Die Hoffnung, dass Uschi etwas erreichen würde, ist offensichtlich nicht in Erfüllung gegangen.

»Also, Zita, du kannst doch die Uschi nicht einfach wegschicken, die will dir doch nur helfen!«

Aber es kommt keine Reaktion außer verstärktes Schniefen und Schluchzen. Während Uschi tatsächlich geht, stellt Frau Grimmer das Essen auf den Tisch und fordert Zita auf, sich zu setzen und etwas zu essen. Anscheinend zeigt der Hunger noch die beste Wirkung, denn tatsächlich richtet sich Zita auf und beginnt etwas Suppe und Gemüse zu sich zu nehmen.

»Jetzt hab ich den Scheiß erst recht fertig gemacht«, beginnt sie plötzlich zu sprechen, »noch viel blöder als ich kann keiner sein! Dabei kann doch die Uschi gar nichts dafür! Ach, Mama, ich weiß überhaupt nicht mehr, was ich mach!«

Tröstend versucht die Mutter auf ihr Kind einzureden: »Also, eines ist klar: du bist nicht blöd! Damit kannst du aufhören, denn das glaubt dir niemand. Du bist lediglich vollkommen durcheinander. Das kommt davon, weil du nicht sprichst, sondern alles in dich hineinfrisst und mit dir selber streitest. Da findest du bestimmt keine Lösung, weil du dir immer wieder die gleichen Antworten gibst. Du musst reden oder schreiben. Das mit der Uschi wäre wirklich ein guter Ansatz gewesen. Glaub mir, hernach ist dir wesentlich leichter. Aber jetzt iss erst mal richtig!«

Während Zita langsam und bedächtig Bissen für Bissen in den Mund schiebt, klingelt das Telefon. Unbefangen geht Frau Grimmer an den Apparat und meldet sich.

»Ach, du bist's, Wolfgang«, sagt sie überrascht und blickt zu Zita an den Tisch hinüber. Diese winkt heftig ab und läuft in ihr Zimmer. »Hm, Wolfgang das tut mir aber leid, du rufst momentan ganz ungünstig an. Könntest es vielleicht morgen Nachmittag noch einmal versuchen.«

»Klar, ich wollt' ja bloß mitteilen, dass wir jetzt auch ein Telefon haben und Ihnen unsere Nummer geben.«

»Wart' einen Moment, ich hol' mir schnell was zum Schreiben«, antwortet Frau Grimmer, um etwas Zeit zu gewinnen, denn selbstverständlich hat sie neben ihrem Telefon Schreibzeug liegen. Sie atmet tief durch und überlegt, ob sie ihm alles erzählen soll oder ob sie es ihrer Tochter überlassen kann. Sie entscheidet sich für Letzteres.

»Gut, ich hab's notiert«, sagt sie durch das Telefon und will schon auflegen, als Wolfgang noch kurz nach Zita fragt.

»Du, Wolfgang, der Zita geht's heut' nicht so gut, sie will an kein Telefon und war auch nicht in der Schule, aber es ist nichts Ernstes. Wirst sehen, morgen ist es schon wieder vorbei! Also, dann bis morgen!« Sie würgt das Gespräch einfach ab, obwohl ihr durchaus klar ist, wie belämmert der Wolfgang jetzt sein muss. Er weiß etwas, aber doch nichts! Schon tut es ihr leid, dass sie ihn so kurz angebunden behandelt hat, ist aber dann davon überzeugt, dass die Mitteilung tatsächlich von Zita selber erfolgen muss. Schließlich hat *sie* den Mist gebaut!

Kaum dass Frau Grimmer den Hörer aufgelegt hat, kommt Zita aus ihrem Zimmer und neugierig fragt sie: »Was hat er denn g'sagt?«

Langsam beginnt ihre Mutter wirklich wütend zu werden. »Ja, was wird er denn schon g'sagt haben? Nichts hat er g'sagt, weil er nichts weiß. Ich hab ihm bloß g'sagt, dass es dir heut' recht schlecht geht und du nicht ans Telefon gehen willst. Er will aber morgen noch einmal anrufen, sie haben nämlich jetzt selber Telefon daheim. Die Nummer häng' ich da an das Schrankfenster, falls du sie mal brauchen solltest! Dem armen Bub wird's jetzt aber bestimmt auch nicht gut gehen, weil er weiß, dass irgendetwas nicht in Ordnung ist. Aber morgen sprichst mit ihm, sonst werd' ich wirklich sauer! So, und jetzt gehst in dein Zimmer und schaust dir die Schulsachen für morgen an. Ich will dich hier so schnell nicht mehr sehen!«

Heulend und jammernd, dass niemand Verständnis für sie habe und niemand sie möge, läuft Zita wieder in ihr Zimmer und verschließt die Tür.

»Mein Gott, was soll denn das werden«, redet Frau Grimmer leise mit sich selber, »da ist ja überhaupt keine Besserung zu erkennen. Aber warten wir mal die Nacht ab, vielleicht wird's ja doch noch besser!«

Zita legt sich auf ihr Bett und sieht Wolfgangs Bilder an der Wand hängen. Jedes Mal, wenn sie ein Bild von ihm erblickt, gibt es ihr einen Stich ins Herz und sie muss wieder weinen. Dieses Mal aber rafft sie sich auf und trotzig sagt sie, mit Blick auf die Fotos: »Gut, probier'n wir's doch mal mit dem Lernen. Mal schau'n, ob du mir noch helfen kannst, und ob mein Kontakt zu dir noch funktioniert.«

Sie setzt sich auf und steigt aus dem Bett. Ihr Schulranzen liegt seit Freitag neben dem Schreibtisch auf dem Boden. Sie nimmt sich zunächst die Englischvokabeln vor. Schnell merkt sie aber, dass die Konzentration nicht anhält und sie ganz schnell wieder in ihr vorwurfsvolles Gedankenmuster zurückfällt. Dann beginnt sie die letzte Lektion, die sie ja an sich beherrscht, zu lesen und Wolfgang dabei nach jedem Absatz nach Erläuterungen dazu zu fragen. Dies funktioniert recht gut und sie bekommt plötzlich regelrecht Spaß daran. Über eine Stunde hat sie so gearbeitet, als sie die Tür wieder öffnet und in die Stube späht. Dort befindet sich niemand, so geht sie einfach schnell weiter in das Bad. Als sie in den Spiegel blickt, erschreckt sie vor sich selber. Erst nach einer Dusche sieht sie wieder zufriedenstellend aus. Das Lernen hat offensichtlich einen positiven Einfluss gehabt, denn sie ist jetzt nicht mehr so schwermütig und sie kann an Wolfgang denken, ohne gleich weinen zu müssen. Aber tief im Herzen sitzen der Schmerz und die Angst immer noch. Auch Tonis Hände an ihrem Körper hat sie nicht abwaschen können und sie erschrickt immer wieder, wenn sie eine Hand spürt. Die Gesamtstimmung ist aber schon besser und so entschließt sie sich, den groben Fehler von heute zumindest zu korrigieren.

Sie geht in die Stube und ruft bei Uschi an, um sich für ihr Verhalten zu entschuldigen. Uschi ist heilfroh, dass es Zita wieder besser zu gehen scheint, und sie unterhalten sich eine ganze Weile, hauptsächlich aber über die Schule. Die Themen Toni und Wolfgang vermeiden beide. Auch erzählt Uschi nichts davon, dass Zita heute in der Klasse das Hauptgespräch war. Da hat Uschi zu viel Angst, dass Zita gleich wieder ausflippen könnte. Zita verspricht noch, dass sie morgen wieder zur Schule kommt, und wünscht Uschi noch eine gute Nacht.

Etwas aufgemuntert und froh, dass sie wenigstens mit Uschi wieder im Reinen ist, geht sie zu Bett. Sie nimmt sich ein Bild von Wolfgang, legt es auf ihre Brust und verschränkt die Arme darüber. Dann kramt sie in den Erinnerungen, als Wolfgang da war. Wie sie spazieren gingen, was er alles gesagt hat, den Spaß, den sie in der Küche hatten.

»Okay, egal wie das jetzt ausgeht«, denkt sie halblaut vor sich hin, »das kannst du mir auch nicht mehr nehmen! Auch wenn du mich nicht mehr willst. Diese Erinnerungen behalte ich mein Leben lang und das verspreche ich dir auch, einen anderen wird es für mich niemals geben!« Trotzig sieht sie sein Bild an. »Nur damit du Bescheid weißt«, hängt sie noch an und legt das Bild wieder auf ihre Brust. Obwohl sie sich ganz auf die Erinnerungen konzentriert, spürt sie immer wieder eine Hand an ihrer Brust oder an ihrem Po. Entsetzt schlägt sie danach, um aber immer nur sich selber zu treffen. Hartnäckig kehrt sie anschließend gleich wieder zu ihren Erinnerungen zurück und schläft irgendwann dabei ein.

Frau Grimmer hat einstweilen in der Küche das Frühstück für morgen vorbereitet und schaut vorsichtig in Zitas Zimmer. Als sie ihre Tochter schlafen sieht, mit dem Bild auf ihrer Brust, muss sie unwillkürlich lächeln. Leise schließt sie die Tür wieder und setzt sich zum Abendessen an den Tisch, als im Hof ein Moped vorfährt. Sie geht zur Haustür, um nachzuschauen, wer da wohl kommen mag. Eine Vorahnung sagt ihr, dass es Toni sein könnte, der den Ring zurückbringt. Eine leichte Wut steigt in ihr hoch, als sie die Haustür öffnet.

Ein junger Mann steht vor der Tür. »Guten Abend, Frau Grimmer, ich bin der Toni«, sagt er leise.

»Wer bist du? Ich kann dich nicht verstehen«, entgegnet Frau Grimmer gereizt.

»Ja, der Toni, und ich bin wegen der Zita da«, druckst er jetzt lauter. »Ist die denn da?«

»Die will dich auf keinen Fall mehr sehen, nie wieder, hat sie gesagt. Verstehst du, nie wieder!«

»Ich versteh' schon, ich will ja auch nichts von ihr. Nur entschuldigen sollt' ich mich halt«, bringt er verlegen heraus.

»Du sollst dich nicht entschuldigen, weil's dir dein Vater angeschafft hat, sondern du willst dich entschuldigen, weil es dir leid tut! So muss das heißen!« Frau Grimmer wird zorniger und lauter.

»Na ja, gut, es tut mir auch ehrlich leid, dass ich mich so blöd benommen hab«, sagt er jetzt etwas überzeugender, »ich hoff', der Zita geht's gut und ich wünsch ihr auch alles Gute.«

»Das hört sich schon besser an«, antwortet Frau Grimmer wieder freundlicher, »und ich glaub, du hättest auch noch etwas abzugeben, wenn ich mich recht erinnern kann.«

Jetzt wird Toni ganz rot im Gesicht und verlegen tritt er von einem Fuß auf den anderen. »Den Ring, den hab ich anscheinend weggeworfen, aber ich hab keine Ahnung, wo, ich war ja auch ziemlich betrunken. Wahrscheinlich irgendwo auf dem Weg zu meinem Moped. Ich bin den Weg auch schon abgelaufen, aber ich konnte nichts finden. Ich kauf ihr gern einen neuen!«

»Na, da würde sie sich aber freuen, wenn sie von dir einen Ring bekäme! Du spinnst doch! Ich gebe dir bis Freitagabend Zeit, den Ring zu bringen, ansonsten gehen wir zur Polizei. Da kommt dann bestimmt einiges zusammen und du wirst nicht wieder so billig davonkommen wie bisher.«

»Bitte, Frau Grimmer«, verzweifelt bettelt Toni jetzt, »gehn's nicht zur Polizei, mit der hab ich eh schon Ärger genug. Aber den Ring kann ich nicht bringen, weil ich ihn bestimmt nicht finde. Ich weiß ja nicht einmal, wo ich ihn genau weggeworfen hab. Bitte verzichten's darauf!« Toni bekommt jetzt auch noch Tränen in die Augen und von dem stolzen und burschikosen jungen Mann ist nichts mehr übrig als ein Häufchen Elend.

Zwar bekommt Frau Grimmer schon beinahe Mitleid mit dem Burschen, ihre Antwort kommt ihr aber dennoch knallhart über die Lippen: »Bis Freitag und nicht länger. Gute Nacht!«

Damit dreht sie sich um und geht wieder ins Haus, während Toni mit seinem Moped davonbraust.

Wolfgang legt betrübt den Hörer auf die Gabel. Er ist verunsichert, weil Frau Grimmer so kurz angebunden war und irgendetwas mit Zita auch nicht zu stimmen scheint. Er überlegt, was denn sein könnte, schlechte Noten in der Schule, eine ernste Krankheit, oder was sollte es denn sonst sein? Oder hat er tatsächlich bloß einen ungünstigen Zeitpunkt erwischt. Da er heute Abend allein zuhause ist, nimmt er sich vor, einfach später noch mal anzurufen.
Er geht in sein Zimmer, legt sich auf sein Bett und versucht ein Buch zu lesen. Die Gedanken jedoch arbeiten scheinbar selbstständig und bringen ihn immer zu Zita und dem unbekannten Problem zurück. Nervös legt er das Buch zur Seite und geht in der Wohnung auf und ab. Im allertiefsten Winkel seiner Gehirnwindungen macht sich ein unheimlicher Gedanke immer breiter: Zita will ihn nicht mehr, hat vielleicht sogar einen anderen! Sofort verdrängt er den Gedanken wieder und argumentiert dagegen. Schließlich hat sie ihm immer wieder gesagt, wie sehr sie ihn liebt, und sie hat überhaupt keinen Grund, ihn zu verlassen. Der Gedanke kommt aber immer wieder schleichend nach vorne.

Es ist kaum eine Stunde seit dem Anruf vergangen, da nimmt er noch einmal den Hörer zur Hand und wählt die Nummer der Familie Grimmer in Österreich. Eine ganz kurze Auskunft muss doch möglich sein, egal wie es dort zugeht. Mehr will er doch auch nicht, und er ist der Meinung, dass er ein Anrecht auf eine, zumindest kurze, Erklärung hat.

Frau Grimmer meldet sich und Wolfgang fällt gleich mit der Tür ins Haus. »Frau Grimmer, ich bin's noch mal, der Wolfgang, bitte sagen Sie mir einfach ganz kurz, was los ist. Ich muss es unbedingt wissen, sonst habe ich keine Ruhe mehr. Bitte, egal, was es ist, aber erzählen Sie es mir!«

»Ach Wolfgang, ich glaub dir ja, dass du keine Ruhe hast, aber die Zita schläft schon und ich weiß wirklich nicht, ob ich das erzählen sollte. Besser wär's schon, wenn sie dir das selber erklären könnt'.«

»Was ist, will sie mich nicht mehr, oder hat sie einen anderen, bitte sagen Sie doch etwas!« Wolfgangs Stimme wird flehend und Frau Grimmers Herz zieht sich ob der Schmerzen, die Wolfgang momentan wohl erleidet, zusammen.

»Gut«, sagt sie entschlossen, »ich will's dir erzählen. Aber vorab sollst du wissen, dass sie schläft und ein Bild von dir auf ihrer Brust liegen hat! Außerdem musst du keine Angst haben, dass sie dich nicht mehr will oder gar einen anderen hätte. Beides stimmt überhaupt nicht! Das Gegenteil ist der Fall, sie hat fürchterliche Angst, dass du sie nicht mehr haben willst, weil sie einfach Mist gebaut hat.«

Während Frau Grimmer tief Luft holt, um sich zu beruhigen und gedanklich zu sammeln, kommt Wolfgangs Stimme schon wieder aus dem Hörer. »Was hat sie denn für einen Mist gebaut? Es kann doch gar nicht so schlimm sein, dass ich sie einfach laufen ließe. Was hat sie denn da für Gedanken?«

»Du weißt ja wahrscheinlich, dass bei uns gestern Maitanz war. Dies ist immer ein richtig großes Fest und wir sind natürlich alle dabei gewesen. Zita war in letzter Zeit etwas mitgenommen vom Schicksal ihrer Freundin Micha. Deren Mutter ist vorgestern gestorben und am selben Tag hat Micha ihr Kind verloren und musste ins Krankenhaus. Zita und ich waren mit im Krankenhaus und die ganze Sache hat Zita sehr stark berührt. Aber ich will sie damit nicht entschuldigen, sondern dir nur ein Bild von ihrem Zustand geben. Als dann gestern eben der Maitanz war, hat sie mit einem Burschen, den sie vom Trachtenverein her kennt getanzt, und dieser hat sich recht großzügig gezeigt und eine Maibowle und Sekt spendiert. Zita ist ja keinen Alkohol gewöhnt und damit nahm das Drama seinen Lauf. Das heißt, dass sie einen Riesenrausch hatte und der Bursche den wohl absichtlich herbeigeführt hat, um sie dann zu betatschen und begrabschen zu können. Außerdem haben sie wohl ein wenig geschmust. Ich weiß das nur von Zita und von Uschi, die sie praktisch, bevor es zu weit gegangen wäre, gerettet hat. Andere Besucher haben den Burschen dann hinausgeworfen und die Uschi hat mich geholt. Wir haben sie dann nach Hause gebracht. So, das war's jetzt mal so im Schnelldurchlauf. Näheres muss sie dir schon selber erzählen.«

Wolfgang ist ganz still geworden und Tränen laufen ihm über die Wangen.

»Wolfgang, bist du noch dran?«, fragt Frau Grimmer nach.

»Ja, ich bin schon noch da«, sagt er leise und Frau Grimmer glaubt ein leichtes Schluchzen zu hören. Sofort versucht sie ihn wieder etwas aufzubauen.

»Im Grunde ist weiter nichts passiert, nur schämt sie sich so sehr, dass sie letzte Nacht richtige Albträume hatte und immer wieder jammert, dass sie all ihr Glück einfach weggeworfen hätt' und dass sie eben blöd und idiotisch sei. Kurz, sie ist fix und fertig und will mit niemandem reden. Heute hat sie selbst die Uschi, die nach ihr sehen wollte, wieder heimgeschickt. Ich weiß, dass es dir furchtbar weh tut, aber glaub mir, sie hofft sehr, dass du ihr verzeihen wirst. Aber ich möchte dich nicht beeinflussen. Egal wie du dich entscheiden wirst, lass es sie bitte bald wissen. Weißt, auch ich leide sehr darunter und wäre froh, wenn wieder Klarheit, wenn auch schmerzliche, herrschen würde. Aber lass dich nicht drängen, denk einfach darüber nach und melde dich dann wieder.«

»Danke, Frau Grimmer«, bringt Wolfgang gerade noch heraus.

»Aber Wolfgang, bitte wein' doch nicht. Die Zita will doch niemand anderen als dich. Das gestern bedeutet überhaupt nichts, sondern ist einfach eine negative Erfahrung, die sie bestimmt nicht mehr wiederholt. Verbeiß dich bitte nicht genauso wie sie in deinen Schmerz und denk in Ruhe darüber nach. Mich jedoch würd' es sehr freuen, wenn du ihr verzeihen könntest.«

»Frau Grimmer, ich muss das jetzt erst verdauen. Im Grunde habe ich schon öfters an so etwas gedacht, weil wir uns doch nur selten sehen können, aber jetzt, wo es eingetreten ist, trifft es mich doch wie ein Hammer. Aber ich kann auch das Gefühl Ihrer Tochter nachempfinden und da tut sie mir auch richtig leid. Ich möchte gerne ihren Schmerz ein wenig lindern. Bitte sagen Sie ihr, dass ich sie deshalb auf keinen Fall einfach aufgebe. Das kriegen wir schon wieder irgendwie hin, wenn sie denn will! Den Rest kann ich ja dann einmal mit ihr selber bereden. Noch mal danke für Ihre Auskunft und gute Nacht.«

Frau Grimmer atmet erleichtert auf und eigentlich wollte sie sich noch bei Wolfgang für die letzten Worte bedanken, aber er hat schon aufgelegt. Sie ist plötzlich so froh im Herzen, dass sie zu Zita ins Zimmer geht und ihre Tochter sanft weckt.

»Was ist denn los?«, will Zita schlaftrunken wissen.

»Entschuldige, dass ich dich aufweck'«, sagt ihre Mutter sanft, »aber ich muss dir was erzählen. Der Wolfi hat g'rad noch einmal angerufen und wollte unbedingt wissen, was los ist. Er hat nämlich keine Ruh' mehr g'habt und hat schon das Schlimmste vermutet. Ich hab ihm dann das erzählt, was ich halt so davon weiß. Er ist natürlich geschockt und hat auch geweint.«

Zita beginnt zu zittern und steckt ihren Kopf zwischen ihre Knie. Ein leises Schluchzen schüttelt ihren Körper.

»Aber er hat auch gesagt, dass er dich deswegen niemals aufgeben würde! Das sollte ich dir schon vorab sagen, damit dein Schmerz nicht mehr so groß wäre. Den Rest will er dann einmal mit dir selber bereden.«

»Ach Mama«, bringt Zita jetzt tränenüberströmt hervor, »du hast ihm bestimmt nicht alles gesagt, sonst könnt' er doch gar nicht so daherreden. Er kann mich doch gar nicht mehr mögen!« Wieder vergräbt sie ihr Gesicht zwischen den Knien.

»Alles, was er wissen muss, habe ich ihm gesagt. Klar ist er jetzt enttäuscht, aber er liebt dich immer noch, verstehst du? Sei doch froh!«

Jetzt richtet sich Zita wieder auf und umarmt ihre Mutter. Weinend wie ein kleines Kind hängt sie am Hals der Mama. »Ich freu mich ja, ich kann's bloß noch nicht glauben!«

Wolfgang legt schnell den Hörer auf und beginnt hemmungslos zu weinen. Warum hat sie das nur getan? Warum hat er sie nicht beschützen können! Wird derjenige jetzt immer zwischen ihnen stehen, oder ist er wirklich nur harmlos? Wie soll er sie in Zukunft beschützen können, wenn er doch so weit weg ist von ihr? Jede Menge Fragen drehen sich in seinem Kopf im Kreis und er ist total durcheinander, als seine Eltern heimkommen. Seine Mutter erkennt sofort, dass mit Wolfgang etwas nicht stimmt. Sie schickt den Vater ins Wohnzimmer zum Fernsehen und setzt sich zu ihrem Sohn an den Küchentisch.

»Armer Bub, du bist ja völlig aufgelöst! Ist was mit der Zita?«

Wolfgang nickt traurig und erzählt in knappen Worten, was ihm Frau Grimmer berichtet hat.

»Ach, die Ärmste, die ist bestimmt auch völlig fertig. Aber du darfst jetzt nicht böse auf sie sein, das sind einfach Erfahrungen, die jeder machen muss. Es ist sicherlich schlimm für dich, aber glaub mir, für die Zita ist es noch viel schlimmer. Sie hat Angst um dich und weiß nicht, wie du dich entscheiden wirst. Diese Ungewissheit ist das Allerschlimmste. Sie schämt sich bestimmt für ihr Verhalten und du solltest ihr helfen, statt sie zu verurteilen. So, wie du sagst, hängt sie ja nur an dir und an niemand sonst!«

»Schon, aber ich muss das wirklich erst einmal verdauen.« Wolfgang hat sich wieder etwas gefasst und wischt sich die letzten Tränen vom Gesicht.

Ihre Mutter streicht ihm über den Kopf. »Schau, sie hat sich austricksen lassen, das passiert ihr bestimmt nie wieder. Sprecht euch halt miteinander aus. Du wirst sehen, ihr zwei werdet hernach glücklicher sein als vorher, weil ihr wisst, dass ihr euch aufeinander verlassen könnt, egal was passiert. Das ist doch ein wirklich schönes Gefühl.«

Wolfgangs Stimmung hellt sich wieder etwas auf. »Ich denk darüber nach«, murmelt er.

Lange liegt er noch wach in seinem Bett und grübelt und diskutiert mit sich selber. Dann fällt ihm ein, dass er auch sehr froh war, als damals Zita nicht lange rumgemacht hat, als er Mist gebaut hatte. Zwar war dies etwas ganz anderes, redet er sich ein, aber unterm Strich war es ihm damals auch schrecklich gegangen.

Gleich am nächsten Tag verabredet sich Wolfgang mit Peter und Katrin unten an der Donau, um, wie er sagt, etwas mit ihnen zu besprechen. Auf einer freien Bank an ihrem Treffpunkt gegenüber den Ausflugsschiffen erzählt er ihnen, was vorgefallen ist. Katrin ist ganz von den Socken, als sie die Neuigkeit erfährt, Peter hingegen nickt immer wieder verständnisvoll. Zwar ist er der Ansicht, die Sache sei schon »ein dicker Hund«, vor allem dass Zita mit dem Kerl offensichtlich Küsse ausgetauscht hat, aber man dürfe nicht außer Acht lassen, dass sie eben betrunken gewesen sei.

»Und denk auch mal über dich selber nach«, fügt er mit einem bedeutungsvollen Blick hinzu. »Ich sag nur: Faschingsparty.«

Wolfgang fühlt, wie er rot wird, und senkt den Blick.

Auch Katrin meint: »Sie wollte dir sicher nicht weh tun. Sie war geistig einfach abgeschaltet.« Nachdrücklicher fügt sie hinzu: »Du hast uns beiden mal was von einem Heuhaufen erzählt, weißt du noch? Meinst du nicht, er ist noch groß genug, dass man ihn wieder aufbauen kann?«

Wolfgangs Miene hellt sich auf und er sieht seine Freude dankbar an.

»Ihr habt recht. Ihr habt mir wieder in Erinnerung gebracht, dass ich auch nicht unfehlbar bin. Es ist schön, solche Freunde zu haben. Danke!«

Er umarmt Katrin, und Peter drückt er ganz fest die Hand. »So, und nun spendier ich erst mal ein Eis!«

Sie stehen auf und gehen Richtung »Steinerne Brücke«.

»Du, Peter, was hast du eigentlich am Samstag vor«, fragt Wolfgang Peter unvermittelt.

»Wieso, ich wüsste momentan nichts Besonderes, warum fragst du?«

»Ich werde am Freitag krank sein! Wir haben ja nur Sport, Sozialkunde und Englisch. Das kann ich schon mal ausfallen lassen«, überlegt Wolfgang laut.

»Du willst die Schule schwänzen?«, wundert sich Katrin, »ausgerechnet der Streber will schwänzen! Das gibt's doch nicht. Aber warum willst du das machen und was hat das mit Samstag zu tun?«

»Soeben habe ich beschlossen, am Wochenende zu Zita zu fahren, um mit ihr zu reden. Da müsste mich der Peter am Samstag im Getränkemarkt vertreten. Gegen Bezahlung natürlich, und einweisen würde ich dich auch! Was meinst du, Peter, wäre das möglich?«

»Selbstverständlich geht das«, erwidert Peter wie aus der Pistole geschossen. Er ist stolz und freut sich riesig, dem Freund einen solchen Gefallen tun zu können. »Das finde ich übrigens eine Riesenidee, dass du einfach hinüberfährst und es mit ihr persönlich klärst. Sie wird sich bestimmt sehr freuen.«

»Super«, meint auch Katrin, »dann kannst du ja schon am Donnerstag fahren!«

»Das, glaube ich, wird zu spät, ich werde den Zug kurz nach fünf Uhr morgens nehmen, dann komm ich gerade an, wenn Zita von der Schule heimkommt. Das reicht schon, denke ich, um etwas Heu aufzulegen«, lacht er jetzt laut und fröhlich.

Gegen fünf Uhr morgens wird Zita wach und fühlt sich endlich wieder ruhig und ausgeschlafen. Bevor sie ins Bad geht, bekommt das Foto auf dem Nachtkästchen noch einen Kuss. Erst hatte sie noch lange darüber nachgedacht, was ihre Mutter berichtet hatte. Nach ersten Zweifeln und ehrlichem Nachdenken war auch sie davon überzeugt, dass Wolfgang ihr verzeihen wird. Es wird zwar noch ziemlich peinlich werden, wenn sie ihm in den Pfingstferien Rede und Antwort stehen wird, aber bis dahin will sie ihm schon alles ziemlich ausführlich per Brief mitteilen. So wird eben eher das Peinliche als die Angst, ihn zu verlieren, im Vordergrund stehen. Außerdem ist ja auch noch etwas Zeit bis dahin, tröstet sie sich. Auf keinen Fall will sie irgendetwas beschönigen, hat sie sich vorgenommen.

Ihrer Mutter fällt ein Stein vom Herzen, als sie ihre Tochter froh und munter in die Stube kommen sieht und auch gleich einen Kuss zur Begrüßung bekommt.

»Offensichtlich hast du gut geschlafen«, merkt sie an.

»Ach Mama, es war goldrichtig, dass du mich gestern noch geweckt hast. Ich habe noch eine ganze Weile darüber nachgedacht und konnte am Schluss wirklich ganz beruhigt schlafen. Der Wolfgang ist einfach ein Teufelskerl, was der mit ein paar Worten ändern kann! Du glaubst ja gar nicht, wie froh ich bin, dass er jetzt Bescheid weiß und ich ihm dann nur noch Ergänzungen liefern brauche. Das wird sicher noch schlimm genug und ich werde mich dabei zu Tode schämen. Aber der Horizont wird schon wieder hell!«

Ihre Mutter lächelt in sich hinein ob der lyrischen Anwandlungen ihrer Tochter.

»Am besten, du rufst ihn heute Nachmittag einfach an und unterhältst dich mit ihm. Wirst sehen, dann ist alles ausgestanden«, meint sie fürsorglich.

»Mal sehn, vielleicht warte ich doch bis morgen, oder ich schreib ihm lieber.«

Gleich nach dem Frühstück packt Zita ihre Schulsachen und stellt sich draußen an die Straße, wo sie abgeholt wird. Sie genießt die Sonne, die noch nicht die ganz große Kraft entwickelt hat, aber schon über den Bergspitzen steht und recht angenehm wärmt.

Uschi freut sich, als sie die Freundin an der Straße stehen sieht. Die Freude wird noch größer, als sie erkennt, dass Zita ihre Leidensmiene abgelegt hat und schon fast wieder wie immer wirkt. An der Bushaltestelle will Uschi wissen, wie es kommt, dass sie so froh gelaunt ist.

Zita erzählt lang und breit vom gestrigen Abend und als sie erwähnt, wie ihr die Mutter von Wolfgangs Anruf erzählt hat, unterbricht Uschi ihre Freundin.

»Du hast vielleicht ein Glück. Also, dass er dir nicht dauerhaft böse sein würde, war mir schon klar. Aber dass er dir gleich ein Trostpflaster übermitteln lässt, damit du dich beruhigen kannst, hast du ehrlich gesagt gar nicht verdient. Ich hätte dich schon noch eine ganze Weile leiden lassen. Das darfst du mir glauben!«

Dabei lacht Uschi laut und Zita weiß ganz genau, wie ihre Freundin es gemeint hat, und lacht einfach mit.

Im Bus plaudern sie noch lustig weiter. In der großen Pause stehen die beiden dann auch wieder zusammen und unterhalten sich darüber, dass heute ja Micha nach Hause kommt und dass sie ihre Freundin am späten Nachmittag besuchen wollen. »Die wird zunächst sicher auf den Friedhof gehen und zusammen mit ihrem Vater noch Abschied nehmen, aber ich denke, so gegen vier Uhr können wir schon kommen«, meint Zita. »Die wird sich bestimmt freuen und ein wenig Ablenkung tut ihr sicherlich auch gut.«

Am Mittag, beim Essen, erkundigt sich Frau Grimmer: »Möchtest du nicht den Wolfgang anrufen?«

»Meinst du?«, fragt Zita etwas beklommen zurück. »Ich weiß aber doch gar nicht, was ich dann sagen soll.«

»Ich denke, dass er schon auf deinen Anruf wartet, und was du sagen sollst, wird sich dann schon ergeben. Jetzt stell dich doch nicht so an. Außerdem liegt da sein Brief von gestern auch immer noch herum. Soll ich ihn zum Altpapier werfen, oder willst du ihn etwa doch noch anschauen?«

Zita springt sofort auf und holt den Brief vom Schrank. Liebevoll legt sie ihn neben sich auf den Tisch. »Es wäre wahrscheinlich ganz gut, wenn ich den vorher lesen würde, dann hätt' ich bestimmt weniger Bammel vor seinen Fragen.«

»Jetzt hab dich nicht so«, schimpft ihre Mutter, »du willst doch nur Zeit schinden. Du brauchst doch keine Angst vor ihm zu haben und den Brief kannst du hernach bestimmt viel besser genießen. Du rufst jetzt gleich an und anschließend machst du deine Hausaufgaben.«

Die Einsicht, dass die Mutter wohl recht hat und es wirklich das Beste wäre, wenn sie es hinter sich bringen würde, lässt sie aufstehen und tief Luft holend den Telefonhörer abheben. »Du gehst aber dabei bitte raus«, bittet sie ihre Mutter, die sogleich lachend die Flucht ergreift und im Hausflur verschwindet.

Mit pochendem Herzen horcht sie in den Hörer und zählt die Freitöne. Vielleicht ist er ja gar nicht zuhause! Doch nach dem fünften Freiton meldet sich Wolfgangs Mutter.

»Hallo, hier ist die Zita und ich hätte gerne den Wolfgang gesprochen«, sprudelt es nervös aus ihr heraus.

»Ja grüß' dich, Zita«, freut sich Frau Fellner, »das ist ja schön, dass du anrufst, aber der Wolfgang ist noch in der Arbeit im Getränkemarkt. Er kommt wohl erst in einer guten Stunde wieder.« Gerne würde sie sich länger mit Zita unterhalten, aber Zita meint, dass sie halt dann später noch einmal anrufen würde, und legt nach einer kurzen Verabschiedung auf.

Jetzt, wo die Verbindung unterbrochen ist, hätte sich Zita auch ganz gern mit Frau Fellner unterhalten, aber sie war einfach etwas überfahren gewesen. Das nächste Mal, wird bestimmt schon besser werden.

Sie gibt ihrer Mutter Bescheid, nimmt Wolfgangs Brief mit in ihr Zimmer und legt ihn auf ihr Bett. Sie will ihn tatsächlich erst nach dem Anruf lesen. ›Vielleicht brauche ich ihn dann, um mich wieder aufzubauen‹, denkt sie lächelnd.

Zügig kommt sie mit ihren Hausaufgaben voran und hat noch etwa eine halbe Stunde Zeit, bis Uschi sie abholen kommt. Ihre Mutter ist einkaufen gefahren und sie nutzt die Gelegenheit, nimmt sich ein Herz und wählt Wolfgangs Nummer.

»Hier Wolfgang Fellner!«

»Hallo Wolfgang«, antwortet Zita leicht beklommen, »schön, dass ich dich erreiche, weil ich mit reden will.«

»Hallo Zita, bitte einen Moment, ich trage das Telefon gerade schnell in mein Zimmer.«

Zita wartet gespannt und sie glaubt Freude aus Wolfgangs Stimme gehört zu haben. Das Herzklopfen lässt etwas nach.

»So, da bin ich wieder«, meldet sich Wolfgang zurück, »das freut mich aber, dass du mich anrufst. Ich hab nämlich eine ziemliche Überraschung für dich! Aber mehr dazu verrat' ich dir gleich hernach. Sag mal, was machst du denn für Geschichten, wolltest du mich etwa loswerden?« Wolfgang spielt den Gekränkten, Zita durchschaut ihn aber und ist froh darüber, dass er sogar Spaß darüber machen kann.

»Ach weißt du, ich hab da einen ganz schönen Scheiß gebaut und es tut mir unendlich leid. Ich spür' immer ein Stechen in meiner Brust, wenn ich daran denke, wie weh' ich dir damit getan hab. Aber es ist passiert und ich kann es nicht rückgängig machen. Nur eines kann ich dir ganz fest und ganz ehrlich versprechen: So etwas passiert mir bestimmt nicht wieder. Ich war einfach idiotisch naiv und blöd.«

Plötzlich sprudelt einfach alles aus ihr heraus und sie will überhaupt nicht mehr aufhören zu reden. Als sie endlich eine Pause macht, hakt Wolfgang ein: »So, das hat dir jetzt bestimmt gut getan und mir aber auch. Jetzt weiß ich Bescheid und damit kann ich dieses Thema als erledigt ablegen. Darüber brauchen wir uns nicht noch mal zu unterhalten. Ich bin froh, dass du alles ehrlich erzählt hast, und du brauchst überhaupt keine Angst zu haben, dass ich dich deshalb nicht mehr mögen könnte. Ist doch Quatsch, schließlich haben wir doch ein ganz anderes Ziel, und das wirft man nicht so einfach weg.«

Zita ist so erleichtert, dass ihr die Tränen kommen.

»Jetzt aber zu meiner Überraschung«, fährt Wolfgang fort. »Ich melde mich am Freitag in der Schule krank und komm dich am Wochenende besuchen, wenn es dir und deiner Mutter recht ist. Weißt du, du fehlst mir so und bis zu den Ferien sind ja doch noch über zwei Wochen. Man kann dich ja anscheinend nicht allzu lange allein lassen!« Lachend wartet er auf Zitas Antwort.

»Was, diesen Freitag willst du schon kommen, nicht erst in zwei Wochen? Jetzt bin ich aber wirklich überrascht!« Spitzbübisch setzt sie nach: »Oh, da muss ich aber erst nachschauen, ob ich da Zeit für dich hab.« Sie lacht dabei laut in den Apparat, korrigiert aber sofort, nicht dass Wolfgang es gar noch glaubt und beleidigt ist. »Natürlich kannst du kommen und Zeit werd' ich mir nehmen, so viel wie du haben willst. Ach, das ist ja super, du kannst dir nicht vorstellen, wie ich mich schon freue. Ich kann's noch gar nicht glauben. Ach Wolfgang, ich hab dich ja sooo gern!«

»Gut, ich werde schon mit dem ersten Zug kurz nach fünf Uhr losfahren und dann, wenn du von der Schule heimkommst, wahrscheinlich schon da sein. Je nachdem, wie pünktlich der Zug ist. Ich bin schon recht gespannt auf unser Treffen und freu mich auch schon riesig.«

So unterhalten sie sich noch eine ganze Weile, bis Wolfgang seine Freundin an die Telefongebühren erinnert, da es ja immerhin ein Auslandsgespräch ist.

»Hast recht, wir sehn uns ja dann eh schon in drei Tagen. Aber wegen der Telefonrechnung sagt die Mama bestimmt nichts, weil sie ist auch froh, wenn zwischen uns wieder alles geklärt ist.«

Nach einer längeren Abschiedszeremonie legt Zita froh und glücklich den Hörer auf. Voller Übermut springt sie in der Stube herum und ruft immer wieder: »Er kommt, der Wolfi kommt!«

Sie bemerkt dabei gar nicht, dass Uschi gekommen ist, um sie abzuholen. Diese steht kopfschüttelnd an der Stubentür und beobachtet die herumhüpfende

Zita. »Sag mal, hast du Hasch' erwischt, oder was ist los mit dir. Bist schon wieder mal besoffen?« Lachend umarmen sich die beiden und Zita sprudelt wie ein Wasserfall los, um Uschi die Neuigkeiten zu erzählen.

Mit leichter Verspätung brechen sie auf, um Micha zu besuchen. Unterwegs pflücken sie ein paar Blumen vom Wegrand, um sie ihrer Freundin mitzubringen.

Micha sitzt vor dem Haus auf einer Bank und genießt die Sonnenstrahlen auf ihrem Gesicht. Sie hat die Augen geschlossen, sodass sie die beiden Mädchen erst bemerkt, als sie die Schritte und ihre Stimmen hört. Freudig steht sie auf und kommt auf die beiden zu, um sie zu umarmen. Dann gibt es viel zu erzählen und zu bereden.

»Ich möchte dich jetzt aber nicht traurig stimmen, aber hast du den Tod deiner Mutter schon richtig verdaut?«, will Uschi plötzlich wissen.

Doch Micha reagiert ganz gelassen auf die Frage. »Gewusst, dass ich sie verlieren werd', hab ich es ja doch schon lange und jetzt war es für sie eine Erlösung. So habe ich jetzt keinen großen Schmerz deshalb und in meinem Herzen und in meinen Gedanken ist sie sowieso die ganze Zeit bei mir. Ja, und der Georg ist schon auch eine große Stütze für mich. Er ist einfach wundervoll. Ich muss ihn immer wieder zurückhalten, sonst darf ich überhaupt nichts mehr machen. Alles will er mir ständig abnehmen und dann frisst er mich wieder halb auf!«

Alle drei kichern, als Michas Vater dazukommt.

»Na, was ist denn hier los«, lacht er erfreut mit, »das ist aber schön, dass ihr die Micha besucht. Holt euch bitte was zu trinken, wenn ihr was wollt.« An Micha gewandt meint er noch: »Ich muss noch kurz ins Dorf runter, bin aber in spätestens zwei Stunden wieder da.«

Nachdem die drei wieder allein sind, unterhalten sie sich zunächst noch ein wenig über die Schule und kommen dann natürlich zu der Hauptattraktion des Wochenendes, dem Maitanz. Hier erzählt in erster Linie Uschi, während Zita verschämt schweigt und lieber Getränke holen geht. Als sie wiederkommt, sind die beiden mit diesem Thema bereits durch und Micha meint nur, dass sie sich über den letztendlichen Ausgang sehr freut. »Du musst ihn mir unbedingt vorstellen, wenn er da ist«, bittet sie, »ich hör' ja bloß immer von ihm und kenne ihn noch gar nicht. Ich bin schon sehr gespannt, ob er tatsächlich so ist, wie ich ihn mir aufgrund eurer Beschreibungen vorstelle.«

Die frohe Runde löst sich erst auf, als Michas Vater heimkommt und die beiden Mädchen an die Zeit erinnert werden. Langsam und nach unendlichen Umarmungen treten die beiden den Heimweg an.

Als Wolfgang den Hörer auflegt, ist er froh und zufrieden mit sich, dass dieses Problem aus der Welt geschafft ist. Jetzt muss er nur noch die Mutter überzeugen, dass sie ihm für Freitag eine Entschuldigung für die Schule unterschreibt. Der Vater wird wahrscheinlich nicht so begeistert sein, aber wenn er seine Mutter erst auf seiner Seite hat, denkt er, wird es schon klappen. Außerdem kann er gute Noten vorweisen und erklären, dass er nicht viel versäumen wird, weil er eh mit dem Stoff schon weiter ist.

Trotzdem setzt er sich wieder an seinen Schreibtisch und nimmt sich die Fächer, die er am Freitag versäumen wird, noch einmal vor.

»Ach, du bist wieder da«, begrüßt Wolfgang frohgemut seine Mutter, »die Zita hat angerufen und wir haben alles geklärt. Es gibt keine Probleme zwischen uns. Das ist doch super, oder?«

»Das freut mich aber wirklich. Siehst du, es ist doch gar nicht so schwer, einmal nachzugeben und zu verzeihen. Umso größer sind die Freude und die Zuneigung hernach!«

»Genau«, schmiert er ihr Honig um den Mund, »wie du es gesagt hast, ich bin richtig froh und die Zita hat sich erst gefreut. Ja, und deshalb hab ich beschlossen, sie am Wochenende zu besuchen.«

»Ach, wolltest du nicht erst in den Ferien fahren? Ein Wochenende ist doch zu kurz, da bist du ja länger unterwegs, als du dort sein kannst!«, gibt sie zu bedenken.

»Richtig«, pflichtet er bei, »deshalb hab ich gedacht, dass ich am Freitag, da haben wir sowieso nichts Wichtiges in der Schule, krank bin. Ich bräuchte nur eine Entschuldigung dafür. Schau, du bräuchtest nur zu unterschreiben, der Rest ist schon ausgefüllt.« Er legt ihr das ausgefüllte Exemplar eines Entschuldigungsschreibens auf den Tisch. »Den Stoff vom Freitag hab ich eh schon gelernt und am Samstag vertritt mich der Peter bei Schusters. Wenn du mir unterschreibst, hat der Papa sicher auch nichts dagegen.«

»Aha, daher weht der Wind«, antwortet seine Mutter lächelnd, »das muss ich mir aber schon erst noch überlegen. Es ist ja noch Zeit!« Damit schiebt sie das Papier zur Seite und geht in die Küche, um das Abendessen vorzubereiten.

Wolfgang verzieht sich etwas enttäuscht in sein Zimmer, legt sich auf sein Bett und unterhält sich mit Zita. Als er seinen Vater kommen hört, springt er sofort auf, um mit ihm sein Schul- bzw. Krankheitsproblem zu besprechen. Umständlich erklärt er ihm, der von den Sorgen und Nöten seines Sohnes bisher nichts wusste, sein Problem.

Sein Vater runzelt die Stirn. »So, so, und den Stoff für Freitag hast du schon gelernt? Geht das denn überhaupt? Ich werde dich testen und wenn du bestehst, sollst du auch einmal krank sein dürfen«, zwinkert er.

Wolfgang steht sofort auf, um sein Englischbuch zu holen, doch der Vater winkt ab. »Lass es gut sein, ich glaub dir doch auch so. Schließlich bringst du doch nur anständige Noten heim, da kann man schon mal ein Auge zudrücken. Oder was sagst du dazu?«, wendet er sich an seine Frau.

»Von mir aus gern. Schau, da liegt der Zettel, brauchst nur zu unterschreiben.« Sie schiebt das Schreiben dem Vater über den Tisch und schaut lächelnd zu Wolfgang hin. Dieser reicht seinem Vater einen bereitgehaltenen Kugelschreiber, nimmt das Schreiben sofort an sich und bringt es in sein Zimmer, um es morgen in der Schule dem Peter zu geben, damit der es am Freitag abgeben kann.

Drei Tage lang ist das abendliche Teegespräch zwischen Zita und ihrer Mutter ausgefallen. Doch heute beschließen die beiden, sich noch etwas vor das Haus zu setzen und den Sonnenuntergang zu genießen, denn es ist richtig warm geworden. Abends an der Hauswand zu sitzen ist für sie jeden Sommer eine besondere Freude.

Während Zita die Tassen und den Kandiszucker bereitstellt, kocht ihre Mutter den Kräutertee, den sie dabei immer genießen.

Zita lehnt sich an Mutters Seite und zieht einen Arm der Mutter um ihre Schultern. So aneinandergekuschelt sitzen sie eine Weile schweigend da, bis Zita plötzlich siedend heiß einfällt, dass ihre Mutter ja noch gar nichts von Wolfgangs Kommen weiß. Rasch löst sie sich voller Eifer aus Mutters Arm und richtet sich auf.

»Ach herrje, beinahe hätt' ich ja vergessen, dir das Wichtigste überhaupt zu erzählen! Der Wolfi kommt! Schon am Freitag kommt der Wolfgang! Ich hab mit ihm telefoniert und er will mich besuchen kommen, weil man mich ja nicht so lange allein lassen kann, hat er gemeint! Übrigens wird die Telefonrechnung diesmal wohl etwas teurer ausfallen«, erklärt sie mit schuldbewusstem Blick.

»Ach, dann ist also wieder alles in Ordnung mit euch beiden. Das freut mich aber und er hat schon recht damit, dass man sich um dich einfach besser kümmern muss«, setzt Frau Grimmer schmunzelnd hinzu. »Ehrlich gesagt«, fährt sie lachend fort, »habe ich deinen Küchenmeister genau so eingeschätzt. Nicht immer nur klein-klein, sondern wenn, dann schon richtig groß! Ach, das ist ja schön, da müssen wir uns noch etwas überlegen, was wir machen wollen.«

»Jetzt lass ihn doch erst einmal kommen«, wirft Zita dazwischen. Bevor sie weitersprechen kann, hören sie das Geräusch von einem Moped, das den Berg heraufknattert.

»Das wird vielleicht sogar der Toni sein«, stellt die Mutter fest.

Da springt Zita schon auf. »Ich bin nicht da!«, sagt sie schnell und verschwindet im Haus.

Tatsächlich ist es Toni, der mit frohem Gesichtsausdruck auf Frau Grimmer zugeht.

»Guten Abend, Frau Grimmer«, grüßt er höflich, »ich habe den Ring. Meine Mutter hat ihn in meiner Hemdtasche gefunden. Sie können sich gar nicht vorstellen, wie froh ich darüber bin und die Zita wird sich bestimmt auch freuen, dass sie ihn wiederhat. Sie will mich ja nicht mehr sehen, das ist schon in Ordnung. Aber bitte richten Sie ihr aus, dass mir alles sehr leid tut und dass ich ihr mit ihrem Freund ehrlich alles Gute wünsche. Hier ist der Ring.« Er reicht ihn Frau Grimmer und verabschiedet sich.

»Danke, Toni, ich wünsch dir auch alles Gute – und bleib anständig!«

Kaum dass Zita das Motorengeknatter wieder hört, kommt sie wieder aus dem Haus.

»Ich habe alles mitgehört!«, sagt sie und nimmt gleich den Ring aus der Hand ihrer Mutter, um ihn wieder dahin zu stecken, wo er gefälligst hingehört. »Und da bleibst du, für alle Zeiten, sonst schmeiß ich dich höchstpersönlich fort!«, droht sie ihm schelmisch.

»Wieder ein Problem weniger«, seufzt Zitas Mutter und will auf das abgebrochene Thema von vorhin zurückkommen, als zwei Hausgäste von einer Wanderung zurück kommen und fragen, ob sie sich dazusetzen dürften. Sie haben im Dorf eine Flasche Rotwein gekauft und wollen sie zum Tagesausklang noch gerne trinken. Zita holt ihnen zwei Gläser und ihre Mutter unterhält sich angeregt mit den Gästen. Bald erkennt Zita, dass der Abend wohl länger werden wird, und verabschiedet sich deshalb mit dem Hinweis, sie müsse ja morgen wieder früh aufstehen, um zur Schule zu gehen.

Erst als sie sich im Schlafanzug auf ihr Bett legt, bemerkt sie Wolfgangs Brief von gestern. »Du meine Güte, ruft sie sich selber scheltend, »was bist du bloß für ein nachlässiges Weib geworden. Wie kann man einen Brief des Liebsten einfach vergessen?«

Vorsichtig öffnet sie ihn und beginnt zu lesen.

Froh, dass sie so lange damit gewartet hat, legt sie den Brief auf ihr Nachtschränkchen. Vor dem Telefonat hätte sie sich bestimmt nicht so darüber freuen können.

Glücklich über den heutigen Tag, an dem sie so viel Positives erfahren hat, schläft sie mit Wolfgangs Bild in der Hand ein.

Donnerstagabend geht Wolfgang zum Bahnhof und kauft sich eine Rückfahrkarte bis Wörgl. Von dort ab will er mit dem Bus weiterfahren, aber die Karte bekommt er dann erst vor Ort. Stolz trägt er seine erste selbst gekaufte Fahrkarte nach Hause. Um fünf Uhr und acht Minuten morgens fährt der Zug ab. Er hat sich schon einen Rucksack gepackt mit Kleidung für die drei Tage. Seine Mutter hat ihm eine Packung Bohnenkaffee für Frau Grimmer eingepackt und ihn ermahnt, sich ja anständig zu benehmen. Schon den ganzen Tag über ist er nervös, denn noch nie ist er ganz allein verreist. Nicht, dass er Angst hätte, ganz gewiss nicht. Aber er könnte ja verschlafen, oder er könnte in den falschen Zug umsteigen und Zita würde umsonst auf ihn warten. Das sind seine Sorgen, die ihn nicht zur Ruhe kommen lassen.

Er fragt seine Mutter, ob er noch kurz in Österreich anrufen dürfe, und nachdem die Mutter lächelnd nickt, hängt er sich sofort an den Apparat. Als hätte sie darauf gewartet, meldet sich Zita. Stolz erzählt er ihr, dass er die Fahrkarte schon hat und ob sie wüsste, wann die Busse in Wörgl weggehen würden. Er käme voraussichtlich gegen halb ein Uhr an, wenn er in Kufstein den Anschlusszug rechtzeitig erwischte.

»Aber du musst doch nicht mit dem Bus kommen! Meine Mutter holt mich von der Schule ab und dann können wir spätestens um dreiviertel zwei am Bahnhof sein, um dich abzuholen. Wirst sehn, der Zug ist eh nicht so pünktlich, und wenn doch, musst halt vielleicht ein paar Minuten warten. Ach, ich freu mich ja so, dass ich schon den ganzen Tag nervös herumlaufe.«

Sie verabschieden sich und beide fühlen sich, als ob morgen der glücklichste Tag in ihrem Leben werden würde.

Wolfgangs Wecker läutet bereits um halb vier. Zunächst räkelt er sich noch ein paar Minuten im Bett herum, bevor er aufsteht, sich duscht und anzieht. Seine Mutter hat ihn schon herumrumoren hören und steht im Morgenmantel in der Küche, um ihm ein ausgiebiges Frühstück zu machen. Eine Brotzeit für unterwegs richtet sie ebenfalls her, damit der Bub nicht ganz ausgehungert bei den Grimmers ankommt. Nervös überprüft Wolfgang sein Gepäck, schaut nach, ob er seinen Ausweis und die Fahrkarte hat. Erst dann setzt er sich an den Tisch und vertilgt Ei, Brot und Kakao, als wäre es sein letztes Essen daheim.

»Der Papa kommt auch gleich und fährt dich zum Bahnhof, dann brauchst du den Rucksack nicht zu schleppen.« Die Mutter geht zum Schlafzimmer, um nach ihrem Mann zu schauen, als dieser aber bereits aus der Tür kommt.

»Guten Morgen, zusammen«, sagt er froh gelaunt. »Heute geht unser Großer erstmals allein auf Reisen und dann auch gleich noch zu seinem Mädel. Wie doch die Zeit vergeht!« An Wolfgang gewandt sagt er noch: »Ich hab's gleich, dann können wir fahren«, und verschwindet im Bad.

Wolfgang steht schon bereit, als sein Vater aus dem Bad kommt und die Autoschlüssel vom Schlüsselbrett nimmt.

Bei der Verabschiedung am Bahnhof holt der Vater schnell noch seine Geldbörse aus der Tasche und drückt Wolfgang einen Zwanziger in die Hand. »Damit du dir was kaufen kannst, falls du nichts kriegen solltest.« Dabei lacht er und wünscht Wolfgang ein schönes Wochenende und eine gute Heimkehr. Als der Zug anfährt, winkt er noch hinterher.

Wolfgang setzt sich in ein Abteil, in dem bereits drei Fahrgäste sitzen. Er wählt einen Platz direkt an der Tür, weil am Fenster nichts frei ist. Mit leichtem Herzklopfen bemerkt er, wie der Zug sich in Bewegung setzt und immer schneller wird. Er hofft, dass spätestens in Ingolstadt ein Fensterplatz frei wird. Der Beamte am Bahnschalter hatte ihm gesagt, dass es zwischen Ingolstadt und München Baustellen gebe und deshalb der Zug sicher Verspätung bekommen würde. Dadurch könne er leicht den Anschlusszug in München nach Kufstein versäumen und er solle lieber einen Zug früher nehmen, wenn er denn pünktlich in Wörgl sein wolle. Deshalb ist Wolfgang auf Nummer sicher gegangen und hat gleich den allerersten Zug in der Früh' genommen. Wenn er wirklich zu früh ankommen sollte, will er sich eben noch ein wenig die Stadt anschauen. Außerdem hat ihm der Schalterbeamte noch erzählt, dass viele Fahrgäste in Ingolstadt aussteigen werden und er schnell sein muss, wenn er einen bestimmten Platz bekommen will, weil gleichzeitig wieder eine Menge Leute zusteigen, die nach München fahren. So sitzt er stets sprungbereit da, wenn ein Bahnhof angekündigt wird. Aber erst, als Ingolstadt in der Ferne auftaucht, stehen die beiden Männer an den Fensterplätzen auf. Schon als die beiden zur Tür gehen, erhebt sich Wolfgang von seinem Sitz, schiebt sich an den beiden Herren vorbei und setzt sich auf den Fensterplatz in Fahrtrichtung. Neugierig blickt er hinaus, als die Raffinerien auftauchen und sie über die ihm daheim so vertraute Donau fahren.

Tatsächlich bleibt der Zug unterwegs immer wieder wegen Bauarbeiten stehen oder kann nur langsam weiterfahren, sodass sie in München schon eine halbe Stunde Verspätung haben. Der Fahrkartenkontrolleur hat ihm gesagt, dass er in München etwa vierzig Minuten warten müsse, bis der nächste Zug Richtung Kufstein abfährt, und riet ihm, sich schon beizeiten zum entsprechenden Bahnsteig zu begeben, damit er gleich, wenn der bereitgestellt wird, sich einen schönen Platz aussuchen kann.

Bereits kurz vor elf Uhr kommt er in Kufstein an, wo er Richtung Wörgl in einen Regionalzug umsteigen muss. Auch hier hat er wieder eine halbe Stunde Zeit, aber der Zug steht schon bereit. Er setzt sich auf eine Bank auf dem Bahnsteig und packt seine Brotzeit aus. Vorsichtig öffnet er die Limoflasche, die ihm die Mutter noch eingepackt hat, damit es nicht zu sehr spritzt. Dank des Sonnenscheins ist die Flasche nämlich schön warm geworden und der Inhalt hat einen ziemlichen Druck aufgebaut.

Während er genüsslich sein Wurstbrot mit warmer Limo hinunterspült, beobachtet er den umliegenden Zugverkehr und freut sich über das schöne Wetter. Ein leichtes Kribbeln macht sich in seinem Bauch bemerkbar, als er den Zug besteigt, denn in weniger als einer halben Stunde wird er in Wörgl sein und Zita wiedersehen. Eine unbändige Freude steigt in ihm hoch und sein Herz beginnt zu pochen, als er sich das Wiedersehen bildlich vorstellt. Mit einem freudigen Lächeln im Gesicht setzt er sich wieder an einen Fensterplatz. Hier ist der Zug nur dünn besetzt, überwiegend mit jungen Leuten.

Langsam zieht auf der gegenüber liegenden Seite des Inn die Stadt Kufstein vorbei, als der Zug losfährt. Schon nach knapp zwanzig Minuten kommt er am Bahnhof in Wörgl an und es ist noch nicht einmal zwölf Uhr. Noch fast zwei Stunden, bis Zita ihn abholt. Er nimmt seinen Rucksack und geht auf gut Glück in die Stadt, um sich ein wenig umzusehen. An einer Cafeteria kauft er sich von Vaters Geld eine Eisschokolade und ein Stück Streuselkuchen als Mittagessen. Zunächst sitzt er als einziger Gast an einem Tisch vor dem Lokal und beobachtet die Menschen, die an der Straße an ihm vorüberhasten. Unmittelbar nach dem Zwölfuhrläuten füllt sich die Cafeteria mit jungen Leuten, die bei Eis, Kaffee und Kuchen oder kleinen Toasts ihre Mittagspause verbringen. Zwar gibt der Ort selber für Wolfgang nicht viel her, aber das Treiben der Menschen gefällt ihm. Er hat noch eine Stunde Zeit, als er wieder Richtung Bahnhof unterwegs ist, und so geht er auf die Rückseite des Bahnhofs, wo nach wenigen hundert Metern der Inn vorbeifließt, und setzt sich dort auf eine Bank. Der Inn hat eine andere Farbe als die Donau und er fließt recht schnell. Großer Schiffsverkehr wie zuhause findet hier offenbar nicht statt, lediglich ein paar kleine Motorboote und Paddler kommen vorbei. Vielleicht liegt es aber auch an der Uhrzeit, aber egal, es gefällt ihm hier und die Sonne lässt die kleinen Wellen golden aufblitzen. Im Hintergrund wirken die Berge mit ihrer Größe auf ihn fast unwirklich. Zwar hat er sie ja schon vor ein paar Wochen erst gesehen, aber sie scheinen heute noch größer und mächtiger zu sein. Bevor er aber ins Träumen kommt und zum Schluss noch zu spät am Treffpunkt ankommt, trinkt er noch kurz seine Limonade aus und geht dann zurück zum Bahnhofsplatz, wo er sich auf eine Treppenstufe im Schatten setzt und wartet.

»Hallo, junger Mann, was machen Sie denn da?«, spricht ihn Zita von hinten an.

Schnell dreht er sich um und will aufstehen, als Zita schon neben ihm sitzt und ihre Arme um ihn schlingt.

»Oh, Wolfgang, du bist tatsächlich gekommen!«

Lange und intensiv küssen sie sich, während sie auf der Treppe sitzen. Zita streichelt seine Wangen und schaut ihm immer wieder voller Freude und Stolz in die Augen.

Wolfgang kann kaum etwas sagen, entweder redet Zita oder sie überschüttet ihn mit Küssen.

»Ich bin so froh, dass ich kommen konnte, und schon allein diese Begrüßung ist es wert, dass ich die Schule schwänze«, bringt er in einer kurzen Kusspause gerade mal heraus.

»Komm, meine Mutter parkt gleich da hinten um die Ecke und will noch zum Metzger. Eigentlich wollten wir das noch vorher erledigen, aber ich hatte so ein Gefühl, dass du schon warten könntest. Da hab ich sie überredet, schon vorher zum Bahnhof zu fahren. Aber keine Sorge, es dauert nicht lange, weil wir haben ja alles bestellt und brauchen's nur abzuholen. Ach, es ist ja so schön, dass du da bist.«

Frau Grimmer wartet schon ans Auto gelehnt auf die beiden und drückt Wolfgang, als er ihr die Hand zum Gruß reichen will, fest an sich.

»Mein Gott, Wolfgang, ist das schön, dass du gekommen bist!«, begrüßt sie ihn. »Wie war denn die Fahrt? So ganz auf dich selber gestellt durch die Welt zu reisen ist schon eine besondere Erfahrung, oder?«

»Ach, das war ganz interessant«, antwortet er, »aber Probleme gab's dabei nicht. Ich soll auch einen schönen Gruß von meinen Eltern ausrichten, die mich ja dabei unterstützt haben, dass ich heute schon kommen konnte. Ich bin wirklich sehr froh, wieder einmal bei euch sein zu können.«

Als sie den Berg hinauf zur *Grimmer Alm* fahren, kommt Wolfgang aus dem Staunen kaum heraus. Es sieht alles so anders aus, als er es in Erinnerung hatte: die grünen Wiesen, die Kühe auf den Weiden und die blanken Berggipfel. Im Winter war alles einheitlich weiß gefärbt und jetzt gibt es so viele Farben und es duftet schon richtig nach Sommer.

»So, schaut her, ich hab ein Backhendl mitgebracht, da machen wir nur noch schnell einen Salat dazu, dann können wir zu Mittag essen«, meint Frau Grimmer. »Zita, magst einen Salat aus dem Garten holen und in der Küch' drüben gleich herrichten? Dann deck' ich hier schon mal auf.«

»Klar, bin gleich wieder da«, antwortet Zita und streicht Wolfgang im Hinausgehen mit einer Hand über den Kopf.

Frau Grimmer will mit Wolfgang einen Moment allein sein.

»Weißt, Wolfgang, die Zita hat ein paar sehr schwere Tag' hinter sich. Sie hat so viel Gefühl in die Micha investiert, dass sie beinahe sich selber vergessen hat. So richtig fertig war's aber dann nach der G'schicht mit dem Burschen am Sonntag. Ich bin so richtig froh g'wesen, wie ich g'hört hab, dass du trotzdem zu ihr hältst. Die wollte sich gar umbringen, weil sie sich so geschämt hat! Ich hab wirklich

Angst um sie g'habt und du hast wie ein Wunder auf sie g'wirkt. Manchmal denk ich so für mich, dass ihr zwei ja doch noch Kinder seid, aber so, wie gerade du mit dem Leben umgehst, kannst kein Kind mehr sein! Du bist deiner Zeit einfach weit voraus und ich bin ehrlich so froh, dass ausgerechnet du hier hängen blieben bist und der Zita beim Erwachsenwerden hilfst. Sie ist manchmal schon noch ein rechter Kindskopf!«

»Ja, ich weiß schon, dass es ihr wirklich dreckig gegangen ist, deshalb hab ich ja auch meinen Besuch vorverlegt, weil ich mir 'dacht hab, dass sie mich jetzt noch eher brauchen könnt' wie in ein paar Wochen. Glauben's mir, am Sonntag, wenn ich wieder fahr'n muss, haben wir bestimmt alle eventuell noch bestehenden Probleme aus der Welt geschafft. Schließlich haben wir doch ein gemeinsames Ziel und das geben wir so einfach auch nicht auf!«

»Ich weiß nicht, was ich dazu sagen soll, ich kann nur staunen und hoffen, dass es auch wirklich so kommt, wie ihr das plant.« Lächelnd schüttelt sie den Kopf und holt die Teller aus dem Schrank.

»Hier kommt der Salat.« Zita kommt übermütig zur Tür herein und stellt die Schüssel mit dem Salat in die Mitte des Tisches.

Wolfgang erkundigt sich während des Essens danach, wie es denn mit den Gästen so läuft, jetzt im Frühjahr.

»Wir haben jetzt schon auf Sommerbetrieb umgestellt. Das bedeutet, dass wir in erster Linie Erwachsene und Familien hier haben. Die Zimmer haben wir familiengerecht umgestellt. Die meisten wollen nur Frühstück haben und dann wandern oder spazieren gehn. Versorgen tun sie sich dann unterwegs. So ist es bei uns auch leichter. Dafür haben wir wieder einen Garten mit Blumen und Gemüse angelegt und können uns auch einmal ein wenig entspannen. Vor allem die Zita hat wesentlich weniger Arbeit, weil Mittag- und Abendessen wegfällt. Nur manchmal möchte jemand eine Brotzeit am Abend haben, aber das ist dann gleich erledigt. Gleich nach dem Winter, wenn der Schnee schmilzt, ist hier überhaupt nichts los, weil die Wege alle matschig sind und zum Skifahren der restliche Schnee nicht ausreicht. Aber jetzt läuft's wieder ganz gut.«

Frau Grimmer stellt das Geschirr zusammen auf ein Tablett und lässt die beiden allein. »Ich geh schon mal in die Küche, ihr habt euch bestimmt eine Menge zu erzählen. Also bis nachher.«

Als die Tür hinter ihrer Mutter zufällt, sagt Zita unter Freudentränen: »Die

Mama! Ist sie nicht lieb?«

Sie setzen sich nebeneinander auf das Sofa und Wolfgang nimmt Zitas Hand und hält sie fest.

»Weißt du, ich hab mir wirklich große Sorgen um uns gemacht, als mir deine Mama die Geschichte erzählt hat, aber jetzt bin ich wieder genauso glücklich und froh wie vorher. Das machst du mir aber nicht noch mal!«, stichelt er. »Aber ich hab ja gesagt, dass das Thema erledigt ist und wir nicht mehr darüber reden brauchen. Dann lassen's wir doch auch dabei.« Zärtlich streichelt er ihre Hand und bemerkt, dass sie wieder leicht zittert, gerade so, als ob sie frösteln würde. »Was ist, dir ist doch nicht kalt? Das kann doch gar nicht sein, bei der Hitze?«

Sie dreht sich zu ihm hin und küsst ihn auf den Mund, dabei drückt sie so fest gegen seinen Oberkörper, dass er sich an ihr festhält und beide langsam auf das Sofa kippen. Eng umschlungen liegen sie da und schauen sich immer wieder an und küssen sich.

Irgendwann, denn die Zeit haben die beiden komplett ausgeklammert, sagt Zita voller Freude und Begeisterung: »Wolfgang, jetzt weiß ich sicher, dass du mir nicht bös' bist. Ich freu mich ja so, ach du ...«, sie wühlt sich mit ihrem Kopf in Wolfgangs Brust, als wollte sie in ihn hineinschlüpfen.

Endlich hat er etwas Zeit, sie in Ruhe zu betrachten. Sie ist schön wie eh und je. Ihre Haare sind etwas länger geworden und ihre Figur ein wenig voller, bemerkt er. Bekleidet ist sie mit einem weißen T-Shirt und einer kurzen Jeanshose.

Während er sich auf dem Sofa zurücklehnt, rutscht sie langsam auf seinen Schoß, umklammert seinen Oberkörper und drückt sich ganz fest an ihn. Doch bevor sie ihm wieder mit Küssen den Mund verschließen kann, schaut er ihr tief in die Augen und sagt: »Du bist so schön und ich hab dich lieber als jemals zuvor. Ich bin so froh, dass ich hergekommen bin! So, und jetzt können wir weitermachen«, lacht er sie an und zieht ihren Kopf an seine Lippen.

»Weißt', Wolfgang, ich hab ein so schlechtes Gewissen die ganze Zeit und ... « Wolfgang legt ihr einen Finger auf den Mund. »Nicht jetzt, wir reden schon noch drüber, aber lass uns die Stimmung nicht verderben. Komm, schau'n wir doch mal nach deiner Mama, die freut sich doch auch, und noch mehr wird sie sich freu'n, wenn sie sieht, dass mit uns alles in Ordnung ist.«

»Ich bin glücklich«, lächelt Zita zurück, »und ich bin so richtig froh, dass ihr zwei, du und meine Mama, euch auch so mögt. Du g'hörst schon richtig zu uns!«

»Danke, mein Schatz!« Bevor seine Augen vor Rührung feucht werden, hebt er Zita von seinem Schoß und steht auf.

»Sie ist bestimmt schon im Garten«, meint Zita, »das ist im Sommer ihr Lieblingsplatz.«

Hand in Hand gehen die beiden hinter das Haus zum Garten. Dort sitzt ihre Mutter in der Hollywoodschaukel und sieht ganz verträumt in die Ferne.

»Na, kommt her und setzt euch zu mir«, ruft sie ihnen zu, als sie sie kommen sieht. Sie rückt dabei zur Seite, sodass die beiden nebeneinander sitzen können.

Gerne kommen sie zu ihr, und bevor sie sich setzen, küssen sie sich noch mal, um ihrer Mutter zu zeigen, dass sie sich keine Sorgen zu machen braucht. Sie nimmt es mit einem freudigen Lächeln zur Kenntnis.

Während sie den Wolken nachschauen, unterhalten sie sich über die Fahrt und die Gäste, die derzeit in der *Grimmer Alm* wohnen. Außerdem möchte Frau Grimmer wissen, wie es denn Wolfgang in der Schule geht und wie das Praktikum in den Osterferien verlaufen ist.

Wolfgang erzählt begeistert von seiner Arbeit und schwärmt geradezu von der Firma Gerber. »Ich freu mich schon richtig auf die Lehre, auch wenn es dann mit der Freizeit ziemlich eng wird. Aber dafür verdiene ich dann auch was und zudem vergeht die Zeit.« Dabei blickt er Zita an und nickt. »Ja, dann ist schon wieder ein halbes Jahr vorbei!«

»Also, du bist schon ein Besonderer«, meint Frau Grimmer und fährt ihm mit den Fingern durch die Haare, wobei Zita, die neben ihrer Mutter sitzt, nach hinten ausweichen muss. Diese Berührung mag Wolfgang sehr und er hat oft daran gedacht, wie Frau Grimmer ihm das erste Mal durch die Haare gefahren ist. Schon damals glaubte er ihre Zuneigung darin zu spüren. »Eigentlich gehörst du ja schon richtig zu uns, so oft, wie wir uns über dich unterhalten. Es vergeht ja kaum ein Tag, ohne dass über dich gesprochen wird!«

Wolfgang kommen beinahe die Tränen vor Dankbarkeit und Rührung. Offensichtlich ist es tatsächlich so, denn Zita hat ja auch schon so etwas erwähnt. Diese Anerkennung und unverhoffte Zuneigung machen ihn richtig stolz.

Kurze Zeit später wird Frau Grimmer doch wieder unruhig und meint: »Ich richt' euch was zum Abendessen her. Du weißt ja«, sagt sie an Zita gewendet, »ich muss heut' Abend zur Sitzung von ›Die Beherberger‹ ins Dorf runter und da kann's leicht halb elf oder elf werden, bis ich wiederkomm. Kann ich euch da schon allein lassen?« Druchdringend sieht sie die beiden an.

»Mach dir keine Sorgen, Mama«, antwortet Zita großherzig. »Wir machen uns einen schönen gemütlichen Abend.« Dabei lächelt sie verschmitzt Wolfgang an.

Frau Grimmer gefällt dieser Ausdruck im Gesicht der Tochter gar nicht, und sie wendet sich an Wolfgang: »Dass die Zita nicht ganz richtig im Kopf ist, weißt ja«, sagt sie etwas gezwungen lachend, »pass wenigstens du auf sie auf! Versprecht ihr mir, dass ihr keine Dummheiten macht?«

Wolfgang sieht Zita an und beide nicken. »Versprochen«, kommt es gleichzeitig aus beiden Kehlen. Anschließend lachen alle drei. Frau Grimmer steht auf und geht ins Haus.

Zita fasst mit beiden Händen Wolfgangs Kopf und zieht ihn an ihre Brust. Ihm wird dabei zwar ganz wohlig im Bauch, aber er wird auch etwas verlegen dabei.

»Danke, Wolfgang«, sagt sie. »Danke, dass du da bist, und danke, dass du nichts von mir erwartest, was ich dir bestimmt geben tät'!« Leise und unsicher sind diese Worte aus ihr herausgekommen, deshalb wollte sie ihm dabei auch nicht in die Augen sehen. Jetzt hebt sie seinen Kopf wieder hoch und küsst ihn ausgiebig.

»Du, ich hab's«, platzt sie plötzlich heraus, »statt in der Stub'n zu essen, könnten wir zwei doch ein Picknick auf der Alm oben machen. Warm genug wär's und ein trockenes Plätzchen werden wir auch finden.« Voll Begeisterung springt sie auf. »Ich sag bloß der Mama Bescheid, dass sie nicht kochen braucht!«

Schnell läuft sie ins Haus. Wolfgang steht auf und geht ein wenig neugierig durch den Garten. Er bewundert die schönen Blumen und das kräftige Gemüse, von dem er allerdings nicht jedes kennt. Auch von den Kräutern kennt er lediglich Schnittlauch, Petersilie und Dill.

»Die Mama freut sich, dass wir nicht bloß hier rumsitzen wollen, und packt schon eine kleine Brotzeit ein. Ich weiß ein ganz schönes Plätzchen, gleich unterhalb von Uschis Haus, wo wir ganz allein sind und auch niemand hinsieht.« Wolfgang war so in Gedanken versunken gewesen, dass er sie gar nicht hat kommen hören.

Sie nimmt ihn an der Hand. »Komm, dann gehn wir gleich los!« Damit zieht sie ihn Richtung Haus.

Zita hat leichte Wanderschuhe angezogen und packt eine Decke zusammen. Frau Grimmer hat einen Korb mit Brotzeit und Getränken hergerichtet und reicht ihn Wolfgang. »Dann viel Spaß da oben« sagt sie, »bis später.« Zita drückt ihr noch einen Kuss auf die Wange und dann gehen sie los. Frau Grimmer freut sich über die beiden und vor allem über den Kuss von Zita. In letzter Zeit war sie damit äußerst sparsam.

Schon nach einer Viertelstunde erreichen sie das gesuchte Plätzchen abseits der Straße. Häuser sind von hier aus nicht zu sehen. Ein paar grobe Felsbrocken bilden zusammen mit Latschen einen eingezäunten, fast runden Platz mit circa fünfzehn Meter Durchmesser.

»Sieht aus wie ein Hexentanzplatz«, findet Wolfgang, während er den Korb abstellt und Zitas Hand loslässt. Zita breitet gleich die Decke an einer Stelle bei den Latschen aus, wo die Sonne noch längere Zeit hinscheinen wird.

»Ist doch wirklich ein traumhafter Platz. Da bin ich oft mit Uschi und anderen Freundinnen zum Ratschen und Rumalbern. Aber auch mit meiner Mama bin ich manchmal da zum Picknicken«, erzählt Zita und stellt den Korb unter eine Latschenkiefer in den Schatten. Lediglich zwei Flaschen Limo nimmt sie heraus und reicht eine davon Wolfgang.

Jetzt, wo sie so direkt der Sonne ausgesetzt sind, wird es Wolfgang zu warm. Er hat nicht gedacht, dass es hier so heiß werden könnte, und ist deshalb viel zu warm angezogen. In Regensburg waren die Temperaturen gerade um die zwanzig Grad. Er zieht die Schuhe und die Socken aus, stülpt seine Hemdsärmel um und setzt sich auf die Decke. Zita trinkt noch aus ihrer Flasche und steht, den Rücken ihm zugewandt, neben ihm. Als er an ihr hinaufsieht, bemerkt er, dass sie schön geformte Beine hat mit einem überaus hübschen Po darüber. Ihre kurze Jeans sitzt knapp und betont das Ganze zusätzlich. Verlegen schaut er zur Seite, als sie sich umdreht und sich zu ihm setzt.

»Ganz schön heiß hier«, meint sie, als sie Wolfgang schwitzen sieht. »Komm, wir gehen lieber in den Schatten da drüben.«

Wolfgang ist dankbar dafür und nimmt gleich den Korb und seine Schuhe. Zita packt die Decke wieder zusammen und sie ziehen um. »Ja, hier ist es eher auszuhalten«, meint Wolfgang, als er sich wieder gesetzt hat. »Aber mein Hemd ziehe ich trotzdem noch aus, wenn es dich nicht stört.«

»Von mir aus kannst gern auch die Hose ausziehn«, sagt sie sinnlich lächelnd, sodass Wolfgang leicht rot wird. Er verzichtet aber lieber darauf, schließlich ist er es nicht gewohnt, in Unterhosen herumzulaufen, und im Freien noch dazu!

Sie liegen beide auf der Decke. Zita hat ihren Kopf auf Wolfgangs nackten Oberkörper gebettet und fährt mit einem Finger nachdenklich über seine Haut. Er bekommt dabei Gänsehaut und sie lachen darüber. Dann hebt Zita den Kopf und sieht Wolfgang an. »Ich würde dir jetzt gern alles erzählen, was mich bedrückt. Was meinst du?«

»Erzähl nur, ich hör' dir gerne zu!« Sein Hemd hat er zusammengeknüllt und als Kissen unter seinen Kopf gelegt. Sein rechter Arm liegt um ihre Schultern. Zita rückt etwas höher, um mit ihrem Kopf sein Kinn zu berühren, und kuschelt sich an seine Brust. Ihre Haare fallen ihr dabei derart über den Kopf, dass Wolfgang ihr Gesicht gar nicht sehen kann. Abwechselnd drückt und streichelt er ihre Schulter und fährt mit der Hand über ihren Kopf. Er achtet aber darauf, dass er ihr die Haare nicht aus dem Gesicht streicht.

»Wie das Ganze passiert ist, weißt ja schon. Aber was ich nicht loswerd', ist das Gefühl, dass seine Hände immer noch überall an mir sind und mich begrapschen. Ich spür' sie so richtig, vor allem, wenn ich nachts im Bett lieg' und an dich denk', drängen sich diese Bilder immer wieder nach vorne. Oder ich träum' auch davon und schreck' dann mitten in der Nacht wieder hoch. Auch wenn ich tagsüber an dich denk, kommen diese Sachen hoch, die ich ja selber auch nur vage kenn'. Ich war ja fast bewusstlos! Aber das Gefühl, dass die Händ' immer überall an mir sind, ist das Schlimmste. Dann schüttelt es mich regelrecht vor Ekel. Ich kann mich auf überhaupt nichts mehr konzentrier'n.« Sie macht eine Pause und streichelt nachdenklich seinen Bauchnabel.

»Pah, du hast ja ein richtiges Trauma, tät' ich sagen. Ob ich dir da helfen kann? Ich glaub eher, dass du einen Doktor brauchst. Hast schon mal mit deiner Mama darüber g'sprochen?« Er ist echt schockiert. Wenn er sich vorstellt, dass fremde Hände so dreist seinen Körper berühren würden! »Das ist ja ekelhaft!«, meint er und kommt sich regelrecht hilflos vor.

»Was meinst du, kann ich da für dich tun? Dass ich dich trotz allem gern hab, weißt du ja. Was soll ich sonst noch machen?«

Zita räkelt sich ein wenig und streicht sich die Haare aus dem Gesicht. Sie hebt den Kopf und sieht ihn an: »Bitte lach' jetzt nicht, wenn ich dir sag', was du machen sollst. Ich hab mir gedacht, dass ich die Händ' einfach durch deine ersetzen könnt'. Dafür müsstest du mich aber auch überall am Körper berühren! Dann wüsste ich immer, dass es deine Hände sind. Ich weiß schon, das sieht jetzt aus, als tät' ich mich dir direkt anbieten, aber du kennst ja den Grund. Bitte mach's, es ist das Einzige, was mir helfen kann!« Sie sieht ihn bittend an und rückt noch etwas höher, damit sie ihn küssen kann.

Unsicher lächelnd sieht er Zita an. »Du, das ist aber nicht so ganz einfach. Weißt du, so etwas hab ich noch nie gemacht, und ich weiß nicht …« Die restlichen Worte denkt er sich lieber nur. Er hat keine Ahnung, ob er sich dabei tatsächlich noch beherrschen kann. Geträumt hat er schon öfter in diese Richtung und gefallen wird es ihm ganz bestimmt. Das ist klar! Aber irgendwie ist es ihm peinlich und allein schon die Gedanken daran bringen sein Herz zum Schnellerschlagen.

»Bitte«, haucht Zita in sein Ohr, »du brauchst keine Angst zu haben oder dich gar zu schämen. Du hilfst mir doch bloß!« Dann verschließt sie seinen Mund mit einem ewig andauernden Kuss, sodass keinerlei Widerspruch möglich ist.

Langsam nimmt er ihren Kopf in seine Hände, zieht ihn ganz eng an seinen und hält den Kuss fest, während er beginnt ihren Kopf und ihr Gesicht zu streicheln. Seine Hände gleiten sanft kreisend über ihren Hals und Nacken, sorgfältig darauf achtend, dass kein Zentimeter unberührt bleibt. Ihren rechten Arm, den sie um seinen Kopf geschlungen hat, zieht er sorgsam hervor und fährt mit seiner Hand an der Außenseite des Armes nach vorne bis zu ihren Fingern. Jeden einzelnen Finger umschließt er mit seiner Hand und fährt dann auf der Innenseite des Armes wieder zurück.

Ohne die Lippen von ihr zu lösen, rutscht er etwas tiefer und dreht sich ein wenig zur Seite, sodass seine linke Hand über ihre Schultern und den Rücken gleiten kann. Sorgfältig achtet er darauf, dass auch die Seiten, von den Achseln abwärts bis zur Hüfte, erreicht werden.

Zita liegt ganz ruhig da. Sie hat die Augen geschlossen und ein paar Haarsträhnen hängen ihr ins Gesicht.

Als Wolfgang ihren Hosenbund erreicht, hält er kurz inne. Er weiß nicht so recht, ob er tatsächlich weitermachen darf.

Doch Zita drückt sich noch enger an ihn, was er als Zeichen zum Weitermachen deutet. Vorsichtig schiebt er seine Hand erst über ihren Körper an die von ihm abgewandte Hüftseite und legt sie dort sanft ab. Dann beginnt er vorsichtig und liebevoll abwärts ihren Oberschenkel zu streicheln und kommt dann immer näher und ganz vorsichtig an ihren Po heran.

Zita spürt sein Zögern und drückt ihren Po ganz leicht gegen seine Hand nach oben. Gleichzeitig fährt sie ihm mit ihrer Zunge weit in seinen Mund hinein und fordert ihn so auf weiterzumachen.

Wolfgang wird nervös und ganz erregt, als er ihren Po etwas kräftiger streichelt. Als er an der Pofalte vorsichtig nach unten rutscht, zuckt Zita kurz zusammen, aber jetzt kann er sich schon kaum noch zurückhalten. Sein Herz rast und er bekommt kaum noch Luft. Ganz sanft und zentimeterweise schiebt er seine Hand weiter nach unten, ohne dass Zita es verbietet. Wohlig bewegt sie sich stattdessen langsam hin und her. Wolfgang kann kaum noch an sich halten, als er zwischen ihren Beinen angekommen ist. Doch er zieht seine Hand wieder zurück, um sanft die andere Pobacke und die Hüfte zu streicheln. Dann löst er seine Lippen von den ihren und holt erst einmal tief Luft. Zita schaut ihn ganz glücklich an und lächelt.

»Um an deine Beine zu kommen, muss ich aber weiter runter. Ich komm gleich wieder«, sagt er und rutscht noch weiter hinab.

»Du machst das wunderbar, mein Schatz, du bist so sanft und lieb!« Sie räkelt sich wohlig und legt sich mit dem Gesicht auf ihre verschränkten Arme.

Wolfgang kniet sich seitlich von ihr hin und streicht mit seinen Händen den nackten linken Oberschenkel entlang nach unten bis zu den Zehen, wo er auch wieder jeden einzelnen mit seinen Fingern reibt. Dann fährt er langsam an der Innenseite wieder nach oben. Er bückt sich nach vorne, um ihren Oberschenkel zu küssen, und merkt an ganz leichten Bewegungen, dass es Zita gefällt. So ermuntert, küsst er weiter und fährt mit seiner Zunge über ihre Haut. Ein wohliges Kribbeln durchfährt Zita und sie räkelt sich hin und her.

Auch ihr Po bekommt seinen Kuss ab und anschließend legt er seine Wange an eine Pobacke und betrachtet ihre nackten Beine. Er weiß überhaupt nicht, wie ihm geschieht. All das, was er im Geheimen immer erhofft und nur zu träumen gewagt hatte, geht jetzt so plötzlich in Erfüllung. Er ist zutiefst erregt, will und muss sich aber zurückhalten, wenn er nicht alles zerstören will. So richtet er sich wieder auf und streichelt auch noch das andere Bein von oben bis unten. Dann dreht er sie sanft auf den Rücken und legt sich wieder neben sie. Schweigend aber glücklich sieht sie ihn an und dann beginnt er ihr Gesicht zu streicheln. Ganz sanft fährt er mit seinem Finger über die Stirn, die Schläfen herab auf die Wangen. Die Stupsnase bekommt einen Kuss und dann nimmt er gleich die ganze Nase in den

Mund, sodass sie beide lachen müssen. Ihren Hals belegt er ebenfalls mit Küssen, bevor er sich wieder ihrem Mund nähert. Ein tiefer Blick in ihre Augen zeigt ihm ihre innere Freude und ihr wortloses Einverständnis.

Seine Erregung hat sich wieder etwas gelegt und er küsst sie auf den Mund, woraufhin sie ihn festhält und ihm damit zu verstehen gibt, dass er weitermachen soll.

Jetzt fährt seine Hand vom Hals abwärts und er streicht von einer Schulterseite bis zur anderen. Er spürt ihre Brustansätze und seine Erregung steigt wieder. Als seine Hand auf ihren rechten Brust liegt und er die Weichheit spürt, hält er kurz inne. Zwar ist der Stoff des T-Shirts und des Büstenhalters darüber, aber er glaubt zu spüren, dass sich die Brustwarze leicht verhärtet. Sanft streichelt er die Stelle, bevor er zur anderen Seite weitergleitet. Zitas Kuss wird intensiver und ihr Körper bewegt sich wieder langsam und wohlig hin und her. Als er den Bauchnabel erreicht hat, bohrt er mit seinem Finger scherzhaft hinein. Er schiebt das Shirt ein Stück nach oben und legt seinen Unterarm quer über ihren Bauch, um ihre samtige Haut besser spüren zu können. Dann zieht er seinen Arm zurück und nimmt Zitas Kopf mit beiden Händen. Langsam löst er seine Lippen von ihren. Fragend sieht sie ihn an.

Er beugt sich über ihren Bauch, um dort seinen Kopf zu vergraben. Dabei küsst er die weiche Haut, angefangen kurz unterhalb der Brust bis zum Hosenbund. Genießerisch räkelt sich Zita auf der Decke.

Langsam gleitet seine Hand über ihren Hosenbund, weicht erst nach links und dann rechts aus, um dann in der Mitte, weit unterhalb des Nabels, zum Liegen zu kommen. Langsam und vorsichtig rutscht seine Hand weiter nach unten. Zita öffnet ihre Beine ein klein wenig und drückt sanft gegen Wolfgangs Hand. Weich lässt er seine Hand kurze Zeit zwischen ihren Beinen ruhen. Er möchte nicht mehr reizen, als unbedingt nötig ist, deshalb hält er einfach still, und um von seiner eigenen Erregung abzulenken, küsst er zum wiederholten Mal ihren Nabel, bevor er mit der Oberseite der Oberschenkel weitermacht.

Zita sieht ihm dabei aus glücklichen Augen zu. »Wie schön du das machst. Ich freu mich schon auf das nächste Mal!«, macht sie ihm Hoffnung auf Wiederholung. »Komm, leg' dich wieder her«, fordert sie ihn auf, als er mit den Streicheleinheiten fertig ist und sich aufsetzt.

Er legt sich neben sie auf den Rücken und blickt in den Himmel. Er weiß noch nichts Rechtes zu sagen, während Zita sich zu ihm hindreht und ihn auf die Brust küsst. Sie legt ihren Kopf auf seine Brust und reibt ihre Wange an seiner Haut. Dann rückt sie weiter nach oben und legt sich mit ihrem ganzen Körper auf ihn. Ihre Lippen finden sich schnell. Er spürt ihre Brust und er bemerkt auch, dass sie ihr Becken vorsichtig gegen das seine drückt. Peinlich berührt bemerkt er, dass sie seine Erregung spüren muss, aber dennoch drückt sie immer noch fester. Gleichzeitig bewegt sie sich wie eine Schlange langsam hin und her. Als er kaum noch an sich halten kann, hebt er ihren Kopf an und sieht ihr tief und fragend in die Augen. Sie versteht auch ohne Worte, was er meint.

»Du hast recht!«, sagt sie, »es war bloß so schön, dass ich bald alles vergessen hätt'. Ich hätt' nie gedacht, dass einfache Berührungen so schön sein können und dass ausgerechnet ich den sanftesten und liebsten Freund haben darf! Danke, ich hab dich furchtbar gern und bitte bleib immer bei mir!« Tränen beginnen wieder die Wangen hinunterzurollen.

»Das war für mich das Schönste und Aufregendste, das ich bisher erlebt hab. Geträumt hab ich natürlich öfters davon, aber dass ich dich einfach so anfassen und streicheln darf, das haut mich fast um. Hab ich noch nie gemacht!«, fügt er völlig unnötig noch hinzu. »Was für samtige Haut du hast! Und so was g'hört mir! Einfach Wahnsinn!«

Mittlerweile steht die Sonne nur noch knapp über den Berggipfeln im Westen und die beiden beschließen, jetzt noch etwas zu essen, bevor sie wieder heimgehen. Zita packt die Brotzeit, belegte Brote und ein Glas mit Senfgurken aus. Nebeneinander sitzend, essen sie und Wolfgang hat dabei mit einer Hand ihre Beine umschlungen und an sich herangezogen.

»Schau, gleich geht die Sonne unter, so richtig romantisch, unser Picknick, oder?«, sagt Zita.

»Und wie! Wenn deine Picknicks immer so verlaufen, müssen wir noch viele machen!«

Kaum, dass die Sonne untergegangen ist, wird es auch schnell kälter. Sie beeilen sich mit dem Essen und Wolfgang zieht wieder sein Hemd und seine Socken an. Nachdem alles zusammengepackt ist und die Schuhe angezogen sind, treten sie den Heimweg an.

Unterwegs albern sie verliebt herum und necken sich gegenseitig. Gerne würde Wolfgang wissen, ob seine Therapie geholfen hat, will aber die schöne gelöste

Stimmung nicht zerstören und verkneift sich deshalb seine Frage. Er wird wohl erst die Nacht abwarten müssen, dann kann sie sicher sagen, ob sie die alten Gedanken und Träume wieder vom Schlaf abgehalten haben!

»Was machen wir denn jetzt noch?«, fragt er, als sie wieder daheim sind. »Deine Mutter wird nicht vor zwei bis drei Stunden heimkommen.«

»Also, ich zeig dir jetzt dein Zimmer für diese Nacht. Komm mit!«, kommandiert sie ihn. »Das ist mein Zimmer und mein Bett, denk daran, wenn du drinnen liegst. Ich schlaf heut' bei der Mama. Probier's halt gleich aus, ob's dir weich genug ist«, fordert sie ihn auf und schlägt die Zudecke zurück.

Er bückt sich, um die Matratze mit den Händen zu drücken. Während er nach unten gebeugt da steht, schubst sie ihn von hinten so stark, dass er bäuchlings aufs Bett fällt. Lachend stürzt sie sich auf ihn und begräbt ihn unter sich. Sie setzt sich auf seinen Rücken und hält sich an seinen Schultern fest, während sie auf ihm wie auf einem Pferd reitet. »Auf, auf, Galopp, mein Schatz!«, kichert sie übermütig. Während es ihm langsam gelingt, sich auf den Rücken zu drehen, macht sie fröhlich weiter. Er packt sie an der Hüfte und unterbindet so das Gehüpfe auf seinem Bauch. »Na, mein liebes Reiterlein, wo wollen wir denn hin?«, lacht er fröhlich zurück. »Wie heißt es so schön in dem Lied: ... *dann macht der Reiter plumps!*«, dabei zieht er sie rasch zu sich herunter und küsst sie. Jetzt macht auch Zita sich lang und legt sich auf ihn. So küssen und albern sie eine ganz Weile dahin, bis Wolfgang recht schelmisch meint: »Wolltest du nicht bei deiner Mama schlafen?«

»Aber ich schlaf doch gar nicht!«, kontert sie. »Schließlich lässt du mich doch gar nicht schlafen! Aber du hast schon recht, gehn wir lieber nach draußen aufs Sofa, bevor uns meine Mama hier erwischt und gleich wieder sonst was denkt!«

Während sie in die Stube zurückgehen, erkundigt sich Zita, wie es Wolfgang denn in der Schule mit den Prüfungen geht.

»Ein paar sogenannte Vorprüfungen haben wir schon hinter uns, aber am Montag geht's gleich wieder mit Physik weiter. Deshalb muss ich ja auch am Sonntag schon am Vormittag wieder fahren, damit ich noch ein wenig was anschauen kann. Ich hab zwar auch Material dabei, das ich im Zug noch durchschauen will, aber zuhause geht's doch besser. Bisher läuft's ganz gut.«

»Magst noch einen Tee?«, fragt sie und geht schon mal zum Wasserkocher. »Was sind denn das eigentlich für Betriebe, die du dir noch angeschaut hast, außer deinen Heizungsbauer? Bergbauer wird man bei euch nicht lernen können!«, stänkert sie.

»Doch, sogar ein Gaisenhirt' könnt ich werd'n, der Gaisen-Wolfi sozusagen«, lacht er zurück, während er sich aufs Sofa setzt. Erst jetzt hat er Zeit, sich in der Stube umzusehen. Eine kleine Spüle unter dem Fenster zur Straße hinaus und der Wasserkocher ersetzen die Küche. Daran schließt sich eine halbhohe Kommode, auf der ein kleiner Fernseher platziert ist. Zwei Türen, eine zu Zitas Zimmer, die andere zum Bad, liegen gegenüber der Eingangstür. Ein Wohnzimmerschrank mit Gläsern und besonderem Geschirr schließt sich an das Sofa an. In der Mitte der Stube steht ein Holztisch mit vier Stühlen, auf denen sich hellbeige Sitzkissen befinden.

Zita kommt mit dem Tee auf ihn zu. »Nimm doch bitte mal den Hocker dort vor dem Sofa und stell ihn da hin.« Gehorsam befolgt er ihre Anweisung und setzt sich wieder.

Zita stellt die beiden großen Becher mit Tee auf dem Hocker ab und setzt sich zu ihm. Sie legt ihm die Arme um den Hals, aber statt ihn zu küssen, wie er erwartet hat, drückt sie ihn nach hinten, bis er auf dem Rücken liegt. Schnell ist sie hinter ihn auf die Wandseite des Sofas gekrabbelt und versucht ihn zu sich zu ziehen. »Komm her, du musst schon ein wenig mithelfen, sonst schaff' ich das nicht!« Beide lachen, Wolfgang richtet sich wieder auf und legt sich zu ihr.

»Bitte halt mich ganz fest«, bittet Zita und kuschelt sich eng an ihn.

»Ich hab dich doch ganz fest, ich kann dich bloß noch zerdrücken.« Dabei presst er sie so fest an sich, dass sie keine Luft mehr bekommt und mit den Händen versucht, sich aus dem Klammergriff zu befreien. Als er endlich locker lässt, schnappt sie nach Luft. »Du bringst mich ja um! Willst mich wohl loswerden, aber nicht so einfach!«, kontert sie, richtet sich kurz auf und legt sich auf ihn. »Vorher erdrück' ich dich!«, lacht sie und schmiegt sich an ihn.

Nach einer Weile, die sie schweigend und schmusend aufeinander liegen, steht Zita auf und holt eine Wolldecke aus ihrem Zimmer. In ihrer kurzen Hose und dem T-Shirt ist ihr kalt geworden. Liebevoll deckt sie Wolfgang damit zu und bietet ihm einen Becher fast kalt gewordenen Tees an. Sie prosten sich zu und nehmen mehrere Schlucke. Anschließend kriecht Zita zu Wolfgang unter die Decke.

»Ich kann's noch gar nicht glauben, dass du tatsächlich da bist!« Sie schaut ihm ins Gesicht und ihre Finger streichen über seine Wangen und über seinen Mund. »Ich bin so froh und mir geht's wieder so gut. Hoffentlich hält das auch an, wenn du wieder fort bist! Mir wird immer mehr klar, dass ich ohne dich einfach aufgeschmissen wär'. Lebensuntüchtig, glaub ich, nennt man so etwas. Bitte verlass mich nie, nie, nie!« Liebevoll drückt sie ihm Küsse auf seine Augen, die Stirn und den Mund.

»Aber Zita, schau, ich bin doch deshalb 'kommen, weil's mir genauso geht. Ich kann doch ohne dich auch nimmer sein, und ich kann's auch nicht haben, wenn ich weiß, dass es dir nicht gut geht. Dich zu verlassen, hieße für mich so viel, dass ich mich selber umbringen␣ät'! Das mach ich ganz bestimmt nicht! Ich hab dich viel zu gern dafür!« Mit der Hand streicht er ihr eine Haarsträhne aus dem Gesicht und legt seine Wange ganz fest auf ihre, wobei er den Kopf ganz leicht und sanft hin und her bewegt.

»Hat dir das heut' eigentlich auch gefallen, oben auf der Alm?«, will sie ganz unvermittelt wissen.

Wolfgang ist kurz verunsichert, sagt aber dann schalkhaft: »Meinst die Brotzeit? Ja, war gar nicht so schlecht, hat mir schon getaugt. Können wir gerne wieder mal machen.« Ein Lachen dazu kann er sich dann doch nicht verkneifen.

»Die Brotzeit!«, schreit sie ganz erregt, »kannst du überhaupt nicht ernst sein? Aber natürlich hab ich die Brotzeit g'meint, ist doch logisch, was denn sonst!« Jetzt spielt sie die Beleidigte, während Wolfgang vor sich hingrinst. »Was, auslachen tust mich auch noch! Na warte!« Dabei boxt sie ihn an die Brust und verpasst ihm spielerisch einen Kinnhaken. »So, jetzt hast wohl genug, vielleicht kann man jetzt mal was Ernstes mit dir reden?«

»Ist ja gut, stopp, hör auf mit der Boxerei! Ich weiß schon, was du meinst. Hm, gefallen«, sagt er nachdenklich, »weißt du, es wird kaum einen Buben in unserem Alter geben, dem das nicht gefallen hätt'. Nur, muss ich ehrlich sagen, es war schon fast Folter für mich und ich war mehr als einmal kurz davor, einen richtigen Blödsinn zu machen, so gereizt hast du mich!«

»Ich hab's schon g'merkt«, meint sie fast bedauernd, »aber du hast das so toll und so lieb g'macht, dass es stundenlang hätt' so weitergehn können. Du warst so lieb zu mir und ich glaub, dass ich den Blödsinn mitg'macht hätt'! Aber ich werd' immer wieder daran denken, wenn ich an dich denk. Und das tu ich eigentlich immer. Deine weichen und warmen Händ' zu spüren ist das Schönste, was ich mir vorstellen kann. Ich hab dich ja so gern!« Sie lässt ihren Kopf wieder auf seine Brust sinken. »Ich bin richtig stolz auf dich, dass du brav 'blieb'n bist, auch wenn ich's dir nicht leicht g'macht hab. Danke, mir geht's schon wieder viel besser!«

Zufrieden und glücklich streicht er ihr über die Haare und lässt seine Hand auf ihrem Kopf liegen.

Eng umschlungen und mit der Decke zugedeckt findet Frau Grimmer die zwei tief schlafend vor, als sie heimkommt. Nach kurzer Überlegung weckt sie die beiden nicht, sondern holt aus Zitas Bett die zerknüllte Zudecke und bedeckt die beiden damit noch zusätzlich. Nachdem sie nirgendwo Wäsche herumliegen gesehen hat, ist sie auch beruhigt. Sie macht das kleine Licht beim Fernseher an und schaltet das große Stubenlicht aus. Aus dem Wohnzimmerschrank holt sie sich leise ein Glas und aus einer Flasche, die im unteren Schrankteil steht, schenkt sie sich Rotwein ein. Mit dem Glas in der Hand setzt sie sich an den Tisch und betrachtet die beiden im schwachen Dämmerlicht, das die kleine Lampe im Raum verbreitet. Ein bisschen wehmütig wird ihr ums Herz, als sie an ihre Jugendzeit zurückdenkt. Damals war vieles nicht so einfach wie heute. Die Zeit war schlecht, es gab Krieg und die Moral war damals ganz anders. So etwas Liebes wie die beiden da auf dem Sofa hätte es damals auf keinen Fall gegeben. Da musste alles ganz heimlich passieren, aber irgendwie war es doch auch schön. Sie träumt so vor sich hin, als Wolfgang sich bewegt und die Augen kurz öffnet. Er sieht Frau Grimmer am Tisch sitzen, die leicht erschrocken den Kopf hebt und ihm zuwinkt, still zu sein und weiterzuschlafen. Ein solches Glück jetzt zu stören bringt sie nicht übers Herz.

Dann steht sie auf, macht das Licht aus und verschwindet durch das Bad in ihr Zimmer.

Zita erwacht, als sie Geräusche in der Stube hört. Zunächst weiß sie gar nicht so recht, wo sie sich befindet. Doch dann sieht sie Wolfgang, an dessen Brust sie die ganze Nacht geschlafen hat, und kuschelt sich gleich noch mal so richtig fest an ihn. Verschlafen öffnet jetzt auch er seine Augen und lächelt ihr entgegen. »Guten Morgen«, sagt er mit liebevollem Blick.

»Guten Morgen, Liebster«, flüstert sie ihm zu und küsst ihn auf den Mund.

»Guten Morgen, ihr zwei«, kommt es von der Badtür her. »Ihr habt so schön geschlafen, als ich heimg'kommen bin, da konnte ich euch einfach nicht wecken.« Frau Grimmer steht in der Tür und kommt langsam in die Stube herein.

»Guten Morgen, Frau Grimmer«, bringt Wolfgang ganz verlegen heraus. Er weiß nicht so recht, wie er sich jetzt verhalten soll. Ob er geschimpft wird oder ob Zita dafür Ärger bekommt?

Zita wirft die Decken zurück, wälzt sich vom Sofa und geht zu ihrer Mutter.

»Guten Morgen, Mama«, sagt sie mit strahlendem Gesicht, drückt ihr einen Kuss auf die Wange und flüstert ihr ein leises »Danke!« ins Ohr. Ihre Mutter ist froh, ihre Tochter wieder so voller Freude zu sehen, und weiß, dass sie am Abend richtig gehandelt hat. Sie kann den beiden einfach vertrauen!

»Ich geh dann mal Frühstück für die Gäste machen und wenn ihr fertig seid, kommt's halt rüber in die Küch', dann kriegt's auch was.«

Zita geht schnell wieder zu Wolfgang zurück, küsst ihn und meint: »Kannst ja noch ein bisschen liegen bleiben, ich geh schnell ins Bad und mich anziehn. Bin gleich wieder da!«

Wolfgang legt sich bequem hin und streckt sich richtig lang. Er hat nicht so gut geschlafen, weil Zita immer mit dem Kopf und einem Teil ihres Oberkörpers auf ihm lag. Oft wurde er wach, weil sein Arm wieder mal eingeschlafen war, ihm das Genick weh tat oder der Rücken schmerzte. Nur sehr vorsichtig drehte er sich dann in eine bessere Position, um Zita ja nicht zu wecken. Es war einfach zu schön gewesen, sie zu spüren und festhalten zu dürfen. Vielleicht wäre sie in ihr Bett gegangen, wenn sie wach geworden wäre! Das wollte er auf keinen Fall riskieren. Dann muss er an das Verhalten von Frau Grimmer denken. Einfach Wahnsinn, dass sie nichts gesagt oder sie geweckt und zu Bett geschickt hat! Als wäre es selbstverständlich, uns hier am Morgen miteinander liegen zu sehen, hat sie uns gegrüßt und zum Frühstück regelrecht eingeladen! Seine Mutter, überlegt er, hätte das sicher nicht geduldet!

Als er die Dusche laufen hört, greift er sich an die Brust und streichelt sie dort, wo bis vor Kurzem noch Zitas Kopf gelegen hat. Er schließt seine Augen und träumt, wie er ihr mit den Fingern durch die Haare fährt und ihren Nacken streichelt.

»Hallo, junger Mann, aufstehen!« Zita steht fertig angezogen vor ihm und lacht, weil er wieder eingeschlafen war. Sie hatte ihn schon eine ganze Weile beobachtet, wie er so friedlich dalag und ruhig atmete. Er hatte auf dem Rücken gelegen und sie hatte sein Gesicht betrachtet, das an der rechten Seite noch ein paar Knitterfalten vom Kissen aufwies. Stolz dachte sie daran, dass er nur ihr gehört. Was für ein unverschämtes Glück!

Wolfgang öffnet seine Augen und stammelt: »Oh, ich bin ...« Rasch verschließt sie ihm den Mund mit einem tiefen langen Kuss. »So, und jetzt gibt's dann Frühstück. Ich geh schon mal der Mama helfen. Den Weg zum Bad kennst du ja!«

Heute hat sie eine lange Jeans angezogen und dazu eine weiße Bluse. Er sieht ihr nach, als sie zur Tür hinausgeht, und bewundert ihre hübsche Figur.

»Oh, bist ja schon da«, gibt sich ihre Mutter überrascht und lächelt. »Du hast bestimmt gut geschlafen, so wie du heute drauf bist! Ich seh schon, es geht dir schon wieder viel besser.«

»Stimmt, Mama, ich bin so glücklich, und noch mal danke, dass du uns nicht geweckt und in die Zimmer g'schickt hast.«

Zita umarmt ihre Mutter gleich noch einmal. »Du bist die beste und liebste Mama, die man haben kann. Ach, ich weiß gar nicht, ich könnt' so spinnen vor Glück.« Dabei tanzt sie um ihre Mutter herum und drückt ihr immer wieder lachend Küsse auf die Wangen.

»Jetzt ist's aber gut«, sagt ihr Mutter lachend, »du könnt'st nicht bloß spinnen, sondern ist's ja schon die ganze Zeit. Und jetzt setz dich hin, der Wolfgang wird sicher auch gleich kommen.«

Vor Freude strahlend setzt sich Zita an den Tisch und streicht für Wolfgang schon mal ein Marmeladenbrot. Gerade als sie es auf seinen Teller legt, kommt er zur Tür herein und geht zu Zita, um ihr noch einen Guten-Morgen-Kuss zu geben. Er ist frisch geduscht und angezogen. Zu einer Jeans hat er ein kurzärmeliges, blau-grün-schwarz kariertes Hemd an. Außerdem ist er in Hausschlappen geschlüpft, die vor der Eingangstür standen und für Besucher vorgesehen sind.

»Ich hab dir schon ein Brot geschmiert«, tönt Zita etwas vorlaut. »Damit du dich nicht damit rumplagen musst. Könnt ja leicht sein, dass du immer noch müde bist!« Lachend pufft er sie in die Seite.

»Ja, ja, du hast leicht reden! Du hast geschlafen wie ein Murmeltier! Mir ist der Arm eingeschlafen, der Nacken hat mir weh getan und von meinem Rücken will ich erst gar nicht reden! Ich hab mich kaum zu bewegen getraut, damit Madame ja nicht aufwacht! Geschlafen hab ich so gut wie überhaupt nicht!«, jammert er ihr lachend vor.

»Ach du Armer«, bedauert sie ihn, »hast nicht schlafen können, wegen mir! Hättest mich ja bloß in mein Bett schicken brauchen! Dann hättest deine Ruhe g'habt!«

So albern sie hin und her, bis Frau Grimmer, die ihnen lächelnd zugehört hat, sie unterbricht und sich an Wolfgang wendet.

»Wie geht's dir denn mit deinen Prüfungen in der Schule?«, möchte sie gerne wissen.

»Es läuft bisher ganz gut. Am Montag ist noch mal ein Test in Physik dran, darin bin ich zwar nicht schlecht, möchte mir aber morgen doch noch einige Kapitel anschauen. Deshalb muss ich auch schon um zehn Uhr in Wörgl am Bahnhof sein, damit ich rechtzeitig heimkomme. Der Bus, glaub ich, geht kurz vor neun schon, sodass ich schon zeitig aufbrechen muss.«

»Aber Wolfgang, ich fahr dich mit dem Auto hin, dann habt ihr noch ein bisschen mehr Zeit, wenn du schon dein Geld und deine Zeit so großzügig für uns opferst. Das ist selbstverständlich!«, unterbricht ihn Frau Grimmer. »Hast du eigentlich schon eine feste Zusage für deine Lehre dann im Herbst«, möchte sie noch wissen.

»Ja«, erklärt er freudestrahlend, »die Firma Gerber, ein Heizungsbauerbetrieb, stellt mich zum ersten September als Lehrling ein. In den Osterferien hab ich dort schon eine Woche mitgearbeitet und es hat mir sehr viel Spaß gemacht. Ich dachte, die Zita hätte Ihnen sicher davon erzählt.«

»Entschuldige, sie hat tatsächlich davon gesprochen, aber anscheinend hab ich's mir nicht gemerkt. Das ist bestimmt kein schlechter Beruf. Viele der Häuser, die nach dem Krieg gebaut wurden, brauchen Heizungen oder alte müssen erneuert werden. Viele haben kein Warmwasser oder brauchen neue Bäder!« Nachdenklich blickt sie über den Tisch. »Es ist ja auch bei uns so, da wurde erst gestern Abend wieder darüber gesprochen. Wir müssten modernisieren! Die Gäste heute wollen Toiletten und Duschen in den Zimmern haben, sonst bleiben sie aus. Aber wer das bezahlen soll, sagt immer keiner!«, jammert sie. »Außerdem ist das bei so alten Häusern wie dem unsrigen nicht so leicht, derartige Veränderungen durchzuführen. Aber Bedarf ist wirklich genug vorhanden. Neu gebaut wird ja auch überall.«

Wolfgang schluckt einen Bissen hinunter und schüttet einen großen Schluck Kakao hinterher. »Genau das hab ich mir auch gedacht, als ich diesmal hierher gefahren bin. So viele Hotels und Pensionen, die sicherlich nicht auf dem aktuellen Stand der Technik sind und den Wünschen der Gäste nicht mehr gerecht werden.

Da gäb's bestimmt viel zu tun!«

Zita hat bisher nur zugehört und sich gewundert, welche Gedanken in Wolfgangs Kopf herumgeistern. Mit keinem Gedanken hätte sie jemals daran gedacht, Heizungen und Bäder in alte Häuser einzubauen. Aber solange ihre Mama auch dieser Meinung ist, ist bestimmt alles bestens und wenn sie genau überlegt, gibt sie ihnen auch recht. Schließlich hat sie ja Toilette und Bad in der Wohnung, von den Gästen aber wird verlangt, dass sie sich Toiletten und Duschen teilen!

Während sich die drei angeregt unterhalten und Frau Grimmer zwischendurch immer wieder kurz in den Speiseraum geht, um die Gäste nach weiteren Wünschen zu fragen, wird es schon gleich neun Uhr.

»Wollen wir jetzt den ganzen Tag hier sitzen und ratschen, es ist doch viel zu schön draußen«, meint Frau Grimmer mit Blick zum Fenster, durch das die Sonne hereinscheint. »Was habt ihr zwei denn heute vor?«

»Nichts Besonderes«, antwortet Zita und schaut Wolfgang fragend an, ob er vielleicht einen Wunsch hätte. Doch Wolfgang zuckt auch nur die Schultern.

»Wisst ihr, ich hätte da einen Vorschlag, aber seid bitte ganz ehrlich, wenn er euch nicht gefällt!« Frau Grimmer schaut die beiden nachdenklich an und spricht weiter: »Ich würde mich wirklich sehr freuen, wenn ihr den Tag mit mir zusammen verbringen könntet. Mir ist schon bewusst, dass ihr zwei lieber allein sein würdet, und ich akzeptier' das ja auch, aber hört euch den Vorschlag einfach mal an. Zita, wann haben wir zwei den letzten freien Tag g'habt, den wir miteinander verbringen konnten? Wir haben doch immer nur Arbeit und du die Schul' noch dazu! Deshalb hab ich mir überlegt, dass wir zusammen nach Kufstein fahren könnten. Ein bisschen Stadtluft schnuppern, schön essen gehn, statt selber zu kochen. Am Nachmittag noch einen schönen Kaffee und dann wieder heimfahren. Was meint ihr, wär das etwas? Ich jedenfalls würd' mich sehr freuen!«

Zita druckst etwas herum. Sie möchte ja gerne mit ihrer Mutter zum Bummeln fahren, aber gleichzeitig den Wolfgang auch nicht verprellen.

»Was mich betrifft«, ergreift Wolfgang das Wort, »mir würde so ein Ausflug schon gefallen. Ich war sowieso noch nie in Kufstein, außer gestern mit dem Zug, und kennen tu ich's nur von dem Kufsteiner Lied her!« Dabei lacht er und Zita fällt ein Stein vom Herzen.

»Danke, Wolfgang«, sagt sie begeistert. »Dann räumen wir jetzt schnell ab und holen das Geschirr aus dem Speiseraum, damit wir dann weiterkommen.«

Alle drei arbeiten Hand in Hand und so sind sie bald fertig. Das Geschirr ist wieder sauber und die Küche aufgeräumt.

Frau Grimmer ist sich noch umziehen gegangen, während Zita und Wolfgang schon in die Sonne hinausgehen und sich auf die Bank neben der Haustür setzen. Sie halten sich an den Händen und Zita sagt noch mal voll Dankbarkeit und Freude zu Wolfgang: »Es ist wirklich lieb von dir, dass du meiner Mama und mir die Freud' machst! Es ist ja auch so, dass wir wirklich nie Zeit für uns haben. Immer bestimmen die Gäste unseren Ablauf und wir kommen hier nicht raus. Höchstens zum Einkaufen mal ins Dorf runter, aber dann müssen wir auch schon gleich wieder heim. Die paar Gäste, die wir momentan haben, machen wenig Arbeit, sodass wir die Zeit nutzen müssen. Aber es wird dir bestimmt auch gefallen. Kufstein ist eine schöne Stadt, wirst sehn!«

»Also, ich hab das jetzt nicht extra wegen deiner Mama g'macht, sondern mich interessiert die Stadt schon auch und nachdem du eh dabei bist, fehlt mir doch nichts! Wenn's dann deine Mama auch noch freut', ist es nur um so schöner.«

Dankbar drückt sie ihm einen Kuss auf die Wange und lehnt ihren Kopf an seine Schulter.

Wolfgang setzt sich auf die Rückbank des Geländewagens, während Zita vorne bei ihrer Mutter Platz genommen hat. Die Fahrt wird nur knapp eine Stunde dauern und Wolfgang schaut aus dem Fenster und bewundert die Berge und die Landschaft. Die Sonne heizt das Auto schnell auf, sodass Wolfgang müde wird und bald einschläft. Die Nacht war zwar schön gewesen, aber eben nicht sehr erholsam für ihn, sodass er Nachholbedarf hat.

Zita blickt kurz nach hinten und lächelt ihrer Mutter zu.

Als das Auto langsamer wird, weil sie die Stadt erreichen, wacht Wolfgang wieder auf und streckt sich. »Wieder unter den Lebenden?«, fragt Zita belustigt nach hinten. »Du hast so schön geschlafen!«

»Ja, ich bin einfach noch ein wenig müde gewesen, aber jetzt bin ich wieder fit und kann dich schon durch die Stadt treiben!«, lacht er zurück.

Das Auto stellen sie gleich unterhalb der Festung ab und gehen zu Fuß zum Marienbrunnen am Unteren Stadtplatz. Hier gibt es viele kleine Geschäfte und Cafés und Eisdielen. Auf dem Stadtplatz wuselt es geradezu von Leuten. Junge Pärchen schlendern an den Geschäften entlang, andere tragen bereits ihre Einkäufe in bunten Tüten durch die Stadt. Wolfgang gefällt die Stadt auf Anhieb. Zwar ist sie bei Weitem nicht so groß wie seine Heimatstadt Regensburg, aber es scheint ein anderes Lebensgefühl vorzuherrschen. Die Menschen wirken lebenslustiger und irgendwie bunter als zuhause. Das mag aber auch an dem herrlichen Wetter und seiner Begleitung liegen.

»So, zuallererst gibt's ein Eis«, bestimmt Zita, »und dann schau'n wir uns die Geschäfte an. Was magst du für eins?« Dabei sieht sie Wolfgang an.

»Banane, zwei Kugeln, wenn's geht«, antwortet er lachend.

»Und für mich Erdbeere«, bestellt Frau Grimmer schnell noch, bevor Zita schon zu einer Eisdiele losläuft.

»Komm, Wolfgang, wir setzen uns einstweilen hier auf die Bank«, meint sie und deutet auf eine hölzerne Parkbank nahe dem Brunnen mit Blick über den Stadtplatz. »Weißt, Wolfgang, ich mach das so gerne, einfach bloß den Leuten zuschau'n. Aber leider kommen wir nur selten dazu, weil doch immer irgendeine Arbeit ansteht. Ja, und der Zita tut das auch immer ganz gut, wenn sie wieder mal unter andere Leut' kommt. Darum bin ich auch sehr froh, dass wir das heute machen!«

Zita kommt mit dem Eis zurück und verteilt die Waffeln, wobei sie bei Wolfgangs Eis, bevor sie es ganz aus ihrer Hand gibt, schnell einen großen Schleck macht.

»Hey, ich dachte, das wäre meines«, regt er sich lachend auf, »jetzt krieg' ich aber von deinem auch was!«

Lachend hält sie ihm ihr Eis hin, und als er gerade mit der Zunge zuschlagen will, zieht sie es schnell wieder weg. »Zu langsam, zu langsam«, hänselt sie ihn. Daraufhin ergreift er ihren Arm und zieht ihn an sich heran. »Wenn du dich jetzt wehrst«, droht er, »dann schleck ich dir das ganze Eis weg!«

»Bloß nicht«, droht sie zurück und hält ihm jetzt ruhig ihr Eis hin.

»Ihr zwei!«, sagt ihre Mutter wieder einmal, »seid doch die größten Kindsköpf' überhaupt!«

Anschließend schlendern sie an den Geschäften entlang und schauen mal da und mal dort rein. Kaufen wollen sie nichts, einfach nur schauen und das Stadtgefühl genießen.

Als sie am *Kufsteiner Hof* ankommen, ist es gerade Mittagszeit und Frau Grimmer lädt die beiden zum Essen ein.

»Was, da hinein, in das noble Hotel, da lassen's uns ja gar nicht rein!«, befürchtet Zita. Aber die Mutter lächelt nur. »Keine Sorge, wenn wir bezahlen können, dürfen wir da auch rein!«

Ein Ober kommt gleich an der Tür auf sie zu, um sie zu begrüßen und ihnen einen Tisch zuzuweisen. Sie bestellen Getränke und studieren dann die Speisekarte. Wolfgang ist etwas verunsichert, schließlich sind die Preise nicht gerade billig und außerdem kennt er so manche Gerichte gar nicht.

»Also, ich nehm' das Backhendl und einen Salat dazu!« Zita ist die Erste, die ausgewählt hat. Wolfgang mag ein Schnitzel mit Kartoffelsalat und Frau Grimmer wählt eine große Salatplatte.

Während sie auf die Speisen warten, muss Zita zur Toilette und ihre Mutter ergreift die Gelegenheit, mit Wolfgang allein zu reden. »Du, Wolfgang, bitte erzähl mir doch, was du gestern mit der Zita auf der Alm da oben g'macht hast. Die war ja gar nicht mehr wiederzuerkennen heut' früh.«

»Ach, nichts Besonderes, aber bitte fragen's die Zita selber. Vielleicht hernach beim Kaffeetrinken oder so. Ich möcht' nicht gern über sie reden, wenn's nicht selber dabei ist. Aber Sie brauchen sich keine Sorgen zu machen und ich hoff' ja bloß, dass es dauerhaft hilft!«, antwortet er etwas verlegen und mit leicht angelaufenem Wangen.

»Hast recht, ich versteh' dich schon. Wenn du sagst, dass nichts passiert ist, dann ist ja alles in Ordnung, und ich muss es dann auch gar nicht wissen. Aber vielleicht probier ich es doch einfach später noch einmal.«

Während er beobachtet, wie ein Herr am Nebentisch bezahlt, muss er plötzlich lachen.

»Was ist denn bei euch los?«, will Zita wissen, die gerade wieder zurück ist. »Was gibt's denn da zu lachen?«

Wolfgang schüttelt den Kopf und lacht noch immer: »Mein Gott, bin ich blöd! Ich hab mir schon die ganze Zeit gedacht, die Preise hier, wer soll denn das bezahlen können? Aber jetzt eben ist der Groschen gefallen, ihr habt's ja Schilling! Lang hab ich braucht, aber ich bin noch von selber drauf gekommen!«

Jetzt lachen auch Zita und ihre Mutter, während der Ober schon mit dem Essen auf einem Servierwagen kommt.

Nach dem Essen gehen sie noch ein Stück weiter durch die Altstadt und dann an die Innpromenade. Die beiden Verliebten albern herum und schubsen sich immer wieder, während Frau Grimmer ihnen mit warmen Blicken folgt und in sich hinein schmunzelt. Was für ein schöner Tag!

Als sie bei ihrem Spaziergang wieder unterhalb der Festung angekommen sind, setzen sie sich in einen Kaffeegarten, direkt am Weg mit herrlichem Ausblick auf den Inn. Frau Grimmer bestellt einen großen Braunen mit Erdbeerkuchen und die beiden nehmen eine heiße Schokolade und ebenfalls Erdbeerkuchen. Noch ist es ein wenig früh für die Kaffeezeit, sodass nur wenige Plätze belegt sind. Frau Grimmer ist das gerade recht, wenn sie bei einem neuen Versuch keine Zuhörer am Nebentisch hat.

»Also«, holt sie aus und schaut ganz besonders ihre Tochter an, »der Wolfgang wollte ohne dich nichts sagen. Aber ich bin nun einmal neugierig und wüsste zu gern, was ihr gestern auf der Alm gemacht habt, dass du plötzlich so aufgezogen bist. Einzelheiten braucht's nicht zu sagen, aber vielleicht könntet's etwas andeuten!«

Zita schaut mit einem rechten Lausbubenblick den Wolfgang an. Der ist verlegen und weicht ihrem Blick lieber aus. Als er wieder zu ihr hinblickt, prustet sie laut los und so stimmt er in das Lachen mit ein.

»Ich hab's doch g'wusst, die Mama macht sich wieder einmal viel zu viel Gedanken! Es ist aber schon sehr persönlich«, macht sie jetzt auf ganz ernst und altklug, »was du da wissen möchtest, und der Wolfgang hat ja eh nichts sagen dürfen. Schweigepflicht des Therapeuten!« Dabei kommt ihr schon wieder ein Lachen aus. Auch Wolfgang lacht und schüttelt nur den Kopf über Zitas Verhalten. »Aber jetzt im Ernst, Mama«, sagt sie, »wenn's dem Wolfgang nichts ausmacht, dann darf er's dir erzählen und ich bin dabei ganz still.«

»Wolfgang, bitte«, fleht Frau Grimmer fast, und Wolfgang will jetzt auch keinen Scherz mehr machen, denn er sieht, dass es der Mutter ernst und wichtig ist.

»Also erst mal vorweg, ich hab nichts g'macht, was die Zita nicht ausdrücklich wollen hat. Und wir haben nichts gemacht, womit wir ein Versprechen gebrochen hätten!«

»Ja, das hab ich mir sowieso schon gedacht!«, drängt Frau Grimmer.

»Die Zita hat mir dann einfach erzählt, wie alles war, soweit sie es selber g'wusst hat, und schlimm war's dann, wie sie gesagt hat, dass sie heute immer noch fremde Hände an ihrem Körper spürt, die sie überall betatschen, und dass immer wieder besoffene Gesichter auftauchen. Nicht nur nachts, sondern auch tagsüber, hat sie mir g'sagt. Da war ich wirklich ziemlich fertig und hab keine Ahnung g'habt, was ich da machen soll. Ich meinte, da müsste doch ein Fachmann her! Aber die Zita hat ihr passendes Rezept schon gehabt. Sie wollte einfach die fremden Hände durch meine ersetzen. Das heißt, ich sollte sie einfach mit meinen Händen, natürlich sanft und liebevoll, am ganzen Körper streicheln! Dann wären die bösen Hände und auch die Gesichter bestimmt weg. Das haben wir dann so gemacht und scheinbar hat's geholfen!« Damit ist er am Ende seines Berichtes.

»Er hat aber jetzt nicht g'sagt, wie er das g'macht hat. Du kannst dir nicht vorstellen, wie zärtlich und lieb der dabei war. Ich hätt' ewig so weitermachen können!« Ganz verträumt erzählt sie und blickt dabei Wolfgang voller Liebe an. »Aber er hat sich auch noch ganz schön zusammenreißen müssen, damit nicht doch ein Blödsinn dabei raus'kommen ist!«, hängt sie noch an.

»Das kann ich mir lebhaft vorstellen«, lächelt ihre Mutter und schaut den Wolfgang an, der mittlerweile ganz rot im Gesicht geworden ist und am liebsten in der nächsten Erdspalte verschwinden würde. »Da hast aber wirklich eine Meisterleistung hin'bracht. Eine solche Therapie hast bestimmt vorher noch nie gemacht.«

»Natürlich nicht«, murmelt er mit gesenktem Kopf.

Frau Grimmer fährt Wolfgang wieder einmal mit den Fingern durch die Haare. »Bub, ich weiß von Mal zu Mal weniger, was ich sagen soll. Du, wenn da bist, spielt irgendwie die Welt verrückt! Aber ich bin stolz auf dich, dass du so stark 'blieben bist, und auch auf dich, Zita, dass du ihm wirklich vertraut hast. Ja, du hast keine Zweifel an ihm g'habt. Ich aber auch nicht«, schiebt sie schnell noch nach. »Aber so ein paar Bedenken haben sich immer wieder im Kopf breit g'macht. Und jetzt bin ich auch noch auf mich selber stolz, dass ich mich letzte Nacht dazu hab durchringen können und euch vertraut hab. Ich bin so froh wie schon ewig nicht mehr, und glaubt's mir, so schnell werd' ich bei euch zwei keine Zweifel oder Bedenken mehr haben. Jetzt weiß ich gewiss, dass ihr keine Kinder mehr seid, und dass ihr durchaus in der Lage seid, euer Gehirn auch sinnvoll einzusetzen! Mehr kann sich eine Mutter gar nicht wünschen!« Glücklich umarmt sie die beiden so stark, dass sie beinahe von den Stühlen rutschen.

»Frau Grimmer, ich bin froh, dass Sie sich so freuen, es ist einfach schön, Sie lachen zu sehen!«, sagt Wolfgang zwar ein wenig verlegen, aber doch mit kräftiger Stimme. Lediglich ein schwacher Schimmer ist in seinen Augen aufgetaucht.

»Frau Grimmer, Frau Grimmer, das hört sich an als ob ich eine alte Frau wär.

Ab sofort sagst du einfach Veronika oder besser Vroni zu mir. Schließlich gehörst du doch schon länger zu uns. Ich hab's bloß eine Zeitlang einfach nicht glauben wollen.« Sie drückt ihn noch mal an sich und verbirgt damit eine kleine Träne, die sich nicht zurückhalten lässt.

Zita ist völlig still geworden. Sie sitzt in ihrem Stuhl und kann noch immer nicht fassen, was die Mutter da sagt.

»Mama«, platzt es jetzt aus ihr heraus und sie springt von ihrem Stuhl auf, um ihre Mutter richtig fest umarmen zu können. »Du hast g'sagt, der Wolfgang g'hört zu uns! Mama, Mama...« Ihre Stimme versagt. Wolfgang sieht ein wenig zur Seite und bemerkt gerade noch, dass der Kellner wohl zu ihnen hatte kommen wollen, sich aber respektvoll wieder umgedreht hat. Er schmunzelt ein wenig darüber.

Als sich Zita wieder beruhigt hat, kommt sie zu Wolfgang herüber und küsst ihn völlig ungeniert auf den Mund. Tiefe Bewegtheit ist ihr ins Gesicht geschrieben und fast tut sie Wolfgang leid. Er schaut sie intensiv an und als sie zurückblickt, lächelt er sie überglücklich an, bis auch sie lächeln muss.

Jetzt wagt es auch der Ober wieder an den Tisch zu kommen und sie bestellen noch drei Limonaden und genießen den schönen Ausblick.

Beim Abendbrot sitzen die drei wieder zusammen hinter dem Haus im Garten, um den Sonnenuntergang zu genießen.

»Mögt's nicht noch kurz bei der Uschi vorbeischau'n?«, fragt Frau Grimmer die beiden. »Die wird sich bestimmt freu'n.«

»Von mir aus gerne«, erklärt Wolfgang und schaut fragend zu Zita hinüber.

»Warte, ich ruf sie an und frag', ob sie mit zur Micha gehen will, die ist nämlich ganz neugierig auf den Wolfgang.«

Uschi ist aber gar nicht zuhause, sondern im Dorf unterwegs. So beschließen die beiden, eben allein die Micha zu besuchen. Falls es dort nicht passen sollte, wäre es zumindest ein schöner Spaziergang gewesen.

Nachdem der Tisch abgeräumt ist, gehen die beiden los, aber nicht, ohne dass Zita ihrer Mutter noch einen Kuss auf die Wange gedrückt hätte. »Pfiat di, Mama«, sagt sie noch und Wolfgang probiert sich zum ersten Mal mit »Pfiat di, Vroni«. Er muss dabei lachen und Zita kommentiert sofort: »Langsam wird's schon!«, und lacht auch. Frau Grimmer lächelt liebevoll und sagt leise: »Kindsköpf!«, bevor sie es sich auf dem Sofa bequem macht.

Beide haben für den Heimweg noch eine leichte Jacke mitgenommen, die sie sich jetzt um die Hüfte gebunden haben.

»Ich hätt' nie gedacht, dass die Mama wirklich so weit geht, dass sie dich einfach so akzeptiert und in unsere Familie aufnimmt, als g'hörtest du immer schon zu uns. Schließlich werd' ich ja doch erst fünfzehn und kenn' dich auch erst ein paar Wochen! Aber sie hat anscheinend jeglichen Vorbehalt aufgeb'n und dich richtig in ihr Herz geschlossen! Ich glaub, da muss ich aufpassen!«, fügt sie noch schnippisch hinzu.

»Ja, deine Mama kommt gleich nach dir. Wenn du mich mal nicht mehr magst, bleib' ich einfach bei der Vroni! Du kannst dann recht dumm aus deiner Wäsche schau'n!«, droht er ihr lachend.

Auch als sie bei Micha ankommen, sitzt Zita noch der Schalk im Nacken. »Pass auf, du versteckst dich gleich hier um die Ecke und kommst erst, wenn ich es sage«, kommandiert sie Wolfgang um die Hausecke neben der Eingangstür. Dann geht sie ans Stubenfenster und schaut hinein. Sie sieht nur Michas Vater am Tisch Zeitung lesen, geht deshalb zur Eingangstür hinein und betritt nach einem kurzen Anklopfen die Stube. Herr Unterbrunner freut sich über Zitas Besuch und schickt sie in Michas Zimmer.

»Die ist schon die ganze Zeit am Lernen«, meint er dazu, »die hat plötzlich einen enormen Ehrgeiz entwickelt. Am Montag will's ja wieder in die Schule gehn und da muss sie halt noch etwas nachlernen.«

»Hallo Micha«, begrüßt sie ihre Freundin, »ich will dich nicht lange stören, sondern dir nur etwas zeigen, was dich ganz bestimmt interessieren wird. Komm doch mal mit hinaus.«

Micha steht von ihrem Schreibtisch auf und umarmt Zita, um dann neugierig hinter ihrer Freundin herzugehen.

Als die beiden vor der Haustür stehen, wundert sich Micha: »Was ist, was willst du mir zeig'n, ich seh nichts!«

»Kommen!«, ruft Zita und biegt sich vor Lachen, als Micha Wolfgang sieht und es kaum glauben kann.

»Ist er das?«, fragt sie erstaunt und dreht sich zu Zita um.

Wolfgang kommt zu Micha her, um ihr die Hand zur Begrüßung zu geben.

»Darf ich vorstellen«, macht sich Zita wichtig, »das ist meine Freundin Micha und das ist mein Freund Wolfgang. Du wolltest ihn doch unbedingt kennen lernen.«

Micha betrachtet Wolfgang und lächelt zu Zita hin: »Hm, hast dir schon einen sauberen Burschen ausgesucht«, und den Wolfgang begrüßt sie mit: »Schön dich kennen zu lernen, hast dir ja einen rechten Wildfang eingefangen.« Alle drei lachen und Zita schlägt vor, sich auf die Bank vor dem Haus zu setzen und sich noch ein wenig zu unterhalten, bevor sie wieder heimgehen wollen.

Als es bereits anfängt zu dämmern, verabschieden sie sich.

»Du hast gerade erzählt, dass du in ein paar Wochen schon wiederkommst! Heißt das, dass du in den Pfingstferien trotzdem kommen willst?«, fragt Zita, als sie auf dem Heimweg sind.

»Klar, war doch ausgemacht. Dass es jetzt zwischendurch auch schon geklappt hat, ist umso schöner. Aber bei den Ferien bleibt's!«, stellt er klar. »Weißt, ich hab doch einen Job! Dafür bekomm ich zwar nicht viel in der Stunde, aber es sammelt sich an. Zudem spar' ich ja fast alles, sodass ich mir die Fahrt schon leisten kann. Diesmal hat mir aber meine Mama noch geholfen, weil sie auch gemeint hat, dass es schon wichtig wär', dass ich dich besuch'. Auch meine Tante Anni gibt mir immer wieder etwas und mein Vater hat mir auch noch einen Schein mitgegeben. Also, ich kann's mir schon leisten.«

»Dass du arbeiten gehst, bloß dass du zu mir kommen kannst! Ach, was soll ich bloß noch groß sagen, du schaffst einfach alles.« Damit bleibt sie stehen und fällt ihm um den Hals. »Ich kann's einfach nicht fassen, es ist viel zu viel Glück für mich, ich bring das gar nicht alles unter!« Sie wühlt ihren Kopf zwischen Wolfgangs Schulter und Hals und ist überglücklich.

Es ist bereits dunkel geworden, als sie zuhause ankommen. Frau Grimmer sitzt bei einer Tasse Tee am Stubentisch und schenkt den beiden ebenfalls Tee ein. Zita berichtet, dass es Micha recht gut geht und dass sie sich wirklich gefreut hat. Wolfgang hätte sie dann aber gedrängt, vor der Dunkelheit heimzugehen, weil er sich im Dunkeln fürchtet! Überrascht schüttelt Wolfgang den Kopf, denn davon weiß er selber aber nichts.

Veronika schüttelt nur den Kopf und lächelt glücklich vor sich hin. »Wir werden dann morgen früh nach dem Frühstück losfahren. Es ist ja nicht weit.«

»Und zu Pfingsten kommt er schon wieder«, platzt Zita dazwischen. »In den großen Ferien bleibt er dann sogar länger!«

»Nur, wenn ich darf, ich will ja nicht lästig werden«, stellt Wolfgang klar.

»Also, jetzt hast du's aber nah' beinander!«, schimpft jetzt Vroni spaßhaft. »Lästig werden, ich glaub's gleich!«

Er erzählt dann noch über seine Arbeit und seine weiteren Pläne, bis die Mutter meint, dass es Zeit ist, zu Bett zu gehen.

»Der Wolfgang schläft aber heut' im Bett, nicht dass er ganz übernächtig daheim ankommt und seine Eltern glauben, wir hätten ihn nicht gut behandelt.« Insgeheim hofft sie, dass sie Zita nicht bitten muss, bei ihr zu schlafen. Sie möchte die letzte Nacht nicht unbedingt zur Selbstverständlichkeit werden lassen.

»Ich möcht' ja auch im Zug noch lernen, da ist's schon gut, wenn ich ausgeschlafen hab«, unterstützt Wolfgang Zitas Mutter. Auch Zita hat verstanden und meint leichthin: »Ich lass dich heut' in Ruh und schlaf bei meiner Mama, ich glaub, wir zwei haben eh noch was zum Kuscheln!«, dabei schaut sie ihre Mutter ganz fest und liebevoll an.

Zita kommt noch zu Wolfgang ans Bett und gibt ihm einen ausgiebigen Gutenachtkuss, bevor sie im Schlafzimmer ihrer Mutter verschwindet.

Lang liegt Wolfgang noch wach und sinniert über den Tag nach. Er fühlt sich hier so geborgen und glücklich! Dann kommen die Gedanken wieder auf gestern. Oben auf der Alm, es war so schön und aufregend. Er knüllt das Kopfkissen zusammen und zieht es ganz eng an sich, umklammert es und streichelt in Gedanken Zita ganz zärtlich.

Wolfgang wird wach, als es draußen bereits hell ist und er Geschirrgeklapper aus der Stube hört. Ausgeschlafen und guter Stimmung rollt er sich aus dem Bett, setzt sich auf die Bettkante, um aufzustehen, dann dreht er sich noch einmal um, legt sich auf das Kissen, umarmt es und wühlt seinen Kopf hinein. Schließlich ist es Zitas Kissen und er möchte den Geruch und die Gedanken daran noch lange mit sich herumtragen!

»Bist du heute gar nicht traurig, dass ich schon wieder fahren muss?«, fragt er Zita, als sie zusammen am Tisch sitzen.

»Schmarrn«, schimpft Zita zurück, »natürlich, wie könnt's auch anders sein? Aber ich weiß ja, dass du bald wiederkommst! Und wenn ich dich zwischendurch dringend bräucht', wärst bestimmt auch da! Also ist's gar nicht so schlimm!«

Wolfgang lacht und schüttelt den Kopf. Einfach so auf Abruf kommen, das wird wohl nicht möglich sein, denkt er und Veronika gibt seinen Gedanken gleich recht: »Du darfst aber nicht glauben, dass du bloß pfeifen brauchst und der Bub kommt schon um die Ecke.«

»Na ja, hoffen wir mal, dass alles wie geplant abläuft, dann könnten wir doch zufrieden sein. Ich denke, dass wir bis Mitte Juli mit allen Prüfungen fertig sein werden, sodass ich beruhigt weg kann von daheim.« Er möchte aber noch einen ›Blumenstrauß‹ landen und hängt deshalb noch ein »Hm, eigentlich fahr' ich ja bloß von daheim nach daheim!« an und erntet tief gerührte Blicke von Tochter und Mutter. Als er dann aber seinen Rucksack zusammenpackt und zum Auto bringt, wird ihm dennoch schwer ums Herz. Er fühlt sich tatsächlich hier schon richtig zuhause!

Zita sitzt wieder bei ihm hinten auf der Rückbank und hält seine Hand ganz fest. Sie ist dabei sehr ruhig und in Gedanken. Wolfgang will sie nicht stören, auch er ist sehr aufgewühlt und mit dem Sortieren seiner Gefühle beschäftigt.

Als sie den Ortsrand von Wörgl erreichen und es nur ein paar Minuten zum Bahnhof sind, bricht es dann doch aus ihr heraus. Weinend presst sie sich an seine Brust.

Der Zug steht schon bereit und Wolfgang verabschiedet sich von Veronika, die nicht mit zum Bahnsteig gehen will. »Vroni, ich danke euch für die wunderschöne Zeit mit euch. Bleibt gesund und dann, bis Pfingsten!«

»Oh Bub, du musst dich doch nicht bedanken! Aber komm einfach wieder, wir warten auf dich. Komm gut heim!«

Wolfgang umarmt die hilflos weinende Zita auf dem Bahnsteig noch, als der Schaffner bereits zum Einsteigen auffordert. Er macht sich los, gibt Zita noch einen Kuss und steigt ein. Unmittelbar danach rollt der Zug schon langsam an. Wolfgang bleibt gleich an der Tür stehen und winkt so lange, bis er Zita nicht mehr sehen kann.

Leise vor sich hin weinend bleibt sie noch auf dem Bahnsteig stehen, bis ihre Mutter, die den Zug hat abfahren sehen, kommt und sie tröstend in die Arme nimmt.

Schon gegen zwei Uhr fährt der Zug in den Regensburger Hauptbahnhof ein. Am heutigen Sonntag ruhen die Baustellen und der Zug konnte unbehelligt passieren.

Hier ist es bei Weitem nicht so heiß wie in Österreich. Lediglich gut zwanzig

Grad zeigt das Thermometer an und der Himmel ist bedeckt. Wolfgang stört das aber nicht. Mit viel Freude im Herzen macht er sich auf den etwa zwanzigminütigen Fußmarsch nach Hause. Beschwingt marschiert er mit seinem Rucksack durch die Straßen und denkt daran, dass er ja übernächste Woche Zita schon wiedersehen kann! Er überlegt, dass, wenn er einen vierwöchigen Rhythmus einhalten könnte, die Jahre doch leichter zu ertragen wären. Aber er muss erst sehen, wie das mit der Lehre dann wird. Denn an zwei Samstagen wird er arbeiten müssen, und ob er genug verdient, um sich einmal im Monat die Zugfahrt leisten zu können, weiß er auch noch nicht. Schade, dass er den Job im Getränkemarkt dann nicht mehr ausüben kann. Da fällt ihm Tante Anni wieder ein, die ja gar nicht so weit weg wohnt und durchaus auch mit dem Fahrrad zu erreichen wäre. Wenn er sie vielleicht öfter mal besuchen würde, könnte es leicht sein, dass hin und wieder der eine oder andere Schein zu ergattern wäre. Er mag sie auch recht gern, aber bisher hat er sie noch nie allein besucht. Dabei ist sie doch ganz vernarrt in ihn. Er beschließt, sie gleich morgen oder vielleicht sogar heute Abend noch anzurufen und von seinem Besuch bei Zita zu erzählen. Das würde sie bestimmt sehr interessieren und wenn er das gleich noch mit der Mitteilung verbindet, dass sie jetzt auch telefonisch zu erreichen sind, würde es ja nicht einmal groß auffallen. Am kommenden Sonntag könnte er sie ja auch gleich besuchen. Mit dem Fahrrad wären es einfache Strecke vielleicht eine gute Stunde oder maximal anderthalb Stunden. Er will es jedenfalls im Auge behalten.

Als er bei der Firma Gerber vorbeikommt, schaut er, wie jedes Mal, in die Auslage und bemerkt dabei einen Zettel, auf dem sie noch einen weiteren Lehrling suchen. ›Na ja‹, denkt er, ›Zeit für Bewerbungen ist ja noch, ich werde schon nicht der Einzige bleiben.‹

»Hallo Wolfgang«, begrüßt ihn seine Mutter herzlich an der Wohnungstür, »bist schon da! Komm nur rein und erzähl, du Weltenbummler.«

Wolfgang legt seinen Rucksack an der Küchentür ab und zieht seine Schuhe aus. Als er die Küche betritt, kommt sein Vater aus dem Wohnzimmer. Mit sichtbar stolzer Miene begrüßt er seinen Sohn.

»Jetzt erzähl mal, hat mit dem Zug und dem Umsteigen alles geklappt und wie ist es dir dort ergangen?« Neugierig erwartet er einen ausführlichen Reisebericht.

Wolfgang lacht und meint: »Natürlich hat alles geklappt, es ist ja auch nicht so schwer und die Schaffner haben mir auch gute Tipps gegeben, damit ich immer einen Fensterplatz ergattern konnte. Der Empfang und der Aufenthalt bei den Grimmers war einfach wunderschön. Die Frau Grimmer hat mir sogar das Du angeboten und gesagt, ich soll Vroni zu ihr sagen. Außerdem hat sie gemeint, als ich gefragt hab, ob ich wiederkommen darf, dass ich ja schon zur Familie gehöre. Ist das nicht toll?«

Dann erzählt Wolfgang vom Ausflug nach Kufstein und von den Bergen, die ja im Sommer ganz anders aussehen, als im Winter. Auch von Micha und ihrem Schicksal erzählt er am Rande. Dass er auch Grüße ausrichten soll von den Grimmers, hätte er beinahe vergessen.

Die Mutter hat Kaffee und Kakao gemacht und es gibt einen guten Apfelkuchen dazu.

»Die Tante Anni müsste auch jeden Moment kommen. Ich hab sie gestern angerufen und ihr erzählt, dass du zu deinem Mädel gefahren bist und heute zurückkommst. Da hat sie spontan gemeint, dass sie vorbeikommt, um das Neueste gleich von dir persönlich zu erfahren.

Da klingelt es auch schon an der Wohnungstür und Wolfgangs Mutter geht, um zu öffnen. Es ist, wie erwartet, Tante Anni, die in einem bunten Sommerkleid und schicken Plateauschuhen ihre Aufwartung macht. Tante Anni geht, obwohl sie nicht mehr zu den Jugendlichen zählt, fleißig mit der Mode.

»Da ist er ja, der Wolfgang, ich hab schon von deinem Abenteuer gehört. Aber erzählen musst du schon selber und das ziemlich ausführlich!«, erklärt sie, während sie ihn in den Arm nimmt und ihm ein Küsschen auf die Wange drückt. Erst dann begrüßt sie Wolfgangs Vater, der sich erhoben hat.

»So, jetzt können wir anfangen mit dem Kaffee«, sagt Wolfgangs Mutter und bringt schon das voll beladene Tablett an den Tisch.

»Schau, Anni, einen guten Apfelkuchen hab ich gebacken und Sahne gibt es auch dazu.«

Wolfgang verteilt einstweilen die Teller und Tassen, während die Mutter den Kuchen und die Sahne bringt. Die Verteilung des Kuchens übernimmt Tante Anni und der Vater schenkt Kaffee ein. Wolfgang nimmt den für ihn vorbereiteten Kakao. Als alle bedient sind, kommt Tante Anni gleich auf das Thema schlechthin zu sprechen.

»Du machst ja tolle Sachen«, sagt sie zu Wolfgang, »so ganz allein ins Ausland reisen! Respekt, das ist so richtig nach meinem Geschmack. Erzähl schon, wie es war, hast dein Gspusi 'troffen und was habt's gemacht?«

Wolfgang kann gar nicht so schnell antworten, wie die Tante die Fragen herausschießt.

Nachdem er einen Bissen mit Kuchen und Sahne hinuntergeschluckt hat, beginnt er mit seinem Bericht, dem alle gespannt lauschen.

Als Wolfgang, immer wieder von Fragen unterbrochen, schließlich zum Ende kommt, brüht die Mutter noch frischen Kaffee auf und die Unterhaltung widmet sich wieder allgemeineren Themen. Kurz bevor Tante Anni wieder fahren will, fragt sie Wolfgang noch:

»Wie sieht es eigentlich aus, kann man die Zita vielleicht auch mal zu sehen bekommen? Wäre doch wirklich schön, wenn sie dich besuchen würde.«

»Oh«, meint Wolfgang überrascht, »darüber haben wir noch nicht gesprochen. Jetzt fahr ich erst mal Pfingsten wieder hin und dann in den großen Ferien. Da werde ich hoffentlich ein paar Tage länger dort bleiben können. Weil, wenn ich dann arbeite, weiß ich noch nicht, wie es weitergeht. Wenn ich erst Samstag fahren kann, lohnt sich die Sache nicht und kommt auch viel zu teuer.« Endlich hat er noch die Gelegenheit, die Finanzen anzusprechen.

»Mein lieber Bub«, sagt die Tante, »am Geld soll es nun aber nicht scheitern, dass ich deine Zita einmal kennen lernen darf!« Damit kramt sie ihre Börse aus der Handtasche und drückt Wolfgang einen Fünfziger in die Hand. »Red' mal mit ihr, ich tät mich sehr freuen.«

Wolfgang bedankt sich überschwänglich und denkt im Stillen, dass damit schon wieder einmal Hin- und Rückfahrt bezahlt sind. Sofort steckt er das Geld in seine Geldkassette, die sich langsam immer mehr füllt.

Eigentlich wollte er heute noch den Peter besuchen, aber der Nachmittag ist schon vorbei und er möchte für die Schule noch etwas anschauen. Außerdem muss er noch bei Zita anrufen und Bescheid geben, dass er wieder zuhause ist. Einen Brief will er ihr heute auch noch schreiben und morgen früh gleich zur Post bringen.

Am Nachmittag, während ihre Mutter Eiskaffee und einen Kakao zubereitet, ruft Zita bei Uschi an und lädt sie ein. Gerne sagt Uschi zu und ist schon in wenigen Minuten da.

»Ist er schon wieder weg, ich hab ja gar nichts von ihm mitbekommen!«, platzt sie auch gleich heraus.

»Er musste ja schon wieder früh fahren, weil er noch lernen will, und du bist ja leider nicht zu Hause gewesen.« Dann erzählt sie von ihrem Ausflug nach Kufstein und dass sie auch kurz bei Micha gewesen sind. Als ihre Mutter aufsteht, um noch mal Eis zu holen, hakt Uschi neugierig nach. »Und was habt ihr sonst noch so gemacht?«

»Pssst, das erzähl ich dir ein andermal.«

Uschi lächelt verstehend und schlägt vor, anschließend die Micha zu besuchen. Tatsächlich geht es ihr dabei aber eher darum, mit Zita allein zu sein, um sie ausfragen zu können.

»Zita muss aber noch die Hausaufgaben machen, da ist sie nämlich noch gar nicht dazu gekommen«, gibt Frau Grimmer zu bedenken.

»Ach, die könnten wir doch bei der Micha machen, dann ist die auch gleich aktuell über den Lehrstoff informiert«, meint Zita.

»Na gut, die Idee ist vielleicht gar nicht so schlecht, weil die Micha ja morgen wieder zur Schule geht, und da kann es nicht schaden, wenn ihr sie ein wenig auf Vordermann bringt.«

Zita packt ihren Schulranzen zusammen und dann machen sich die beiden auf den Weg. Kaum dass sie außer Hörweite sind, will Uschi alles haarklein wissen.

Fröhlich kommen sie bei Unterbrunners an. Vor dem Haus steht Georgs Moped und die beiden sitzen daneben auf der Bank. Freudig begrüßt Micha die beiden Freundinnen und lädt sie ein, sich zu ihnen zu setzen. Georg freut sich auch über ihren Besuch.

Sie plaudern ausgelassen und vergessen fast die Zeit, bis Uschi sagt: »Wir sind eigentlich gekommen, um mit dir zu lernen und die Hausaufgaben vom Freitag zu machen. Dann bist du morgen gleich aktuell informiert.«

»Oh«, ist Micha überrascht, »ihr denkt aber wirklich an alles! Das trifft sich auch gut, denn der Georg wollte sowieso in einer Viertelstunde fahren.«

Dann unterhalten sie sich noch über Wolfgang.

»Ich hab ihn ja nur kurz gesehen«, sagt Micha, »aber er hat mir gut gefallen. Ich mein', da hast du wirklich einen guten Fang gemacht. Schade ist halt, dass er nicht immer da ist.«

Zita verteidigt ihn aber sofort. »Übernächstes Wochenende kommt er aber schon wieder, da ist es schon auszuhalten.«

Nachdem Georg sich von den dreien verabschiedet hat, gehen sie in Michas Zimmer, wo sich Uschi darum kümmert, dass Micha den Lehrstoff in Mathematik und Englisch versteht und die Aufgaben selbständig lösen kann. Zita sitzt einstweilen in der Stube und erledigt dort ihre Hausaufgaben. Anschließend geht sie gleich noch den Stoff für morgen durch, um schon einen kleinen Vorsprung zu haben.

»Ja haben wir hier jetzt ein Klassenzimmer?«, lacht Herr Unterbrunner, als er in die Stube kommt und Zita dort sitzen sieht. Im Hintergrund kann er durch die offene Zimmertür noch Uschi und Micha am Schreibtisch arbeiten sehen. »Das ist aber schön, dass ihr mit der Micha noch lernt. Schließlich muss sie morgen wieder in die Schule. Ihr beide seid wirklich treue Seelen!«

Kurze Zeit später brechen die beiden Mädchen wieder auf und wünschen noch eine Gute Nacht.

Es dämmert schon leicht, als sie die Straße wieder erreichen, wo sich ihre Wege trennen.

Den Abendtee nehmen Frau Grimmer und Zita heute wieder in der Stube ein und unterhalten sich vorwiegend über die vergangenen drei Tage und Wolfgang, als das Telefon klingelt. Zita springt auf: »Das ist bestimmt der Wolfgang.«

»Hallo Wolfgang«, begrüßt sie ihn dann auch gleich freudig, »bist wieder gut heim'kommen?«

Wolfgang erzählt von seiner Fahrt und von dem erfolgreichen Nachmittag. Als er erwähnt, dass die nächste Reise schon bezahlt ist, jubelt Zita: »Wow, deine Tante Anni würd' ich gerne mal kennen lernen, die ist bestimmt ganz gut drauf!«

»Das trifft sich aber gut, denn sie hat auch verlangt, dass sie dich irgendwann mal zu Gesicht bekommt. Kannst dir ja noch überlegen, wann eine Möglichkeit bestünde und du für ein paar Tage zu mir kommen könntest.«

»Das wär' wirklich eine tolle Sache, aber jetzt, so auf die Schnelle«, erwidert sie etwas überrascht, »kann ich nichts sagen, du kennst ja die Situation bei uns. Aber ich überleg' mal und red' mit der Mama.«

Nachdem noch gegenseitig Grüße bestellt werden, wird noch ein Kuss durch die Leitung geschickt.

»Was musst du mit mir besprechen?«, will ihre Mutter gleich wissen.

»Ach, der Wolfgang hat gemeint, dass ich ihn auch einmal besuchen sollt'. Seine Eltern und vor allem seine Sponsorin, die Tante Anni, würden mich gerne kennen lernen. Ich würde natürlich auch gerne mal nach Regensburg fahren, aber wenn, dann nur in den Ferien. Da haben wir aber meist auch hier genug zu tun.«

Sinnierend trinken beide von ihrem Tee, als Zita eine Idee hat. »Wir haben doch schon ab Anfang Juli Sommerferien und in Deutschland gehen sie erst drei Wochen später an und bei uns wär's noch nicht so schlimm mit der Arbeit. Der Wolfgang hat am achten Juli Geburtstag. Da wird er schon sechzehn! Vielleicht könnt' ich ihn dann am Wochenende darauf besuchen. Mit den Prüfungen ist er da bestimmt auch schon fertig! Was meinst, dann wär' ich, wenn die Deutschen kommen, wieder da! Geld hab ich ja noch von meinem Ferienjob her. Das wär' doch super!« Ganz begeistert von ihrer Idee blickt sie gespannt zu ihrer Mutter hin.

»Ich muss erst darüber nachdenken«, erwidert sie, »weißt du, dich einfach so allein durch die Gegend reisen lassen, das muss ich mir schon gründlich überlegen. Aber ich werd' bei Gelegenheit mal mit Wolfis Mutter telefonieren. Schließlich möchte ich schon gerne wissen, wo du landest und ob du dort auch erwünscht bist«, neckt sie weiter.

»Was heißt da erwünscht«, braust Zita auf, »der Wolfgang hat mich eingeladen! Du hast bloß schon wieder Angst, dass etwas passieren könnte. Vertrau' uns doch einfach!«

»Das tu ich ja«, lacht Frau Grimmer und nimmt ihre Tochter in den Arm. »Und ich weiß sowieso, dass ich schon verloren hab.«

»Hey, Wolfgang«, begrüßt ihn Peter am Montag früh vor dem Schulgebäude, »wie war dein Ausflug? Übrigens, die Getränkemarktlady ist ganz nett und es hat alles bestens geklappt. Aber jetzt erzähl mal, was habt ihr alles gemacht?«

Gerade als Wolfgang anfangen will zu berichten, kommt Katrin über die Straße auf sie zu. Auch sie begrüßt Wolfgang und will wissen, wie es war. Zunächst aber bekommt Peter noch einen Kuss.

»Na ja, es gibt ganz schön was zu erzählen, aber kurz zusammengefasst: es war super geil!« Er schaut in die neugierigen Gesichter der beiden und fährt fort: »Aber es ist viel zu viel, um jetzt noch damit anzufangen, lieber in der Pause oder noch besser am Nachmittag. Eines kann ich auch noch schnell sagen, wir haben sehr viel Heu gemacht, und der Haufen ist wieder sehr groß geworden.« Alle drei lachen und Katrin meint noch dazu: »Super, das freut mich echt!«

Um drei Uhr treffen sie sich pünktlich an der *Wurstkuchel*. Wolfgang als Urlaubsrückkehrer muss eine Runde Eis spendieren, das sie gleich nebenan bei einem Eisstand holen und damit am Donauufer entlang spazieren.

Wolfgang erzählt dabei ausführlich von der Fahrt und dem Ausflug nach Kufstein. Aber anscheinend reicht das den beiden Zuhörern nicht aus, denn Peter möchte mehr wissen: »Das ist ja alles recht interessant, aber war denn sonst gar nichts? Ich mein', mit der Zita und so halt.«

Also erzählt Wolfgang den Freunden alles. Er geht nicht auf alle Details ein, schildert aber immerhin so viel, dass er auch ein bisschen damit angeben kann. Peter wird dabei ganz verlegen, weil ihn Katrin, während Wolfgang erzählt, immer wieder mit so einem seltsamen Ausdruck ansieht.

Und als Wolfgang dann Peter fragt, ob er übernächstes Wochenende auch wieder auf ihn zählen kann, ist dieser froh, dass er zusagen und damit auch das Thema wechseln kann.

Zita fällt in der Schule durch ihre fröhliche und positive Stimmung auf. Eine Lehrerin kommt beim Pausenbeginn auf sie zu und fragt sie: »Na Zita, dir scheint es wieder richtig gut zu gehen. Ist alles überstanden?«

Zita nickt nur, strahlt über das ganze Gesicht und läuft zu den anderen auf den Pausenhof.

Der Rest der Woche zieht sich hin, zwar telefonieren sie mindestens jeden zweiten Tag kurz miteinander, aber die Sehnsucht wird von Tag zu Tag stärker. Sie wechseln sich beim Telefonieren immer ab und haben ausgemacht, dass sie sich stets kurz fassen, damit die Kosten nicht explodieren und sie keinen Ärger mit den Eltern bekommen. Das Wichtigste ist ihnen doch nur, die Stimme des anderen gehört zu haben.

Am Samstag ist Wolfgang noch im Getränkemarkt arbeiten und als Zita anruft, meldet sich Wolfgangs Mutter. Erfreut nutzt Zita die Gelegenheit, wegen eines Besuchs zu fragen. »Aber Zita, da brauchst du doch nicht zu fragen, natürlich kannst du jederzeit kommen. Wir würden uns sogar sehr freuen.«

»Ja, sicher kann sie kommen«, meint beim Abendessen auch der Vater, »unsere Wohnung ist zwar nicht besonders groß, aber wenn der Bub im Wohnzimmer genug Platz hat, steht doch der Sache nichts im Weg. Ich bin eh schon lange gespannt auf das Mädel.«

Wolfgang ist happy und beschließt Zita das Ergebnis gleich zu schreiben. Das Schreiben kommt für seinen Geschmack in letzter Zeit eh zu kurz, weil sie so oft miteinander telefonieren. So setzt er sich nach dem Abendessen noch an seinen Schreibtisch und beginnt zu schreiben:

Liebste Zita,

heute schreibe ich Dir wieder einmal, weil ich denke, dass wir das nicht ganz einstellen sollten. Ein schöner Brief ist doch immer etwas Besonderes! Meine Mutter hat erzählt, dass Du mit ihr telefoniert hast und sie hat das Thema gleich mit Papa besprochen. Der freut sich auch schon riesig darauf, Dich einmal kennen zu lernen. Er wird aber über uns wachen, damit ja nichts passiert! Das kannst Du Deiner Mutter ausrichten, dann braucht sie sich keine Sorgen um Dich zu machen.

Ich freu mich ja schon sehr, wenn ich wieder zu Euch komme. Nachdem das mit dem Zug recht gut funktioniert hat, werde ich diesmal gleich am Freitag nach der Schule losfahren. Vielleicht könnt Ihr mich ja wieder abholen. Ich weiß aber noch nicht, bis wann ich ankommen kann. Es wird bestimmt wieder schön und ich kann sogar ein bisschen länger bleiben!

Das vergangene Wochenende wirkt bei mir immer noch nach. Ich bin den ganzen Tag über so glücklich und froh, dass es meinen Freunden auffällt und sie mich daraufhin ansprechen. Weißt Du, Du gibst mir das Gefühl, mehr als einen Sechser im Lotto gewonnen zu haben. Ich finde, dass unsere Verbindung seitdem noch viel fester und enger geworden ist, als sie vorher war. Ich steh' schon mit dem Gedanken an Dich morgens auf und habe ein glückliches Lächeln auf den Lippen. Wenn ich dann erst an das Wochenende denke, wird mir immer ganz anders. Deine weiche und zarte Haut ist das schiere Wunder und mir klopft heute noch das Herz, wenn ich daran denke, dass ich sie so intensiv berühren durfte. Am liebsten würde ich Dich nur noch streicheln und gernhaben! Zum Glück dauert es ja nicht mehr lange und ich sehe Dich wieder, und diesmal sogar länger! Ich bin jetzt schon viel aufgeregter als das letzte Mal, weil ich es kaum erwarten kann, Deine süße und so weiche Haut zu fühlen und Deinen Atem ganz nah an meinem Gesicht zu spüren. Allein das Halten Deiner Hand und ein Blick in Deine Augen lassen mich alles um mich herum vergessen. Ich bin einfach überglücklich, dass ausgerechnet ich, Dich gernhaben darf!

Liebe Zita, jetzt werde ich noch einen kleinen verträumten Spaziergang machen und den Brief zur Post bringen, damit Du ihn möglichst bald bekommst.

Denke immer daran, ich liebe dich über alles und ich werde immer für Dich da sein!

Dein Wolfgang

»Ich geh noch kurz raus und bringe den Brief weg«, sagt er zu seiner Mutter, während er seine Schuhe anzieht.

»Schon recht, bleib aber nicht zu lange«, antwortet sie standardmäßig und denkt für sich, dass Wolfgang diese Ermahnung nicht mehr benötigt, schließlich wird er ja gleich sechzehn Jahre alt. Wieder etwas, das sich in ihrem Leben ändert.

»Du, Leo«, sagt Wolfgangs Mutter zu ihrem Mann, der im Wohnzimmer über der Zeitung brütet, »was machen wir heuer eigentlich im Urlaub? Hast du schon einen Plan, oder bleiben wir zuhause?«

Überrascht schaut er von seiner Zeitung auf: »Wie kommst du so plötzlich auf das Thema Urlaub? Du weißt doch, dass wir eh nur in den Ferien fahren können und da immer der Teufel los ist.«

»Aber schau, das sind heuer Wolfgangs letzte Ferien. Außerdem wird er einen guten Schulabschluss bekommen und eine Lehrstelle hat er auch schon. Das wär doch schön, wenn wir mit ihm noch mal einen kleinen Urlaub verbringen könnten.«

»Hast eigentlich recht. Aber wohin möchtest du denn? Nach Italien, wo alle hinfahren, oder Jugoslawien oder lieber in den Norden? Will nicht der Wolfgang zu seinem Mädel fahren? Da stellt sich sowieso die Frage, ob der überhaupt noch mit uns mitfahren will.«

»Gerade das ist es ja, was mich umtreibt. Du, die Mutter von der Zita, die betreibt doch eine Pension. Was meinst, wenn wir uns da einfach für eine Woche oder so einmieten würden? Da könnten wir die schöne Gegend, die Zita und ihre Mutter auch gleich kennen lernen, und weit zu fahren wär's an sich auch nicht!«

»Herrschaftszeiten, du hast aber Ideen«, ist er ganz begeistert, »aber ob das nicht ein bisschen aufdringlich wirkt?«

»Ach was, ich red' bei der nächsten Gelegenheit mit der Frau Grimmer und wir kommen als ganz normale Gäste und bezahlen natürlich auch. Da wird sie bestimmt nichts dagegen haben, nur ein Zimmer muss halt noch frei sein. Ich ruf' sie gleich morgen an. Ich glaub, die freut sich auch, wenn sie uns kennen lernt.«

»Mach das«, meint Leo, »Tirol hatten wir doch schon öfter auf dem Plan, nur geklappt hat es dann doch nie. Das machen wir!«

Die letzten Worte hat Wolfgang gerade noch mitbekommen und fragt, was gemacht werden soll.

»Jetzt setz dich einmal her«, beginnt seine Mutter mit gespannten Blick. »Dein Vater und ich haben beschlossen, heuer mit dir noch mal in den Urlaub zu fahren.«

»Aber Mama«, antwortet Wolfgang leicht enttäuscht, »ihr wisst doch, dass ich zu Zita fahren will. Na gut, anschließend wäre schon noch Zeit. Wo wollt ihr denn hin?«

»Jetzt kommt's, wir denken, dass wir dich begleiten und uns ein paar Tage bei den Grimmers einquartieren könnten. Da könnten wir Zita und ihre Mutter kennen lernen und gleichzeitig auch Kufstein und die Berge genießen. Da wollten wir doch schon lange hin. Du musst keine Angst haben, du kannst natürlich dort wohnen, wo du ohne uns auch wohnen würdest. Wir würden uns bestimmt auch in nichts einmischen. Wir dachten nur, dass dies ein gute Gelegenheit wär'. Wer weiß schon, wann es sonst klappen würde.«

Wolfgang ist so überrascht, dass er eine Weile sprachlos ist, dann stimmt er zu: »Ihr müsstet halt bald schauen, dass ihr ein Zimmer bekommt, weil in den Ferien wird wahrscheinlich ziemlich etwas los sein. Na, da werden die beiden schauen!« Langsam kann er sich durchaus mit dem Gedanken anfreunden.

In seinem Bett denkt er noch lange darüber nach, wie es wohl sein wird, wenn seine Eltern plötzlich dabei sind. Aber irgendwann muss es ja sowieso sein und es wird schon klappen. Er schmunzelt, als er es in Gedanken seiner Zita erklärt, und schläft darüber selig ein.

Nachdem Zita aufgelegt hat, ist sie sehr froh darüber, dass sie endlich mit Wolfgangs Mutter mehr als nur ein paar Worte geredet hat. Außerdem glaubt sie, in ihr eine neue Verbündete gefunden zu haben, und hat jetzt auch den unbedingten Willen, Wolfgangs Eltern möglichst bald kennen zu lernen.

Während des Abendtees unterhält sie sich mit ihrer Mutter darüber. »Sie würde sich sehr freuen, hat sie gesagt.«

»Ich glaub dir ja«, antwortet ihre Mutter, »ich hab ja auch nichts dagegen, aber wir müssen halt einen passenden Zeitpunkt erwischen. Aber das kriegen wir schon irgendwie hin.«

Es dauert nicht mehr lange, bis sie zu Bett gehen. Morgen kommen wieder vier neue Gäste. Alles ältere Herrschaften, die Ruhe und Erholung in den Bergen suchen, keine Problemfälle. Die Zimmer sind zwar schon vorbereitet, aber weil die Gäste heute erst spät weggefahren sind, müssen sie morgen noch für die neuen Urlauber fertig gemacht werden. Außerdem wollen sie auch das schöne Wetter nutzen und die Fenster im ganzen Haus putzen.

Das Wetter am heutigen Sonntag ist günstig für einen längeren Ausflug. Wolfgang will gleich nach der Frühmesse Tante Anni besuchen. Er hat gestern noch mit ihr telefoniert und sie freut sich schon auf seinen Besuch.

Vor der Kirche trifft er Peter und Katrin, die ihn zu einem Grillnachmittag einladen wollen.

»Das tut mir aber leid«, bedauert er, »ich hab meiner Tante versprochen, dass ich sie heute besuchen komme. Da kann ich jetzt nicht mehr absagen. Aber vielleicht komm ich später noch vorbei. Ich denke, wenn ich nach der Kirche losradle und zum Mittagessen und Kaffee bleibe, kann ich bis um halb fünf wieder da sein.«

»Das wäre absolut rechtzeitig«, meint Katrin, »wir fangen eh erst um vier Uhr an. Schaust einfach noch vorbei, wir sind übrigens bei mir.«

Sonntags ist immer wenig Verkehr und so kommt Wolfgang mit dem Fahrrad gut voran und ist schon kurz vor elf Uhr bei seiner Tante, die ihn mit Schweinebraten und Knödeln verwöhnt.

Als er ihr von dem Plan erzählt, dass Zita möglicherweise in den Sommerferien kommen will, freut sich Tante Anni riesig. »Oh, das wird bestimmt schön, und dass du sie mir dann aber auch vorstellst, schließlich bin ich jetzt schon ganz neugierig auf sie.«

»Ja, und meine Eltern wollen auch ein paar Tage Urlaub bei den Grimmers verbringen, um sie kennen zu lernen. Sie müssen jetzt bloß schauen, dass sie noch ein Zimmer bekommen. Es wäre natürlich günstig, wenn die erst etwas später in den Ferien kämen, dann könnten sie mich und Zita ja mitnehmen. Aber das ist noch nicht klar, sondern nur so ein Gedanke von mir.«

»Aha«, meint die Tante, »da gibt es also noch mehr Neugierige außer mir«, und lacht.

Satt bis obenhin verabschiedet er sich wieder von seiner Lieblingstante und radelt Richtung Heimat. Das letzte Stück Kuchen war wohl etwas zu viel und es stößt ihm immer wieder auf. Außerdem fühlt sein Bauch sich an, als sei er kurz vorm Platzen. Um seinen Körper nicht so sehr anzustrengen, fährt er langsamer und dabei wird ihm bald etwas leichter. Als er an den Stadtrand kommt, überlegt er, ob er wirklich noch zu Katrin fahren soll. Bestimmt wird ihm dort auch noch etwas zu essen aufgedrängt und so entscheidet er, stattdessen lieber heimzuradeln.

Er legt sich auf sein Bett und döst erst einmal eine Stunde. Seine Eltern sind nicht zuhause und es wäre immer noch Zeit für die Grillfeier, überlegt er kurz. Doch er setzt sich lieber an seinen Schreibtisch und geht noch einmal den Lernstoff für morgen durch. Anschließend möchte er noch gerne mit seinen Eltern über den Urlaub reden.

»Also, wir können vom achten bis zum fünfzehnten August kommen«, erzählt Wolfgangs Mutter beim Abendessen, »hat mir die Frau Grimmer heute gesagt. Die Woche danach hält sie auch frei, falls wir noch länger bleiben wollen.«

Wolfgang freut sich über den Termin, denn das würde gut passen. Dann könnte Zita auch noch eine Woche mit zu ihnen kommen. Er will aber jetzt noch nicht darüber reden, deshalb sagt er nur: »Das ist super, ich bin überzeugt, dass ihr die zweite Woche auch noch bleibt. Ich werde mir mit Zita ein Programm für uns alle überlegen, damit wir möglichst viel gemeinsam machen können. Das wird bestimmt ein sehr schöner Urlaub!«

Schon um sechs klingelt der Wecker und Zita steht auf, um möglichst zeitig mit den beiden Zimmern anfangen zu können, denn die neuen Gäste haben sich bereits für Mittag angesagt. Es sind Einheimische aus Kufstein, die einfach für ein paar Tage aus der Stadt herauswollen.

Gleich nach dem Frühstück putzt Zita die Zimmer und bezieht die Betten neu. Um acht Uhr fahren beide zur Frühmesse ins Dorf hinunter. Dort trifft Zita ihre

Freundin Micha, zusammen mit Georg, der trotz so mancher Blicke die Hand von Micha ganz fest hält.

»Was meinst, kommst am Nachmittag zu uns hinter?«, lädt Micha ihre Freundin ein. »Der Georg ist auch da und wir könnten uns einen schönen Nachmittag machen.«

»Ich weiß nicht so recht«, antwortet Zita, »wir wollten eigentlich das Haus putzen und mittags kommen neue Gäste, da kann ich noch nicht sagen, wann ich Zeit hab. Aber warum kommt ihr beide nicht zu mir, vielleicht so gegen drei Uhr, dann geb' ich auch der Uschi Bescheid und wir machen im Garten ein kleines Picknick mit Kuchen und so? Sobald ihr da seid, hör' ich einfach mit der Arbeit auf, falls ich noch nicht fertig sein sollte.«

Micha sieht Georg fragend an.

»Klar«, antwortet er, »das machen wir. Schließlich gehört die Zita doch eh fast zur Familie. Aber die Hausaufgaben macht ihr dann später, wenn ich wieder weg bin!«, fügt er noch lachend hinzu.

Die Arbeit geht zügig voran, sodass beim Eintreffen der Gäste schon das meiste erledigt ist. Lediglich den Waschraum wollen sie noch gründlich schrubben und desinfizieren.

Die neuen Gäste stellen sich als zwei überaus rüstige Ehepaare heraus, die gleich nach dem Eintreffen schon zu ihrer ersten kleinen Wanderung aufbrechen. Sie sind schon öfter in dieser Gegend gewesen und haben zuhause bereits ihre Touren ausgearbeitet. Bisher, so erzählen sie, sind sie immer in Hotels abgestiegen, aber der Trubel dort ist ihnen zu viel geworden und deshalb wollen sie es diesmal etwas beschaulicher angehen lassen.

Zita übernimmt den Waschraum, während ihre Mutter für den Nachmittag einen Apfelkuchen zubereitet.

Schon gegen zwei Uhr kommt Uschi und unterstützt Zita noch ein wenig, sodass um halb drei wirklich die ganze Arbeit erledigt ist. Zufrieden setzen sich die beiden auf die Bank vor dem Haus und warten auf das Eintreffen von Micha und Georg. Georg hat in einem Korb ein Stück Tiroler Speck dabei.

»Zu einem Picknick gehört doch auf alle Fälle auch ein Stück echter geräucherter Speck«, meint er lachend, als er ihn auspackt.

Den kleinen Tisch mit den vier Stühlen haben sie unter den großen Apfelbaum gerückt, der ausreichend Schatten spendet. Frau Grimmer bringt Kakao und den aufgeschnittenen Kuchen. Sie selber nimmt an der Runde nicht teil, weil sie, wie sie sagt, noch Büroarbeiten zu erledigen hätte.

Die vier unterhalten sich angeregt und bei Micha ist von Trauer oder Wehmut nichts zu bemerken. Offensichtlich sehr glücklich, blickt sie immer wieder ganz verliebt zu Georg hinüber. Zita und Uschi bemerken das natürlich auch und freuen sich mit ihr, dass sie die Geschehnisse der letzten Zeit so gut weggesteckt hat. Nach Kuchen und Kakao schneidet Georg den Speck an und verteilt ihn. Dazu gibt es dunkles Brot von einer Nachbarin, die zweimal die Woche einige Laibe bäckt und an die Nachbarschaft verkauft. Während alle zugreifen, unterhalten sie sich vorwiegend über die Schule und die bevorstehenden Pfingstferien, obwohl es ja eigentlich nur der Dienstag ist. Aber immerhin sind es vier Tage ohne Schule.

»Und Wolfgang kommt«, fügt Zita bei Gelegenheit ein.

»Aber der war doch erst da!«, wirft Micha ein. »Ein sehr netter Bursch'«, erklärt sie Georg.

»Habt ihr schon was Besonderes vor?«, will Uschi mit einem vielsagenden Blick auf Zita wissen, »das Wetter soll ja nicht so besonders werden, aber es sind ja noch ein paar Tage hin, und da kann sich schon noch etwas daran ändern.«

»Ja«, antwortet Zita auf Michas Einwurf, »freilich war er erst da, aber er geht neben der Schule arbeiten und mit dem verdienten Geld kommt er mich besuchen!«

»Das ist aber echt stark«, meint Georg, »was macht er denn da? Er hat doch demnächst auch die Abschlussprüfungen, hast du erzählt, da wird er nicht so viele Stunden arbeiten können.«

»Natürlich, aber er kommt in der Woche immerhin auf sechs Stunden und mit dem Geld und einer Schülerfahrkarte ist schon wieder ein Besuch möglich. So macht er das!« Stolz wirft Zita ihren Kopf in den Nacken. »Und deshalb kann er jetzt schon wieder kommen!«

»Da bin ich ja mal gespannt, vielleicht kannst du ihn mir ja auch einmal vorstellen«, meint Georg. »Scheint ja tatsächlich ein recht munteres Bürschchen zu sein.«

»Von wegen *Bürschchen*«, meint Zita beinahe beleidigt, »der Wolfgang kann einfach alles und weiß auch alles.«

Dann erzählen sie vom Winter, von der Geschichte mit ihren Lehrstellen, und ständig fällt Zita etwas Neues ein.

Nachdem die Gäste wieder gegangen sind, setzt sich Zita an ihren Schreibtisch und kümmert sich um die Schulvorbereitung für morgen.

Am Dienstag bittet Frau Schuster Wolfgang, eine Stunde länger zu bleiben, denn das Weingeschäft läuft recht gut und jetzt vor Pfingsten möchte sie noch ein paar Sorten mehr anbieten. Diese müssten eben noch in ein neues Regal geräumt werden, das er aber erst noch aufbauen müsse. Gerne sagt Wolfgang zu, denn er kann das Geld gebrauchen und muss ja Peter auch noch ausbezahlen. Außerdem muss Peter kommenden Samstag und nächsten Dienstag ja auch schon wieder aushelfen. Da bleibt diesen Monat nicht viel übrig.

Das neue Metallregal kommt gleich im Anschluss an das andere Weinregal in der Nähe der Kasse. Herr Schuster bringt noch eine Bohrmaschine, damit Wolfgang das Regal an der Wand mit zwei Dübeln befestigen kann. Das Arbeiten macht Wolfgang richtig Spaß, und als das Regal steht, räumt er es sorgfältig nach den Wünschen der Chefin ein. Es sind sogar anderthalb Stunden mehr geworden, als er sich, eine Cola trinkend, auf einen Bierkasten setzt, um Pause zu machen. Diese Stunden bekommt Wolfgang wieder bar ausbezahlt und er steckt die fünfzehn Mark fröhlich in seine Tasche.

Der Unterricht in der Schule kommt langsam zum Erliegen, es werden nur noch alte Prüfungen durchgekaut und immer wieder auf besondere Themen Wert gelegt. Vielleicht verstecken sich dahinter ja leise Hinweise darauf, was heuer in den Prüfungen abgefragt wird, denkt Wolfgang und passt gerade hier besonders gut auf. Der Rest ist Wiederholung und nochmals Wiederholung. Aber nach den Ferien geht es endlich ernsthaft los und bis Ende Juni soll alles vorbei sein!

Wolfgang ist die meiste Zeit gedanklich schon bei Zita, und als es endlich Freitag ist, kann er die letzte Stunde kaum erwarten. Die Fahrkarte hat er schon gestern, nach der Arbeit bei Schusters, geholt. Den Rucksack mit seiner Wäsche hat er gleich mit in die Schule genommen. Jetzt ergänzt er ihn nur noch um ein paar Bücher, von denen er meint, dass er sie im Zug etwas durchschauen könnte. Die wichtigen Sachen hat er gleich zuhause gelassen, denn er wird ja schon wieder am Dienstagabend heimkommen und hat dann auch noch genügend Zeit zu lernen. Zita muss ja am Mittwoch wieder zur Schule, dafür hat sie dann längere Sommerferien.

Der Zug fährt, kurz nachdem Wolfgang den Bahnhof erreicht hat, los und er ist ziemlich voll. Nicht nur Urlauber mit ihren Koffern und Rucksäcken bewegen sich, nach Plätzen suchend, durch die Waggons, sondern auch Arbeiter, die das verlängerte Wochenende schon ab Freitagmittag beginnen wollen, sind auf der Heimfahrt.

Wolfgang ergattert den letzten Sitzplatz direkt neben der Tür in einem Sechserabteil. Aber es stört ihn heute nicht, dass er keinen Fensterplatz erwischt hat, denn er kennt sich ja schon aus und wartet eben bei den nächsten Halts auf seine Chance. Allerdings kommt diese erst am Hauptbahnhof in München, als er in einen anderen Zug umsteigen muss. Nachdem dieser erst in fünfunddreißig Minuten abfährt, ist er noch nicht besonders stark besetzt. Während der Wartezeit holt er seine Brotzeit, ein Salamibrot und einen Apfel, heraus. Die Getränkeflasche ist schon leer, aber er wagt es nicht auszusteigen und sich eine neue zu kaufen, denn es drängen langsam immer mehr Fahrgäste in den Zug. Wolfgang lehnt seinen Kopf an die seitliche Kopfstütze und schläft ein wenig. Zwar bemerkt er die Abfahrt und die etwas holperige Überquerung von Weichen bei der Bahnhofsausfahrt, aber er döst einfach weiter und schläft erneut ein. Erst als der Zug in Rosenheim hält, wird er wieder wach. Viele Fahrgäste steigen aus und Wolfgang schaut auf den Bahnhofsplatz hinaus und bemerkt, dass es inzwischen zu regnen begonnen hat. Richtung Kiefersfelden wird der Regen immer stärker und er hält auch noch an, als der Zug in Kufstein hält. Schade, denkt Wolfgang, denn es soll, laut Wetterbericht, das ganze Wochenende regnen und kalt sein.

Beim Einfahren in den Bahnhof von Wörgl sieht er Zita schon auf dem überdachten Teil des Bahnsteigs warten. Einen großen bunten Regenschirm hat sie in der Hand und kommt fröhlich auf ihn zugelaufen, als sie ihn aussteigen sieht.

»Hallo«, mehr bringt Wolfgang nicht heraus, denn Zita hängt schon an seinem Hals und küsst ihn stürmisch.

»Mein Gott, ist das schön, dass du wieder da bist«, sagt sie leise, während sie sich an ihn schmiegt und ihren Arm um seine Hüfte legt, »ich hab dich ja so vermisst.«

Wolfgang lässt seinen Rucksack einfach fallen, packt Zita mit beiden Händen um die Hüfte und hebt sie hoch. Dabei dreht er sich mit ihr wie zum Tanzen um die eigene Achse. »Ach, du glaubst es nicht, wie froh ich erst bin, wieder hier zu sein.«

Er hebt seinen Rucksack auf und verliebt gehen sie Arm in Arm hinaus auf den Bahnhofsplatz, wo Zitas Mutter im Auto auf sie wartet. Der große bunte Regenschirm schützt die beiden nur teilweise vor dem jetzt regelrecht prasselnden Regen.

»Hallo Veronika«, begrüßt Wolfgang Zitas Mutter im Auto mit Handschlag. »Jetzt bin ich halt schon wieder da und ihr habt mich erneut auf dem Hals«, sagt er lachend. Zita, die vorne bei ihrer Mutter Platz genommen hat, dreht sich zu ihm um und neckt mit erhobenem Zeigefinger: »Wehe, du folgst nicht, wir sind schließlich zu zweit und da hast du keine Chance!«

»Na«, meint Veronika, »das wird wohl ein heimeliges Pfingsten werden, bei dem Wetter. Es soll wirklich das ganze Wochenende schütten.«

»Ach, das macht doch nichts«, meint Zita, »dann machen wir es uns eben zuhause gemütlich. Wir werden schon eine Beschäftigung für den jungen Mann finden!« Vielsagend lächelt sie ihm zu.

Daheim, beim Abendessen, reden sie über die Sommerferien und darüber, dass ja seine Eltern hier Urlaub machen wollen. »Na, hoffentlich gefällt es ihnen dann auch bei uns«, meint Veronika, »Hotelservice können wir ja nicht bieten.«

»Ach, keine Sorge«, antwortet Wolfgang, »meine Eltern sind nicht so anspruchsvoll und außerdem wissen sie ja, worauf sie sich einlassen. Sie wollten immer schon einmal nach Kufstein, aber es hat halt nie geklappt. Meist waren wir in Italien beim Camping. Da ist der Komfort ja auch nicht so besonders.«

Nach dem Essen gehen die beiden Verliebten noch eine Runde spazieren und schauen bei Uschi vorbei. Die ist hell begeistert, dass der Wolfgang wieder da ist.

»Wisst ihr, ich habe mir von dem Geld, das wir in den Osterferien verdient haben, eine neue Kamera gekauft. Eine richtige Spiegelreflexkamera mit Wechselobjektiven!«, erzählt sie stolz. »Gerne würde ich wieder ein paar Bilder von euch beiden machen, so als Dokumentation eures Werdeganges quasi. Was meint ihr, das wäre doch eine tolle Sache, wenn ihr dann so ein- bis zweimal im Jahr neue Fotos von euch hättet und sehen würdet, wie ihr langsam älter und älter werdet.« Lachend hat sie die letzten Worte extra langsam gesprochen, damit die Wirkung besser zur Geltung kommt.

»Ja, ja, lästere du nur«, gibt Zita ebenfalls lachend zurück, »aber das wäre eine tolle Sache, oder, Wolfgang?«

»Natürlich bin ich dabei! Das finde ich überhaupt eine gute Idee. Man kann dabei ja auch nachvollziehen, wie sich Uschis Fototalente weiterentwickeln!«

Auf dem Heimweg schüttet es noch immer, sodass sie sich ganz eng aneinander unter dem großen Schirm zusammendrücken und kaum noch anständig gehen können, weil sie sich ständig gegenseitig über die Füße fallen.

Daheim wartet Zitas Mutter mit heißem Tee und schlägt vor, dass sie eine Runde »Mensch ärgere dich nicht« spielen. »Weil dabei gibt es was zu lachen und man muss nicht konzentriert sein, sondern man kann sich nebenbei auch noch unterhalten.«

Sie setzen sich an den Tisch und Zita holt die Spielesammlung, aus der sie das »Mensch ärgere dich nicht« entnimmt und aufbaut.

»Was steht denn morgen alles an Arbeit an?«, fragt Wolfgang zwischendurch. »Ich würde nämlich gerne ein wenig helfen, statt bloß herumzusitzen und Zita von der Arbeit abzuhalten.«

»Aha, da schau an«, giftet Zita sofort schelmisch lachend zurück, »bin ich dir schon zu langweilig, was? Dann werden wir bestimmt genügend Arbeit für den jungen Herrn finden!«

»Du hast tatsächlich recht«, meint Frau Grimmer dazu, »morgen müssen drei Zimmer neu hergerichtet werden. Voraussichtlich werden die Gäste gegen neun Uhr abreisen, sodass wir uns dann gleich darauf stürzen können. Bereits gegen halb zwei haben sich die ersten Neuen angemeldet. Da ist auch noch ein Mädchen in eurem Alter dabei, das bedeutet, dass wir auch noch ein zusätzliches Bett reinstellen müssen. Die Gäste für die beiden anderen Zimmer werden erst am Nachmittag ankommen. Da können wir deine Hilfe schon gebrauchen. Einkaufen muss ich dann auch noch, schließlich ist am Montag ein Feiertag.«

»Super«, freut sich Wolfgang, »Bett aufstellen, Betten ab- und neu beziehen kann ich auf alle Fälle. Dann könnt ihr schon etwas anderes machen. Ich freu mich richtig, dass ich euch helfen darf.«

Das Spiel läuft unterdessen ohne großes Interesse weiter. Das Thema für morgen ist interessanter.

»Na, dann machen wir's doch so«, bestimmt Frau Grimmer, »der Wolfgang kümmert sich um die Betten, Zita, du zeigst ihm, wo die Bettwäsch' ist, und das zusätzliche Bett stellt ihr dann gemeinsam auf. Außerdem kümmerst du dich um den Waschraum und die Toiletten. Aber du weißt ja eh, was sonst alles zu machen ist. Ich kümmere mich um die Küch' und dann fahr ich einkaufen, dass ich rechtzeitig wieder da bin.«

Nachdem die Arbeit verteilt ist, spricht Wolfgang das Thema Sommerferien an. »Was könnten wir denn in den großen Ferien alles machen? Ich würde zu gern einmal ein wenig auf die Berge gehen. Natürlich nicht klettern, aber da gibt es doch bestimmt auch Möglichkeiten, auf kleinere Berge ohne Seil und Haken zu kommen.«

»Ja, das wär prima«, freut sich Zita, »wir haben hier genug Möglichkeiten. In den Ferien bin ich mit der Uschi zusammen schon öfter auf einen Berg gestiegen. Das wär' wirklich eine tolle Sache, wenn du so etwas magst.«

»Bisher bin ich aber nur auf kleinen Bergen im Bayerwald gewesen, aber ich denke, dass ich mit dir schon mithalten kann.« Wolfgang sieht sich schon als echten Alpinisten.

Mittlerweile ist es spät geworden und Zitas Mutter verabschiedet sich ins Bett. »Aber bleibt bitte nicht mehr zu lange auf«, ermahnt sie die beiden, »morgen heißt es früh aufstehen.« Sie will den beiden bewusst eine Gelegenheit geben, eine Weile allein zu sein, andererseits ist sie aber auch froh, wenn sie Zita möglichst bald an ihrer Seite liegen weiß.

Wolfgang wünscht eine gute Nacht und Zita drückt ihrer Mutter noch einen dicken Schmatz auf die Wange. Sie hat ihre Mutter durchaus verstanden und ist dankbar für ihr Verständnis.

Schnell räumt Zita die leeren Tassen weg und geht zum Sofa. Wolfgang ist aufgestanden und fängt sie kurz vorher ab, um sie in die Arme zu nehmen. Sie stehen mitten in der Stube und blicken sich in die Augen. »Du bist schöner, als ich dich in Erinnerung hatte«, sagt Wolfgang ganz leise und zieht ihr Gesicht an seines. Sie reiben ihre Nasen wie die Eskimos aneinander und beginnen zu lachen. Langsam bewegen sie sich auf das Sofa zu.

Liebkosend und küssend verbringen sie dort noch eine viertel Stunde, bevor sie ebenfalls zu Bett gehen. Während Zita im Bad ist, zieht Wolfgang schon seinen Schlafanzug an und wartet, bis das Bad frei wird. Nur mit einem Nachthemd bekleidet, wünscht sie ihm eng umschlungen eine gute Nacht. Wolfgang spürt ihren Körper an seinem und ist froh, als ihn Zita loslässt und zu ihrer Mutter ins Schlafzimmer verschwindet.

Zita erwacht, als ihre Mutter gerade das Bett verlässt. »Kannst ruhig noch liegen bleiben«, meint diese, »ich komm gut allein zu recht.«

Froh, noch ein wenig weiterdösen zu können, dreht Zita sich auf die andere Seite und zieht die Bettdecke bis zum Gesicht hoch. Es ist ja erst sechs Uhr, denkt sie, und Frühstück für die Gäste gibt es ab halb acht. Es reicht, wenn sie kurz nach sieben zur Mama in die Küche kommt. ›Ob der Wolfgang auch schon wach ist?‹, überlegt sie und steht, als sie die Stubentür gehen hört, auf. Vorsichtig lugt sie in die Stube, ob ihre Mutter auch wirklich schon gegangen ist. Als sie niemanden sieht, öffnet sie leise die Tür zu ihrem Zimmer und sieht Wolfgang noch schlafen. Vorsichtig tritt sie ein und schließt die Tür. Ganz langsam schleicht sie, damit der Holzboden möglichst keine Geräusche von sich gibt, zum Bett. Dort setzt sie sich erst vorsichtig auf die Kante und als sie sieht, dass Wolfgang bisher nichts bemerkt hat, legt sie sich vorsichtig um und zieht ihre Beine nach. Sachte hebt sie die Bettdecke und rutscht langsam und vorsichtig darunter. Wolfgang hat wohl etwas mitbekommen, jedenfalls dreht er sich mit dem Gesicht zur Wand, schläft aber weiter. Zitas Herz klopft und sie ist überzeugt, dass Wolfgang allein davon schon wach werden müsste. Aber der atmet ruhig und gleichmäßig weiter und rührt sich nicht. Ganz langsam und sachte rückt sie immer näher an ihn heran und legt ihre Hand ganz leicht auf seiner Schulter ab. Als Wolfgang noch immer nichts merkt, wird sie mutiger und schiebt ihre Hand langsam vor, bis sie auf seiner Brust zu liegen kommt. Ihr Bauch und ihre Brust haben mittlerweile auch Kontakt zu seinem Rücken. Ihr Herz beginnt zu rasen und sie fühlt seinen Körper und möchte ihn gerne streicheln. Gleichzeitig will sie ihn aber nicht wecken, denn es gefällt ihr viel zu sehr, nur neben ihm zu liegen und ihn sanft zu berühren, ohne dass er etwas davon merkt.

Langsam erwacht Wolfgang, weil irgendetwas nicht stimmt. Er fühlt etwas, was so nicht sein kann! Er greift an seine Brust und spürt eine fremde Hand. Erschrocken reißt er sogleich die Augen auf und dreht sich um. Zita sieht ihn mit einem verführerischen Lächeln an und sagt ganz leise: »Guten Morgen, mein Schatz. Hast du gut geschlafen?«

Wolfgang glaubt es nicht und schüttelt erst einmal seinen Kopf, um sich zu überzeugen, dass er tatsächlich wach ist. Zita lässt ihm aber nicht lange Zeit zum Nachdenken. Sie legt ihre Arme um ihn und zieht ihn zu sich herunter, um ihn zu küssen. Langsam begreift Wolfgang, dass er nicht mehr träumt, und genießt den liebevollen Kuss. Sie schmiegen sich aneinander und Wolfgang spürt Zitas Körper unter dem dünnen Nachthemd. Zita stört es überhaupt nicht, dass seine Hände sanft über ihren Körper streicheln. Sie selber fährt mit einer Hand unter seine Schlafanzugjacke und streichelt seine Brust und seinen Oberkörper immer und immer wieder.

Wolfgang kommt als Erster wieder zu sich. »Du, weiß deine Mama davon? Ich glaube, die wäre ziemlich sauer.«

»Die ist in der Küche und weiß natürlich nichts davon. Aber du hast schon recht, wir sollten jetzt lieber aufstehen und der Mama helfen.«

Nach einem dicken langen Kuss richtet sich Zita auf und verschwindet im Bad.

Wolfgang legt sich wieder um und denkt über die letzten Augenblicke nach. Ob sie mich verführen will? Er weiß nicht so recht, was er davon halten soll, und nimmt sich fest vor, notfalls die Bremse zu ziehen. Wenn es denn möglich ist!

»Du kannst schon ins Bad«, ruft Zita aus der Stube, »ich geh schon mal zu Mama in die Küche rüber.«

Langsam wickelt sich Wolfgang aus der Zudecke, holt sich frische Wäsche aus seinem Rucksack und geht ins Bad.

Als er in die Küche kommt, deckt Zita gerade den Tisch für ihr Frühstück und gibt Wolfgang einen Stapel Teller und Unterteller mit der Bitte, sie doch hinüber in den Speiseraum zu bringen. Sie werde mit Tassen und Besteck gleich nachkommen. Ihre Mutter steht am Herd und brät Rühreier. Marmelade, Butter und Wurst sind auf extra Tellern verteilt und Brot ist in vier verschiedenen Körbchen hergerichtet.

Das Verteilen der Gedecke macht den beiden viel Spaß, vor allem, weil sie sich dabei immer wieder anrempeln oder anderweitig berühren können. Nachdem für die Gäste alles vorbereitet ist, nehmen sie am Küchentisch Platz, um ihr eigenes Frühstück einzunehmen.

Pünktlich um halb acht kommen die Gäste herunter, um zu frühstücken und sich anschließend zu verabschieden.

Jetzt ist die Hütte komplett leer und die Arbeiten können beginnen. Zita zeigt Wolfgang, wo die Bettwäsche aufbewahrt wird, und meint, dass er die Schmutzwäsche einfach auf den Boden vor den Zimmern legen soll, damit sie anschließend abgeholt werden kann. »Schau her, die Bettwäsche ist so zusammengelegt, dass die Innenseite jetzt außen ist, damit man den Bezug einfach über die Kissen stülpen kann. Schau, so geht das!« Dabei nimmt sie einen Kissenbezug und will ihn über ein Kopfkissen ziehen.

»Das musst du mir aber nicht erklären«, tut Wolfgang leicht beleidigt, »ich hab schon Betten bezogen, da hat man dir noch Windeln angezogen.«

»Ach, entschuldigen Sie, Herr Bettenmeister, wie konnte ich das nur vergessen. Natürlich, in Ihrem Alter ist so etwas doch Routine!« Beide lachen und küssen sich, während Zita den Kissenbezug hinter Wolfgangs Rücken hochhebt und ihm über den Kopf zieht. Lachend läuft sie davon und Wolfgang versucht sich aus dem Bezug zu befreien. »Na warte«, droht er hinter Zita her, »du läufst mir heute schon noch über den Weg!«

Dann nimmt er zwei Garnituren und geht in das Zimmer Nummer eins. Erinnerungen an seinen ersten Aufenthalt werden wach, als er aus dem Fenster auf die Straße blickt. Die Anordnung der Betten ist jedoch völlig anders, denn es stehen jetzt nur zwei Einzelbetten statt vier Etagenbetten im Raum. Dadurch wirkt das Zimmer ziemlich groß und Wolfgang überlegt, in welche Ecke man wohl am besten das dritte Einzelbett stellt, um genügend Abstand zu den elterlichen Betten zu haben. Denn immerhin ist das Mädchen ja wohl auch schon fünfzehn und mag sicher ein bisschen Intimsphäre für sich haben. Das wird Zita schon wissen, denkt er dann und macht weiter.

Als er die Bezüge für das letzte Zimmer von unten holt, ist Frau Grimmer gerade im Begriff, wegzufahren. »Kommt auf keine dummen Gedanken«, sagt sie im Vorbeigehen, »ich bin in zwei Stunden sicher wieder da. Also, bleibt's brav!«

»Geht klar, Vroni«, antwortet Wolfgang und ist stolz darauf, dass ihm das »Vroni« schon so locker von der Zunge geht.

Zita schrubbt im Waschraum gerade den Boden.

»Was meinst, soll ich dann gleich mal mit dem Staubsauger noch durchgehen, weil mit den Betten bin ich dann fertig«, schlägt Wolfgang vor.

»Das wär' echt super«, antwortet sie ganz geschäftig, »dann schaffen wir's bis Mittag. Ich kümmere mich dann noch um den Speiseraum und den Eingangsbereich. Ach, wegen dem dritten Bett sagst mir Bescheid, bevor du saugst, dann stell'n wir das noch vorher auf.«

Noch ein Küsschen zum Abschied und Wolfgang steigt wieder die Treppe hoch. Den Packen Schmutzwäsche legt er unterhalb der Treppe ab und holt dann zusammen mit Zita die Einzelteile für das Bett aus dem Schuppen. Zita schlägt vor, das Einzelbett unterhalb des Fensters zu stellen. »Weißt, da braucht es nur eine Seite zum Ein- und Aussteigen. Und die anderen Betten stellen wir zusammen vorne bei der Tür auf. Dann sind sie schon weit genug auseinander.«

Den beiden macht das Arbeiten miteinander richtig Spaß und sie ergänzen sich recht gut. Wolfgang bringt den Staubsauger nach unten, damit Zita dort weitermachen kann. Nebenbei meint er: »Du, das Deckchen auf dem Tisch im Zimmer zwei sieht nicht mehr gut aus, hast kein anderes zum Wechseln?

»Mensch, du bist ja fast schon ein Profi«, lacht sie ihn an, »natürlich, die werden alle neu gemacht. Sie liegen im Schrank unterhalb der Bettwäsche. Darfst dir welche aussuchen!« Behände wischt sie mit einem feuchten Lappen den Eingangsbereich weiter, während Wolfgang in den Zimmern neue Tischdecken ausbringt.

Gegen halb zwölf sind die beiden mit ihren Arbeiten fertig, sitzen in der Stube und überlegen gerade, was sie tun könnten, als Wolfgang einen Vorschlag macht: »Was hältst du davon, wenn wir ein Mittagessen kochen? Dann braucht deine Mama hernach nicht rumzumachen.«

»Ah«, lacht sie, »da kommt der Küchenmeister wieder durch. Aber im Ernst, das wär' eine gute Idee. Was würdest du denn vorschlagen?«

Wolfgang blickt zum Fenster hinaus und meint: »Bei diesem Wetter wär' ein Gemüseeintopf bestimmt nicht verkehrt. Außerdem ist so etwas auch gleich gemacht.«

Zita sieht ihn bewundernd an und schüttelt lächelnd den Kopf. »Ich versteh's einfach nicht! Genau die gleiche Idee hatte ich auch, bloß dass ich dabei nicht an das Wetter gedacht hab. Sag mal, kannst du Gedanken lesen?«

Lachend gibt Wolfgang zurück: »Und wie! Du kannst dir denken, was du willst, ich weiß es schon. So kannst du dich vor mir überhaupt nicht verstecken. Hast du das nicht gewusst? Ich bin der Welt größter Gedankenleser!«

Sie fallen sich in die Arme und scherzhaft verpasst sie ihm einen leichten Boxhieb in die Magengrube.

»Bevor du jetzt anfängst, mich zu verprügeln«, grinst er und befreit sich von ihr, »sollten wir aber anfangen. Deine Mama wird bald kommen.«

Eilig gehen die beiden in die Küche und Zita holt Gemüse aus der Vorratskammer. Wolfgang schält Kartoffeln, Kohlrabi und gelbe Rüben. Zwischenzeitlich heizt Zita den Ofen an und stellt Wasser zum Erhitzen auf die Herdplatte.

Eine Stange Lauch und Sahne finden sich auch noch.

Während er alles klein schneidet und in den Kochtopf wirft, sucht Zita noch einige Gewürze aus dem Regal und stellt sie bereit.

Wolfgang geht in die Vorratskammer und schaut sich um. »Suchst du etwas?«, ruft ihm Zita zu.

»Ich würd' gerne noch einen Gugelhupf zum Kaffee backen. Wo habt ihr denn das Mehl?«

Erstaunt blickt ihn Zita an. »Sag mal, übernimmst jetzt du das Kommando hier, oder was ist los?« Lachend geht sie zu ihm hin und zeigt ihm das Mehl. »Alles, was du brauchst, ist hier in dieser Kammer. Milch im Kühlschrank, Eier hier auf dem Regal, Zucker und Salz in diesen Schubern. Bitte bedienen Sie sich, Herr Bäcker!«

Wolfgang dreht sich schnell zu ihr herum und nimmt sie in die Arme. »Du hast noch etwas gut von vorhin mit dem Kissenbezug! Ich werde dich jetzt mit dem Kopf in den Mehlsack stecken, dann werden dir die Frechheiten schon vergehen!«, droht er lachend und zieht sie in die Kammer.

»Nein, hör auf damit, das kannst du doch nicht machen. Ich bin in Zukunft auch ganz brav! Versprochen!«

»Na gut«, gibt er gnädig nach, »aber ein Kuss zusätzlich muss schon drin sein!«

Sofort schlingt sie ihre Arme um seinen Hals und gibt ihm einen ganz liebevollen Kuss.

»Jetzt aber schnell«, sagt er, »dir brennt der Eintopf an und ich bring den Gugelhupf nicht fertig, wenn wir so weitermachen.«

Lachend gehen sie zurück in die Küche und er holt sich eine Schüssel, in der er die Zutaten sorgfältig einrührt. Eine passende Form findet er in der Vorratskammer und dort sieht er auch noch eine Packung Rosinen, von der er die Hälfte in seinen Teig schüttet.

Nachdem er die Form gut mit Butter eingefettet und leicht bemehlt hat, gibt er seinen Teig dazu und drückt ihn sorgfältig fest, damit er überall an der Form anliegt.

»Kennst du dich mit der Temperatur bei eurem Holzofen aus?«, will er von Zita wissen. »Weißt du, wie heiß es in diesem Backrohr werden kann?«

»Das kriegen wir schon hin«, meint Zita und bückt sich, um noch ein paar Scheite nachzulegen. »Du kannst ihn schon reinschieben.«

Mit einem Lappen öffnet er die Klappe des Backrohrs und heiße Luft schlägt ihm entgegen. Vorsichtig schiebt er die Form hinein und schließt die Klappe wieder.

Neugierig schaut er in den Kochtopf, in dem Zita hin und wieder umrührt und probiert. Er nimmt sich Zitas Löffel und holt sich ebenfalls eine Probe heraus. »Hm, passt«, kommentiert er, »das haben Sie aber gut gemacht! Ich werde Sie als Küchenhilfe einstellen!« Kichernd dreht er sich um und setzt sich an den Tisch. Zita droht ihm mit dem Kochlöffel und lacht fröhlich über ihren »Kindskopf«.

»Ja, wonach riecht's denn da?« Veronika kommt zur Küchentür herein und schnuppert. »Das ganze Haus riecht schon so gut! Ihr werdet doch nicht etwa gekocht haben?«, fragt sie erstaunt, obwohl sie Zita am Herd stehen sieht.

»Bevor die Zita bloß einen rechten Unsinn macht«, antwortet Wolfgang, »hab ich gemeint, könnten wir etwas kochen. Einen schönen, feinen Gemüseeintopf gibt's.«

Er ist schon aufgestanden und holt Teller und Löffel. Brot hat er schon vorher aufgeschnitten.

Zita bringt den Topf mit dem Eintopf an den Tisch. »Das ist aber noch nicht alles«, platzt es aus ihr heraus. »Zum Kaffee hat der Chef noch einen Gugelhupf gebacken. Aber der ist noch im Rohr. Da war zum Unsinnmachen überhaupt keine Zeit!«

»Also, ihr zwei, ich weiß gar nicht, was ich dazu sagen soll. Ihr überrascht mich immer wieder. Ach, kommt doch her!«, dabei steht sie auf und umarmt die beiden. »Was tät' ich bloß ohne euch zwei!«

Wolfgang wird wieder einmal verlegen und die Röte steigt ihm ins Gesicht. Zita drückt ihrer Mutter einen Kuss auf die Wange und strahlt. ›*Euch zwei*, hat sie gesagt‹, denkt sie und platzt fast vor Stolz und Freude, dass ihre Mutter Wolfgang auch so gerne mag.

Als sie die Einkäufe ausgeladen und das Geschirr gespült haben, geht Veronika noch einmal durch die Zimmer, um zu sehen, ob alles in Ordnung ist. Dann setzen sie sich an den Tisch in der Stube und unterhalten sich. Wolfgang und Zita trinken Kakao und Veronika hat sich einen Kaffee gemacht. Dazu gibt es den Gugelhupf, der ganz hervorragend gelungen ist. Während die beiden Kinder kräftig zulangen, lächelt Veronika verstohlen in sich hinein und denkt, dass es richtig schön wäre, wenn die beiden einmal hier weitermachen könnten. In Gedanken sieht sie die zwei schon miteinander arbeiten und Enkelkinder in der Stube herumlaufen.

Ein Motorengeräusch reißt sie aus ihren Gedanken. Sie sieht die beiden an und erkennt die Dummheit ihrer Gedanken. ›Es sind doch noch Kinder!‹, sagt sie sich und verbietet sich weitere Gedanken darüber.

Neue Gäste sind angekommen. Es ist die Familie mit dem Mädchen, die sich für den späten Mittag angekündigt hatte. Veronika und Zita gehen ihnen in den Hof hinaus entgegen. Wolfgang beobachtet das Ganze vom Stubenfenster aus. Während die Eltern aus der Ferne einen völlig normalen, etwas biederen Eindruck auf ihn machen, fällt das Mädchen total aus dieser Rolle. Groß gewachsen, schlank, lange blonde Haare und gekleidet nach der neuesten Mode. Spontan fällt ihm das Lied von Udo Jürgens ein. »Siebzehn Jahr, blondes Haar ...«, summt er leise vor sich hin. Ihr hellblauer Rock ist so knapp bemessen, dass Wolfgang beinahe schwindelig wird. Dazu trägt sie eine eng geschnittene, weiße Bluse, die ihre Oberweite betont. Lange, bis zu den Knien reichende Stiefel scheinen ihre sowieso schon langen Beine noch länger zu machen.

»Was will denn die hier?«, sagt er laut, »die ist doch mindestens schon siebzehn und hier komplett fehl am Platz. Na, die wird Augen machen!« Schmunzelnd sieht er, wie Zita ihr den Koffer trägt und »Madame« stolz nebenher stakst. Er kann sich die wütenden Gedanken Zitas gut vorstellen und muss unwillkürlich lachen.

Veronika begleitet die Gäste die Treppe hinauf in ihr Zimmer, Zita schleppt den Koffer des Mädchens hinterher und stellt ihn neben das Einzelbett.

Die Eltern unterhalten sich noch mit Veronika und lassen sich alles erklären. Jenny, das blonde Mädchen, wendet sich an Zita: »Wo ist denn hier das Badezimmer? Ich würde mich gern ein wenig frisch machen.«

»Das ist gleich unten, rechts um die Treppe rum. Es ist beschriftet!« Gerne hätte sie es etwas lauter und forscher gesagt, aber sie will ja nicht schon gleich bei der Ankunft Ärger mit ihr haben. »Wenn du mit mir hinuntergehst, kann ich es dir auch zeigen.«

»Ja, gibt es hier kein eigenes Badezimmer? Das untere wird womöglich von allen Gästen benutzt. Papa, ich glaube, hier können wir nicht bleiben«, setzt sie aufgebracht hinzu.

Zita geht wütend aus dem Zimmer und kommt zu Wolfgang in die Stube.

»Diese blöde Kuh!«, stößt sie zornig aus. »Gibt es hier kein eigenes Bad?«, äfft sie Jenny nach. »Also, so etwas Blödes haben wir hier noch nicht gehabt.«

Wolfgang nimmt sie in die Arme und versucht sie zu beruhigen. »Schau, die ist dieses Leben hier halt nicht gewöhnt. Ich hab mir das schon gedacht, wie ich sie vom Fenster aus gesehen hab. Ihre Kleidung und ihr ganzes Aussehen passen hier einfach nicht her. Das wird bestimmt recht lustig werden.«

Lachend küsst er Zita, sodass sie erst mal nichts mehr sagen kann. Aber sie macht sich schnell wieder frei und geifert weiter: »Die Treppe, wenn die hochgeht, zeigt sie ihr ganzes Untergeschoss und hat dabei fast nichts an. Ich würde mich zu Tode schämen, wenn ich so herumlaufen müsste.«

Wolfgang lacht und stänkert: »Oh, ist Konkurrenz aufgetaucht, da muss ich mich doch gleich mal umschauen. Man kann ja nie wissen, vielleicht mag sie solche Typen wie mich. Es soll ja durchaus Frauen geben, die auf mich stehen.«

»Ja, ja«, gibt sie sarkastisch zurück, »schau sie dir nur an und wenn sie dir wirklich zusagen sollte, dann kannst du sie haben. Wenn du tatsächlich so blöd wärst, würde ich sie dir sogar vergönnen.«

Gerade will Wolfgang sie wieder in die Arme nehmen, als Veronika in die Stube kommt.

»Na, das kann ja etwas werden«, sagt sie leicht erregt zu den beiden. »Das Mädchen drangsaliert ihre Eltern ganz schön und die sind dabei so hilflos. Ich könnte mir sogar vorstellen, dass sie sich durchsetzt und die drei vorzeitig abreisen. So einen Drachen haben wir auch noch nicht hier gehabt. Aber kommt, jetzt essen wir noch ein Stück von dem guten Kuchen.«

Von oben dringen laute Stimmen herunter. Offensichtlich gibt es Streit und immer wieder ist die etwas schrille Stimme der Tochter zu hören. Die drei blicken sich stumm an und nicken vielsagend.

Zita und ihre Mutter kümmern sich um den Abwasch und Wolfgang bringt den restlichen Kuchen in die Vorratskammer zurück. Auf dem Rückweg hört er, wie eine Tür zugeschlagen wird und Jennys Stiefel die Treppe heruntertrampeln.

»Hey«, begrüßt sie ihn, »wer bist du denn? Bist du auch als Gast hier?«

Wolfgang ist etwas irritiert. »Ja, ich bin auch Gast. Ich bin der Wolfgang.« Beide reichen sich die Hände und Wolfgang fragt, wo sie herkommt.

»Wir kommen aus Stuttgart in dieses Kaff! Stell dir vor, wie schön es daheim wäre. Aber ich muss ja mitfahren, ich Idiot. Nicht einmal ein eigenes Klo hat man hier. Ist doch wie in der Steinzeit!« Als sie wieder Luft holt, nutzt Wolfgang seine Chance und sagt: »Aber wir sind hier in den Bergen auf einer Hütte. Das ist halt kein Hotel. Aber das habt ihr doch bestimmt vorher gewusst.«

»Meine Eltern schon, aber ich nicht. Mich hat das doch überhaupt nicht interessiert, wo wir hinfahren. Nachdem ich gehört hatte, dass wir in die Berge fahren, habe ich sowieso mit dem Leben abgeschlossen! Aber mittlerweile könnte ich sogar ein wenig Positives daran finden.« Schmeichelnd blickt sie Wolfgang an und nestelt an den Knöpfen ihrer Bluse herum. »Was hast du denn heute noch vor? Gibt's hier irgendwo eine Disko oder so?«

Wolfgang wollte sich eigentlich gar nicht auf eine so lange Unterhaltung einlassen, aber einfach weggehen kann er auch nicht.

»In Wörgl soll's eine Disko geben. Ist aber ein schönes Stück Weg und ich kann nicht mitgehen, ich bin nämlich der Freund von der Haustochter hier«, sagt er mit Nachdruck.

»Was, von der kleinen Göre da, die mir den Koffer hinaufgebracht hat? Aber das ist doch kein Umgang für dich! Na ja, wenn nichts anderes da ist, muss man halt auch so etwas nehmen. Ich kann dich schon verstehen! Besser als gar nichts!«

In Wolfgang kommt langsam die Wut hoch und er wird ganz rot im Gesicht. Mit letzter Beherrschung antwortet er: »Also, merk dir eines: die Zita ist keine Göre! Sie ist auch nichts, das man nimmt, weil man nichts Besseres hat! Ich liebe dieses Mädchen, das mir tausendmal besser gefällt als so ein angeschmierter und ungehobelter Trampel wie du! So, und jetzt sind wir beide miteinander fertig!«

Er dreht sich um und geht Richtung Stubentür. Hinter sich hört er die vor Wut schnaubende Jenny: »Dann behalt' doch die blöde Kuh und werd' glücklich mit ihr!«

Kurz überlegt er, ob er noch etwas erwidern soll, lässt es dann aber lieber sein und geht weiter. Als er an die Stubentür kommt, sieht er, dass sie nur angelehnt ist und Zita und ihre Mutter an der Tür gelauscht haben.

»Wolfgang, das war genau richtig! So ein Trampel. Hätte sich doch gleich an dich rangemacht. Aber wie man auch so etwas sagen kann, was die über die Zita gesagt hat. Normal hätte sie postwendend eine saubere Watschn gebraucht.« Veronika ist ganz aufgebracht.

Zita schmiegt sich an Wolfgang und sieht ihm stolz ins Gesicht. »Brav warst«, sagt sie leise und liebevoll, »beinah' hab ich schon Angst g'habt, dass sie dich um den Finger wickelt, die blöde Kuh!«

»Aber du brauchst doch keine Angst haben«, meint Wolfgang jetzt wieder ganz ruhig, »ich weiß doch, wo ich hingehör'!«

Das Wetter ist seit Mittag etwas besser geworden und es hat aufgehört zu regnen. Zwar hängen immer noch dicke Wolken am Himmel und es kann jederzeit wieder zu regnen beginnen. Wolfgang und Zita beschließen dennoch, zu den Unterbrunners zu gehen, um Micha zu besuchen. Auch Uschi kommt mit und hat ihre neue Kamera dabei. In einer schwarzen Umhängetasche ist sie und das ganze Zubehör vor Regen geschützt. Micha und Georg freuen sich über den unverhofften Besuch und laden die drei auf eine Limo ein. Uschi erzählt von ihrer neuen Kamera und packt sie auch gleich aus, um sie herzuzeigen. Anfassen darf sie allerdings außer ihr niemand. Stolz zeigt sie auch die zusätzlichen Objektive für Weitwinkel- und Tele-Aufnahmen.

Zita erzählt, dass Uschi von ihr und Wolfgang wieder Aufnahmen machen und dies dann im Abstand von einigen Monaten wiederholen will.

»Soll ich euch auch fotografieren?«, bietet Uschi Micha und Georg an.

»Ach, das wär' echt super«, meint Georg, »Ich seh die Micha zwar fast jeden Tag, aber ein paar schöne Bilder wären trotzdem nett. Wann, wär's dir denn recht?«

Fachmännisch schaut Uschi sich im Zimmer um und dann hinaus zum Fenster.

»Momentan wäre draußen ein recht gutes Licht. Die Sonne ist nicht so stark, dass wir Schatten befürchten müssten, aber dennoch hell genug. Ich würde sagen, wir gehn hinaus und versuchen's gleich mal.«

»Aber«, wirft Georg ein, »ich bin ja gar nicht fürs Fotografieren angezogen!«

»Keine Angst«, meint Uschi lachend, »dann schaust halt ein bisschen freundlicher, dann will dein G'wand niemand sehen.«

Schon übernimmt sie die Regie und treibt die vier regelrecht hinaus ins Freie.

»So, ihr zwei«, dabei deutet sie auf Micha und ihren Freund, »setzt euch jetzt mal dort auf die Bank. Ich mach zuerst ein paar Porträtaufnahmen. Also bloß eure Köpfe«, setzt sie erklärend dazu.

»Bitte einmal zur Seite schauen!« – »Seht euch in die Augen!« – »Bitte schön lächeln!« – »Den Blick etwas verträumter, wenn's geht! Ja, so ist es gut«, kommen die Kommandos von Uschi.

Wolfgang und Zita sind ganz erstaunt, wie Uschi das Verhalten der beiden bestimmt und wie selbstverständlich sie ihr Folge leisten. Noch ein paar Aufnahmen im Stehen, Hand in Hand, umarmt, küssend, tief in die Augen schauend, geht es weiter, bis der Film voll ist.

Diesmal kichert niemand während der Aufnahmen. Micha und Georg sind viel zu sehr mit sich selber beschäftigt, um die Anweisungen richtig auszuführen, und Wolfgang und Zita sind einfach zu begeistert von Uschis Vorgehen.

Während Uschi den Film wechselt, sagt sie zu Zita: »Ihr beiden könnt euch schon mal hinsetzen. Ich mach dann ein paar Bilder ähnlich wie das letzte Mal, damit ihr einen Vergleich habt, und dann machen wir noch ein paar neue Varianten dazu.«

Diesmal sind Micha und Georg die Bewunderer von Uschis Kunst. »Sag mal, Uschi«, möchte Georg gerne wissen, »wo und wann hast du das alles gelernt?«

»Fernkurs für Fotografie«, sagt sie beiläufig, ohne ihre Arbeit zu unterbrechen. »Vielleicht arbeite ich später sogar mal als Fotografin. Aber erst lerne ich Kochen und dann sehen wir weiter.«

»Ist aber wirklich toll, wie du das machst«, bewundert Micha Uschis Arbeit. »Ich freu mich schon richtig auf die Bilder!«

»Ich auch«, meint Uschi, »es sind nämlich die ersten scharfen Bilder mit der neuen Kamera. Bisher habe ich nur Versuche damit gemacht. Bin wirklich auf die Qualität gespannt.«

Schon ist es wieder Zeit zum Heimgehen. Uschi packt ihre Fotosachen zusammen und nach einer kurzen Verabschiedung gehen die drei wieder über den kurzen Weg nach Hause. Die Sonne kommt immer öfter hinter den Wolken hervor und sie hoffen, dass es morgen etwas schöner wird. Dann wollen sie am Nachmittag alle zusammen zum Schober hinaufgehen.

Auf dem Weg erzählt Zita von der jungen Dame, die sich an Wolfgang ranmachen wollte. Sie wird gleich wieder richtig wütend und Wolfgang stichelt auch noch ein wenig, um sie so richtig auf die Palme zu bringen. »Es ist doch nichts passiert. Ich gefalle ihr halt! Das ist doch ganz normal, schließlich bin ich doch ein Schönling, auf den die Frauen, die etwas von Männern verstehen, fliegen«, frotzelt er.

Jetzt ergreift aber auch Uschi Partei für ihre Freundin und meint zu Wolfgang in einem etwas scharfen Ton: »Willst du nicht sofort damit aufhören, du siehst doch, dass sie schon wütend ist. Da musst du nicht noch nachlegen!«

»Okay, okay«, beschwichtigt er sofort, »tut mir leid, aber es hat halt einfach Spaß gemacht, sie ein wenig zu ärgern. Komm her, mein Schatz!« Damit zieht er Zita zu sich her und gibt ihr ihr ganz sanften Kuss. »Ist jetzt alles wieder in Ordnung?«, fragt er recht scheinheilig.

»Natürlich«, antwortet Zita, »dir kann man doch sowieso nicht böse sein. Aber froh bin ich schon, wenn diese Tussi wieder fort ist.«

Als sie die *Grimmer Alm* erreichen, sehen sie zwei neue Pkw in der Einfahrt stehen. Uschi verabschiedet sich von den beiden und sie verbleiben so, dass sie sich morgen in der Kirche treffen, um alles Weitere zu besprechen.

»Sie sind schon wieder abgereist!«, berichtet Veronika, als die beiden in die Stube kommen. »Sie würde es hier nicht aushalten und hat herumgebrüllt, bis die Eltern so weit waren, dass sie sich mehrfach entschuldigend wieder verabschiedeten. Ich hab unten in der Verwaltung schon Bescheid gegeben, dass wir wieder ein Zimmer frei haben. Vielleicht findet sich ja noch jemand, der eines sucht. Die anderen Gäste sind zwei sehr nette Ehepaare um die vierzig und wollen morgen ein wenig zum Bergsteigen an den Kaiser fahren. Darum möchten sie schon um sieben Uhr frühstücken. Aber das ist ja kein Problem.«

Überrascht und froh nimmt Zita die Kunde auf und auch Wolfgang freut sich.

Am Abend sitzen die drei noch zusammen und unterhalten sich über den Tag.

»So ganz unrecht hat die Jenny aber gar nicht gehabt«, gibt Veronika zu bedenken. »Ich meine, mit Toiletten und Bad. Wir haben uns ja schon öfter darüber unterhalten, dass die Gäste einfach mehr Komfort verlangen. Zwar sind wir immer noch eine Hütte auf einem Berg, aber wir müssten trotzdem ein wenig mit der Zeit gehen.«

»Du meinst, dass Toiletten und Duschen in die Zimmer eingebaut werden müssten?«, erkundigt sich Wolfgang.

»Ja, zumindest eine Dusche, andererseits ist für andere eine Toilette wieder wichtiger. Aber man kann in einem Holzhaus nicht einfach eine Wand aufstemmen und Rohre verlegen. Das ist alles mit einem gewaltigen Aufwand und großen Kosten verbunden.«

Ratlos blicken die drei in die Runde.

»Das Zimmer Nummer eins ist doch direkt über der Stube. Es ist bloß größer und das bedeutet doch, dass es zumindest zum Teil auch noch über dem Bad ist.

Vielleicht könnte man die nötigen Rohre bloß nach oben verlängern und sie herunten hinter einer Verkleidung verstecken. Das müsste man mal genau anschauen und ausmessen«, überlegt Wolfgang laut.

»Ja, das hab ich mir auch schon mal überlegt, sodass man zumindest ein Zimmer so herrichten könnt'. Kostet zwar Betten, aber dafür könnte man mehr verlangen. Weißt was, Wolfgang, das schau'n wir uns morgen mal genau an. Heute ist es schon zu spät.«

Zita hat sich an dem Gespräch bisher nicht beteiligt, sie ist bloß stolz auf Wolfgang, dass er sich so engagiert zeigt.

»Vielleicht finden wir ja eine Lösung, dann könnte ich in den Sommerferien helfen, wenn dann ein Fachmann da wäre und einen Gehilfen bräuchte. Das würde ich wirklich gerne machen!« Wolfgang ist von der Idee so angetan, dass er am liebsten gleich die Räume näher anschauen und ausmessen würde. Aber Veronika bremst ihn in seinem Eifer. »Wenn wir morgen eine Lösung finden, sorge ich dafür, dass du in den Sommerferien arbeiten kannst«, lacht sie, »und Zita kann euch ja dann die Brotzeit bringen!«

»Ich werde dafür sorgen, dass gearbeitet wird und nicht bloß rumgestanden«, meldet sich die Angesprochene zu Wort, »und wehe, wenn ihr dann nicht fleißig seid, dann gibt's Ärger.«

Am Pfingstsonntag steht Veronika schon etwas früher auf, um den Gästen rechtzeitig das Frühstück servieren zu können. Genauso wie gestern kommt Zita, sobald ihre Mutter in die Küche verschwunden ist, zu Wolfgang ins Zimmer. Der ist allerdings schon wach und begrüßt sie freudig. Sofort schlüpft sie unter die Bettdecke und kuschelt sich ganz eng an ihn. Nach einem intensiven Kuss legt sie ihren Kopf auf seine Brust und streichelt mit einer Hand seinen Bauch. Vorsichtig schlüpft ihre Hand unter seine Schlafanzugjacke und wandert vom Bauchnabel aus aufwärts bis zur Brust. Sie muss ihren Kopf etwas zur Seite legen, damit sie mit der Hand die ganze Brust erreichen kann. Wolfgang genießt die Streicheleinheiten und hat seine Hand an ihren Kopf gelegt, während auch er liebkosende Bewegungen ausführt. Er küsst sie auf die Augen und reibt seine Nase an ihrer. Ihre Hand gleitet langsam unter ihn auf seinen Rücken und sie schiebt sich mit ihrem Körper auf Wolfgang. Er umarmt sie und drückt sie ganz fest an sich, während der mit den Händen an ihrem Rücken entlangstreicht. Sein Herz klopft immer stärker, gleichzeitig zwingt er sich aber zur Zurückhaltung, denn er will auf keinen Fall seine Beherrschung verlieren. Zita hebt den Kopf und sieht ihm in die Augen, als sie seine Erregung bemerkt. Er kann ihren Blick nicht so recht deuten und zieht deshalb einfach ihren Kopf an sich heran und küsst sie impulsiv. Sie genießt den Kuss, und beinahe automatisch wandert Wolfgangs Hand von ihrem Rücken nach vorne, bis sie seitlich an ihrer Brust anliegt. Genießerisch dreht sie sich etwas zur Seite um ihre linke Brust ganz frei zu geben, und saugt sich gleichzeitig noch stärker an seinem Mund fest, während Wolfgangs Hand so weit nachrutscht, bis sie die Brust ganz umspannt. Sein Herz rast und er droht wirklich die Beherrschung zu verlieren. Mit einem letzten Aufbäumen löst er seinen Mund von ihrem, schaut sie an und sagt ganz leise: »Du bist so wundervoll und so lieb! Ich würde liebend gerne weitermachen, aber ich fürchte, dass wir dann unser Versprechen nicht einhalten könnten. Lass uns lieber vorsichtiger sein, wobei es mir natürlich gefällt. Ich könnte dich den ganzen Tag streicheln und deinen Körper spüren. Es ist einfach wunderschön. Ich hab dich so lieb, dass es dafür überhaupt keine Worte geben kann!«

Sofort schmiegt sie sich wieder an ihn und die Lippen finden sich von alleine.

Geschirrgeklapper dringt aus der Stube und es scheint, als würde das Geräusch absichtlich produziert. Erschrocken sehen sich die beiden an. »Oh, Mist, wir haben die Zeit vergessen und die Mama ist schon draußen. Jetzt wird es Ärger geben! Gut, ich geh schon mal raus und versuche zu beruhigen. Ich ruf dich dann, wenn du kommen kannst.«

Wolfgang nickt nur, während Zita aus dem Bett springt. Er schämt sich, weil er befürchtet, dass Veronika glaubt, sie hätten ihr Vertrauen missbraucht. ›Vielleicht wirft sie mich sogar raus‹, denkt er. Schade, gerade jetzt, wo das Verhältnis wirklich super gewesen war, passiert so etwas. Andererseits war es abzusehen, dass es irgendwann so kommen musste. Aber immerhin sind sie nicht zu weit gegangen!

Er hört die beiden Frauen in der Stube diskutieren, versteht aber keine einzelnen Worte. Nur der Eindruck, dass Veronikas Stimme nicht so weich und gutherzig klingt wie sonst, macht ihm Angst. Nach einiger Zeit ist es still in der Stube und er hört, dass im Bad das Wasser läuft. Er steigt schon mal aus dem Bett, holt frische Wäsche aus dem Rucksack und geht im Schlafanzug hinaus in die Stube.

»Guten Morgen«, begrüßt er Veronika freundlich. Diese sitzt schon am Frühstückstisch, schaut ihn an und grüßt ebenfalls. Ihr Blick ist fordernd und fragend zugleich. Außerdem hat er das Gefühl, dass auch noch etwas Wehmut und Schmerz mit dabei ist.

Er geht zu ihr hin und bleibt vor ihr stehen. »Veronika, ich bitte um Entschuldigung für unser Verhalten. Bitte verzeih' uns, wir haben auch nichts Schlimmes getan. Wir drei haben doch ein so gutes Verhältnis zueinander, bitte lass es nicht zu, dass durch unsere Dummheit alles kaputt geht. Wir haben uns wirklich nur gestreichelt und geküsst. Trotzdem hätte es nicht so heimlich passieren dürfen! Du kannst uns vertrauen, wir gehen nicht zu weit, weil wir selber das nicht wollen.« Tränen stehen ihm in den Augen und er bietet ein Bild des Erbarmens in seinem zerknitterten Schlafanzug und der frischen Unterwäsche in der Hand. Seine Haare sind wild durcheinander und sein Selbstvertrauen ist dahin. Panische Angst, dass sie ihn nach Hause schicken könnte, treibt ihn an.

Zita ist an der Badtür stehen geblieben und beobachtet die Szene bisher unbemerkt.

»Du kannst ja wohl am wenigsten dafür«, meint Veronika leise, »aber lass es gut sein! Geh ins Bad und komm dann frühstücken.«

»Danke!«, bringt Wolfgang gerade noch heraus, bevor ihm ein Kloß im Hals die Stimme versperrt. Er dreht sich um und sieht Zita, die ebenfalls mit Tränen in den Augen dasteht und ihn jetzt umarmt und küsst. Dann läuft sie schnell zu ihrer Mutter und umarmt auch sie.

Als Wolfgang, frisch geduscht und angekleidet mit Zita und ihrer Mutter am Frühstückstisch sitzt, spricht keiner ein Wort. Wolfgang kaut stumm an seinem Brot und bringt es kaum herunter, und auch Zita scheint keinen rechten Appetit zu haben, wie er mit einem verstohlenen Blick in ihr Gesicht bemerkt. Was in Frau Grimmer vorgeht, vermag er nicht zu sagen, ihre Miene zeigt keine Regung.

»Mein Gott, man kann euch ja gar nicht zuschauen, so erbärmlich schaut ihr drein«, platzt es plötzlich aus ihr heraus. »Dabei hab ich ja noch gar nichts gesagt! Aber es ist auch gut, wenn euch euer Gewissen von selber drückt. Natürlich habt ihr mich enttäuscht. Auch wenn nichts Besonderes passiert ist! Aber vielleicht lag das auch daran, dass ich euch rechtzeitig gestört hab. Glaubt bloß nicht, dass ihr das Feuer tatsächlich beherrschen könnt, mit dem ihr spielt. Das haben andere auch schon gedacht und sind enttäuscht worden. Ich hab jetzt ein Riesenproblem mit euch, weil morgen bin ich zu einem sechzigsten Geburtstag eingeladen und muss praktisch hin. Was mach ich bloß in der Zeit mit euch beiden? Ihr müsst mich schon auch verstehen, ich will doch nur verhindern, dass ihr euch euer Leben kaputt macht! Ich hab einfach keine Ruhe mehr, wenn ich weiß, dass ihr allein daheim seid. Da könnt ihr mir versprechen, was ihr wollt.« Langsam steigert sich Veronika in eine Wut hinein, die sie so nicht beabsichtigt hatte.

»Aber Mama, du kannst uns doch glauben«, beginnt Zita dagegenzuhalten, »was ist denn schon passiert? Du kannst uns doch nicht einfach verdammen, nur weil wir uns ein wenig gerngehabt haben!«

Jetzt ist Veronika richtig sauer: »Jetzt hör mir mal zu! Ich habe mich darauf verlassen, dass du bei mir im Zimmer schläfst, solange der Wolfgang da ist. Aber was machst du, du stiehlst dich heimlich davon! Da könntet ihr ja gleich in deinem Zimmer schlafen, wenn ihr euch doch so toll beherrschen könnt! Ich bin stinksauer!« Sie steht vom Tisch auf und geht zum Fenster, wo sie hinausschaut, als ob dort die Lösung zu finden wäre.

Veronikas Worte haben Wolfgang stark getroffen und mit verweintem Gesicht steht er auf.

»Gut, ich fahre heim«, sagt er leise mit einem Riesenkloß im Hals, »dann seid's das Problem los.« Er dreht sich rasch um und geht, seinen Rucksack zu holen. Zita erwartet ihn in der Stube und hält ihn fest.

»Du kannst doch nicht einfach so gehen, Wolfgang, was soll ich denn dann machen?« Sie packt ihn am Arm, um ihn festzuhalten.

»Vielleicht ist es tatsächlich das Beste«, lässt sich Veronika von Fenster her hören, wobei ein sehr schwermütiger Ton mitschwingt. »Ich könnte dich fahren, es regnet ja.«

»Mama«, schreit jetzt Zita förmlich, »hör auf!« Heulend hängt sie sich an Wolfgang.

»Nein, nein, danke«, murmelt Wolfgang verzweifelt und geht auf Veronika zu, um sich zu verabschieden. Zita hängt immer noch an ihm und weint und wimmert.

Veronika ergreift seine ausgestreckte Hand und hält sie fest. »So, jetzt ist Schluss mit dem ganzen Theater hier«, sagt sie laut und bestimmend. »Hier fährt niemand ohne Frühstück heim! Wir setzen uns jetzt noch einmal hin und fangen von vorne an. Wir werden doch in der Lage sein, eine vernünftige Lösung zu finden! Voraussetzung ist aber, dass erst einmal ein jeder anständig frühstückt, statt rumzuheulen.«

Völlig überrumpelt von dieser Wende setzen sich Zita und Wolfgang wieder an den Tisch.

Veronika nimmt ihre Tasse und schenkt sich neuen Kaffee ein. Dabei sieht sie die beiden an und nickt ihnen auffordernd zu. Wolfgang nimmt seine Tasse und trinkt einen Schluck. Dann wartet er wieder gespannt.

»Hier ist Brot und Marmelade, bitte bedient euch.« Sie sieht kurz auf die Uhr. »Na ja, die Messe hat sich auch erledigt, aber macht nichts, das hier ist mir wichtiger.«

Nachdem Wolfgang zögerlich eine Scheibe Brot genommen und Butter darauf verteilt hat, beginnt Veronika mit dem Gespräch. »Also gut, diese Sache ist gelaufen und nicht mehr zu ändern. Ich glaube, dass jeder Einzelne daraus seine Lehre ziehen wird, ich genauso wie ihr. Deshalb soll jetzt auch Schluss damit sein. Wir überlegen uns einfach mal ganz nüchtern, wie wir das in Zukunft besser machen können. Vielleicht hat ja einer von euch einen Vorschlag!«

Zita ist sofort dabei und verspricht ihrer Mutter hoch und heilig, dass sie nie wieder zu Wolfgang ins Zimmer oder gar zu ihm ins Bett gehen wird.

Wolfgang nickt zustimmend.

»Wisst ihr«, erwidert Veronika, »solche Versprechen sind schnell gemacht und ich bin auch durchaus überzeugt davon, dass ihr das im Moment ehrlich meint. Meine Lebenserfahrung lehrt mich aber, dass ihr dieses Versprechen nicht für alle Ewigkeit aufrecht halten könnt. Die Gelegenheit macht Diebe und es wird sich immer wieder eine ergeben.«

Wolfgang isst sein Brot und schweigt weiterhin. Er ist der Meinung, dass er hier am allerwenigsten sagen sollte, um Veronika nicht noch mehr zu verärgern. In erster Linie scheint es wohl eine Sache zwischen den beiden zu sein.

»Aber Mama«, drängt Zita enttäuscht, »was sollen wir denn dann machen? Mir fällt wirklich nichts ein!«

Veronika nimmt einen kräftigen Schluck Kaffee und sagt ganz bedächtig: »Na ja, ich hätte da schon eine Idee, die es euch ein wenig leichter machen würde. Grundsätzlich bin ich zwar dagegen, aber bevor ihr euch noch irgendwann in Tränen auflöst und ich gar niemanden mehr hab, könnt ich doch zustimmen.«

Mit angehaltenem Atem hören die beiden zu.

»Du hast doch demnächst Geburtstag und wirst immerhin schon fünfzehn.« Sie druckst verlegen herum, bevor sie weiterspricht: »Also, ich hab mir gedacht, dass du dir die Pille verschreiben lassen kannst, meine Einwilligung hättest du.« Froh, dass es endlich ausgesprochen ist, lehnt sich Veronika mit ihrer Tasse an den Lippen im Stuhl zurück und beobachtet die Reaktion der beiden.

Wolfgang schüttelt ungläubig und äußerst verlegen den Kopf.

»Aber Mama«, widerspricht Zita, »wir wollen beide die Pille nicht. Außerdem brauchen wir sie auch gar nicht. Aber danke, dass du bereit wärst, für uns sogar gegen deine Überzeugung zu handeln.«

Ein lauter Seufzer entweicht Veronika, wobei nicht klar wird, ob er Verzweiflung oder Freude ausdrücken soll. »Dann sind wir also wieder so weit«, meint sie leicht enttäuscht. Gleichzeitig ist sie aber auch erleichtert. Sie steht auf und geht zum Schrank, wo sie eine Schublade öffnet, ein Päckchen entnimmt und in ihren Ärmel schiebt.

»Na gut«, beginnt sie von Neuem, »versprochen habt ihr's ja schon und damit ist der theoretische Teil abgeschlossen. Für den Fall, dass ihr euer Versprechen nicht einhalten könnt, nehmt bitte diese hier.« Damit legt sie ein Päckchen Kondome vor die beiden hin. »Wie so etwas zu gebrauchen ist, werdet ihr ja wohl wissen! Bitte tut mir und vor allem euch selber den Gefallen!«

Wolfgang ist knallrot im Gesicht und schnappt nach Luft. Zita dagegen braust auf: »Mama, das brauchen wir nicht, glaub uns halt einfach!«

Veronika lächelt, denn sie hat eine solche oder ähnliche Reaktion erwartet. »Legt sie einfach irgendwo hin, wo ihr sie griffbereit habt, wenn ihr sie brauchen solltet. Was meint ihr, das wäre doch ein Friedensangebot?«

Wolfgang, dem sehr daran gelegen ist, die Harmonie wieder herzustellen, nickt und meint: »Das könnten wir so machen!«

Zita nimmt das Päckchen und steckt es ein. »Die werde ich verwahren bis zum jüngsten Tag. Du wirst sehen, dass ich die in fünf Jahren immer noch hab.« Dann rückt sie zu ihrer Mutter hinüber und umarmt sie. »Du bist doch die Beste und weißt immer einen Rat. Danke, und wieder alles auf Anfang?«, bittet sie, schelmisch zu ihrer Mutter aufblickend.

Diese muss lachen und erwidert: »Gut, alles wieder auf Anfang!«

Jetzt ist Wolfgang so gerührt, dass er Veronika am liebsten einen Kuss geben würde, aber das lässt sein Ego nicht zu. Stattdessen geht er zu ihr und streckt ihr die Hand entgegen: »Danke, Veronika, ich bin ja so froh, dass wir wieder gut sind miteinander, und glaub mir, du kannst morgen getrost zur Geburtstagsfeier fahren. Bei uns sitzt der Schock viel zu tief.«

»Komm her«, meint Veronika und zieht den Bub an sich heran, um ihm einen richtig schönen Schmatz auf die Wange zu verpassen. »Ihr beide«, meint sie dann lachend, »bringt mich schon noch ins Grab.«

Die Gäste sind weggefahren, sodass die drei allein im Haus sind. Zita räumt übereifrig den Speiseraum auf und beginnt in der Küche mit dem Abwasch, während Wolfgang still das Geschirr abtrocknet. Zwar ist das Problem aus der Welt geschafft, aber die Stimmung ist immer noch etwas eingetrübt. Vor allem Wolfgang hat die Sache noch nicht überwunden. Ständig ist er mit den Gedanken abwesend und sinniert vor sich hin.

Zita trocknet sich noch die Hände ab, nachdem sie den letzten Teller gespült hat und dreht sich zu Wolfgang um.

»Was ist denn noch, mein Schatz?«, fragt sie, »es ist doch vorbei. Aber ich kann dich gar nicht anschauen, du kämpfst immer noch damit.«

»Nichts ist vorbei«, gibt er bitter zurück. »Deine Mama hat nachgegeben, damit Ruhe herrscht und du ihr nicht die Hölle heiß machst. Aber sie wird immer Zweifel haben, wenn sie weiß, dass wir allein sind. Schuld daran bin aber nur ich. Wäre ich nicht da, hättet ihr beide überhaupt keine Probleme! Ich weiß nicht mehr, ob es richtig ist, dass ich mich hier hereindränge.«

»Sag mal, bist du jetzt verrückt geworden?«, braust Zita auf. »Du gehörst doch zu mir, und zu meiner Mama genauso, das hat sie selber gesagt.«

»Hat sie«, antwortet er, »aber sie wird es sicher schon bedauern. Wäre ich doch bloß nicht gekommen, ich hätte euch eine Menge Ärger erspart. Ich hab momentan keine Vorstellung davon, wie das weitergehen soll.«

»Aber Wolfgang, spinnst du? Du kannst doch jetzt nicht einfach alles hinwerfen, als wäre nichts gewesen. Was soll denn aus mir werden? Denkst du nur an dich? Hallo, es gibt noch mehr Menschen, die dich brauchen. Da gehören beispielsweise meine Mutter und ich dazu. Jawohl, wir brauchen dich! Verstehst du!« Zum Schluss ist Zita ziemlich laut geworden, sodass ihre Mutter, die gerade aus dem Waschraum gekommen ist, erschrocken umdreht und in die Küche geht.

»Was ist denn passiert, dass du so laut sein musst?« Sie schaut Zita an, die gerade zu einem neuen Wortschwall ansetzen will.

»Ich glaub, der dreht jetzt völlig durch«, ruft sie ihrer Mutter zu, »er hat Angst, dass er hier nicht mehr erwünscht ist.«

»Jetzt sei bitte einmal still und lass den Wolfgang auch zu Wort kommen«, stoppt Veronika den Redeschwall ihrer Tochter. »Was bedrückt dich denn, Bub, hm?«, wendet sie sich an Wolfgang, der sich auf einen Stuhl gesetzt hat.

»Ach, es tut so weh, ich weiß doch, dass du nur um des lieben Friedens willen nachgegeben hast. Aber du wirst immer Zweifel an unseren Versprechen haben. Ich möchte aber auf keinen Fall als Spalter zwischen euch beiden auftreten und habe deshalb Zweifel daran, ob es richtig ist, dass ich hier bin. Es war so schön und ich bin so gerne bei euch gewesen und jetzt komme ich mir vor wie einer zu viel.«

»Aber das ...«, will Zita lospoltern, doch ihre Mutter macht eine Handbewegung, die ihr gebietet, den Mund zu halten.

»Weißt du, Zita, dem Wolfgang tut die ganze Sache richtig weh. Obwohl er am wenigsten dafürkann, versucht er die ganze Schuld sich selber aufzuladen. Wolfgang, du erbarmst mich richtig. Ich weiß, wie so etwas ist, wenn man Schuldgefühle hat, die einen niederdrücken. Aber glaub mir, du musst dir nichts mehr vorwerfen. Ich hab euch verziehn, und zwar von Herzen, nicht nur um des lieben Friedens willen. Du gehörst zu uns wie von Anfang an. Was war das doch schön, als ihr damals in der Küche rumgealbert habt und es war für jeden gleich ersichtlich, dass ihr zwei füreinander geschaffen seid. Schau, ich war doch vorbereitet, schließlich hab ich immer mit so etwas gerechnet. Was glaubst du denn, wozu ich Kondome zuhause hab? Ich hätt' sie euch auch so gegeben. Das heißt aber nicht, dass ihr sie gleich gebrauchen müsst! Komm, gib dir einen Ruck und lach wieder und ich bin sicher, dass ich euch jetzt mehr vertrauen kann als vorher. Also, machen wir wieder großen Frieden?«

Wolfgang blickt ganz gerührt auf und nickt dankbar. Dann fasst er Zita und Veronika bei den Händen und zieht die Hände an seine Wangen. »Großer Frieden!«, sagt er mit belegter Stimme. Veronika zieht ihn an sich und wühlt durch seine Haare. »Ach, mein Bub«, sagt sie leise, »was wäre es doch langweilig ohne dich!«

Zita umarmt jetzt auch noch ihre Mutter, sodass die drei in der Mitte der Küche wie ein großes Denkmal dastehen.

Um auf ein anderes Thema zu kommen, löst Veronika das Knäuel auf und meint: »Wolltest du nicht mal wegen der Duschen etwas ausmessen und nachschauen? Zita, hol doch mal das Maßband und dann kannst ihm auch gleich behilflich sein. Außerdem hat es aufgehört zu regnen und es sieht recht gut aus, dann könnten wir ins Dorf zum Mittagessen gehen. Was meint ihr?«

Die beiden sind einverstanden, wollen aber erst noch das obere Zimmer vermessen.

Zita kommt mit einem Schreibblock und einem Maßband aus der Vorratskammer. Als die beiden oben im derzeit freien Zimmer eins sind, legt Zita die Sachen auf den Boden und dreht sich zu Wolfgang um. Nur das Allernötigste hatten sie bisher gesprochen, aber jetzt platzt alles aus Zita heraus. Sie wirft ihre Arme um seinen Hals und schaut ihm ins Gesicht.

»Wolltest du wirklich einfach heimfahren und mich allein dalassen? Bitte denk nie wieder an so etwas, das würde mich umbringen! Wir dürfen nie im Streit auseinandergehen, versprich mir das.«

Wolfgang hätte das Thema gerne vermieden, kommt aber jetzt um eine Antwort nicht herum.

»Ich war so geknickt und mit der Welt fertig, dass ich keinen anderen Weg mehr gesehen hab. An dich hab ich dabei gar nicht so viel gedacht. Ich wollte einfach weg. Aber bitte, lassen wir das Thema jetzt, sonst bring' ich die Gedanken wieder nicht mehr los!«

»Aber das Versprechen gibst du mir noch!«, drängt Zita.

»Gerne, mein Schatz«, lächelt er jetzt wieder froh, »wir wollen uns nie im Streit trennen. Am besten wär's natürlich, wenn wir überhaupt nicht zu streiten bräuchten. Aber das wird mit dir schwierig werden!«

»Also«, jetzt boxt sie ihm in die Seite, »was fällt dir ein, so etwas zu sagen!«

Lachend hängen sie beieinander und küssen und streicheln sich, bis Wolfgang einfällt, dass ja Veronika unten auf sie wartet.

Schnell blickt er sich im Zimmer um und vermisst die Ecke, die über dem Bad sein müsste. Dann lacht er leise auf und nimmt Zita mit nach unten. Veronika sitzt am Tisch und blättert im Wochenblatt.

»Wir messen jetzt den Abstand von der Außenwand bis zu den Anschlüssen im Bad. Ich hab nämlich so eine Idee«, erklärt Wolfgang.

»Aha«, meint er fachmännisch, als er den Abstand gemessen hat, »die Zimmerwand oben steht ja direkt auf der Wand vom Speiseraum. Das Bad wurde nachträglich eingebaut und aus irgendeinem Grund nicht direkt an die Speiseraumwand angeschlossen, sondern eine neue Wand eingebaut. Dahinter, wenn man eine Wandstärke von etwa zwölf Zentimetern unterstellt, muss ein Hohlraum von gut zwanzig Zentimetern Tiefe sein, und zwar über die gesamte Wandbreite. Über diesen Hohlraum könnte man nämlich sogar die beiden angrenzenden Zimmer versorgen. Man müsste wohl nur im Bad die Fliesen wegmachen und die Wand öffnen. Oben müsste man dann unmittelbar vor der Wand herauskommen.«

Zita schaut ihn erstaunt an. »Ein Hohlraum hinter dem Bad? Bist du da schon sicher?«

»Mensch Wolfgang«, lacht plötzlich Veronika und Zita versteht überhaupt nichts mehr, »du bist vielleicht ein Teufelskerl. Natürlich, als mein Mann damals das Bad eingebaut hat, hat er gleich Platz gelassen und alle Anschlüsse bis an die Decke hochgezogen. Er wollte ja immer oben renovieren. Ich hatte das total vergessen. Kommt mal mit, ich muss euch was zeigen.« Sie führt die beiden ins Bad und bleibt vor der Rückwand stehen, die ein breiter Spiegelschrank fast ganz ausfüllt. »Hinter diesem Spiegelschrank muss eine herausnehmbare Platte eingebaut sein, über die man die Leitungen erreichen kann. Mann, bin ich froh, dass wir das wiedergefunden haben. Das erspart einen Menge Zeit und auch Geld und Dreck. Wolfgang, du bist ein Schatz!« Sie drückt ihn an sich und streicht ihm über den Kopf. Glücklich stehen die drei vor dem Spiegel und Zita schüttelt nur den Kopf.

»Aufgeschmissen wären wir ohne ihn«, sagt sie lächelnd, »so sieht's aus!« Sie gibt ihm einen Kuss auf die Wange und freut sich, dass er auch wieder lachen kann.

»So, jetzt ziehn wir uns an und gehen essen. Mir ist jetzt schon viel leichter, denn die Duschkabinen sind nicht so schlimm, die Umbauarbeiten hab ich mehr gefürchtet.« Mit wehmütigem und gleichzeitig auch glücklichem Blick zu ihrer Tochter hin sagt sie: »Da wird sich jetzt dein Papa freuen, dass du einen so tüchtigen jungen Mann ins Haus bringst, der seine Gedanken erkennt und einfach weiterverfolgt!«

Die Sonne lugt hin und wieder zwischen den Wolken hervor und die drei marschieren Hand in Hand den Fußweg ins Dorf hinab. Teilweise ist es zwar nass und matschig, sodass ihre frisch geputzten Schuhe schmutzig werden, aber alle drei sind so froh gelaunt, dass es ihnen nichts ausmacht. Alleiniges Gesprächsthema ist die Renovierung. Veronika will sich umgehend nach Duschkabinen erkundigen, sodass sie vielleicht tatsächlich in den Sommerferien eingebaut werden könnten.

Frau Hofer begrüßt die drei Gäste recht freundlich.

»Und der nette Bub ist auch wieder da, das ist aber schön!« Sie scheint sich wirklich darüber zu freuen, dass Wolfgang dabei ist, und setzt sich auf einen kleinen Plausch zu ihnen, während eine Bedienung die Bestellung aufnimmt.

Als Veronika von der geplanten Renovierung erzählt, weiß Frau Hofer sofort Rat: »Der Unterbrunner, dem die Frau erst gestorben ist, der hat zwar jetzt eine feste Anstellung, kann aber sicher jeden Schilling brauchen. Der kann alles und arbeitet sehr sauber! Bei uns hat der auch schon öfters was gemacht. Red' doch einfach einmal mit ihm.« Dann steht sie auf, um sich wieder um ihre anderen Gäste zu kümmern.

Als sie nach dem Fußmarsch wieder zuhause ankommen, sitzen Uschi, Micha und Georg vor dem Haus auf der Bank. Zita fällt siedendheiß ein, dass ja ein Spaziergang zum Schober ausgemacht war. Schnell entschuldigt sie sich bei den dreien. Diese nehmen die Sache natürlich nicht tragisch, sondern lachen darüber. Außerdem haben sie ja eh noch nicht lange gewartet.

»Ich wollte euch halt entgegengehen und bin dann hier gelandet«, erklärt Uschi ihre Anwesenheit. Während Zita kurz im Haus verschwindet, nutzt Veronika die Chance. »Du, Micha, ist dein Papa heut' daheim?«

»Freilich«, antwortet sie, »ich glaub, er hat sich grad hingelegt. Der hat heute sicher nichts vor.«

»Na dann, noch viel Spaß, ihr Rasselbande«, wünscht Veronika und geht ins Haus. Zita hat vorsichtshalber den großen Regenschirm geholt, denn die Wolken werden schon wieder dunkler. Dann ziehen sie vergnügt und über die ganze Straßenbreite verteilt hinauf zum Schober

Veronika überlegt kurz, ob es nicht zu aufdringlich sein könnte, wenn sie ausgerechnet am Pfingstsonntag stört. Aber morgen ist auch ein Feiertag und es brennt ihr auf den Nägeln, dass sie über die Renovierungsarbeiten und auch die möglichen Kosten Näheres erfährt.

Sie geht ans Telefon und ruft bei Herrn Unterbrunner an. Dieser freut sich über den Anruf und ist gerne bereit, sofort zu kommen, um die Sache vor Ort zu besprechen.

Veronika kocht einstweilen Kaffee und holt ein Stück Kuchen aus der Vorratskammer. Dann räumt sie schon mal den Spiegelschrank aus.

»Das hätte mich auch gewundert, wenn der Sepp damals nicht eine Möglichkeit der Erweiterung vorgesehen hätt'. Der war doch viel zu akkurat, um so etwas zu übersehen«, erwidert Herr Unterbrunner, als ihm Veronika von dem Hohlraum im Bad erzählt.

Vorsichtig nehmen sie den Spiegelschrank ab und stellen ihn in der Stube auf den Tisch. Jetzt ist der Metallrahmen der gefliesten Platte zu erkennen. Die Klammern, mit denen er befestigt ist, lassen sich leicht lösen und Herr Unterbrunner hebt die Platte heraus. Vorsichtig legt er sie auf die Badewanne. Sie ist immerhin fast einen Meter lang und gut vierzig Zentimeter hoch.

Veronika leuchtet mit einer Taschenlampe in die Öffnung und Herr Unterbrunner erklärt nach einem ausgiebigen Blick ganz begeistert: »Alles da, was gebraucht wird. Wasserleitung und Abfluss bis zur Decke hinauf, ja sogar ein Toilettenanschluss wäre möglich, da braucht nur ein entsprechendes Rohr eingesteckt zu werden. Das hat er schon sauber gemacht, der Sepp. Es langt, wenn man oben ein Bodenbrett aufmacht und die Leitungen einfach verlängert.«

Er leuchtet erneut in den Hohlraum hinein. »Der zieht sich ja über die ganze Wand hin, da wär' ja theoretisch ein Anschluss der anderen Zimmer auch möglich!«

Veronika strahlt ob des Lobes für ihren verstorbenen Mann. »Könnten Sie so etwas machen, und wie lange würde denn so was dauern?«

»Na ja, ein großer Aufwand ist das nicht, wenn man eine fertige Kabine nimmt. Dann brauchen ja nur die Leitungen verbunden und die Kabine befestigt zu werden. Ich denke, für zwei Kabinen maximal ein Tag, wenn ein Helfer da wär', wäre es auch in ein paar Stunden zu erledigen. Toiletten würden etwas umständlicher sein, weil da einfach mehr gemacht werden müsste. Ich könnte das schon machen. Außerdem kann ich mich auch gerne erkundigen, welche Kabinen infrage kämen und was alles zusammen kosten␣tät'.«

»Das wär' wirklich schön, es eilt aber nicht. Einfach mal, wenn's Ihnen passt. Es muss halt einfach was gemacht werden.« Dann erzählt Veronika von dem Vorfall mit Jenny und befürchtet, dass dies in Zukunft öfter vorkommen dürfte.

»Ja, da haben's schon recht«, erwidert er, »bei uns müsst schon auch was gemacht werden. Aber vielleicht komm ich jetzt eher dazu«, hängt er noch nachdenklich an.

Sie verschließen die Wand wieder und hängen den Spiegelschrank an den vorgesehenen Platz.

Veronika lädt Herrn Unterbrunner noch auf eine Tasse Kaffee ein. Dabei unterhalten sie sich über Gäste und vor allem auch über die Kinder.

»Die Micha«, erzählt Herr Unterbrunner, »die ist so richtig aufgeblüht in den letzten Wochen. Ich glaub, das Elend mit der Mutter hat ihr mehr zugesetzt, als ich sehen wollt'. Ja, und der Georg, der tut ihr auch gut. Auch wenn's noch arg jung sind, aber er ist ein anständiger Bursch. Dass die Micha ihr Kind verloren hat, ist im Nachhinein, denk ich mal, sogar ein Segen. Es wär' ja doch immer zwischen ihnen gestanden und so hat's einfach noch einmal einen echten Start! Sie meint ja wirklich, dass die Mutter das Kind mitgenommen hat, und das tröstet sie auch. Egal wie, ich glaub fest, dass es so besser ist.«

Veronika zeigt sich erfreut über diese guten Nachrichten und denkt an Wolfgang, der auch nicht mehr wegzudenken ist aus ihrer Familie.

»Ich rühr' mich wieder«, sagt Herr Unterbrunner zum Abschied und fährt los.

Kurz darauf kommen die Kinder zurück. Micha und Georg verabschieden sich noch vor dem Haus, bevor sie ihren Heimweg antreten. Wolfgang und Zita winken ihnen fröhlich hinterher und kommen dann in die Stube.

Beim Schober war heute nicht viel los gewesen, sodass sie niemanden stören konnten, als sie im Lokal herumgeblödelt und gelacht haben. Spontan haben sie auf Zitas fünfzehnten Geburtstag angestoßen, der zwar erst in zwei Wochen ist, aber da wird Wolfgang sicher nicht da sein, also wurde eben heute schon ein wenig gefeiert.

Veronika hat ein kleines Abendessen hergerichtet und sie setzen sich zu Tisch, als das Telefon klingelt.

»Das ist bestimmt der Wolfi«, kichert Zita vorlaut. Sie ist immer noch in der absoluten Unsinnphase.

»Ja, natürlich, das wär echt gut«, redet Veronika in den Apparat hinein, »freilich, wir sind da, die können gleich kommen.«

Sie legt auf und kommt an den Tisch zurück. »Es kommen noch drei Gäste. Sollen drei Frauen sein, die unten auf Zimmersuche waren, und ich hatte ja gemeldet, dass wir noch Platz hätten. Sie werden wohl gleich kommen.«

Nach einer kleinen Pause meint sie: »Gut, dass ihr vorher noch vermessen habt. Das läuft übrigens sehr gut«, berichtet sie mit Blick auf Wolfgang. »Der Herr Unterbrunner hat sich die Sache schon angeschaut. Und wem haben wir das zu verdanken?«, fragt sie belustigt in die Runde.

»Dem Wolfgang«, antwortet Zita laut und gedehnt.

»Nein, stimmt doch gar nicht«, streitet der ab, »die blonde hübsche Jenny war's! Die hat doch den Stein angestoßen.«

»Die blonde hübsche Jenny«, äfft Zita nach. »Zum Glück ist diese blöde Kuh nicht mehr da. Nicht auszudenken, wenn die dauernd da herunten um den Wolfi herumschleichen tät.«

Ein blauer VW Käfer biegt in den Hof ein und drei Frauen kommen auf die Haustür zu. Veronika begrüßt sie und zeigt ihnen das Zimmer. Es sind drei Lehrerinnen aus Nürnberg, die hier die Pfingstferien verbringen wollen. Alle drei sind um die dreißig und sehen sportlich aus. Keine Problemgäste!

Gleich nach der Frühmesse verabschiedet sich Veronika von Zita und Wolfgang. Sie hofft bis zum Abendessen wieder zuhause zu sein. »Seid schön brav, Mittagessen ist hergerichtet. Na, dann viel Spaß heut' Nachmittag!« Lächelnd dreht sie sich um und steigt in ihr Auto.

Zita schaut Wolfgang fragend an: »Was machen wir denn jetzt?« Ganz so, als wäre ihre Mutter überraschend weggefahren, hat keiner von den beiden eine Idee. Als sie am Speiseraum vorbeikommen, sehen sie die drei Damen bei einem späten Frühstück sitzen. Sie gehen zu ihnen hin, wünschen einen guten Morgen und Zita übernimmt die Vorstellung. »Ich bin die Zita, die Tochter des Hauses, und das ist Wolfgang, mein Freund aus Regensburg.«

»Aus Regensburg«, sagt eine der Damen erstaunt, »na, das ist ja interessant. Möchtet ihr euch nicht ein wenig zu uns setzen?«

»Ja, wenn wir nicht stören, gerne.« Sie nehmen auf zwei freien Stühlen Platz und die Sprecherin stellt sich und die beiden anderen Damen vor. »Ich bin die Lydia, das ist Sabine und hier haben wir noch die Maria. Wir kommen aus Nürnberg und sind alle drei an einer Volksschule als Lehrkräfte tätig. Wie kommt ein junger Mann aus Regensburg hierher? Gehst du nicht mehr zur Schule?«, fragt Lydia neugierig.

Wolfgang erzählt die ganze Geschichte und die Damen sind begeistert. »Und du hast dir wirklich Arbeit gesucht, damit du die Fahrten hierher finanzieren kannst! Also, das ist ja unglaublich. Zita, wenn ich noch jünger wäre, hättest du eine echte Konkurrentin! So eine Liebe hab ich auch noch nicht erlebt, oder auch nur davon gehört!«

Zitas Wangen werden leicht rot vor Stolz. Wolfgang versucht abzuwiegeln, dass es doch nichts so Großartiges sei.

»Doch, doch«, meint Sabine, »das ist schon etwas Besonderes. Die meisten Beziehungen in eurem Alter begrenzen sich doch auf Diskobesuche oder in Kneipen rumhängen. Auch die Aufrechterhaltung des Kontakts über eine so große Strecke ist schon erstaunlich. Da muss es einfach etwas Großes sein!«

»Wir würden gerne, trotz des trüben Wetters, eine kleine Wanderung machen, eventuell auch mit Einkehrmöglichkeit. Könntet ihr uns da vielleicht einen Tipp geben?« Maria, die Kleinste von ihnen, hat bisher nur zugehört. »Es sollte aber nur ein Spaziergang und nichts Schwieriges sein. So eine Stunde hin und eine zurück.«

»Klar«, antwortet Zita, erfreut, einen Vorschlag machen zu können, »auf der Straße bergauf, etwa zwanzig Minuten von hier, ist eine bewirtschaftete Hütte. Aber mit ein wenig Umweg in die Landschaft kommt man gut auf eine Stunde. Es sind halt ein paar Abzweigungen zu beachten. Ich zeichne den Weg einfach auf.« Zita steht auf, um Papier und Stift zu holen, als Sabine meint: »Oder ihr beiden geht einfach mit, oder habt ihr schon etwas vor?«

»Nein«, antwortet Wolfgang, »so direkt nicht.« Fragend blickt er zu Zita, die stehen geblieben ist und nickt.

»Das wäre eine schöne Sache«, meint Wolfgang, »ich bin eh auf der Suche nach ein paar Wanderwegen für die Sommerferien.«

Schnell ziehen sich alle um und marschieren los. Wolfgang hat zwar nur seine Turnschuhe dabei, aber Zita meint, die würden durchaus reichen, denn sie wollen ja wegen der Nässe nur auf besseren Wegen gehen.

Zita führt die Gruppe erst Richtung Unterbrunner an dem oberen Weg entlang und biegt dann gelegentlich auf andere Wege ab, sodass sie nach gut einer Stunde beim Schober ankommen. Während des Fußmarsches haben sich die Damen mit den beiden recht angeregt unterhalten und sich gewundert, dass Wolfgang, so kurz vor den Abschlussprüfungen, nicht zuhause ist und lernt.

»Morgen fahre ich ja schon wieder heim«, erklärt er, »weil die Zita muss am Mittwoch wieder in die Schule und da hab ich noch genug Zeit dafür.« Als die beiden erklären, dass sie sich in der Schule stark verbessert haben, seit sie sich kennen, sind die Damen erstaunt.

»Ich hätte eher das Gegenteil erwartet«, meint Sabine, »denn ihr denkt doch sicher recht viel an einander und seid dadurch abgelenkt. Oder täusche ich mich da?«

In der Hütte begrüßen sie Frau Schober, die sich recht freut, als sie die beiden erblickt. »Bringt's heut' auch noch Gäste mit«, meint sie und lacht den beiden zu.

Die Gruppe setzt sich an Zitas Lieblingsplatz. Während die beiden jeweils eine Cola bestellen, nehmen die Damen lediglich dreimal Wasser. Jetzt ist auch Gelegenheit für Wolfgang, über ihre Lernerfolge weiterzuberichten.

»Ihr scheint wirklich ein ganz besonderes Paar zu sein«, sagt Sabine lachend, als er geendet hat, »aber es ist richtig schön, zwei junge Menschen zu sehen, die so natürlich sind wie ihr beiden, die aber dennoch genau wissen, was sie wollen.«

Die Unterhaltung zieht sich hin und die Damen wundern sich immer mehr, als Zita von ihrer Lehrstelle und von ihrem großen Plan erzählt.

»Ja, da habt ihr euch wirklich etwas vorgenommen. Fünf bis sechs Jahre sind eine sehr lange Zeit, in der viel passieren kann. Ich kann euch nur wünschen, dass ihr euer Ziel tatsächlich erreicht. Aber so wie ich euch einschätze, wird das gar nicht so unmöglich sein. Ich bin wirklich begeistert von euch.« Lydia, die wohl auch die Ältere von den dreien sein wird, hat anscheinend auch für Sabine und Maria gesprochen, denn die nicken zustimmend.

Auf dem Heimweg gehen sie wiederum im Bogen, nur diesmal auf der anderen Seite. So kommen sie auch an der Alm vorbei, wo Wolfgang und Zita beim letzten Besuch gepicknickt haben. Die beiden tauschen lächelnd einen innigen Blick.

Als die Damen sich erkundigen, wo man denn gut essen könnte, ohne weit fahren zu müssen, empfiehlt Zita natürlich den *Oberdorfer Hof*. »Da brauchen's nämlich gar nicht fahren«, erklärt sie, »Sie können entweder die Straße entlang runtergehen oder die Abkürzung über einen Fußweg machen, da sind Sie in zwanzig Minuten locker dort. Ich kann Ihnen den Weg gern zeigen, denn er geht eh gleich bei unserem Haus weg.«

Erfreut wird das Angebot angenommen und Zita zeigt ihnen den Weg, als sie an der Abzweigung vorbeikommen.

Veronika ist schon zuhause, als die Gruppe ankommt, und freut sich, dass die beiden sich um die Gäste gekümmert haben.

»Da haben Sie aber ein prächtiges Pärchen«, lobt Lydia die beiden. »Die sind richtig lieb und haben uns einen sehr schönen und interessanten Nachmittag geschenkt!«

Veronika freut sich über das Lob genauso wie die beiden, die sich stolz anschauen.

Nach einem ausgedehnten Frühstück geht Wolfgang noch in den Speiseraum hinüber und verabschiedet sich von den drei Damen. Sie wünschen ihm eine gute Heimreise und viel Erfolg bei den Prüfungen. Vielleicht sieht man sich ja einmal wieder!

Auf der Fahrt zum Bahnhof wird wenig gesprochen. Zita sitzt eng angelehnt hinten bei Wolfgang und hält seine Hand. Jetzt wird es etwas länger dauern, bis sie sich wiedersehen, denn Wolfgangs Prüfungen dauern bis Ende Juni und je nachdem, wie sie ausgehen, muss er vielleicht noch in eine Nachprüfung. Aber dann wird er kommen und gar ein paar Wochen bleiben. Zita träumt schon davon und macht Pläne für diese Zeit.

Am Bahnhof umarmt Veronika Wolfgang.

»Wolfgang, denk daran, wir brauchen dich, und zwar mittlerweile wir beide!« Sie drückt ihn fest an sich und streicht ihm durchs Haar. Dann wartet sie im Auto.

Zita geht mit zum Bahnsteig, wo der Zug schon bereitsteht. Sie umarmen sich und schauen sich immer wieder in die Augen, die bei Zita schon langsam anfangen feucht zu werden.

Wolfgang küsst sie noch einmal und steigt in den Zug. Der Schaffner schließt hinter ihm die Tür und gibt dem Lokführer das Zeichen zum Abfahren. Wolfgang bleibt an der Tür stehen, schiebt das Fenster herunter und winkt, solange er Zita noch sehen kann, während der Zug langsam Fahrt aufnimmt.

Die Heimfahrt verbringen die beiden Frauen in Gedanken versunken. Nur hin und wieder ist ein leises Schluchzen von Zita zu hören und Abschiedstränen rollen ihr noch eine Zeitlang über die Wangen.

Schon ist die Grimmer Alm zu sehen und die drei Lehrerinnen kommen ihnen mit ihrem Käfer entgegen. Sie winken ihnen lächelnd zu, als sie aneinander vorbeifahren. Veronika biegt in die Einfahrt ein und stellt ihr Auto direkt vor die Haustür.

»Ich muss später noch mal weg«, erklärt sie kurz. »Aber erst mal mache ich uns einen schönen Tee. Und dabei«, fügt sie mit einem Blick in Zitas immer noch verweintes Gesicht hinzu, »möchte ich dir eine Geschichte erzählen. Weißt, ich war schließlich auch mal jung und hab auch einen Traum gehabt. Oder, wie ihr es nennt, einen Plan.«

Zita setzt sich auf die Bank vor dem Haus und legt ihre Beine auf den davorstehenden Tisch. Die Sonne setzt sich immer stärker durch und schiebt die Wolken nach und nach zur Seite. Sie denkt an die vergangenen Tage und an Wolfgang, der jetzt im Zug wieder Richtung Heimat fährt. Ob das hier auch einmal seine Heimat werden wird? Sie will jedenfalls alles dafür tun.

Ihre Mutter kommt mit zwei Tassen Tee zu ihr und setzt sich neben sie. Zita nimmt ihre Beine vom Tisch und schaut ihre Mutter gespannt an.

»Weißt du«, beginnt Veronika ihre Geschichte, »dein Vater und ich haben uns auch schon sehr jung kennen gelernt. Allerdings konnten wir uns immer nur kurz nach der Messe am Sonntag sehen, oder beim Trachtenverein. Die Zeit und die Moralvorstellungen waren damals ganz anders. Wir konnten immer nur ein paar Sätze miteinander wechseln und dies waren dann meist nur unbedeutende Worte. Wir beiden aber wussten ganz genau, dass sich hinter diesen schlichten Worten ganz andere Gedanken und Gefühle verbargen. Wir machten viel mit Blicken, immer in der Meinung, dass es niemand mitbekommen würde. Aber meine Mutter wusste sehr bald Bescheid. Sie hat's mir einfach angesehen, wenn ich ihn wieder getroffen hatte. Sie schimpfte deshalb aber nie. Hin und wieder sagte sie mir, dass ich vorsichtig sein sollte. Allerdings war zu diesem Zeitpunkt, außer an Reden und Schauen, an nichts anderes zu denken. Wahrscheinlich waren wir beide für mehr aber auch zu schüchtern. Im Trachtenverein tanzten wir in verschiedenen Gruppen und alle unsere Bemühungen, in eine Gruppe zu kommen, scheiterten immer wieder. Erst als ich mit knapp sechzehn zum ersten Mal auf den Trachtlerball am Fasching gehen durfte, hatten wir ein Chance, uns näher kennen zu lernen. Meine Eltern waren natürlich mit dabei, denn dieser Ball war damals der Faschingsball schlechthin, da musste jeder dabei sein. Gleich beim ersten Tanz holte er mich, bat meinen Vater darum, mit mir tanzen zu dürfen, und dann hörten wir einfach nicht mehr auf. Die Musik spielte gleich über eine halbe Stunde lang ohne Pause. Er hatte mich die ganze Zeit über im Arm und wir beide waren so glücklich!« In Gedanken versunken blickt Veronika den Wolken nach und Zita hört beinahe andächtig zu. Schließlich war sie gerade acht Jahre alt, als ihr Vater verunglückte, und ihre Erinnerungen an ihn sind deshalb nicht allzu umfangreich.

»Als die Musik dann eine Pause machte«, fährt Veronika träumerisch fort, »wollte ich einfach stehen bleiben und warten, bis sie wieder spielen. Doch Josef machte mir klar, dass es besser sei, mich wieder zu den Eltern zurückzubringen, um Ärger zu vermeiden. Er würde mich einfach wieder holen, sobald die Pause beendet sei. So war es dann auch. Er kam immer und immer wieder, um meinen Vater zu fragen und mit mir zu tanzen. Irgendwann war es meinem Vater zu bunt und er sagte ihm: ›Sepp, jetzt spar' dir deine Fragerei und hol' sie einfach. Das sieht doch ein jeder, dass du hinter ihr her bist wie sonst einer. Ist schon recht mit dir!‹ Damit hatte der Vater praktisch die Zustimmung gegeben, dass wir beide uns miteinander sehen lassen durften. Mehr war aber noch immer nicht möglich. Aber für uns zwei war das schon das Allerhöchste. Langsam wurden die Gespräche nach der Kirche immer länger und persönlicher. Er konnte ja so schön reden und er war auch so g'scheit. Er wusste einfach alles und konnte auch alles. Irgendwie erinnert mich der Wolfi so sehr an ihn, dass ich deshalb auch drauf 'kommen bin, dir diese Geschichte zu erzählen.«

Zita ist gerührt von der Erzählung und lehnt mittlerweile still an ihrer Mutter. Liebevoll hat sie deren Hand in die ihre genommen. Mit keinem Wort will sie die Mutter stören, sondern hört einfach nur gespannt zu.

»Dann fragte er einmal nach der Kirche meine Mutter«, setzt sie ihren Bericht fort, »ob er mich besuchen dürfte, um mit mir ein wenig spazieren zu gehen. Mein Vater war damals krank und lag im Bett. Sie musterte ihn lange mit ihren Augen, bis sie endlich lächelte und leise zustimmte.

Es wurde der schönste Nachmittag in meinem Leben. Wir waren oben auf unserer Alm und küssten uns zum ersten Mal. Es war so wunderschön, dass ab diesem Zeitpunkt für mich ein neues Leben begann. Schon wenige Monate später, ich war gerade siebzehneinhalb, bestellten wir das Aufgebot und heirateten.« Mit verklärtem Blick sieht sie den Wolken nach, als ob sie ihren Josef darauf erblicken könnte.

»Mein Vater war da schon sehr krank und starb bald darauf. Ein Jahr später folgte ihm auch meine Mutter. Zwar wollte sie unbedingt noch ein Enkelkind sehen, aber es klappte einfach nicht. Erst ein paar Jahre später bist dann du zur Welt gekommen und bist auch ein Einzelkind geblieben, so wie ich auch eines war. Meine Eltern hatten mir eine kleine Landwirtschaft hier hinterlassen. Eine kleine Sach', wie man damals gesagt hat. Es gab halt zwei oder drei Kühe, ein paar Hühner und so. Ein paar Almen rund um unser Haus gehörten auch dazu. Zum Leben hat's nicht gereicht. Dein Papa hat außer seiner Arbeitskraft nichts mitbringen können, weil seine Eltern mit mir nicht einverstanden waren. Ich war ihnen einfach zu arm und so haben wir uns nur bei Beerdigungen gesehen und kaum ein Wort miteinander gewechselt. Deinem Vater war das aber egal, er wollte bloß mich haben.«

Veronika zieht ihre Tochter ganz fest an sich und streichelt ihr Gesicht. Innig verbunden sitzen die beiden ein Weile schweigend am Tisch.

»Er hatte vor, die Landwirtschaft nicht aufzugeben«, fährt sie wieder fort, »sondern sogar zu erweitern und nebenbei noch arbeiten zu gehen. Zuerst mussten wir aber Geld verdienen und haben die Tiere verkauft. Mit dem Geld haben wir hier das Haus so weit umgebaut, dass wir unten die Wohnung hatten und oben ein paar Zimmer vermieten konnten. Allerdings war damals, so kurz nach dem Krieg, noch nicht viel los mit Touristen. Aber er plante, hinter unserem Garten ein neues Haus zu bauen, mit einer großen Wohnung und ein paar Gästezimmern mit allem Komfort. Dazu wollten wir dann wieder Tiere haben, nicht so sehr, um davon zu leben, sondern um sie als Aushängeschild zu benutzen. Heute würde man es wohl als ›Urlaub auf dem Bauernhof‹ bezeichnen. Das alte Haus sollte ganz speziell für Kinder hergerichtet werden, sodass dort Schulklassen und Kindergruppen untergebracht werden könnten und sie gleichzeitig Zugang zu den Tieren hätten. Wir waren voller Begeisterung für unseren Traum und hatten uns gerade die Wohnung eingerichtet, als er dann verunglückte und wir beide allein da waren. Ich habe dann nur noch gelegentlich unten im Dorf gearbeitet, um ganz für dich da sein zu können. Stattdessen konnte ich dann die Zimmer oben immer öfter vermieten. Das ging so am Anfang mehr schlecht als recht, als aber dann immer mehr Schulklassen zum Skifahren gekommen sind, hat es zumindest zum Leben gereicht. Aber unser Traum war ausgeträumt!«

Zita ist den Tränen nahe und drückt ihr Gesicht an die Brust ihrer Mutter. Ein riesiger Kloß sitzt ihr im Hals, als sie leise fragt: »Hast du eigentlich einmal überlegt«, sie stockt und bringt die nächsten Worte kaum heraus, »dir wieder einen Mann zu suchen?«

»Weißt du«, meint Veronika nachdenklich, »das ist nicht so einfach. Zwar sagen viele Leute zu mir, dass es lange genug her wäre und ich doch noch zu jung zum Alleinbleiben sei, aber einfach bloß einen Mann zu nehmen, damit ich auch einen hab? Das kommt nicht in Frage. Einen zu finden, wie der Josef einer war, ist nicht leicht, und er müsste ja nicht nur mich, sondern natürlich auch dich mögen. Du müsstest ihn auch akzeptieren. Aber ich fürchte, dass ich ihn immer mit dem Josef vergleichen würde und er darunter leiden tät'. Außerdem, wo sollte ich so einen Mann kennen lernen? Wir sind doch die meiste Zeit hier heroben. Von den Gästen kommt auch kaum einer in Frage. Es müsste sich schon irgendwie zufällig ergeben, suchen tu ich jedenfalls nicht. Aber in letzter Zeit denk ich wieder sehr viel an unsere Zeit zurück und da ist diesmal tatsächlich der Wolfgang schuld. Der ist, zwar nicht vom Aussehen her, sondern von seinem Wesen, deinem Vater so ähnlich, dass ich ständig daran erinnert werde. Schon allein deshalb könnte ich euch doch gar nicht wirklich böse sein. Ich hoffe nur, dass ihr die Jahre, die ihr noch getrennt sein müsst, tatsächlich übersteht.«

»Mama, glaub mir, wir werden alles versuchen.« Zita ist zutiefst bewegt von den Worten ihren Mutter. Sie hat zwar durchaus Erinnerungen an ihren Vater, aber die beschränken sich auf einige wenige Ereignisse wie Ausflüge oder Weihnachten, Geburtstage und Zeiten in den Ferien, wenn er auch Urlaub hatte und daheim war. Ansonsten weiß sie nicht allzu viel von ihm.

»Leben eigentlich seine Eltern noch? Ich würde sie gerne kennen lernen. Ich glaube ja doch nicht, dass sie mir etwas antun würden!« Sie hat sich jetzt etwas in den Kopf gesetzt und will es durchziehn. Seine Eltern und vielleicht auch Geschwister kennen lernen.

»Ja, die leben beide noch«, nickt Veronika, »sie sind noch auf dem Hof daheim. Der Vater ist allerdings schwer krank, soviel ich weiß. Den Hof bewirtschaftet der jüngere Bruder von deinem Vater. Er heißt Jakob und hat meines Wissens drei Kinder, also Cousinen und Cousins von dir. Tun würden sie dir sicher nichts, aber ob sie reden würden mit dir, das weiß ich nicht. Mit mir reden sie jedenfalls nicht.«

Zita überlegt.

»Hast du die Telefonnummer von der Oma?« ›Seltsam‹, denkt sie, ›wie sich das anhört, bisher hab ich ja noch nie eine Oma gehabt.‹

»Natürlich hab ich die Nummer, bloß benutzt hab ich sie noch nie. Willst vielleicht gar heut' noch anrufen?«

Zita nickt. »Wie heißt sie denn?«

»Maria Grimmer heißt sie. Du müsstest sie wahrscheinlich verlangen, weil ich glaube nicht, dass sie einen eigenen Apparat hat, und ich weiß natürlich nicht, wer sich melden wird. Da bin ich aber gespannt, was dabei rauskommt.«

Voller Tatendrang steht Zita auf und nimmt die Teetassen mit, während sie ins Haus geht. Veronika bleibt nichts anderes übrig, als ihr zu folgen. Ihr Mann hat die Nummer seiner Mutter damals im Stubenschrank an die Innenseite einer Tür geklebt. Für alle Fälle, hat er damals gemeint und so braucht Veronika nicht lange zu suchen. Zita ist erstaunt, dass ihr dieser Zettel nie aufgefallen ist, nimmt ihn mit klopfendem Herzen ab und geht damit zum Telefon.

Aufgeregt horcht sie auf den Freiton und ihre Mutter steht, mit ebenfalls klopfendem Herzen, daneben.

»Grimmer Josef«, meldet sich, der Stimme nach, offensichtlich ein Kind.

»Hallo Josef«, antwortet Zita, erfreut, mit einem Kind sprechen zu können. »Hier ist die Zita und ich hätte gerne die Oma gesprochen. Könntest du sie vielleicht mal herholen?«

»Klar, ich hol' sie schnell«, kommt prompt die eifrige Antwort des Buben und Zita hört im Hintergrund, wie er nach der Oma ruft.

Es dauert einige Zeit, bis sich der Bub wieder meldet: »Hallo, die Oma kommt schon. Die ist bloß ein wenig langsam, weil sie nämlich schon so alt ist«, erklärt er, während im Hintergrund die Oma schimpft. »Lausbub, du sollst nicht immer so ein Zeug daherreden!«, hört Zita durch den Hörer und lächelt. Dabei sieht sie gedanklich den kleinen Konrad vor sich, der bei ihnen gewohnt hatte.

»Grimmer«, meldet sich eine alte, aber energische Stimme.

Zita bringt nichts heraus und schluckt.

»Hallo, wer ist denn dran?«, kommt die Stimme etwas ungeduldig aus dem Hörer. Schnell fasst Zita sich ein Herz und beginnt zu reden.

»Hallo Oma, ich bin's, die Zita. Die Tochter von deinem Sohn Josef. Ich wollte dich einfach mal kennen lernen.«

Sie hört einen tiefen Seufzer am anderen Ende und dann ist erst mal Stille.

»Hallo«, fragt Zita nach, »bist du noch da?«

»Ja, ja«, kommt es leicht ärgerlich zurück. »Was willst du denn, ist etwas passiert?«

»Bloß kennen lernen möcht' ich dich ein wenig. Meine Mama hat mir gerade von meinem Papa erzählt und da hab ich mir gedacht, dass ich ja meine eigene Oma gar nicht kenn'. Das gibt's doch gar nicht!«

»Ja, und wie stellst du dir das vor? Deine Mutter hat dir sicher auch erzählt, dass wir nichts miteinander reden.«

»Aber Oma, schau, jetzt reden wir doch schon miteinander! Ich würde dich einfach mal gerne besuchen kommen, wenn es dir passt. Außerdem würd' ich den Opa auch gerne kennen lernen und den kleinen Lausbuben Josef.«

Schweres Atmen ist durch die Leitung zu hören. »Oh, Mädel, wenn das so einfach wär.« Bedauern und Wehmut klingen in der Stimme mit. »Weißt du, das war für mich damals schon auch eine schwere Zeit. Die Männer sind wie die Verrückten aufeinander losgegangen und dann hat man nicht reden dürfen miteinander. Nur von den anderen Leut' hab ich immer wieder etwas über euch erfahren. Weißt, es ist schon schlimm, wenn man den eigenen Sohn praktisch aus dem Haus jagt.« Eine kleine Pause entsteht und Zita glaubt ein Schluchzen zu hören. »Bitte ruf' später noch mal an«, kommt es noch kurz und stockend aus dem Hörer und dann ist aufgelegt. Zita glaubt, dass die Oma dabei geweint und deshalb das Gespräch abgebrochen hat.

Neugierig und furchtbar aufgeregt schaut Veronika ihr Kind fragend an.

»Ich glaub, die Oma weint. Sie hat noch zum Schluss g'sagt, dass ich später wieder anrufen soll. Also, ich hab den Eindruck, dass sie unter dem Zerwürfnis sehr leidet. Ich probier's am Abend noch einmal.«

Dann will ihre Mutter jedes Wort der Unterhaltung genau wissen.

»Jetzt hab ich aber ganz schön Hunger«, meint Zita und schaut auf die Uhr. »Es ist ja schon Kaffeezeit! Komm, wir essen eine Kleinigkeit und dann gehn wir ein wenig spazieren. Das Wetter ist doch wieder ganz gut und da könnten wir uns ja noch weiter unterhalten. Morgen bin ich schon wieder in der Schul' und hab keine Zeit mehr dafür.«

Während sie Richtung Schober gehen, unterhalten sie sich angeregt über die Zeit damals, als es zu dem Zerwürfnis mit den Schwiegereltern kam. Zita will alles ganz genau wissen.

»Aber die Oma hat schon g'sagt, dass es ihr weh getan hat, als sie meinen Papa nicht mehr sehen konnte.«

»Natürlich tut es einer Mutter weh, wenn sie ein Kind praktisch verliert. Das war hauptsächlich ein Streit zwischen den Mannsbildern. Mein Vater war schon auch ein Sturschädel und dein Papa war so verliebt, dass er die Tragweite gar nicht hat erkennen können. Die treibende Kraft war aber schon deinem Papa sein Vater. Der hat ihm schon lange angedroht, dass er ihn enterben und nie wieder sehen will, wenn er mich heiratet. Ja, und dann hat halt ein Wort das andere ergeben und es ist nie wieder versucht worden, sich zu versöhnen. Die Frauen hatten dabei nichts zu melden und da hat die Maria sicher darunter gelitten. Schön wär's schon, wenn nach so langer Zeit wieder Frieden einkehren könnt'.«

Beim Schober setzen sie sich auf die Terrasse und trinken eine Cola. Genießerisch lässt Veronika die Sonnenstrahlen, die hinter den paar dünnen Wolken hervorkommen, auf sich wirken. Nachdenklich beobachtet sie die Dohlen, die aufgeregt auf der Terrasse herumhüpfen und um Brot- und Kuchenkrümel streiten.

»Man kann's kaum glauben«, beginnt Zita wieder mit dem Thema, »sie wohnen doch nur auf der anderen Seite vom Dorf. Selbst zu Fuß wär' es ja nicht mal länger als eine Stund'.« Ungläubig schüttelt sie immer wieder den Kopf. Aber sie hat einen Anfang gemacht und will unbedingt weitermachen, egal wie es ausgeht.

Veronika bestellt sich noch einen Kaffee und legt sich in einen freien Liegestuhl. »Zita, ich würde gerne ein bisschen dösen und träumen. Macht's dir was aus, wenn du mich zehn Minuten nicht stören würdest?«

»Mach nur«, antwortet Zita, »ich leg' mich einfach dazu. Aber keine Angst, ich bin ganz still.«

Veronika ist ganz aufgewühlt und eine große Wehmut macht sich in ihr breit. Immer wieder grübelt sie darüber nach, ob nicht auch sie Fehler gemacht hat und wie man die Sache wieder einrenken könnte. Darüber schläft sie ein.

Erst als ein paar Gäste etwas lauter sind, erwacht sie wieder und sieht, dass Zita mit starrem Blick ganz angestrengt nachdenkt. »Was drückt dich denn so sehr, dass man dich regelrecht denken sieht?«, möchte sie schmunzelnd wissen.

»Ach, ich bin grad am Überlegen, wie die Oma wohl aussieht und ob es uns überhaupt gelingen wird, sie einmal zu treffen. Was werden die anderen dazu sagen? Außerdem hab ich überlegt, was ich hernach sagen soll, wenn ich wieder anrufe.«

»Ich seh schon, du willst es mit Gewalt wissen! Na ja, vielleicht klappt es ja und wenn nicht, dann ist nichts kaputt gegangen. Vielleicht hätten's wir tatsächlich schon früher einmal versuchen sollen.«

Die beiden stehen von den Liegestühlen auf und machen sich auf den Heimweg.

»Also, dass der heutige Tag so ausgehen könnt', hätte ich auch nicht geglaubt«, meint Veronika kopfschüttelnd. »Der Wolfgang wird sicher auch schon lange daheim sein. Was er wohl treibt?«

»Ach du meine Güte, der hat bestimmt bei mir angerufen und ich war wieder einmal nicht daheim. Darf ich ihn dann ganz kurz anrufen?«

»Aber natürlich, ich möchte doch auch wissen, dass der Bub g'sund angekommen ist.«

Es ist kurz vor sechs Uhr, als sie zuhause ankommen, und Zita überlegt, dass bei Oma wahrscheinlich alle beim Abendbrot sitzen und ein Anruf momentan nur stören würde. Also ruft sie inzwischen bei Wolfgang an. Wolfgang meldet sich sofort und erzählt, dass er bereits am Nachmittag versucht hat, sie zu erreichen.

»Ich weiß«, antwortet Zita, »ich war mit Mama spazieren und ich habe ziemliche Neuigkeiten. Stell dir vor, ich habe meine Oma gefunden und mit ihr telefoniert. Ich muss sie aber jetzt dann noch mal anrufen, weil es für sie zu viel war. Aber diese Geschichte dauert zu lange, deshalb werde ich sie dir schreiben. Wir wollten nur wissen, dass du wieder gut daheim angekommen bist.« Ihre Mutter winkt ihr zu, einen Gruß von ihr auszurichten. Nachdem dies erledigt ist, verabschieden sie sich.

»Ich bin so neugierig, dass ich es jetzt einfach noch mal bei Oma probier«, sagt Zita aufgeregt.

Sie nimmt den Hörer wieder auf und wählt. Ihr Herz fängt wieder an stärker zu klopfen.

»Grimmer«, tönt eine jüngere Frauenstimme aus dem Hörer.

»Hallo Frau Grimmer«, antwortet Zita nervös, »hier ist die Zita und ich hätte gerne die Oma gesprochen.«

»Ach, du bist's«, kommt es freudig zurück, »die Oma hat uns schon erzählt, dass ihr telefoniert habt. Warte, ich hol' sie schnell.« Nach einer kurzen Weile meldet sich Frau Grimmer wieder: »Ach Zita, weißt, ich bin richtig froh, dass endlich mal einer einen Anfang macht. Die Oma ist ganz aus dem Häuschen und selbst der Opa freut sich. So, jetzt kommt sie schon.«

Zita blickt ganz erstaunt ihre Mutter an und sagt schnell, bevor sich die Oma meldet: »Die freuen sich alle, dass ich anrufe!«

»Hallo Zita«, ruft die Oma, »das ist aber schön, dass du wieder anrufst. Weißt du, ich bin alt und langsam und mir ist die Überraschung einfach zu viel gewesen. Ich hab erst nachdenken müssen. Aber ich bin wirklich froh, dass du dich gemeldet hast. Endlich mal kein Sturschädel und dafür ein Enkelkind mehr, das ist doch schön!«

Zita ist ganz gerührt von der Freude der Oma, denn sie denkt, dass diese Worte die Oma bestimmt viel Überwindung kosten. »Ich freu mich ja auch, dass ich endlich eine echte Oma hab! Gerne würde ich dich einmal treffen, um dich kennen zu lernen, und wir hätten bestimmt viel zu reden. Meinst du, dass das möglich wär?«

»Ja, natürlich müssen wir uns sehen, und zwar ziemlich bald, weil der Opa freut sich auch schon auf dich und dem geht's aber nicht so gut. Wer weiß, wie lang es bei dem überhaupt noch geht! Mir passt es immer, weil ich bin ja sowieso da. Du kannst jederzeit kommen und brauchst überhaupt keine Angst zu haben. Deine Mama g'hört natürlich auch dazu. Der Zirkus muss doch endlich einmal zu Ende sein. Ja, vor allem der Opa tät' gern mit deiner Mama ein paar ernsthafte Worte reden!« Zita glaubt ein leises Lachen zu hören und lächelt zu ihrer Mama hin.

»Na ja, morgen bin ich wieder in der Schul', aber am Nachmittag tät's mir schon passen. Was meinst, oder ist das zu schnell?«

»Nein, dann kommt's einfach gleich nach der Schul'. Ich richt' einen Kaffee her und einen Kuchen back ich auch. Dann können wir endlich einmal vernünftig miteinander reden! Denk daran, deine Mama gehört auch dazu!«

Zita verspricht, dass sie beide kommen werden, und verabschiedet sich.

»Du, stell dir vor«, erzählt Zita ganz aufgeregt, »die freu'n sich alle riesig! Ja, und du sollst unbedingt dabei sein, weil der Opa, dem es wohl sehr schlecht geht, mit dir noch ein paar ernste Worte reden will. Er freut sich auch, hat die Oma ausdrücklich gesagt!«

»Das gibt es doch gar nicht, da lebt man fast Tür an Tür und keiner traut sich einen Anfang zu machen. Dabei haben anscheinend alle bloß darauf gewartet!« Veronika schüttelt verständnislos den Kopf. »Da muss ausgerechnet so ein junges Lausdirndl einen Anfang machen und schon läuft alles. Na ja, natürlich fahren wir hin, gespannt bin ich aber schon, was dabei rauskommt.«

Sie diskutieren und bereden sich für morgen noch den ganzen Abend.

Im Bett erzählt sie Wolfgang die Geschichte und schläft darüber glücklich ein.

Je näher das Unterrichtsende kommt, desto nervöser wird Zita. Heute will sie ihre Mutter direkt von der Schule abholen und dann gleich zu Oma und Opa fahren. »Damit wir's hinter uns haben«, hat sie gesagt und wenig Zuversicht dabei erkennen lassen.

Pünktlich steht Veronika vor der Schule und Zita steigt mit gemischten Gefühlen ins Auto.

»Ich hab noch ein paar Blumen gekauft, für die Hausherrin. Deine Tante Marianne kenne ich auch nur vom Sehen. Wir sind uns ein paarmal über den Weg gelaufen, aber außer einem kurzen Gruß haben wir noch keine Worte gewechselt. Aber sie hat immer einen angenehmen Eindruck hinterlassen. Vielleicht kennst du sie sogar vom Sehen her, ab und zu ist sie auch beim Trachtenverein gewesen.«

Je näher sie dem Anwesen der Großeltern kommen, desto mehr steigt die Spannung. »Also, eines muss dir klar sein«, beginnt Veronika auf den Besuch vorzubereiten, »es kann gleich wieder vorbei sein und wir fahren wieder. Wir lassen uns weder beschimpfen noch sonst irgendwie dumm anreden. Dann sind wir gleich wieder fort. Da brauchst du dann auch nicht zu versuchen irgendwie zu vermitteln oder so. Wenn ich sage, wir fahren, dann fahren wir! Ist das so in Ordnung?«

»Ja, natürlich«, antwortet Zita beinahe erschrocken, »aber es wird nicht so kommen. Bisher waren sie alle recht freundlich. Die werden uns nicht beschimpfen!«

Veronika parkt das Auto gleich neben der Haustür. Ein Hund, der im Schatten vor seiner Hütte liegt, erhebt sich müde und trabt gemächlich heran, um die Besucher zu begutachten.

Offensichtlich hat man sie schon erwartet, denn die Haustür geht auf und zwei kleine Jungen stürmen heraus, bleiben aber dann neugierig in ein paar Metern Entfernung stehen. Auch Marianne, die Hausherrin, ist schon unterwegs zu ihnen.

»Grüß euch beide, das ist schön, dass ihr gekommen seid. Seit gestern ist bei uns alles wie umgedreht. Ich kann's noch gar nicht glauben. Na, dann kommt mal rein!«

Zita wirft ihrer Mutter einen triumphierenden Blick zu und schließt sich der Hausherrin und den beiden Buben an.

In der Stube wartet die Oma am Tisch sitzend auf sie und steht auf, als Veronika ein wenig zögernd auf sie zugeht. Sie streckt Veronika die Hand entgegen und sagt mit fester Stimme: »Veronika, danke, dass ihr gekommen seid. Wir wollen heute kein böses Wort mehr hören oder sagen. Ich freue mich sehr, dass ihr da seid.« Sie umfasst Veronikas Hand mit beiden Händen und schüttelt den Kopf. »Vroni, lass uns den ganzen Schmarr'n vergessen, er macht doch bloß jedem Beteiligten das Leben schwer. Komm, setz dich her, wir haben viel zu reden.«

Veronika nimmt Platz am Tisch und Zita geht zur Oma, um sie zu begrüßen. »So, so«, meint die Großmutter, »und du bist also die Zita, die sich ein Herz gefasst und einen neuen Anfang gemacht hat. Du kannst dir gar nicht vorstellen, wie dankbar ich dir dafür bin. Es ist schon richtig, dass die Jungen etwas verändern müssen, weil die Alten nicht über ihren Schatten springen können. Danke, Mädel, ich bin richtig stolz auf dich.«

Marianne stellt die Blumen in eine Vase und bringt Kaffee an den Tisch. »Das sind übrigens der Josef, er ist gerade fünf, und der andere ist der Jakob, der ist zweieinhalb Jahre alt. Meinem Mann hat die Streiterei damals so weh getan, dass er unseren ersten Sohn nach seinem Bruder benannt hat. Obwohl er immer wieder gemeint hat, man müsste den Streit doch beenden können, hat er es nie geschafft, einen Anfang zu machen. Er kommt später auch noch, denn er freut sich auch auf euch!«

»Ich weiß jetzt gar nicht so recht«, sagt Veronika mit einem Kloß im Hals, »wie mir geschieht. So einen Empfang hab ich nicht erwartet!«

Der kleine Josef schleicht sich hinter der Stuhllehne an Zita heran und zupft sie am Ärmel, um dann aber gleich wieder zu verschwinden. Zita dreht sich zu ihm um und die beiden lachen sich fröhlich an. Dann kommt Josef zu ihr her und setzt sich auf ihren Schoß.

»Na«, freut sich die Oma, »der hat schon eine neue Freundin gefunden, jetzt brauchen bloß wir noch weitermachen.«

Marianne bringt noch Apfelkuchen und setzt sich ebenfalls an den Tisch. Der kleine Jakob schaut die Gäste neugierig an, während er, auf dem Schoß der Mama sitzend, nach einem Stück Kuchen verlangt.

Zita ist mit Josef vollauf beschäftigt. Immer wieder schaut er zu ihr hoch und lacht sie an. Sie beugt sich dann zu ihm hinunter und drückt ihn fest an sich. Das gefällt ihm so sehr, dass er gar nicht mehr aufhören will und immer lauter ein Weitermachen fordert.

Das Gespräch der Erwachsenen droht dagegen zum Erliegen zu kommen, da keiner mehr so recht weiß, was er sagen soll. Da ergreift Marianne das Wort.

»Die Zita und ich sind ja die beiden Personen, die mit dem Streit eigentlich überhaupt nichts zu tun haben. Ich war damals noch nicht auf dem Hof und die Zita gab es auch noch nicht. Also haben wir zwei keinerlei Probleme miteinander. Deshalb hab ich mir gedacht, lassen wir euch beide einfach ein wenig allein und ich zeig der Zita den Hof. Was meinst du dazu?«, wendet sie sich an das Mädchen.

Die hat auch sofort verstanden und außerdem möchte sie tatsächlich den Hof besichtigen. »Aber der Josef muss auch mitgehen!«, bittet sie, obwohl ihr klar ist, dass der keinen Meter mehr von ihr weichen wird.

Während Marianne Zita den Hof zeigt, sitzen Veronika und die Oma allein in der Stube und schauen sich schweigend an.

»Ach, Vroni«, seufzt die Oma, »es ist viel Unrecht geschehen und dummerweise über Jahre hinweg aufrecht erhalten worden. Aber ich darf niemandem einen Vorwurf machen, denn ich war auch nicht in der Lage, einmal einen Schlussstrich zu ziehen. Glaub mir, wir haben alle darunter gelitten. Auch mein Mann, obwohl er immer versucht hat, es nicht zu zeigen. Aber seine Handlungen haben's dann doch immer verraten. Seit der Josef damals verunglückt ist, war er nimmer der Alte. Er hat es kaum verwunden, dass er sich nicht rechtzeitig mit ihm ausgesöhnt hat und er ist dann bald krank geworden. Seitdem hat der nie wieder lachen können.«

Sie macht eine Pause und trinkt einen Schluck Kaffee.

»Schon gleich nach eurer Hochzeit hat es ihm leid getan, dass er dem Josef nichts mitgegeben hat. Er hat bloß mir gegenüber einmal erwähnt, dass ihr schon genug zum Leben haben werdet, denn der Josef kann ja gut arbeiten. Außerdem hat er mich immer wieder mal gefragt, ob ich im Dorf etwas von euch gehört hätte. Als er dann den Hof übergeben hat, hat er ein Stück Land für sich behalten und an den Jakob verpachtet. Die jährliche Pacht hat er immer auf ein extra Konto eingezahlt und nie etwas davon abgehoben. Das Stück Land und das Geld auf dem Konto war für euch zwei bestimmt, spätestens wenn er stirbt, hat er immer gesagt. Gerne hätte er es euch schon früher gegeben, aber die Sturheit hat ihn immer zurückgehalten. Aber gestern, gleich nach dem Anruf von der Zita, hab ich vor Freud' so weinen müssen und bin gleich zum Vater hinter in die Schlafstub'n und hab ihm alles erzählt. Du glaubst es nicht! Er war so froh und Gott sei Dank geht's diesmal noch rechtzeitig, hat er g'sagt, und darauf bestanden, dass der Jakob gleich heute auf die Bank geht, das Konto umschreiben lässt und einen Notar bestellt, damit alles seine Ordnung bekommt.«

Veronika schluckt und schüttelt den Kopf. »Aber das gehört doch dem Jakob! Wir können doch nicht einfach daherkommen und ihm ein Stück Land wegnehmen, das er bestimmt auch braucht.«

»Nein, Vroni«, redet die Oma weiter, »du brauchst keine Angst zu haben. Der Jakob weiß seit der Übergabe darüber Bescheid und er hat immer wieder darauf bestanden, dass der Vater das auch endlich einmal schriftlich fixieren lässt. Er hat das Land immer bewirtschaftet und wird's auch weitermachen, wenn ihr es nicht braucht. Die Pacht zahlt er dann eben euch. Das ist alles bei uns gestern noch durchgesprochen worden. Der Tag gestern war für uns alle wie Weihnachten. Du hast schon eine ganz tüchtige Tochter! Übrigens, der Vater tät' dich auch gern sehen. Wenn du nichts dagegen hast, könnten wir ja später zu ihm gehen.«

»Sei mir nicht bös', Maria«, Veronika zögert kurz, als sie den Vornamen ihrer Schwiegermutter ausspricht, und schaut sie fragend an.

»Ja, natürlich darfst du Maria zu mir sagen, wenn's auch leider ungewohnt für dich ist, aber dafür kannst ja du am allerwenigsten.«

Veronika kann es immer noch nicht fassen. »Weißt du«, sagt sie ganz gerührt, »ich weiß auch gar nichts Rechtes dazu zu sagen. Es ist alles so neu und überraschend für mich.«

Jetzt lächelt die Oma und meint leise: »Ja, genauso war's gestern bei uns. Zunächst hat kaum einer seinen Mund aufgebracht und dann haben wir alle durcheinandergeredet vor lauter Freud'. Ach, weißt du, Vroni, ich kann mir gut vorstellen, dass ihr das Geld schon früher hätt's brauchen können, aber es ist halt mal so. Nehmt es jetzt und noch eines möcht' ich sagen, weil der Vater wird's wahrscheinlich nicht über die Lippen bringen.«

Mit Tränen in den Augen blickt die alte Frau ihre Schwiegertochter an und sagt bittend: »Verzeih uns unsere Sturheit, unsere Ungerechtigkeit und unsere Dummheit! Lass uns die letzten Jahre, die ich vielleicht noch hab, vernünftig und freundschaftlich verbringen. Wir täten uns alle wirklich freuen, wenn wir ein paarmal im Jahr zusammenkommen könnten, um ein wenig zu essen und zu feiern. Ganz so, wie es in anderen Familien auch üblich ist. Aber lass dir ruhig Zeit, das alles zu verarbeiten und auch mit deiner netten Tochter zu bereden. Aber auf alle Fälle sollten wir uns zukünftig öfter sehen.«

Auch Veronika stehen mittlerweile die Tränen in den Augen und gerne verspricht sie, dass sie den Kontakt nicht mehr abreißen lassen wird.

Gerade als die beiden Frauen zum Opa in die Schlafstube gehen wollen, kommt der Bauer zur Tür herein. In ihr Gespräch vertieft haben sie ihn nicht kommen hören.

»Hallo Vroni«, begrüßt er seine Schwägerin und breitet die Arme aus, »endlich können wir uns ganz normal unterhalten und müssen nicht die Straßenseite wechseln, wenn wir uns im Dorf über den Weg laufen. Danke, dass ihr 'kommen seid!«

So viel Herzlichkeit von Jakob ist ihr schon beinahe peinlich, denn sie kennt ihn ja kaum. Geredet hat sie mit ihm nur, als sie damals den Josef kennen gelernt hat und der Jakob noch ein Bub war.

Die drei setzen sich wieder an den Tisch und Jakob übernimmt das Reden. »Hat die Oma schon alles erzählt?«, fragt er in die Runde und als die beiden Frauen nicken, spricht er weiter: »Also, bei der Bank war ich, das geht klar, die schicken euch die Unterlagen zu. Der Notar will die nächsten Tage vorbeikommen und dann ist alles geregelt. Der Grund gehört euch und niemand anderem. Ich hab ihn die letzten Jahre für den Vater bewirtschaftet und mach das auch gerne weiter, wenn ihr wollt. Ihr könnt ihn aber auch verkaufen. Er liegt gleich am Ortsrand und es wird gemunkelt, dass zumindest ein Teil davon in den nächsten Jahren Bauland werden soll. Also würde ich mit einem Verkauf momentan noch warten. Aber das könnt ihr ja selber entscheiden. So weit einstweilen das Geschäftliche und jetzt das Private. Vroni, wir waren lange Zeit wirklich saudumm und blöd, alle miteinander. Mir persönlich tut das wahnsinnig leid, weil ich meinen Bruder sehr gern gemocht hab und es war sehr hart für mich, als mir der Vater verboten hat, mit euch zu reden. Ich war leider immer zu schwach, um zu rebellieren, und wollte halt auch meinen Frieden daheim haben. Aber ich bitte dich einfach darum, diese alten Zöpfe abzuschneiden. Dank meiner großartigen Nichte, die ich endlich kennen lernen darf, hat sich auf einen Tag die ganze Welt verändert! Ich bin richtig stolz auf sie und froh, dass es wenigstens einen in der Verwandtschaft gibt, der den Mut auf bracht hat, neu anzufangen. Und das wollen wir jetzt machen. Schluss mit den Streitereien und nach vorne schauen. Warum sollen wir uns das Leben schwerer machen, als es sowieso schon ist? Wo ist denn die Zita eigentlich, sie ist doch dabei?« Nach seinem Redeschwall, mit dem er auch seine Unsicherheit übertünchen konnte, fragt er beinahe ängstlich nach der Verursacherin des ganzen Wandels.

»Ja, natürlich ist sie dabei, deine Frau zeigt ihr gerade den Hof und ich glaube, die zwei verstehen sich ganz gut.« Langsam begreift Veronika, dass das hier kein Traum ist, und gewinnt ihre Fassung wieder zurück. »Aber Jakob, wir wollen dir nichts wegnehmen. Der Grund gehört doch üblicherweise zum Hof und du wirst ihn doch brauchen.«

Jakob lächelt. »Du hast schon recht. Üblicherweise ist das so und der Hoferbe zahlt die Geschwister aus. Aber bei uns lief es eben nicht so, der Vater hat dem Josef gesagt, dass er gar nichts bekommen wird. Auch das ist normalerweise nicht so ohne Weiteres möglich, aber der hat sich nicht gewehrt und auch nie einen Anspruch erhoben. Sonst hättet ihr den Grund vielleicht schon damals bekommen, wie ich den Hof übernommen hab. Den Vater hat da wohl doch das Gewissen gedrückt und deshalb hat er diesen Grund für sich behalten, mir aber gleich gesagt, dass er dem Josef gehört, sobald wieder Frieden eingekehrt sei. Leider haben wir das nicht mehr rechtzeitig geschafft. Mir nehmt ihr nichts weg, denn der Grund hat mir nie gehört! Was der Vater mit seinem Geld macht, das er aus der Verpachtung eures Grundes bekommen hat, ist seine Sache und geht mich nichts an. Brauchen tu ich es auch nicht, also freut euch darüber. Ich weiß, ich rede gern ein bisschen viel, aber jetzt weiß ich auch nicht so recht weiter.«

Stumm sitzen die drei am Tisch und keiner weiß mehr etwas zu sagen. Sie schauen sich über den Tisch hinweg an und beginnen plötzlich gleichzeitig laut zu lachen.

»Wie Schulkinder, die vom Lehrer beim Abschreiben erwischt worden sind«, amüsiert sich die Oma, »was meint ihr, schauen wir schnell noch beim Vater vorbei?«

»Gerne«, erwidert Veronika und die drei erheben sich, als die Bäuerin mit Zita und den Kindern in die Stube kommt.

Jakob begrüßt Zita überschwänglich und bittet sie, doch gleich mit zum Opa zu kommen. »Der freut sich ja schon so auf dich, dass er die ganze Zeit nur von dir redet.«

Marianne bleibt mit den Kindern in der Stube, obwohl Josef lauthals protestiert und mit Zita mitkommen will.

»Ich bin gleich wieder da«, tröstet sie ihn, »und dann zeigst du mir deine Spielsachen.« Josef ist zufrieden und geht gleich in die Spielzeugecke, um seine Sachen hervorzuräumen.

»Vater, schau, wer da kommt.« Freudig ist die Oma vorausgegangen und stellt jetzt überflüssigerweise die beiden vor. »Die Vroni, die kennst ja noch, und das hübsche Mädel hier ist die Zita, deine Enkelin!«

Der Großvater liegt im Bett und atmet schwer. Die Oma schiebt ihm noch ein Kopfkissen unter, damit er sich ein wenig aufsetzen kann. Er streckt die Hand zum Gruß aus und Veronika umfasst sie mit beiden Händen. Der alte und gebrechliche Mann, der einst den Streit vom Zaun gebrochen hat, tut ihr leid. Was ist aus dem großen, starken Bauern geworden! Wie ein Häuflein Elend liegt er da und seine Stimme ist leise. Aber er strengt sich an und die Freude über den Besuch ist deutlich in seinem Gesicht abzulesen.

»Vroni«, sagt er, »schön, dass du 'kommen bist. Ich hab nicht mehr lange und deshalb möcht ich dir sagen, dass ich ein Idiot war und als Idiot sterben werd'. Aber freu'n tu ich mich schon sehr, dass das, wozu ich nicht in der Lage war, meine Enkelin geschafft hat. Komm her, Mädel, du bist doch die Gescheiteste von uns allen und hast dich einen Dreck um die alten Geschichten geschert. Du kannst dir gar nicht vorstellen, was ich seit gestern für eine Freud' in mir hab.« Er lehnt sich wieder etwas zurück und muss mehrfach tief Luft holen.

»Vater, streng dich nicht so an«, mahnt Jakob seinen Vater, »das tut dir nicht gut.«

»Und wenn schon«, meint dieser darauf trotzig, »die ganze G'schicht hat mir zwanzig Jahre lang nicht gut getan und dann ist's jetzt auch schon egal. Aber ich muss einfach reden, weil ich so eine große Freud' hab. Wisst ihr zwei«, dabei sieht er ganz fest Veronika und ihre Tochter an, »es fällt einem alten Bauern und Sturschädel wie mir nicht leicht, um Verzeihung zu bitten. Aber mehr kann ich ja nicht mehr tun. Bitte verzeiht mir, dass ich so bös zu euch g'wesen bin.« Tränen überwältigen den ehemals so stolzen Mann.

»Ich glaub's ja nicht«, flüstert seine Frau leise vor sich hin.

»Aber natürlich verzeihen wir dir«, erwidert Veronika und drückt seine Hand, die sie immer noch festhält. »Wir vergessen einfach alles, was war, und fangen noch mal von vorne an.«

Froh nickt der Großvater.

»Ich brauch' dir überhaupt nichts zu verzeihen«, meldet sich Zita von der Seite, »ich wusste ja bis gestern gar nichts davon! Dass ich jetzt so plötzlich auch einen Opa und eine Oma hab, das finde ich einfach toll. Bloß g'sund solltest schon noch mal werden, damit wir auch noch etwas unternehmen können.«

Veronika will ihre Tochter gerade ermahnen, ihre Worte sorgfältiger zu wählen, als der Opa sich wieder mit fester Stimme meldet. »Lass sie nur, das haben wir leider versäumt, aber Zita, ich werde mich bemühen und dann machen wir zwei einen drauf!«

Alle lachen und sind froh, dass die Stimmung so ausgelassen ist. Jakob erzählt seinem Vater noch, was er bei der Bank und dem Notar alles erreicht hat, und der nickt zufrieden und müde.

Sie lassen ihn wieder allein und er schläft bereits, als sie die Tür schließen.

Jakob führt Veronika noch stolz den Hof vor und meint: »Bitte, wenn ihr jemals irgendetwas braucht, gebt mir Bescheid, ich würde gerne helfen, egal was es ist. Für meinen Bruder kann ich ja nichts mehr tun, deshalb tät' ich mich gern für euch einsetzen, wenn ihr Unterstützung braucht.«

Veronika ist gerührt von dem Angebot und bedankt sich aufrichtig dafür. In der Stube wird die Unterhaltung noch eine ganze Weile fortgesetzt und Zita ist ganz von den beiden Jungs in Beschlag genommen, als es Zeit für die Stallarbeiten wird.

Veronika und Zita verabschieden sich und versprechen, demnächst wiederzukommen. Der kleine Josef läuft hinter Zita her mit zum Auto und hängt sich an ihr Bein. »Du musst aber dableiben«, bettelt er, bis ihn seine Mutter auf den Arm nimmt.

»Keine Sorge, Josef«, sagt Zita zu dem Kleinen und streicht ihm über den Kopf, »ich komm bald wieder.«

Liebster Wolfgang,

ich schreibe Dir heute, weil es am Telefon einfach zu viel und zu kompliziert wäre, was ich zu berichten habe.

Kaum bist Du weg, überschlagen sich bei uns die Ereignisse. Aber alles nur zum Positiven, um Dir gleich vorweg die Angst zu nehmen. Meine Mama hat mir nämlich von Papa erzählt und dann ...

Zita schreibt Seite um Seite und schildert alles sehr ausführlich. Dabei fühlt sie manchmal tiefe Betroffenheit, dann aber gleich wieder große Freude und Ausgelassenheit. Sie freut sich so, dass sie jetzt eine Oma hat, dass sie tanzen könnte.

Als sie zum Schluss noch ihre Lippen auf das Papier drückt, denkt sie daran, was Oma wohl zu Wolfgang sagen wird, wenn sie ihn in den Sommerferien mitbringt. Glücklich lächelnd verschließt sie den Brief und geht schlafen.

Für Wolfgang vergeht die Woche recht unspektakulär. Nachdem das Wetter sich gebessert hat, ist er viel mit dem Fahrrad unterwegs und trifft beinahe täglich Katrin und Peter. Es stimmt ihn immer froh, wenn er die beiden sieht. Ihre einfache und ehrliche Zuneigung, die sie offen zeigen, gefällt ihm. Da ist keine Angeberei oder Protzerei dabei, sondern jeder, der will, kann sehen, dass sich die beiden wirklich gernhaben. Am Samstag macht er im Getränkemarkt wieder Überstunden, weil eine zusätzliche Lieferung Wein gekommen ist, die er mit abladen hilft und anschließend gleich noch in die Regale einräumt. Am Sonntag radelt er zu Tante Anni, die sich wieder sehr über den Besuch freut und alles Neue über Zita und ihn wissen will.

Am Montag, dem letzten Ferientag, erreicht ihn Zitas Brief, den sie ihm bereits mehrfach telefonisch angekündigt hat.

Als er die Geschichte liest, muss er immer wieder den Kopf schütteln und lächeln. Er ist stolz auf seine Freundin. Aus jedem Wort kann er die Freude spüren, die sich in Zita breit gemacht hat, als sie von ihrer Oma empfangen wurde. Seine Mutter ist einkaufen, sodass er momentan nicht mit ihr darüber reden kann. Aber das ist eine Neuigkeit für Tante Anni, denkt er und ruft sie sofort auf der Dienststelle an.

»Tante Anni, hier ist der Wolfgang. Ich hab etwas ganz Tolles zu berichten. Hast du Zeit oder störe ich gerade?«

»Für dich habe ich doch immer Zeit«, antwortet sie schon ganz gespannt.

»Stell dir nur mal vor, die Zita ....« Er will recht umfassend erzählen und immer wieder Teile des Briefes vorlesen, als ihn seine Tante unterbricht und meint, dass es wohl doch etwas zu lange dauern wird. Sie bietet an, dass sie sich um halb sechs im *Bischofshof* zum Abendessen treffen, da könnte er dann ausführlich berichten. Wolfgang nimmt das Angebot gerne an und geht in sein Zimmer, nimmt sich ein Bild von Zita und drückt es an seine Lippen.

Übermorgen beginnen die Abschlussprüfungen und deshalb klemmt er sich noch ein wenig hinter seine Bücher, obwohl er eigentlich schon gar nicht mehr weiß, was er noch lernen könnte.

»Bevor ich dir groß erzähle«, sagt er zu seiner Mutter, als diese wieder daheim ist, »hier, lies am besten selber.« Dabei übergibt er ihr den Brief und beobachtet ihre Miene, während sie liest. Wortlos schüttelt sie bloß hin und wieder den Kopf.

»Das ist ja wie im Roman«, meint sie ganz begeistert, »ich hätte ja nie gedacht, dass es so etwas heute noch gibt! Aber kannst stolz sein auf deine Zita, die akzeptiert einfach nichts nur deshalb, weil es schon immer oder zumindest lange so war. Respekt, das freut mich aber wirklich!«

Sie gibt den Brief zurück und Wolfgang erzählt ihr von Tante Anni. »Ach«, meint die Mutter, »da gehen wir mit, das freut sie bestimmt. Ich ruf' gleich den Papa an, dass er auch hinkommen soll. Das ist doch endlich wieder mal ein Grund zum Ausgehen!«

Schon kurz nach fünf Uhr erreichen Wolfgang und seine Mutter den *Bischofshof*.

»Die Sonne scheint so schön und es ist windstill, da bleiben wir doch gleich da heraußen«, meint die Mutter und die beiden setzen sich in den Biergarten im Innenhof der Gastwirtschaft.

Tante Anni ist begeistert von der Geschichte und als Wolfgang sie auch noch den Brief lesen lässt, meint sie: »Also, das ist ja eine Geschichte. Übrigens, die persönlichen Anmerkungen habe ich natürlich übersehen!« Augenzwinkernd gibt sie ihm den Brief zurück.

Zum Abschluss fasst der Vater resümierend zusammen: »Da hat doch dieses vermaledeite Mädel nicht nur in Österreich für Frieden gesorgt, sondern auch gleich noch bei uns einen Grund geliefert, dass auch wir wieder einmal zusammenkommen! Respekt, anderes kann man gar nicht sagen.«

Die nächsten Tage und Wochen ziehen sich dahin. Fast jeden Tag gibt es eine andere Prüfung und anschließende Diskussionen unter den Schülern über die richtigen Lösungen. Zwar scheinen Wolfgang auch einige Patzer passiert zu sein, aber insgesamt ist er zufrieden. Jeden Abend telefoniert er kurz mit Zita und berichtet, wie es ihm ergangen ist. Nach dem Brief hat er, mit Erlaubnis seiner Eltern, ein längeres Gespräch mit Zita führen dürfen, denn es gab doch noch ein paar Fragen zusätzlich.

Zita dagegen, besucht mindestens einmal in der Woche ihre Oma und die beiden Kleinen, von denen sie immer mehr begeistert ist. »Wenn du so weitermachst«, meinte einmal Wolfgang lachend am Telefon, »werden sie dich adoptieren oder als Kindermädchen anstellen.« Sie hat wirklich viel Freude an den Kleinen und auch an Oma und Opa. Dem geht es inzwischen wieder etwas besser und Zita besucht ihn jedes Mal, wenn sie auf dem Hof ist. Freudig ergreift er dann immer ihre Hand und hält sie fest, bis sie sich wieder verabschiedet. Eine tiefe Ergriffenheit und Genugtuung macht sich nach jedem Besuch in ihr breit. Auch ihre Mutter genießt das neue gute Verhältnis und trinkt gelegentlich mit Marianne zusammen einen Kaffee im *Oberdorfer Hof*, wenn sie sich beim Einkaufen über den Weg laufen.

Ein paar Tage nach dem ersten Besuch kam Post von einem Notariat aus Wörgl. Es waren einige Papiere zu unterschreiben und zurückzuschicken, sodass die Übereignung der Grundstücke vollzogen werden konnte.

Großvater zeigte sich sehr zufrieden und erfreut, als Zita und ihre Mutter ihn wieder besuchten. Er hatte eine Abschrift der Übergabeurkunde vom Notar bereits erhalten. »Jetzt ist es endlich so weit, was vor Jahren schon hätte sein sollen. Aber egal, was kommen mag, jetzt ist es nicht mehr zu ändern. Ich wünsch' euch beiden viel Glück damit!«

Auch auf dem Konto ist über die Jahre ein schöner Schillingbetrag zusammengekommen. Die beiden beschließen sofort, dieses Geld ausschließlich für einen Aus-, Um- oder Neubau ihres Anwesens zu verwenden. Bis dahin soll es, außer bei einem extremen Notfall, liegen bleiben.

Ende Juni sind alle schriftlichen Prüfungen geschrieben und die Schüler warten auf die Korrekturen und Ergebnisse. Manche Teilnehmer werden in eine mündliche Nachprüfung müssen, aber die große Spannung ist bereits heraus. Es findet auch kein Unterricht im eigentlichen Sinne mehr statt, sondern es werden Wandertage, Exkursionen, Filmvorführungen und Ähnliches angeboten. Zwischendurch gibt es auch wieder freie Tage oder es wird mit der ganzen Klasse ins Freibad gegangen. Seinen sechzehnten Geburtstag am achten Juli hat Wolfgang beschlossen noch nicht groß zu feiern, sondern die Feier zusammen mit Zita in den Ferien nachzuholen.

Am 21. Juli wird in der Schulturnhalle eine große Leinwand aufgebaut und ein Videobericht über die Landung der amerikanischen Astronauten auf dem Mond wird gezeigt. Diese Veranstaltung bekommt viel Zuspruch, denn vielen ist es nicht möglich gewesen, die Landung live mitzuverfolgen. Zwar wurden die Schwarz-Weiß-Bilder durch die Vergrößerung auf die Leinwand noch schlechter, als sie sowieso schon sind, aber das tut der Sensation keinen Abbruch. Anschließend gibt es noch Diskussionsforen zu dem Thema und die Schulleitung hat für alle Schüler kostenlos Getränke zur Verfügung gestellt. Nicht nur die Schüler, sondern auch die Lehrer sind von der gigantischen Leistung Amerikas begeistert und so mancher träumt heimlich davon, einmal Astronaut zu werden.

Die restlichen Tage vergehen mit Langeweile recht langsam, denn erst am Freitag wird es die Zeugnisse geben und damit endgültig das Ende der Schulzeit für Wolfgang erreicht sein. Zita hingegen ist schon seit zwei Wochen in den Ferien und Wolfgang wäre nur zu gerne vorzeitig zu ihr gefahren. Aber es gilt immer noch Anwesenheitspflicht, wenn auch kaum kontrolliert wird. Er will aber auf keinen Fall zum Schluss noch irgendwelchen Ärger haben. Auch hat Zita ihn ja schon besuchen wollen, stattdessen hilft sie im *Oberdorfer Hof* aus. Wolfgang hatte auch gemeint, dass es klüger wäre, wenn sie anschließend an seinen Besuch mit ihm und seinen Eltern noch für eine Woche mit nach Regensburg käme. Beim Betriebsfest seines zukünftigen Arbeitgebers ist er allen Betriebsangehörigen vorgestellt worden und hat nebenbei erfahren, dass er bisher der einzige Lehrling ist. Es haben sich zwar noch zwei andere Kandidaten beworben, aber einer ist von Herrn Gerber abgelehnt worden und der andere hat kurzerhand seine Bewerbung wieder zurückgezogen. So setzt die Firma Gerber alle Hoffnungen auf Wolfgang. Dieser hat allerdings ob der Vorschusslorbeeren, die er bei dem Fest schon erhalten hat, insgeheim ein schlechtes Gewissen, weiß er doch, dass er nach der Lehre nicht, wie alle hoffen, bleiben kann. Doch er genießt das Fest und behält seine Zukunftspläne vorerst für sich.

Heute ist es endlich so weit, die Eltern sind ebenfalls eingeladen, um bei der feierlichen Übergabe der Abschlusszeugnisse in der festlich geschmückten Turnhalle, dabei zu sein. Eine Ansprache des Schuldirektors eröffnet die Feier. Sogar der Bürgermeister hat es sich nicht nehmen lassen, zu erscheinen und ein Grußwort an die Anwesenden zu richten. Das Schulorchester spielt zwischendurch klassische Musik und dann beginnt die Verteilung der Zeugnisse. Jeder Schüler wird einzeln aufgerufen und darf nach vorne gehen, um die Gratulation des Klassenlehrers und sein Zeugnis in Empfang zu nehmen. Angespannt wartet Wolfgang zwischen seinen Eltern auf seinen Aufruf und hätte ihn beinahe überhört, weil er gerade sehr vertieft an Zita gedacht hat. Ein kleiner Rempler von der Hand seines Vaters lässt ihn aufschrecken und sofort losmarschieren.

»Gratuliere, Wolfgang, du hast dich aber im letzten halben Jahr gewaltig gesteigert. Eine schöne 1,2 im Durchschnitt! Das ist doch mehr als eine starke Leistung! Respekt und alles Gute für deine Zukunft«, wünscht ihm sein Klassenlehrer mit einem Klaps auf die Schulter.

Stolz trägt er das Dokument nach hinten und zeigt es seinem Vater.

»Sauber, da hat sich das Herkommen ja gelohnt. Das hätte ich ehrlich gesagt nicht erwartet!«

Zur Feier des Tages geht die Familie anschließend in den *Bischofshof* zum Essen. »Heut' gehn' wir aber rein«, empfiehlt der Vater, »so gut, wie wir angezogen sind.«

Zuhause ruft er sofort voller Freude seine Tante in der Arbeit an.

»Hallo, Tante Anni, stell dir vor, ich habe ein Notendurchschnitt von 1,2 im Zeugnis!«

»Das ist aber eine Überraschung. Gratuliere! Da musst du mich aber demnächst besuchen kommen, damit wir ein wenig feiern können!«

Eigentlich wollte er schon morgen für ein paar Wochen zu Zita fahren, überlegt aber kurz und meint: »Du, Tante Anni, würde es dir morgen Nachmittag passen? Weil ich ja dann zur Zita fahren will und da bin dann für eine Weile weg.«

»Hm, also Nachmittag geht nicht, das ist zu spät! Aber ihr könntet alle drei zum Mittagessen kommen, dann können wir Nachmittag feiern und du könntest ja vielleicht am späten Nachmittag noch fahren. Frag' doch mal deine Mama.«

Die stolzen Eltern sind sofort bereit dazu und Wolfgang sagt seiner Tante zu.

»Aber jetzt feiern erst einmal wir«, erklärt sein Vater und holt eine Flasche Sekt aus dem Kühlschrank. Seine Mutter bringt drei Gläser und der Vater schenkt ein.

»Also, mein Junge«, dabei schaut er zuerst Wolfgang und dann seine Frau an und verbessert sich, »also, *unser* Junge«, ein dankbarer Blick seiner Frau fliegt ihm zu und er lächelt leicht, »wir sind mächtig stolz auf dich. Dieses Endergebnis war aufgrund deiner früheren Zeugnisse kaum zu erwarten. Deshalb unseren ausdrücklichen Respekt vor deiner Leistung im vergangenen halben Jahr. Du hast dich ja wirklich mächtig reingehängt, bist nebenbei noch arbeiten gegangen und nicht zu vergessen, den Kopf ständig beim Gspusi gehabt.« Alle drei lachen laut und der Vater fährt fort. »Wir sind ja fest davon überzeugt, dass die Zita hinter deinen guten Noten steckt. Du hast es uns zwar schon einmal erklärt, wie das Lernen zwischen euch funktioniert, aber so recht daran geglaubt haben wir doch nicht. Jetzt ist unsere Skepsis aber eindeutig widerlegt und wir freuen uns einfach für euch beide! So, und jetzt wird angestoßen!«

Während sie sich den Sekt schmecken lassen, überlegt Wolfgang, wann er am besten zu Zita fahren könnte. Er möchte ganz gerne etwas länger bei Tante Anni bleiben, denn sie freut sich immer so, wenn sie ihn sieht, und außerdem, wenn der Zug Verspätung hätte, käme er erst spät am Abend an. Das gefällt ihm nicht und so beschließt er, dass er erst am Sonntagvormittag den Zug nehmen wird.

Voller Freude ruft er dann bei Grimmers an und Veronika meldet sich. »Hallo Veronika, ich hab heute mein Zeugnis bekommen und jetzt ist die Schule aus. Ist die Zita auch da?«

»Natürlich, sie wartet doch schon die ganze Zeit, ich geb' sie dir schnell«, lächelnd übergibt sie den Hörer an Zita.

»Hey, Wolfgang, wie ist's ausgefallen, bist du zufrieden?«, will sie ganz aufgeregt wissen.

»Super, stell dir vor: 1,2 im Durchschnitt! Einer der Allerbesten! Ich kann's selber noch gar nicht glauben!«

»Du Streber«, lacht Zita ins Telefon, »was hätte es auch sonst sein sollen? Da kann ich natürlich wieder einmal nicht mithalten, obwohl ich mich ja auch ganz schön verbessert hab.«

Sie albern noch eine Weile herum und dann möchte Zita gerne wissen, wann er denn kommt.

Zunächst ist sie ein wenig enttäuscht, dass er erst am Sonntag kommen wird, aber als er ihr von Tante Anni erzählt und dass es dort bestimmt einen Zuschuss für die Reisekasse geben wird, ist sie beruhigt. Außerdem tröstet es sie, dass er dann ganze vier Wochen bleiben will, und sie könnte sogar noch eine weitere Woche mit ihm verbringen, wenn sie mit ihm und seinen Eltern nach Regensburg fahren würde. Aber sie will sich noch nicht festlegen, sondern die Eltern erst näher kennen lernen.

»Gut, ich versprech' dir eines«, gibt sie nach, als sie merkt, dass Wolfgang enttäuscht ist, »wenn ich deinen Eltern gefallen sollte und sie selber sagen, dass ich mitkommen soll, dann fahre ich mit. Schließlich bin ich noch immer erst fünfzehn und da fährt man nicht so einfach zu seinem Freund in Urlaub! Merken Sie sich das, junger Mann!«

»Ja, ja, ich hab's gehört. Übrigens könnten wir ja unsere beiden Geburtstage zusammen feiern. Meinen habe ich eh nicht gefeiert und deinen könnten wir dann auch noch ein bisschen nachfeiern. Was meinst du?« Wolfgang hat ein schlechtes Gewissen, weil er im Prüfungstrubel zwar an ihren Geburtstag gedacht und ihr auch gratuliert hat, aber er hatte ihr eigentlich ein Geschenk schicken wollen. Auf die Schnelle hat er dann aber nichts Passendes gefunden und schon war der Termin vorbei gewesen. Mittlerweile hat er aber ein Halskettchen mit Anhänger, auf dem sein Name eingraviert ist, gekauft.

»Oh ja, genau das machen wir, da laden wir die Uschi und die Micha mit dem Georg ein und vielleicht noch jemanden. Das wird bestimmt eine tolle Feier!« Begeistert plant sie in Gedanken bereits die Einladungen und hofft, dass vielleicht auch Onkel Jakob mit Frau und den beiden Buben vorbeischauen werden. Der Oma muss er Wolfgang sowieso vorstellen. Erst letzte Woche hat Zita mit ihr auf einer Bank im Garten vom Onkel gesessen und ihr dabei von Wolfgang erzählt. Zunächst war die Oma schon etwas erstaunt darüber, hat dann aber recht spitzbübisch gegrinst und gemeint. »Na ja, jung gefreit, nie gereut! Ja, so ist das heute eben. Früher war so etwas unmöglich. Mein Vater hätte mich erschlagen, wenn ich mit fünfzehn einen Burschen länger als ein paar Sekunden ang'schaut hätt'. Aber was hat's geholfen, dann haben's wir eben heimlich g'macht!«

In den letzten Wochen ist Zita auf dem Hof richtig heimisch geworden und niemanden stört es, wenn sie einfach unangemeldet kommt, mit Oma und Opa redet oder mit den Kindern spielt. Besonders zu Oma hat sie sogar ein recht inniges Verhältnis aufgebaut und sie vertrauen sich so manche Heimlichkeit an, wobei sie immer eine diebische Freude haben.

»Ich freu mich ich schon auf Sonntag«, sagt sie zum Abschied noch ins Telefon und dann fällt ihr noch etwas ein. »Übrigens, die beiden Duschkabinen sind da, und der Herr Unterbrunner will sie nächste Woche am Samstag, wenn die Zimmer nicht belegt sind, gleich einbauen. Ein tüchtiger Helfer, hat er g'meint, wär' da schon zu gebrauchen.«

»Oh ja, da freu ich mich schon darauf, endlich etwas Handfestes tun und auch noch etwas Nützliches dazu!« Sie verabschieden sich und beide hoffen, dass der Samstag möglichst schnell vergehen wird. Wolfgang hat die Stelle beim Getränkemarkt wieder gekündigt und morgen und Dienstag wird noch Peter für ihn aushelfen. Zwar haben ihm Grubers angeboten, dass er abends kommen könnte, wenn schon geschlossen ist, aber er ist der Meinung, dass acht Stunden und manchmal sicherlich auch noch etwas mehr am Tag reichen müssen.

Endlich sitzt Wolfgang wieder im Zug. Diesmal hat er Vaters großen Rucksack dabei, denn immerhin will er ja längere Zeit bleiben. Da der Zug am Sonntagmorgen relativ dünn besetzt ist, fällt es ihm diesmal nicht schwer, einen schönen Fensterplatz zu ergattern.

Während die Häuser der Stadt langsam am Fenster vorbeigleiten, denkt er noch einmal an die letzten Tage. Da ist zunächst der Schulabschluss. Er kann es noch gar nicht wirklich glauben, dass jetzt Schluss ist mit der Schule, den freien Nachmittagen und dem lockeren und ungezwungenen Leben. Schon in fünf Wochen wird er von morgens bis abends arbeiten müssen und all das tun, was andere ihm anschaffen werden. Freizeit wird es nur noch abends und am Wochenende geben, wobei jeden zweiten Samstag bis drei Uhr nachmittags gearbeitet werden muss. Ein wenig traurig denkt er an die doch recht schöne und sorgenfreie Schulzeit zurück. Andererseits ist damit aber auch schon die erste Hürde zur Verwirklichung ihres großen Plans geschafft. Mehr als ein halbes Jahr kennen sie sich schon und das mit dem Kontakthalten hat sich dank des Telefons und der Eisenbahn gut eingespielt. Die nächste Hürde wird sicher etwas schwerer werden, da sie nicht nur länger dauert, sondern auch mehr von anderen Faktoren abhängen wird. So weiß er noch nicht, ob es immer so funktionieren wird, dass er einmal im Monat Freitag oder Montag freinehmen kann, um zu Zita zu fahren. Ansonsten lohnt der Aufwand kaum! Aber er ist zuversichtlich, dass er eine Lösung finden wird.

Dann der gestrige Tag bei Tante Anni. Bei der Gratulation zu seinem Abschluss hatte er das Gefühl, an der Brust seiner Tante das Leben auszuhauchen, so sehr drückte sie ihn. Anschließend gab es zu seinen Ehren ein richtiges Festessen und als er dann erwähnte, dass zum Ende der Ferien auch noch Zita für ein paar Tage kommen könnte, war Tante Anni nicht mehr zu halten gewesen. »Bitte gebt mir rechtzeitig Bescheid, damit ich mir eventuell einen Tag Urlaub nehmen kann. Ihr müsst auf alle Fälle zu mir kommen! Ich werde mir auch etwas überlegen, was wir dann machen können. Ach Gott, ich freu mich ja schon so darauf, das Mädel endlich sehen zu können.«

»Allerdings«, hatte er dann weiter erzählt, »fährt sie nur mit, wenn meine Eltern mit ihr zufrieden sind und sie ausdrücklich darum bitten. So hat sie gesagt!«

»Na, da werdet ihr doch nichts dagegen haben, das wär' ja noch schöner!« Dabei blickt sie Wolfgangs Eltern ernst an und droht spaßhaft mit dem Finger. »Ihr werdet mir doch diese Freude nicht verderben!«

Wolfgang lächelt, während sein Blick aus dem Fenster in die Ferne geht. Plötzlich war er gar nicht mehr so sehr gefragt gewesen, sondern es ging nur noch um Zita, aber zum Schluss gab es dann noch einen Hunderter von der Tante und damit war wieder alles bestens. Allerdings mag er seine Tante nicht nur wegen ihres spendablen Verhaltens, sondern sie ist ihm auch so sehr sympathisch, denn sie hat immer Verständnis für ihn. Gerade das macht sie so liebenswürdig.

Er ist so tief in seine Gedanken versunken, dass er erst kurz vor dem Hauptbahnhof in München, wo der Zug etwas ruppig über die Weichen fährt, aus seiner Träumerei erwacht.

Schnell packt er seinen Rucksack und stellt sich als Erster an die Waggontür. Nachdem sie diesmal kaum Verspätung hatten, erreicht er sogar noch den früheren Anschlusszug. Allerdings fährt der schon in acht Minuten ab und er muss noch auf die andere Seite des Bahnhofs laufen.

Auch in diesem Zug befinden sich nur wenige Fahrgäste. ›Vermutlich‹, denkt Wolfgang, ›ist es für die meisten Menschen am Sonntag einfach noch zu früh.‹ So geht es ohne Störungen Richtung Süden und die Sonne wärmt durch die Fenster die Waggons bereits so stark auf, dass die Fahrgäste die Fensterscheiben herunterschieben. Dabei bläst der Fahrtwind durch den Waggon, sodass Wolfgangs Haare regelrecht verwirbelt werden. Ob da der Begriff »Zugluft« herkommt, denkt er und muss über seine Gedanken lächeln.

Schon gegen zehn Uhr rollt der Zug langsam in den Bahnhof in Wörgl ein.

Er steht am offenen Fenster und blickt hinaus. Ganz vorne am Bahnsteig sieht er Zita stehen und er winkt stürmisch. Sie winkt freudig zurück, als sie ihn erkennt.

Sie merken nicht, dass sie, so eng umschlungen und mit dem großen Rucksack neben sich, ein Hindernis für die anderen Fahrgäste darstellen, die umständlich um sie herumgehen müssen. Aber niemand regt sich auf, eher sind schmunzelnde Blicke oder gönnendes Lächeln angesagt.

Zita kann gar nicht genug bekommen von Wolfgang und klammert sich immer wieder an ihn, um ihn zu küssen. Auch Wolfgang ist überglücklich, seine Zita wieder in den Armen halten zu können. Erst als der Bahnsteig fast leer ist und der Schaffner zum Einsteigen für die Weiterfahrt auffordert, lösen sie sich voneinander und gehen, einander fest an den Händen haltend, zum Ausgang, wo Veronika schon vor dem Auto auf sie wartet. Herzlich drückt auch sie ihn und er fühlt sich schon wieder richtig daheim.

Zita sitzt hinten bei Wolfgang fest an ihn gelehnt und hat ihren Arm um seine Hüfte gelegt.

»Na, ihr zwei«, meint Veronika, in den Rückspiegel schauend, »gönnen wir uns ein Eis?« Natürlich sind beide dafür und sie halten vor einer Eisdiele, die soeben dabei ist zu öffnen. Die Tische im Freien werden gerade sauber gemacht und für den neuen Tag eingedeckt. Sie setzen sich an einen Tisch in der Nähe des Eingangs, der schon fertig hergerichtet ist. Beim sofort herbeieilenden Kellner bestellen sie sich jeweils einen Eisbecher und schauen dann den Menschen auf der Straße zu.

»Schön, dass du wieder da bist«, freut sich Veronika, »es hat sich einiges getan seit dem letzten Mal. Außerdem habt ihr ja ein Jubiläum zu feiern, denke ich, oder sind sechs Monate für euch kein Grund zum Feiern?«

Überrascht blickt er zu Zita, doch die lächelt ihn nur recht verliebt an. Natürlich wusste er, wie lange er Zita schon kennt, aber dass dies ein Grund für eine Familienfeier sein könnte, damit hat er nicht gerechnet.

»Na ja«, meint er, »wir wollen ja meinen und Zitas Geburtstag noch feiern. Wenn wir auch noch die sechs Monate feiern, haben wir ganz schön zu tun, dass wir über die Runden kommen.«

»Lass nur«, meint Zita beschwichtigend, »das kriegen wir schon hin. Oma und Opa und meine beiden kleinen Neffen musst du auch kennen lernen. Ja, wir haben einiges zu tun!« Schmunzelnd legt sie ihren Kopf wieder an seine Schulter.

»Am Samstag kommt der Herr Unterbrunner, um die beiden Duschkabinen einzubauen«, berichtet Veronika, »da könnt ihr beide ihm sicher auch ein wenig helfen. Für nächste Woche habe ich eine ganz besondere Überraschung für euch beide. Aber ich verrate noch nichts!« Als sie sich lächelnd zurücklehnt, blickt sie in zwei verdutzte Gesichter.

»Apropos Überraschung«, meldet sich Wolfgang wieder zu Wort, »ich hab da noch eine Kleinigkeit zu deinem Geburtstag.« Dabei greift er in seine Hemdtasche und holt ein kleines, in buntes Geschenkpapier verpacktes Päckchen heraus. Mit einem Kuss überreicht er das Geschenk seiner Freundin, die es sofort auspackt. Als sie das Kettchen sieht, ist sie ganz begeistert und Wolfgang muss es ihr gleich um den Hals legen.

»Danke, Wolfgang«, freut sie sich, »ich werde es immer tragen, ganz bestimmt.«

Daheim, auf der *Grimmer Alm*, streckt sich Wolfgang und saugt tief die Luft in seine Lungen.

»Ach, wie herrlich es hier duftet, diesen Geruch habe ich schon lange vermisst.«

Tatsächlich ist hinter dem Haus Gras gemäht und zum Trocknen ausgelegt worden. Die kräftige Sonne und ein leichter Luftzug tun das ihrige zur Verbreitung des Duftes dazu. Im Eingangsbereich sind die beiden verpackten Duschkabinen abgestellt. »Die sind vorgestern erst gekommen«, sagt Veronika und deutet auf die beiden riesigen Kartons, »eigentlich müssten wir noch nachsehen, ob alles damit in Ordnung ist.«

»Oh ja«, meint Wolfgang begeistert, »auspacken tu ich immer gern!« Dabei wirft er Zita einen schelmisch grinsenden Blick zu. Zita lächelt leicht und schüttelt sanft den Kopf. »Nur Unsinn im Kopf, der Bub«, sagt sie leise und liebevoll zu ihm. Dann holt sie gleich ein Messer aus der Küche.

Nachdem sie eine der Kabinen von der Verpackung befreit haben, ist der Eingangsbereich komplett blockiert. In der Mitte steht die Kunststoffkabine, die sie auf Beschädigungen untersuchen, im restlichen Bereich liegen Kartonagen, Holzwolle und anderes Verpackungsmaterial umher. Dichtungen, Kunststoffrohre und Armaturen sind separat verpackt und werden nur oberflächlich begutachtet. Bei der zweiten Kabine öffnen sie lediglich die Vorderseite, um hineinsehen zu können, und verschließen sie wieder sorgfältig, nachdem sie sich überzeugt haben, dass alles in Ordnung ist.

Kaum haben sie alles weggeräumt und das Haus wieder zugänglich gemacht, ruft sie Veronika schon zum Mittagessen in den Garten.

Kaiserschmarrn mit Apfelmus, eine seiner Lieblingsspeisen. »Damit du möglichst schnell hier bei uns ankommst!«, hat Veronika ihm beim Servieren verraten und Zita hat noch ein »Ja, ja, die Liebe geht eben durch den Magen« angefügt.

Dankbar lächelt er die beiden an und greift kräftig zu.

»Gut, ich lass euch dann ein wenig allein«, meint Veronika und stellt das Geschirr zusammen, als alle mit dem Essen fertig sind. »Wollt ihr dann gleich einen Kaffee oder Tee oder sonst etwas zu trinken, oder wollt ihr lieber noch etwas warten?«, erkundigt sie sich bei den Kindern. Wolfgang bittet um einen Kaffee, denn er fühlt sich etwas müde und hat wohl auch etwas zu viel gegessen.

»Warte, Mama«, sagt Zita und steht vom Tisch auf, »ich helf dir, dann sind wir schneller fertig.« Sie beugt sich zu Wolfgang herunter, der mittlerweile in seinem Gartenstuhl lümmelt und seine Füße auf den gegenüberliegenden Stuhl gelegt hat, und gibt ihm einen Kuss. »Ich kann dich doch allein lassen, oder hast du Angst ohne mich?« Lachend geht sie hinter ihrer Mutter her in die Küche. Schnell ist das Geschirr gespült und Zita brüht zwischendurch den Kaffee auf. Die beiden Frauen unterhalten sich darüber, was sie die nächsten Tage alles unternehmen wollen, und dabei fällt Zita die Bemerkung ihrer Mutter wieder ein.

»Du, Mama«, beginnt sie neugierig, »was ist denn das für eine Überraschung nächste Woche? Mir kannst du es ja sagen, ich sag dem Wolfgang schon nichts.«

»Jetzt sei du mal nicht so neugierig«, weist sie die Mutter zurecht, »schließlich soll es ja auch für dich eine Überraschung bleiben. So, und jetzt wieder hinaus zum Bub, sonst meint der gar, wir würden hinter seinem Rücken irgendetwas aushecken.«

Mittlerweile liegt Wolfgang mehr, als er sitzt, in seinem Gartenstuhl. Sein Blick ist starr auf einen Punkt gleich hinter dem Garten gerichtet und er ist offensichtlich tief in Gedanken versunken, denn er bemerkt Mutter und Tochter erst, als sie das Kaffeegeschirr auf den Tisch stellen.

»Wo warst du denn jetzt?«, fragt Veronika zwinkernd. »Auf alle Fälle sehr weit weg!«

Wolfgang setzt sich wieder aufrecht hin.

»Entschuldigung. Aber so weit weg war ich gar nicht. Ich war einfach in Gedanken. Absolut unwichtig!«

»Jetzt komm und erzähl schon«, bohrt Zita nach, »das interessiert uns doch auch, was der Herr so Tiefgreifendes überlegt!«

»Aber es war doch nichts«, versucht er sich zur Wehr zu setzen, »einfach irgendein Blödsinn!«

»Dann kannst du es ja auch sagen, wenn es nichts Wichtiges war.«

»Aber Zita«, mahnt Veronika ihre Tochter, »lass ihn doch in Ruhe. Es ist doch vollkommen egal.«

»Nein, ich will es wissen. Also los, jetzt rück es schon raus!«

Tief Luft holend richtet sich Wolfgang in seinem Sessel auf. »Na gut, du gibst ja sonst eh keine Ruh'! Aber ich möchte mich gleich entschuldigen, denn diese Gedanken stehen mir eigentlich nicht zu.«

Nun ist die Spannung bei Zita aber kurz vor der Explosion und auch Veronika schaut neugierig auf Wolfgang.

»Also, ich hab einfach geträumt. Aber es ist ja Quatsch, das kann ich nicht erzählen.« Damit bricht er seinen Bericht auch schon wieder ab und schenkt sich eine Tasse Kaffee ein.

»Wolfgang«, droht ihm jetzt Zita schelmisch, »du weißt, dass ich nicht aufgebe, jetzt komm schon, und wenn es Quatsch ist, dann ist es eben Quatsch. Aber ich will es wissen.«

Veronika nickt ihm auffordernd zu und signalisiert ihm damit, dass sie schon auch interessiert wäre.

»Okay, ihr habt gewonnen! Aber ich muss vorausschicken, dass es nur ein Traum ist.« Er lehnt sich etwas zurück und blickt in die Ferne, während er erzählt.

»Gut, ich war in meinen Gedanken einfach nur hinter dem Gartenzaun und habe dort ein Haus gesehen mit einer Wohnung unten und ein paar Zimmern im Obergeschoss. Blumen überall an den Fenstern und am Balkon. Die Zita und ein paar Kinder haben vor dem Haus gespielt. Nicht alle Kinder waren von Feriengästen!« Jetzt blickt er zu ihnen hin. Zita strahlt ihn an und Veronika hat einen leicht verträumten, aber beinahe ungläubigen Blick, den er nicht so richtig zu deuten weiß.

»Neben dem Haus waren überall Tiere verstreut. Ziegen und Schafe standen in einem kleinen Gatter und die Kinder beugten sich hinüber, um sie zu füttern und zu streicheln. Außerdem liefen überall gackernde Hühner herum. Die Mama saß vor dem Haus auf einer Bank und hatte ein kleines Kind auf dem Schoß. Im Hintergrund befand sich ein kleiner Teich mit Enten und Gänsen, beinahe so wie in einem Bilderbuch für Kinder. Ihr seht schon, einfach bloß Quatsch. Vergesst es wieder.«

Veronika schüttelt ungläubig den Kopf, während Zita sofort protestiert: »Also, junger Mann, das ist immer noch meine Mama! Aber der Rest hat mir schon sehr gefallen.«

»Entschuldige, Veronika«, sagt er schnell, »ich war so in Gedanken, da hab ich das gar nicht gemerkt.«

»Ach, Wolfgang, du musst dich deshalb nicht entschuldigen«, erwidert Veronika nicht ganz ohne Stolz, »wir wissen doch, wie es gemeint ist, und du kannst es gern weiter zu mir sagen, wenn du magst. Ich hör's gern! Aber du weißt ja gar nicht, was du da erzählt hast ...«

»Ach, das war doch bloß geträumter Quatsch, ohne jeden Hintergrund«, wehrt Wolfgang ab, »am besten, wir reden gar nicht mehr darüber.«

Zita sitzt ganz still und angespannt auf ihrem Stuhl und betrachtet ihre Mutter sehr genau. Mit der scheint irgendwie eine leise Veränderung vorgegangen zu sein.

Mit einem verträumten Blick spricht Veronika weiter: »Wolfgang, du musst wissen, dass ich, seit du zu uns gehörst, wieder sehr oft an meinen Josef denke. Nicht dass du ihm ähnlich wärst, aber deine Aufgewecktheit und deine Einfühlsamkeit, einfach dein ganzes Wesen, erinnern mich immer wieder an ihn. Ja, das geht so weit wie bei euch beiden, dass ich mich abends im Bett mit ihm unterhalte und dabei manchmal direkt das Gefühl habe, dass er neben mir liegen würde. Solche Gefühle hatte ich lange Zeit nicht mehr und jetzt, wo du uns deinen Traum erzählt hast, sage ich dir, dass genau das unser Traum war. Wir wollten damals schon etwas machen, das man heute mit ›Ferien auf dem Bauernhof‹ bezeichnet. Mit ein paar Tieren zum Streicheln und sich mit Eiern, Milch und Fleisch selbst versorgen. Genau, wie du es geschildert hast! Ich kann es einfach nicht glauben! Mir ist gerade so, als hätte der Josef dir diese Gedanken eingegeben.« Mit leiser Stimme und feuchten Augen hat sie den letzten Satz herausgebracht.

Wolfgang weiß gar nicht, was er dazu sagen soll, und Zita nickt mit dem Kopf. »Genau, das hast du mir ja erst gerade erzählt! Wahnsinn oder? Aber mir gefällt dieser Traum. Warum machen wir ihn nicht zu unserem Traum für uns alle drei?«

Immer noch etwas unruhig meint Veronika: »Schön wär's schon, aber ich glaube doch, dass es noch ein wenig zu früh für euch und solche Träume ist. Sogar ein Baurecht haben wir genau dort, wo der Wolfgang gemeint hat. Das haben wir uns damals schon gesichert. Aber warten wir einfach noch ein paar Jahre, dann können wir ja noch mal darüber nachdenken. Wenn ihr einen Beruf habt und wisst, wo ihr euer Geld verdienen könnt.«

»Aber Mama«, protestiert Zita, »wir sind doch keine kleinen Kinder mehr und träumen können wir doch allemal davon! Was meinst du, Wolfgang?«

»Wie ihr seht, träume ich ja schon«, gibt er grinsend zurück, »aber mit der Verwirklichung müssen wir tatsächlich noch ein bisschen warten. So etwas kostet ja auch einiges. Gefallen würde mir das allerdings schon. Wir können ja schon mal träumen und Pläne machen, damit wir dann, wenn sich die Möglichkeit ergeben sollte, gleich beginnen könnten. Aber erst müssen wir unsere Ausbildung hinter uns bringen!«

»Also Mama, komm, lass uns den Traum zu dritt weiterverfolgen. Wenn wir bloß fest genug dran bleiben, wird es sicher auch einmal klappen. Ach, ich freu mich ja schon so darauf!« Voller Begeisterung drückt Zita Wolfgang einen Kuss auf die Wange und geht dann zu ihrer Mutter, um sie ebenfalls mit einem dicken Schmatz zu versehen.

»Na gut«, gibt sich Veronika gerne geschlagen, »dann träumen wir eben zu dritt. Der Josef wird sich bestimmt freuen, wenn er sieht, dass seine Ideen weiterleben. Ja, und wenn ich schon dabei bin, dann will ich auch gleich noch weitererzählen.« Sie nimmt einen Schluck von dem inzwischen kalt gewordenen Kaffee und fährt fort: »Woran vor rund einem halben Jahr von uns niemand gedacht hat, ist eingetreten, wovor ich Angst hatte, macht mir heute sehr viel Freude. Ich bin mit euch beiden wieder aus meiner Melancholie aufgewacht und heute voller Lebensfreude. Deshalb hab ich mir gedacht, ich mache euch ein Geschenk, und zwar eines, das der Josef und ich uns einst schenken wollten, aber es eben nicht mehr geschafft haben. Damals war Urlaubmachen für uns einfache Menschen überhaupt kein Thema und dennoch wollten wir wenigstens einmal nach Venedig fahren. Einfach so, ohne große Wünsche. Ich habe ja gelegentlich unten im *Oberdorfer Hof* ausgeholfen, das Geld für diesen Traum zur Seite gelegt und jetzt ist es so weit! Ich habe für nächsten Montag eine Busfahrt nach Venedig für uns drei gebucht. Drei Tage sind wir insgesamt unterwegs und das Wetter soll auch noch schön werden!«

»Was, Mama«, schreit Zita laut los, »Venedig, das gibt's doch gar nicht! Einfach so!«

Wolfgang ist leicht geschockt. »Aber das geht nicht, ich bezahl' schon selber, auch wenn ich das Geld nicht dabeihab, aber dann bringen's eben meine Eltern mit. Die Idee finde ich aber echt super!«

»Lass es gut sein, Wolfgang«, sagt Veronika lächelnd, »du bist selbstverständlich eingeladen. Dein Geld heb' lieber auf, damit du uns besuchen kannst, das kostet dich doch auch einiges. Außerdem ist es gar nicht so teuer und ein besonderes Luxushotel haben wir auch nicht. Wir wollen doch nur die Stadt sehen und uns freuen.«

Zita kann nur den Kopf schütteln und immer wieder sagen: »Ich glaub's nicht, nein, ich glaub es einfach nicht!« Dann geht sie wieder zu ihrer Mutter, umarmt und drückt sie. »Mama, du sagst immer, ich wär' verrückt. Jetzt weiß ich auch, woher ich diese Verrücktheit habe!«

Wenig später brechen Zita und Wolfgang zu Uschi auf, um sich die Abzüge der Fotos vom letzten Mal anzuschauen. Zita hat sie zwar schon gesehen, aber Wolfgang die Auswahl für seine Bilder selber überlassen wollen. Sie suchen auf den kleinen Bildern nach Unterschieden zu den ersten Fotos und kichern, wenn sie bei einem einen Pickel mehr oder Ähnliches feststellen. Uschi gibt ihnen einfach die Negative mit, damit sie im Fotoladen die Größe und Anzahl der Bilder gleich bestellen können.

Als sie von der Venedigreise erzählen, ist Uschi platt.

»Ihr habt vielleicht ein Glück, und geschenkt auch noch! Da möchte ich auch einmal hin. Da gäb' es sicher viel zu fotografieren. Aber das ist eine Superidee mit der Aushilfe bei der Frau Hofer, da frag' ich gleich morgen an. Vielleicht kann ich mir ja in den Ferien genügend Geld verdienen. Dann fahr' ich eben später hin.«

Die neue Woche beginnt mit einem Besuch bei Oma und Opa. Die beiden Buben auf dem Hof sind von Wolfgang begeistert, als er mit ihnen Ball spielt und sie ihm ihre Verstecke im Schuppen zeigen können. Zitas Tante Marianne begrüßt ihn auch sehr herzlich und meint nebenbei: »Na ja, du hast zwar nicht gerade den kürzesten Weg zu deinem Mädel, aber lohnen tut er sich allemal.« Zita strahlt bei diesen Worten und Wolfgang gibt Marianne recht.

Auch die Oma ist richtig begeistert, nachdem sie ein paar Worte mit Wolfgang gewechselt hat.

»Da hast du dir aber einen feschen Buben ausgesucht und dumm ist er wohl auch nicht«, meint sie zu Zita, die stolz die Worte der Oma zur Kenntnis nimmt. Dem Opa geht es heute nicht so gut und der Doktor hat ihm ein Schlafmittel gegeben, sodass ihn Wolfgang heute nicht kennen lernen kann. Aber er fühlt sich sofort wohl auf dem Hof und die Kinder weichen den beiden nicht mehr von der Seite. Nur spielen, laufen oder getragen werden wollen sie von Wolfgang. Zita gerät dabei beinahe in den Hintergrund und beschwert sich.

»Hallo, ihr beiden Rabauken, ich bin auch noch da. Los, dann machen wir einen Tanz.«

Begeistert kommen sie her und fassen Zita und Wolfgang an den Händen, sodass sie einen Kreis bilden. Lustig tanzen sie auf das Kommando von Zita im Kreis vorwärts und rückwärts. Die Kinder kreischen, wenn das Kommando zum Hinsetzen kommt, und springen sofort wieder auf, um weiterzutanzen. Bisher hat Wolfgang mit so kleinen Kindern kaum Kontakt gehabt, aber er ist sofort Feuer und Flamme.

Marianne lädt die beiden zum Mittagessen ein und Wolfgang lernt dabei auch den Bauern, Zitas Onkel Jakob, kennen. Die beiden finden sich sofort sympathisch und unterhalten sich viel, während Jakob ihm den Hof zeigt.

»Es ist schön, zu sehen«, meint Jakob zwischendurch, »dass es heute möglich ist, auch in jungen Jahren eine Beziehung zu haben und sie auch zeigen zu dürfen. Ich freu mich wirklich für euch, dass ihr so unkompliziert miteinander umgehen könnt. Glaubt mir, es ist eure schönste Zeit, und ich wünsch' euch von Herzen, dass ihr glücklich werdet.«

Dann darf Wolfgang, nach einer kurzen Einweisung, eine Runde mit dem Traktor um dem Hof fahren. Die beiden Kleinen wollen unbedingt mitfahren und sind von ihrer Mutter kaum zurückzuhalten. Wolfgang stellt den Traktor wieder ab und geht mit Jakob zusammen zum Rest der Familie.

Nach dem Mittagessen schauen sie noch im Fotogeschäft vorbei, das montags nur nachmittags offen ist, um ihre Bestellung abzugeben. Mit einem großen Eis in der Hand machen sie sich wieder auf den Heimweg.

Der Rest der ersten Ferienwoche vergeht mit Besuchen bei Micha oder beim Schober, wo sie zusammen mit Micha und Uschi auf »Touristen begaffen« gehen. Dann sitzen sie wieder im Garten und reden entweder über Venedig oder über ihren großen Traum. Vor allem Zita treibt diese Gespräche voran und beginnt immer wieder damit.

»Man könnte meinen«, mischt sich ihre Mutter ein, »dass du am liebsten morgen anfangen würdest. Du bist schon regelrecht lästig mit deinen Planungen. Es gibt gar kein anderes Thema mehr für dich!«

Wolfgang lächelt in sich hinein, weil auch er sich immer mehr Gedanken darüber macht.

Am Samstag kommt schon früh der Herr Unterbrunner vorbei, um die beiden Duschkabinen einzubauen. Unmittelbar nach der Abreise der beiden Gäste aus Zimmer eins beginnen sie mit der Arbeit. Veronika und Wolfgang haben im Bad bereits die Verkleidung abgebaut, damit alles reibungslos vonstatten gehen kann. Schließlich soll bis Mittag alles fertig sein!

Wolfgang erweist sich als tüchtiger Helfer, der mit Herrn Unterbrunner gut zusammenarbeitet. Nachdem im Zimmer eins der Boden unmittelbar an der Wand geöffnet ist, arbeiten sie gemeinsam, Herr Unterbrunner von unten her durch die Wandöffnung im Bad und Wolfgang von oben her. Schnell sind die Anschlüsse verlängert, sodass die Duschkabine an ihren Platz gerückt werden kann. Die Wasseranschlüsse sind, dank flexibler Leitungen, ohne großen Aufwand zu verbinden. Lediglich der Abfluss besteht aus starren Kunststoffrohren, die so zusammengesteckt werden müssen, dass sowohl der Abstand als auch das Gefälle passen. Anschließend wird die Kabine am Boden und an der Wand mit Schrauben befestigt und sofort ausprobiert, ob alles dicht ist. Schon nach einer guten Stunde sind die beiden mit der ersten Kabine fertig. Dank der Routine, die Wolfgang jetzt schon aufweist, brauchen sie für die zweite Kabine noch weniger Zeit und sind weit vor dem Mittagessen mit beiden Räumen fertig. Veronika und ihre Tochter kommen zum Bestaunen der Neuerung ins Obergeschoss und sind voll des Lobes für die beiden Arbeiter. Nicht ganz ohne Stolz hört Wolfgang die Worte von Herrn Unterbrunner:

»Da habt ihr aber einen tüchtigen Burschen eingefangen. Muss schon sagen, ich hätte nicht gedacht, dass wir so schnell fertig werden. Aber dem Wolfgang muss man den Handgriff gar nicht erst sagen, er sieht ihn schon im Voraus und dann geht das wirklich Hand in Hand.« An Wolfgang gewendet, fügt er noch hinzu: »Hat mir echt Spaß gemacht mit dir! So einen Helfer könnte ich öfter mal gebrauchen.« Dann reicht er Wolfgang die Hand und der strahlt über das ganze Gesicht.

»Im Übrigen«, erzählt Herr Unterbrunner weiter, »hat es sich herumgesprochen, dass ihr solche Kabinen einbaut. Ich habe nämlich schon einige Aufträge erhalten, zur Besorgung und zum Einbauen. Acht Stück habe ich schon eingebaut und einige stehen noch aus. Dort dauert das natürlich immer länger. Meist ist aber auch nicht so gut vorbereitet wie hier. Aber für mich ist das ein richtig schönes Zubrot geworden. Nachdem die Idee dafür von euch gekommen ist, verlange ich von euch selbstverständlich auch nichts. Es hat mich gefreut, euch helfen zu können!«

Damit will er sich verabschieden, doch Veronika hält ihn zurück und will ihm doch etwas Geld für seine Arbeit geben.

»Auf keinen Fall, Vroni«, sagt er, »ich nehm' von euch nichts. Aber ich könnte ja mal zu einer Brotzeit am Abend vorbeikommen, da würde ich nicht nein sagen.«

Veronika bedankt sich noch ausführlich und Herr Unterbrunner verabschiedet sich. Zum Mittagessen wird er nämlich von seiner Tochter erwartet, hat er beim Hinausgehen noch gesagt.

Am Sonntag steigen die Spannung und das Reisefieber. Schon am Morgen wird gepackt, damit ja nichts vergessen wird. Am Nachmittag besuchen Veronika und die beiden Kinder noch Oma und Opa. Gleich nach der Messe hat Jakob alle miteinander zu einem Grillnachmittag eingeladen und sie haben gerne zugesagt. Als Veronika ihr Auto im Hof abstellt, kommen die beiden kleinen Buben schon aus der Haustür geschossen und laufen auf das Auto zu. Voller Begeisterung sehen sie, dass auch Wolfgang wieder dabei ist, und hängen sich sofort an seine Beine.

»Also, wenn der Wolfi dabei ist«, beschwert sich Zita bei ihrer Mutter, »dann sind wir beide nur Luft. Wenn das dann bei der Oma auch noch so ist, dann können wir zwei ja gleich wieder heimfahren!«

»Ach Zita«, lacht Veronika, »lass sie doch! Es sind halt drei Buben und die spielen eben nicht so gerne mit Mädchen. Aber wenn sie erst größer sind, dann entdecken sie uns schon wieder! Schau nur, welche Freude die zwei haben!«

Josef sitzt bei Wolfgang auf den Schultern und hält sich an seiner Stirn fest, während der kleine Jakob unten auf dem rechten Fuß sitzt und sich am Unterschenkel festhält, sodass Wolfgang beim Gehen immer den Buben mitschleppen muss. Marianne empfängt die drei an der Haustür und schickt sie gleich in den Garten, wo schon der Rest der Familie auf sie wartet.

»Ja, was macht ihr zwei denn mit dem Wolfgang?«, fragt die Oma die Kleinen.

»Das ist mein Freund!«, kommt Josefs Stimme von hoch oben.

»Auch Freund«, stellt der kleine Jakob vom Boden aus klar.

»Ja, wenn das so ist«, meint die Oma vergnügt, »dann gehört er wohl euch!«

Nachdem es heute auch Opa wieder besser geht, besuchen Zita und Wolfgang ihn noch, bevor die Grillparty beginnt.

»Hallo Opa«, begrüßt Zita den alten Mann, der hilflos in seinem Bett liegt und sich kaum bewegen kann, »das ist der Wolfgang, von dem ich dir ja schon erzählt hab.«

Der kranke Mann hebt leicht seine Hand und Wolfgang greift gleich fest zu, damit sich der alte Mann nicht so sehr abmühen muss, und begrüßt ihn.

»Du bist also der, von dem die Zita so schwärmt. Na ja, ausschauen tust ja gar nicht so schlecht, aber dass du dich ja um das Mädel gut kümmerst, sonst kriegst du Ärger!« Dass es dem Opa mit seiner Drohung nicht gar so ernst ist, verraten seine leuchtenden Augen, mit denen er Wolfgang ansieht.

Zita streichelt ihm noch das Gesicht und dann schläft er wieder ein.

Der große Jakob hat inzwischen den Grill angeheizt und Fleisch aufgelegt. Marianne bringt Salat und Getränke aus der Küche.

Während des Essens wird sich recht munter unterhalten und nichts ist mehr zu spüren von der früheren Zwietracht. Jakob will von Wolfgang wissen, was er denn jetzt nach der Schule machen will.

»Oh, ich habe schon lange eine Lehrstelle als Heizungs- und Wasserinstallateur. Am ersten September geht's los und ich freu mich schon richtig darauf. In den Osterferien hab ich schon eine Woche dort mitgearbeitet und es hat mir sehr gut gefallen.«

»Aha«, nickt Jakob anerkennend, »dann weißt du ja schon ziemlich genau, was auf dich zukommt. Glaub mir, ein guter Handwerksberuf ist viel wert. Man kann sich in vielen Bereichen selber helfen und auf den Baustellen lernt man wiederum andere Handwerker kennen, mit denen man sich abwechselnd aushelfen kann. Ich selber habe Maurer gelernt und später sogar die Meisterprüfung gemacht. Dann hab ich allerdings den Hof übernommen und bin zu meinem gelernten Beruf kaum noch gekommen. Hin und wieder helfe ich jemanden beim Hausbauen. Das macht mir jedes Mal viel Freude. Also, falls ihr mal einen Maurer braucht, gebt Bescheid. Ja, und du baust dann die Heizung ein und einen Zimmerer werden wir doch auch noch finden.«

Erst als die Stallarbeiten wieder anstehen, verabschieden sie sich und fahren wieder heim.

Ein Abendessen benötigen sie heute nicht mehr. Stattdessen setzen sie sich zu einer Limo in den Garten und genießen den Sonnenuntergang.

Unweigerlich kommt das Gespräch wieder auf die Zukunft der *Grimmer Alm*.

»Der Jakob ist Maurermeister«, erzählt Wolfgang, »und hat gemeint, er würde jederzeit helfen, wenn wir ihn brauchen würden. Das kann man sich jedenfalls schon einmal merken.«

»Das hab ich gar nicht mitbekommen«, meint Zita begeistert, »dann kann der doch bestimmt auch Pläne zeichnen! Ich werd' bei Gelegenheit mal mit ihm darüber reden.«

»Na gut«, mischt sich jetzt auch Veronika ein, »wenn ihr schon plant und baut und was sonst noch so alles macht, was sollte denn eurer Meinung nach mit dem alten Haus passieren?«

Bevor Zita etwas sagen kann, antwortet Wolfgang schon: »Ich bin mit meinem Traum noch nicht so weit gewesen, dass ich dazu etwas hätte sagen können. Aber vielleicht kann man es im Großen und Ganzen so lassen, wie es ist. Ein bisschen renovieren, aber ich würde es nicht groß umbauen oder gar abreißen wollen. Vielleicht ließe sich ja so etwas wie eine Kinderherberge einrichten. Ein oder zwei Zimmer würde ich aber auch für Wanderer aufheben, die keinen großen Wert auf Komfort legen.«

Er schaut fragend in die Runde. Zita strahlt ihn an und Veronika kann nur immer wieder den Kopf schütteln.

»Aber eines ist für mich vollkommen klar«, fährt Wolfgang fort, »das Haus, in dem meine Zita geboren ist und ich mein größtes Glück gefunden hab, würde ich niemals abreißen! Es wird sich immer eine Möglichkeit finden, es so herzurichten, dass es gebraucht werden kann. Aber das sind natürlich nur meine Gedanken.«

Er lehnt sich wieder in seinem Gartenstuhl zurück und wartet, was die anderen dazu sagen werden.

Zita sieht ihn dankbar an. »Ich bin so froh, dass du das mit meinem Elternhaus und deinem großen Glück gesagt hast. Da hab ich noch gar nicht so daran gedacht«, sagt sie und nimmt ergriffen seine Hand in die ihre.

»Ich kann es einfach nicht glauben«, meint Veronika kopfschüttelnd. »Genau das, nämlich eine Unterkunft für Kindergruppen, wollte der Josef auch immer hineinmachen. Und jetzt hast du wieder einmal die gleiche Idee. Mir ist fast so, als würde der Josef hier bei uns sitzen und dich als Sprachrohr benutzen.«

Sie schaut die beiden Kinder an und nimmt einen Schluck aus ihrem Glas.

»Wisst ihr was«, beginnt sie mit feierlicher Stimme, »da ihr beide sowieso nicht nachgeben werdet, schließen wir uns zusammen und machen daraus unseren gemeinsamen Plan. Wir können ihn ja langsam, Stück für Stück, beginnen umzusetzen. Bis ihr dann so weit seid, können wir vielleicht schon ein wenig etwas davon sehen. Was meint ihr, halten wir zusammen und ziehen den Plan durch? Ich bin überzeugt, der Josef hilft uns dabei auch.«

Sie reicht den beiden ihre Hände und sie besiegeln den Bund. Zita beginnt vor Glück zu schluchzen und Veronika kämpft ebenfalls mit den Tränen, als plötzlich die Haustür, die zum Garten führt, mit einem lauten Geräusch ins Schloss fällt.

Erschrocken blicken alle drei Richtung Tür. Es ist aber niemand zu sehen.

»Was war das?«, meint Veronika, »es ist doch windstill, und gekommen ist auch niemand?«

Die drei sehen sich verdutzt sich an, und Zita nickt ihrer Mutter verstehend zu.